nora roberts

MORGENRÖTE

ROMAN

Aus dem Amerikanischen
von Nicole Hölsken

WILHELM HEYNE VERLAG
MÜNCHEN

Die Originalausgabe INHERITANCE
erschien erstmals 2023 bei St. Martin's Press, New York.

FSC
www.fsc.org
MIX
Papier | Fördert gute Waldnutzung
FSC® C014496

Penguin Random House Verlagsgruppe FSC® N001967

2. Auflage
Deutsche Erstausgabe 02/2025

Dieses Werk wurde vermittelt durch die Literarische Agentur Thomas Schlück GmbH, 30161 Hannover
Redaktion: Birgit Groll
Umschlaggestaltung: bürosüd
Satz: satz-bau Leingärtner, Nabburg
Druck und Bindung: GGP Media GmbH, Pößneck
Printed in Germany
ISBN: 978-3-453-42910-9

www.heyne.de

TEIL EINS

Betrug

He was her man, but he done her wrong.

– frei nach »Frankie and Johnny«
von Johnny Cash

Kapitel 1

Gegenwart

Eine Hochzeit zu planen, war der reinste Irrsinn. Aber wenn man diese unumstößliche Tatsache einmal akzeptiert hatte, konnte man, wie Sonya fand, auch einfach weitermachen.

Wenn es nach ihr gegangen wäre, hätte sie auf den gesamten Zirkus verzichtet. Sie hätte sich ein tolles Kleid gekauft, das sie auch später wieder würde tragen können, und hätte Familie und enge Freunde zu sich nach Hause eingeladen, um sich im heimischen Garten trauen zu lassen. Eine kurze, ergreifende Zeremonie, die am Abend in die beste Party aller Zeiten münden würde.

Kein eleganter Schnickschnack, kein förmlicher Empfang, kein Stress, kein Brimborium. Dafür jede Menge Spaß.

Aber Brandon wollte den ganzen Schnickschnack, das Förmliche und das Brimborium.

Also hatte sie sich ein tolles Kleid gekauft – das so viel kostete wie zwei Monatsraten für die Hypothek und das sie nur ein paar Stunden lang tragen würde, nur um es anschließend reinigen zu lassen und für immer wegzupacken.

Sie hatten ein schickes Hotel in der Back Bay für die Gäste gebucht. Die Gästeliste hatte die Marke von dreihundert bereits überschritten und näherte sich der von vierhundert, dabei waren die Einladungen noch nicht mal verschickt worden.

Letztere hatte sie selbst entworfen – immerhin verdiente sie ihren Lebensunterhalt als Grafikdesignerin. Allerdings galt das auch für Brandon, weshalb er sie natürlich auch mitgestaltet hatte. Vielleicht waren die Einladungen letztlich förmlicher geworden, als sie es sich ursprünglich vorgestellt hatte, aber trotzdem waren sie fantastisch.

Schon Monate zuvor hatten sie »Save the Date«-Karten verschickt und beinahe einen ganzen Tag bei einem Fotografen verbracht, um Verlobungsfotos schießen zu lassen.

Eigentlich hatte sie eine Freundin bitten wollen, ein paar zwanglose, fröhliche Schnappschüsse zu machen. Er aber legte sein Veto ein, was sie zugegebenermaßen ziemlich geärgert hatte. Doch letztlich waren die Fotos wunderschön geworden.

Kultiviert. Eine elegante, kultivierte Anzeige für die Hochzeit des perfekten, glücklichen, aufstrebenden Paares.

Sie hatten gefühlt Tage damit verbracht, die Speisefolge festzulegen – natürlich würde es ein mehrgängiges, formelles Menü geben. Danach Kuchen. Sie mochte Kuchen und war fest davon überzeugt, dass mit Menschen, die keinen Kuchen mochten, irgendetwas nicht stimmen konnte.

Aber herrje, wer hätte gedacht, dass die Gestaltung einer Hochzeitstorte – Geschmacksrichtung, Füllung, Guss, Design, Etagen, Figuren obendrauf – ein dermaßen frustrierendes Unterfangen sein konnte?

Heute wusste sie es.

Und nicht zu vergessen die Petit Fours mit ihren Initialen in Gold obendrauf.

Dann noch die Blumen, die Musik, die Platzkarten, die Farben – das alles war trotz der effizienten und unglaublich geduldigen Hochzeitsplanerin ein Albtraum.

Und sie konnte das Ende dieses Irrsinns kaum erwarten.

Wodurch sie wohl deutlich von der Norm abwich.

Sollten zukünftige Bräute den Wirbel und den Stress vor der Hochzeit nicht eigentlich in vollen Zügen genießen? Wünschte sich nicht jede Braut, dass dieser Tag etwas Besonderes, Einzigartiges wurde, eine Märchenhochzeit?

Dabei wünschte sie sich durchaus einen besonderen, einzigartigen Tag, und noch mehr sehnte sie sich nach einem glücklichen Zusammenleben bis an ihr Lebensende.

Aber ...

Derlei »Abers« hatten sich in den letzten Wochen gehäuft. *Aber* es fühlte sich gar nicht an wie ihr Tag, ihr besonderer, einzigartiger, absolut aufregender Tag. Überhaupt nicht. Irgendwie war ihr alles entglitten. Und als sie sich ins Gedächtnis rief, dass es sich schließlich auch um Brandons Hochzeitstag handelte und er durchaus ein gewisses Mitspracherecht hatte, wurde ihr klar, dass er im Grunde *alles* bestimmte.

Nichts von alldem spiegelte ihre eigenen Vorstellungen und Wünsche wider. Sondern ausschließlich seine.

Und wenn ihre Vorstellungen und Wünsche sich dermaßen grundlegend voneinander unterschieden, bedeutete das dann nicht automatisch auch, dass sie gar nicht zueinanderpassten?

Sobald sie intensiver darüber nachdachte, beschlich sie ein ungutes Gefühl. Ebenso wie sie sich Sorgen machte, wenn sie drei Samstage mit der Suche nach dem perfekten Haus verbrachten und er für die schicke, moderne Allerweltsvilla plädierte, während sie sich ein großes, altes Haus mit Charakter wünschte.

Aber ...

Wenn sie *nicht* intensiver darüber nachdachte, sondern mit ihren Gedanken eher bei den letzten achtzehn Monaten ihrer Beziehung verweilte, waren ihre Sorgen wie verflogen.

Der Hochzeitstag war nichts weiter als ein Tag, und warum sollte sie Brandon nicht das ganze Brimborium gönnen, das er sich wünschte? Und das Haus? Eigentlich war die Inneneinrichtung doch viel wichtiger als die Architektur. Sie würden einen Kompromiss finden und sich ein gemeinsames Zuhause schaffen.

Wahrscheinlich gingen so kurz vor der Hochzeit einfach nur die Nerven mit ihr durch, sagte sie sich. Schließlich wurde die Sache jetzt real. Den – buchstäblichen – Beweis dafür trug sie in Form des Probedrucks für die Hochzeitseinladungen in der Tasche mit sich herum.

Sie akzeptierte ihre Nervosität, sagte den Termin mit dem Floristen ab – der hätte sie heute definitiv überfordert – und machte sich auf den Heimweg.

Sie würde sich ein paar ruhige Stunden gönnen. Brandon hatte seinerseits ebenfalls irgendetwas für die Hochzeit zu erledigen, weshalb sie das Haus bis zu seiner Rückkehr für sich haben würde.

Und dann, so beschloss sie, würden sie eine Flasche Wein öffnen, den Probedruck checken und ihn ebenso unter Dach und Fach bringen wie die immer weiter anwachsende Gästeliste. Sie würden die Einladungen bestellen und diesen Punkt damit endlich abhaken können, denn er hatte einen Kalligrafen damit beauftragt, die Adressen auf die Umschläge zu schreiben.

Das hätte sie natürlich auch selbst machen können, aber hey, darüber, dass ihr die Beschriftung mehrerer Hundert Einladungen *erspart* blieb, würde sie sich wohl kaum beklagen.

Mit heruntergekurbelten Fenstern und laut aufgedrehter Musik schob sie sich durch Bostons Samstagsverkehr. In acht Wochen, so dachte sie, würden die Farben des Herbstes – ihrer Lieblingsjahreszeit – schier explodieren. Und sie würde diesen ganzen Stress hinter sich haben.

Sie war jetzt achtundzwanzig, beinahe neunundzwanzig, und stand damit am Ende eines Lebensjahrzehnts. Sie war bereit, sesshaft zu werden, eine Familie zu gründen. Und in acht Wochen würde sie den Mann heiraten, den sie liebte.

Brandon Wise – smart, talentiert, romantisch. Ein Mann, der es langsam und entspannt angehen ließ, als sie gezögert hatte, sich auf eine Beziehung mit einem Kollegen einzulassen.

Irgendwann hatte er sie dann doch herumgekriegt, und sie hatte es genossen, sich herumkriegen zu lassen.

Sie stritten nur selten miteinander. Zu ihrer Mutter war er unglaublich liebenswert, und das war alles, was zählte. Er war gern mit ihren Freunden zusammen und sie gern mit seinen.

Zugegeben, es gab jede Menge Unterschiede zwischen ihnen. Er ließ keine Cocktailparty, Dinnerparty, Ausstellungseröffnung – oder jedes andere gesellschaftliche Ereignis – aus und war allabendlich unterwegs. Sie hingegen ließ sich zwischendurch gern einen gewissen Freiraum und genoss ruhige Abende zu Hause.

Er besaß mehr Schuhe als sie – dabei liebte sie Schuhe.

Wenn sie über den Kauf eines Hauses sprachen, überlegte er sogleich, welches Gartenbauunternehmen er für die Pflege des Grundstücks engagieren wollte, während sie sich vorstellte, wie sie den Rasen mähte und Blumen pflanzte.

Aber wer wollte schon mit einem Klon zusammenleben und ihn überdies auch noch heiraten?

Unterschiede machten das Leben doch erst spannend.

Als sie vor ihrem Haus einparkte, bereute sie bereits, den Termin mit dem Floristen gecancelt zu haben. Sie hätte sich um die Blumenarrangements doch schon heute kümmern sollen. Genau wie Kuchen sollten Blumen einen schließlich glücklich machen.

Aber sie würde ihren Lapsus wiedergutmachen, indem sie etwas zum Abendessen zauberte.

Oder wollte sie nur nicht mit ihm essen gehen? Denn

das würde er unweigerlich vorschlagen. Nachdenklich ging sie auf ihre Doppelhaushälfte zu. Würde sie ihn auf diese Weise dazu bewegen können, zu Hause zu bleiben? Denn wenn er nach Hause käme, würde das Essen beinahe fertig und die Flasche Wein bereits geöffnet sein, es gäbe also keinen Grund zur Klage.

Sie würden essen, etwas trinken und diese verdammte Gästeliste in trockene Tücher bringen.

Diesen Batzen abzuhaken, würde ihr schon mal einige Last von den Schultern nehmen.

Solchermaßen erleichtert könnten sie den Samstagabend genüsslich im Bett verbringen.

Als sie die Tür öffnete und den Eingangsbereich betrat, hörte sie Musik. Und entdeckte im Durchgang zum Wohnzimmer einen Frauenschuh.

Einen roten Pumps.

Sie stellte die Handtasche auf dem Beistelltisch neben der Eingangstür ab und ließ die Schlüssel in die Schüssel fallen, die sie dort aufgestellt hatte. Langsam beugte sie sich vor, um den Schuh aufzuheben.

Sein Gegenstück lag achtlos hingeworfen vor der Schlafzimmertür auf dem Boden – ebenso wie ein weißes, trägerloses Kleid mit knielangem, weit schwingendem Rock.

Die Musik wehte aus dem Schlafzimmer zu ihr herüber, eine ruhige, sexy Melodie, durchsetzt vom atemlosen Stöhnen und den Schreien einer Frau.

Brandon mochte Musik während des Sex, dachte sie dumpf. Er legte sogar besonderen Wert darauf.

Das hatte sie immer süß gefunden. Früher.

Da die beiden sich nicht mal die Mühe gemacht hatten, die Schlafzimmertür zu schließen, stieg sie über das am Boden liegende Kleid und stieß das Männerhemd und die Männerhose mit dem Fuß beiseite.

Wer hätte vermutet, dachte sie, dass die Liebe verlöschen konnte wie die Flamme einer Kerze im Wind? Nur um danach einfach so zu verschwinden – und zwar rückstandslos.

Sie beobachtete den kreisenden Hintern ihres Verlobten, während er in die unter ihm liegende Frau eindrang. Jener Frau, deren Beine seine Taille umklammerten, während sie seinen Namen rief.

Sie blickte auf den Schuh hinab, den sie immer noch in der Hand hielt, und sah zu dem nackten, betrügerischen Gesäß hinüber.

Als sie den Schuh in seine Richtung schleuderte, dachte sie: *Oh ja, das gibt auf jeden Fall einen blauen Fleck.*

Er fuhr auf, wirbelte herum. Die Frau stieß einen spitzen Schrei aus und versuchte, die zerknüllte Bettdecke hochzuziehen.

»Sonya.«

»Halt dein verdammtes Maul«, blaffte sie ihn an. »Herrgott noch mal, Tracie, du bist meine *Cousine*. Du bist eine der Brautjungfern!«

Schluchzend zerrte Tracie noch heftiger an der Decke herum.

»Sonya, hör zu ...«

»Ich sagte, halt dein verdammtes Maul. Ich stecke mitten in einem verfluchten Klischee. Zieht euch an und dann raus. Beide.«

»Es tut mir leid.« Immer noch schluchzend schnappte Tracie sich BH und Höschen, die auf dem Boden gelandet waren. »Es tut mir so ...«

»Wage es nicht, auch nur ein Wort an mich zu richten. Nie wieder. Wenn deine Mutter nicht meine Tante wäre, die ich sehr gernhabe, würde ich dir hier und jetzt einen ordentlichen Tritt in deinen Schlampen-Hintern geben. Also halt die Klappe und verschwinde aus meinem Haus.«

Noch im Lauf schnappte Tracie sich ihr Kleid und zerrte es sich über den Kopf, ohne die Unterwäsche übergestreift zu haben. Auch mit den Schuhen hielt sie sich nicht weiter auf.

Oder damit, die Tür hinter sich zu schließen.

»Sonya. Für mein Verhalten gibt es keine Entschuldigung. Es ist einfach über mich gekommen, ich ...«

»Verstehe. Es ist über dich gekommen. Deine Klamotten haben sich wie von selbst auf dem Boden des ganzen Zimmers verteilt, sodass du schließlich nackt auf meiner Cousine zusammengebrochen bist. Raus mit dir, Brandon. Du kannst nackt verschwinden oder erst noch etwas anziehen. Aber verschwinde aus meinem Haus.«

»Unserem«, setzte er an.

»Auf der Hypothek steht nur mein Name.«

»Liebling ...«

»Du wagst es allen Ernstes, mich jetzt noch so zu nennen? Noch ein einziges Mal, und bei Gott, es fließt Blut. Ich sagte: Raus mit dir!«

Hastig stieg er in seine Khakis. »Wir müssen reden. Beruhige dich doch erst mal, dann kann ich ... Wo gehst du hin?«

»Zu meinem Handy.« Sie kehrte zu ihrer Handtasche zurück und holte es heraus. »Um die Polizei anrufen zu können, damit sie dich aus meinem Haus entfernt.«

»Also, Sonya.« Seine Stimme nahm jenen *Du bist so süß, wenn du wütend bist*-Unterton an. »Du wirst die Cops nicht anrufen.«

Mit dem Telefon in der Hand stand sie da und musterte ihn. Durchtrainiert, dunkelblondes Haar, zerzaust von der Hand einer anderen Frau. Dann das glatte, gut aussehende Gesicht, diese atemberaubend blauen Augen.

»Wenn du wirklich glaubst, dass ich nicht so weit gehen würde, kennst du mich schlecht.« Sie pflückte seinen

Schlüsselbund aus der Schüssel, entfernte den Hausschlüssel und warf den Rest zur Tür hinaus. »Raus.«

»Ich brauche Schuhe.«

Sie öffnete den Garderobenschrank, holte ein Paar seiner Badelatschen heraus und schleuderte sie ihm entgegen. »Das muss reichen. Und jetzt hau ab, sonst schrei ich um Hilfe und wähle den Notruf.«

Er beugte sich hinunter, um sich die Badelatschen überzustreifen. »Wir unterhalten uns, wenn du dich wieder beruhigt hast.«

»In Bezug auf dich und diese Aktion? Dazu wird es nie kommen!«

Sie knallte die Tür hinter ihm zu und legte den Riegel vor.

Dann wartete sie auf die Tränen, die Verzweiflung, den Kummer. Doch ihr lodernder Zorn hatte derlei Empfindungen in Schutt und Asche gelegt.

Sie blickte auf das Handy in ihrer Hand.

Dann holte sie tief Luft, ging zum Sofa hinüber und setzte sich. Sie fing an, eine Textnachricht zu verfassen, bekam es aber nicht hin, weil ihre Hände so zitterten.

Also rief sie an.

»Hey!«

»Cleo, kannst du vorbeikommen? Ich brauche dich jetzt wirklich bei mir.«

»Hochzeitskrise?«

»Könnte man so sagen. Bitte.«

Belustigung verwandelte sich in Besorgnis. »Alles okay mit dir?«

»Nicht wirklich, nein. Kannst du kommen?«

»Klar. Bin schon unterwegs. Was immer es ist, Sonya, wir regeln das. Gib mir zehn Minuten.«

Ich hab es bereits geregelt, dachte Sonya und ließ das Telefon sinken.

Mit dem bereits zum zweiten Mal gefüllten Weinglas in der Hand tigerte Cleo ruhelos im Zimmer auf und ab. Lange Beine in winzigen weißen Shorts durchmaßen das Wohnzimmer. Ihre üppige, karamellfarbene Lockenpracht hatte sie leger im Nacken zusammengefasst. Offenbar hatte sie sich auf ein entspanntes Wochenende zu Hause eingestellt.

Ihre Raubtieraugen blitzten.

Je aufgebrachter sie wurde, umso deutlicher flammte ihr Südstaatentemperament auf. Und umso ruhiger wurde Sonya. Das hier war Liebe, entschied Sonya.

»Dieser Mistkerl. Dieser Lügner, dieser Betrüger, dieser dreckige Bastard. Und Tracie? Ich finde kaum Worte für ihr widerliches Verhalten. Deine eigene Cousine! Dabei hat mir diese ... diese erbärmliche, großtittige *Schlampe* sogar noch dabei geholfen, deinen Junggesellinnenabschied zu organisieren.«

»Sie hat geheult wie ein Schlosshund.«

»Nicht genug. Nicht annähernd genug. Oh-oh, die kann sich auf was gefasst machen. Die kriegt meinen Zorn zu spüren, das kannst du mir glauben. Dieses verlogene Miststück!«

»Ich liebe dich, Cleo Fabares. Du bist die Beste.«

»Oh, Baby.« Cleo ließ sich wieder auf die Couch fallen und stellte ihr Weinglas ab, um Sonya fest in die Arme zu schließen. »Es tut mir leid. Es tut mir so leid.«

»Ich weiß.«

»Was willst du jetzt tun?« Cleo löste sich von ihr und musterte Sonya aus verhangenen, bernsteinfarbenen Augen. »Sag mir, was du willst, und es wird erledigt. Mord? Enthauptung? Kastration?«

Zum ersten Mal, seit sie vorhin durch die Tür getreten war, musste Sonya lächeln. »Würdest du dafür das Samurai-Schwert deines Urgroßvaters Harurto benutzen?«

»Mit Vergnügen.«

»Dann behalten wir diese Variante schon mal im Hinterkopf.«

»Warum schreist du nicht herum? Warum trittst du nicht um dich? Ich selbst hätte nicht übel Lust, allen möglichen Möbelstücken einen kräftigen Tritt zu versetzen. Aber am liebsten würde ich Brandon in die Eier treten. Doch nicht, ohne mir vorher Combat-Boots gekauft zu haben, die ich bei der Aktion anziehen würde. Und einen Schlagring muss ich mir auch noch besorgen, um Tracie damit einen Kinnhaken zu verpassen.«

»Aber um mich geht es hier nicht«, fügte sie nach einer Pause hinzu und griff erneut zu ihrem Weinglas. »Was willst du tun?«

»Ich mache ja schon was. Ich sitze hier, trinke Wein und sehe zu, wie meine beste Freundin meinetwegen stocksauer ist und sich tierisch aufregt.« Sonya griff nach Cleos freier Hand. »Sie hat geheult wie ein Schlosshund; ich nicht.«

»Wenn du weinen musst, steht dir meine Schulter zur Verfügung.«

»Nein, ich muss nicht weinen. Keine Ahnung, was das über mich aussagt. Es war wie in einem schlechten Film. Die unbedarfte zukünftige Braut ertappt ihren Verlobten und eine ihrer Brautjungfern nackt im Bett.«

»Du bist nicht unbedarft.«

»Na ja, in Bezug auf diese Sache hier war ich es durchaus, also ... Übrigens hat er dabei Beyoncés ›Video Phone‹ laufen lassen.«

»Was du nicht sagst!«

»Doch, wirklich.«

Cleo konnte sich nur mit Mühe das Lachen verkneifen »Tut mir leid.«

»Muss es nicht. Wenn ich mir vorstelle ... Wenn ich diesen Termin nicht abgesagt und die beiden nicht in flagranti erwischt hätte ...«

Nun war es an Sonya aufzuspringen. Ihre Beine in bequemen, für samstägliche Besorgungen tauglichen abgeschnittenen Jeans schritten ruhelos im Zimmer auf und ab. Entnervt deutete sie mit dem Weinglas in der einen Hand auf Cleo und zog mit der anderen das Haargummi heraus, mit dem sie ihr glattes, seidiges, an Ahornsirup erinnerndes Haar zu einem Pferdeschwanz zusammengefasst hatte.

»Das ist es, war mir wirklich zu schaffen macht, Cleo. Es macht mich verdammt noch mal fertig. Ich hätte es durchgezogen. Ich hätte diesen verlogenen Mistkerl geheiratet. Und das zu allem Überfluss auch so, wie er es wollte. Allein die Vorstellung macht mich wahnsinnig. Dieser Hotelballsaal, die protzige elegante Dekoration, die blöde fünfstöckige Hochzeitstorte mit Fondant und goldenem Zuckerwerk. Wie konnte ich mich verdammt noch mal in alldem dermaßen verlieren?«

»Anscheinend hast du dich ja jetzt wiedergefunden. Ich mochte ihn. Ich mochte ihn tatsächlich, und das bringt *mich* auf die Palme. Zugegeben, dieses übertriebene Hochzeitsbrimborium passte nicht so recht zu dir, aber zum Teufel, immerhin sollte es ja der schönste Tag deines Lebens werden, oder? Also warum nicht? Aber – und ehe ich weiter auf das ›Aber‹ eingehe, lass mich dir versichern, wie sehr ich mich darüber freue, dass du deine Wut wiedergefunden hast.«

»Oh, die habe ich nie verloren. Doch ich fand es toll, wie du für eine Weile in meine Fußstapfen getreten bist.«

»Okay. Schau mal, du hast einen Termin platzen lassen und die beiden erwischt. Und du wirst dieses Arschloch nicht heiraten. Die Schicksalsgöttinnen passen also definitiv auf dich auf.«

»Wenn sie das tatsächlich täten, hätte ich ihn schon vor geraumer Zeit in die Wüste geschickt.«

»Du brauchst noch mehr Wein.«

»Oh ja, definitiv. Jede Menge.«

Sonya presste die Finger auf die Augäpfel, nicht um Tränen zurückzudrängen, sondern aus schierer Frustration.

»Ich muss alles absagen, Cleo. Das Hotel, den Fotografen, den Kameramann, die Torte, die Blumen. Zum Teufel, sogar das blöde Streichquartett, das ich nie haben wollte, die Band. Die ganzen Anzahlungen, die ich geleistet habe, sind wahrscheinlich futsch. Verdammt, und gerade eben erst habe ich den Probedruck für die Einladungen abgeholt. Wenn ich an die unzähligen Stunden denke, die ich daran herumgebastelt habe!«

»Behalte den Probedruck. Wir belegen ihn mit einem Fluch und begraben ihn bei Vollmond zusammen mit einer seiner Boxershorts. Und jedes Mal, wenn er daran denkt, eine andere Frau zu umgarnen, bekommt er einen chronischen Penispilz.«

»Du hörst dich an wie deine kreolische Granny.«

»Bien sûr. Ich werde dir bei den Absagen helfen. Vielleicht können wir ja sogar ein paar Leute überreden, dir die Anzahlung zurückzuerstatten. Und die Hälfte des Restbetrags stellst du dem Dreckskerl in Rechnung. Hat mir sowieso nie gepasst, dass du alles vorgestreckt hast.«

Cleo schnaubte und kippte noch mehr Wein hinunter. »Bei näherem Hinschauen wird mir klar, dass ich ihn doch nicht so sehr mochte, wie ich mir immer eingeredet habe.«

»Er hat das Probe-Dinner und die Flitterwochen bezahlt. Aber egal. Bei den ganzen Absagen könnte ich allerdings tatsächlich Hilfe brauchen. Oh Gott, der Hochzeitstisch.«

Sonya wurde ganz flau im Magen.

»Wir haben gerade erst die Geschenke-Liste fertiggestellt. Und morgen sollten wir uns zwei Häuser anschauen.«

»Jetzt trinken wir erst einmal noch ein Glas Wein. Und bestellen Pizza. Du leihst mir irgendetwas zum Schlafen, und wir machen eine Liste von allem, was erledigt werden muss.«

»Du bleibst hier?«

»Wann immer meine beste Freundin, meine Mitbewohnerin auf dem College, meine Partnerin in Crime und Seelenschwester ihren Verlobten mit ihrer Cousine im Bett ertappt, schlafe ich bei ihr.«

Zum ersten Mal brannten Tränen in Sonyas Augen. Aber nicht aus Kummer oder Schmerz, sondern vor lauter Dankbarkeit.

»Danke. Schon allein bei der Vorstellung, mich um all das kümmern zu müssen, würde ich mich am liebsten in einem Loch verkriechen. Nein«, berichtigte sie sich. »Am liebsten würde ich Brandon in einem verscharren. Ich ...« Ein Klopfen an der Tür ließ sie verstummen. Sie sah auf. »Denkst du ...«

Cleos Tigeraugen blitzten. »Lass mich öffnen. Schade, dass ich diese Combat-Boots noch nicht habe, aber ein Tritt in die Eier tut's auch.«

Kapitel 2

Doch als Cleo kampfbereit die Tür aufriss, stürmte Sonyas Mutter, Winter, herein. Sie drückte zunächst Cleos Hand und ging dann geradewegs auf ihre Tochter zu.

»Liebling, Baby, es tut mir so leid.« Sie nahm Sonya fest in die Arme und wiegte sie hin und her. »Nicht weinen. Nicht weinen. Das ist er nicht wert.« Sie gab Sonya einen Wangenkuss. »Ich weiß, dass du ihn liebst, aber ...«

»Tu ich nicht. Ich habe aufgehört damit. Ich liebe ihn nicht mehr. Geht einem das nach so einer Erfahrung immer so?«

»Keine Ahnung, ob das normal ist.« Winter löste sich von ihrer Tochter, legte ihr die Hände auf die Wangen und musterte sie eindringlich. »Aber wenn es stimmt, freut es mich umso mehr. Jeder, der meinem Mädchen wehtut, hat es nicht verdient, überhaupt geliebt zu werden. Ich bin so froh, dass du hier bist, Cleo.« Sie streckte den Arm nach hinten aus und ergriff Cleos Hand.

»Wie hast du davon erfahren?«, fragte Sonya.

»Tracie – mit der ich noch ein Hühnchen rupfen werde – ist geradewegs zu ihrer Mutter gelaufen. Heulend. Kriege ich auch etwas von dem Wein?«

»Ich hole dir ein Glas«, bot Cleo an.

»Nachdem Summer Tracie einigermaßen beruhigt und ihr die Leviten gelesen hatte, hat sie mich gleich angerufen. Du weißt hoffentlich, wie sehr Summer dich liebt, und wirst ihr keinen Vorwurf aus der Sache machen. Sie ist gleichzeitig stinksauer, beschämt und am Boden zerstört.«

»Sie trifft doch keine Schuld. Natürlich nicht. Tracie ist schließlich erwachsen. Eine erwachsene Schlampe.«

»Sie – Tracie – behauptet, es sei einfach passiert. Danke, Liebes«, sagte sie zu Cleo, als diese ihr ein Glas Wein reichte. »Was für ein Bullshit. Im Bett mit dem Verlobten der eigenen Cousine zu landen, passiert nicht einfach so. Und dazu noch im Haus der Cousine? In ihrem Bett?«

»Rote Stilettos, ein tief ausgeschnittenes, weißes Kleid und sexy Unterwäsche. Einfach passiert, herrje, wen will sie veralbern? Sie kann ihn gern haben.«

»Ich verspreche dir, dass ihn im Haus meiner Schwester niemand mögen wird, und willkommen heißen wird Summer ihn schon gar nicht. So, und jetzt werde ich erst mal dein Bett abziehen.«

»Schon erledigt. Habe ich gleich gemacht, nachdem ich Cleo angerufen hatte. Ursprünglich wollte ich die Bettwäsche verbrennen, aber sie war wirklich teuer. Ich werde sie reinigen lassen, denn ich bringe es nicht über mich, sie selbst zu waschen. Und dann spende ich sie.«

Winter umarmte sie erneut und wiegte sie hin und her.

»Das ist meine tapfere Tochter. Geht es dir wirklich gut?«

»Ich bin stinksauer. Verdammt wütend und zornig, vor allem auf mich selbst, weil ich nicht erkannt habe, was für ein Mensch er ist.«

»Ich habe es ja auch nicht erkannt. Und das, obwohl ich normalerweise über eine gute Menschenkenntnis verfüge. Wie sagt man so schön? Hinterher ist man immer klüger. Im Rückblick ist es immer leicht, klar zu sehen und zu erkennen, dass einiges nicht stimmte. Ich hätte es wissen können. Aber was bringt das jetzt noch? So, jetzt setze ich mich erst mal hin.«

Und genau das tat sie.

»Ich habe mir solche Sorgen um dich gemacht, dass ich meine eigene Wut noch gar nicht spüren konnte.

Aber nun, da ich weiß, dass du nicht am Boden zerstört bist, kann ich nur eins sagen: Zur Hölle mit ihm.«

»Zur Hölle mit ihm«, echote Cleo und gesellte sich zu Winter, um mit ihr darauf anzustoßen.

»Okay.« Sonya folgte ihrem Beispiel. »Zur Hölle mit ihm.«

»Du musst die Schlösser auswechseln.«

»Ich habe ihm den Schlüssel abgenommen, Mom.«

»Lass trotzdem neue einbauen. Wo, glaubst du, ist er untergekommen?«

»Keine Ahnung.« Sonya prostete den beiden anderen Frauen erneut zu. »Ist mir auch egal.«

»Gut so. Ich habe noch eine Flasche Wein im Auto. Und Kisten, die mir der nette junge Mann aus dem Spirituosengeschäft gegeben hat. In die können wir seine Klamotten packen. Danach werde ich ihm die Kisten vorbeibringen.«

»Das musst du nicht.«

»Oh, mein einziges Kind, ich bestehe darauf.« Eiskalter Zorn trat in die eben noch so liebevoll dreinblickenden Augen ihrer Mutter. »Vermutlich hat er bei Jerry Unterschlupf gefunden, oder? Trauzeuge, bester Freund. Ich kann auf dem Heimweg vorbeifahren und die Kisten dort abladen.«

»Ich liebe dich, Winter.« Cleo setzte sich neben sie und kuschelte sich an sie. »Ich liebe meine Mama, und ich liebe dich. Was Mütter angeht, haben Sonya und ich das große Los gezogen. Während wir seinen Kram einpacken, bekommen ein paar dieser Kaschmirpullover, die er so sehr liebt, vielleicht kleine Löchlein oder Laufmaschen. Und wäre es nicht äußerst bedauernswert, wenn die ein oder andere elegante Lederjacke zufällig mit einem scharfen Gegenstand in Berührung käme?«

»Es geht doch nichts über beste Freundinnen«, sagte Winter. »Das könnten wir natürlich tun. Wir könnten es aber auch sein lassen, weil wir wissen, dass er das Beste verloren hat, das er je in seinem Leben hätte haben können. Und ich wette, das ist ihm bewusst.«

»Ich will immer noch eine seiner Boxershorts bei Vollmond vergraben. Und ihm chronischen Penispilz anhexen.«

Winter lächelte. »Verständlich. Aber lass uns zuerst mal die Kartons reinholen.«

Sie packten alles zusammen. Seine beiden Tablets, seinen Laptop, die Alexa. Seine Sammlungen, bestehend aus Uhren, Manschettenknöpfen, Schuhen. So viele Schuhe.

Irgendwann fielen Sonya seine Koffer ein – natürlich von Globe-Trotter –, in die sie seine Hemden, Jacketts, Pullover, Anzüge und Sportklamotten packten.

Die Toilettenartikel verstauten sie in Kisten.

»Er hat mehr Haut- und Haarpflegeprodukte als ich.« Cleo hielt eine ungeöffnete Packung Feuchtigkeitscreme in die Höhe. »Wisst ihr, was diese Marke kostet? Und da gibt es sogar noch eine ungeöffnete Ersatzpackung!«

»Behalte sie«, meinte Sonya. »Zum Teufel, nimm dir alles, was du willst.«

»Nur Ungeöffnetes. Alles andere ist schon mit seinen Keimen verseucht. Bist du sicher, dass du nichts davon willst?«

»Absolut. Ich will überhaupt nichts.«

»Dann nehme ich es. Winter, wie wär's, wenn wir alles, was versiegelt ist, untereinander aufteilen? Hier ist sogar Augengel, für Augenmasken, und Serum. Ein Pröbchen von diesem Serum habe ich mal gehabt. Es ist toll. Ich lege alles auf einen Haufen.«

Winter nickte nur, stemmte die Hände in die Hüften und trat einen Schritt zurück. Mit einem von Sonyas Haargummis hatte sie ihr kinnlanges Haar – das beinahe den gleichen Ton hatte wie das ihrer Tochter – zu einem kurzen Pferdeschwanz zusammengefasst. Dann ließ sie ihre Augen, die nicht grün waren wie die ihrer Tochter, sondern haselnussbraun, über die volle Ablage wandern.

»Wir brauchen noch mehr Kartons.«

»Scheiß auf Kartons«, entschied Sonya. »Ich habe Mülltüten. Dieser Mann hat Unmengen von Zeug. Warum ist mir nie aufgefallen, dass für mich nur halb so viel Platz blieb wie für ihn? Er hatte den gesamten Schrank im Gästezimmer und mehr als die Hälfte des Schlafzimmerschrankes für sich. Und irgendwie hat er auch den Schreibtisch im Gästezimmer zum Arbeiten besetzt, während ich mit meinen Sachen am Esstisch landete.«

»Erosion ist ein allmählicher Prozess.« Winter rieb Sonyas Schulter. »Ein starker Felsen bemerkt nicht, dass das Wasser ihn allmählich abträgt.«

»Wie ähnlich ihr euch seid«, murmelte Cleo. »Dieses herzförmige Gesicht, die Haarfarbe. Eure Pfirsich-Sahne-Haut, die mir zeigt, dass ich überteuerte Hautpflegeprodukte viel nötiger hätte als eine von euch.«

»Du hast eine tolle Haut«, versicherte Winter ihr. »Goldstaub auf Karamell, ein Geschenk der wundervollen ethnischen Vielfalt deiner Vorfahren. Und immerhin die Augen hat mein Mädchen von ihrem Vater geerbt.«

Winter zog Sonya kurz an sich. »Er hätte Brandon gehörig in den Hintern getreten. Und vermutlich hätte ich ihn nicht aufgehalten. Andrew MacTavish war ein sanfter Mann, aber wenn er einmal in Rage war ...« Sie drückte Sonya erneut. »Konnte man nur den Kopf einziehen.«

Dann nickte sie. »Müllbeutel. Das ist nur fair. Mehr als das sogar.«

»Ich hole sie. Und bestelle Pizza«, bot Cleo an. »Wir sind fast fertig.«

»Sie ist ein Goldschatz«, sagte Winter, als Cleo draußen war.

»Ich weiß. Dass wir uns auf dem College ein Zimmer teilen mussten, hält sie immer noch für Schicksal.«

»Und was sagst du dazu?«

»Reine Glückssache – zumindest ein Riesenglück für mich.«

»Für euch beide. Und weder eurer Kunst noch eurer Arbeit hat diese Freundschaft geschadet. Heute arbeitet sie als Illustratorin und du als Grafikdesignerin. Ich bin so stolz auf euch beide.«

»Am Montag muss ich wieder in die Agentur. Er ebenfalls. Ich hätte mich nie mit jemandem am Arbeitsplatz einlassen sollen.«

»Stopp.« Winter drehte sie zu sich um. »Lass dich von dem, was er getan hat und was er ist, in Bezug auf das, was du bist oder was du tust, nicht verunsichern. Du hast ihn genug geliebt, um dir ein gemeinsames Leben mit ihm aufbauen zu wollen. Und du hast geglaubt, dass diese Liebe erwidert wird.«

»Ich habe mich geirrt.«

»Stimmt, das hast du«, pflichtete Winter ihr bei. »Aber der Fehler war nicht, jemanden zu lieben. Er war dir untreu, und du hast die Sache beendet. Und weißt du, was ich zum Glück bis jetzt nicht von dir gehört habe? *Was habe ich falsch gemacht? Warum war ich ihm nicht genug? Was hat er bei ihr gefunden, das ich ihm nicht bieten konnte?*«

»Ich ... Mom ...«

»Und weißt du auch, *warum* ich das noch nicht gehört habe? Weil du viel zu schlau bist, um in diese Falle zu tappen. Dir ist klar, dass dich keine Schuld trifft. Sondern ganz allein ihn. Es liegt an seinem Charakter. Du hast ihm geglaubt. Er hat dir das Gegenteil bewiesen. Mehr gibt es dazu nicht zu sagen. Also zieh einen Schlussstrich und schließe die Tür. Wechsele die Schlösser aus«, berichtigte sie sich. »Und *dann* schließt du die Tür.«

»Ich rufe morgen beim Schlüsseldienst an. Aber am Montag wird er mich bei der Arbeit zur Rede stellen – oder es zumindest versuchen.«

»Du kriegst das schon hin.«

»Ja.« Sie schloss die Augen. »Das alles ist mir so peinlich.«

»Natürlich. Das ginge jeder anderen Frau genauso. Also, Sonya Grace MacTavish: Sorg dafür, dass es peinlich für ihn wird.«

Sie gab Sonya einen Kuss auf die Stirn. »Eine Blamage trifft einen Mann wie Brandon härter, als ein chronischer Penispilz es könnte.«

Sie aßen Pizza, doch während Sonya und Cleo dem Wein weiterhin zusprachen, hielt sich Winter danach an Eistee. Gemeinsam überlegten sie, wie sie weiter vorgehen wollten. Dann schleppten sie die Kartons, Koffer und prall gefüllten Müllsäcke nach draußen zum Auto.

Als sie wieder ins Haus zurückgehen wollten, kam ihre Nachbarin aus der anderen Hälfte des Doppelhauses heraus.

»Braucht ihr vielleicht Hilfe? Bill ist zu Hause. Er würde euch gerne unter die Arme greifen.«

Winter schenkte ihr ein gewinnendes Lächeln. »Danke, Donna. Wenn es ihm tatsächlich nichts ausmacht, wäre das wirklich nett. Wir haben noch einiges zu schleppen.«

»Kein Problem. Bill! Komm mal raus und hilf Sonya.« Sie stemmte eine Hand in die Hüfte. Diese energische Frau hatte drei Kinder großgezogen und war nach deren Auszug mit ihrem Ehemann in eine kleinere Wohnung gezogen, nämlich in die Doppelhaushälfte nebenan.

Ein nettes Pärchen, dachte Sonya, hilfsbereit, aber nicht aufdringlich. Diese Eigenschaften fand sie umso wichtiger, wenn man Wand an Wand wohnte.

In einem Red-Sox-T-Shirt und in Cargo-Shorts trat Bill auf die Straße hinaus.

»Ziehst du etwa aus?«, fragte er grinsend.

»Ich werfe Brandon raus, oder besser: Ich hab's schon getan, nachdem ich ihn mit meiner Cousine Tracie im Bett erwischt hatte.«

Unter seinem struppigen Ziegenbart blieb Bill der Mund offen stehen, während die Lippen seiner Frau Donna schmal wurden.

»Ist das die Blondine mit den großen Titten?«

»Ja, stimmt. Wahrscheinlich hast du sie vor ein paar Stunden barfuß und mit der Unterwäsche in der Hand aus dem Haus rennen sehen.«

»Nein. Schade, dass ich das verpasst habe. Und tut mir leid, dass es so weit kommen musste. Trotzdem will ich dir nicht verschweigen, dass ich sie schon zweimal hier gesehen habe, wenn du nicht zu Hause warst. Ich dachte erst, dass die beiden irgendeine Überraschung für dich planen – für die Hochzeit vielleicht. Aber ... ich will nicht lügen – gewundert habe ich mich schon.«

»Schon zweimal *vor* dem heutigen Tag?«

»Ganz genau. Letzten Samstag, als ich die Fenster putzte, und vor etwa drei Wochen. Ich hatte Marlene von gegenüber ein paar Cookies vorbeigebracht. Ihr Kleiner steht total auf meine Snickerdoodles. Als ich wieder nach Hause ging, entdeckte ich die Frau. Also ja, auch das war ein Samstag – eben der vor drei Wochen.«

»Da waren wir beim Friseur«, sagte Cleo. »Du wolltest Brautfrisuren ausprobieren. Und anschließend haben wir noch Schuhe für die Hochzeit gekauft.«

»Ja, das weiß ich noch«, murmelte Sonya.

»Tut mir wirklich leid«, wiederholte Donna. »Aber gut, dass du es noch rechtzeitig herausgefunden hast. Los, Bill, hol den Rest der Klamotten dieses Mistkerls aus Sonyas Haus.«

»Wenn wir dir sonst noch irgendwie helfen können«, fügte sie hinzu, »sag einfach Bescheid.«

»Also waren sie mindestens drei Mal zusammen«, sagte Sonya, nachdem sie alles ins Auto geladen hatten. »Jetzt muss ich nur noch das Bett loswerden. Vielleicht auch die Couch. Womöglich haben sie es auch auf der Couch getrieben. Oder weiß Gott wo sonst noch.«

»Nein, musst du nicht. Ich werde deine ganze Wohnung mit weißem Salbei ausräuchern.«

Sie sah Cleo an. »Ist das dein Ernst?«

»Mein voller Ernst. Vielleicht habe ich sogar etwas davon in der Tasche. Falls nicht, flitze ich schnell nach Hause und hole ihn. Wir werden sämtliche Spuren tilgen – von ihm und von ihr. Und von jeder anderen, die er vielleicht in diesem Haus gevögelt hat. Sorry, Son, aber möglich wär's.«

»Ja.« Obwohl es sie bei der Vorstellung schüttelte, nickte sie. »Möglich wär's.«

Sie würde sich testen lassen müssen, was zwar umso demütigender, sicherheitshalber aber unumgänglich war.

»Ich wünschte, wir hätten seine Lederjacken doch zerschnitten. Und ich werde noch mal ein ernstes Wörtchen mit Summer wechseln. Aber erst einmal lade ich den ganzen Kram bei Jerry ab, ob er nun da ist oder nicht.« Winter nahm Sonya noch einmal fest in den Arm. »Da sind wir wohl gerade noch mal davongekommen.«

»Wenn er da ist«, sagte Cleo, »könntest du ihm dann einen Tritt in die Eier verpassen?«

»Gute Idee. Ich komme morgen wieder her. Dann erledigen wir die ganzen Telefonate.«

»Danke.«

Als Winter davonfuhr, legte Cleo Sonya den Arm um die Schultern.

»Noch etwas Wein?«

»Oh ja. Und können wir Tracies Schlampen-Schuhe zusammen mit Brandons Boxershorts vergraben? Um ihr einen chronischen Scheidenpilz anzuhexen?«

»Na, das ist doch mal ein Wort!«

Am Montagmorgen kleidete sich Sonya besonders sorgfältig an. Der rote Hosenanzug verlieh ihr Selbstvertrauen und Kraft. Sie investierte einige Zeit in ihre Frisur, bis sie das Haar zu einem glatten Dutt zusammengefasst hatte, mit dem sie sich cool und abgeklärt fühlte.

Ganz anders als nach Brandons Textnachrichten am Sonntag – vier Mal hatte er ihr geschrieben. Danach hatte sie auf Cleo und ihre Mutter gehört und seine Nummer blockiert.

Wir müssen reden. Wir können doch nicht einfach alles wegwerfen, nur weil ich einen schrecklichen Fehler begangen habe. Du weißt, dass ich dich liebe. Wir müssen reden. Lass es mich wenigstens erklären.

Jede einzelne Nachricht hatte ihren Zorn weiter angestachelt. Und durch diesen Zorn war sie sich schwach und dumm vorgekommen.

Heute musste sie ihm gegenübertreten.

Und sie wollte kontrolliert, cool und kaltschnäuzig sein.

Nachdem sie – besonders auffälligen – Schmuck angelegt hatte und perfekt geschminkt war, ging sie zu Cleo hinaus, die dösend vor ihrem Kaffee saß.

»Na?«

Sonya drehte sich einmal um die eigene Achse.

»WOW! Du siehst hammermäßig aus, Son. Ganz und gar der Sieh-mal-was-du-nie-wieder-zu-fassen-bekommst-Arschloch-Look.«

»Das war das Ziel.«

»Volltreffer. Hör zu, ich nehme den Ersatzschlüssel und deinen Hochzeitsordner mit. Und dann kümmere ich mich um die Stornierungen, die wir am Sonntag noch nicht vornehmen konnten.«

»Cleo, du hast mir schon den halben Samstag und den gesamten Sonntag geopfert.«

»Und ehe der Schlüsseldienst heute nicht eingetroffen ist und die Schlösser ausgetauscht hat, gehe ich nirgendwo hin. Danach nehme ich die Schlüssel und den Ordner mit zu mir nach Hause. Ich bin ziemlich weit mit meinem derzeitigen Projekt, sodass ich es mir durchaus leisten kann, ein paar Stunden freizunehmen. Da kann ich auch die restlichen Anrufe erledigen. Ich vermute allerdings, dass wir das Hochzeitskleid nicht zurückgeben können, da es abgeändert wurde.«

»Kein Rückgaberecht, genau. Dieses lächerlich überteuerte Kleid hat übrigens Mom bezahlt, Cleo.«

»Ich weiß. Aber ich wette, so etwas passiert denen nicht zum ersten Mal. Also rufe ich an und frage die Leute um Rat. Secondhandladen, eBay, wer weiß. Vielleicht kennen sie ja jemanden, der es uns gegen einen gehörigen Preisnachlass abkauft. Ich kümmere mich also um das Kleid und tue auch ansonsten, was ich kann. Dasselbe würdest du schließlich auch für mich tun.«

»Stimmt. Und wenn wir das alles hinter uns haben, fahren wir ein paar Tage weg. Ein Wellness-Wochenende. Mom kommt auch mit. Und deine Mom ebenfalls, wenn sie Zeit hat. Mädels-Trip statt Flitterwochen.«

»Ich bin dabei. So! Bereit, einem gewissen Herrn in die Eier zu treten?«

»Ich hab zwar keine Combat-Boots an, aber diese Pumps tun es sicher auch.«

Während sie durch den hektischen morgendlichen Berufsverkehr Bostons fuhr, überdachte Sonya ihren Plan. Eigentlich war er ziemlich einfach.

Sie würde um ein kurzes Gespräch mit einem der beiden Besitzer von *By Design* bitten – und es so sachlich wie möglich halten.

Sie würde ihrem Gegenüber mitteilen, dass sie die Hochzeit abgesagt habe, nachdem ihr klar geworden sei, dass sie und Brandon nicht zusammenpassten und keine Ehe eingehen sollten. Weitere Details waren nicht nötig.

Da diese Entscheidung mit einem gewissen Maß an Stress einherging, würde sie darum bitten, dass sie und Brandon – zumindest während der nächsten paar Monate – nicht den gleichen Projekten zugewiesen würden.

Einschließlich ihrer Trainee-Zeit war sie selbst seit sieben Jahren bei *By Design*. Brandon hingegen konnte auf zehn Dienstjahre zurückblicken. Aber beide waren sie die Karriereleiter hochgeklettert, hatten ihr eigenes Büro, leiteten häufig Projekte und stellten eigene Teams zusammen.

Er hatte sich auf Werbung spezialisiert – Plakate, Fernsehen und Internetanzeigen. Und er war gut, das ließ sich nicht leugnen. Er war sehr, sehr gut. Dieser Mistkerl.

Obwohl digitale Kunst – Websites, Banner, soziale Medien – den Hauptteil ihrer Arbeit ausmachte, designte sie auch visuelle Elemente für Unternehmen und Einzelpersonen. Sie sorgte für ein einheitliches Erscheinungsbild auf Logos, Visitenkarten, Briefköpfen, besagten Websites und anderen Werbeflächen.

Allerdings war *By Design* ein kleines, privat geführtes Unternehmen – genau die Art von Firma, für die sie hatte tätig sein wollen –, weshalb sie und Brandon häufig an unterschiedlichen Teilen ein und desselben Projekts arbeiteten.

Sie würde einfach nur um ein wenig Freiraum bitten. Und versprechen, sich Brandon gegenüber am Arbeitsplatz höflich und professionell zu verhalten.

Einfach, dachte sie. Vernünftig und sauber.

Natürlich würde es in einem solch kleinen, privat geführten Unternehmen Gerede geben. Aber damit würde sie klarkommen. Tatsächlich würde sie Cleos Einwänden zum Trotz sogar die Schuld auf sich nehmen.

Es war einfacher und sauberer zu behaupten, ihr sei klar geworden, dass sie noch nicht zur Ehe bereit sei und dass sie und Brandon unterschiedliche Lebensziele verfolgten. Es bestand keine Veranlassung zu erwähnen, dass seines darin bestand, ihre Cousine zu vögeln.

Schon in wenigen Wochen würden sich die Klatschbasen auf ein anderes Drama stürzen, und ihres würde vergessen sein.

Bis dahin konnte sie warten.

Unterdessen würde Brandon zweifellos einen Weg finden, ihr aufzulauern, um mit ihr zu reden. Sie würde ihm entschlossen gegenübertreten. Sie würde sogar aktiv das persönliche Gespräch mit ihm suchen und ihm unter vier Augen erklären, dass es vorbei war. Und das würde sie vollkommen ruhig und emotionslos tun.

Ihre Ruhe und Gelassenheit würde er hassen, dachte sie und lächelte, als sie auf den Angestellten-Parkplatz des zweistöckigen, sanierten Industriegebäudes fuhr, in dem *By Design* untergebracht war.

Durch die Seitentür trat sie ein und gelangte geradewegs in jenen Bereich, den sie insgeheim als Nistplatz bezeichnete. Dort hatte man ihr direkt nach dem College einen der Schreibtische zugewiesen. Die meisten der Mitarbeiter, die heute dort saßen, den Dienstälteren zuarbeiteten, den Designern assistierten und dabei auf ihren eigenen Durchbruch hinzuarbeiten versuchten, waren genauso grün hinter den Ohren und genauso dienstbeflissen wie sie selbst damals.

Manche würden aufsteigen, einige würden sich verabschieden, wieder andere würden den Sprung in die Selbstständigkeit wagen.

Sie selbst war aufgestiegen und zufrieden mit ihrem Arbeitsplatz. Von der Produktionskünstlerin hatte sie sich zur Grafikdesignerin und anschließend zur leitenden Grafikdesignerin hochgearbeitet.

Heute war sie bewusst früh am Arbeitsplatz erschienen und ging geradewegs in ihr Büro.

Es war weder besonders groß noch besonders elegant, aber das Fenster ging Richtung Süden, weshalb sie Xena, ihrem geliebten Usambaraveilchen, eine Extraportion Sonne gönnen konnte. Die Pflanze belohnte sie mit einer Vielzahl pinkfarbener Blüten und schimmernden grünen Blättern.

Ihre Aktentasche stellte sie auf den Schreibtisch und warf dann einen Blick auf ihr Moodboard.

Routinemäßig erstellte sie sowohl ein reales als auch ein digitales Moodboard für ein Projekt. Das digitale ließ sich leicht mit anderen Mitarbeitenden teilen und verändern. Aber vor das reale konnte sie sich hinstellen, konnte dabei die Position verändern und es so aus verschiedenen Blickwinkeln betrachten.

Und dieses hier, das den Plan für ein Start-up-Unternehmen visualisierte, war wirklich gelungen.

Die Firma *Baby Mine*, gegründet von zwei cleveren Schwestern, stellte handgefertigte Babyklamotten her – inklusive, falls erwünscht, kostenlosem Namensschriftzug. Sie produzierten sämtliche Größen – von solchen für Frühgeborene, die spezifisch auf die Bedürfnisse von Neugeborenen auf der Neonatologie-Intensivstation zugeschnitten waren, bis hin zu Kleidung für achtzehn Monate alte Kinder.

Für das Logo hatte Sonya ein Baby in einer altmodischen Wiege gezeichnet, über der ein Mobile hing, dessen Einzelelemente in sanft abgerundeten Buchstaben und gedämpften Pastelltönen den Firmennamen bildeten.

Sanft und süß – also genau das, was Eltern sich für ein Baby wünschten.

Die Website war ganz ähnlich gestaltet, wies aber zudem auf die pflegeleichten Produkte und die liebevoll handgefertigten Accessoires hin. Fotos zeigten nicht nur die Ware, sondern auch Babys, die sie trugen, oder Eltern, die die Decken oder Spucktücher nutzten.

Diverse Postings in den sozialen Medien griffen diese visuellen Elemente auf und sorgten für ein in sich stimmiges Erscheinungsbild. Außerdem hatte sie dem Blog der Schwestern einen frischen und zum Rest passenden Look verpasst.

Und nun, da die beiden Frauen ihr kleines Unternehmen nicht mehr nur von zu Hause aus führten, sondern tatsächlich Räumlichkeiten angemietet hatten, hatte sie dieses Design auch auf den Firmenschildern platziert.

Nur noch ein paar letzte Modifikationen, dann war alles in trockenen Tüchern.

Sie hätte sich so viel lieber hingesetzt und an den besagten Feinschliff gemacht, als ihre persönlichen Angelegenheiten vor ihren beiden Chefs auszubreiten.

Aber es ging nicht anders.

Also machte sie sich auf den Weg. Mittlerweile hörte sie Stimmen – Mitarbeiter, die den Nistplatz betraten oder sich im Pausenraum noch einen Kaffee holten, bevor sie sich an den Schreibtisch setzten.

Sie stieg die Metalltreppe in den zweiten Stock empor. Dort befanden sich die Büros der Führungskräfte – des Art Directors, Design Directors und Creative Directors – sowie die Räume ihrer Assistenten; des Weiteren der Präsentationsraum, in dem die Designer ihre fertigen Projekte vorstellten, und schließlich die Büros der Firmeninhaber sowie ein zweiter, schickerer Pausenraum.

Da Laine Cohen sie eingestellt hatte, wandte sie sich zunächst ihrem Büro zu und klopfte an die Tür.

»Herein!«

Mit ihrem exakt geschnittenen, kurzen mahagonifarbenen Haar und der leuchtend blauen Lesebrille, die ihr an einer silbernen Kette um den Hals baumelte, saß Laine an ihrem Schreibtisch. Ihr Partner hockte auf der Kante ihres L-förmigen Arbeitsplatzes.

Aus dem Fenster hinter ihr fiel der Blick auf den Boston Common an einem perfekten Sommertag. Poster mit hauseigenen Designs säumten die Wände. Diese tauschte sie alle paar Monate aus.

Sowohl von Sonya als auch von Brandon war derzeit eines hier ausgestellt worden.

Laines und Matt Berrys Blicke ließen keinen Zweifel daran, dass sie bereits Bescheid wussten.

Matt, eine schlanke Erscheinung in Chinos und einem pinkfarbenen Polohemd, glitt vom Schreibtisch herunter. Wie immer hatte er sein schimmerndes blondes Haar zu einem Pferdeschwanz zusammengefasst. In seinem linken Ohr blinkte ein Goldreif.

»Hättet ihr vielleicht ein paar Minuten für mich?«, begann Sonya.

»Aber klar.« Matt winkte sie herein. »Mach die Tür zu und setz dich. Wie geht es dir, Sonya?«

»Gut, danke. Ich ...«

»Laine und ich haben gerade darüber gesprochen, dass du dir ein paar Tage freinehmen solltest.«

Brandon war ihr also zuvorgekommen, dachte sie. Und zwar auf die für ihn typische Art und Weise.

»Danke für das Angebot, aber ich brauche keinen Urlaub. Ich will heute den *Baby-Mine*-Auftrag fertigstellen und hoffe, euch nachher ein paar erste Entwürfe zu der *Kettering*-Kampagne vorlegen zu können.«

Angesichts von Matts mitleidigem und Laines nachdenklichem Blick warf Sonya ihre ursprünglichen Absichten über Bord.

»Anscheinend wisst ihr schon, dass wir die Hochzeit abgesagt haben.«

»Brandon hat mich gestern Abend angerufen.« Mitfühlend und tröstend rieb Matt ihren Arm. »Er ist natürlich ziemlich fertig, hat aber das Gefühl – und da stimme ich ihm zu –, dass du einfach nur ein wenig Freiraum und Zeit brauchst. Eine Hochzeit zu planen, ist mehr als stressig. Ich erinnere mich noch daran, wie ich Wayne ständig angefaucht habe, als wir unsere planten.«

»Er hat dich, unseren Boss, an einem Sonntagabend angerufen, um dir mitzuteilen, dass die Hochzeitsplanung mich gestresst hat?«

»Wir sind nicht nur eure Vorgesetzten. Wir alle hier sind eine große Familie. Wir hoffen, dass sämtliche Mitarbeiter wissen, dass ihnen unsere Tür stets offen steht, wenn es ein Problem gibt. Nicht wahr, Laine?«

»Natürlich. Und ja, Hochzeitsvorbereitungen sind tatsächlich wahnsinnig stressig. Ich habe mich letztes Jahr an der Organisation der Hochzeit meiner Tochter beteiligt, daher weiß ich Bescheid. Allerdings weiß ich auch, wie du mit jeder Art von Stress umgehst, Sonya. Daher war ich ziemlich überrascht, als Matt mir berichtete, du hättest wegen der ganzen Arbeit eine Art Krise.«

»Ich hatte eine Krise?« Dein Fehler, Brandon, dachte sie, dass du versucht hast, mich als hysterisch darzustellen. Spontan entschied sie sich für Plan B. »So könnte man es wohl nennen.«

»Dafür musst du dich nicht schämen«, versicherte Matt ihr. »Du gönnst dir eine Pause und verwöhnst dich ein bisschen. Sicher kriegt ihr beiden eure Beziehung dann wieder auf die Reihe.«

»Unwahrscheinlich. Ich hatte diese sogenannte Krise, weil ich, als ich am Samstagnachmittag früher als geplant nach Hause kam, Brandon mit meiner Cousine im Bett erwischt habe. Stellt euch nur vor, wie überrascht ich war. Und sogar noch überraschter, als ich erfuhr, dass es nicht zum ersten Mal geschah.

Es wird also keine Hochzeit geben. Ich brauche und will auch keinen Urlaub. Eigentlich hatte ich heute Morgen gar nicht vor, euch die peinlichen Hintergründe meiner Entscheidung zu schildern, sondern wollte euch lediglich informieren, dass ich es mir anders überlegt habe und Brandon nicht heiraten werde. Außerdem wollte ich euch bitten, Brandon und mich für eine Weile nicht den gleichen Projekten zuzuordnen, da die Lage sicher ein wenig peinlich sein würde.«

»Ich ... Bist du im Hinblick auf die ... Umstände ... sicher?«

»Oh bitte, Matt.« Laine verdrehte die Augen. »Sonya wird ja wohl wissen, was sie mit eigenen Augen gesehen hat. Und ich bedaure, das zu hören.«

»Ja. Ach Gott. Mir tut es natürlich auch leid«, versicherte Matt rasch. »Willst du eine Tasse Tee? Ich könnte dir einen Tee holen.«

»Nein danke. Danke. Mir geht es gut. Wirklich. Mir ist klar, dass das hier eine unangenehme Lage ist, aber ich gebe euch mein Wort, dass ich mich am Arbeitsplatz professionell verhalten werde.«

»Wir verlassen uns darauf«, sagte Laine. »Und das Gleiche erwarten wir natürlich von Brandon. Ihr habt ja kürzlich gemeinsam ein Projekt beendet.«

»Vor zwei Wochen. Im Moment gibt es keine Zusammenarbeit.«

»Dann belassen wir es vorläufig dabei. Wenn du dennoch ein oder zwei Tage freinehmen willst, um dich zu entspannen und dich durch die mutmaßliche Flut von Absagen und Benachrichtigungen zu wühlen, kannst du dir die Zeit natürlich nehmen.« Laine hob die Hände. »Wir helfen, wo wir können.«

»Danke. Wirklich! Aber ich habe schon jede Menge

Hilfe und würde lieber arbeiten. Tut mir leid, dass ich euch eine solche Situation zumuten muss!«

»Liebesbeziehungen am Arbeitsplatz.« Laine lächelte schwach. »Wer hätte das nicht schon einmal erlebt? Aber wenn du doch noch zu dem Schluss kommst, Zeit für dich zu brauchen, kannst du jederzeit Urlaub nehmen, Sonya.«

»Das weiß ich zu schätzen.« Sie erhob sich. »Und jetzt mache ich mich an die Arbeit.«

Sie war nicht überrascht, als sie Brandon zwischen Büro und Treppenhaus warten sah.

»Wir müssen uns unterhalten.«

Er packte sie am Arm, doch sie wich zurück. »Rühr mich nicht an.«

»Wir können wohl kaum hier draußen miteinander reden.« Er deutete auf die Tür des Präsentationsraumes. »Ich ziehe es vor, meine schmutzige Wäsche nicht in der Öffentlichkeit zu waschen.«

»In diesem Fall hättest du Matt gestern Abend nicht anrufen und anlügen dürfen.« Dennoch betrat sie den Konferenzraum.

»Ich habe ganz gewiss nicht gelogen.« Mit scharfem Klicken schloss er die Tür. »Ich habe ihm gesagt, dass du die Hochzeit abgesagt hast. Du warst sauer und gestresst.«

»Nur den Grund dafür hast du vergessen zu erwähnen.«

Immerhin besaß er so viel Anstand – oder vielleicht auch nur Grips –, beschämt und bekümmert dreinzublicken.

»Hör zu, Sonya, niemand grämt sich mehr über das, was geschehen ist, als ich. Ich habe einen schlimmen Fehler gemacht und dich verletzt. Ich war schwach und dumm. Ich habe Panik bekommen.«

Sie lächelte ach so liebenswürdig. »Ich dachte, es sei ein Ausrutscher gewesen.«

»Bitte.« Er streckte erneut die Hand nach ihr aus.

»Wenn du mich noch einmal anrührst, hast du eine Klage wegen sexueller Belästigung am Arbeitsplatz am Hals.«

»Ich weiß, dass du verletzt und wütend bist. Dazu hast du alles Recht der Welt. Was ich getan habe ... ein Augenblick der Schwäche. Diese Panik. Die Hochzeit, all die Details, die Entscheidungen. Das alles hat mich immer mehr belastet, und ich geriet in Panik. Dann kam Tracie vorbei, und sie ... nun ja ... hat sich an mich herangemacht. Mich total angebaggert. Und ich ... ich hab einfach nachgegeben.«

Er legte die Hand auf sein Herz. »Ich bitte dich, mir zu verzeihen. Mir noch eine Chance zu geben, um dir zu beweisen, wie viel du mir bedeutest.«

»Es war also ein Ausrutscher, du bist in Panik geraten, und du hast nachgegeben. Und hattest Sex mit meiner Cousine in unserem gemeinsamen Bett, während ich die Korrekturabzüge für unsere Hochzeitseinladungen abholte. Wohlgemerkt habe ich von dem Sex mit meiner Cousine in unserem gemeinsamen Bett nur deshalb erfahren, weil ich meinen Termin beim Floristen abgesagt habe.«

»Es war ein schrecklicher Fehler, Liebling. Ich werde den Rest meines Lebens damit verbringen, ihn wiedergutzumachen. Bitte verzeih mir. Es war ein entsetzlicher Fehler. Sie bedeutet mir nichts. Du bedeutest mir alles. Es war nur Sex.«

Sie nahm ihn eingehend in Augenschein. Hinter der Goldjungenfassade mit dem gut aussehenden Gesicht verbarg sich eindeutig ein Lügner und Betrüger. Sofort wurde ihr wieder übel.

»Erstaunlich, dass du allen Ernstes glaubst, ich würde dir das abkaufen. Für wie blöd hältst du mich eigentlich?«

»Ich bitte dich um Vergebung.« Scham und Kummer verwandelten sich mit Lichtgeschwindigkeit in Entrüstung. »Wie kannst du nur so kalt und unversöhnlich sein? Du hast deine Mutter zu Jerry geschickt – mit all meinen Sachen, Herrgott noch mal. Du hast meine Klamotten in Müllsäcke gestopft, als gäbe es nichts, was uns verbindet.«

»Ich hatte nicht mehr genug Kartons und Koffer.«

»Du bist mit unserer Privatangelegenheit gleich zu deiner Mutter gerannt. Das ist armselig.«

»Nein, tatsächlich ist Tracie gleich zu *ihrer* Mutter gerannt – die zufällig die Schwester meiner Mom ist. Wie dem auch sei, du hast deine Sachen zurück, und wir beide sind fertig miteinander.«

»Kein Wunder, dass ich mich auf die Wärme und Leidenschaft einer anderen Frau eingelassen habe, wenn du so verdammt kalt bist.«

»Dann ist es ja wohl ein Segen, dass wir beide noch mal davongekommen sind, stimmt's? Übrigens: Da du Matt diese Lügengeschichte aufgetischt hast, habe ich den beiden die Wahrheit erzählt. Ursprünglich war das gar nicht meine Absicht, sondern ich wollte sie nur informieren, dass ich die Hochzeit abgesagt habe. Aber ich weigere mich, mir die Schuld in die Schuhe schieben zu lassen. Ich habe ihnen mein Wort gegeben, mich dir gegenüber professionell zu verhalten, und von dir erwarten sie das Gleiche.«

Er schäumte beinahe vor moralischer Entrüstung.

»Du konntest es wohl nicht abwarten, mich bei den Chefs anzuschwärzen. Was ich getan habe, war nur allzu menschlich. Tracie hat mir aufgelauert und sich förmlich auf mich gestürzt. Ich bin schließlich auch nur ein Mensch.«

»Dieses eine Mal? Und was war mit dem Samstag davor? Oder vor zwei Wochen? Führst du die Tatsache, dass ihr es auch bei diesen Gelegenheiten miteinander getrieben habt, auf deine *Menschlichkeit* zurück?«

»Du hast mich *ausspioniert*? So also gehst du mit Problemen um? Indem du mir hinterherschnüffelst? Das ist ja widerlich.«

»Das musste ich gar nicht. Du und Tracie, ihr wart nicht sonderlich diskret. Wir zwei sind geschiedene Leute. Ab sofort blicke ich nur noch nach vorn, und ich schlage vor, du tust das Gleiche.«

»Wenn du glaubst, du könntest so einfach in der Firma Gerüchte über mich verbreiten ...«

»Ich habe nicht die Absicht, über den Vorfall zu reden. Du wirst das vielleicht anders handhaben, aber das ist deine Sache. Ich habe die Location, die Band und alles andere storniert. Alles. Über die Hälfte der nicht erstattungsfähigen Anzahlungen schicke ich dir eine Rechnung.«

»Viel Glück. Von mir kriegst du jedenfalls keinen Cent.«

»Dachte ich mir. Dann schreibe ich es eben als Fehlinvestition ab. Und jetzt geh mir aus dem Weg. Ich habe zu arbeiten.«

»Du trägst den Ring ja gar nicht, den ich dir an den Finger gesteckt habe. Ich will ihn zurück.«

Ihr Lächeln kam von Herzen, was sich verdammt gut anfühlte.

»Dann wünsche ich dir ebenfalls viel Glück. Rein rechtlich gesehen gehört er mir. Ich werde ihn verkaufen und das Geld einem Frauenhaus spenden. Und jetzt geh mir aus dem Weg, Brandon, sonst rufe ich in Laines Büro an und melde dein Verhalten.«

Er trat beiseite.

»Das wird dir noch leidtun«, sagte er zu ihr, als sie die Tür öffnete.

»Nein, wird es nicht. Mir tut nur eines leid: dass ich über ein Jahr meines Lebens mit einem Menschen wie dir verschwendet habe.«

Sie betrachtete die Sache als abgeschlossen, aus, Ende, vorbei.

Danach verbrachte sie einen aus ihrer Sicht produktiven Tag damit, die Designs für *Baby Mine* fertigzustellen. Anschließend widmete sie sich dem *Kettering*-Auftrag, stellte ihre Moodboards zusammen und teilte sie und ihren Pitch mit ihrem Design Director.

Natürlich entgingen ihr die Blicke nicht – besonders nicht die Blicke derer, die sich betont gleichgültig gaben. Sie bemerkte die peinlichen Pausen in Unterhaltungen, wenn sie in einen Raum kam oder an Leuten vorbeiging.

Sie vermutete, dass Brandon genau das tat, was er ihr unterstellt hatte. Er würde die Geschichte verdrehen, ihr alle Schuld in die Schuhe schieben, rundheraus lügen.

Sie würde dem keine Bedeutung beimessen. In ein oder zwei Wochen würden sich die Wogen sicher geglättet haben.

Sie stand eine Woche durch, dann zwei, dann einen Monat. Dann noch einmal zwei Wochen.

Jedes Mal, wenn sie glaubte, es sei vorbei, gelang es ihm, die Gerüchteküche erneut anzukurbeln.

Unter anderem wurde gemunkelt, dass sie *ihn* betrogen habe. Man erzählte sich, dass ihre Hochzeitsplanerin sie als niederträchtige Teufelsbraut bezeichnet habe.

Im Hinblick auf den Büroklatsch ging er allerdings deutlich diskreter vor als in der Affäre mit ihrer Cousine. Nie schien er hinter dem Gerede zu stecken. Die Gerüchte schienen geradezu aus dem Nichts aufzutauchen. Und sie blieben an ihr haften.

Irgendjemand zerkratzte ihr Auto mit dem Schlüssel.

Eines Morgens kam sie ins Büro und musste feststellen, dass ein Design, an dem sie gearbeitet hatte, ebenso von ihrem Computer gelöscht worden war wie ihre Sicherungsdatei.

Sie brauchte geschlagene fünfzehn Stunden, um ihre Arbeit wiederherzustellen, und als sie an jenem Abend das Büro verließ, hatte sie vier platte Reifen.

Sie wusste, dass er dahintersteckte, konnte es aber nicht beweisen. Aber nach dieser Geschichte hatte sie die Nase endgültig voll.

Am darauffolgenden Morgen klopfte sie an Laines Tür.

»Tut mir leid, aber ich muss mit dir reden.«

»Komm und setz dich. Du siehst müde aus.«

»Ich *bin* müde. Ich habe bis Mitternacht gearbeitet. An dem Auftrag für *Happy Pet*. Das Design, das ich entworfen und beinahe fertig hatte, war verschwunden. Einfach von meinem Computer gelöscht. Mein Back-up war ebenfalls manipuliert worden. Das war kein Anwendungsfehler, Laine. Du kennst mich und weißt, dass ich normalerweise sehr sorgfältig arbeite. Ich habe das Design rekonstruiert – vielleicht sogar noch verbessert – und als ich danach das Büro verließ und zu meinem Wagen ging, musste ich feststellen, dass ich vier platte Reifen hatte.«

»Großer Gott, Sonya.«

»Ich weiß, dass auch du von den Gerüchten gehört hast, die immer wieder aufploppen. Die meisten Kollegen glauben sie nicht. Aber ein paar gibt es trotzdem immer. Damit käme ich klar. Ich *bin* damit klargekommen. Aber jetzt hat man begonnen, meine Arbeit zu sabotieren, eine Menge harter Arbeit. Wenn ich das Design nicht rechtzeitig hätte rekonstruieren können, hätten wir den Auftrag womöglich verloren. Und was meine Reifen betrifft, sie wurden nicht aufgeschlitzt. Jemand hat einfach nur die Luft rausgelassen. Dennoch musste ich per Uber nach Hause fahren und eine Werkstatt anrufen, die sich um die Reifen kümmert.«

»Das tut mir leid. Ich werde mir Brandon zur Brust nehmen, das kannst du mir glauben.«

»Bitte nicht. Ich kann nicht beweisen, dass er hinter all

dem steckt, und werde es auch in Zukunft nicht können. Er wird sich schockiert geben, entsetzt sogar. Er wird betonen, alles hinter sich gelassen zu haben, und darauf hinweisen, dass er sich bereits wieder mit anderen Frauen trifft.«

Sie zuckte mit den Schultern. »Aber es wird nicht aufhören, solange wir beide hier arbeiten.«

»Sonya, ich kann Brandon nicht wegen eines Verdachts entlassen – auch wenn es ziemlich wahrscheinlich ist, dass er seine Hände mit im Spiel hat.«

»Darum bitte ich dich auch gar nicht. Ich erwarte es auch nicht von dir. Ich weiß, dass er außergewöhnlich gut arbeitet.«

»Das stimmt. Aber du auch. Höchste Zeit für eine Betriebsversammlung.«

»Nein, Laine, höchste Zeit, dass ich die Kündigung einreiche. Ich dachte, ich könnte diese Situation durchstehen. Aber mittlerweile graut es mir davor, zur Arbeit zu gehen. Ich habe meine Tätigkeit hier geliebt, und jetzt fürchte ich mich davor.«

»Wir finden eine Möglichkeit, die Sache zu regeln, Sonya. Du weißt doch, wie sehr wir dich schätzen.«

»Ich weiß, aber ich *will* nicht, dass ihr es regelt. Du und Matt? Ihr habt hier ein tolles Unternehmen geschaffen, und ich werde immer dankbar dafür sein, ein Teil eurer Agentur gewesen zu sein. Aber ich kann hier nicht mehr arbeiten, deshalb reiche ich meine Kündigung ein. Zwei Wochen bleibe ich noch hier. Falls nötig, auch länger. Hast du schon mal über Gina Tallo nachgedacht? Sie ist so weit. Sie könnte aufsteigen. Ich könnte in den verbleibenden beiden Wochen mit ihr zusammenarbeiten. Aber ich muss gehen. Für mich, Laine. Ich kann nicht anders.«

Laine lehnte sich zurück. »Das ist ätzend. Einfach ätzend.«

»Stimmt. Aber Laine, ich bin kreuzunglücklich. Und das will ich im Job nicht sein. Ich will nicht jeden Morgen mit einem flauen Gefühl in der Magengegend aufwachen, weil ich wieder zur Arbeit muss. Ich will diese ganze Geschichte hinter mir lassen und weiterziehen.«

»Zur Konkurrenz. Der Gedanke ist mir verhasst, aber Matt und ich stellen dir natürlich ein erstklassiges Zeugnis aus. Wir wollen nicht, dass du unglücklich bist. Ich bin sogar stinksauer deswegen.«

»Für mich ist eine Kündigung die beste Lösung. Aber ich habe nicht vor, zur Konkurrenz zu gehen, zumindest vorläufig noch nicht. Ich will als Freelancerin arbeiten. Ich brauche Zeit und Freiraum. Und ich will herausfinden, was ich allein auf die Beine stellen kann.«

Laine legte den Kopf in den Nacken und blickte zur Decke empor. »Wir werden auf jeden Fall ein paar Kunden verlieren. Das ist auch nicht besser, als dich an die Konkurrenz zu verlieren.«

»Ich werde mich nicht an Kunden von *By Design* wenden.«

»Dann bist du dumm. Sei nicht töricht. Nimm wenigstens *Baby Mine* mit. Dieser Kunde hat eine vielversprechende Zukunft. Den schenke ich dir«, sagte Laine, ehe Sonya etwas erwidern konnte. »Es ist kein großes Geschenk, denn immerhin haben die Schwestern explizit nach dir verlangt, weil du ihnen empfohlen worden bist. Jetzt gehört *Baby Mine* also ganz und gar dir. Matt wird mir zustimmen.«

»Danke. Ich hätte nie gewagt, um so etwas zu bitten.«

»Was Gina angeht, hast du recht. Wir haben sie bereits im Auge. Sie braucht noch hie und da ein wenig Feinschliff, aber das kriegen wir schon hin. Und jetzt hör mir gut zu – und zwar mir als Privatperson, die eine Tochter in deinem Alter hat. Dir stehen noch zwei Wochen Urlaub für deine Flitterwochen zu, die du Gott sei Dank nicht angetreten hast. Nimm dir diesen Urlaub. Nutze den heutigen Tag, um die Projekte so weit aufzubereiten, dass man sie an andere Mitarbeiter weitergeben kann. Dann verlass die Firma und suche dein Glück.«

»Ich kann euch doch nicht so hängen lassen!«

»Das tust du auch gar nicht. Oder zum Teufel, das tust du verdammt noch mal auf jeden Fall, ob du nun heute oder erst in zwei Wochen gehst. Du bist eine talentierte und fleißige Frau. Aber Matt und ich kümmern uns persönlich um deine Projekte – immerhin kennen wir das Geschäft nach wie vor aus dem Effeff. Und wir nehmen Gina unter unsere Fittiche. Abgesehen davon werden wir dich furchtbar vermissen.«

Laine wedelte in der Luft herum. »Nicht weinen. Du bringst mich doch tatsächlich noch zum Weinen. Also heute noch, und dann bist du weg. Und melde dich mal.«

»Mach ich. Ich verdanke euch beiden – dir und Matt – so viel.«

»Dann revanchier dich. Mach uns stolz.«

Als Sonya das Zimmer verlassen hatte, lehnte sich Laine wieder zurück und starrte erneut die Decke an.

Dann seufzte sie tief und sagte: »Fuck.«

Kapitel 3

Irgendwie kämpfte sie sich durch den Tag. Obwohl sie das Mittagessen ausließ, um sich auf ihre derzeitigen Projekte zu konzentrieren und sie ihrer potenziellen Nachfolgerin in gutem Zustand zu hinterlassen, nahm sie sich Zeit für ein kurzes Gespräch mit den Kollegen im Pausenraum.

Lässig. Ganz normal, wie jeden Tag.

Sie lief auf Autopilot, denn tief im Herzen hatte sie den Job bereits hinter sich gelassen. Als ihr das bewusst wurde, zerschmolz der Stress wie Butter in der Sonne.

Am Ende des Arbeitstages verstaute sie ihre persönlichen Habseligkeiten, ihre eigenen Geräte, ihre Proteinriegel für plötzliche Hungerattacken, ihre Ersatz-Ladegeräte und den Fluorit-Obelisken, den Cleo ihr geschenkt hatte, ihr Usambaraveilchen Xena sowie all die Kleinigkeiten, die ihr Büro heimelig gestaltet hatten, in eine Kiste.

Ein einziger Karton, dachte sie, mehr war von den sieben Jahren ihres Berufslebens bei *By Design* – inklusive der beiden Jahre als Trainee – nicht übrig geblieben.

Eigentlich von ihrem gesamten Berufsleben.

Sie sah sich noch einmal in ihrem Büro um, als Matt auf der Türschwelle erschien.

»Ich wollte warten, bis … Laine meinte, dass deine Entscheidung feststeht, und das aus gutem Grund. Ich habe das Gefühl, dich nicht genug unterstützt zu haben, dass ich eine Lösung hätte finden müssen.«

»Nein. Nein. Die Situation war nun mal mies. Und für mich einfach unmöglich. Sieh es doch mal so: Wenn du und Laine nicht gewesen wärt, könnte ich mich niemals selbstständig machen.«

»Ich habe Laine versprochen, dich nicht zu bedrängen, also tue ich das auch nicht. Ich würde gern, aber ich verkneife es mir. Lass mich dir beim Tragen helfen.«

Er schnappte sich den Karton und begleitete sie nach draußen, vorbei an den Büros, über den Nistplatz.

»Ich will hoffen, dass du uns vermisst.«

»Das tue ich jetzt schon.« Draußen traf sie eine frische Brise. Sie musste daran denken, dass sie, wenn sie diesen einen Termin beim Floristen nicht abgesagt hätte, jetzt mitten in den Flitterwochen in Paris gewesen wäre.

»Wenn du einen Rat benötigst …«, meinte Matt, »… eine Schulter zum Ausheulen oder einen Trinkkumpan, brauchst du nur anzurufen.« Er verstaute den Karton in ihrem Wagen und wandte sich um. »Ich werde dich jetzt umarmen.«

»Und ich werde die Umarmung erwidern.«

Er drückte sie lang und fest. »Ich sollte das nicht sagen, aber ich werde es trotzdem tun. Er wird sich hier nicht mehr allzu lange halten. Er ist talentiert, und er ist schlau, aber er hat sich als unehrlich, kleinlich und verdammt noch mal ziemlich rachsüchtig erwiesen. Seine Tage bei uns sind gezählt.«

»So gern ich behaupten würde, dass mir das egal ist, aber das ist es nicht.«

»Jetzt fort mit dir und alles Gute.« Er trat einen Schritt zurück. »Ich weiß, dass du Erfolg haben wirst. Und wenn du je hierher zurückkommen und hier wieder glänzen möchtest, steht dir unsere Tür jederzeit offen.«

»Als ich das erste Mal durch die Tür trat, als Trainee während meines letzten Collegejahres, hast du eine gepunktete Fliege getragen.«

»Ah ja, das war meine Fliegenphase. Vielleicht sollte ich die wieder aufleben lassen.«

»Und du hast mir damals geraten, Fragen zu stellen,

wenn ich die Antwort nicht kenne. Ich wusste immer, dass ich zu dir kommen und dich fragen kann.«

»Das gilt auch weiterhin.«

Sie gab ihm einen Kuss auf die Wange, stieg ins Auto und vergoss auf der Fahrt dann doch noch ein paar Tränen.

Statt nach Hause zurückzukehren, verließ sie die Innenstadt und machte sich auf den Weg zu dem gepflegten zweistöckigen Haus ihrer Mutter mit seinem kleinen Garten. Dort, in dieser grünen Gegend, war sie aufgewachsen. Sie hatte in dem Garten gespielt und, als sie alt genug dafür gewesen war, den Rasen gemäht.

Auf diesem Bürgersteig hatte ihr Vater ihr das Fahrradfahren beigebracht – wie gut sie sich daran erinnerte.

Ich pass auf dich auf, Sonya. Einfach weiterstrampeln, Baby! Ich lass dich nicht los.

Und das hatte er auch nicht. Er war neben ihr hergerannt, bis sie gerufen hatte:

Lass los, Daddy! Ich schaff das allein. Lass los!

Wahrscheinlich hatte er ihr zugesehen.

Ob er Stolz, Angst oder vielleicht auch einen Stich des Bedauerns gespürt hatte, während sie auf ihrem kleinen rosa Fahrrad mit dem weißen Plastikkörbchen über den Bürgersteig geschlingert war?

Sie sah ihn deutlich vor sich, wie er zu der Stelle hinüberjoggte, an der sie angehalten hatte – ganz erhitzt und begeistert von sich selbst.

Die laue Frühlingsbrise, die sein Haar zerzauste – ein volles, leuchtendes Blond, das nie die Chance gehabt hatte, grau zu werden. Ein großer, schlaksiger Mann in seiner Blütezeit, mit langen Armen, langen Beinen und schmalen Händen. Künstlerhänden – wie ihren.

Ein Mann, der drei kurze Jahre später gestorben war.

Ein Unfall, eine Tragödie. Er hatte an einem Wandgemälde in einem Gebäude in der Stadt gearbeitet. Das

Gerüst war zusammengebrochen und hatte ihre Mutter zur Witwe gemacht.

Sie fuhr in die schmale Einfahrt, parkte hinter dem Wagen ihrer Mutter und fragte sich, warum all diese Erinnerungen sie plötzlich übermannten. Lag wahrscheinlich an ihrer Grundstimmung. Einen Job aufzugeben war zwar kaum vergleichbar mit dem Tod, aber dennoch ein deutlicher Einschnitt.

Der herbstlich rote Ahorn vor dem in Kolonialblau gestrichenen Cape-Cod-Haus schien in Flammen zu stehen. Einige der feuerroten Blätter waren zu Boden gefallen, und schon bald würde der Oktober sie ganz von den Zweigen fegen.

Vor dem Haus leuchteten üppige Kissen aus kanariengelben Chrysanthemen um die Wette. Und weil Winter MacTavish jede Jahreszeit und jeden Festtag liebte, flankierten riesige, orangefarbene Kürbisse die weiße Eingangstür.

Kurz vor Halloween würde ihre Mutter sie aushöhlen, das alte Skelett und die kichernde Hexe auf ihrem Besen herausholen und jede Menge Süßigkeiten an die Kinder verteilen, die »Süßes oder Saures« verlangten.

Sonya klopfte nicht an – das tat sie nie.

Drinnen duftete das Wohnzimmer nach den Herbstblumen in der Vase und dem Holz, das im Kamin vor sich hin glomm.

Wie seit Urzeiten hing ein Gemälde ihres Vaters darüber – Sonya konnte sich zumindest nicht daran erinnern, dass jemals etwas anderes dort gehangen hätte.

Ein in Dunst gehüllter Wald, tiefgrüne Schatten und Lichtsprenkel, die einen Pfad in Gold tauchten. Und zur Rechten dieses Pfades ein Fluss, in dem das Wasser über die Felsen zu rauschen schien, um in kleinen Wasserfällen hinabzustürzen, die weiß schäumend und silbrig aufleuchteten.

Als Kind hatte sie ihren Vater gefragt, wohin dieser Pfad führte, und er hatte geantwortet: *Wohin du willst.*

»Vielleicht bin ich ja jetzt auf diesem Pfad und finde es heraus«, sagte sie leise zu sich selbst.

Wie sie ihre Mutter kannte, würde diese wohl in der Küche sein, weshalb Sonya sich gleich auf den Weg dorthin machte und dabei laut ihren Namen rief.

»Sonya? Was für eine schöne Überraschung.«

Sie hatte ihre Arbeitskleidung gegen eine bequeme Jogginghose und Sneaker eingetauscht und begrüßte ihre Tochter mit einer schnellen Umarmung. »Ich habe gerade überlegt, was ich zum Abendessen machen soll. Hast du schon etwas gegessen?«

»Nein. Ich komme direkt von der Arbeit.«

»Na, dann habe ich ja einen Anlass, um die Riesenportion Suppe, die ich letztes Wochenende gekocht habe, aus dem Tiefkühler zu holen. Hühnchen und Gemüse. Wie klingt das?«

»Großartig.«

»Hol doch schon mal eine Flasche Weißwein aus dem Kühlschrank. Dann trinken wir ein Glas, während ich die Suppe auftaue.«

»Klingt sogar noch besser.«

»Und danach erzählst du mir, was du auf dem Herzen hast.«

Sonya holte eine Flasche aus dem Kühlschrank unter der Theke – eine der Annehmlichkeiten, die ihre Mutter bei der Modernisierung der Küche hatte anbringen lassen.

Das war die einzige Veränderung gewesen, die Winter nach dem Tod ihres Mannes am Haus vorgenommen hatte.

»Kann ich nicht einfach nur vorbeischauen, um meine Mom zu besuchen?«

»Kannst du, und manchmal machst du das ja auch. Aber ...« Winter tippte Sonyas Nase an. »... ich kenne dieses Gesicht.«

Um Zeit zu schinden, holte Sonya erst einmal Korkenzieher und Gläser heraus.

»Du weißt doch, dass ich bei der Arbeit einigen Ärger hatte«, begann sie schließlich. »Größtenteils konnte ich es ignorieren, und die meisten Leute, mit denen ich zusammenarbeite, sind nicht blöd. Aber es hat nicht wirklich nachgelassen. Meist waren es Kleinigkeiten. Sticheleien und dergleichen.«

»Er hat sich als ziemlicher Widerling entpuppt, was?«

»Er ist ein Meister der Verstellung.« Mit halbem Lachen goss sie den Wein ein. »Glattzüngig, mir gegenüber stets ausgesucht höflich und überaus professionell. Aber ...«

Sie nippte an ihrem Glas und lehnte sich rücklings gegen die Kücheninsel.

»Gleichzeitig erbarmungslos, einfach nur erbarmungslos. Er will es mir unbedingt heimzahlen, immer und immer wieder, weil er der Meinung ist, dass ich ihn bloßgestellt habe. Als ich gestern ins Büro kam, war ein Projekt, das ich gerade fertiggestellt hatte, verschwunden. Einfach von meinem Computer gelöscht.«

»Das ist nicht erbarmungslos, sondern hundsgemein.«

»Überdies war meine Sicherungskopie ebenfalls manipuliert worden. Immerhin hatte ich noch das reale Moodboard – das ebenfalls zu zerstören, wäre allzu offensichtlich gewesen. Aber meine ersten Skizzen waren ebenfalls verschwunden. Ich musste so ziemlich alles aus dem Gedächtnis rekonstruieren. Und habe bis Mitternacht daran gearbeitet.«

»Kein Wunder, dass du so müde aussiehst. Was für ein Mistkerl. Du weißt, dass er dahintersteckt.«

»Ich weiß es, aber ich kann es nicht beweisen. Genauso

wenig, wie ich beweisen kann, dass er während meiner Überstunden die Luft aus meinen Reifen gelassen hat – aus allen vieren.«

»Gütiger Himmel, Sonya! Das ist ja regelrecht kriminell! Hast du die Polizei alarmiert?«

»Ich habe einen Uber gerufen, und ja, ich habe Anzeige erstattet. Aber das wird zu nichts führen, Mom. Ich hätte ihm den Ring zurückgeben sollen, statt ihn zu verkaufen und das Geld zu spenden. Vielleicht hätte er dann lockergelassen. Aber ich wollte es ihm unter die Nase reiben, also ...«

»Mach dir bloß keine Vorwürfe deswegen. Dich trifft nun wirklich keine Schuld!«

»Schuld ist das falsche Wort. Eher war es eine Fehleinschätzung. Und, oh Gott, sei jetzt bitte nicht enttäuscht von mir.«

»Als könnte ich das je.«

Sie holte tief Luft und hielt sie an. »Ich habe gekündigt.«

»Oh, Baby.« Winter stellte ihr Weinglas ab und nahm Sonya in die Arme.

»Ich dachte, ich käme damit klar, aber es ging nicht. Ich konnte einfach nicht. Ich habe ihn gewinnen lassen.«

»Hör sofort auf damit.« Winter löste sich aus der Umarmung und schüttelte Sonya sacht. »Du hast ihn nicht im Geringsten gewinnen lassen. Das hier ist schließlich kein verdammtes Wettrennen. Du hast das getan, was am besten für dich war. Oh, ich wünschte, sie hätten den Dreckskerl gefeuert!«

»Weshalb? Weil er mich betrogen hat? Du bist juristische Fachangestellte in einer Kanzlei. Du weißt, dass das kein Grund für eine Entlassung ist. Und der Rest? Er ist vorsichtig und hinterlässt keine Spuren. Und Matt und Laine?«

Sie schüttelte den Kopf, ging zu einem der Barhocker

hinüber und ließ sich darauf nieder. »Sie haben getan, was sie konnten. Ich weiß, dass sie sich ihn vorgeknöpft haben. Was es langfristig wahrscheinlich nur noch schlimmer gemacht hat. Sie überlassen mir einen ihrer Kunden – ein Start-up-Unternehmen, für das ich in der letzten Zeit gearbeitet habe. Und sie gewähren mir noch zwei Wochen bezahlten Urlaub und verlangen nicht, dass ich weiterarbeite. Dazu wären sie keinesfalls verpflichtet gewesen.«

»Es ist ja nicht ihre Schuld. Außer ihm ist eigentlich niemand schuld. Was hast du jetzt vor?«

»Ich werde freiberuflich arbeiten. Mit der Idee liebäugele ich schon seit ein paar Wochen, und der gestrige Tag brachte das Fass zum Überlaufen. Ich habe Ersparnisse, ich habe Erfahrung, ich habe Kontakte. Und ich habe den *Baby Mine*-Auftrag, sofern man dort auch weiterhin Verwendung für meine Fähigkeiten hat. *Baby Mine* ist ein tolles kleines Unternehmen, und bislang habe ich gute Arbeit für sie geleistet. Ich zeige es dir.«

Sie schnappte sich das Tablet ihrer Mutter von der Kücheninsel und rief die Website auf.

»Wow, das ist fantastisch. Oh, sieh dir doch nur die Outfits an! Jetzt brauche ich nur noch ein Baby, für das ich Klamotten kaufen kann. Warte! Meine Kollegin Sylvia erwartet Anfang Dezember ihr erstes Enkelkind. Ein Mädchen. Ich werde ihr auf jeden Fall einen Link für diese Website schicken.«

»Ja, bitte tu das.«

»Handarbeit. Oh, sieh doch nur diese kleinen Mützen. Kleine Katzen-Cappies!«

Während Sonya beobachtete, wie ihre Mutter sich durch die Seite scrollte, hob sich ihre Stimmung.

Die Website war benutzerfreundlich und handygeeignet.

»Ich schicke ihr den Link sofort. Wie talentiert du bist! Du hast die künstlerische Ader deines Vaters geerbt.«

»Ich wünschte, ich könnte so malen wie er.«

»Wenn du willst, malst du doch wunderschön. Aber die Malerei ist nicht deine Leidenschaft. Das hier schon. Und es ist toll geworden. Geschafft! Das wird Sylvia gefallen – und deinen Kundinnen eine größere Bestellung bescheren. So, und jetzt essen wir etwas Suppe und reden über deine Pläne für deine neue Firma.«

»Ich weiß nicht so recht, ob ein Ein-Frauen-Betrieb gleich als Firma bezeichnet werden kann.«

»Aber natürlich. Und auch wenn ich nichts für Rache übrighabe, weißt du doch sicher, was man darüber sagt?«

»Was meinst du?«

»Die beste Rache?« Winter zog die Augenbrauen hoch. »Ist Erfolg. Und du wirst das Kind schon schaukeln.«

»Auf jeden Fall werde ich alles geben. Aber ehe ich mich gar zu tief in die Arbeit stürze, lege ich ein verlängertes Wochenende ein – ein Wellness-Wochenende.«

»Genau das brauchst du jetzt.«

»Und ich nehme meine Mom und meine beste Freundin sowie, wenn sie es schafft, auch noch deren Mom mit.«

»Oh, also, Sonya, das kannst du dir nicht leisten. Schon gar nicht jetzt.«

»Ich habe schließlich nicht vor, in Paris shoppen zu gehen, oder? Außerdem spare ich einige Tausend Dollar, die ich jetzt nicht mehr für eine prunkvolle Schickimicki-Hochzeit ausgeben muss, die ich nicht mal wollte. Das verdammte Hochzeitskleid habe ich immerhin für sechzig Prozent des ursprünglich von dir bezahlten Preises wieder verkauft bekommen. Und Cleo hat es geschafft, einige der Anzahlungen zurückzubekommen, wodurch beinahe achttausend Dollar zusammengekommen sind.«

»Sie ist ein kluges Mädchen.«

»Und deshalb lade ich meine Mom sowie das kluge Mädchen und deren Mom zu einem Wellness-Wochenende ein. Ich muss mich schließlich dringend verwöhnen. Ein Nein akzeptiere ich nicht.«

»Dann sage ich auch nicht Nein. Dann schreib doch Cleo gleich mal, damit sie Melly fragen kann.«

»Ich starte sofort einen Gruppenchat, und dann versuche ich, uns Zimmer im *Ripe Plum* zu buchen.«

»In diesem Resort an der Küste? Wow. Wenn mein Mädchen sich einmal verwöhnen lassen will, dann aber richtig.«

»Ganz genau. Ich war so verdammt unglücklich, Mom. Es tut so gut, nicht mehr deprimiert zu sein. Und diese Suppe duftet fantastisch.«

Belebt durch den Besuch, die Suppe und die ermutigenden Worte ihrer Mutter sowie natürlich durch die Tatsache, dass sie drei Nächte im *Ripe Plum* gebucht hatte – allerdings wochentags, da die Wochenenden ausgebucht gewesen waren –, fiel Sonya um kurz nach neun ins Bett und schlief geschlagene zwölf Stunden lang wie ein Murmeltier.

Am nächsten Morgen fühlte sie sich erfrischt und stürzte sich voller Energie in die Umsetzung ihres neuen Plans.

Der erste Schritt bestand darin, die Betreiberinnen von *Baby Mine* in ihrer Werkstatt zu kontaktieren.

Zwanzig Minuten später sprang sie auf und stieß die Fäuste in die Luft.

Sie waren nicht nur bereit, die Zusammenarbeit mit ihr fortzusetzen, sondern hatten ihr auch noch zwei potenzielle Neukunden vermittelt.

Sie arbeitete jetzt schon lang genug mit den Schwestern zusammen, um zu wissen, wie sie tickten. Sie würden vermutlich gleich Kontakt zu den betreffenden Unternehmen aufnehmen, um sie auf Sonyas späteren Anruf vorzubereiten. Ehe sie also selber auf Kundenfang ging, war es ratsam, mindestens eine Stunde verstreichen zu lassen, was ihr wiederum Zeit gab, um an ihrem eigenen Auftritt – einem Logo, Visitenkarten, einer Website, ihren Social-Media-Accounts und so weiter – zu arbeiten.

Am späten Nachmittag klopfte es an der Tür.

»Ich habe Pumpkin-Spice-Muffins und Latte macchiato mitgebracht.« Cleo hielt eine Tüte in die Höhe und legte den Kopf schief. »Nun schau dich einer an. Diesen Gesichtsausdruck habe ich schon seit Wochen nicht mehr bei dir gesehen. Seit vielen Wochen.«

»Was für einen Ausdruck meinst du?«

»Glücklich. Freudentanz-verdächtig glücklich. Dabei hatte ich schon befürchtet, dass du gerade in einem Was-habe-ich-verdammt-noch-mal-getan-Loch steckst.«

»Ich weiß genau, was ich getan habe.« Sie zog Cleo in die Wohnung. »Ich habe zwei Kunden an Land gezogen und mir höchstwahrscheinlich sogar noch einen dritten gesichert.«

»Jetzt schon?«

»Jetzt schon. Außerdem habe ich, glaube ich, mein Logo fertig – das ich für die Verträge mit besagten Kunden ebenso brauche wie für das Design meiner Website und den ganzen Rest. Ich will deine ehrliche, aufrichtige Meinung dazu hören. Warte hier.«

Während Sonya in ihr Büro zurückhastete, holte Cleo den Kaffee und die Muffins aus der Tüte.

»Okay. Ta-da! Da ist es. Und jetzt sag mir, was du davon hältst. Schließlich soll es einschlagen wie eine Bombe.«

Sie klappte ihr Skizzenbuch auf.

Gewölbte Blütenblätter in leuchtenden Farben – rot, blau, gelb und grün – bildeten einen breiten Kranz, der durch die Schichtung der Blätter zweidimensional hervorzutreten schien. Mittig über diesem Kranz prangte in schwungvollen Lettern der Schriftzug *Visual Art*. Im Kranz selbst stand *by Sonya*.

»Und sag jetzt bloß nicht nur das, was ich hören will.«

»Tut mir leid, aber etwas anderes fällt mir nicht ein. Es ist perfekt. Ich finde es umwerfend. Dieser Kranz – ein Kreis, das ist ein starkes Symbol, unterstrichen von starken Farben. Die Blätter verleihen dem Ganzen Tiefe und wecken das Interesse des Betrachters. Der schwungvoll fließende Schrifttyp ist das Tüpfelchen auf dem i und macht ein organisches Ganzes daraus. Es ist ausgewogen, weckt Interesse und spielt geschickt mit freien Flächen.«

»Ich wollte keine harten Kanten. Aber allzu glatt und modern sollte es auch nicht sein, genauso wenig wie verspielt oder allzu konservativ. Es sollte nicht niedlich oder mädchenhaft wirken, trotzdem gefällt mir die feminine Note, die die Blätter ihm verleihen.«

»Volltreffer. Heiliger Mist, Son, du startest echt durch wie eine Rakete.«

»Ich werde die Website einer Autorin neu gestalten, deren erstes Buch im November erscheint. Ihre bisherige Homepage ist *absoluter* Mist. Und ich habe ihr dringend geraten, mir die Überarbeitung ihrer Social-Media-Auftritte zu überlassen. Denn die sind ebenfalls beschissen. Hoffentlich ist ihr Buch besser. Sie will mir ein Vorabexemplar zukommen lassen.«

»Wenn es ätzend ist, wirst du sowieso lügen.«

»Du bist also vorbeigekommen, um mir Mut zuzusprechen.«

»Stimmt, aber jetzt sehe ich, dass das gar nicht nötig ist. Doch immerhin können wir uns mit Kaffee und Muffins stärken. Hast du Zeit für eine kleine Pause?«

»Aber klar. Danke. Für den nicht notwendigen Zuspruch, für den Kaffee und den Muffin. Ich habe mein Büro umgeräumt, um Platz für den Wallscreen zu schaffen, den ich bestellen will. Darauf werde ich meine Arbeit projizieren. Wie eine Präsentation für mich selbst. Willst du mal sehen?«

»Nur wenn ich dafür sorgen darf, dass dein Büro nach Feng-Shui-Regeln eingerichtet ist.«

»Okay. Auch auf die Gefahr hin, dass du sauer wirst: Brandon hat mir einen Gefallen getan. Ich glaube, ohne seine Intrigen hätte ich mich nie zu diesem Schritt durchgerungen. Heute habe ich das Gefühl, dass das hier genau das ist, was ich tun will und sollte.«

»So weit, es als Gefallen zu bezeichnen, würde ich vielleicht nicht gerade gehen, aber wir können uns darauf einigen, dass dieses Arschloch dich in die richtige Richtung geschubst hat.«

»Das passt. Und jetzt schau es dir an.«

Drei Wochen später hatte sie die neue Website für die Autorin fertig und hochgeladen – deren Buch übrigens keinesfalls Mist war. Sie hatte Anzeigen für Feiertagsangebote von *Baby Mine* entworfen, ebenso wie (welche Ironie!) Hochzeitseinladungen für die Nichte ihrer Nachbarin.

Um die Weihnachtszeit hatte sie drei weitere Website-Designs in Arbeit, hatte zwei Buchcover entworfen und noch mehr digitale Anzeigen erstellt.

Eigentlich hatte sie erwartet, dass dieses Jahr das schlimmste ihres Lebens sein würde, doch nun – am Jahresende – war sie in Beststimmung.

Der Einkommenseinschnitt und der Verzicht auf betriebliche Vergünstigungen schmerzten zwar ein wenig, und die Ausgaben für Material und Ausrüstung waren sogar noch schmerzhafter. Aber für eine Frau, die weniger als drei Monate im Geschäft war, lief es ganz gut.

Noch besser wäre es natürlich ohne den Wasserrohrbruch in der Woche vor Weihnachten gelaufen, der sie 1600 Dollar gekostet hatte.

Aber trotzdem lief es insgesamt ganz gut.

Sie musste Kampfpreise anbieten, um ihren Kundenstamm und ihr Projektportfolio weiter auszubauen. Immerhin, so rief sie sich ins Gedächtnis, sparte sie jede Menge Sprit, weil sie nicht mehr pendelte, ebenso wie das Geld für das Mittagessen und die Verschleißreparaturen an ihrem Auto.

Ob sie die Kameradschaft der Kollegen vermisste? Manchmal. Andererseits arbeitete sie gern allein und genoss es, nur sich selbst verantwortlich zu sein. Außerdem konnte sie verdammt noch mal anziehen, was sie wollte.

Vielleicht würde sie sich einen Hund oder eine Katze anschaffen. Da sie acht oder zehn Stunden am Tag zu Hause war, konnte sie sich durchaus um ein Haustier kümmern.

Gesellschaft.

Hundefutter, Tierarztbesuche – vielleicht sogar ein Hundefriseur. Das alles kostete Geld.

Sie würde darüber nachdenken und einen Finanzplan erstellen.

Dass sie den Gürtel ein wenig enger schnallen musste, war nichts im Vergleich zu der Befriedigung, das tun zu können, was sie liebte, und zwar genau so, wie sie es liebte.

Sie machte sich keine Sorgen.

Noch nicht.

Mitte Januar, während Boston unter einer sechzig Zentimeter hohen Schneedecke bibberte und die Geschäfte nur schleppend liefen – sicher ging es bald wieder aufwärts –, klopfte es an ihrer Tür.

Der Mann, den sie unter seinem schweren Mantel und der Trappermütze erkennen konnte, schien etwa Ende vierzig zu sein. In der behandschuhten Hand trug er eine Aktentasche bei sich – und lächelte.

Bedächtig, entspannt, charmant.

Die sanften Augen unter den schwarzen Brauen waren von einem geradezu gespenstischen Blau und musterten sie durch Brillengläser hindurch. Das silberne Gestell war von der gleichen Farbe wie die vereinzelten Haarbüschel, die sich unter der Mütze hervorwagten.

»Ms. Sonya MacTavish?«

»Ja. Kann ich Ihnen helfen?«

»Ich bin Oliver Doyle, Anwalt des verstorbenen Collin Poole. Ihres Onkels.«

»Außer dem Ehemann meiner Tante habe ich keinen Onkel. Und der heißt Martin. Einen Mann namens Collin Poole kenne ich nicht.«

»Er ist der Bruder Ihres Vaters.«

»Das muss ein Irrtum sein, Mr. Doyle. Mein Vater hatte keinen Bruder.«

»Wahrscheinlich wusste er nur nichts davon. Es geht um seinen Zwillingsbruder. Ihr Vater war Andrew MacTavish, geboren am 2. März 1965.«

»Ja, aber ...«

»Er wurde als Kleinkind von Marsha und John MacTavish adoptiert.«

»Mr. ...«

»Doyle. Ich verstehe, dass das ebenso verwirrend wie ungewöhnlich klingt. Und natürlich habe ich Verständnis dafür, dass Sie mich nicht hereinbitten wollen, damit ich es Ihnen erklären kann. Ich wohne im *Boston Harbor Hotel* und würde mich freuen, mich an einem Ort Ihrer Wahl mit Ihnen zu treffen. Darf ich Ihnen meine Visitenkarte geben? Und das hier.«

Er holte ein Visitenkartenetui und ein Foto aus der Manteltasche. »Das hier ist Collin Poole. Wir waren seit unserer Kindheit eng miteinander befreundet. Kurz vor Weihnachten ist er verstorben.«

»Das tut mir sehr leid, aber ...«

Sie verstummte und sah auf die Fotografie hinab.

»Das Foto wurde vor beinahe dreißig Jahren aufgenommen. Meine Frau hat es von Collin und mir gemacht.

Ich habe Fotos von Ihrem Vater gesehen, als er etwa im gleichen Alter war. Sie waren Zwillinge. Nicht komplett identisch, aber einander doch sehr ähnlich, oder?«

»Das verstehe ich nicht.«

»Wie sollten Sie auch? Ich nehme an, Sie haben noch nie einen DNA-Test gemacht?«

»Nein.«

»Die Brüder wurden in Maine geboren, in dem Haus, das seit über zweihundert Jahren im Besitz der Familie Poole ist.«

Sie hatte Fotos von ihrem Vater in diesem Alter. Sie konnte die Unterschiede sehen – ihr Vater hatte sein Haar länger getragen. Er war ein wenig größer und schmaler gewesen, mit kantigerem Kinn. Aber abgesehen von diesen geringfügigen Abweichungen hätte sie schwören können, dass dieses Foto ihren Vater zeigte.

»Kommen Sie herein.«

»Vielen Dank. Ich bin zwar in Maine geboren und aufgewachsen, finde diesen Wind aber trotzdem ziemlich schneidend. Sie haben seine Augen. Wie gesagt: Ich habe Fotos von Ihrem Vater gesehen, und ich kannte Collin sehr gut. Sie haben die tiefgrünen Augen Ihrer Familie – der Pooles – geerbt.«

Familie – das hörte sich falsch an. Unmöglich sogar.

»Darf ich Ihnen den Mantel abnehmen?«

»Danke.«

Als er die Mütze abnahm, sah sie, dass sein silbergraues Haar von schwarzen Strähnen durchzogen war, die zu seinen Augenbrauen passten.

»Ich könnte uns einen Kaffee kochen.«

»Das wäre himmlisch. Für mich bitte nur mit einem Spritzer Milch.«

Sie fühlte sich wie betäubt. Wie war es möglich, dass ihr Vater einen Bruder – einen Zwillingsbruder! – hatte, ohne davon zu wissen? Wie hatten ihre Großeltern ihm das verschweigen können? Wie hatten sie zulassen können, dass die Brüder getrennt wurden? Wie hatten sie nur einen der beiden aufnehmen können?

Und warum hatte dieser Onkel niemals zu ihr oder ihrem Vater Kontakt aufgenommen, wenn er doch Bescheid gewusst hatte?

»Sie haben bestimmt Fragen.«

Mr. Doyle erhob sich und betrachtete die Fotos, die im Regal neben allerlei hübschen und interessanten Kleinigkeiten standen, welche sie im Laufe der Jahre gesammelt hatte.

»Ich werde versuchen, sie zu beantworten. Können wir uns dort an den Tisch setzen? Ich muss Ihnen nämlich noch weitere Dinge zeigen, einige Papiere.«

»Na gut.«

Sie stellte seinen Kaffee auf den Tisch und nahm Platz. »Sie sagten, er sei vergangenen Monat gestorben. War er krank?«

»Sehr freundlich, dass Sie sich danach erkundigen. Auch das werde ich zu erklären versuchen. Aber zuerst versichere ich Ihnen, dass Collin von der Existenz eines Bruders lange Jahre keine Ahnung hatte. Diese Information wurde ihm vorenthalten. Erst kurz vor dem Tod Ihres Vaters erfuhr er von ihm. Und zwar durch mich. Genealogie ist mein Hobby, gewissermaßen sogar eine Leidenschaft. Ich wollte Collins Familienstammbaum zusammenstellen und ihm diesen zum Geschenk machen. Dazu waren ausführliche Nachforschungen vonnöten, denn offenbar fehlten einige Teile des Stammbaums – oder Zweige, wie wir Genealogen sagen.«

Er öffnete seine Aktentasche. »Dies ist ein Foto von Collins Vater. Also dem Vater Ihres Vaters. Und das hier war die Mutter der beiden.« Mit feinem Lächeln legte er ein weiteres Bild auf den Tisch. »Es ist in den Sechzigerjahren entstanden.«

Die Frau – eigentlich ein junges Mädchen – hatte langes, glattes, blondes Haar, das von einem bunten Band zurückgehalten wurde. Ein hübsches Gesicht, dachte Sonya. Ihre blauen Augen wurden von dickem Eyeliner umrahmt. Dazu eine schlanke Figur, gekleidet mit T-Shirt und tief sitzenden Schlaghosen-Jeans. Ihre Hand, mit der sie das Peace-Zeichen machte, war mit Ringen übersät.

»Lilian Crest, obwohl sie offenbar den Namen Clover benutzte, als das Foto aufgenommen wurde. Sie starb bei der Geburt der Zwillinge. Eine Hausgeburt, die anscheinend fürchterlich schiefging. Und ein Unwetter, in dessen Folge man zwei Tage lang weder Strom noch Telefonverbindung hatte. Das Haus – oder besser: das Herrenhaus – liegt ein wenig abseits. Nicht völlig unerreichbar, aber immerhin ein paar Kilometer von der Stadt Poole's Bay entfernt.«

»Sie ist so jung.«

»Bei ihrem Tod war sie erst neunzehn. Mit siebzehn verließ sie ihr Elternhaus. Sie und Charles zogen ins Herrenhaus. Seine Eltern, sein Zwillingsbruder und seine Schwester wohnten außerhalb von Poole's Bay. Damals.«

»Zwillinge scheint es also in dieser Familie öfters zu geben.«

»Stimmt. Wie man sich erzählte, stürzte Lilians Tod Charles in tiefe Verzweiflung. Ich fürchte, er machte die Kinder dafür verantwortlich, weshalb er nichts mit ihnen zu tun haben wollte. Kurz darauf nahm er sich das Leben. Doch zuvor hatte seine Schwester Collin bei sich aufgenommen und adoptiert. Ihr Vater wiederum wurde in einer Pflegefamilie untergebracht und zur Adoption freigegeben. Sie wissen schon: in einem anderen Bundesstaat. Laut den Papieren bestanden die Pooles darauf, dass die Adoptiveltern keine Informationen über die leibliche Familie erhielten.«

»Sie wussten es nicht.« Erleichterung durchflutete mich. »Meine Großeltern. Sie hatten keine Ahnung, dass Dad einen Zwillingsbruder hatte. Sie hätten bestimmt beide Jungs aufgenommen. Es sind gute Menschen. Liebevolle Menschen.«

»Ich kann Ihnen nicht sagen, warum die Pooles die Kinder getrennt haben. Ich weiß, dass Patricia Poole, die Großmutter Ihres Vaters, eine sehr harte Frau war. Ich weiß auch, dass der Onkel Ihres Vaters – Lawrence – das Herrenhaus nach dem Tod seines Bruders nicht mehr nutzte. Es blieb verschlossen, bis Collin es im Alter von achtzehn Jahren wieder öffnete. Es gehörte ihm. Als er volljährig wurde, war er der rechtmäßige Erbe, denn sein Onkel war vier Jahre zuvor gestorben, ohne einen Erben zu hinterlassen. Ihr Kaffee ist wirklich gut.«

»Möchten Sie noch etwas?«

»Da sage ich nicht Nein. Das sind eine Menge Informationen, die Sie sicher erst mal verarbeiten müssen«, fuhr er fort, während sie in die Küche ging. »Und vielleicht wollen Sie ja auch gar nicht so viel über die Hintergründe erfahren.«

»Ich weiß nichts über die Familiengeschichte, deshalb will ich es auf jeden Fall hören.«

»Collin und ich wuchsen gemeinsam in Poole's Bay auf. Bei meiner Hochzeit war er Trauzeuge – im Frühjahr ist das dreiunddreißig Jahre her. Und ich war bei seiner Eheschließung ebenfalls an seiner Seite.«

»Sie haben jung geheiratet.«

Er lachte. »So jung nun auch wieder nicht. Wenn man weiß, dass es die Richtige ist, dann weiß man es eben.«

»Offenbar.«

»Danke«, sagte er, als sie eine weitere Tasse vor ihn hinstellte. »Collin hatte nicht allzu viel Interesse an der Familiengeschichte, aber er liebte das Herrenhaus. Ich kann Ihnen gar nicht sagen, wie oft wir beide uns als Kinder allein oder mit unseren Freunden hineingeschlichen haben. Ist ziemlich gruselig dadrin.«

»Natürlich.«

Bei ihrer amüsierten Antwort blickte er in seinen Kaffee hinab. »Wie dem auch sei, es ist eine bewegte Familiengeschichte. Doch Collins Interesse galt der Kunst. Wie bei Ihrem Vater. Oder Ihnen.«

»Er war Künstler?«

»Das war seine Berufung, seine Leidenschaft. Allerdings drängte man ihn ins Familienunternehmen. Schifffahrt, Schiffsbau. Poole's Bay wurde nach dem ersten Poole benannt, der Holzschiffe baute und die Fabrik gründete. Er war der Gründer von Poole's Bay und erbaute den ursprünglichen Teil des Herrenhauses im Jahre 1794.«

Wie um sich selbst Einhalt zu gebieten, hielt Oliver die Hände in die Höhe.

»Eine bewegte Geschichte, wie gesagt. Ich hoffe sehr, Ihr Interesse daran zu wecken.«

»Von alldem hatte mein Vater nicht die geringste Ahnung. Er wusste nicht, dass er einen Bruder hatte, geschweige denn einen Zwillingsbruder.«

»Nein, und das tut mir leid. Ich versichere Ihnen, dass Collin ein anständiger Mann war, ein guter Freund. Wenn er Gelegenheit dazu gehabt hätte, wäre er zweifellos auch ein guter Bruder gewesen. Und ein guter Ehemann und Vater.«

»Sagten Sie nicht, Sie seien bei seiner Hochzeit Trauzeuge gewesen?«

»Das stimmt. Etwa fünf Jahre, nachdem er das Gleiche für mich getan hatte.«

»Hatte er Kinder?«

»Nein. Tragischerweise starb Johanna an ihrem Hochzeitstag.«

»Das ist ...« Es schnürte ihr die Kehle zu und griff ihr ans Herz. »Das ist ja entsetzlich.«

»Allerdings. Sie wollte zum Empfang nach unten gehen und fiel die Treppe hinunter. Man konnte nichts mehr für sie tun. Danach war Collin nie wieder derselbe. Nur selten verließ er das Herrenhaus. Er war in tiefer Trauer, Ms. MacTavish.«

»Sonya«, murmelte sie. »Kaum vorstellbar, wie schrecklich das für ihn gewesen sein muss.«

»Er hat sein ganzes restliches Leben um sie getrauert und sich von der Welt abgeschottet. Nur ich durfte ihn noch besuchen, ebenso wie meine Familie, die er als seine eigene betrachtete. Aber die Bande zur eigenen Familie hat er weitgehend gekappt. Was das Unternehmen anging – die Arbeit überließ er vornehmlich seinen Cousins und Cousinen, obwohl seine Großmutter bis zum Tag ihres Todes noch mitmischte. Als sein Anwalt habe ich mich um seine Unternehmensanteile gekümmert, und als wahrhafter Poole hat er sie nie veräußert. Aber seine Tage verbrachte er lieber mit der Malerei und dem Erhalt des Herrenhauses, das er und Johanna so sehr geliebt hatten. Das Zuhause, in dem sie ihr gemeinsames Leben hatten verbringen wollen.

Und dieses Haus ...«, fuhr Oliver fort, »... und alles, was es enthält, hat er nun Ihnen hinterlassen.«

Kapitel 4

Das Wort *schockiert* beschrieb nicht annähernd, wie sie sich fühlte.

»Wie bitte? Das ist doch verrückt. Er kannte mich doch gar nicht.«

»Sie sind das einzige Kind seines Bruders.«

»Aber – Sie sagten doch, dass die Cousins und Cousinen das Familienunternehmen übernommen haben. Dann ergibt es doch erst recht keinen Sinn, das Haus einer Fremden zu hinterlassen.«

»Für ihn waren Sie keine Fremde. Sondern Familie. Und obwohl er in den letzten Lebensjahrzehnten sehr zurückgezogen lebte, hatte er Interesse an Ihnen, an Ihrer Karriere. Er bewunderte Ihre Arbeit.«

»Meine ... Arbeit.«

Wieder schenkte Oliver ihr jenes bedächtige, entspannte Lächeln.

»Das Herrenhaus ist mit modernen Wi-Fi-Geräten ausgestattet – dafür hat Collin gesorgt. Trotz seines Einsiedlerdaseins lehnte er Technologie und Fortschritt keineswegs ab. Wie gesagt, als er durch meine Nachforschungen über seine Ahnen von Ihrem Vater, seinem Zwillingsbruder, erfuhr, hatte er die feste Absicht, Kontakt zu ihm aufzunehmen. Dann ereignete sich erneut eine Tragödie, ein weiterer Todesfall. Auch um Ihren Vater hat er getrauert, Sonya, obwohl die beiden Brüder nur Tage nach der Geburt getrennt worden waren.

Sie sind alles, was von seinem Bruder übrig geblieben ist, und die einzige direkte Nachfahrin des biologischen Vaters der beiden.«

Zum ersten Mal im Leben verstand sie, was gemeint war, wenn jemand behauptete, ihm schwirre der Kopf.

»Hören Sie, ich weiß diese Geste zu schätzen, auch wenn es ebenso filmreif wie merkwürdig ist, das Erbe eines unbekannten Onkels anzutreten.«

Oliver lachte laut auf. »Er hätte Sie gemocht. Und Sie ihn vermutlich auch.«

»Vielleicht, aber jenseits von Gesten und Merkwürdigkeit gibt es noch einen anderen entscheidenden Faktor. So etwas muss praktikabel sein. Ich habe mich erst vor wenigen Monaten selbstständig gemacht. Was soll ich bitte schön mit einem Haus in Maine? Einem Haus«, fügte sie hinzu, »das Sie immer als Herrenhaus bezeichnen. Was darauf hindeutet, dass es sich um ein sehr großes Haus handelt, das ich mir finanziell nie leisten, geschweige denn es instand halten könnte.«

»Dafür existiert ein Treuhandfonds.«

»Wie bitte?«

»Collin hat für den Erhalt des Herrenhauses einen Treuhandfonds eingerichtet. Er ist gut bestückt und breit aufgestellt. Ich muss es wissen, denn mir obliegt die Verwaltung. Laufende Kosten wie Nebenkosten, Steuern oder Versicherungen werden weiterhin aus dem Treuhandvermögen bestritten. Renovierungskosten, notwendige oder erwünschte Veränderungen – beispielsweise ein neuer Anstrich oder andere Reparaturen, die wahlweise der Instandhaltung dienen oder dem Geschmack des neuen Besitzers entsprechen – können ebenfalls darüber finanziert werden. Sie werden feststellen, dass der Verwalter des Treuhandvermögens für alles offen ist, genau wie sein Klient es festgelegt hat.«

»Ich ...«

»Als einzige Nachfahrin werden Sie auch den Rest seines Besitzes erben, wozu auch ein fünfprozentiger Anteil an dem Familienunternehmen der Pooles gehört. Diese fünf Prozent besitzen lediglich Symbolwert. Damit wollte er die Familientradition aufrechterhalten.

Den Rest seiner Anteile hat er seinen Cousins und Cousinen vermacht, wobei es sich um ein beträchtliches Vermögen handelt.«

Dann hielt er inne und rückte seine Brille zurecht. »Doch Sie erben nur unter der Bedingung, dass Sie für einen Zeitraum von mindestens drei Jahren in das Herrenhaus ziehen und sich dort nicht seltener als vierzig Wochen im Jahr aufhalten.«

»Dort *leben?*« Ein Schock jagte den nächsten. »Ich soll einfach alles zusammenpacken und umziehen? Nach Maine?«

»Sie können das Testament anfechten. Ich bin ein guter Anwalt, Sonya, deshalb sind die Bedingungen so hart und unwandelbar, wie mein Freund und Klient es verfügt hat. Dennoch können Sie es anfechten und könnten damit sogar erfolgreich sein. Allerdings würde Sie das viel Geld und Zeit kosten. Ganz unter uns: Mir wäre es lieber gewesen, er hätte meinen Rat – als Freund und Anwalt – angenommen und Kontakt mit Ihnen aufgenommen.«

»Ich kann auch Nein sagen. Das Erbe einfach ausschlagen.«

»Natürlich. Allerdings hoffe ich, dass Sie das nicht tun werden.« Er holte zwei dicke Pakete aus seiner Aktentasche. »Ich habe hier eine Kopie seines Testaments, Angaben über seine Finanzsituation, Informationen über die Unternehmenszweige und das Haus. Dazu noch Fotos und eine Inventarliste des Hausrats.«

Er lächelte sie an. »Jede Menge juristischen Kram, den ich Ihnen mit Freuden erläutern werde, sobald Sie Zeit genug hatten, das alles zu verarbeiten.«

»Im Augenblick habe ich das Gefühl, dass das Jahre dauern könnte.«

»Es ist ein wunderschönes Haus, Sonya. Im Laufe der vielen Jahre haben die Pooles diverse Anbauten vorgenommen und gewissenhaft für die Instandhaltung des

Gebäudes gesorgt. Es birgt jede Menge Geschichte in sich. Ihre Geschichte. Ihr Onkel hoffte inständig, dass Sie Ihr Erbe annehmen und weitertragen.«

Er erhob sich. »Meine Kontaktdaten sowie meine Handynummer finden Sie ebenfalls in diesen Papieren. Bitte rufen Sie mich an oder veranlassen Sie Ihren Anwalt – ich lege Ihnen dringend ans Herz, einen zu engagieren –, Kontakt mit mir aufzunehmen. Ich würde mich freuen, mich mit Ihnen und Ihrem Anwalt zu treffen, und bin noch bis einschließlich Donnerstag vor Ort. Ich kann und werde mich nach Ihren Wünschen richten oder mich mit Ihnen in meiner Kanzlei oder im Herrenhaus treffen – ganz wie es Ihnen passt.«

Sie erhob sich, um ihm den Mantel aus dem Garderobenschrank zu holen. »Das ist ganz schön verrückt, wissen Sie? Alles an dieser Geschichte.«

»Collin war durchaus klar im Kopf. Klar genug, um seine Wünsche und Bedingungen eindeutig und präzise zu formulieren.« Er schlüpfte in seinen Mantel und zog die Trappermütze über den Kopf. »Sie haben noch gar nicht gefragt, wie viel Sie erben werden. Wie viel das Haus wert ist, der Treuhandfonds, die Unternehmensanteile und so weiter. Ich finde das sehr interessant.«

»Das alles ist nicht real. Zumindest fühlt es sich nicht so an.«

»Es ist außerordentlich real. Lesen Sie sich die Papiere durch, nehmen Sie sich Zeit zum Nachdenken, engagieren Sie einen guten Anwalt.« Er streckte ihr die Hand entgegen. »Wir sehen uns wieder.«

Sie schloss die Tür hinter ihm und stand dann einfach nur da – erwartete, jeden Moment aufzuwachen. Aber es war kein Traum gewesen. Keine Halluzination. Immerhin lagen die Pakete immer noch auf ihrem Tisch.

Obwohl sie ihre Beine kaum spürte, kehrte sie zum Tisch zurück, öffnete eines davon und zog ein dickes, gebundenes juristisches Dokument mit blauem Buchrücken hervor.

Letzter Wille und Testament von Collin Arthur Poole.

Ihr fiel auf, dass sie noch nie ein richtiges Testament gesehen, geschweige denn eines gelesen hatte.

Sie setzte sich hin und las jedes einzelne Wort, was ihr dröhnende Kopfschmerzen bescherte.

Ein paar Dinge hatte er seinem lebenslangen Freund hinterlassen ... »vermacht«. Ein besonderes Gemälde mit dem Titel *Jungen am Meer*, ein antikes Schachbrett inklusive Figuren, eine Erstausgabe von H. G. Wells' *Die Zeitmaschine.*

Andere Vermächtnisse – eine Karneolschüssel, antike Perlenohrringe – hatte er einer Corrine Whitmer Doyle hinterlassen. Wahrscheinlich der Ehefrau des Freundes, dachte Sonya.

Ebenso wurden ein gewisser Oliver Henry Doyle I. sowie eine Paula Mortimore Doyle bedacht. Mit einem weiteren Gemälde, etwas Schmuck.

Ein Oliver Henry Doyle III. – der Sohn? – erhielt einen Louisville Slugger Baseballschläger, sogar signiert von Mickey Mantle, sowie acht Matchbox-Autos etwa aus dem Jahr 1975. Eine Anna Rose Doyle sollte eine Perlenkette bekommen.

Dann war von diversen Geldsummen die Rede und von fünfundvierzig der fünfzig Prozent seiner Gesamtanteile an der Schifffahrtsgesellschaft.

Schockiert stellte sie fest, dass ein Paar antike Diamant- und Saphir-Ohrringe Winter Rogan MacTavish, ihrer Mutter, vermacht worden war.

Am Ende ihrer Lektüre presste sie die Finger auf die brennenden Augen.

Was sollte sie davon halten? Wie sollte sie das alles jemals *verarbeiten*?

Alles Übrige hatte er ihr hinterlassen – einschließlich

des Hauses und des Landes – fast dreieinhalb Hektar. Dazu das gesamte Inventar (aufgelistet in einem separaten Dokument), einen Treuhandfonds zur Instandhaltung besagten Hauses, des Grundstücks und der Einrichtung.

Eine Lebensversicherungspolice, Wertpapierdepots, weitere Kapitalanlagen und noch mehr, wie sie fassungslos registrierte.

Aber über all dem schwebte die Tatsache, dass ihr Vater einen Bruder gehabt hatte. Sogar einen Zwillingsbruder. Er hatte eine Familie gehabt, die er nie kennenlernen durfte.

Genau wie sie selbst.

Sie griff nach ihrem Handy.

»Cleo, ich möchte, dass du mit mir zu Mom fährst. Sofort.«

»Was ist los? Ist alles in Ordnung mit ihr?«

»Ja, sie ist okay. Aber hier ist etwas vorgefallen. Ich erkläre es dir unterwegs. Ich hole dich in zehn Minuten ab. Bitte!«

»Gib mir fünfzehn Minuten. Großer Gott, Sonya, du hörst dich an, als hättest du einen Geist gesehen.«

»Vielleicht habe ich das sogar. Fünfzehn Minuten.«

Hastig schlüpfte sie in Stiefel und Mantel – erinnerte sich gerade noch an die Kälte und griff zusätzlich zu Schal und Mütze. Kurz darauf eilte sie mit den beiden Paketen in der Hand zur Tür hinaus.

Ihre Mutter musste davon erfahren, und zwar von ihr persönlich und nicht durch einen Anruf. Dabei brauchte sie Cleo als moralische Unterstützung.

Und zum Teufel, wahrscheinlich brauchte sie auch einen Anwalt.

Vermutlich erzählte sie auf der Fahrt ziemlich wirres Zeug. Kein Wunder, so durcheinander, wie sie war. Wie erwartet reagierte Cleo schockiert, verwundert, misstrauisch, neugierig und dann empört.

»Was für ein herzloses, unmenschliches Miststück bringt es fertig, zwei Brüder einfach so zu trennen? Dir ist doch wohl klar, dass deine Großeltern auch beide Babys aufgenommen hätten?«

»Genau das habe ich auch gesagt. Mein Gott, wieso herrscht hier dermaßen viel Verkehr?«

»Und deiner Schilderung zufolge hätten die Großmutter oder die Tochter der Pooles ebenfalls beide Kinder behalten können. Die finanziellen Mittel dazu hatten sie jedenfalls.«

»Keine Ahnung. Ich weiß nicht, warum sie so gehandelt und die näheren Umstände verschleiert haben. Mr. Doyle hat mir definitiv den Eindruck vermittelt, dass die Familie ein großes Geheimnis daraus gemacht hat, aus der Herkunft der Zwillinge, meine ich. Keine Ahnung, wieso, und noch weniger weiß ich, was ich jetzt tun soll.«

»Ich frage mich, ob dein Dad es nicht vielleicht doch wusste. Ich meine damit nicht wusste-wusste. Sondern ob er so ein Gefühl hatte. Schließlich wird allgemein behauptet, dass es zwischen Zwillingen so ein spezielles Band gibt. Und ach, sein armer Bruder, der seine Braut, seine große Liebe an ihrem Hochzeitstag verlor. Aber denk mal drüber nach, Sonya. Er war ein Künstler, genau wie dein Dad. Es gab also Ähnlichkeiten zwischen ihnen, auch wenn sie nichts voneinander wussten.

Wo zur Hölle liegt Poole's Bay?«

»Keine Ahnung.«

»Schauen wir doch mal nach.« Cleo holte ihr Mobiltelefon hervor und googelte. »Okay, ziemlich kleiner Ort, auf einer dieser Landzungen an der Küste von Maine. Wahrscheinlich ein hübscher, malerischer Ort.«

»Wie auch immer. Das Ganze ergibt überhaupt keinen Sinn, Cleo.«

»Aber klar gibt es den. Dieser Collin Pool wusste zunächst gar nichts von deinem Dad. Doch als er von ihm erfuhr, hat er ein paar Nachforschungen angestellt, um anschließend Kontakt mit ihm aufzunehmen. Dann aber starb dein Dad. Was ein weiterer Schlag für Collin gewesen sein muss.«

Sie streckte den Arm aus und drückte Sonyas Hand. »Denk darüber nach. Stell dir vor, du hättest gerade herausgefunden, dass du einen Zwillingsbruder hast, den deine Familie dir verheimlicht hat. Aber ehe du ihn kennenlernen kannst, ist er schon wieder verschwunden. Das ist niederschmetternd. Trotzdem muss er so etwas wie eine innere Verbindung zu seinem Bruder gehabt haben, weshalb er dessen einzigem Kind sein Haus, sein, na ja, deiner Erzählung nach so ziemlich alles, hinterlassen hat.«

»Aber warum hat er sich nie bei Mom oder mir gemeldet?«

»Vielleicht konnte er es nicht ertragen. Vielleicht fürchtete er, dann erneut mit einem Schicksalsschlag konfrontiert zu werden. Was, wenn du ihn in die Wüste geschickt hättest? Oder wenn du mit *Prima, und was springt für mich dabei heraus?* reagiert hättest.«

»Das hätte ich nie getan.«

»Ich weiß das, Son, aber er wusste das nicht. Vielleicht war er viel zu verletzlich und emotional angeschlagen, um sich einem solchen Risiko aussetzen zu können. Aber letztlich hat er versucht, das Richtige zu tun. Er hätte das Ganze auch auf sich beruhen lassen können, dann hättest du nie davon erfahren. Selbst wenn du aus irgendeinem Grund einen DNA-Test gemacht und deine Abstammung geklärt hättest, wäre er dir immer noch nichts schuldig gewesen.«

»Ach Cleo, ich liebe deinen gesunden Menschenverstand! Genau deshalb habe ich dich angerufen.« Ihre

Beklemmung ließ ein wenig nach. »Deshalb wollte ich auch, dass du mich begleitest.«

»Wenn du mit deiner Mom gesprochen und dich wieder einigermaßen beruhigt hast, musst du alles über ihn in Erfahrung bringen, was du herausfinden kannst. Über ihn, über deine Familie und über die Hintergründe dieses Testaments.«

»Also brauche ich tatsächlich einen Anwalt.«

»Auf jeden Fall. Lass mich mal diesen Freund deines Onkels googeln. Oliver Henry Doyle II., hast du gesagt. Poole's Bay, Maine. Okay, okay, da haben wir ihn ja schon. Er ist siebenundfünfzig ...«

»Echt? Ich hätte ihn glatt zehn Jahre jünger geschätzt. Als er die Trappermütze abnahm und ich sein Haar sehen konnte, kam zwischen dem Grau noch jede Menge Schwarz zum Vorschein, das zur Farbe seiner Augenbrauen passte.«

»Anscheinend hat sein Vater die Kanzlei vor etwa fünfzig Jahren gegründet. Sie hat also schon einige Jahre auf dem Buckel. Verheiratet, zwei Kinder. Der Sohn, Oliver III., ist zweiunddreißig, die Tochter Anna achtundzwanzig, also in unserem Alter. Das kommt mir alles recht solide und seriös vor. Außerdem finde ich es gut, dass dieser Mr. Doyle dir geraten hat, einen Anwalt zu engagieren.

Was also könnte schlimmstenfalls passieren?«, fügte Cleo hinzu. »Du landest in einem Haus an der Küste von Maine. Dort lebst du ein paar Jahre lang – schließlich kannst du von überall aus arbeiten, stimmt's?«

»Du findest, ich sollte ...«

»Ich finde, du solltest ernsthaft darüber nachdenken. Zum Teufel, Sonya, die ganze Sache ist ein Abenteuer, und es wird höchste Zeit, dass du mal eins erlebst. Außerdem würdest du mehr über deine Vorfahren erfahren. Deine Großeltern werden immer deine Großeltern sein.

Nichts kann das ändern. Aber hier wartet noch mehr auf dich, und du bekommst die Chance, dir über alles klar zu werden und herauszufinden, wie dieses ›mehr‹ aussieht.«

Sonya bog in die Einfahrt ihrer Mutter ein. »Aber mein Lebensmittelpunkt ist hier, ebenso wie mein Zuhause. Du und Mom ebenfalls. Und ich versuche gerade, ein Unternehmen aufzubauen.«

»Im Prinzip kannst du dein Unternehmen genauso gut von dort aus aufbauen. Deine Mom und ich werden immer für dich da sein, und Maine liegt nicht am Ende der Welt. Du besitzt eine Doppelhaushälfte, die du ohnehin nur als Übergangslösung betrachtest, und momentan besteht dein Leben nur aus Arbeit.«

Wieder drückte sie Sonyas Hand. »Aber bevor du dich entscheidest, ob du nun bleibst oder gehst, lass uns erst alles herausfinden, was es herauszufinden gibt. Und der erste Schritt besteht darin, deiner Mom die ganze Geschichte zu erzählen.«

Als sie eintraten, war Winter gerade dabei, ein weiteres Scheit aufs Feuer zu legen.

»Nun sieh sich einer das an! Kaum habe ich mir überlegt, mir nur einen Backofenkäse zum Abendessen zu machen, ist das Haus auch schon voll.«

Dann bemerkte sie die Miene ihrer Tochter. »Was ist passiert?«

»Nichts Schlimmes, aber wir müssen uns trotzdem hinsetzen und miteinander reden.«

»Du jagst mir Angst ein, Sonya.«

»Das wollte ich nicht. Es gibt keinen Grund zur Angst. Aber hinsetzen sollten wir uns trotzdem.«

Sonya schälte sich aus ihrem Mantel und nahm die Mütze ab. »Heute hat mich ein Mann aufgesucht. Ein Anwalt aus Maine.«

»Ein Anwalt? Steckst du in Schwierigkeiten?«

»Nein, Mom.« Nachdem sie die Päckchen auf den

Beistelltisch gelegt hatte, ergriff Sonya Winters Hände und zog sie neben sich aufs Sofa herab.

»Dad hatte einen Zwillingsbruder.«

»Was? Nein, ganz sicher nicht. Das ist sicher irgendeine Betrugsmasche, Schatz, denn ...«

»Nan und Grandpa hatten keine Ahnung. Auf die näheren Umstände komme ich noch zu sprechen. Aber Dad hatte definitiv einen Zwillingsbruder. Die leibliche Mutter der Jungen starb bei ihrer Geburt, und ihr leiblicher Vater war mit den Kindern überfordert. Er nahm sich kurz nach ihrer Geburt das Leben.«

»Sonya ...«

»Bitte hör mich erst mal zu Ende an. Die Familie trennte die Brüder – keine Ahnung, warum. Die Tante nahm den einen auf, und den anderen – Dad – gaben sie zur Adoption frei. Eine Privatadoption. Du weißt doch, dass Nan und Grandpa Dad privat adoptiert haben und keinerlei Informationen über die leiblichen Eltern erhielten. Der Bruder, Dads Bruder, hatte von alldem ebenfalls keine Ahnung – genauso wenig wie Dad selbst. Der Bruder – sein Name war Collin Poole – fand es erst kurz vor Dads Tod heraus und hatte nie Gelegenheit, Kontakt zu ihm aufzunehmen.«

»Was will dieser Mann von dir, Sonya?«

»Nichts. Collin ist vergangenen Monat gestorben. Sein Anwalt hat mich aufgesucht, weil Collin Poole mir, nun ja, so ziemlich alles hinterlassen hat.«

»Was willst du damit sagen?«

»Er hat mich als Universalerbin eingesetzt – in seinem Testament. Es existiert ein Haus in Maine. Hinzu kommen einige wenige Anteile am Familienunternehmen, das seit zweihundert Jahren existiert. Das Haus ist voll ausgestattet, und es gibt einen Treuhandfonds zur Instandhaltung. Außerdem noch einige Bankkonten. Dir hat er antike Diamant- und Saphir-Ohrringe vererbt.«

»Wie bitte?«

»Ich glaube – ich vermute –, dass er der Frau seines Bruders ein Familienerbstück hinterlassen wollte. Der Anwalt, Mr. Doyle, war seit Kindertagen mit Collin Poole befreundet. Collin selbst hatte keine Kinder – seine Frau ist früh verstorben. Ich bin also das einzige Kind seines Bruders. Seine Nichte.«

Sie zog das Foto hervor, das Oliver ihr gezeigt hatte. »Das sind Mr. Doyle und Collin Poole.«

»Oh Gott. Großer Gott! Bist du sicher, dass das kein Fake ist?«

»So langsam fühlt es sich so an, als sei das alles real.«

»Ich muss ...« Winter stand auf, ging zum Fenster hinüber, dann zum Kamin und wieder zurück.

»Dein Vater hatte manchmal diese Träume. Immer mal wieder. In einem blickte er in einen Spiegel, aber das Gesicht, das zurücksah, war nicht ganz das seine. Und der Mann, der ihn ansah, sprach mit ihm, doch er konnte nicht hören, was er sagte. Derlei Träume hatte er zeit seines Lebens. Ein Junge, der im Spiegel einen Jungen mit seinem Gesicht sieht – beinahe seinem Gesicht. Manchmal hat er diesen Traum gemalt und mir gezeigt. Das hier ist das Gesicht.«

»Das Zwillingsband«, murmelte Cleo.

»Es war immer der gleiche Spiegel. Körpergroß, freistehend, mit kunstvoll verziertem Rahmen. Und dieses Gesicht, das ihn ansah. Nicht so gekleidet wie er, aber immer im gleichen Alter wie er selbst.«

Mit feuchten Augen sah sie Sonya an. »Und wenn wir einen Jungen bekommen hätten, wollte er seinen ersten Sohn Collin nennen.«

»Glaubst du, er hat es irgendwie gewusst?«

»Keine Ahnung. Ehrlich gesagt weiß ich nicht, was ich davon halten soll. Ich weiß, wie gern er einen Bruder gehabt hätte. Ich wünschte, er hätte noch davon erfahren.«

»Erzählen wir Nan und Grandpa davon?«

»Oh ja. Sie haben ein Recht darauf, es zu wissen. Sie haben Drew sehr geliebt, und er liebte sie.« Sie setzte sich wieder hin und schloss kurz die Augen. »Du sagst, dass sein Bruder vergangenen Monat gestorben ist.«

»Vor Weihnachten, sagte Mr. Doyle. Ich habe in dem Moment allerdings nicht daran gedacht zu fragen, woran er gestorben ist.«

»Und er hat dir ein Haus hinterlassen?«

»In Maine, an der Küste, in der Nähe eines kleinen Ortes namens Poole's Bay. Die Pooles gründeten ein Schiffsbauunternehmen und erbauten dieses Haus – zumindest dessen ursprünglichen Kern. Mr. Doyle meinte, dass im Laufe der Jahre zahllose Anbauten vorgenommen wurden. Er bezeichnete es als Herrenhaus. Seinen Angaben zufolge gibt es wohl auch Aufnahmen davon. Ich habe sie mir noch nicht angesehen. Nur das Testament habe ich gelesen und dann sofort Cleo angerufen und gebeten, mich hierherzubegleiten.«

Sie öffnete das zweite Päckchen. »Vielleicht sind die Fotos hier drin, denn das andere Paket enthält vornehmlich juristische Papiere. Das Testament und Dokumente wie den Treuhandfonds, die Lebensversicherung, Vermögensgutachten.«

Sie zog die Papiere heraus. »Hier ist noch mehr davon. Herrje, das ist wirklich ganz schön viel. Aber hier, in diesem Ordner ... Wow, WOW!«

Mit offenem Mund starrte sie die Fotos an. Ein Haus auf den Klippen, dessen tiefblaue Fassadenverkleidung einen deutlichen Kontrast zu den diversen Braunschattierungen des Sandsteinpflasters bildete. Zu beiden Seiten wurde es von identischen Türmen mit kegelförmigen Dächern flankiert. Eine Art Halbtürmchen zierte die Mitte. Zwischen den emporragenden Schornsteinen war eine umzäunte Dachterrasse zu sehen.

Ein Witwengang.

Die kahlen Zweige einer Trauerweide schienen über einer weißen Schneedecke zu erzittern.

»Es ist fantastisch«, sagte Cleo, die Sonya über die Schulter sah. »Schaurig-schön. Wie aus einem viktorianischen Schauerroman. Hier ist noch ein Foto von der Rückseite. Die Anbauten sind offensichtlich moderner, passen aber perfekt zu dem viktorianischen Grusel-Ambiente. Dieser verkleidete Erker da draußen mit der Fensterfront und dem kegelförmigen Dach passt optisch genau zu den Türmchen. Und über diesem Anbau, der scheinbar ein Flachdach hat, verläuft eine Terrasse. Diese Kombination aus Bogenfenstern und hohen, rechteckigen Fensterformen gefällt mir ganz besonders. Sehr ungewöhnlich. Irgendwann muss ich das in meine Arbeit einfließen lassen. Ich brauche nur ein Buch zur genaueren Illustration.«

»Dein Dad hat dieses Haus gezeichnet.«

»Mom?«

»Keine Ahnung, ob er es auch gemalt hat. Ein Aquarell oder Ölgemälde habe ich nie gesehen. Aber er hat es immerhin *gezeichnet.* Warte kurz.«

Sie erhob sich und eilte nach oben.

»Okay, erst das Gesicht im Spiegel und nun das? Sense memory, genetisches Gedächtnis. So was in der Art.« Cleo legte Sonya die Hand auf die Schulter. »Ich mache jetzt eine Flasche Wein auf und bestelle chinesisches Essen. Wir haben noch jede Menge zu bereden.«

Als Winter zurückkehrte, hatte Cleo die Weinflasche entkorkt, drei Gläser eingegossen und die Bestellung aufgegeben.

»Vielleicht gibt es noch mehr«, begann Winter. »Diese hier habe ich in zwei Skizzenblöcken gefunden, aber das ist sicher nicht alles.«

Sie legte die Skizzenblöcke offen auf den Tisch und griff nach einem der Gläser.

»Als ich eine dieser Skizzen zum ersten Mal sah, habe ich ihn gefragt, wo er das Haus gesehen habe. Denn es sei einfach fantastisch. Er gab an, es im Traum gesehen zu haben. Er hatte davon geträumt. Und im Traum hatte er sogar die Wellen gehört, die sich an den Klippen brachen, und den Wind gespürt.«

Sie trank einen tiefen Zug.

»Wir lachten nur darüber. Er berichtete immer wieder von seinen Traumhaus-Träumen. Manchmal stand eine Frau in einem weißen Kleid auf dem Witwengang, oder es gab eine Party mit Frauen in langen Gewändern und Männern in altmodischen Anzügen, die im Garten umherflanierten. Und manchmal sah er einen Mann, den Mann aus dem Spiegel, der an einem der Fenster stand und auf ihn herabsah.«

Erneut betrachtete Sonya die Skizzenblöcke und die Fotos vom Haus.

»Wie ist so etwas nur möglich?«

Winter setzte sich. »Was willst du jetzt tun?«

»Keine Ahnung. Vielleicht hat Dad dieses Haus ja als Baby gesehen, und es hat sich in sein Gedächtnis eingebrannt. Aber dass er davon träumte, es zeichnete – und das auch noch mehr als ein Mal –, heißt, dass es eine Bedeutung für ihn hatte. Er selbst bekam nie die Chance, es herauszufinden. Ich schon. Ich brauche einen Anwalt.«

»Du weißt doch, dass mein Boss dir bei der Suche nach einem helfen wird.«

»Ja, und ich werde tatsächlich ihm die Auswahl eines Juristen überlassen. Ich will Dads Skizzenblöcke durchsehen. Vielleicht finde ich ja noch mehr Zeichnungen von dem Haus. Und ich werde nach Skizzen von dem Spiegel-Bild suchen.«

»Du wirst nach Maine reisen«, bemerkte Cleo sachlich. »Es sei denn, Winters superkluger Boss rät dir davon ab und nennt dir stichhaltige Gründe, die dagegensprechen.

Und du fährst, weil du es willst«, fügte sie hinzu. »Weil dein Dad diese instinktive Verbindung hatte. Weil jeder Stein dieses Hauses mit deiner Identität verwoben ist, Son. Und letztlich, weil du es einfach wissen musst.«

Sie nahm den Skizzenblock ihres Vaters in die Hand. »Ich muss es wissen.«

»Ich rufe Marshall an.«

»Oh, Mom, du musst deinen Chef doch nicht zu Hause stören. Schließlich haben wir es nicht eilig.«

»Ich glaube, du schläfst heute Nacht besser, wenn du weißt, dass er sich darum kümmert. Für mich selbst gilt das auf jeden Fall. Geht rauf, ihr beiden, und macht euch auf die Suche nach weiterem Material. Ich sage Bescheid, wenn das Abendessen da ist.«

Ihr Vater hatte den Dachboden ausgebaut und liebevoll als seine Mansarde bezeichnet. Sonya erinnerte sich, wie sie die steilen, schmalen Stiegen erklommen und diesen Raum betreten hatte. Sie erinnerte sich an das Licht, den Geruch nach Farben und Ölen und Lösungsmitteln; daran, wie er an der Staffelei ausgesehen hatte – die abgetragenen Jeans, ein Sweatshirt im Winter, ein T-Shirt im Sommer. Sein dichtes, dunkelblondes Haar, das im durch die Fenster und Oberlichter hereinströmenden Licht schimmerte.

Und dann die konzentrierten, grünen Augen, die unweigerlich strahlten, wenn er sich ihr zuwandte.

Komm her, Äffchen. Mal sehen, was du so draufhast.

Nie hatte er sie abgewiesen, ihr nie gesagt, dass er keine Zeit für sie hatte. Und genauso geduldig wie seinen Schülern auf der Highschool hatte er ihr beigebracht, wie man Raum, Farbe und die Abwesenheit von Farbe einsetzte, wie man einem Bild Struktur und Tiefe verlieh, wie man mit Licht und Schatten spielte.

Nach seinem Tod – viele, viele Monate danach, als sie es endlich ertragen konnten – hatte sie ihrer Mutter geholfen, seine Farben und Werkzeuge wegzuräumen oder wegzugeben und seine Skizzenblöcke in Kisten zu packen.

Einige seiner Leinwandgemälde waren an Galerien weitergegeben und schließlich verkauft worden. Andere, unvollendete Bilder lehnten immer noch an der Wand.

»Ich bin immer so gern hier heraufgekommen.« Cleo legte Sonya den Arm um die Taille. »Ich bin ihm nie begegnet, aber hier oben habe ich immer das Gefühl, ihn doch zu kennen.«

»Ich weiß.« Sonya sah Cleo an. »Rückblickend denke ich, wie viel Geduld und Herzensgüte er gehabt haben muss, um sich immer wieder Zeit für mich zu nehmen. Und nicht nur das: Er hat sich auch aufrichtig für mich interessiert.

Als ich etwa zehn Jahre alt war, zeigte ich ihm eine Zeichnung von mir. Für ein Plakat, das wir für die Schule machen mussten. Er nahm es genau in Augenschein. Dann sah er mich an. So ernst. So dermaßen ernst, dass ich schon dachte: Bestimmt ist es eine schlechte Zeichnung, dumm und albern. Dann sagte er, ich solle am Samstag wieder zu ihm kommen. Er würde einen Fotokarton besorgen, und ich könne in seinem Atelier arbeiten.

Das war der Moment, in dem mir klar wurde, dass ich Künstlerin werden würde. Ich würde nicht nur so tun, als ob, oder zum Spaß ein bisschen vor mich hin malen, sondern mich ganz ernsthaft der Kunst widmen. An diesem Tag hat er mein Leben verändert.«

Kopfschüttelnd strich sie über die Staffelei, die immer noch unter dem Oberlicht stand.

»Ihm blieb einfach nicht genug Zeit. Er fing gerade erst an, Erfolg mit seiner Kunst zu haben. Aber dann war es vorbei.«

Sie wandte sich einer der Kisten zu, in der seine Skizzenblöcke aufbewahrt wurden. »Mom und ich sind nicht alle durchgegangen. Wir haben es uns zwar für später vorgenommen, es aber nie getan. Was sollten wir auch damit anfangen? Wir würden sie niemals wegwerfen, auch nichts davon verkaufen, nicht mal, wenn wir es könnten. Diesen Raum hat sie sowieso nie genutzt, nicht einmal als Lagerraum.«

»Manch eine Liebe währt ewig.«

Sie setzten sich jede mit einem Stapel Skizzenblöcke bewaffnet auf den Boden. Während sie sie durchblätterten, verstand Sonya die volle Bedeutung des Wortes »bittersüß«. Die Zeichnungen zu betrachten, war schmerzhaft und wärmte sie gleichzeitig von innen. Es entstaubte altes Leid und erweckte es wieder zum Leben, nicht ohne gleichzeitig eine neue Art der Freude hervorzubringen.

»Er war unglaublich gut. Sieh doch: Das ist Mom, die mich als Baby im Arm hält. Wir haben uns auf dem Bett zusammengerollt und schlafen.«

»Und hier ist noch eine von dir – wie alt warst du da? Etwa sechs oder sieben? – Bei einer Teeparty in deinem Zimmer. Darauf trägst du ein Diadem! Ich brauche dringend auch ein Diadem.«

Sie legte den Block beiseite und nahm einen weiteren zur Hand.

»Oh! Sonya! Sieh doch!«

Ein Traumbild, dachte Sonya. Nicht das Herrenhaus. Der Spiegel.

Ihr Vater in zerschlissener Jeans und mit Farbspritzern übersätem T-Shirt. In der einen Hand hielt er einen Pinsel, die Palette in der anderen.

Im Spiegel sah man den anderen Mann, den Bruder, in groben Stiefeln und kariertem Hemd, das er offen über einem T-Shirt trug. Auch er hielt Pinsel und Palette in den Händen.

Ihr Vater hatte sein Haar zurückgekämmt und zu einem kurzen Pferdeschwanz zusammengefasst – wie immer, wenn er zu lange nicht mehr beim Friseur gewesen war. Collins Haar hingegen, denn es gab keinen Zweifel, dass er es war, war so lang, dass es ihm bis auf den Hemdkragen hinabfiel.

Auf dem breiten Rahmen des Standspiegels waren jede Menge Tiere zu sehen: Knurrende Wölfe mit scharfen Reißzähnen, Falken mit ausgebreiteten Schwingen und gekrümmten Krallen; eine Antilope mit rasiermesserscharfem Geweih, eine zusammengerollte Kobra, ein zweiköpfiger Drache, ein Bär, der sich auf den Hinterbeinen aufbäumte, ein Berglöwe, der zum Sprung ansetzte.

»Das hat er gesehen, Sonya. Es ist alles so detailliert. Und, herrje, dieser Spiegel ist ganz schön creepy. Hier drin sind noch mehr Skizzen. Der gleiche Spiegel, aber die beiden tragen andere Klamotten – und ... sie zeigen die Männer in unterschiedlichen Altersstufen. Auf einigen sind sie jünger, auf anderen älter.«

»Hier sind sie Jungs. Er hat das alles aus dem Gedächtnis gezeichnet. Muss wohl so sein. Der gleiche Spiegel, aber sie können nicht älter als sechs oder sieben sein. Dad hat ein kleines Auto in der Hand. Aber auf diesem Bild hier hält Collin es. Das gleiche Auto, Cleo. Oder?«

»Sieht ganz so aus. Er hat es seinem Bruder durch den Spiegel hindurch gegeben?«

»Unmöglich.«

»Im Traum ist alles möglich.«

»Das Essen ist da«, rief Winter von unten.

Sie bestand darauf, dass sie – wie zivilisierte Menschen – am Tisch aßen und von Tellern, nicht aus der Pappschachtel.

»Marshall hat bereits Kontakt zu Mr. Doyle aufgenommen. Mr. Doyle schickt Marshall die Dateien per E-Mail, und für morgen haben sie ein Treffen vereinbart.«

»So schnell?«

»Marshall hat das Treffen vorgeschlagen, und ihm

zufolge war Mr. Doyle nur allzu bereit dazu. Nachdem Marshall alle Unterlagen durchgesehen und sich mit Collin Pooles Anwalt getroffen hat, wirst du besser entscheiden können, wie du weiter vorgehen willst.«

»Ich bin dir echt dankbar. Nimmt mir eine ziemlich große Last von den Schultern.«

»Siehst du? Dann können wir alle besser schlafen.«

Davon war Sonya nicht ganz so überzeugt.

»Wir haben ein Skizzenbuch mit mindestens einem Dutzend Zeichnungen von dem Spiegeltraum gefunden. Auf einigen sind die beiden Personen noch kleine Jungs.«

»Dein Dad hat behauptet, diesen Traum sein Leben lang gehabt zu haben.«

»Dieser Spiegel ist ein wahrer Albtraum«, warf Cleo ein und nahm mit ihren Stäbchen eine Teigtasche auf. »Auf dem Rahmen sind jede Menge Raubvögel, Tiere, Reptilien zu sehen. Also, ich hätte keine Lust, mich Tag für Tag in so einem Ding selbst zu betrachten.«

»Besaß Dad nicht auch viele kleine Autos? Spielzeugautos?«

»Seine geliebten Matchbox-Autos?« Winter lächelte kauend. »Als du zwei oder drei warst, hast du auch mit ihnen gespielt, dann aber das Interesse daran verloren. Doch nach Puppen stand dir der Sinn genauso wenig. Eigentlich hast du immer nur gemalt und gebastelt.«

»Matchbox-Autos. Hast du die noch?«

»Nach Drews Tod habe ich sie deinem Cousin Martin geschenkt. Und er hat sie offenbar in Ehren gehalten, denn er erwähnte, dass er sie weggepackt habe und sie für seine zukünftigen Kinder verwahre. Das gefällt mir. Drew waren die Autos wirklich wichtig.«

»Collin Poole hat Mr. Doyles Sohn in seinem Testament seine Matchbox-Auto-Sammlung vermacht.«

»Zwillings-Synergie.« Cleo hob die Schultern. »Anscheinend gibt es die wirklich.«

»Auf einer Zeichnung hat Dad als kleiner Junge ein Spielzeugauto in der Hand. Auf der nächsten ist es Collin, der das gleiche Auto festhält. Ich frage mich, ob Collin die gleichen Träume hatte. Leider können wir ihn nicht mehr danach fragen.«

»Du könntest es mit einer Séance versuchen.«

Sonya und Winter blickten sie ungläubig an, woraufhin Cleo demonstrativ mit den Schultern zuckte. »Okay, das geht selbst für meine Verhältnisse ein bisschen zu weit. Ich halte es überdies auch gar nicht für klug, Geister zu befragen. Trotzdem würde es mich nicht überraschen, wenn Collin ganz ähnliche Träume gehabt hätte. Hast du nicht gesagt, dass er und dieser Anwalt seit ihrer Kindheit miteinander befreundet waren? Du könntest ihn ja mal fragen. Womöglich weiß er etwas.«

»Vielleicht tue ich das sogar. Wenn du einverstanden bist, Mom, würde ich dieses Skizzenbuch gern mitnehmen, ebenso wie die Blöcke, auf denen er das Haus gezeichnet hat.«

»Natürlich darfst du das. Ich rufe morgen früh erst mal deine Großeltern an. Überlass diesen Teil mir, Baby. Sie werden sich ziemlich darüber aufregen, dass Drew einen Zwillingsbruder hatte, über den sie nie etwas erfahren haben. Sicher wollen sie auch mit dir reden, aber lassen wir ihnen zuvor noch etwas Zeit, um diese Infos zu verkraften.«

»Es war nicht ihre Schuld.«

»Nein, bestimmt nicht. Und egal, wie du dich entscheidest, ich will herausfinden, wessen Schuld es war.«

Kapitel 5

Gegen Ende der Woche sollte sie sich mit Marshall in dessen Büro treffen. Natürlich war sie schon einmal da gewesen, und ihr gefiel der Geruch nach Leder und der altertümliche Vibe dieses Ortes.

Aber noch nie hatte sie als Klientin in einem dieser tiefen Ledersessel Platz genommen.

Marshall Tibbets trug den braun und grau gesprenkelten Haarschopf in einer – wie sie immer fand, dramatischen – Tolle zurückgekämmt, was den Blick auf sein gut aussehendes wettergegerbtes Gesicht freigab. Er bevorzugte klassische, maßgeschneiderte Armani-Anzüge, die seine breiten Schultern zur Geltung brachten.

Jetzt lehnte er sich zurück – hinter ihm der trübe, graue Winterhimmel, der durch das Fenster zu sehen war – und musterte sie aus scharfsinnigen braunen Augen.

»Das letzte halbe Jahr hat einige Veränderungen für Sie mit sich gebracht.«

»Und die hier ist wohl am tiefgreifendsten.«

»Zumindest steht sie ganz oben auf der Liste. Ehe wir anfangen, möchte ich wissen, wie es Ihnen geht. Wirklich geht. Und denken Sie daran: Was Sie mir anvertrauen, wird diese vier Wände nicht verlassen. Anwaltsgeheimnis.«

»Ehrlich gesagt weiß ich das gar nicht so genau. An manchen Tagen vermisse ich meinen alten Job. An anderen wiederum – tatsächlich sogar an den meisten – bin ich froh, meine eigene Herrin zu sein. Mein Unternehmen ist zwar winzig, aber es gehört ganz allein mir. Zuweilen bin ich stinksauer auf Brandon, aber dann wiederum gibt es Tage, sogar Wochen, an denen ich keinen einzigen Gedanken an ihn verschwende. Manchmal befürchte ich, auf Dauer nicht genug Aufträge an Land ziehen zu können, um auch langfristig im Geschäft zu bleiben, aber momentan läuft es noch ganz gut. Nicht spektakulär, aber okay, und das reicht mir. Und jetzt das?« Sie hob die Hände. »Irgendwie ist gerade alles wieder offen, und ich habe keine Ahnung, wie es ausgehen wird.«

»Lassen Sie mich Ihnen zunächst einmal versichern, dass Doyle Law Offices einen guten Ruf besitzen, ebenso wie Oliver Doyle II. Sein Vater, der übrigens immer noch als Anwalt praktiziert, gründete die Kanzlei vor sage und schreibe einem halben Jahrhundert. Wie er den Collin-Poole-Nachlass verwaltet hat? Mit pedantischer Genauigkeit. Die Wünsche seines Klienten waren zuweilen exzentrisch, aber was derlei Besitztümer angeht, muss man häufiger mit ungewöhnlichen Anforderungen rechnen. Doch auch den Ausnahmeregelungen ist er mit der ihm eigenen Akribie begegnet.«

»Und das ist von Vorteil?«

Er führte die Hände zu einer Pyramide zusammen und trommelte die Fingerspitzen gegeneinander.

»Kommt darauf an, Sonya. Falls Sie die Klauseln und ungewöhnlichen Bedingungen seines Testaments anfechten wollen, könnten wir angesichts der Tricks, die auch ich auf Lager habe, durchaus Glück haben. Dennoch wäre es ein äußerst langwieriger Prozess, den wir offen gestanden in letzter Instanz vermutlich doch verlieren würden.«

»Ich habe gar nicht vor, das Testament anzufechten. Wie seltsam es mir auch vorkommen mag, es handelt sich um den letzten Wunsch des Bruders meines Vaters. Das Erbe anzutreten, gleichzeitig aber seine Wünsche zu ignorieren, käme mir unredlich vor.«

»Haben Sie denn verstanden, welches Ausmaß Ihr Erbe hätte, falls Sie es annähmen?«

»Ich habe versucht, mir einen Überblick zu verschaffen, aber schon allein die Bewertung der Immobilie ... sie ist über acht Millionen Dollar wert. Für ein Haus!«

»Das Herrenhaus, das Land, die Lage, der historische Wert. Der Treuhandfonds – und in dieser Hinsicht war Mr. Doyle außerordentlich vorausschauend – finanziert die Steuern, die Versicherungen, die Erhaltung des Anwesens.«

»Das habe ich verstanden, muss aber zugeben, dass ich schon von der Vorstellung, für ein Haus wie dieses verantwortlich zu sein, überfordert bin. Sie ist nicht nur einschüchternd, sondern geradezu beängstigend. Außerdem fällt doch sicher Erbschaftssteuer für das Anwesen an.«

»Auch dafür haben Mr. Doyle und sein Klient eine Lösung gefunden. Seit dem Tod Ihres Vaters nahm Collin Poole jährlich eine Schenkung in Höhe des steuerfreien Höchstbetrages vor. Dafür existiert ein auf Ihren Namen lautendes, separates Konto mit einer gut angelegten Summe. Außerdem werden die Lebensversicherung sowie Mr. Pooles Anlagekonten nicht nur die Nachlasssteuer abdecken, sondern Ihnen auch ein Leben in Wohlstand ermöglichen.

Als Testamentsvollstrecker hat Mr. Doyle die Höhe der Erbschaftssteuer bereits berechnet. De facto, Sonya, deckt die Lebensversicherungssumme bereits einen Großteil davon ab.«

Wenn sie die Bedingungen akzeptierte, war sie – tatsächlich sogar mit sofortiger Wirkung – eine reiche Frau. In ihrem ganzen Leben hatte sie sich weder vorgestellt noch davon geträumt, reich zu sein.

Und sie wusste beim besten Willen nicht, was sie davon halten sollte.

»Was soll ich Ihrer Meinung nach tun?«

»Diese Entscheidung müssen Sie ganz allein treffen,

Sonya. Das können nur Sie. Aber ich täte mich schwer, einer Klientin, die noch keine dreißig ist, zu raten, ein Erbe dieser Größe auszuschlagen. Falls Sie sich daran stören, sich im Herrenhaus niederlassen zu müssen, habe ich mit Mr. Doyle eine Art Probezeit vereinbart. Drei Monate. Sie ziehen dort ein, und wenn Sie sich innerhalb dieses Zeitraums dagegen entscheiden, können Sie jederzeit ablehnen und wieder ausziehen.«

»Drei Monate.«

»Besitztümer dieser Größe können ohnehin nicht über Nacht abgewickelt werden. Selbst wenn alles akribisch vorbereitet wurde. Drei Monate lang würden Sie also als Mieterin dort wohnen – und zwar kostenfrei. Währenddessen könnten die juristischen Angelegenheiten geregelt werden. Mr. Doyle und ich sind uns einig, dass Sie diese Zeit benötigen werden, um zu entscheiden, ob Ihnen das Haus, die Lage und der ganze Rest zusagen.«

»Und wenn das nicht der Fall ist, brauche ich nur ›nein danke‹ zu sagen.«

»Ganz genau. Falls es Ihnen aber zusagt und Sie die Testamentsklauseln akzeptieren, gehört es Ihnen.«

»Das ist ein gutes Angebot. Ein wirklich gutes Angebot. Ich wollte das Erbe ohnehin annehmen, denn ich will – ich *muss* – mehr über die Vergangenheit meines Vaters erfahren. Muss das herausfinden, was man ihm an Informationen vorenthalten hat. Aber dieses Arrangement nimmt den Druck heraus.«

»Ich glaube, in Oliver Doyle hätten Sie einen zuverlässigen Anwalt an Ihrer Seite.«

»Das hoffe ich auch, denn immerhin ist er der Einzige, den ich an dem Ort kenne, wo ich mindestens drei Monate lang wohnen werde.«

Sie schickte ihrer Mutter Blumen, weil diese klug genug war, für einen scharfsinnigen Anwalt zu arbeiten.

Dann nahm sie ihre Doppelhaushälfte gründlich unter die Lupe.

Mobiliar würde sie keines brauchen, trotzdem gab es durchaus ein paar Dinge, die sie mitnehmen wollte. Die Gemälde ihres Vaters – nach seinem Tod hatte sie zwei davon behalten. Dann einen Großteil ihrer Büroeinrichtung. Ein paar Andenken und Geschenke, die sie nicht nur an ihr Zuhause, sondern auch an die Menschen erinnerten, die sie liebte.

Schon bald stellte sich heraus, dass alles, was sie für diese Probezeit brauchte oder bei sich haben wollte, in ihr Auto passte.

Nachdem sie das Für und Wider abgewogen hatte, nahm sie Kontakt zu einem Immobilienmakler auf. Sie wollte ihr Haus nicht drei Monate lang freistehen lassen. Ursprünglich hatte ihr vorgeschwebt, es mit einer monatlichen Kündigungsfrist möbliert zu vermieten. Doch dann lief es auf einen Mietvertrag von sechs Monaten hinaus.

Aber das war kein Problem. Falls sie doch früher wieder die Flucht ergriff, konnte sie vorübergehend bei ihrer Mutter einziehen.

So hatte sie ein Sicherheitsnetz, dachte sie. Eine Frau brauchte stets ihre Sicherheitsnetze.

Aber so schnell würde sie kein Fersengeld geben, sagte sie sich. Zum Teufel, Poole's Bay war nur eine dreistündige Autofahrt von Boston entfernt. Ihre Mutter konnte sie besuchen, Cleo konnte ebenfalls kommen. Sie selbst konnte einen Wochenendtrip in ihre Heimatstadt machen.

Ein Abenteuer, versprach sie sich selbst, während sie alles in trockene Tücher brachte und anfing zu packen. Sie würde ein Abenteuer erleben – und am Ende womöglich ein Wahnsinns-Haus besitzen.

Wie so häufig öffnete sie das Skizzenbuch ihres Vaters,

um sich in seine Zeichnungen zu vertiefen. Seine Vision von dem Haus gefiel ihr tatsächlich noch besser als die Fotos.

Konnte sie sich vorstellen, dort zu wohnen?

Vielleicht. Vielleicht.

Hatte sie sich insgeheim nicht genau so ein Herrenhaus gewünscht, als sie und Brandon nach Häusern gesucht hatten? Etwas mit einer Geschichte, mit Charakter und Charme. Auf einen schnittigen Neubau mit schimmernder Fassade hatte sie es jedenfalls nie abgesehen.

Wenn sie sich fragte, wie es wohl sein würde, dort allein zu leben, rief sie sich ins Gedächtnis, momentan ja ebenfalls allein zu leben, nur eben in einem kleineren Haus.

Sie packte die Skizzenbücher ein, um sich anschließend mit ihrer Mutter und Cleo zu einem Abschiedsdinner zu treffen.

Und machte in der Nacht vor ihrer Abreise kaum ein Auge zu.

Am Morgen zog sie sich warm an. Wenn es in Boston schon so kalt war wie jetzt, würde es weiter nördlich ganz sicher noch frostiger sein. Sie trug den kirschroten Kaschmirpullover, den ihre Mutter ihr zu Weihnachten geschenkt hatte, schwarze Jeans und Boots.

Mit ein wenig Herzklopfen packte sie Xena sorgfältig in eine Reisekiste. Genau wie sie selbst würde die Blume versuchen müssen, an einem anderen Ort neu zu erblühen.

Alles andere hatte sie schon am Abend zuvor eingepackt – Schlaf wurde schließlich überbewertet. Mit ihrer kleinen Reisetasche und der Schachtel für die Blume in der Hand stand sie nun da und sah sich um.

»Ist ja nicht so, als würde ich nie mehr zurückkommen. Trotzdem fühlt es sich so an.«

Sie rollte den Koffer zur Tür. Als sie sie öffnete, stand Cleo mit zum Klopfen bereits erhobener Hand davor.

»Überraschung! Ich wollte dich doch nicht ohne ein letztes Winken davonfahren lassen.«

Sie nahm Sonya fest in die Arme. »Ich vermisse dich jetzt schon.«

»Was soll ich nur ohne dich anfangen? Schließlich bin ich es gewöhnt, in zehn Minuten jederzeit bei dir sein zu können.«

»Wir schreiben uns, wir telefonieren, wir sehen uns per FaceTime. Ganz bestimmt.«

Cleo hielt eine samtene Geschenktasche in die Höhe, in der eine Flasche verborgen war. »Das ist Champagner. Ein besonders guter.«

»Ist nicht dein Ernst.«

»Du wirst mir oder deiner Mom schreiben, sobald du dort angekommen bist. Und heute Abend unterhalten wir uns per FaceTime und trinken den Champagner – ich habe mir ebenfalls eine Flasche besorgt –, während du mir eine kleine Video-Tour durchs Haus gönnst.«

»Aber du kommst doch auch und besuchst mich.«

»Darauf kannst du unsere beiden knackigen Hintern verwetten. So, nimm du die Flasche und gib mir die Schachtel. Ist Xena dadrin?«

»Genau. Sie ist ein bisschen nervös.«

»Sollte sie nicht sein. Hi, Donna.«

»Hallo, ihr beiden. Ich habe dir Cookies für die Reise gebacken, Sonya.«

»Oh, wie lieb.« Nachbarn, dachte sie. Wo sie jetzt hinging, würde sie keine haben.

»Ich werde Bill und dich vermissen.«

»Ich dich auch. Egal, wer nebenan einzieht – und wenn es die Königin von Saba ist –, so nett wie du wird die Person ganz bestimmt nicht sein. Fahr vorsichtig.«

»Danke. Vielen lieben Dank.«

»Jetzt bloß keine Tränen«, murmelte Cleo. »Sonst fange

ich auch noch an zu heulen. Immerhin ist das hier Tag eins von Sonyas fantastischem Abenteuer.«

Sie packten Koffer, die Schachtel und die Flasche ins Auto und hielten sich dann einfach nur eng umschlungen.

»Seit wir uns kennengelernt haben, hast du nie weiter als zehn Minuten von mir entfernt gewohnt.« Sonya presste das Gesicht in Cleos Haar.

»Schreib mir, wenn du angekommen bist.«

»Mach ich. Mach ich. Aber jetzt muss ich los, sonst fange ich noch hemmungslos an zu schluchzen. Ich liebe dich.«

»Ich dich auch. Freu dich auf die Veränderung, Son.«

»Ich versuch's.«

Trotzdem bewahrte sie das Bild ihrer Freundin, die ihr zum Abschied mit beiden Händen hinterherwinkte, im Gedächtnis und im Herzen. Dann fuhr sie davon.

Noch am Abend zuvor hatte sie vollgetankt, um zwischendurch nicht anhalten zu müssen, machte dann aber doch eine Pause wegen ihrer nervösen Blase und dem dringenden Verlangen nach Koffein.

Obwohl ihr Magen zu sehr revoltierte, um sich einen Keks zu genehmigen, nippte sie an ihrer Coke und ließ sich vom GPS weiter den Weg weisen.

Als sie Maine erreichte und auf die Küstenstraße einbog, veränderte sich die Umgebung. Sie sah den Ozean, Sand- und Kiesstrände. Kleine Städte, die ihr eher wie Dörfer vorkamen.

Dazu Wälder und Weite. Zugegeben, die Landschaft war wunderschön.

Ihr Lebtag hatte sie in Städten oder zumindest Vororten gewohnt. Und obwohl sie die Meeresarme, die Buchten und die endlose Weite des Atlantiks großartig und den unbeugsamen Charme der Küstenstädte faszinierend fand, fragte sie sich, wie sie je hier würde leben können.

Keine kurzen Abstecher mehr auf den Markt. Keine spontanen Besuche in das Restaurant oder die Bar nebenan. Keine freundlichen Nachbarn oder Kinder, die auf dem Bürgersteig Fahrrad fuhren.

Sie rief sich ins Gedächtnis, dass sie noch nie ein Feigling gewesen war. Dennoch schienen ihre Nerven zu vibrieren.

Und nach gut dreistündiger Fahrt erreichte sie den Ort namens Poole's Bay.

Bezaubernd, ja, wie es da auf seiner Landzunge lag, die in die Bucht hineinragte. Eine Bucht, die silbrig unter dem bleiernen Himmel funkelte. Schindelhäuser – weiß, kolonialblau, blassgelb – säumten die Straße, die das GPS als High Street bezeichnete.

Gebäude mit überdachten Veranden und Fensterläden, vereinzelte Schornsteine, aus denen sich Rauch in die Luft kräuselte.

Sie entdeckte ein Restaurant mit Namen *Lobster Cage* und ein weiteres, das sich *Gino's Pizzeria* nannte.

Verhungern würde sie also schon mal nicht.

Dann eine Buchhandlung mit dem wenig originellen Namen *A Bookstore*.

Auf dem schmalen Gehsteig drängten sich jede Menge Menschen, allesamt warm eingepackt gegen die Kälte.

In weniger als einer Minute hatte sie diesen Teil des Ortes auch schon wieder hinter sich gelassen und nahm sich vor, demnächst auch die andere Seite des Dorfes, die Seitenstraßen und die Bucht zu erkunden.

Aber zunächst führte der Weg sie an der Küste entlang, immer weiter hügelaufwärts.

Die friedliche silberne Bucht lag hinter ihr, und das Meer brach sich lautstark an der Felsküste, brodelte unter zerklüfteten Klippen, die sich so grimmig in die Lüfte erhoben, dass ihr der Atem stockte.

Die Straße wurde so schmal, dass sie sich fragte, ob

zwei Autos hier aneinander vorbeipassten, ohne dass die Kotflügel einander streiften. Im Schritttempo kroch sie den gewundenen Weg entlang, mit den Klippen und der sturmgepeitschten See auf der einen Seite, einem dichten, schneebedeckten Wald voller Schatten auf der anderen.

Ihr fiel ein, dass Mr. Doyle das Wort ›abgelegen‹ benutzt hatte. Trotzdem war offenbar jemand mit dem Schneepflug hier entlanggefahren, denn die schmale, steile, gewundene Straße war größtenteils geräumt.

Nicht, dass sie Angst davor hatte, im Winter zu fahren, aber sie war nur Stadtverkehr gewöhnt. Doch solange die Straße geräumt war, würde wohl alles gut gehen. Und laut GPS würde sie da sein in ...

Sie bog um eine Kurve, und da ragte es vor ihr empor, breitete sich unter dem düsteren Himmel auf der Klippe aus. Erstaunt trat sie auf die Bremse.

Sie hatte geglaubt, auf den Anblick vorbereitet zu sein, denn sie hatte die Fotos und die Zeichnungen ihres Vaters genau studiert. Aber dort stand es auf einem Teppich aus Schnee, an der Spitze der hohen Klippen über dem tosenden Meer.

Wie ein Ort aus einem Roman, dachte sie, oder aus einem klassischen Horrorfilm, mit seinen Zwillingstürmen und zahllosen Fenstern, der tiefblauen Fassadenverkleidung, die sich von dem Stein abhob, welcher in der düsteren Umgebung matt golden zu schimmern schien.

Dort ragte die große Trauerweide empor, deren geschwungene Zweige vor Eis glitzerten. Im Rücken des Hauses lag der Wald wie eine grüne Mauer.

Aus den Schornsteinen stieg sich träge kräuselnder Rauch, und jemand hatte die gepflasterten Gehwege freigeschaufelt. Einer davon führte zu dem breiten, überdachten Säulengang am Eingang.

Sonya verliebte sich auf der Stelle.

Wie töricht es auch sein mochte: Sie hatte das Gefühl, dass das Haus auf sie wartete und bereit war, sie aufzunehmen. Ihre Nervosität verebbte, und reine Freude stieg in ihr empor, während sie weiterfuhr.

Ein massiger, schwarzer Pick-up parkte am Ende des Hauptweges, und sie stellte ihren Wagen daneben ab. Dann stieg sie aus und blieb einfach nur in der steifen Brise stehen, um das Gebäude zu mustern, das – sei es durch das Schicksal, durch die Abstammung oder reines Glück – ihr gehören konnte.

Im ersten Stock sah sie einen Schatten, der sich am Fenster bewegte. Irgendjemand beobachtete ihre Ankunft, dachte sie. Und als sie eine Hand hob, um zu winken, öffneten sich die Haupttüren.

Sie hatte Mr. Doyle erwartet, aber der Mann, der nun ins Freie trat – barhäuptig, einen Parka lässig über ein Flanellhemd gezogen –, war erheblich jünger.

Der Wind zerzauste sein Haar – einen dichten schwarzen Schopf –, als er in verschrammten braunen Stiefeln auf sie zuschritt.

Sofort fiel ihr die Ähnlichkeit auf – seine Gesichtsform, die messerscharfe Nase, die markant geschnittenen Lippen, die sich nun zu einem bedächtigen Lächeln verzogen.

Auch die Augen waren unübersehbar die gleichen – dieses intensive, beinahe gespenstische Blau, das von schwarzen Augenbrauen umrahmt wurde.

Und als sein Blick sie traf, erwiderte sie sein Lächeln.

»Ich bin Sonya. Sie sehen aus wie Ihr Vater. Oliver Doyle III.?«, fragte sie und streckte ihm die Hand entgegen. Sie hatte weiche Anwalts-Hände erwartet, aber die seinen waren schwielig wie die eines an körperliche Arbeit gewöhnten Mannes.

»Schuldig im Sinne der Anklage. Willkommen in Lost Bride Manor.«

»Wie bitte? Lost Bride Manor? Haus der verlorenen Bräute?«

»So haben es die Einheimischen hier vor ein paar Jahrhunderten getauft. Wie war Ihre Fahrt von Boston hierher?«

»Ereignislos.«

»So ist es am besten. Immerhin sind Sie vor dem Schnee angekommen. Am besten schaffen wir Sie erst einmal aus dem Wind. Danach hole ich Ihre Koffer.«

»Der Wind macht mir nichts aus, und so viel Gepäck habe ich gar nicht. Aber ich könnte trotzdem jemanden brauchen, der mit anpackt.« Sie öffnete den Kofferraum. »Ich hole nur meine Tasche vom Beifahrersitz.«

Sie griff danach und schnappte sich gleichzeitig die immer noch ungeöffnete Vorratsdose mit den Cookies.

»Ist Ihr Vater drinnen?«, fragte sie, während sie ihren Weekender herausholte.

»Nein. Ursprünglich hatte er vor, Sie persönlich willkommen zu heißen und herumzuführen, aber er ist ein wenig angeschlagen.«

»Oh, das tut mir leid.«

»Nur eine Erkältung.« Er hievte ihre beiden Koffer heraus, als wögen sie nichts. »Aber meine Mutter hat ein Machtwort gesprochen. Ist das alles?« Er deutete auf die drei zugeklebten und beschrifteten Umzugskisten.

»Ja.«

»Ich hole sie später.«

Sie nickte und sah dann erneut zum Haus hinüber. »Dieses Haus ist ein Statement.«

»Was sagt es?«

»Ich bin hier«, antwortete sie, während sie die erste Ladung ihrer Klamotten zum Eingang trugen. »Ich sehe alles. Ich weiß alles. Und ich bin außergewöhnlich.«

Sie blieb stehen und sah sich um. »Von hier aus kann man die Bucht erkennen, den Jachthafen, das Dorf. Oh, ganz weit da draußen entdecke ich sogar ein Boot. Ich bin überrascht, dass man von hier aus nicht sogar bis nach Grönland sehen kann. Hoffentlich kann ich von meinem Zimmer aus übers Meer schauen.«

Er warf ihr einen neugierigen Blick zu. »Sie können sich natürlich aussuchen, wo Sie schlafen wollen, aber wir haben zunächst das Hauptschlafzimmer für Sie vorbereitet. Von dort aus können Sie tatsächlich das Meer sehen.«

»Du meine Güte, schauen Sie sich nur diese Türen an!« Sie fuhr mit der Hand über die tiefen Schnitzereien.

»Originaltüren. Arthur Poole – der Stammvater – hat das Mahagoni-Holz hierherbefördern lassen und sie selbst gezimmert.«

»Wirklich?« Zweihundert Jahre, dachte sie. Sie hatte sich eine gewisse Historie gewünscht, und da war sie nun, genau vor ihrer Nase. »Nun ja, sie sind fantastisch, und offensichtlich für die Ewigkeit gemacht.«

Sie trat ins Haus und schrieb das plötzliche Summen in ihren Ohren und den nervösen Schauer, der sie überlief, ihrer Aufregung zu.

Der schimmernde Boden des weitläufigen Foyers führte zu einer Treppe, die sie nur als imposant bezeichnen konnte, denn auf ihr hätten vier Personen problemlos nebeneinander emporsteigen können. Ein riesiger, dreistufiger, schmiedeeiserner Kronleuchter tauchte die Umgebung in helles Licht.

Zwei Stühle mit hohen Lehnen und Gobelin-Sitzen flankierten einen lang gestreckten Tisch an der Wand zwischen zwei Türen. Darauf standen mehrere Kerzenleuchter aus Zinn. Die Wand darüber zierten Spiegel verschiedener Formen und Größen.

Gegenüber vom Tisch lagen ein paar üppige Gobelin-Kissen auf einem taubenblauen Sofa. Das darüber hängende Gemälde zeigte eine junge Frau, deren blassblondes

Haar hochgesteckt und mit Blumen geschmückt war. Diamanten glänzten in ihren Ohren, und eine Halskette aus tropfenförmigen Saphiren zierte ihren Hals.

Sie trug ein langes, weißes Gewand mit hoch angesetzter Taille, dessen Saum ebenso wie die Bündchen der weiten Ärmel reich bestickt waren. Auf den ersten Blick konnte Sonya keinen Ring an ihrer Hand entdecken. Doch dann sah sie den zarten, goldenen Reif an ihrer linken Hand und den Diamanten an ihrer Rechten.

»Astrid Grandville Poole. Die erste Braut. Im vorderen Salon brennt ein Feuer.« Er deutete nach rechts auf die Tür hinter dem Porträt. »Derweil hole ich Ihre restlichen Sachen.«

Sie nickte, blieb aber, wo sie war, und schrieb ihrer Mutter und Cleo eine Textnachricht, während sie immer wieder das Gemälde musterte.

Man konnte beinahe die Bewegung des Rockes erahnen, dachte sie – was sicher der Geschicklichkeit des Künstlers zu verdanken war. Hatte er die Trauer in ihren Augen absichtlich so deutlich herausgearbeitet? Augen, die genauso blau waren wie die Saphire um ihren Hals.

Und wie sie dastand, wie sie einen kleinen Blumenstrauß an der Seite in ihrer Hand hielt, dessen rosa und weiße Rosenknospen nach unten zeigten.

Sie spürte eine Woge der Trauer, denn jene saphirblauen Augen schienen direkt in die ihren zu blicken.

Als sie sich umwandte, war ihr Fremdenführer gerade dabei, ihre letzten Klamotten hineinzubringen.

»Wie ist sie gestorben?«

Er schälte sich aus dem Parka und blickte zu dem Porträt empor.

»Sie wurde ermordet – erstochen –, und zwar an ihrem Hochzeitstag.«

»Die verlorene Braut«, murmelte sie. »Kein Wunder, dass sie so traurig aussieht.«

»Dieses Gemälde hat ihr Ehemann anfertigen und es dann dort aufhängen lassen, sodass jeder Besucher im Herrenhaus sie sehen und sich an sie erinnern musste.«

»Ich nehme an, dass nicht er es war, der sie umbrachte.«

»Nein. Es war eine eifersüchtige Frau. Darf ich Ihnen die Jacke abnehmen?«

»Danke. Oliver ...«

»Trey«, korrigierte er sie. »Mein Großvater ist Ace, mein Dad ist Deuce. Ich bin Trey.«

»Clever.« Die Woge der Trauer verebbte und wich Belustigung. »Wie beim Würfeln: Ace für Eins. Deuce für die Zwei und Trey für die Drei. Auf jeden Fall einfacher als Oliver I., II. und III. Also, Trey, kannten Sie Collin Poole – meinen Onkel?«

»Klar. Im Grunde war er auch für mich und meine Schwester so eine Art Onkel. Für uns gehörte er zur Familie. Ich lege die Mäntel erst mal zu Ihren Sachen, aber im vorderen Wohnzimmer gibt es einen Schrank, den Collin immer für seine Outdoor-Klamotten benutzt hat.«

»Es gibt einen vorderen Salon und ein vorderes Wohnzimmer?«

»Ein offenes Raumkonzept werden Sie hier nicht finden. Vielmehr ist dieses Haus ein Labyrinth. Ich führe Sie hindurch. Wo wollen Sie anfangen?«

»Am besten doch wohl gleich hier.«

Sie wandte sich um und betrat den Raum, den er als vorderen Salon bezeichnet hatte.

Angesichts seiner Größe fand sie ihn überraschend gemütlich, und das knisternde Feuer in dem von einem aufwendig gestalteten Rahmen aus dunklem Holz umgebenen Kamin verlieh dem Ganzen sogar eine fröhliche Note.

Durch drei Fenster hatte man Ausblick auf die schneebedeckte Rasenfläche, die steinerne Ufermauer und das Meer dahinter.

Ein weiterer Kronleuchter – ebenfalls aus Eisen, aber erheblich kleiner als der im Foyer – hing von einer Stuckrosette herab. Auf den – allesamt leicht verblassten – Sofas und Sesseln hätten gut und gern zwanzig Leute Platz gefunden. Die Tische glänzten ebenso wie die Böden – und das Klavier, das in der Ecke stand.

»Hat er gespielt? Collin, meine ich.«

»Ja, und zwar ziemlich gut. Und Sie?«

»Beim Flohwalzer hört es schon auf.« Trotzdem fuhr sie mit der Hand über das Klavier, bevor sie weiter im Raum umherwanderte. »Spielen Sie auch?«

»Mit genug Bier intus kann ich so tun, als bekäme ich einen Boogie-Woogie hin. Die meisten Gemälde hier drin sind übrigens von Collin selbst.«

Er hatte das Meer gemalt – in unzähligen Stimmungen.

»Ihr Vater war ebenfalls Künstler.«

»Ja. Der Malstil beider Brüder ist sehr ähnlich. Keine Ahnung, ob ich das eher aufmunternd oder verstörend finde.«

»Ist sicher ziemlich viel zum Verdauen.«

Sie hörte seinen tröstenden Ton und ging darauf ein. »Ich arbeite dran. Also, das hier ist schon mal ein recht freundliches Zimmer. Keine Ahnung, was ich erwartet habe.«

»Hier entlang geht es zu einem weiteren, kleineren Wohnzimmer. Danach in den Wintergarten.«

Er ging voran.

»Oh! Der Fuß des Türmchens. Wie schön. Man hat das Zimmer nicht rechteckig beschnitten.«

Durch die hohen, abgerundeten Fenster strömte jede Menge Licht ins Zimmer. Es war mit tief gepolsterten Sesseln in Pfauenblau sowie einem kleinen Sofa in einem leuchtenden Blau mit roséfarbenen Streifen möbliert. Die Tische waren mutmaßlich antik.

Und Pflanzen. In einem großen Blumentopf prangte

ein Baum voller winziger Orangen. Ein anderer trug Zitronen. Eine weitere Pflanze mit glänzenden Blättern stellte ein paar großer weißer Blüten zur Schau.

Sie erkannte einen Pfennigbaum, wie ihre Mutter einen besaß, allerdings stand dieser hier auf einem Podest und war bestimmt dreimal so groß.

»So viel Licht, sogar an einem Tag wie heute. Hoffentlich überleben die Pflanzen unter meiner Obhut.«

»Collin hatte einen grünen Daumen.«

»Tut mir leid.« Gerade hatte sie den Duft einer der weißen Blüten eingesogen, der so intensiv war, dass ihr Herz einen Satz machte. Jetzt richtete sie sich auf. »Ich hätte schon vorher darauf eingehen sollen. Sie standen einander nahe. Sein Tod muss ein großer Verlust für Sie sein.«

»Danke. Ja, das stimmt.«

Sie wanderten weiter. Noch ein Salon, ein weiterer Raum, den er als Morgenzimmer bezeichnete, ein Musikzimmer, in dem ein zweites Klavier stand – diesmal ein Stutzflügel – sowie andere Instrumente, darunter eine Bogenharfe, eine Drehleier und ein Cello.

»Die wurden im Laufe der Jahre von diversen Pooles gesammelt«, erklärte Trey. »In vielerlei Hinsicht ist das Haus ein Museum Ihrer Familiengeschichte. Das offizielle Speisezimmer.«

»Kann man wohl sagen. Du liebe Güte!«

Ein Dutzend Stühle mit hohen geschwungenen Rückenlehnen säumten beide Seiten eines massiven Tisches. Zwei standen zusätzlich an den Kopfenden. Dazu erneut ein Kamin, in dem ein Feuer brannte. Und dennoch war immer noch genug Platz für zwei riesige Buffets. Kunst und Spiegel hingen an den Wänden, die eine tiefblaue Tapete mit großen, weißen Geranienblüten zierte.

Die beiden Kandelaber in der Mitte des Tisches waren vermutlich aus Silber.

»Wissen Sie, während der ganzen Fahrt hierher war ich ziemlich nervös. Ich habe noch nicht mal einen der Snickerdoodles gegessen, die meine Nachbarin mir für die Reise mitgegeben hat.«

»Sie haben Snickerdoodles?«

»Ja.« Sie musste lachen. »Für diese Besichtigungstour gebe ich Ihnen gern ein paar davon ab. Aber eigentlich wollte ich sagen, dass meine Nervosität bereits beim ersten Anblick dieses Hauses verflogen war. Doch jetzt ist sie wieder da. Und zwar mit voller Wucht.«

»Sie gehören also nicht zu den Frauen, die gern formelle Dinnerpartys für zwanzig Personen geben?«

»Ich gehöre eher zu den Pizzabestellerinnen. Aber ich nehme nicht an, dass die Pizzeria, die ich in der Stadt entdeckt habe, auch hierher liefert.«

»Äh ...«

»Das habe ich befürchtet. Es ist ein wunderschönes Zimmer. Aber ganz schön einschüchternd.«

Er führte sie durch eine weitere Tür.

»Oh. Man höre meinen Seufzer der Erleichterung.«

»Das Familien-Esszimmer und die Küche. Letztere wurde irgendwann in den Zwanzigerjahren eingebaut, glaube ich. Collin hat sie modernisieren lassen. Mehrfach.«

»Aber sie passt dennoch zum Haus, finden Sie nicht auch? Sie ist auf eine nicht aufdringliche Art modern. Und einen kleinen Kamin gibt es hier auch.«

Sie ging an dem hübschen Tisch mit den praktischen acht Stühlen vorbei und betrat eine Küche mit Schränken aus dunklem Holz, von denen einige Türen aus Ornamentglas bestanden. Die Wände erinnerten sie an die Schatten des Waldes. Die weißen Küchengeräte verhinderten, dass die Küche gar zu edel wirkte. Die cremefarbene Kücheninsel bot einen hübschen Kontrast zu den dunklen Möbeln und war mit einer hellgrauen Arbeitsplatte bedeckt, in die eine tiefe Landhausspüle eingelassen war.

»Er war ein verdammt guter Koch.«

»Wirklich?«

»Oh ja. Er und meine Mom – ebenfalls eine verdammt gute Köchin – haben immer Rezepte ausgetauscht. Können Sie auch kochen?«

»Kommt darauf an, wie Sie *kochen* definieren.«

»Ja.« Er zog die Hände aus den Taschen. »Geht mir genauso. Glücklicherweise habe ich eine Freundin, die als Chefköchin im *Lobster Cage*, dem Restaurant im Dorf, arbeitet. Außerdem kann ich mir meine Mahlzeiten bei meinen Eltern und Großeltern zusammenschnorren. Trotzdem haben wir den Kühlschrank aufgefüllt, ebenso wie die Speisekammer des Vorrats- und Servierraumes, der sogenannten Butler's Pantry.«

»Es gibt eine Butler's Pantry.« Überwältigt stieß sie den Atem aus.

»Mit einem Speiseaufzug.«

»Ist nicht Ihr Ernst!«

Sie bog um die Ecke der L-förmigen Hauptküche. Weitere Küchenschränke, noch eine Spüle, ein Weinkühlschrank und eine Eismaschine unter der Anrichte.

Trey öffnete einen der Unterschränke.

»Collin hat den Aufzug zwar modernisieren lassen, wollte aber das ursprüngliche Gepräge beibehalten. Er fährt bis in die früheren Küchenräumlichkeiten hinab.«

Er drückte auf einen Knopf, und der Boden senkte sich mit einem mechanischen Summen herab.

Da musste sie lachen. »Ich habe noch nie einen Speiseaufzug gesehen. Wofür hat er ihn benutzt?«

»Er hat einen Teil des Dienstbotentrakts renoviert.« Mit einem zweiten Druck auf den Knopf holte Trey den Aufzug wieder nach oben und schloss die Schranktüren. »Er wollte so viel Platz wie möglich nutzen.«

»Sicher hat er das Haus geliebt. Danke übrigens für die Vorräte. Das habe ich nicht erwartet.«

»Gern geschehen. Zumal ich jetzt eine Coke schnorren werde.«

»Wenn Sie schon einmal dabei sind, schnorren Sie doch gleich eine für mich mit.« Sie kehrte in die Hauptküche zurück und sah aus dem Fenster hinter dem Spülbecken. »Aha, eine Terrasse über dem ... ist das ein Keller?«

»Nicht der eigentliche Keller, nein. Darunter hat Collin eine Art Apartment hinzugefügt. Eine eigenständige Wohneinheit. Bis vor ungefähr sechs, sieben Jahren wohnte dort ein Paar – eine Haushälterin und eine Art Hausmeister. Nachdem die beiden sich zur Ruhe gesetzt hatten, hat er niemanden mehr eingestellt. Ein Glas?«

»Nein, die Flasche reicht.«

»Ich habe eine Liste von Namen für derlei Aufgaben. Saubermachen, Reparaturen, Gartenarbeit.«

»Oh, eigentlich hatte ich nicht vor, jemanden einzustellen.«

»Das Haus ist ziemlich groß«, wandte er ein. »Wahrscheinlich werden Sie ein paar Zimmer absperren, aber selbst dann ist es riesig. In dem kleinen Schuppen stehen eine Schneefräse und ein Gartentraktor, aber viel Arbeit ist es trotzdem.«

»Ich werde drüber nachdenken.«

Sie bahnten sich ihren Weg zurück in den vorderen Teil des Hauses. Ein weiteres Bad – das erste, an dem sie vorbeigekommen waren, hatte sie bereits benutzt. Es folgte ein Arbeitszimmer – und das erste Fernsehgerät, das sie in diesem Haus entdeckte.

»Hat er gespielt?«, fragte sie, als sie die Konsole entdeckte.

»Eigentlich nicht. Die hat er für mich, meine Schwester und unsere Freunde angeschafft.«

»Sie haben hier viel Zeit verbracht.«

»Nach dem Tod seiner Frau ...«

»Einer weiteren verlorenen Braut ...«

»Ja. Vorher war Collin Dad zufolge sehr extrovertiert gewesen. Er reiste gern. Wie Sie gesehen haben, zeigen einige seiner Kunstwerke Motive aus Europa oder aus dem Westen des Landes. Aber nach ihrem Tod igelte er sich ein. Er hatte uns gern zu Besuch – meine Familie und ein paar von meinen oder Annas Freunden. Aber das Haus und das Anwesen hat er kaum mehr verlassen, schon gar nicht mehr in den letzten Jahren. Wenn er irgendwo hinwollte, wandte er sich ans Internet. Zumindest hat er das immer zu mir gesagt. Das hier war übrigens sein Büro.«

Hier konnte sie arbeiten, dachte Sonya. Ein guter Schreibtisch, genug Platz für ihre Moodboards, ein Kamin für Wärme und gute Laune. Anständiges Licht – zumindest, wenn es nicht so bewölkt war wie heute. Und sogar ein Schrank, in dem sie ihr Arbeitsmaterial lagern konnte.

Dann entdeckte sie es, genau über dem Kamin.

Das Herrenhaus im magischen Schein des Vollmondes. Düster und strahlend, das subtile Licht, die dunklen Schatten, das Funkeln auf den Fenstern der Türme.

»Das ist ein Werk meines Vaters.«

Ihre Stimme klang gepresst, und sie ging näher heran.

»Sind Sie sicher? Ich weiß nicht, wie ...«

»Ich kenne die Arbeiten meines Vaters. Das hier ist seine Signatur. MacT – so hat er immer signiert. In der unteren linken Ecke. Sehen Sie.«

»Ich sehe es. Ist mir noch nie aufgefallen.« Während er sprach, legte Trey ihr die Hand auf die Schulter. »Ich habe immer geglaubt, dass Collin das Bild gemalt hat. So gründlich bin ich das Inventar nun auch wieder nicht durchgegangen.«

»Seit wann ist das Bild in seinem Besitz?«

»Keine Ahnung. So lange ich denken kann. Vielleicht weiß mein Vater ja mehr. Ich werde ihn fragen.«

»Er hat von diesem Ort geträumt«, murmelte Sonya.

»Geträumt?«

»Das hat meine Mutter mir erzählt. Es waren immer wiederkehrende Träume. Davon habe ich erfahren, nachdem ich ihr Fotos von dem Herrenhaus gezeigt hatte. Er hat Zeichnungen angefertigt. Ich habe sie dabei. Sie konnte sich nicht daran erinnern, ihn jemals an einem Gemälde arbeiten gesehen zu haben. Aber das hat er getan.« Sie sprach jetzt ganz leise. »Und jetzt hängt es hier. Genau hier.«

Sie trat einen Schritt zurück. »Tröstlich oder beunruhigend? Irgendetwas dazwischen.«

»Bis zu Collins Tod wusste ich auch nichts von Ihrem Vater oder Ihnen. Aber jetzt drängt sich mir der Gedanke auf, dass er dieses Gemälde in seinem Privatzimmer verwahrte, weil es ihm etwas bedeutete. Er wollte, dass Sie es bekommen, weil es ihm wichtig war.«

So einfach und so wahr ist das, dachte sie und nickte.

»Auch wenn ich mir gewünscht hätte, dass er vor seinem Tod noch Kontakt zu uns aufgenommen hätte, ändert es doch nichts. Ich denke ... schauen wir uns am besten den Rest an.«

Er führte sie durch das restliche Erdgeschoss, dann griff er nach ihren Koffern. »Auf Ihr Zimmer?«

»Ja, danke.« Sie schnappte sich den Weekender. »Ich bin ein bisschen überfordert.« Sie atmete aus. »Das ist alles ein wenig viel.«

Auf der Treppe blieb er stehen und presste die Hand gegen die Wand.

Sie schwang auf.

»Was! Ein Geheimgang?« Nun wurde sie erneut von reiner Freude durchflutet. »Verdammt und zugenäht.«

»Nicht wirklich ein Geheimgang. Damals war er für das Personal gedacht. Um zwischen der Küche, dem Speisezimmer und ihrem Arbeitsplatz unten hin und her zu gelangen. Die Dienstbotenquartiere befanden sich im zweiten Stock des Nordflügels.«

»Flügel«, murmelte sie. »Dieses Haus hat Flügel.«

»Mehr darüber können Sie von meinem Vater erfahren, aber ich bin mir einigermaßen sicher, dass der Gang schon seit den Dreißigerjahren nicht mehr zu diesem Zweck benutzt wurde. Collin hat unten ein Medienzimmer eingerichtet.«

»Ein Medienzimmer.«

»Er mochte Filme, und mit dem ehemaligen Speiseaufzug gelangt man problemlos nach unten. Außerdem existiert dort ein Fitnessstudio. Er hielt sich fit. Oben sind die Räume wahlweise verschlossen oder werden als Abstellkammern genutzt. Im Laufe der Jahrhunderte haben die Pooles einiges zusammengetragen.«

Wieder schenkte er ihr jenes bedächtige Lächeln. »Ich habe mir gedacht, dass der Anblick des Geheimgangs Sie etwas aufmuntern könnte.«

»Gute Idee. Ich bin aber keineswegs deprimiert – nicht wirklich jedenfalls. Nur, wie gesagt, ein wenig überfordert. Bullshit. Total überfordert. Was soll ich nur mit all dem Platz anfangen?«

»Nutzen Sie die Räume, die Sie brauchen, und schließen Sie die restlichen ab.«

»Ein praktischer Mann.«

»Meist schon. Also, im ersten Stock finden Sie diverse Schlafzimmer, darunter auch Ihres mit eigenem Bad – was wiederum Collin zu verdanken ist. Ein paar der anderen Räume haben ebenfalls eigene Bäder, und dann gibt es noch ein weiteres separates Bad sowie ein Wohnzimmer. Und schließlich meinen persönlichen Favoriten.«

Er öffnete ein paar Schiebetüren, die, wie sie wusste, ins Turmzimmer führen mussten. Bei dem Anblick schnappte sie nach Luft.

Kapitel 6

Unter einer hohen Decke erhob sich eine doppelgeschossige Bibliothek. Die Regale an den gerundeten Wänden waren randvoll mit Büchern. Der riesige, steinerne Kamin war von einem dicken, geschnitzten Holzsims umgeben, auf dem Kerzenleuchter verschiedenster Größen standen. In ihrer Mitte zeigte eine tickende, hölzerne Kaminuhr mit ovalem Ziffernblatt die Zeit an.

Eine Treppe wand sich bis zum zweiten Stock empor. Durch die Bogenfenster sah sie, dass leichter Schneefall eingesetzt hatte.

Fensterplätze boten behagliche Lesenischen, tiefe, schokoladenbraune Ledersofas wiederum luden dazu ein, sich mit einem Buch dort auszustrecken oder ein Nickerchen zu machen.

Die Mitte des Raumes nahm ein großer, wunderschöner, geschwungener alter Schreibtisch auf einem runden Teppich in gedämpften Rosa- und Grüntönen ein.

»Das ist ... das ist ja ein Traum. Hier drin könnte ich leben. Und ich habe gerade mein Studio gefunden.«

»Grafikdesign, stimmt's?«

»Mmm-hmm. Vielleicht ist es anachronistisch, einen Computer auf diesem wundervollen Schreibtisch zu platzieren, aber genau das werde ich tun. Ich liebe alles an diesem Ort. Diese – wie sagt man – Holzarbeiten? Das massive, dunkle, geschnitzte Mobiliar, die hohe Decke. Mein Gott, wenn man den zweiten Stock mitzählt, ist dieser Raum so groß – womöglich sogar größer – wie mein ganzes Haus. Ich brauche einen großen Bildschirm. Nicht an der Wand. Diese Wände rühre ich nicht an. Ich werde mir einen Bildschirmfuß besorgen.«

»Oben gibt es schon einen verdammt großen Flachbildschirm.«

»Nicht Ihr Ernst!« Sie rannte zur Treppe und eilte hinauf. »Das *ist* es! Eigentlich wollte ich mir eins der Schlafzimmer, einen Salon oder vielleicht sogar Collins Arbeitszimmer als Büro einrichten. Aber das ...?«

Grinsend blickte sie übers Geländer auf ihn herab.

»Ist es?«

»Ganz genau. Das also ist Ihr Lieblingsraum?« Sie drehte sich einmal um die eigene Achse, bevor sie wieder herunterkam. »Meiner auch. Und zwar mit Abstand.«

»Genauso haben Sie ausgesehen, als Sie eben aus dem Auto gestiegen sind.«

»Wie denn?«

»Glücklich. Ganz lebendig vor Glück.«

»Ich habe mich verliebt. Zack. In dem Moment, als ich das Haus zum ersten Mal sah. Und jetzt schon wieder.«

»Dabei war das immer noch nicht alles.«

»Das hier kann so leicht nichts toppen.«

Ihr Schlafzimmer – im anderen Turm (juchhu!) mit seinem weiten Blick über das Meer – kam dem allerdings sehr nahe.

Ihr eigenes Wohnzimmer – sie überlegte, warum man so viele Wohnzimmer brauchte, nur um auf Sofas herumzusitzen – öffnete sich zum Schlafzimmer hin, in dem ein riesiges Himmelbett stand. Außerdem verfügte es über eine weitere Fensternische. Auch hier prasselte ein Feuer im Kamin. Durch zwei gläserne Flügeltüren gelangte man auf einen kleinen Balkon mit geschwungenem Geländer. An den zartblauen Wänden hing Kunst – Ruhe ausstrahlende Gemälde mit in Nebel gehüllten Wäldern und blühenden Wiesen.

Frische Blumen standen auf der Kommode mit dem ovalen Spiegel, der das Zimmer reflektierte.

»Wie schön es hier ist.«

»Meine Schwester hat einiges von dem Mobiliar durch neues ersetzt. Sie meinte, zuvor sei das Zimmer allzu maskulin gewesen.«

»Es ist perfekt. Bitte richten Sie ihr meinen Dank aus.«

»Anna zufolge bezeichnet man das hier als Chaiselongue.« Er deutete auf das geschwungene Sofa in gedämpften blau-goldenen Streifen, das am Fuß des Bettes stand. »Nur für den Fall, dass Sie ohnmächtig werden wie früher die vornehmen Damen der Gesellschaft.«

»Okay, im Fall eines Falles werde ich versuchen, darauf zu landen. Das Bad ist wie die Küche.«

»Wie meinen Sie das?«

»Es hat einen modernen Touch, behält aber seinen ursprünglichen Charakter. Hier die Klauenfußwanne und dort die große Glasdusche. Einerseits das süße, kleine Waschbecken und andererseits diese alte Kommode, die man in einen großen Waschtisch mit Doppelbecken umfunktioniert hat. Die Fliesen sehen aus wie Stein und die Armleuchter, nun ja, eben wie Armleuchter. Collin Poole hatte einen sehr guten Geschmack.«

»Wie Sie schon sagten, er liebte dieses Haus, und ich hoffe, Ihnen ist klar, dass er es Ihnen hinterlassen hat, weil er es liebte.«

Sie besichtigten die restlichen Schlafzimmer und gelangten dann zu dem ehemaligen Ballsaal – man stelle sich vor: ein Ballsaal! –, der sich im zweiten Stock befand und jetzt als Lagerraum genutzt wurde.

Hier war noch mehr Stauraum als im Dienstbotentrakt – der ihr Vorstellungsvermögen ebenfalls arg strapazierte.

Nachdem sie den Witwengang erklommen hatte, schlang sie die Arme um den Oberkörper, um sich gegen die Kälte zu wappnen, denn der Schnee fiel nun noch dichter.

»An einem guten Tag, an dem man sich nicht den Hintern

abfriert, kann man von hier aus manchmal sogar Wale sehen.«

»Mir kommt das alles so unwirklich vor. Und es wird mit jeder Minute surrealer.«

»Hey, wo liegt das Problem? Vor ein paar Wochen haben Sie herausgefunden, dass Ihr Vater einen Zwillingsbruder hatte, von dem er nach der Geburt getrennt wurde. Dieser Zwillingsbruder ist jetzt verstorben und hat Ihnen ein altes Haus auf einer Klippe hinterlassen, ebenso wie einen Riesenhaufen Geld – ganz zu schweigen von den Antiquitäten und Kunstwerken. Der einzige Haken ist, dass Sie Ihre Siebensachen packen, umziehen und in dem großen, alten Haus wohnen müssen, an einem Ort, wo Sie niemanden kennen.«

Er zuckte mit den Schultern.

»So was passiert schließlich dauernd.«

Lachend rieb sie sich die Arme. »Na ja, wenn Sie es so formulieren ...«

»Kommen Sie, es ist zu kalt hier draußen für Sie.«

Sie gingen hinein, und er zeigte ihr noch mehr. Das Apartment, das Medienzimmer, das Gym. Und das Zimmer im mittleren Halbturm, in dem Collin – ähnlich wie ihr Vater in seinem Atelier – seine Kunstwerke geschaffen hatte.

So langsam begann alles vor ihren Augen zu verschwimmen.

»Sie sind überfordert und erschöpft«, bemerkte er, »aber ein paar praktische Dinge muss ich trotzdem noch mit Ihnen durchgehen, ehe ich mich wieder auf den Heimweg mache, damit Sie sich einleben können. Wie wäre es, wenn wir im Esszimmer darüber reden? Natürlich nicht in dem Furcht einflößenden.«

»Okay. Ich schätze, ich brauche jetzt einen Cookie. Wollen Sie auch einen?«

»Diese Frage beantwortet doch wahrscheinlich niemand mit Nein.«

Sie holte die Kekse und den Champagner heraus.

»Von meiner Freundin Cleo. Wir wollen später per FaceTime miteinander reden und zusammen Champagner trinken, während ich sie virtuell durchs Haus führe.«

»Die Technik hält die Welt zusammen«, sagte er und griff nach der weichen Ledertasche, die wie seine Stiefel aussah, als hätte sie schon bessere Tage gesehen.

»Sie sehen gar nicht wie ein Anwalt aus«, sagte sie, als sie ins Familien-Esszimmer zurückkehrten. »Ebenso wenig wie Ihr Vater. Und ich weiß, wovon ich rede, denn meine Mutter arbeitet für Anwälte.«

»Das hat man mir bereits erzählt.«

»Die Chefs meiner Mutter kleiden sich ganz anders: Armani-Anzüge und Krawatten von Hermès. Uhren von TAG Heuer oder Rolex.«

Diesmal kein bedächtiges Lächeln, sondern ein schnelles, mutwilliges Grinsen. Es traf sie wie ein Schlag in die Magengrube.

»Vor Gericht trage ich eine Krawatte zu meinem Flanellhemd. Aus Respekt.«

»Ich wette, dass Sie gut damit aussehen.« Als sie in der Küche den Kühlschrank öffnete, um die Flasche Champagner hineinzustellen, fielen ihr beinahe die Augen aus dem Kopf. »Heiliger Strohsack. Sie haben ja wirklich alles aufgefüllt.«

»Die Doyles machen nichts halbherzig.«

»Ich glaube, ich brauche jetzt erst mal einen Kaffee ...« Sie starrte den Kaffee-Vollautomaten an. »... habe aber keine Ahnung, wie man diese Maschine bedient.«

»Dann ist es ja ein Glück, dass ich es weiß. Zu einer guten Tasse Kaffee konnte Collin nie Nein sagen.« Er stellte die Aktentasche ab. »Schauen Sie mir zu und betrachten Sie dies als Punkt eins Ihrer praktischen Einweisung.«

Sie beobachtete, wie seine großen Hände mit den langen Fingern für sie einen Kaffee zauberten. Und hoffte aufrichtig, sich den Umgang mit dem Höllengerät tatsächlich abgucken zu können.

Dann setzten sie sich mit Kaffee und Cookies bewaffnet an den Tisch.

»Auf der Snickerdoodle-Skala erreichen die auf jeden Fall eine solide Zehn.«

»Diese Cookies sind Donnas Spezialität. Sie und ihr Mann sind wirklich großartige Nachbarn. Ich hoffe nur, die Mieter, die in mein Haus einziehen, wissen die beiden zu schätzen. Oh, und da fällt mir ein, dass ich noch nie ohne Nachbarn gelebt habe.«

»Betrachten Sie doch einfach alle in Poole's Bay als Ihre Nachbarn. Natürlich wohnen wir nicht gleich nebenan, aber ...« Er stand kurz auf, um einen Kartenhalter aus Leder, der ebenso ramponiert aussah wie seine Aktentasche, aus seiner Gesäßtasche zu ziehen. »Hier drauf finden Sie meine Handy- und meine Büronummer. Rufen Sie einfach an oder schreiben Sie mir.«

»Vielen Dank. Das weiß ich zu schätzen.«

Dann öffnete er die Aktentasche und holte eine Mappe heraus. »Hier habe ich noch ein paar weitere Telefonnummern für Sie.«

Er gab ihr ein Blatt mit einer Namensliste. »Hal Coleson, der Chef der hiesigen Polizei. Das Anwesen gehört zu Poole's Bay. Dazu die Nummer des Bezirkssheriffs. Auch Ace, Deuce und Trey stehen darauf, ebenso wie die Namen und Telefonnummern eines Klempners, eines Elektrikers, eines Allround-Handwerkers, des Gärtners, eines Mechanikers und des Abschleppdienstes, falls Sie Probleme mit Ihrem Auto haben. John Dee wird Ihre Straße regelmäßig räumen und die Terrasse sowie die Gehwege freischaufeln. Wahrscheinlich werden Sie ihn noch vor Einbruch der Dunkelheit dort draußen hören und dann wieder morgens, sofern genug Schnee fällt, dass es sich lohnt.

Und er wird nichts dagegen haben, wenn Sie ihn zu einer Tasse Kaffee einladen, falls Ihnen der Sinn danach steht.«

»Gut möglich.«

»Außerdem finden Sie hier die Namen der Restaurants, des Lebensmittelladens, der Apotheke, der Wäscherei und der chemischen Reinigung. Falls Sie Post bekommen, bringt der Postbote sie an den meisten Tagen bis zur Mittagsstunde. Im Dorf gibt es zwei Ärzte und zwei Zahnärzte. Und eine kleine Notfallpraxis. Dann noch die beiden ortsansässigen Banken. Diejenige, bei der Collin Kunde war, ist fett gedruckt. In *Jodi's Salon* kann man sich die Haare und Nägel machen lassen.«

»Oh.« Instinktiv griff sie nach ihrem Haar. »Ich gehe jetzt schon seit fünf Jahren immer zur gleichen Friseurin.«

»Meine Schwester hat schon vermutet, dass Sie so etwas sagen würden. Trotzdem steht Jodi auf der Liste. Dann das Spirituosengeschäft. Collin besaß eine ansehnliche Weinsammlung. Außerdem finden dort Whiskey-Verkostungen statt. Siehe Vorratskammer und Butler's Pantry.«

»Dann haben wir hier die Nummer der Kabelgesellschaft«, fuhr er fort. »Bei Unwetter ist der Empfang hier oben nicht allzu stabil.«

Er holte ein weiteres Blatt heraus. »WLAN-Passwort – das können Sie natürlich ändern.«

»LBManor«, las sie. Lost Bride Manor – Haus der verlorenen Bräute. »Passt schon.«

»Das Passwort für Collins Computer. Die Kombination für den Safe in seinem Büro.«

»Zwölf-sechs-neun-sechs.«

»Tag, Monat und Jahr, in dem seine Frau starb. Johanna.«

»Sie sind wahrscheinlich zu jung, um sich noch an sie oder an diesen Tag zu erinnern.«

»Ich war etwa vier. Ich war an jenem Tag hier im Haus. Ebenso wie meine Schwester, die noch ein Baby war. Aber nein, ich kann mich nicht wirklich daran erinnern.«

»Es ist furchtbar. An so einem glücklichen Tag, einem Hochzeitstag. Ein Stolpern, eine falsche Stufe, und ...«

Irgendwo im Haus schlug eine Tür.

»So etwas kommt vor.«

»Vermutlich. Und das Haus ist alt.« Sonya rieb sich die Arme, denn plötzlich überlief sie ein Schauer. »Als ich es zum ersten Mal live vor mir sah, hat es mich an ein Haus aus einem klassischen Horrorfilm erinnert. Und natürlich habe ich mir eingebildet, an einem der oberen Fenster jemanden zu sehen.«

Mehrere Sekunden lang sagte er nichts.

»Gruseln Sie sich leicht, Sonya?«

»Keine Ahnung. Ich glaube nicht.« Sie lächelte zaghaft. »Das hier ist so ein Haus, in dem es nachts ächzt und poltert, oder?«

»Absolut. Für den Notfall haben Sie ja meine Nummer.«

Sie legte den Kopf schief. »Ihr Vater hat behauptet, dass es hier spukt.«

»Stimmt.«

»Was stimmt? Dass er das behauptet oder dass hier tatsächlich ein Geist umgeht?«

Er warf ihr einen langen Blick zu, gefolgt von jenem sanften Lächeln. »Beides. Aber ich habe in diesem Herrenhaus nie ... sagen wir mal ... Wesen getroffen, die böse Absichten verfolgen. Eigentlich wollen sie nur spielen.«

»Spielen. Sie meinen es ernst. Sie glauben tatsächlich an Geister?«

»Es geht mehr darum, was Sie selbst glauben oder nicht glauben. Sie kommen mir wie eine Frau vor, die lieber ihren eigenen Erfahrungen traut als denen anderer.

Wie dem auch sei ... Collin hat nie eine Alarmanlage installieren lassen – er hat es nie für notwendig gehalten. Aber falls Sie zu dem Schluss kommen, eine zu brauchen, können wir die natürlich nachrüsten lassen.«

»Die nützt mir wahrscheinlich weniger als ein paar Ghostbusters.« Dann zuckte sie mit den Schultern. »Ich werde es mir überlegen.«

»Essen Sie noch einen Keks.«

»Sehe ich so aus, als könnte ich den brauchen?«

Überraschend streckte er den Arm aus und drückte ihre Hand. »Essen Sie noch einen Keks.«

Dann holte er eine Zigarrenkiste – eine richtige Zigarrenkiste – aus seiner Aktentasche.

»Kekse und Zigarren?«

»Ich wünschte, es wäre so. Schlüssel.«

Als er die Schachtel öffnete, lehnte sie sich zurück. »Du liebe Güte, das sind aber viele.«

»Sie sind alle beschriftet und farblich markiert. Sehen Sie: Außentüren. Vorne, Südseite, Nordseite, hinten, Apartment. Der kleine Schuppen. Den habe ich Ihnen noch gar nicht gezeigt. Dort sind Aufsitzrasenmäher, Schneefräse, Schaufeln, Kettensäge und diverse Werkzeuge untergebracht. Draußen steht außerdem ein Generator. Wenn der Strom ausfällt, springt er an. Sie sitzen also nie im Dunkeln.«

»Halleluja.«

»Türöffner für die frei stehende Garage. Der Transponder für den Pick-up.«

»Was für ein Pick-up? Es gibt einen Pick-up?«

Er nahm sich ebenfalls noch einen Cookie und musterte sie nachdenklich, während er hineinbiss. »Haben Sie sich die Inventarliste durchgelesen?«

»Irgendwann hab ich es aufgegeben.«

»Sie haben seinen Ford F-150 geerbt.«

»Was ist das?«

»Das gleiche Modell, das ich fahre.«

»Dieses klobige Riesending?« Entsetzt schaute sie ihn an. »Ich habe so einen Pick-up noch nie gefahren.«

»Ihr Hyundai hat zwar Allradantrieb, trotzdem ist er eher für den Stadtverkehr geeignet. Auch mit John Dee in der Hinterhand könnten Sie ein klobiges Riesending irgendwann sehr nützlich finden.«

Sie stand auf und ging zum Fenster hinüber.

Draußen war es still. Sämtliche Geräusche wurden von dem sanft herabfallenden Schnee verschluckt. Die Landschaft wirkte wie ein Foto, ein Gemälde, eine Postkarte.

Und ihre Nervosität war plötzlich wieder da.

»Sagten Sie nicht, dass ich Wein im Haus habe?«

»Stimmt.«

»Ich glaube, ich könnte jetzt einen vertragen. Wollen Sie auch ein Glas?«

Er erhob sich. »Was wäre ich für ein Mann, wenn ich Sie allein trinken ließe? Was für einen möchten Sie denn haben?«

»Egal. Wirklich völlig egal.«

»Dann überlassen Sie die Auswahl mir.«

»Anscheinend überlasse ich Ihnen ohnehin eine Menge«, sagte sie, während er sich in die Pantry zurückzog. »Und Sie sind verdammt langmütig. Ist das so ein Anwalts-Ding oder Ihr Naturell?«

»Vielleicht beides.«

»Es schneit, und wahrscheinlich wollen Sie nach Hause zurück. Vielleicht zu Ihrer wunderschönen Frau und Ihren beiden entzückenden Kindern.«

»Dafür bräuchte ich eine Zeitmaschine. Die Frau – die in der Tat atemberaubend aussieht – und die beiden entzückenden – und Sie haben ›überaus klugen‹ vergessen – Kinder liegen noch in der Zukunft.«

»Vielleicht ist Ihre Zukunftsfamilie jetzt gerade mit

meinem gut aussehenden, sexy Ehemann und drei entzückenden, überaus klugen Kindern sowie unserem liebenswerten, wenn auch verspielten Hund zusammen.«

»Drei, hmm? Was für ein Hund ist es denn?«

»Das bleibt noch abzuwarten. Außerdem gibt es da noch ein verschmustes Kätzchen. Und wir leben zusammen in diesem wundervollen alten, weitläufigen viktorianischen Haus – das aber nie so groß sein wird wie dieses. Mein gut aussehender, sexy Ehemann und ich renovieren unser Leben lang daran herum. Aber wir lieben es.«

»Klingt nicht schlecht. Den Hund habe ich schon.«

»Sie haben einen Hund?«

»Mookie. Ein Labrador-Retriever-Mischling.«

»Mookie?«

»Nach Mookie Betts, dem Baseballspieler«, erklärte er, während er mit zwei Gläsern und einer Flasche Wein zurückkehrte. »Hat gleich mehrfach den Gold Glove gewonnen. Und für die Red Sox gespielt. 2020 haben sie ihn an die Dodgers verkauft, aber das darf man ihm nicht übel nehmen.«

»Tu ich auch nicht, und ich stamme aus Boston, weshalb ich Mookie Betts kenne. Danke«, fügte sie hinzu, als er ihr ein Glas des strohblonden Weins reichte. Sie leerte es in einem Zug bis zur Hälfte.

»Wow. Chapeau!«

»Okay.« Sie stieß den Atem aus. »Warum haben Sie den Hund nicht mitgebracht?«

»Ich wusste nicht, wie Sie auf Hunde reagieren. Beim nächsten Mal ist er dabei.«

»Gut. Ich mag Hunde. Ich hatte schon überlegt, ob ich mir einen anschaffen soll, bevor ... all das geschah. Immerhin könnte ich mich jetzt darum kümmern, weil ich nicht mehr den ganzen Tag außer Haus arbeiten muss. Mookie ist sicher ein netter Hund, denn Sie sind schließlich auch nett. Ich werde ihn mögen. Und ich mag Sie. Mir gefällt Ihre Geduld, und dass Sie eigentlich gar nicht aussehen wie ein Anwalt. Nicht so einschüchternd. Und ich glaube, ich habe eine Schwäche für blaue Augen. Beinahe hätte ich einen Typen – ein Arschloch – mit blauen Augen geheiratet. Aber so schön wie Ihre waren seine nicht.«

»Diese Geschichte interessiert mich.«

»Vielleicht erzähle ich sie Ihnen beim nächsten Mal. Die Schlüssel.« Sie setzte sich wieder hin. »Mein Gott, so viele Schlüssel.«

Er ging sie mit ihr durch, verschloss dann die Zigarrenkiste wieder und schob sie beiseite.

»Meiner Meinung nach besteht kein Anlass, die meisten Innentüren abzuschließen, aber für diejenigen, die überhaupt ein Schloss besitzen, liegen Ihnen ebenfalls Schlüssel vor. Ferner bewahrte Collin ein paar Aktenordner in seinem Büro auf, in denen Sie die Bedienungsanleitungen und Garantien für die Gerätschaften finden. Für alles. Wenn Sie in irgendeiner Form Hilfe benötigen, fragen Sie mich einfach.«

»Okay.«

»Die Kamine in Ihrem und den anderen Schlafzimmern sind gasbetrieben, aber ein Großteil der restlichen wird mit Holz befeuert. Können Sie damit umgehen?«

»Ja, sogar ganz gut. Im Haus meiner Mutter gibt es ebenfalls einen Holzkamin. Bei ihr bin ich aufgewachsen.«

»Gut. Draußen steht ein Regal voller Holz. Beinahe zwei Raummeter sind auch neben dem Schuppen aufgeschichtet.«

»Das kommt mir ziemlich viel vor. Ist es viel?«

»Die Winter in Maine sind lang. Wenn Sie mehr brauchen, sagen Sie mir oder John Dee Bescheid. Tatsächlich gibt es hier auch einen Holzspalter, aber tun Sie mir bitte den Gefallen, sich nicht damit abzugeben.«

Sie fuhr sich mit der Hand übers Herz. »Das kann ich Ihnen sogar feierlich schwören.«

»Hab ich noch irgendetwas vergessen, das Sie gern wüssten? Haben Sie noch Fragen?«

»Hoffentlich habe ich morgen nicht schon die Hälfte von dem vergessen, was Sie mir erklärt haben, aber ich glaube, vorläufig komme ich klar. Einigermaßen zumindest. Nur eine Frage habe ich noch. Ihr Vater hat mir nicht verraten, wie Collin gestorben ist.«

»Er ist die Treppe hinuntergefallen. Die gleiche Treppe, auf der Johanna vor beinahe dreißig Jahren zu Tode kam. Er hatte eine Schlaftablette eingenommen. Dem Gerichtsmediziner zufolge war es nur eine einzige gewesen, die aber ausreichte, um ihn benommen zu machen. Zumal in Kombination mit einigen frei verkäuflichen Erkältungsmitteln, weil er sich eine hartnäckige Erkältung zugezogen hatte. Aus welchem Grund auch immer stand er mitten in der Nacht auf und stürzte die Treppe hinab. Meine Mutter hatte ihm eine Hühnersuppe gekocht, weshalb ich vorbeischaute, um sie ihm zu bringen und nach ihm zu sehen.«

»Und da haben Sie ihn gefunden.«

»Genau.«

Einen Augenblick lang glaubte sie einen winzigen Hauch des Aftershaves wahrzunehmen, das ihr Vater immer benutzt hatte. Doch dann war der Duft auch schon wieder verschwunden.

»Das muss ziemlich hart für Sie gewesen sein.«

»Er gehörte zur Familie. Aber wie die Dinge liegen, Sonya, gehören dadurch auch Sie zur Familie.«

»Ich kann verstehen, dass er wie ein nahestehender Verwandter für Sie war – und Sie umgekehrt auch für ihn. Aber was ich nicht verstehe, ist, warum er das alles mir hinterlassen hat und nicht Ihnen und Ihrer Familie.«

»Er wollte Sie hier haben«, antwortete Trey schlicht. »Und das sind Sie jetzt. Ich persönlich glaube auch, dass Sie bleiben werden.«

»Warum?«

»Dieses Haus übt einen Zauber auf jeden aus, der es betritt. Und ich habe gesehen, wie auch Sie darauf reagiert haben. So, und nun lasse ich Sie allein, damit Sie sich in Ruhe einleben können.« Er stand auf. »Wenn Sie irgendetwas brauchen oder noch Fragen haben, wissen Sie ja, wie Sie mich erreichen.«

»Nehmen Sie die Hälfte der Cookies mit. Die haben Sie mehr als verdient.« Sie holte eine Handvoll für sich heraus und hielt ihm die Dose hin.

»Das ist mehr als die Hälfte.«

»Dann teilen Sie sie mit anderen.«

Sie begleitete ihn zur Vordertür. »Mittlerweile schneit es ziemlich heftig. Ich hoffe, Sie haben es nicht allzu weit.«

»Ich bewohne den zweiten Stock über der Kanzlei. Ist ganz in der Nähe.«

»Praktisch. Kein Pendeln zur Arbeit. Daran habe ich mich mittlerweile auch gewöhnt.«

»Schon bald werden Sie John Dee und den Schneepflug hören. Aber vielleicht wartet er mit dem Räumen Ihrer Wege auch bis morgen früh.«

»Wie auch immer, auf jeden Fall habe ich einen Kaffee für ihn da. Danke für alles, und richten Sie Ihrem Vater gute und baldige Besserung von mir aus.«

»Gern geschehen und mache ich.« Mittlerweile trug er seinen Parka, aber immer noch keine Kopfbedeckung. Er ergriff ihre Hand. »Sie machen das schon.«

»Sie scheinen sich da sehr sicher zu sein.«

»Bin ich. Willkommen zu Hause.«

»Trey«, sagte sie, als er die Tür öffnete, sodass sie den Wind spürte, der den Schnee draußen emporwirbelte.

»Nur noch eine Frage. Haben Sie tatsächlich schon mal einen Geist gesehen?«

Er warf ihr einen langen Blick und dann wieder jenes stille Lächeln zu. »Ja.«

»In diesem Herrenhaus?«

»Das sind zwei Fragen. Aber mit der gleichen Antwort. Sie war auf dem Witwengang, ganz in Weiß gekleidet.«

Dann wandte er sich zum Gehen. Schaudernd stand sie in der Tür und wartete, bis er den Pick-up gestartet hatte und rückwärts aus der Einfahrt gefahren war.

Als er fort war, schloss sie die Tür und lehnte sich dagegen. Mit einem Blick auf das Porträt von Astrid Grandville Poole sagte sie nur: »Na toll.«

Das Beste – das Klügste – würde sein, hinaufzugehen, auszupacken und dem Champagner noch etwas Zeit zum Kühlen zu geben.

Danach würde sie über FaceTime mit Cleo reden und ihre Mutter anrufen.

Sie würde sich etwas zu essen machen – bei Gott, die Doyles hatten ihr genug für einen ganzen Monat dagelassen, so voll war der Kühlschrank.

Sie erklomm die Treppenstufen und versuchte, den Gedanken daran zu verdrängen, dass dort zwei Menschen gestorben waren. Dann schritt sie den lang gestreckten Flur auf ihr neues Schlafzimmer zu.

Dort trat sie ans Fenster. Der Ausblick zog sie sofort in seinen Bann.

Ein wogender Schleier aus Schnee und dahinter das stahlgraue Meer. Die Bucht und das Dorf blieben hinter besagtem Schleier verborgen. Er schloss sie ein.

Aber das Feuer spendete Wärme und Licht; der Raum duftete nach frischen Blumen.

Sie würde das schon hinkriegen, sagte sie sich. Und wenn sie sich selbst die Chance gab, dann konnte sie hier glücklich werden.

Sie öffnete einen Koffer und begann damit, den Raum in Besitz zu nehmen. Verstaute ihre Klamotten in der Kommode oder hängte sie in die Schränke. Kosmetika und Cremes wanderten in die Schubladen des Waschtisches und würden später geordnet werden. Ihr Tablet lag zum Aufladen auf dem Nachttisch. Die alte Bürste und der Spiegel ihrer Urgroßmutter, beides mit silberner Rückseite, landeten zusammen mit drei hübschen kleinen Fläschchen, die sie mit Cleo in einem Antiquitätenladen gefunden hatte, auf der Kommode. Dazu gesellte sich der Flakon mit dem Parfüm, das sie vor ihrer Beziehung zu Brandon gern getragen hatte.

Jetzt passte das wieder eher zu ihr, wie sie fand.

Morgen früh würde sie in dieser fantastischen Bibliothek ihr Büro einrichten. Und dort auch die Gemälde ihres Vaters aufhängen.

Immerhin hing schon eines von ihm hier im Herrenhaus, dachte sie. Wie Collin wohl darangekommen sein mochte? Auf diese Frage wollte sie unbedingt eine Antwort finden.

Auf der Hälfte der Treppe spürte sie einen kalten Luftzug und wandte sich um, halb erwartend, jemanden hinter sich zu entdecken.

»Altes Haus«, murmelte sie vor sich hin. »Da zieht es halt manchmal.«

Sie ging in die Küche und bereitete sich ein Sandwich aus dem Brot und dem Aufschnitt zu. Das aß sie über der Spüle, während sie in den Schnee hinausblickte.

Sie spürte, wie sich ihre Stimmung auf lächerliche Weise hob, als sie ein Geräusch hörte, bei dem es sich nur um den Schneepflug von John Dee handeln konnte.

Schnell machte sie sich auf die Suche und fand einen Becher mit Deckel, den sie mit Kaffee füllte. Sie hatte beim Zusehen tatsächlich gelernt, wie man mit der Maschine umging.

Also wappnete sie sich und trug ihn nach draußen, um sich mit einem weiteren Nachbarn bekannt zu machen.

Den Schatten, der sich am Fenster bewegte, bemerkte sie nicht.

Kapitel 7

Nach der Fahrt, dem Rundgang, dem Auspacken und einer etwas kürzeren Besichtigungstour über FaceTime mit Cleo sowie einem Großteil der Champagnerflasche machte Sonya früh Feierabend.

Um zehn lag sie im Bett. Die Dunkelheit war so allumfassend, dass es schien, als brenne nirgends auf der ganzen Welt auch nur das kleinste Licht. Mit fest geschlossenen Augen lauschte sie dem Krachen der Wellen, dem Heulen des Windes, dem Stöhnen und Ächzen des alten Hauses.

Zwei Minuten später knipste sie die Nachttischlampe erneut an, stand auf und schaltete den Kamin auf niedrigster Stufe wieder ein.

Wenn es so dunkel war, lief man Gefahr, gegen eine Wand zu laufen, sagte sie sich – oder sogar die verdammte Treppe hinunterzufallen.

Nicht, dass sie Angst vor der Dunkelheit hatte, versicherte sie sich, als sie ins Bett zurückstieg. Aber es gab Dunkelheit und *Dunkelheit*.

Zufrieden mit dem leisen Flackern des Lichts, schaltete sie die Nachttischlampe wieder aus.

Sie würde sich ein paar Nachtlichter besorgen, eines im Schlafzimmer installieren, ein anderes am Treppenabsatz. Vielleicht ...

Sie döste ein.

Irgendwann in der Nacht träumte sie. Leise Musik, murmelnde Stimmen. Die Frau auf dem Porträt tanzte mit einem dunkelhaarigen Mann. Er trug ein hochgeschlossenes Hemd mit gestärktem Kragen unter einem Jackett – und dazu, wie in einem Kostümfilm, eng anliegende Kniehosen.

Lachend sahen sie einander in die Augen, und ihre lächelnden Lippen trafen sich zu einem süßen Kuss.

Selbst im Tod bleiben wir vereint.

Doch noch während sie tanzten, breitete sich Rot über dem weißen Kleid aus. Die Musik verwandelte sich in eine Totenklage, die Schatten erstickten das Licht. Dann lag sie da in der Dunkelheit, das weiße Kleid blutdurchtränkt. Und er hing über ihr, eine Schlinge um den Hals.

Im Haus schlug irgendwo eine Uhr. Eins. Zwei. Drei. Einen Augenblick lang loderte das niedrige Feuer auf, knackte, knurrte und wurde dann wieder ruhig.

Und die Frau auf dem Porträt im Foyer weinte.

Als Sonya erwachte, strömte Sonnenlicht durch die Fenster. Blinzelnd setzte sie sich auf.

»Hier bin ich also. Tag zwei.«

Sie stand auf, und nachdem sie den Kamin hochgedreht hatte, trat sie ans Fenster.

Die Wintersonne funkelte auf dem frisch gefallenen Schnee, als hätte jemand winzige Diamanten auf die Erde geworfen. Ein Vogel schwang sich auf einen weiß gepuderten Zweig der nackten, beinahe skelettartigen Trauerweide und sang sich die Seele aus dem Leib.

Leuchtend blau lag das Meer unter dem klaren Himmel da, aus dem der Wind sämtliche Wolken vertrieben hatte.

Sie beschloss, das alles als gutes Omen zu betrachten.

Bereit, ihren ersten vollen Tag hier zu verbringen, schnappte sie sich ihr Tablet und ging hinunter, um sich einen Kaffee zu machen. Es faszinierte sie, wie ruhig es im Haus war – und wie lichtdurchflutet.

Die Dunkelheit war wirklich *dunkel* gewesen.

Die Stille hier war außergewöhnlich. Keine Verkehrsgeräusche, die von der Straße hereindrangen, kein Hund, der im Nachbargarten bellte. Nur – je nachdem, wo im

Haus sie sich gerade befand – das Wirbeln und Branden des Wassers gegen Felsen.

Sie stand da, sah hinaus über eine weitere Decke aus funkelndem Schnee. Die grüne Mauer des Waldes hatte nun schneebedeckte Zweige. Ihr schlug das Herz bis zum Hals, als sie sah, dass sich dort irgendetwas bewegte.

Dann trat ein Reh heraus, sein Fell aufgrund der Jahreszeit dunkel und zottelig, seine Schritte langsam und anmutig. Verzückt beobachtete Sonya, wie es im Sonnenlicht dastand und die Nase in die Luft reckte, ehe es wieder in die Schatten zurückkehrte und wie ein Geist darin verschwand.

Vielleicht würde sie einige der Leinwände benutzen, die Collin hier aufbewahrt hatte, ebenso wie ein paar seiner Farben und Pinsel. Dieser Ort war überaus inspirierend. Warum sich nicht die Zeit mit Landschaftsmalerei vertreiben?

Zwar war die Malerei keineswegs ihre Leidenschaft, ganz bestimmt nicht. In diesem Punkt hatte ihre Mutter recht gehabt. Aber wenn sie die Zeit erübrigen konnte, würde es sicher trotzdem Spaß machen.

Doch erst die Arbeit, dann das Vergnügen, und Arbeit hatte sie jede Menge vor sich.

Zunächst musste sie ihr Büro einrichten. Sie würde in den nächsten drei Monaten zwar keine Miete zahlen müssen, aber das hieß noch lange nicht, dass sie nicht arbeiten wollte.

Einen Auftrag musste sie noch fertigstellen – und weitere an Land ziehen.

Irgendwann würde sie die Lagerräume inspizieren und sich einen Überblick verschaffen. Und sie musste in die Stadt, sich mit der Umgebung vertraut machen, Menschen kennenlernen.

Sie hatte nichts dagegen, allein zu leben, aber deshalb war sie noch lange keine Einsiedlerin.

Sobald sie sich eingelebt hatte und alles so weit fertig war, würde sie die Doyles zum Abendessen einladen. Das schien ihr nur angemessen und hatte außerdem den Vorteil, dass sie mehr über das Haus, seine Geschichte und die Menschen herausfinden würde, die hier gelebt hatten.

Und hier gestorben waren.

Mit einer zweiten Tasse Kaffee machte sie sich ein paar Rühreier und setzte sich – die Stimme ihrer Mutter im Ohr – an die Kücheninsel, statt im Stehen zu essen.

Dann checkte sie ihre Mails und stellte ebenso erleichtert wie erfreut fest, auf ihrer Website eine neue Anfrage für einen Kostenvoranschlag zu finden – von einem gerade neu gegründeten Catering-Unternehmen. Das Webdesign sollte die Speisekarte, Preise, Bilder vom Servicebereich und so weiter umfassen.

»Ich liebe Start-ups. Also, los geht's.«

Sie antwortete sofort und stellte eine Reihe von Fragen, die ihr und dem potenziellen Kunden bei zukünftigen Entscheidungen weiterhelfen konnten. Dann fügte sie ein paar vorsichtige Vorschläge hinzu, um das Terrain zu sondieren.

Nachdem das erledigt war, räumte sie das Geschirr ab und ging hinauf, um sich die Dusche zu gönnen, für die sie am Abend zuvor zu müde gewesen war.

Reichlich heißes Wasser floss aus der Regendusche in einer Duschkabine, die doppelt so groß war wie die in ihrer Doppelhaushälfte.

»Ich vermisse Sex unter der Dusche.« Sie wandte das Gesicht dem Wasser zu. »Überhaupt vermisse ich Sex im Allgemeinen. Oh, na ja, aber man muss Prioritäten setzen.«

Außerdem standen die Kandidaten für Sex unter der Dusche ohnehin nicht gerade Schlange.

Lächelnd erinnerte sie sich an ihre Unterhaltung mit

Cleo, in der diese sie gebeten hatte, erst Trey Doyle und dann John Dee mit nur drei Worten zu beschreiben.

Geduldig, sympathisch und heiß für Trey.

Fröhlich, verheiratet und schwul für John Dee.

Sie fing an, sich Sex unter der Dusche mit Trey vorzustellen, schob den Gedanken aber gleich wieder beiseite. Denn so etwas war Wahnsinn und konnte zu nichts Gutem führen.

Außerdem hatte er womöglich schon eine Frau an seiner Seite – oder vielleicht sogar mehrere. Obwohl sie den Sex vermisste, vermisste sie eine Beziehung keineswegs. Noch nicht. Und zu Sex ohne Aussicht auf Beziehung fühlte sie sich einfach nicht bereit.

Also strich sie diesen Punkt vorläufig komplett aus dem Programm.

Sie verließ die Duschkabine, griff nach einem Handtuch und sah stirnrunzelnd zur Badezimmertür hinüber.

Sie glaubte, sie hinter sich verschlossen zu haben – aus Gewohnheit –, aber jetzt stand sie offen. Sie machte sie zu, denn egal ob sie nun allein im Haus war oder nicht, bei offener Badezimmertür fühlte sie sich einfach unbehaglich.

Sie schlang sich ein Handtuch um den Körper und ein weiteres ums Haar. Dann öffnete sie eine Schublade des Waschtisches und runzelte erneut die Stirn, als sie feststellte, dass ihre Hautpflegeprodukte ordentlich darin verstaut waren.

Sie glaubte sich zu erinnern, sie einfach hineingeworfen zu haben, um sie später zu sortieren, aber ... War sie beim Auspacken dermaßen beduselt gewesen?

Anscheinend.

Nachdem sie ihre gewohnten Produkte aufgetragen hatte, hängte sie die Handtücher zum Trocknen auf und kuschelte sich in den Morgenmantel, den sie an den Haken gehängt hatte.

Erneut der Stimme ihrer Mutter folgend, die ihr in den Ohren lag, kehrte sie ins Schlafzimmer zurück, um ihr Bett zu machen. Und musste feststellen, dass das bereits geschehen war. Sämtliche Kissen waren ordentlich aufgeschüttelt worden.

Beduselt, sagte sie sich. Vermutlich hatte sie das automatisch schon selbst erledigt, ohne sich daran zu erinnern.

Da sie den Morgen damit verbringen würde, ihr Büro einzurichten, beschloss sie, dass ein Jogginganzug die beste Bekleidung für den Tag war.

Sie ging zur Kommode hinüber und wollte eine Schublade öffnen.

Diesmal überlief sie ein eiskalter Schauer.

Ihre drei hübschen Fläschchen standen ordentlich in einer Reihe vor dem Spiegel; die Bürste und der Handspiegel mit der silbernen Rückseite lagen nebeneinander auf der linken Seite, während die Vase mit den Blumen genau in der Mitte platziert worden war.

Sie hatte die Fläschchen an der Ecke aufgestellt, in einer Art Dreieck – quasi als optisches Gegengewicht zu den Blumen auf der anderen Seite. Bürste und Spiegel hatten seitlich versetzt dazwischen gelegen.

Dessen war sie sich sicher.

Zu viel Champagner?, fragte sie sich.

Aber vor dem Auspacken hatte sie gar keinen getrunken. Offensichtlich hatte sie die Utensilien noch einmal verschoben, als sie sich bettfertig gemacht hatte.

Sie ordnete alles wieder so an, wie sie es wollte. Nickte der Kommode dann entschlossen zu, ehe sie eine Jogginghose und ihr geliebtes Boston-College-Sweatshirt herausnahm.

Nachdem sie ihr feuchtes Haar zu einem Pferdeschwanz zusammengefasst hatte, schlüpfte sie in ihre Sneakers. Jetzt war sie bereit für den Tag.

Bevor sie ihr Zimmer verließ, schaltete sie den Kamin

ab und ging dann geradewegs in die Bibliothek. Dort stöpselte sie ihr Tablet ein und rief eine Playlist auf. Ruhe war zwar schön, aber diese Art von Ruhe war auf die Dauer vielleicht doch ein wenig viel.

Nächster Punkt auf der Tagesordnung: Feuer anzünden.

Die Doyles hatten sich wirklich Mühe gegeben, stellte sie fest. Im Ständer fand sie Holz – sie würde noch mehr besorgen –, ein Anzünd-Holzscheit und lange Streichhölzer.

Als die Flammen knisternd zum Leben erwachten, blieb sie bewundernd davor stehen.

Nun standen diverse Entscheidungen an.

Sie konnte ihre Arbeit zunächst hier unten aufnehmen und dann, falls und wenn sie es brauchte oder wollte, ihren Laptop mit nach oben nehmen, um an dem großen Flatscreen weiterzuarbeiten. Oder sie konnte gleich alles oben aufbauen.

»Die Entscheidung fällt mir leicht, denn letztlich ist hier alles, was ich brauche.«

Sie öffnete die Kisten, die sie und Trey tags zuvor hergeschleppt hatten, und machte sich an die Arbeit.

Es erforderte Zeit, aber davon hatte sie ja genug.

Nachdem sie den Computer aufgebaut und – juchhu! – zum Laufen gebracht und den Skizzenblock auf den Schreibtisch gelegt hatte, machte sie sich daran, ihre Utensilien in den Schubladen zu verstauen. Bleistifte, Marker, Lineale, Ersatzblöcke, Kundenakten.

Da sie genug Platz hatte, würde sie auch den Computer im Erdgeschoss nutzen und ihre persönlichen Angelegenheiten von dort aus regeln. So ließ sich Geschäftliches elegant von Privatem trennen.

Xena stellte sie in eines der Südfenster.

»Hier werden wir prächtig gedeihen.«

Als sie einen frei stehenden Schrank öffnete, entdeckte

sie darin ein paar Dekanter und schnüffelte daran. Einer war mit Whiskey gefüllt, ein anderer mit Brandy. Auf ein paar Regalbrettern standen Whiskey-, Longdrink- und Cognacgläser.

Sie konnte den Schrank auswischen und noch mehr Arbeitsmaterial darin unterbringen. Doch dann sah sie vor ihrem geistigen Auge einen Mann mit dem Gesicht ihres Vaters, der mit einem Buch und einem Glas Whiskey vor dem Feuer saß.

Und hatte nicht das Herz dazu.

Genauso wenig, wie sie es über sich brachte, ihren Drucker neben diesen wunderschönen Schreibtisch zu stellen. Fraglos würde sie irgendwo einen weiteren stabilen Tisch oder Ständer finden, aber das Gepräge dieses Zimmers wollte sie keinesfalls zerstören.

Natürlich konnte sie ihren Computer mit dem Drucker in Collins Büro verbinden, aber das war ... unpraktisch.

Auf der Suche nach anderen Lösungen wanderte sie im Zimmer umher. Legte noch ein Scheit auf das Feuer und ging dann die Wendeltreppe hinauf.

Noch mehr Bücher, ein weiterer atemberaubender Ausblick, ein kleinerer, femininerer Schreibtisch, ein großes, weinrotes Ledersofa. Der riesige Flachbildschirm und darunter ein Schrank.

Sie öffnete eine der Türen und fand dort einen DVD-Player neben einer beeindruckenden Sammlung von DVDs. Hinzu kamen die, die sie im Medienzimmer gesehen hatte, also kein Zweifel: Collin hatte ein Faible für Filme gehabt.

Filme jedes Genres, dachte sie, als sie sie durchsah.

Bücher, Filme, Kunst, Antiquitäten. Und wie war es mit Kindern? Für die Kinder seiner Freunde hatte er Spielekonsolen angeschafft, das hieß, Kinder hatte er ebenfalls geliebt.

»Er war Dad so ähnlich. Je länger ich darüber nachdenke, umso mehr Gemeinsamkeiten entdecke ich. Und ich glaube … ich glaube, ihr hättet euch gut verstanden. Ihr hättet wirklich die Chance haben sollen, euch kennenzulernen.«

Auf ihrem Tablet unten setzte die Musik aus und dann wieder ein. Sie erkannte The Byrds' *»Turn! Turn! Turn!«* (*»To Everything There Is a Season«* – alles hat seine Zeit). Diesen Song hatte ihr Vater ihr oft vorgespielt, ebenso wie andere alte Platten auf dem Plattenspieler in seinem Arbeitszimmer.

»Passt wohl zum Augenblick«, murmelte sie.

Aber wichtiger noch war, dass sie in diesem Schrank Platz für ihren Drucker, ihr Briefpapier und ein Paket Kopierpapier schaffen konnte.

Das hieß allerdings, dass sie den Drucker – der einiges wog – diese gewundene Treppe hinaufschleppen musste. So ungern sie es auch zugab: Das musste warten, bis sie jemanden mit mehr Muskelkraft und einem starken Rücken zur Verfügung hatte, der ihn für sie hinauftrug.

Am frühen Nachmittag hatte sie beide Büros – das berufliche wie das private – eingerichtet.

Höchste Zeit für eine Pause, dachte sie und überlegte, ob sie sich etwas zu essen zubereiten oder sich ein wenig zurechtmachen und einen Ausflug ins Dorf unternehmen sollte.

Noch ehe sie eine Entscheidung treffen konnte, hallte ein dreifacher Gong die Treppe hinauf. Nachdem ihr Herzschlag sich wieder einigermaßen beruhigt hatte und ihr klar geworden war, dass es sich um die Türglocke handeln musste, erklang sie erneut.

»Okay, du liebe Güte!« In der Hoffnung, dass es Trey oder John Dee waren – Muskelkraft und starke Rücken –, joggte sie die Treppe hinab, um zu öffnen.

Eine Frau mit bunter Strickmütze über kurzem schwarzem Haar stand auf atemberaubenden Overknees im Säulengang. In der Hand hielt sie einen Kuchenbehälter.

»Hi! Ich bin Anna. Anna Doyle. Willkommen in Poole's Bay.«

»Oh, danke.« Die Ähnlichkeit hätte ihr gleich auffallen sollen, wenngleich die Augen eher blaugrau waren und das Gesicht herzförmiger. »Kommen Sie rein.«

»Ich hoffe, ich störe nicht. Trey meinte, dass Sie womöglich gerade bei der Arbeit sind oder Ihr Büro einrichten.«

»Ich bin gerade fertig geworden. Beziehungsweise habe für heute genug geschafft.«

»Der hier ist für Sie. Marmorkuchen. Beim Nachdenken backe ich immer.«

»Ich esse dabei immer. Darf ich Ihnen den Mantel abnehmen?« Diesen sagenhaften roten Wildledermantel.

»Wenn Sie nichts dagegen haben, dass ich mich ein paar Minuten lang aufdränge.«

»Nein. Überhaupt nicht.«

Anna reichte ihr den Mantel, ihre Mütze und einen wundervollen Schal aus butterweicher Wolle.

Unter dem Mantel trug sie eine wollweiße Tunika und schokoladenbraune Leggins, die die Stiefel, welche Sonya gern selbst gehabt hätte, erst so richtig zur Geltung brachten.

Hochgewachsen und schmal wie ihr Bruder, mit kurz geschnittenem, schimmerndem schwarzem Haar und makelloser Haut, sah sie aus, als sei sie gerade einem Hochglanzmagazin entsprungen.

»Haben Sie sich schon ein wenig eingelebt?«, fragte Anna, während Sonya den Mantel zum Schrank hinübertrug und ihn aufhängte. »Es ist ein so eindrucksvolles Herrenhaus.«

»Ich mache langsam Fortschritte.«

Und muss Freundschaften und Kontakte schließen, dachte sie.

»Was halten Sie davon, wenn wir den Kuchen nach hinten in die Küche bringen und gleich ein Stück probieren? Dazu mache ich uns noch einen Kaffee.«

»Liebend gern – mir wäre allerdings eine Tasse Tee lieber. Eine einzelne, mickrige Tasse Kaffee habe ich heute immerhin schon gehabt.« Während die beiden Frauen sich auf den Weg zur Küche machten, legte Anna eine Hand auf ihren Bauch. »Mehr ist uns nicht gestattet.«

»Oh. Verstehe, ich gratuliere!«

»Danke. Wir sind ganz schön aufgeregt. Das zweite Schwangerschaftsdrittel hat gerade erst begonnen, und der Arzt hat mir grünes Licht gegeben. Außer meiner Familie und der Familie meines Ehemannes Seth sowie ein paar vereinzelten Freunden sind Sie also die Erste, die davon erfährt.«

Vor dem Arbeitszimmer blieb sie stehen. »Trey hat gesagt, dass das Gemälde von Ihrem Vater stammt.«

»Stimmt.«

»Ich habe es immer geliebt. Tut mir so leid, dass Collin und Ihr Vater nie Brüder sein durften.«

»Mir auch. Ich habe gerade bei mir gedacht, dass die beiden einander gemocht hätten. Sie hatten viel gemeinsam, wie ich so langsam herausfinde. Meine Freundin bezeichnet das als Zwillingsband. Irgendwo gab es hier doch auch Tee.«

Anna deutete auf einen Schrank. »Ich habe Mom geholfen, Ihre Vorräte nachzufüllen. Darf ich?«

»Nur zu. Ich bin Ihnen und Ihrer Familie sehr dankbar für alles, was Sie getan haben, damit ich mich hier heimisch fühle.«

»Ist alles sicher nicht so leicht.« Anna öffnete den Schrank und wählte einen Teebeutel aus bestimmt einem halben Dutzend verschiedener Sorten aus. »Plötzlich mit einem Onkel konfrontiert zu werden und es auch noch auf diese Weise zu erfahren. Und dann noch umziehen und sich an ein Haus wie dieses hier gewöhnen zu müssen.«

Beim Reden füllte sie einen Kupferkessel. Offensichtlich kannte sie sich hier aus.

»Wir waren Collins Familie, weshalb wir tun wollen, was wir können. Wir hoffen nämlich, dass Sie bleiben werden, vor allem, weil er selbst es sich gewünscht hat.«

Sie holte zwei Dessertteller, ein Kuchenmesser und Gabeln heraus.

»Außerdem fanden mein Dad und mein Bruder Sie sympathisch. Deshalb habe ich die Gelegenheit genutzt und vorbeigeschaut, um zu sehen, ob ich Sie ebenfalls mag.«

Wenn Cleo sie gebeten hätte, Anna Doyle mit drei Worten zu beschreiben, hätte Sonya frisch, freimütig und hinreißend geantwortet.

»Und? Wie mache ich mich?«

»Sie haben mich hereingebeten. Das ist schon mal ein guter Anfang.«

»Ich habe Sie hereingebeten, obwohl Sie auf so lässige Weise elegant wirken, als seien Sie gerade einem Hochglanzmagazin entsprungen, während ich selbst nur eine alte Jogginghose trage. Daher habe ich mehr Punkte verdient.«

»Stimmt, nur dass Sie in dieser alten Jogginghose gut aussehen. Und schon haben wir wieder Gleichstand.« Sie schnitt zwei großzügig bemessene Stücke von dem braungoldenen Kuchen ab. »Außerdem habe ich Kuchen mitgebracht. Und ich bin bereit, mit Ihnen über die Leute zu klatschen, falls Sie Fragen zu Poole's Bay haben. Trey ist erheblich diskreter als ich.«

»Ich nehme Sie beim Wort, sobald ich hier mehr Leute kenne. Immerhin kenne ich jetzt schon John Dee.«

»Er ist ein Schatz – und breitschultrig obendrein. Und sein Ehemann ist einfach hinreißend. Kevin besitzt und betreibt den Laden, in dem ich meine Keramik-Waren feilbiete. Und einen weiteren Shop in Poole's Bay, wo ich einiges davon verkaufe.«

»Sie töpfern?«

Als das Wasser kochte, goss Anna es in zwei Teebecher, die sie zuvor mit Teebeuteln bestückt hatte. »Ja. Erst war es nur ein Hobby, doch schon bald wurde mehr daraus. Wie schmeckt der Kuchen?«

»Sie könnten auch Bäckerin sein.«

»Beim Backen kann ich nachdenken oder mich entspannen. Wobei der Kuchen tatsächlich verdammt gut ist. Über *Ihren* Beruf weiß ich gar nichts. Sie sind Künstlerin und Grafikdesignerin. Also habe ich mir Ihre Website angeschaut. Sehr beeindruckend.«

»Gut so, sonst wäre ich nämlich arbeitslos.«

»Und vor der Selbstständigkeit waren Sie angestellt.«

»In Boston, ja. Freelancerin bin ich erst seit ein paar Monaten.«

»Sein eigenes Unternehmen zu haben, macht einem ein wenig Angst. Ich muss zugeben, dass ich ein kleines Polster habe: Seths Familie gehört das Bayside Hotel. Klein, aber fein«, fügte sie hinzu. »Wir sind hier zwar nicht Bar Harbor, trotzdem kommen auch Touristen her. Dennoch hat berufliche Selbstständigkeit für mich etwas Beängstigendes.«

Sie nippte an ihrem Tee. »Nachdem ich Ihre Website gesehen habe ..., gibt es noch einen anderen Grund, aus dem ich vorbeischaue. Ich frage mich, ob Sie noch eine Kundin annehmen würden.«

»Sie?«

»Meine eigene Website ist ... einfach nicht besonders gut. Mit einer besseren Homepage könnte ich im Internet präsenter sein und mich auf Onlinebestellungen verlegen, was sicher funktionieren würde. Momentan kann ich nämlich, wenn ich Glück habe, gerade mal ein oder zwei Stücke pro Monat verkaufen.«

Sonya zog ihr Handy aus der Tasche. »Rufen Sie sie auf.«

»Oh, auf dem Mobiltelefon ist die Seite sogar noch miserabler.«

»Wenn Sie eine Internetpräsenz aufbauen wollen, dann muss die Website auch auf Mobiltelefonen gut funktionieren.«

Anna zog die Schultern hoch und ließ sie wieder sinken. »Aber das tut sie nicht.«

»Ich habe mein Büro in der Bibliothek eingerichtet.«

»Oh, das ist eine gute Wahl.«

»Gehen wir hinein und schauen uns die Sache mal an.«

»Wirklich? Sie haben nichts dagegen?«

»Ich habe Kuchen bekommen. Ich brauche Kunden. Und schlechte Websites sind mir ohnehin ein Dorn im Auge.«

»Wahrscheinlich werden Sie ganz von vorn anfangen müssen.«

Als Sonya aufstand, folgte Anna ihrem Beispiel.

»Abwarten, aber wahrscheinlich wollen Sie das sowieso. Einen Neuanfang, einen frischen Look. Sind Sie mit Ihrem Unternehmen auch in den sozialen Medien vertreten?«

»Gewissermaßen. Allerdings eher halbherzig.«

»Darum werden wir uns ebenfalls kümmern. Ich werde Ihnen meine Entwürfe für einen anderen Kunden zeigen, den ich von Anfang an betreut habe. *Baby Mine* heißt der Laden. Vom Baby bis zum Kleinkind: Klamotten, Ausrüstung, Stofftiere. Sie werden begeistert sein.«

»Mich ausgerechnet mit Babysachen zu ködern, ist alles andere als fair.«

»Wenn wir die Sache durchziehen, werde ich die anderen mit *Ihren* Produkten ködern.«

»Ich glaube, wir sollten uns ab sofort duzen, denn ich bin Dads und Treys Meinung: Ich mag dich auch. Ist das hier nicht das fantastischste Zimmer überhaupt?«, fügte sie hinzu, als sie die Bibliothek betraten. »Und durch deinen Monitor auf dem Schreibtisch wirkt er nur noch faszinierender, finde ich. Wo ist dein Computer?«

Sonya tippte auf ein kleines Kästchen neben ihrer Tastatur.

»Dieses kleine Ding? Und das funktioniert? Falls ja, will ich auch so einen.«

Sonya erweckte den Computer zum Leben. »Wie lautet die Website?«

Sonya gab die Adresse ein und wartete, bis die Homepage auf dem Bildschirm erschien. Sie begutachtete das quadratische Banner, auf dem in verspielter Schrift *Pottery by Anna* – Annas Töpferei – zu lesen war, und registrierte die blassen Farben. Dann klickte sie auf den Reiter mit der Aufschrift »Shop«.

Und wartete.

»Das braucht viel zu lange, um hochzuladen.«

»Das höre ich nicht zum ersten Mal.«

Als sich die Seite endlich neu aufgebaut hatte, nahm Sonya die Fotos in Augenschein.

»Die Vase in meinem Zimmer ist also dein Werk.«

»Ja! Du hast ein gutes Auge.«

»Und auch die Kerzenleuchter auf dem Kamin im vorderen Salon.«

»*Sehr* gutes Auge.«

»Deine Arbeit gefällt mir – die Fotos sind ansprechend und bringen die Gegenstände gut zur Geltung. Aber die Seite selbst ist nicht besonders gut organisiert, und vor diesen Hintergrundfarben wirkt alles ein wenig trübsinnig. Du bietest ein paar Vasen an – diese hier gefällt mir übrigens besonders.« Sie ließ den Cursor darüber schweben. »Ebenso wie Schüsseln, Platten und Auflaufformen«, fuhr sie fort und wartete, bis sich die nächste Seite aufgebaut hatte. »Sowie Kannen und Tassen und Weinkühler und vieles mehr. Das kriege ich hin.«

Sonya hatte bereits einige Ideen und nickte.

»Du und deine Arbeit, ihr seid weder blass noch trübsinnig. Du brauchst etwas, das ins Auge springt, ein auffälligeres Design. Und ein deutlich besseres Format. Es muss viel schneller laden, denn die meisten Leute haben keine Geduld. Die Shop-Registerkarte müssen wir auch überarbeiten«, murmelte sie vor sich hin. »Und dann noch etwas über dich als Künstlerin. Wir brauchen Fotos von dir, wie du gerade vor dich hin töpferst.«

»An der Drehscheibe. Man sitzt dabei an der Drehscheibe.«

»Genau. Und eine Bilderstrecke von mindestens einem deiner Werke, das wir, sagen wir, vom Lehmklumpen bis zu seiner letztendlichen Form begleiten.«

»Oh, das gefällt mir.«

»Facebook, Instagram?«

Anna gab ein unverbindliches Grunzen von sich und zuckte mit den Schultern.

»Auch darum kümmere ich mich. Hast du Visitenkarten?«

»Nein.«

»Ich sorge dafür. Broschüren. Mir schweben kleine, bunte Faltblätter vor, die man in den Geschäften im Ort auslegen könnte – und natürlich im Hotel deines Mannes. Das ist ein Riesenvorteil. Also, folgendermaßen werde ich vorgehen:

Zunächst erstelle ich ein Moodboard und dann ein Template – das ist eine inaktive Website, quasi so etwas wie eine Vorlage. Kostenlos.«

»Aber deine Zeit ist ...«

»Betrachte das als aufrichtiges Dankeschön für das Auffüllen der Vorräte in meiner Küche. Du schaust dir die Vorlage an, und wenn dir gefällt, was du siehst, machen wir weiter. Und falls es dir nicht gefällt, hast du keinerlei Verpflichtungen.«

»Mich beschleicht das Gefühl, dass es mir durchaus gefallen wird.«

»Na ja, ich bin gut in meinem Job.«

»Ich auch.« Anna vergrub die Hände in den Taschen und musterte den Computerbildschirm. »Und du hast recht, meine bisherige Website macht wirklich keinen guten Eindruck.«

»Setzen wir uns doch dahinten hin. Ich habe nämlich soeben beschlossen, dass dies der ideale Ort für zukünftige Kundengespräche ist.« Sie schnappte sich ihr Tablet und deutete auf das Ledersofa vor dem Kamin. »Gib mir mal deine Kontaktdaten, damit ich dir ein paar Vorschläge schicken kann.«

Nachdem die beiden Frauen Platz genommen hatten und Sonya Annas Kontaktdaten eingegeben hatte, ging sie zur nächsten Phase über.

»Als Erstes möchte ich dir vorschlagen, deinem Unternehmen einen anderen Namen zu geben.«

»Echt?« Offensichtlich war Anna skeptisch. »Aber ich will nichts Kitschiges, weißt du. Ich will es schlicht und einfach halten, damit es nur um die Kunst, die Keramikarbeiten geht.«

»Ganz genau. Deine Stücke könnten durchaus als Kunstwerke ausgestellt werden, aber basierend auf deiner Website und dem, was ich in diesem Haus gesehen habe, kreierst du Dinge, die einen Zweck haben, Kunst mit praktischem Nutzen. *Practical Art.*«

Sie rief ihre Zeichen-App auf und schrieb die beiden Worte mit dem Touchpen auf, wobei sie den ersten Buchstaben eines jeden Wortes einen gewissen Schwung verlieh, den Rest aber in klarer, prägnanter Schreibschrift beließ.

»Das sieht wirklich gut aus.«

»Nur ein erster Versuch, aber dieser Namenszug zeigt auf einfache Weise, was man zu erwarten hat: etwas, das gleichzeitig schön und nützlich ist. Mit dem Font werde ich später noch ein bisschen herumspielen, aber etwas in dieser Art, und zwar in starken Farben, wird auf jeden Fall Wirkung zeigen.«

»Dabei dachte ich, dass gedämpfte Farben freundlicher wirken.«

»Manchmal schon, aber die Botschaft *›Wenn ihr das hier benutzt, habt ihr etwas Schönes von Bestand‹* kommt in Pastellfarben nicht rüber. Das Webdesign sollte die Persönlichkeit des Künstlers widerspiegeln. Und du bist alles andere als pastellfarben.«

Mit einem Kopfnicken lehnte Anna sich zurück. »Red weiter.«

Eine ganze Stunde verbrachte Sonya nun damit, Fragen zu stellen, selbst einige zu beantworten, mit Ideen für ein Logo zu spielen und ein Gefühl für die Bedürfnisse ihrer neuesten Kundin zu entwickeln.

»So, jetzt habe ich genug Informationen gesammelt, um anfangen zu können. Ich würde dir ein paar dieser ersten Entwürfe ja gern ausdrucken, damit du darüber nachdenken kannst, aber ich habe immer noch keine Möglichkeit gefunden, meinen Drucker nach oben zu schaffen. Ich will ihn dort im Schrank unterbringen, wo er aus dem Blickfeld wäre.«

»Im DVD-Schrank, ja klar. Kann ich dir dabei helfen?«

»Selbst wenn du nicht schwanger wärest, nein. Das Ungetüm ist viel zu schwer.«

»Du solltest Trey anrufen.«

»Der hat wahrscheinlich auch ohne mich genug zu tun. Ich werde schon eine Lösung finden und unterdessen meine Ideen für dich weiter ausarbeiten. Wenn dir mein Konzept gefällt, machen wir weiter.«

»Es gefällt mir jetzt schon. Eigentlich hast du mich schon mit dem neuen Firmennamen *Practical Art* überzeugt. Dieser Marmorkuchen hat sich mehr als ausgezahlt.« Sie stand auf. »Und warte nur, bis die zukünftigen Großmütter einen Blick auf *Baby Mine* geworfen haben. So, aber jetzt mache ich mich vom Acker, damit du weiterarbeiten kannst.«

»In ein bis zwei Tagen kann ich dir schon etwas vorlegen«, verkündete Sonya, während sie Anna nach unten begleitete.

Als sie im Erdgeschoss anlangten, setzte die Musik, die Sonya abgeschaltet hatte, bevor sie die Tür geöffnet hatte, wieder ein.

»Also, das ist ... seltsam.« Sonya blickte die Treppe hinauf. »Anscheinend hab ich die App versehentlich doch wieder aktiviert oder so.«

»Oder so. Diesen Song kenne ich, glaube ich, nicht.«

»Sehr seltsam.« Sonya holte Annas Mantel. »Es ist ein Lieblingslied meiner Mutter. Denn Dad hat es laufen lassen, als sie mit mir in den Wehen lag. *›All for Love‹* – ein Oldie.«

»Sie müssen dich mögen«, meinte Anna beiläufig, während sie in ihren Mantel schlüpfte.

»Sie?«

»Die verlorenen Bräute und der Rest. Sie haben ein Lied ausgewählt, das eine persönliche Bedeutung für dich hat.«

»Du glaubst doch wohl nicht allen Ernstes an Geister.«

Anna zog sich die Mütze auf den Kopf und lächelte. »Die Frage stellst du mir am besten noch einmal, nachdem du eine Woche hier gewohnt hast. Danke, dass du dich meiner erbarmt hast. Jetzt ist mir klar, dass ich dich noch mehr brauche, als ich dachte. Bis bald.«

Nachdem sie die Tür hinter Anna geschlossen hatte, stand Sonya da und starrte die Treppe empor, aus deren Richtung die Musik kam.

Ein Technikproblem, sagte sie sich. So etwas kam vor; Geister gab es nicht.

Sie brauchte vielleicht ein paar Sekunden, um sich zu zwingen, wieder hinaufzugehen, aber sie tat es. Und machte sich an die Arbeit.

Kapitel 8

1828

Eigentlich halte ich mich für eine vernünftige Frau. Ich habe eine gute Bildung genossen, spreche fließend Französisch, spiele ganz passabel auf dem Pianoforte und bin mehr als passabel an der Harfe. Als älteste Tochter habe ich gelernt, einen Haushalt zu führen, da ich natürlich eines Tages eine gute Partie machen würde.

Vor allem aber kann ich zu meiner großen Freude sagen, dass mein Vater mich ins Familienunternehmen eingeführt hat. Einige würden sicher einwenden, dass eine junge Frau von geschäftlichen Angelegenheiten nichts verstehen muss.

Ich finde diese Einstellung nicht vernünftig.

Mein Vater, der um sieben Minuten jüngere Zwillingsbruder, erbte das Herrenhaus und den brüderlichen Anteil des Poole'schen Familienunternehmens, nachdem mein Onkel sich im Herbst 1806, kurz nach dem tragischen Tod – der Ermordung – seiner Braut, mit der er nur wenige Stunden verheiratet gewesen war, das Leben genommen hatte.

Meine lieben Eltern waren zu diesem Zeitpunkt bereits miteinander verlobt und heirateten im darauffolgenden Frühling. Ich kam zehn Monate danach zur Welt.

Ich habe zwei Brüder und zwei Schwestern. Obwohl ich die Älteste bin, muss ich akzeptieren, dass das Herrenhaus entsprechend der Poole'schen Familientradition eines Tages meinem Bruder Horatio zufallen wird.

Doch besitzt dies keine Bedeutung, da ich durch besagte gute Partie meinen eigenen Haushalt haben werde.

Als vernünftige Frau bin ich – im Gegensatz zu meinen flatterhaften Schwestern – keine Verfechterin der unterhaltsamen, aber unrealistischen Betrachtungsweise aus Jane Austens Romanen, dass romantische Liebe bei einer solchen Partie eine Rolle spielen muss, kann oder sollte.

Eine ähnliche Denkungsart, gegenseitiger Respekt und selbstverständlich die gesellschaftliche Stellung sind erheblich wichtigere Voraussetzungen für eine erfolgreiche Ehe.

All das fand ich in William Cabot. Zu meiner Überraschung fand ich bei ihm auch Liebe.

Schon zu Beginn der Brautwerbungsphase waren wir gleicher Gesinnung. Hinzu kam eine gewisse gegenseitige Anziehung, die, wie ich zugeben muss, dem Ganzen eine aufregende Note verlieh. Diese Anziehung wuchs und verwandelte sich in Liebe.

Der Tag, an dem ich seinen Heiratsantrag annahm und an dem mein Vater uns seinen Segen gab, war der glücklichste meines Lebens.

Bis zu unserem Hochzeitstag.

Ich, eine Winterbraut (wir wollen nicht warten!), lege die Gelübde ab. Ich, eine vernünftige Frau, trage weiße Seide, am Saum mit Sternen bestickt und mit Hermelin besetzt, an der Taille von einer Satinschärpe zusammengehalten.

Angesichts der Jahreszeit sind meine Ärmel lang und üppig, und Sterne zieren die Puffraffung an den Schultern.

Ich habe mich nie für attraktiv gehalten (obwohl William mir immer wieder das Gegenteil versichert), aber in meinem Hochzeitskleid, mit dem hochgesteckten Haar unter dem Schleier und den Perlen meiner Großmutter um den Hals fühle ich mich schön.

Und wie gut aussehend William in seinem schwarzen Frack war, als er mir in die Augen sah und mir den goldenen Ring an den Finger steckte!

Als Gemahlin kehre ich ins Herrenhaus zurück, um

diese Verbindung zu feiern, die alles ist, was mein Herz begehrt. Ich tanze mit meinem Gemahl, mit meinem Vater, mit meinen Brüdern. Ich umarme meine Mutter und küsse ihr die Freudentränen von den Wangen.

Unsere Flitterwochen sollen in Europa stattfinden, weshalb wir für die Schiffspassage bis zum Frühjahr warten und unsere Hochzeitsnacht in meinem Elternhaus verbringen. In Williams Armen werde ich zur Frau.

Bis tief in die Nacht zeigt er mir die Freuden der Liebe, in der ich ganz und gar nichts Vernünftiges zu entdecken vermag. Unser Zusammensein ist geprägt von Gefühl, gegenseitigem Erkunden und erwachender Leidenschaft.

Als wir endlich einschlafen, glaube ich zu träumen. Ich träume, in meinem Nachtgewand durch das Haus meiner Kindheit zu wandern und eine Kerze in die Höhe zu halten, deren Schein mir den Weg weist.

Ich sehe, dass die großen Türen, die mein Großvater selbst gezimmert hat, offen stehen. Ich gehe hindurch, hinein in den Frühling, in ein Meer aus Blumen, die im Sonnenlicht erblühen. Ich, eine vernünftige Frau, lache und werfe meine Kerze fort, sodass sie im Schnee, den ich weder wahrnehme noch spüre, verlöscht.

Ich wandere durch den Schnee, durch den stürmischen Wind, und spüre nur das weiche Gras und die lauen Lüfte.

Ich sehe eine Frau an der Ufermauer, die mich zu sich winkt.

Als ich sie erreiche, stehe ich vor einer Fremden, die mich mit wirrem Blick ansieht. Sie packt meine Hand so fest, dass ich die bittere Kälte nun doch spüre. Sie dringt mir sogleich bis ins Mark.

Dann spricht sie.

»Er hat den Tod mir vorgezogen. Er wählte den Tod, um bei ihr zu bleiben. Verflucht sollen sie sein, und du nun ebenfalls. Geh mit ihnen, Catherine Poole. Auf ewig eine Braut.«

Ich versuche davonzulaufen, aber der Wind stellt sich mir entgegen. Ich stolpere im Schnee. Ich höre sie lachen, schneidender als der Wind. Ich falle, raffe mich wieder auf, falle erneut.

Die Welt um mich herum ist ein weißer Strudel. Der Wind ein tosender Sturm, der meine verzweifelten Schreie aufs Meer hinausträgt.

Ich denke an William, der in unserem Ehebett schläft, und rufe um Hilfe, damit er mich rettet.

Ich strecke die Hand nach oben aus, dem Anwesen entgegen, meinem Zuhause, aber es ist verschwunden, verschwunden im Schnee, der mich mit seiner eisigen Decke umhüllt. Ich sehe meine Hand, rot und wund, beinahe lila. Der Ring, den William mir an den Finger gesteckt hat, ist verschwunden.

Mein Bewusstsein schwindet, treibt in Kälte und Schnee in den Schlaf hinein.

Und ich sterbe.

Sonya arbeitete bis weit in die Abendstunden hinein und machte erst eine Pause, als sie merkte, dass ihr schwindelig vor Hunger war.

Sie ging in die Küche und erhitzte sich eine Dosensuppe, dazu machte sie sich einen Salat. Während des Essens spielte sie ein paar weitere Ideen auf dem Tablet durch.

Und beantwortete eine Nachricht von ihrer Mutter.

Alles in Ordnung! Habe beinahe
alles ausgepackt und einen Großteil
des Tages gearbeitet. Habe Anna Doyle
kennengelernt – die Tochter des Anwalts
und ziemlich sicher eine neue Kundin. Freufreu!
Sie ist Töpferin – und zwar eine gute.

Ich esse Suppe und einen Salat,
verhungere also nicht. Morgen oder
spätestens übermorgen will ich ins Dorf.
Zur Einsiedlerin werde ich also auch nicht.
Alles, alles Liebe.

Sie schrieben ein paarmal hin und her. Danach schickte sie auch Cleo eine Textnachricht.

Hey! Habe Treys Schwester Anna kennengelernt.
Noch umwerfender als er. Sie ist Töpferin und braucht
ein Designpaket, also juchhu! Habe mit Mom
geschrieben. Sie hofft, bald mal für einen Tag
rüberkommen zu können, vielleicht sogar hier zu
übernachten. Du musst mich unbedingt
auch besuchen kommen.

Und weil sie wusste, wie sie die Freundin heißmachen konnte, fügte sie hinzu:

Das Herrenhaus ist nicht nur großartig,
man erzählt sich auch, dass es hier spukt.
Im Foyer hängt das Porträt einer Poole-Braut
aus dem frühen 19. Jahrhundert, die an ihrem
Hochzeitstag ermordet wurde. Gruuuselig!

Genau wie Sonya erwartet hatte, kam die Antwort schnell.

Eine Geisterbraut! Jetzt hast du mich am Wickel.
Gib mir ein paar Wochen, um ein paar Arbeiten
abzuschließen. Danach komme ich übers
Wochenende, und wir gehen auf Geisterjagd.

Klar doch, dachte Sonya ironisch, schickte Cleo aber dennoch ein Daumen-hoch-Emoji.

Nachdem sie die Küche aufgeräumt hatte, setzte sie sich noch eine weitere Stunde an die Arbeit. Zu früh fürs Bett, dachte sie, musste aber gleichzeitig zugeben, dass sie ziemlich erschöpft war.

Sie würde sich das Ganze morgen früh noch einmal vornehmen, und wenn es dann immer noch gut aussah, würde sie Anna ihre Vorschläge schicken. Und ins Dorf fahren, mal aus dem Haus kommen, die Umgebung erkunden.

Sie war zwar zu müde zum Weiterarbeiten, gleichzeitig aber auch zu aufgedreht zum Schlafen. Also beschloss sie, sich ein Glas Wein und einen Film zu gönnen. Immerhin hatte sie Dutzende von DVDs und oben einen riesigen Bildschirm zur Verfügung.

Sie entschied sich für eine romantische Komödie, etwas Witziges; *seicht und lustig*, dachte sie und streckte sich auf der großen Couch aus.

Nachdem sie den Wein beinahe ausgetrunken und den Film fast bis zum Ende geschaut hatte, döste sie ein.

Und wurde wach, als die Uhr drei Mal schlug. Mit klopfendem Herzen lag sie da, verwirrt und schlaftrunken. Sie hörte Musik, Klaviermusik. Irgendetwas stimmte nicht mit ihrem Tablet, dachte sie und rieb sich die Augen.

Dann glaubte sie, jemanden weinen zu hören.

Anscheinend hatte sie den Fernseher ausgeschaltet, bevor sie eingeschlafen war. Und die Lampe am anderen Ende des Zimmers eingeschaltet. Und sich in eine Decke gewickelt.

Wahrscheinlich war sie erschöpfter als gedacht und musste sich immer noch an dieses merkwürdige Haus mit den merkwürdigen Zimmern gewöhnen. Immer noch benommen, tastete sie nach ihrem Handy, um es mitzunehmen und über Nacht aufzuladen.

Beziehungsweise während der wenigen Stunden, die von der Nacht überhaupt noch übrig waren.

Aber es lag nicht auf dem Tisch. Gähnend schob sie die Hände in die Taschen ihrer Jogginghose. Als sie leer waren, geriet sie in Panik.

Sie sprang auf, schüttelte die Decke aus, suchte zwischen den Couchkissen.

Zwar gehörte sie nicht zu den Leuten, deren Leben von ihrem Handy abhing, aber ... *auf* diesem Handy war ihr Leben.

Auf dem Boden kniend, suchte sie hektisch unter der Couch und unter dem Tisch.

War sie vor dem Einschlafen noch mal aufgestanden?

Sie riss die Schublade des Couchtisches auf – da lag die Fernbedienung, genau dort, wo sie sie vor ihrem Kinoabend entdeckt hatte.

»Okay, ich habe sie weggeräumt. So was kann im Halbschlaf jedem passieren.«

Nachdem sie wieder aufgestanden war, ging sie zum Geländer hinüber und sah nach unten.

Das Feuer glomm vor sich hin – ein Wunder, dass es noch nicht erloschen war, oder? –, und sie entdeckte ihr Handy auf dem Schreibtisch, am Ladekabel. Das Tablet lag daneben und war ebenfalls ans Stromnetz angeschlossen.

Erleichtert stieg sie die Treppe hinab.

Die Musik setzte aus, was ihre Nerven aus irgendeinem Grund zum Vibrieren brachte.

Sie ließ das Tablet, wo es war, und schnappte sich ihr komplett aufgeladenes Mobiltelefon, um es mit ins Schlafzimmer zu nehmen.

Wo die Nachttischlampe brannte und die Bettdecke einladend zurückgeschlagen war.

»Schlafwandele ich etwa? Wenn man angespannt ist, kann das schon mal passieren, und im Augenblick stehe ich tatsächlich ziemlich unter Strom.«

Nachdem sie das Handy auf den Nachttisch gelegt

hatte, kletterte sie – nach wie vor im Jogginganzug – ins Bett. Ließ aber das Licht an.

Reine Vorsichtsmaßnahme, dachte sie. Nur eine Vorsichtsmaßnahme.

Als sie die Augen schloss, hörte sie – oder glaubte zumindest zu hören –, wie sich leise eine Tür schloss.

Zum ersten Mal in ihrem Leben zog Sonya sich die Decke über den Kopf.

Als sie bei Tageslicht aufwachte, redete sie sich erfolgreich ein, dass alles nur Einbildung gewesen war. Ich bin nur überdreht, dachte sie. Bislang hatte sie sich nur nicht eingestanden, wie viel Stress dieser Umzug mit sich brachte.

Genug, dass sie sogar in ihren Klamotten geschlafen hatte.

Kein Problem. Sie würde sich jetzt einen Kaffee kochen – und etwas von dem Marmorkuchen essen –, ihre Arbeit von gestern nochmals begutachten und sich dann weiteren Aufgaben widmen. Dann würde sie duschen, sich ein wenig zurechtmachen und ins Dorf fahren.

Sie musste mal aus dem Haus, würde bei der Bank vorbeifahren und ein Konto eröffnen, einen Abstecher in ein paar Läden machen und sich vor allem die Bucht aus der Nähe ansehen.

Also ging sie geradewegs in die Küche hinunter. Und entdeckte ihr Weinglas neben der Spüle.

»Okay, das war's. Nie wieder schlafe ich vor dem Fernseher ein.«

Nachdem sie sich Kaffee gekocht und ein Stück Kuchen abgeschnitten hatte, trug sie beides in die Bibliothek hinauf. Sie würde ihre Arbeit überprüfen, während sie aß.

Da sie ohnehin nicht länger als etwa eine Stunde arbeiten wollte, machte sie sich gar nicht erst die Mühe, ein Feuer anzuzünden.

Doch aus der einen Stunde wurden mehr als zwei. Sie wusste, wann etwas gelungen und gut war.

Und das hier war verdammt gut.

Lass es sacken, sagte sie sich. Es war erst kurz vor neun, also würde sie die Arbeit erst einmal ruhen lassen, sich duschen, umziehen und dann ein letztes Mal drüberschauen, bevor sie Anna die Entwürfe schickte.

Als die Türglocke gongte, wäre sie beinahe aus ihren alten Pantoffeln gesprungen.

»Du liebe Güte! Ich muss mich dringend erkundigen, ob ich diese Klingel austauschen lassen kann.«

Nachdem sie die Tür geöffnet hatte und Trey ihr gegenüberstand, schoss ihr der Gedanke durch den Kopf: Warum hatte sie heute Morgen nicht als Erstes geduscht und sich umgezogen?

»Morgen«, begrüßte er sie. »Ich habe gehört, dass Ihr Drucker irgendwohin geschafft werden muss.«

»Oh. Damit hätte Anna Sie nicht behelligen sollen.« Sie trat einen Schritt zurück, um ihn hereinzulassen. »So dringend ist es nun auch wieder nicht.«

»Ich bin auf dem Weg zu einem Klienten, es ist also kein großer Umweg. Wo steht das Gerät denn?«

Einen Augenblick lang nahm sie seinen Duft wahr – er roch sauber und nach frischer Luft. Was man von ihr wohl kaum behaupten konnte.

»Im ersten Stock, in der Bibliothek. Ich würde ihn gern in den zweiten Stock schaffen. Kann ich Ihnen einen Kaffee anbieten?«

»Nein danke. Ich bekomme gleich einen. Der Klient, den ich im Anschluss aufsuche, trinkt ihn literweise.«

Sie wünschte, sich wenigstens das Haar gebürstet zu haben, und fuhr unwillkürlich mit der Hand hindurch. »Wie geht es Ihrem Dad?«

»Der Boss hat ihn heute wieder in die Kanzlei gelassen, also geht es ihm gut.«

»Mit Boss ist wohl Ihre Mutter gemeint.«

»Genau. Anna sagte, dass Sie ihre Website überarbeiten wollen?«

»Ich habe gerade ein Design entworfen, das ihr hoffentlich gefallen wird.« Sie begleitete ihn nach oben. »Für den Anfang habe ich mich mit dem Drucker in Collins Büro verbunden, aber für die tägliche Arbeit ist das ziemlich unpraktisch. Hin und wieder ist es ganz hilfreich, ein paar Design-Vorschläge auszudrucken und sie meinem Moodboard hinzuzufügen.«

»Moodboard.« Als er es beim Eintreten entdeckte, nickte er. »Okay, ich weiß, was Sie meinen. Für Anna wird das eine Riesenveränderung sein.«

»Zu viel?«

»Mir gefällt es, falls das überhaupt eine Rolle spielt.«

Er schob die Daumen in die Vordertaschen seiner Hose und nahm das Board in Augenschein.

Ziemlich gründlich, wie Sonya bemerkte. Er ließ sich Zeit.

»Ja, es gefällt mir wirklich. Ein Großteil ihrer bisherigen Website wurde von einer College-Freundin entworfen. Sie hat keinen – hmm – Pfiff, würde ich sagen. Das Hochladen dauerte endlos, und das Navigieren war nervig. Aber das hier hat Esprit.«

»Außerdem kann man die Seite schnell aufrufen und findet sich leicht darauf zurecht.«

Sie standen so dicht nebeneinander, dass ihre Ellbogen sich berührten, und musterten ihre Arbeit.

»Soll das hier das Logo sein? Bislang hat sie nämlich gar kein richtiges Logo.«

»Sollte sie aber. Das hier ist ein erster Vorschlag. Sie wünscht sich etwas Schlichtes, weshalb ich an die Skizze einer Vase und eines Kerzenleuchters in starken Farben gedacht habe. Unterschiedliche Formen, die aber beide ihrem Stil entsprechen. Eine Zeichnung fand ich besser als ein Foto, aber auch damit können wir es mal versuchen.«

»Sie haben in kurzer Zeit eine Menge geschafft.« Er sah sich um. »Die Büroeinrichtung ist gut gelungen. Wollen Sie den Drucker nicht doch lieber hier unten haben? Dann kommen Sie leichter dran.«

»Sehen Sie dieses Ding?« Sie deutete auf das Gerät. »Effizient, aber hässlich. Dieser Raum ist zu schön, um so ein Ungetüm zu beherbergen. Oben gibt es einen Schrank.«

»Ja, den DVD-Schrank. Wir schleppen ihn nach oben.«

Er wollte ihn hochheben, warf ihr bei dem Versuch aber einen Blick zu, bei dem sie beinahe laut aufgelacht hätte.

»Wie gesagt, ein Ungetüm. Die Aktion kann auch wirklich warten. Vielleicht kann ich ja John Dee irgendwann bitten, ihn nach oben zu wuchten.«

»Wollen Sie etwa meine Männlichkeit infrage stellen?«

Er zog die Jacke aus und warf sie auf ihren Stuhl.

Diesmal trug er kein Flanellhemd, sondern einen marineblauen Pullover zu einer schwarzen Hose.

Als er den Drucker hochhob, rang sie die Hände.

»Das Ding ist so schwer. Wir können wirklich warten, bis ...«

»Ich hab's schon.«

Mit dem Drucker auf den Armen erklomm er die Treppe, sodass sie ihm nur folgen konnte.

»Auf welche Seite?«

»Links.« Sie eilte hinüber, um den Schrank zu öffnen. »Alles andere habe ich nach rechts geräumt, und hier liegt jetzt auch die Mehrfachsteckdose. Du meine Güte, vielen Dank.«

»Wo ich jetzt schon hier unten herumkrieche, kann ich ihn auch gleich anschließen.«

Während er damit beschäftigt war, warf sie einen

Blick zur Couch hinüber. Die Decke lag ordentlich zusammengefaltet über der Rückenlehne.

»Soll ich ihn einschalten?«

»Was?«

»Den Drucker. Soll ich ihn einschalten?«

»Oh. Ja, bitte. Sie sind stärker, als Sie aussehen.«

Nachdem er sich wieder aufgerichtet hatte, sah er lächelnd auf sie herab. »Wie sehe ich denn aus?«

»Na ja, schlaksig. Eher wie ein Läufer, nicht wie ein Gewichtheber.«

»Es gibt Leute, die beides machen.«

»Offensichtlich. Sind Sie sicher, dass Sie keinen Kaffee wollen? Oder ein Stück Marmorkuchen?«

»Annas Marmorkuchen ist eine echte Versuchung, aber ich muss zu meinem Klienten.«

»Sehr nett, dass Sie meinetwegen einen Umweg gemacht haben.«

»Keine Ursache«, antwortete er, während sie nach unten zurückkehrten. »Wie läuft es denn ansonsten für Sie? Kommen Sie klar? Schlafen Sie hier gut?«

»So langsam finde ich mich zurecht, und bislang war das Schlafen kein Problem. Ich bin sogar zwei Nächte in Folge recht früh eingeschlafen. War allerdings ein wenig neben der Spur, denn offenbar habe ich im Halbschlaf irgendwelche Dinge umgeräumt.«

Während er wieder in seine Jacke schlüpfte, musterte er sie eindringlich. »Tatsächlich?«

»Ich hatte zum Beispiel vergessen, dass ich mein Handy bereits ans Ladekabel angeschlossen hatte, aber hey, da war es. Ich glaube, ich muss einfach nur mal dringend aus dem Haus. Heute wollte ich das Dorf erkunden.«

»Gute Idee.«

Sie fand, dass er sie genauso intensiv studierte wie zuvor ihr Moodboard.

Bedächtig.

»Wenn Sie Lust haben, könnten Sie in der Kanzlei vorbeischauen und sich mit Dad treffen. Sicher will er wissen, wie es für Sie läuft.«

»Das könnte ich.« *Ich sollte es sogar*, korrigierte sie sich im Geiste. »Ich rufe an, um einen Termin mit ihm zu vereinbaren.«

»Das kann ich für Sie regeln.« Trey zog sein Mobiltelefon hervor. »Ich habe seinen Terminplan hier drin, da Ace und ich seine Termine übernommen hätten, wenn der Boss ihm kein grünes Licht zum Arbeiten gegeben hätte. Er hat noch Zeit um halb zwölf, um halb zwei und um drei.«

»Ah, na gut ... um drei?«

»Alles klar. Unsere Kanzlei ist auf der Bayview, einen Block von der High Street entfernt, im Norden des Dorfes.«

»Danke. Wirklich.«

»Gern geschehen. Wirklich.«

Kaum hatte sie die Tür hinter ihm geschlossen, setzte die Musik wieder ein.

»Ernsthaft?« Sie verdrehte die Augen. *»Hooked on a Feeling«*, dachte sie. Sie erinnerte sich gar nicht, dass sie den Song in ihre Playlist eingefügt hatte, erkannte ihn jedoch wieder, da er zum Soundtrack von *Guardians of the Galaxy* gehörte.

»Ich bin nicht ›hooked on a feeling‹, sondern weit davon entfernt, mich in diese blauen Augen und den ganzen Rest zu vergucken. Außerdem muss ich mit diesen Selbstgesprächen aufhören. Und zwar sofort.«

Sie überlegte, wie viel Uhr es sein mochte, und beschloss, entgegen ihrer ursprünglichen Absicht Feuer zu machen. Sie würde sich nun doch noch ein paar Stunden hinsetzen, alles Mögliche ausdrucken und ihre Entwürfe für Anna nochmals durchgehen, bevor sie sie wegschickte, aufräumte und ins Dorf fuhr.

Als sie zum Kamin trat, entdeckte sie eine ordentlich

ausgefegte Feuerstelle und aufgeschichtetes Holz, das sie nur noch anzuzünden brauchte.

»Wann zur Hölle habe ich das getan?«

Sie versuchte, sich zu erinnern, rief sich Schritt für Schritt ihres bisherigen Tages ins Gedächtnis, aber es wollte ihr nicht einfallen.

»Egal«, murmelte sie. »Ich bin halt einfach nur effizient.«

Sie entzündete das Anzündholz und ertappte sich beim Zurücktreten dabei, wie sie sich die Arme rieb, weil sie erschauerte.

»Gewöhnungssache. Das alles ist halt ziemlich neu. Und warum sollte ich keine Selbstgespräche führen? Wen kümmert's, verdammt noch mal?«

Sie kehrte an ihren Schreibtisch zurück, druckte die Vorlagen für die geplante Broschüre, die Visitenkarten und einen Entwurf für eine eventuelle Werbeanzeige aus.

Nachdem sie die Blätter aus dem Drucker geholt und an ihr Board geklemmt hatte, setzte sie sich wieder hin und rief die inaktive Website auf ihrem Computerbildschirm, auf ihrem Tablet und ihrem Handy auf.

»Diese Fotos vom Lehmklumpen zum fertigen Produkt will ich auf jeden Fall einbauen. Ein Video im Zeitraffer. Oh ja, wäre das nicht cool?«

Sicher würde es nicht schaden, ein paar optische Eindrücke vom Dorf im »Über mich«-Tab unterzubringen, dachte sie. Wenn sie dort war, würde sie gleich ein paar Fotos mit dem Handy machen, sie anschließend hochladen und mal schauen, wie sie wirkten.

Das Gerüst der Site sah auf einem Mobiltelefon schon mal gut aus, dachte sie, als sie über das Display wischte. Die Typografie, die Farbe, die Formen. Natürlich musste sie noch Fotos einbinden und den Warenkorb erstellen, aber ja, das Gerüst stimmte so weit.

Zufrieden schickte sie Anna eine E-Mail und leitete ihr die Links weiter.

Wenn die Entwürfe Anna nicht gefielen, nun ja, dann hatte sie sich eben geirrt. Abzulehnen, war Annas gutes Recht.

Sie schaltete ihr Tablet aus und schloss es ans Ladekabel an. Mit dem Handy in der Hand machte sie sich auf den Weg in ihr Schlafzimmer.

Wo das Feuer prasselte.

Sie konnte sich nicht erinnern, es eingeschaltet zu haben. Und ganz sicher erinnerte sie sich nicht daran, ihr Bett gemacht zu haben.

Sie presste die Finger auf die Augen und bemühte sich, gleichmäßig zu atmen, um nicht die Nerven zu verlieren.

Sie musste einfach mal raus, brauchte frische Luft. Ein Ausflug würde Wunder wirken.

Nach einer Dusche ging es ihr wieder besser. Sie entschied sich für einen dunkelgrünen Pullover, eine graue Wollweste und eine passende Hose. Sie verwandte viel Sorgfalt auf ihr Make-up, denn immerhin wollte sie Ladenbesitzer und Menschen aus dem Dorf kennenlernen. Und jeder wusste doch, wie wichtig der erste Eindruck war, den man hinterließ.

Besser, definitiv besser, dachte sie. Sie wirkte freundlich, professionell. Und normal.

Bewusst – sie merkte es sich genau – drehte sie das Feuer ab.

Unten schlüpfte sie in Mantel und Mütze und arrangierte den Schal mehrfach neu. Nicht nur der Wärme wegen, dachte sie, sondern auch, damit es stylish aussah.

Als sie nach ihren Handschuhen griff, hörte sie das Quietschen einer Tür, die sich öffnete – oder schloss. Sie ignorierte das Geräusch, schnappte sich die Schlüssel und verließ das Haus.

Die Luft war frisch und kalt, verschärft durch eine steife Brise, die vom Wasser herüberwehte. Wie traumhaft es hier war, diese endlose Weite, dieses wunderbar wilde Geräusch des Wassers, das gegen die Felsküste brandete!

Sie nahm sich vor, in Zukunft regelmäßig einen kleinen Spaziergang einzulegen. Als sie die Steinplatten zu ihrem Wagen überquerte, sandte sie ein stummes Dankeschön an John Dee, weil er den Weg und ihr Auto nach dem Schneesturm freigeschaufelt hatte.

Behutsam nahm sie die Kurven, obwohl die Straße gar nicht so schlecht war. Irgendwann würde sie auch mal einen Blick in die Garage werfen und den Pick-up inspizieren müssen. Aber noch reichte hier ihr eigenes Fahrzeug.

Bis zu ihrem Termin hatte sie noch gute neunzig Minuten Zeit, die sie nutzen wollte.

Ihr gefiel der kurze Blick auf die Bucht und auf das Dorf, den sie auf ihrer Fahrt hügelabwärts immer wieder erhaschen konnte, und sie bemerkte den weißen Leuchtturm mit der roten Mütze am entlegensten Punkt dahinter.

Auch er würde einen Ausflug wert sein – wenn auch vielleicht lieber bei wärmerem Wetter. Gleich würde sie sich erst einmal einen Parkplatz suchen und einen Abstecher in diverse Läden machen. Ein paar Leute kennenlernen und eine Kleinigkeit kaufen, um die lokalen Geschäfte zu unterstützen.

Vielleicht würde sie sich sogar etwas zum Mittagessen besorgen. Sie fragte sich, ob der hiesige Italiener die Pizza auch stückweise verkaufte. Ein Stück Pizza wäre jetzt genau das Richtige.

Anschließend wollte sie zur Bucht hinunterfahren und ein paar Fotos machen. Womöglich für Annas Website – verdammt, vielleicht sogar für ihre eigene. Aber auch, um ihrer Mutter und Cleo ein paar Eindrücke zu schicken.

Als sie ins Dorf fuhr, stieß sie einen glücklichen Seufzer aus. Das war jetzt genau das Richtige. Menschen, Geschäfte, Leben. Nach nur wenigen Tagen im Herrenhaus begann sie zu verstehen, wie leicht man zum Einsiedler mutieren konnte, wie ihr Onkel einer gewesen war.

Schließlich war alles vorhanden – der Platz, die Aussicht ... Und warum sollte man nicht in der Wärme und Stille zu Hause bleiben, während vor den Fenstern der Winter tobte?

Und dort Selbstgespräche führen, dachte sie.

Wer auch immer für die Straßenräumung zuständig sein mochte, hatte gute Arbeit geleistet, sodass sie genau vor der Buchhandlung am Straßenrand parken konnte.

Sie würde sich merken, welche Läden es hier in der Stadt gab, und deren Websites und Online-Präsenz checken.

Eine Frau mit einer zweistöckigen Bibliothek hatte wohl kaum Bedarf an Büchern, aber in Sonyas Augen gab es nichts, das den Puls einer Gemeinschaft so gut einfing wie eine Buchhandlung.

Sie musterte das Ladenschild – hochwertige Arbeit, gute Grafik – und erklomm dann die drei Treppenstufen, die zur überdachten Veranda emporführten. Glockengeläut begleitete das Öffnen der Tür.

Drinnen roch es nach Büchern, Kaffee und frischen Orangenschalen.

Der lang gestreckte Ladentisch zu ihrer Linken beherbergte den Kaffeevollautomaten, eine Registrierkasse und einen Computer samt Monitor. Rechts füllten Bücher die frei stehenden Regale oder waren zu sinnvollen Stapeln auf Tischen angeordnet. Dazu gab es Drehgestelle mit Lesezeichen und Grußkarten.

Eine Frau mit von hellen Strähnen durchzogenem

braunem Haar, das sie zu einem wippenden Pferdeschwanz zusammengebunden hatte, blickte vom Monitor auf. »Hi, willkommen in *A Bookstore*. Kann ich Ihnen behilflich sein?«

»Ich wollte mich nur mal umschauen.« Sie ging zum Tresen und streckte der Frau die Hand entgegen. »Ich bin Sonya MacTavish. Ich wohne oben im Herrenhaus.«

»Collin Pooles Nichte.« Die Frau stand von ihrem Hocker auf und ergriff Sonyas ausgestreckte Hand. »Wie schön, Sie kennenzulernen! Diana Rowe. Alle haben sich schon gefragt, wann Sie das Dorf besuchen würden. Was halten Sie von einer Tasse Kaffee? Oder lieber Tee? Heiße Schokolade? Geht aufs Haus.«

»Ein Kaffee wäre super.«

»Der White Chocolate Mocha ist unsere Geschmacksrichtung des Monats.«

»Wer könnte dazu schon Nein sagen? Einen fantastischen Laden haben Sie hier.«

»Und hinten gibt es noch mehr. Bücher, natürlich«, fügte Diana hinzu und ging zum Kaffeeautomaten hinüber. »Und diverse Nebenprodukte. Sojakerzen aus lokaler Produktion, T-Shirts, Schultaschen. Schauen Sie sich nur um. Das ist übrigens meine Partnerin. Anita, darf ich dir Collin Pooles Nichte Sonya vorstellen?«

»Oh! Das sehe ich. Sie haben die Augen Ihres Onkels. Willkommen in Poole's Bay.«

»Danke.«

Anita hatte dichtes, weich herabfallendes hellbraunes Haar und einen festen Händedruck.

»Haben Sie sich schon eingelebt? Das Herrenhaus ist ein fantastischer Ort.«

»Stimmt. Und ich bin noch dabei, mich einzuleben.«

»Allein die Bibliothek«, sagte Anita in ehrfürchtigem Ton.

»Mein Lieblingszimmer«, bekannte Sonya.

»Collin war ein begeisterter Leser.« Diana trug den Kaffee um die Theke herum und stellte ihn vor sie hin. »Er kam bestimmt ein- oder zweimal pro Monat her. Allerdings in den letzten Jahren etwas seltener.«

»Dann bestellte er telefonisch«, fuhr Anita fort. »Deuce Doyle – ich weiß, dass er sich um die Verwaltung des Anwesens kümmert, also kennen Sie ihn sicher – holte die Bücher dann ab und brachte sie ihm. Wenn er keine Zeit hatte, sprang manchmal auch sein Sohn Trey für ihn ein.«

»Ich weiß, dass Sie Collin nie kennengelernt haben«, fügte Diana hinzu, »aber alle haben ihn gemocht. Wir liebten ihn einfach, stimmt's, Anita?«

»Stimmt, und wir vermissen ihn. Sollen wir Ihnen jetzt vielleicht auch den Rest des Ladens zeigen?«

Begleitet vom Gebimmel der Glocken, öffnete sich die Tür erneut, und Diana scheuchte die beiden anderen Frauen mit einer Handbewegung davon. »Ich kümmere mich drum.«

»Sie sind Grafikdesignerin, oder?«, fragte Anita.

»Stimmt. Oh, das ist ja herrlich.«

Zwei gemütliche Sessel standen einem elektrischen Kamin gegenüber. Noch mehr Bücher, eine Abteilung für Kinder mit winzigen Stühlen. Ein offener Eckschrank, in dem die lokal hergestellten Kerzen sowie Duftlampen ausgestellt wurden. In einem weiteren Regal lagen bunte T-Shirts und Büchertaschen.

»Von außen sieht man gar nicht, wie geräumig der Laden ist. Und Sie haben ihn sehr gemütlich eingerichtet.« Nach einem Schluck Kaffee zog Sonya die Augenbrauen in die Höhe. »Ich wünschte, ich hätte das alles schon früher kennengelernt.«

»Diana hat ein Händchen für Inneneinrichtung. Der Kaffee stammt aus einer örtlichen Rösterei. Hier in Poole's Bay unterstützen sich die ortsansässigen Unternehmen gegenseitig. Haben Sie Ihre Cousins schon kennengelernt?«

»Nein.«

»Sie sind ja auch noch gar nicht lang hier und hatten wahrscheinlich kaum Zeit zum Auspacken. Die Pooles bauen auch heute noch die besten Holzsegelschiffe in ganz Maine – meiner Meinung nach zumindest. Auch Fiberglasboote und so weiter, aber letztlich halten sie die Tradition des Unternehmensgründers aufrecht.

So, und jetzt lasse ich Sie in Ruhe stöbern. Wenn Sie etwas brauchen, rufen Sie mich oder Diana.«

Als Sonya den Laden verließ, hatte sie drei Bücher, zwei Lesezeichen und eine hübsche Büchertasche erworben.

Sie gönnte sich ihr Pizzastück – wirklich köstlich – und verspeiste es am Tresen, während sie mit dem Mann plauderte, der zur Erheiterung der Mittagsgäste Teig in die Luft warf und zu Fladen verarbeitete.

Dann sah sie in dem Geschenkeladen vorbei, der auch Annas Keramik verkaufte. Mit dem stellvertretenden Geschäftsführer unterhielt sie sich ein weiteres Mal über ihren Onkel und erstand eine von Annas Arbeiten. Einen hübschen Übertopf, der Xena perfekt zur Geltung bringen würde.

Ein weiteres Geschäft bescherte ihr einen handgestrickten Schal, den sie eigentlich nicht brauchte, der aber so flauschig und hübsch war, dass sie nicht widerstehen konnte. Außerdem knüpfte sie auch hier Kontakt mit der Verkäuferin, bevor sie zur Bucht hinunterfuhr.

Dort stand sie im Winterwind, machte Fotos, beobachtete die Boote und Bojen, die in den Wellen auf und ab schaukelten. Und bewunderte den Anblick des Herrenhauses, das im Norden hoch auf den Klippen emporragte.

Im Süden entdeckte sie die verwitterten Backsteinbauten, die vom Leuchtturm überragt wurden und in denen die Schiffsbauer der Familie Poole lebten.

Diese Angehörigen würde sie vielleicht an einem anderen Tag aufsuchen. Schließlich wusste sie nicht, wie Collins Cousins und Cousinen und deren Nachkommen der neuen »Erbin« gegenüberstanden. Besser also abwarten und ihnen noch ein wenig Zeit zum Durchatmen geben.

Vielleicht würde Oliver Doyle ihr helfen, die Lage ein wenig besser einzuschätzen.

Sie checkte die Uhrzeit auf ihrem Handy.

Höchste Zeit, das herauszufinden.

Begleitet von einer frischen Bö, kehrte sie zu ihrem Wagen zurück, um zu ihrem Termin zu fahren.

Kapitel 9

In kleineren Orten musste man sich schon ziemlich viel Mühe geben, um sich zu verirren, wie Sonya sehr zu ihrer Freude feststellte.

Denn sie musste von der High Street nur eine Straße weiter nach Westen abbiegen, und schon war sie da.

Die Kanzlei befand sich in einem – wieder einmal viktorianischen – Eckgebäude.

Es hatte zwar weder die Größe noch die Ausmaße des Herrenhauses, war aber dennoch absolut bezaubernd.

Die Besitzer des eleganten Baus hatten sich für eine salbeigrüne Verkleidung mit cremefarbenen Zierleisten entschieden. Die eine Seite der Eingangstüren beschirmte eine überdachte Veranda, während ein spitzwinkliger Turm über der anderen emporragte.

Hinzu kamen Spitzdächer, ein paar Dachgauben und etwas, das wie ein Halbturm an der Hinterseite des zweiten Stocks wirkte.

Treys Wohnung, dachte sie, von der man mutmaßlich einen wundervollen Ausblick auf die Bucht, die Landspitze und den Leuchtturm hatte.

Es gab zwar einen Parkplatz, aber der war beinahe voll, weshalb sie am Straßenrand parkte und den Weg zu der von einem Doppelgeländer gesäumten kleinen Treppe zu Fuß zurücklegte.

Zweifellos war dies früher einmal ein Wohnhaus gewesen, und wenn es immer noch eines gewesen wäre, hätte sie angeklopft. Aber da es sich um Geschäftsräumlichkeiten handelte, öffnete sie einfach die Tür.

Und stand sogleich mitten im geschäftigen Treiben einer Kanzlei.

Im obligatorischen Kamin knisterte ein Feuer, und

durch die großzügigen Fenster flutete das Tageslicht hinein.

Die Einrichtung fand sie behaglich. Trotzdem sorgten das dunkle Holz und der Wartebereich mit weinrot und blau gepolsterten Sesseln für eine gediegene Atmosphäre. Eine etwa fünfzigjährige Frau saß an einem Schreibtisch, den Sonya nach den wenigen Tagen im Herrenhaus als antik einordnete.

Die Frau hatte kurzes, eng anliegendes stahlgraues Haar, ein scharf geschnittenes Gesicht und eine Lesebrille auf der Nase.

Ihre Finger, die – anders konnte man es nicht beschreiben – nur so über die Tastatur flogen, hielten inne. »Guten Tag.«

Und da, dachte Sonya, hörte sie endlich den Akzent, den sie in Maine erwartet hatte.

»Hi. Ich bin Sonya MacTavish. Um drei habe ich einen Termin mit Mr. Doyle. Dem zweiten Mr. Doyle.«

»Sie sehen genauso aus wie er. Haben die grünen Augen der Pooles geerbt. Allerdings könnten Sie ein bisschen mehr auf den Rippen haben, sonst bläst Sie der Nordostwind noch weg. Setzen Sie sich. Ich sage Deuce Bescheid, dass Sie da sind.«

»Danke.«

Als Sonya sich auf einen Stuhl setzte, bemerkte sie einen weiteren – derzeit unbesetzten – Schreibtisch auf der anderen Seite des Zimmers.

»Collins Nichte ist hier. Sehr hübsch«, sagte die Frau ins Telefon, woraufhin Sonya sich ein Lächeln verkneifen musste.

Nachdem sie wieder aufgelegt hatte, erhob sie sich. Anscheinend hatte sie auf ein paar Kissen gesessen, denn sie war kaum über eins fünfzig groß.

»Ich bringe Sie nach hinten.«

»Danke. Kannten Sie meinen Onkel?«

»Natürlich. Sind schließlich zusammen zur Schule gegangen, nicht wahr?«

Sie ging über einen breiten Flur voraus und blieb vor einer Doppelschiebetür stehen.

»War der erste Junge, den ich geküsst habe. Keine Funken, bei beiden nicht, aber das weiß man erst, nachdem man's ausprobiert hat.« Sie öffnete die Türen.

»Du kriegst keinen Kaffee, ehe du nicht den Tee getrunken hast, den ich dir gekocht habe. Und wage es ja nicht, mich anzulügen. Ich erwische dich sowieso.«

Deuce schob seine Brille die Nase hinauf.

»Ich habe ihn schon getrunken, Sadie, und er war genauso widerlich wie beim letzten Mal.«

Sie blieb im Eingang stehen und sah ihn forschend an. Dann nickte sie. »Na gut, dann hole ich dir einen Kaffee. Wie trinken Sie Ihren?«, fragte sie Sonya.

»Eigentlich habe ich gerade einen in der Buchhandlung getrunken, deshalb ...«

»Also Wasser. Immer genug Flüssigkeit zu sich nehmen.«

Sadie marschierte davon, während Deuce sich erhob. »Hier bestimmt Sadie über mein Leben; zu Hause tut es meine Frau. Ich brauche dringend eine Jagdhütte, in die ich mich zurückziehen kann.« Er durchquerte das Zimmer und ergriff ihre Hände. »Tut mir leid, dass ich nicht vor Ort war, um Sie im Herrenhaus willkommen zu heißen.«

»Freut mich, dass es Ihnen besser geht.«

»Nur eine Erkältung, aber so wie die beiden Frauen sich aufgeführt haben, könnte man glauben, ich hätte die Pest gehabt. Kommen Sie, setzen Sie sich. Erzählen Sie mir, wie es Ihnen geht.«

Er nahm auf einem der beiden Ohrensessel vor dem Schreibtisch Platz.

»Ich habe gehört, dass Sie etwas für Anna ausarbeiten.«

»Ja, bevor ich heute ins Dorf gefahren bin, habe ich

ihr ein paar Entwürfe geschickt. Aber zunächst einmal möchte ich Ihnen danken, Ihnen und Ihrer Familie, für alles, was Sie getan haben.«

»Collin hätte das Gleiche für meine Familie getan. Was halten Sie von dem Haus?«

»Einerseits wirkt es wie ein typisches Herrenhaus, andererseits empfinde ich es aber inzwischen als höchst real. Die Gemälde werden ihm nicht annähernd gerecht. Das Bild meines Vaters ...«

Nun legte er die Hand auf ihre.

»Mir war wirklich nicht klar, dass es sich um die Arbeit Ihres Vaters handelte. Keine Ahnung, wie mir das entgehen konnte. Ich war immer davon ausgegangen, dass Collin es selbst gemalt hatte.«

»Die Brüder hatten einen sehr ähnlichen Stil.«

»Ich wünschte, ich könnte Ihnen Auskunft darüber geben, wie und wann Collin das Bild erworben hat, aber ich weiß es nicht. Wir waren Anfang zwanzig, als Collin ins Herrenhaus zog. Ehrlich gesagt kann ich mich an keinen Zeitpunkt erinnern, da dieses Gemälde nicht in seinem Büro hing, nachdem er es eingerichtet hatte.«

Mit einer Tasse Kaffee und einem Glas Wasser bewaffnet, kehrte Sadie ins Zimmer zurück.

»Sadie, Collin und ich sind zusammen zur Schule gegangen.«

»Ich habe es mit beiden probiert. Es hat aber nicht gefunkt. Wie sich herausstellte, stehe ich auf Frauen.«

Sie verließ das Zimmer wieder und schloss die Tür hinter sich.

Deuce schüttelte den Kopf. »Sie marschiert in ihrem eigenen Takt ... und sorgt dafür, dass man im Gleichschritt mitläuft. Ich wüsste gar nicht, was ich ohne sie machen sollte. Sie und Maureen sind jetzt seit beinahe dreißig Jahren zusammen, würde ich sagen. Die beiden gehören zu den wenigen Menschen, die in den vergangenen vier oder fünf Jahren überhaupt Zeit mit Collin verbracht haben und daher in der Lage sein könnten, die Lücken zu füllen, die Sie vielleicht füllen wollen.«

»Sie ist ein wenig angsteinflößend, aber vielleicht riskiere ich es trotzdem.«

»Oh, sie kann einem sogar *ziemlich viel* Angst einjagen«, antwortete er lachend. »Und sie mochte Collin. Also. Trey hat Ihnen bereits alle Informationen zu den hiesigen Banken, Ärzten etc. gegeben. Brauchen Sie noch weitere Hilfe?«

»Diese Woche will ich ein Konto eröffnen. Eigentlich hätte ich das heute schon tun sollen, aber ich wollte mich erst einmal ... umsehen. Ich werde die gleiche Bank aufsuchen, bei der mein Onkel Kunde war. Das ist wohl das Einfachste.«

»Gute Entscheidung. Und Sie haben Ihr Büro in der Bibliothek eingerichtet! Auch das ist eine gute Wahl. Ein fantastischer Raum.«

»Stimmt. Alles ist fantastisch. Ich bin immer noch ein bisschen überfordert. Ich meine, ich hätte nicht erwartet, dass ich mich auf der Stelle in dieses Haus verlieben würde. Doch das habe ich, obwohl es gleichzeitig ziemlich einschüchternd ist.«

»Genauso empfinde ich in Bezug auf Sadie. Fühlen Sie sich denn so ganz allein da oben nicht wohl?«

»Doch, eigentlich schon. Ich mag die Ruhe, und das Alleinsein hilft mir dabei, mich auf mein Unternehmen zu konzentrieren und hoffentlich irgendwann zu expandieren. Ich wollte Sie allerdings auch noch nach den anderen Pooles fragen – den Cousins beziehungsweise Cousinen. Glauben Sie, sie haben ein Problem damit – mit mir –, weil mir das Erbe zufällt? Collin hat mir ja nicht nur das Haus hinterlassen, was ja schon für sich genommen eine Menge ist, sondern auch noch einen ganzen Batzen Geld.«

»Collin hat seinen Cousins, den Cousinen und deren Nachkommen alles außer den fünf Prozent seiner eigenen Anteile an der Firma vermacht – also ein erhebliches Vermögen. Sie und ihre Anwälte wollten das Testament zu keinem Zeitpunkt anfechten. Owen – ihn kenne ich besonders gut, da er mit Trey befreundet ist – ist der hiesige Manager. Er regelt sozusagen das Tagesgeschäft. Eins können Sie mir glauben: Ich wüsste, wenn er mit dem Testament ein Problem hätte. Ein weiterer Cousin kümmert sich ums Marketing, einer anderen wiederum obliegt das Controlling, wieder ein anderer hat sich auf den Bereich des Bootsdesigns spezialisiert, während zwei in London leben und den dortigen Unternehmenszweig verwalten.

Ihr eigener Anteil an *Poole Shipbuilding* ist minimal, Sonya, und würde für den Rest der Verwandtschaft nichts ändern.«

»Na gut. Ich will jedenfalls keine Ressentiments auslösen. Wahrscheinlich wäre es sinnvoll, wenn ich mehr über die Familiengeschichte erführe.«

»Dabei kann ich Ihnen auf jeden Fall helfen. Ich habe für Collin ein Buch angefertigt – das finden Sie in seinem Büro. Außerdem sollte es eine digitale Ausgabe des Familienstammbaums auf seinem Computer geben. Hinzu kommt eine Familienbibel in der Bibliothek, die aber nicht ganz akkurat ist.« Er deutete mit dem Finger auf sie. »Wie allein schon Ihre Anwesenheit beweist.«

»Warum haben sie das wohl gemacht? Die Brüder getrennt, meine ich?«

»Nachdem Patricia Youngsboro Michael Poole geheiratet hatte, mutierte sie – wie viele Konvertierte – zur fanatischen Verfechterin des Familiennamens. Obwohl sie sich immer geweigert hat, im Herrenhaus zu wohnen.«

»Tatsächlich?«

»Meines Wissens hat sie es kein einziges Mal betreten.

Sie war eine harte Frau, Sonya. Ich nehme an, sie ließ Collin nur bei ihrer Tochter leben, damit die Stammlinie nicht unterbrochen wurde. Vor diesem Hintergrund sah sie wohl keine Veranlassung, beide Kinder zu behalten.«

»Aber es gab doch sicher Leute, die Bescheid wussten.«

»Mit Geld kann man sich Schweigen erkaufen. Der offiziellen Version nach, die Collin in den ersten Jahrzehnten seines Lebens auch glaubte, war er unehelich geboren, und sein Vater starb in Vietnam, ehe er und seine Mutter heiraten konnten. Seine Tante Gretta war eine pflichtbewusste Mutter.«

»Pflichtbewusst.«

»Eingeschüchtert und unterdrückt von einer dominanten Mutter. Sie hat nie geheiratet. Collin wurde im Haus seiner Großmutter erzogen, in dem er und seine Adoptivmutter wohnten. Sein Großvater hatte kaum Interesse am Familienunternehmen, was Patricia jedoch mehr als wettmachte. Michael verbrachte seine Zeit mit Reisen, mit Vergnügungen und dem Verfolgen seiner Interessen. Frauen, Alkohol, Abenteuer. Er liebte Flugzeuge – betätigte sich als Fallschirmspringer –, fuhr Rennboote, war Sporttaucher und Bergsteiger. Im Alter von achtundfünfzig starb er beim Besteigen des Berges Denali in Alaska.«

»Mr. Doyle ...«

»Nennen Sie mich Deuce. Mr. Doyle oder Oliver sind womöglich verwirrend.«

»Deuce. Sie sagten, Patricia habe sich geweigert, im Herrenhaus zu wohnen, sodass es jahrelang unbewohnt war. Warum hat sie es nicht einfach verkauft?«

»Aus dem einfachen Grund, dass sie dazu nicht befugt war. Michael hat es seinem Sohn Charles hinterlassen, der es wiederum seinem Bruder Lawrence vermachte.«

»Na gut, ich werde mir dieses Buch und den Familienstammbaum mal genauer zu Gemüte führen. Ist die Tochter – die Frau, bei der Collin aufgewachsen ist – noch am Leben?«

»Ja, aber es geht ihr nicht gut. Sie hat Alzheimer und ist schon recht dement. Sie ist in einer entsprechenden Einrichtung für Demenzkranke in Ogunquit untergebracht. Obwohl sie ihn schon seit längerer Zeit nicht mehr erkannt hat, hat Collin sie zwei Mal im Monat besucht. Sie war eine pflichtbewusste Mutter«, wiederholte Deuce. »Und dazu eine sehr unglückliche Frau, die an Depressionen und Migräneattacken litt. Je älter sie wurde, umso extremer wurde zudem ihre Sozialphobie. Patricia Poole hat ihr gesamtes Leben überschattet.«

»Verstehe.«

So langsam entwickelte sie ein Gespür für die problematische, verwickelte Familiendynamik.

»Ich bin Ihnen dankbar für alles, was Sie tun und dass Sie mir dabei helfen, die offensichtlich komplizierte Familiengeschichte besser zu durchschauen.«

»Sie sind die Nichte meines besten Freundes. Ich bin mehr als bereit, Ihnen alle Fragen zu beantworten, auf die ich eine Antwort weiß. Genau wie Ihrem Großvater.«

»Wie bitte?«

»Der Adoptivvater Ihres Vaters hat ebenfalls Kontakt zu mir aufgenommen. Die Nachricht, dass ihr Sohn einen Bruder hatte, hat ihn und Ihre Großmutter verständlicherweise sehr erschüttert, zumal sie zum Zeitpunkt der Adoption keine Ahnung davon hatten.«

»Und wütend sind sie ebenfalls darüber. Ich weiß.«

»Ebenfalls verständlicherweise. Aber vor allem scheinen die beiden sich um Sie zu sorgen. Sie wollen sich davon überzeugen, dass Sie hier in Sicherheit sind und dass jemand sich um Sie kümmert.«

»Oh, na schön ...«

»Ich bekomme bald mein erstes Enkelkind«, strahlte

er. »Weshalb ich mir zumindest ansatzweise vorstellen kann, wie sehr man sich sorgen kann. Wir hatten ein sehr produktives Gespräch miteinander. Insgesamt, Sonya, glaube ich, dass Ihr Vater mehr Glück hatte als Collin. Wahrscheinlich würden Sie Ihre Großmutter wohl kaum als pflichtbewusste Mutter beschreiben, oder?«

»Nein, ganz bestimmt nicht. Vielmehr als liebevoll. Und sie hat ihn immer unterstützt, ihn, meine Mom und mich. Ich rufe meine Großeltern an, sobald ich wieder im Herrenhaus bin.« Sie stand auf. »Ich brauche noch etwas Zeit, um mich zurechtzufinden. Trotzdem würde ich mich freuen, wenn Sie – und Ihre Familie – abends mal zum Essen kommen würden.«

»Sehr gern, das wäre schön.«

»Mal sehen. Ich koche nämlich nicht besonders gut, aber mir wird schon etwas einfallen. Oh, und eins noch: Ich bin, wie gesagt, noch in der Orientierungsphase, aber wenn ich tatsächlich bleibe, will ich mir einen Hund anschaffen. Ich habe zwar kein Problem mit der Stille und dem Alleinsein, aber manchmal wünsche ich mir doch ein wenig Lärm und etwas Gesellschaft. Gibt es in der Nähe ein Tierheim oder eine Auffangstation für Tiere?«

»Ja. Treys Hund stammt ebenfalls aus dem Tierheim. Ich besorge Ihnen die Adresse.«

»Vielen Dank.« Sie streckte ihm die Hand entgegen. »Ich bin Ihnen wirklich sehr dankbar.«

»Sie haben sich auf ein echtes Wagnis eingelassen, Sonya. Davor kann ich nur den Hut ziehen.«

Als er sie hinausbegleitete, war der zweite Schreibtisch besetzt. Der Mann war etwa in ihrem Alter, schätzte sie. Ein sehr attraktiver Mann in Sakko und Pullover mit kurzen, schwarzen Locken.

Ein anderer Mann stand hinter ihm und sah ihm über die Schulter. Die Ähnlichkeit war augenfällig. Von seiner vollen Mähne – weiß wie frisch gefallener Schnee – bis zu den Spitzen seiner polierten Oxford-Schuhe sah dieser Doyle allerdings aus wie ein waschechter Anwalt. Er trug einen edlen anthrazitfarbenen dreiteiligen Nadelstreifenanzug.

»Genau das haben wir gesucht, Eddie!« Er gab dem Mann am Schreibtisch einen Klaps auf die Schulter.

Dann hob er den Kopf, schob die schwarz gerahmte Brille die Nase hinauf und musterte Sonya eindringlich.

»Sie müssen Sonya MacTavish sein.« Er kam zu ihr herüber, packte energisch ihre Hand und schüttelte sie kurz. »Ace Doyle. Sie sind ein echter Hingucker, was?«

So hatte sie sich selbst nie gesehen, spürte aber, wie sich ein Lächeln auf ihrem Gesicht ausbreitete. »Ebenso wie Sie.«

Er lachte laut und dröhnend. »Und schlagfertig dazu.«

Auch er hatte diese blauen Augen, die hinter der Gleitsichtbrille nicht weniger umwerfend aussahen, zumal darüber markante, schwarze Augenbrauen thronten. Er musste etwa Ende siebzig, vielleicht sogar Anfang achtzig sein, aber genau wie seinen Sohn hätte sie ihn zehn Jahre jünger geschätzt.

»Wie gefällt es Ihnen im Herrenhaus? Behandeln Sie alle dort oben anständig?«

»Es gefällt mir sehr gut, aber ich wohne allein dort.«

Er zwinkerte ihr zu. »Im Haus der verlorenen Bräute wohnt man nie allein.«

»Ace.«

Ein Grinsen ging in Richtung seines Sohnes. »Zum Teufel, Geister sind auch nichts weiter als Menschen, nur eben ohne die Möglichkeit, weiterzuleben oder sich zu regenerieren. Du kannst darauf wetten, dass ich ebenfalls hier herumgeistern werde, wenn meine Zeit gekommen ist.« Er deutete auf Sadie. »Gewöhnen Sie sich schon mal dran.«

»Eine Heimsuchung sind Sie doch jetzt schon.«

Ihre trockene Antwort entlockte ihm ein weiteres dröhnendes Lachen.

»Rufen Sie mich an, wenn Sie das nächste Mal im Dorf sind. Dann lade ich Sie zum Mittagessen ein. Mit hübschen Mädchen gehe ich gern essen. Hält mich auf Zack. Eddie, begrüße Sonya doch auch mal. Sie ist Collin Pooles Nichte. Eddie ist mein neuestes Opfer.«

»Hallo«, sagte Eddie grinsend. »Ace, in fünf Minuten fängt Ihre Telefonkonferenz an.«

»Arbeit, Arbeit, Arbeit.« Wieder packte er Sonyas Hand und drückte sie. »Bis bald.«

Und schon schritt er energischen Schrittes davon.

»Nun ja«, begann Sonya. »Er ist ...«

»Eine Persönlichkeit?«, schlug Deuce vor.

»Eigentlich wollte ich unglaublich sagen.«

»Und schon wieder fällt jemand seinem Zauber zum Opfer. Seien Sie vorsichtig. Er schafft es, Ihnen innerhalb von fünf Minuten Ihre gesamte Lebensgeschichte und Ihre verborgensten Geheimnisse zu entlocken.«

»Das glaube ich gern. Nochmals danke. Ich kehre jetzt wohl besser mal in mein Geisterhaus zurück.«

Im Hinausgehen wurde ihr klar, dass das nur zur Hälfte scherzhaft gemeint gewesen war. Dieses Gefühl musste sie dringend wieder loswerden.

Nachdem er auf die Uhr gesehen hatte, kehrte Deuce zurück, passierte das Büro seines Vaters sowie das von Jill, der Assistentin seines Sohnes, die wild auf ihrer Tastatur herumklapperte, und betrat den Raum, der in seiner Jugend einmal die Küche gewesen war.

Heute diente sie als Büro, von dem man Ausblick auf den Garten hatte. Trey saß an einem Schreibtisch, den ihm Collin nach bestandener Abschlussprüfung als Anwalt geschenkt hatte. Früher hatte er auf dem Dachboden des Herrenhauses gestanden, und der jüngere Doyle hatte ihn liebevoll restauriert.

Jetzt hielt er einen Zeigefinger in die Höhe und setzte sein Telefonat fort, weshalb Deuce schweigend Platz nahm. Der Hund, der neben dem Schreibtisch döste, stand auf, streckte sich genüsslich und kam dann zu ihm, um sich eine Streicheleinheit abzuholen.

Während er den Hund hinter den Ohren kraulte, sah er vor seinem geistigen Auge seine Mutter an dem alten Herd stehen und im Haferbrei rühren, von dem sie steif und fest behauptete, dass er ihm Kraft geben würde, bevor er zur Schule ging. Er sah sich mit seinem Vater am Küchentisch sitzen und sein erstes (legales) Bier trinken.

Er sah sich und Collin, wie sie Cookies aus dem Glas auf der Theke stibitzten.

Wo früher die Arbeitsplatte gewesen war, stand nun ein Bücherregal voller juristischer Fachliteratur.

Ein gutes altes Haus, dachte er und, wie es sich für ein solches Haus gehörte, voller Erinnerungen. Heute diente es einem anderen Zweck, schuf neue Erinnerungen, und das nun schon beinahe so lang, wie sein Sohn auf der Welt war.

Und er war froh darüber.

Trey beendete das Gespräch und stieß die Luft aus. »Heidi Gish hat schon wieder einen Strafzettel wegen Geschwindigkeitsübertretung bekommen.«

»Bleifuß.«

»Sie will vor Gericht ziehen und den Polizisten verklagen, der ihre hundertfünfzig Stundenkilometer gemessen hat, weil er, wie sie behauptet, unhöflich war. Diesmal ist sie den Führerschein los. Sie will nichts davon hören oder davon, dass es sie mehr kosten würde, juristisch dagegen vorzugehen, als sich einfach damit abzufinden. Wie dem auch sei, wie war dein Tag?«

»Ich habe mich gerade mit Sonya getroffen.«

»Stimmt, ja.« Trey sah auf die Uhr. »Hatte ich vergessen.«

»Ich finde, sie macht ihre Sache gut. Aber ich ertappe mich dabei, dass ich mich über meinen toten Freund ärgere, weil er sich nicht schon vor seinem Tod bei ihr gemeldet, alles mit ihr durchgesprochen und ihre Fragen beantwortet hat.«

»Langfristig hätte er das vielleicht getan. Er ist wohl davon ausgegangen, dass ihm noch viel Zeit blieb.«

»Ach, wirklich?«

Trey lehnte sich zurück. »Dad. Nichts deutet darauf hin, dass es etwas anderes als ein Unfall war.«

»Im Nachhinein schon. Diese letzte Unterhaltung zwischen uns.« Geistesabwesend tätschelte er Mookies Kopf, den der Hund ihm aufs Knie gelegt hatte. »Ich habe dir doch erzählt, dass er auf Sonya zu sprechen kam, dass er mich bat, sie auf jeden Fall zu überzeugen, herzukommen und das Herrenhaus zu übernehmen. Er war nicht deprimiert, und ganz bestimmt hätte ich ihn nicht für lebensmüde gehalten, aber er war ... irgendwie abwesend. Als ob er diese Welt bereits verlassen hätte. Dennoch konnte ich ihn nicht überreden, selbst Kontakt zu ihr aufzunehmen. Er hat nur gelächelt und gemeint, das werde er tun, wenn der richtige Zeitpunkt gekommen sei.«

»Was wiederum darauf hindeutet, dass er glaubte, noch genug Zeit zu haben.«

Deuce nickte nur. »Nun ja. Du wirst dich auch weiterhin um sie kümmern.«

»So würde ich es nicht nennen. Ich wette, diese Formulierung würde ihr gar nicht gefallen.«

»Damit magst du recht haben. Schau einfach hin und wieder nach ihr.« Er nahm den Kopf des Hundes in beide Hände und knuddelte ihn. »Nimm ihn mit, wenn du sie besuchst. Sie überlegt, ob sie sich auch einen Hund anschaffen soll. Du könntest ihr die Adresse der Auffangstation schicken, in der du diese Promenadenmischung hier gefunden hast.«

»Gute Idee.«

»Prima. Dann lasse ich dich jetzt mal weiterarbeiten.«

»Dad«, sagte Trey, als sein Vater sich erhob. »Auf mich macht sie einen fähigen, selbstständigen Eindruck.«

»Ja. Das muss sie auch sein.«

Gerade als Sonya vor dem Herrenhaus vorfuhr, klingelte ihr Handy. Sie zog es noch während des Einparkens aus der Tasche und hielt den Atem an, als sie Anna Doyles Kennung auf dem Display entdeckte.

»Sonya hier. Hi, Anna.«

»Ich war arbeiten, weshalb ich nicht aufs Handy geschaut habe. Doch als ich es dann endlich tat, musste ich mir gleich alles ansehen und dann sofort noch mal. Und noch mal. Ich liebe deine Entwürfe! Ich liebe sie alle. Du bist ein Genie.«

Sonya atmete aus. »Stimmt, trotzdem ist es schön, wenn das mal jemand anerkennt.«

»Ich möchte Option Nummer eins – das Gesamtpaket. Mir gefallen die Farben, der schnittige und trotzdem freundliche Stil. Und! Wie das alles auf meinem Handy aussieht!«

Sonya stieß die Faust in die Luft, denn sie hatte gehofft, dass Anna sich für Option eins entscheiden würde. »Ich schalte den Lautsprecher ein, um beim Telefonieren die Einkaufstaschen aus dem Wagen holen zu können.«

»Oh, ich kann dich auch später zurückrufen.«

»Nein, schon gut.« Sie zerrte die Einkaufstaschen vom Rücksitz und jonglierte mit dem Handy und den Taschen herum, während sie nach ihren Hausschlüsseln kramte. »Ich brauche sämtliche Fotos und Beschreibungen, um erst die Produktseiten und dann den Warenkorb zu gestalten. Wir müssen deine Biografie in trockene Tücher bringen und so weiter – alles, was auf der Liste steht, die ich dir geschickt habe. Danach können wir ...«

Sie brach ab, als sie nach oben schaute. Wie am ersten Tag entdeckte sie einen Schatten am Fenster. Sie hätte schwören können, dass der Vorhang sich bewegte. Doch nachdem sie die Tasche in die andere Hand genommen hatte, war die Erscheinung verschwunden.

»Was können wir danach?«

»Sorry, ich wurde abgelenkt.« Sicher war es nur eine Lichtspiegelung auf dem Fensterglas, dachte sie und ging zum Säulengang.

»Dann können wir deine Präsenz in den sozialen Medien in Angriff nehmen.«

»Genau das ist mein Problem.«

»Ich kann deine Seiten gestalten und für dich aktualisieren. Solange du mir regelmäßige Updates gibst. Aber ohne Internetpräsenz hast du keine Chance.«

Sie schloss die Tür auf und stellte die Taschen ab.

»Fangen wir mit den Fotos an«, schlug sie vor, während sie den Mantel auszog. »Und mit deiner Biografie.«

»Heute habe ich meine Mutter in mein Studio geschleift, damit sie Fotos von mir an der Töpferscheibe macht und davon, wie ich ein fertiges Stück brenne. Sie ist eine gute Fotografin. Einige ihrer Arbeiten werden im gleichen Laden ausgestellt wie meine.«

»Den Laden habe ich heute übrigens aufgesucht. Und einen deiner Übertöpfe gekauft.«

»Hurra!«

»Schick mir die Bilder.« Nachdem sie ihren Mantel aufgehängt hatte, kehrte sie zu den Taschen zurück, um sie die Treppe hinaufzutragen. »Damit fangen wir an, und ich mache das Design für die Broschüre fertig.«

Als sie ihr Schlafzimmer betrat, nahm sie den Duft eines Parfüms wahr. Ihres neuen Parfüms, da sie dasjenige, das ihr Brandon im letzten Jahr zum Valentinstag geschenkt hatte, weggeworfen hatte.

Der Flakon stand bei den drei dekorativen Fläschchen, nicht neben dem Handspiegel.

»Sonya?«

»Sorry, hab gerade nicht hingehört.«

»Wahrscheinlich, weil ich so viel und schnell rede. Schick mir den Vertrag. Ich gebe dir den Auftrag und lasse dir die Bilder zukommen. Ich werde meinen Mann fragen, ob er mir bei der Biografie helfen kann. Er schreibt einen Großteil der Pressemitteilungen für das Hotel.«

Bedächtig ging Sonya zu der Kommode hinüber und stellte den Parfümflakon wieder an den Platz, an dem sie ihn haben wollte. Wahrscheinlich war ich heute Morgen nur groggy, dachte sie. Ja, nur groggy.

»Der Vertrag geht noch heute Nachmittag raus. Und lass ihn von einem deiner drei gut aussehenden Anwälte gegenlesen. Ich kann mich auch um den Druck deiner Visitenkarten kümmern, wenn du willst.«

»Ich kenne da jemanden übers Hotel, das sollte also kein Problem sein. Diese ganze Geschichte läuft besser und ist leichter, als ich erwartet hätte, Sonya. Und viel schneller. Mir gefällt einfach alles daran.«

»Du wirst noch begeisterter sein, wenn alles fertig ist. Also, wie gesagt, schick mir die Fotos. Wir benötigen auch eines von dem Teil, das du heute getöpfert hast, sobald du damit fertig bist.«

»Das wird erst morgen irgendwann der Fall sein, aber ich schicke dir schon mal den Rest. Bis bald.«

»Bis bald.«

Nach einem kurzen Freudentänzchen wickelte sie die Schüssel aus, die sie für den Tisch im zweiten Stock der Bibliothek vorgesehen hatte, und die Kerze, die sie für den Badezimmerwaschtisch gekauft hatte.

Dann holte sie eins der Bücher hervor und legte es mit einem der Lesezeichen auf den Nachttisch. Nachdem sie den Schal umgelegt hatte, den sie unten im Schrank verstauen wollte, trug sie die anderen Bücher und die Schüssel in die Bibliothek.

Statt die Bücher ins Regal zu räumen, legte sie sie auf einen Tisch neben dem Sofa, und weil sie gleich arbeiten würde, legte sie auch ein paar Holzscheite in den Kamin und zündete ein Feuer an.

Sie trug die Schüssel nach oben, bewunderte sie noch einmal kurz und kehrte dann nach unten zurück, um sich aus der Küche eine Coke zu holen.

»Treppen, jede Menge Treppen in diesem Haus. Wenn ich täglich so viele Stufen rauf- und runterlaufe, kann ich mir das Fitnessstudio sparen.«

Der Teil von ihr, der immer noch das erkunden wollte, was sie nach wie vor für einen Geheimgang hielt, kämpfte mit jenem Teil, der befürchtete, dort unten stecken zu bleiben. Irgendwie.

»Vielleicht morgen. Ich nehme mein Handy mit. Wenn ich also tatsächlich nicht mehr zurückfinde, kann ich jemanden anrufen, der mich befreit. Wahrscheinlich komme ich mir dann ziemlich idiotisch vor, aber was soll's?«

Außerdem musste sie sich genauer ansehen, was es alles in den Lagerräumen gab.

»Das mache ich am Wochenende«, sagte sie zu sich. »Am Samstag fange ich an, den Rest des Hauses zu erkunden.«

Gerade erklomm sie die Stufen nach oben, als die Musik einsetzte.

»It's getting late, have you seen my mates? Ma, tell me when the boys get there«, vernahm sie Elton Johns Stimme.

»Ach, verdammt und zugenäht.«

Sie joggte die restlichen Treppenstufen hinauf und bog in die Bibliothek ab. Sir Elton schmetterte seine Melodien auf ihrem iPad.

»Was ist los mit dir? Außerdem ist das verdammt noch mal viel zu laut.«

Sie drehte die Musik leiser und setzte sich kopfschüttelnd hin.

Okay, na gut. Sie hätte die Musik ohnehin eingeschaltet.

Zuerst lud sie die Fotos herunter, die Anna ihr gerade geschickt hatte.

»Ja! Super! Die sind hervorragend. Sogar perfekt. Genau das, was ich will. Gute Arbeit, Annas Mom. Also los.«

Sie rief das Vertragsformular auf, füllte es aus, verschickte es und widmete sich dann wieder den Fotos.

Während sie am Layout arbeitete, ertappte sie sich dabei, wie sie zur Musik mitsang. *»Saturday, Saturday, Satur …«*

Sie brach ab und sah erneut zum Tablet hinüber.

»Das ist seltsam, oder? Schon merkwürdig, dass ich an Samstag gedacht habe und jetzt ausgerechnet dieser Song gespielt wird.«

Ihr Magen machte einen Satz, und sie rieb sich die feuchten Handflächen an den Oberschenkeln ab.

»Ist nur ein Song, ein Song und eine Macke in der App. Jetzt wird gearbeitet. Ich muss mich konzentrieren.«

Und diesmal war sie sich nicht mehr sicher, ob sie tatsächlich nur mit sich selbst sprach.

In dieser Nacht schlug eine Uhr drei. Und sie träumte, dass sie durch die langen Flure des Herrenhauses wanderte, in denen irgendwo das Weinen einer Frau widerhallte.

Sie träumte, vor einem Spiegel zu stehen, dessen Rahmen aus knurrenden und schnappenden Raubtieren zu bestehen schien. Aber statt ihres eigenen Spiegelbildes entdeckte sie dort das Bild einer anderen.

Sie träumte von einer Frau, deren Haar die Farbe gerösteter Kastanien hatte, das ihr bis zur Taille ihres weißen Nachtgewandes fiel.

Sie beobachtete, wie die Frau durch die großen Türen des Herrenhauses schritt und in den Schneesturm hinaustrat. Im Traum vernahm Sonya die tosende Brandung, das wilde Heulen des Windes, doch die Frau lächelte nur und stapfte mit nackten Füßen durch den Schnee.

An der Ufermauer wartete eine andere Frau. Sie trug ein schwarzes Kleid, dem der Wind nichts anzuhaben schien. Das dunkle Haar fiel ihr in Wellen den Rücken herab.

Die beiden sprachen miteinander, aber Sonya konnte ihre Worte nicht verstehen. Sie sah nur den Zorn in den Augen der zweiten Frau und die Furcht in denen der Frau mit dem kastanienbraunen Haar, als die andere ihre Hände packte.

Mittlerweile zitterte sie in ihrem Nachthemd in der Kälte und versuchte verzweifelt, zum Herrenhaus zurückzurennen, obwohl ihre Füße schon halb erfroren sein mussten.

Das Haus ragte wie ein Schatten im dahinwirbelnden Schnee empor. Die großen Türen waren fest verschlossen.

Tatenlos sah die schwarz gekleidete Frau zu, wie die Frau im Nachthemd zu Boden fiel. Ihre Lippen verfärbten sich bläulich, während sie mühsam wieder aufstand und erneut stürzte.

Aus ihren grünen – Poole-grünen – Augen flossen Tränen, die auf ihren Wangen zu Eis erstarrten.

Sie stürzte ein letztes Mal, sodass der Schnee sich wie ein Leichentuch über sie breitete.

In ihrem Traum wanderte Sonya durch die langen Flure zurück und schlüpfte wieder ins Bett.

Im Schlaf schlug sie um sich. Und weinte.

Kapitel 10

Am Morgen war die Erinnerung an den Traum verblasst und Sonya wieder voller Tatendrang.

Zunächst kochte sie sich einen Kaffee und setzte sich mit ihrem Tablet an die Küchentheke.

Als sie ihre E-Mails checkte, entdeckte sie eine weitere Anfrage: eine Empfehlung von *Baby Mine*. Wie lieb!

Aufgeregt beantwortete sie die Mail.

Als Nächstes wartete eine E-Mail von Trey auf sie mit Informationen zu der Auffangstation für Tiere.

Die Station ist ausschließlich auf Hunde spezialisiert. Auf der Website findet man Fotos und alles, was über die Vorgeschichte des Hundes bekannt ist. Alter, Temperament, Rasse – oder Vermutungen über die möglicherweise beteiligten Rassen. Mookie und ich waren ziemlich begeistert. Die Station ist Teil einer landesweiten Tierrettungsorganisation. Hier im Landkreis arbeitet Lucy Cabot mit ihr zusammen, die bei sich zu Hause in Poole's Bay regelmäßig Pflegehunde aufnimmt. Sagen Sie Bescheid, wenn Sie noch mehr Infos wollen/brauchen.

Trey

Sie ließ den Cursor über dem Link schweben und hätte ihn beinahe angeklickt, doch dann zog sie die Hand wieder fort.

Danke. Ich halte mich mit dem Umschauen besser noch zurück, weil ich ein Weichei bin und noch Zeit brauche, um mich hier zurechtzufinden und ein paar Sachen zu organisieren, ehe ich mir einen Hund ins Haus hole. Was ich mir, wie ich feststelle, doch sehr wünsche. Ich hoffe, ich halte eine ganze Woche durch.

Übrigens habe ich Ihrem Vater gegenüber erwähnt, dass ich Ihre ganze Familie gern zum Dinner einladen würde. Haute Cuisine wird es nicht, aber ich möchte mich revanchieren und von Anfang an eine gute Beziehung zu Ihnen allen aufbauen. Ist einer von Ihnen Veganer oder Vegetarier, hat jemand eine Nahrungsmittelallergie oder eine starke Abneigung gegen irgendein Gericht? Kein Stress. Auch dafür brauche ich noch ein wenig Zeit. Nochmals vielen Dank.

Sonya

Sie trug den Kaffee mit nach oben, um sich umzuziehen, und blieb wie angewurzelt stehen, als sie das ordentlich gemachte Bett und das schwach glimmende Feuer sah.

»Das habe ich definitiv nicht selbst gemacht. Dessen bin ich mir verdammt noch mal sicher.«

Weil die Tasse in ihrer Hand zitterte, stellte sie sie ab.

»Ich war nicht groggy. Und so vergesslich kann ich einfach nicht sein. Oder doch?«

Welche Möglichkeiten gab es noch? Entweder gab es hier einen Eindringling, der gern Betten machte, oder sie hatte es automatisch getan, oder in diesem Haus spukte es *tatsächlich*.

»Ich entscheide mich für Variante Nummer zwei. Das war's. Das Bett zu machen, gehört zu meinen Gewohnheiten. Danke, Mom.«

Die Vorstellung, sich umzuziehen, bereitete ihr plötzlich Unbehagen, weshalb sie beschloss, im Pyjama zu arbeiten. War schließlich nichts dran auszusetzen.

Mit Kaffee und Tablet bewaffnet, ging sie den Flur hinab, an der Treppe vorbei, und betrat die Bibliothek. Nachdem sie das Tablet an den Strom angeschlossen hatte, wandte sie sich dem Kamin zu, um dort Feuer zu machen.

Die Feuerstelle war sauber, die Scheite bereits ordentlich aufgeschichtet.

Ob sich vielleicht die Person, die früher für Collin sauber gemacht hatte, hereingeschlichen und ein paar Aufgaben erledigt hatte?

Doch zugegeben: Dieser Gedanke war beinahe genauso absurd wie Betten machende Eindringlinge oder Geister.

Autopilot. Wahrscheinlich hatte sie auch das automatisch getan.

Sie entzündete das Feuer und trank einen Schluck Kaffee, um sich zu beruhigen. Als sie sich zu ihrem Schreibtisch umdrehte, setzte ihr Tablet mit einem Discobeat ein: *»She Works Hard for the Money.«*

Unwillkürlich lachte sie auf, erschauderte jedoch gleich darauf.

Es gab noch eine weitere Möglichkeit, dachte sie. Jemand versuchte, ihr Angst einzujagen. Vielleicht hatte Deuce sich in seiner Einschätzung der Poole-Cousins ja geirrt. Womöglich wollten sie sie aus dem Haus vertreiben und sie dazu bringen, das Erbe auszuschlagen. Und irgendwie hatten sie eine Möglichkeit gefunden, ihr Streiche zu spielen.

»Das wird nicht funktionieren. Damit erreicht ihr nur eines: mich stocksauer zu machen. Ich habe zu arbeiten, also macht euch verdammt noch mal vom Acker.«

Sie schnappte sich den Schürhaken und lehnte ihn an ihren Schreibtisch.

Vorsorglich.

Die Arbeit beruhigte sie. Sie erfüllte sie mit Zuversicht. Mit Kreativität. Den ganzen Morgen arbeitete sie an dem Layout für Annas Töpferei, ordnete das Warenangebot nach Art und Zweck, um es mit dem Dropdown-Menü zu koordinieren, das sie in den Shop eingefügt hatte.

Sie probierte, passte an, testete erneut. Dann widmete sie sich der Gestaltung des Warenkorbs.

»So macht man das.«

Irgendwann legte sie eine Pause ein, um sich in der Küche eine Coke und eine Orange zu gönnen. Auf dem Rückweg in die Bibliothek ging sie im Geiste bereits die nächsten Schritte durch, als ihr Tablet den Eingang einer E-Mail signalisierte.

Ich habe einen Blick auf die Homepage der Tierschutzorganisation riskiert. Lange werden Sie nicht widerstehen!

Was die Dinnereinladung angeht: Danke im Voraus. Wir sind allesamt Fleischfresser, haben meist einen Bärenhunger, dafür aber weder Nahrungsmittelallergien noch Abneigungen. Sagen Sie wann, und wir kommen.

Zur Info: Anna hat mir die ersten Entwürfe der Website gezeigt. Sie haben den Nagel auf den Kopf getroffen. Sehr schön.

Trey

Noch bin ich standhaft.

Ich werde mir etwas Passendes für Fleischfresser mit Bärenhunger überlegen und mir Mühe geben, damit es auch genießbar wird.

Schön, dass Ihnen die Entwürfe gefallen. Noch schöner, dass sie Anna gefallen, aber natürlich ist mir Ihre Meinung ebenfalls wichtig. Falls Doyle Law Offices ihre Internetpräsenz irgendwann mal aktualisieren will, wissen Sie ja, wen Sie anrufen können.

Sonya

Kaum hatte sie die E-Mail abgeschickt, kam noch eine weitere herein. Sie war von Anna und enthielt Fotos der hohen Vase, die sie tags zuvor gefertigt hatte, und zwar nach dem sogenannten Schrühbrand. Sie schrieb, dass sie noch mehr Fotos schicken wolle, und zwar von dem Glasurprozess und schließlich der fertigen Glasur. Nach dem finalen Glasurbrand sollte es noch Fotos des fertigen Stücks geben.

Zusätzlich hatte sie ihre Biografie angehängt, mit der

Freigabe, diese, falls nötig, nach Herzenslust zu redigieren.

»Ausgezeichnet.«

Genau so lautete auch Sonyas Antwort. Ferner versprach sie Anna, dass diese sich in etwa neunzig Minuten den Shop sowie den »Über mich«-Reiter würde ansehen können.

»So, schauen wir uns das Material doch mal an und überlegen, was wir damit machen können.«

Nach etwa fünfundvierzig Minuten schrieb sie Anna eine Textnachricht, dass es wohl doch zwei Stunden dauern werde, bis sie die Ergebnisse checken konnte.

Sie wollte, dass es perfekt wurde.

Nachdem sie die Website auf sämtlichen Geräten getestet hatte, lehnte sie sich zurück.

»Sie ist gut. Wirklich gut. Zeit, sie eine Weile in Ruhe zu lassen und sich dann dem Feintuning zu widmen.«

Als im Kamin ein Holzscheit umfiel, schrak sie zusammen.

Sie würde noch eines hineinwerfen und dann einen Spaziergang machen. Zehn Minuten draußen an der frischen Luft. Mittlerweile kannte sie Anna gut genug, um sicher sein zu können, dass sie für die Durchsicht nicht viel länger brauchen würde.

Als sie sich erhob, konnte sie sich mit einem Blick aus dem Fenster davon überzeugen, dass draußen wieder Schneefall eingesetzt hatte. Es war kein Schneesturm wie zuvor, sondern sanfter, weicher Schnee, sehr hübsch anzusehen.

Ein Spaziergang war also durchaus möglich.

Nachdem sie das Holzscheit aufgelegt hatte, fiel ihr ein, dass sie noch immer ihren Pyjama trug. Für draußen war der wohl kaum ausreichend, weshalb sie in Pullover und Thermoleggins schlüpfte. Im Untergeschoss zog sie ihre alten, zuverlässigen UGG-Boots und die restliche Outdoor-Kleidung über.

Statt den Hausschlüssel mitzunehmen, zog sie die Haustür nur zu. Und trat in die weiße Wunderwelt hinaus.

Weich wie Baumwolle fiel der Schnee herab und blieb auf den Zweigen liegen. Eine noch dünne Schicht bedeckte die Wege und trieb über die Ufermauer. Ohne die Gehwege zu verlassen, umrundete sie, begleitet vom leisen Murmeln des Windes, das Haus.

Sie roch den Rauch aus den Schornsteinen, die kühle Frische des Schnees, den durchdringenden Duft der Pinien.

Die Wälder sahen aus wie ein Gemälde, grün und weiß und tief. Sie dachte an das Reh, das sie hier einmal entdeckt hatte, von dem jedoch heute jede Spur fehlte.

Wie gern würde sie mit einem Hund hier in der Stille umherwandern. Sie erklomm die Stufen zur Terrasse auf dem Flachdach der Hausmeisterwohnung und sah sich um.

Das alte Holz eines Hortensienbusches sah aus wie Knochen, auf denen sich die Flocken sammelten. Dazu entdeckte sie Sträucher – vermutlich Azaleen –, die hoch und breit genug waren, um aus der Schneedecke emporzuragen.

Sie würde sich mehr Wissen über Pflanzen aneignen müssen, denn im Grunde hatte sie nur Ahnung von Xena. Vielleicht sollte sie auch gleich aufgeben und einen Gärtner mit der Arbeit beauftragen.

Sie schlug den Weg hügelabwärts ein, um das Haus in weitem Bogen zu umrunden, und sagte sich, dass sie neue Gewohnheiten entwickeln musste.

Ausflüge ins Dorf, Spaziergänge an der frischen Luft – die im Frühling hoffentlich länger ausfielen. Auch wenn sie ihre Arbeit noch so sehr liebte, würde sie sich dafür

Zeit nehmen. Ebenso wie für die Erkundung der anderen Teile des Hauses.

Zugegeben, Letzteres hatte sie vor sich hergeschoben, weil die Größe des Hauses sie nach wie vor überwältigte. Wie viel leichter war es, sich nur mit einer Handvoll Zimmer zufriedenzugeben.

Doch das Herrenhaus hatte etwas Besseres verdient. Und verdammt, sie selbst ebenfalls.

Sie blieb noch einmal einen Moment lang stehen, blickte aufs Meer hinaus, lauschte den Wellen.

Vielleicht sollte sie sich eine heiße Schokolade gönnen, dachte sie. An einem verschneiten Nachmittag vor dem Kamin zu sitzen und eine heiße Schokolade zu trinken, das klang fantastisch.

Sie wandte sich um und drückte die eiserne Klinke an der Vordertür herunter.

Diese rührte sich nicht.

Sie versuchte es wieder und wieder und spürte, wie ihr die Vorboten der Panik in die Kehle stiegen.

Sie hatte die Tür nicht abgeschlossen. Sich sogar zweimal davon überzeugt. Nun zerrte sie an der Klinke und hätte beinahe gegen die Tür gehämmert.

Der Wind frischte auf, plötzlich und kalt, und blies ihr Nadeln aus Eis ins Gesicht. Mit einem Mal standen Bilder vor ihren Augen – wie sie barfuß im Nachthemd durch einen Schneesturm ging. Auf eine Frau zu, die an der Ufermauer stand.

Sie sah sich um, beinahe befürchtend, dort eine Gestalt zu entdecken. Eine schwarz gekleidete Frau.

Aber sie sah nur den Schnee und dahinter das Meer.

Mittlerweile zitternd zog sie das Handy aus der Tasche. Sie würde Trey anrufen. Peinlich, ja, aber ...

Doch als sie gerade seine Nummer aufrufen wollte, hörte sie ein dumpfes Geräusch. Als ob ein Schloss aufschnappte.

Und als sie die Klinke erneut herunterdrückte, ließ sich die Tür reibungslos öffnen.

Sie stürmte ins Haus, schlug die Tür zu und schloss sie hinter sich ab. Mit pochendem Herzen lehnte sie sich dagegen und wusste, dass ihre Augen vor Entsetzen weit aufgerissen waren.

Mit einer bewussten Anstrengung schloss sie die Lider.

»Wahrscheinlich hat sie nur geklemmt. Sie klemmt nur. Sie war eigentlich offen, hatte sich nur kurz verkantet. Mehr nicht. Der Rest ist nichts als eine blöde Panikattacke.«

Sie zog ihre Boots aus, trug sie zum Schrank, hängte sorgfältig ihre Jacke auf und löste ihren Schal. Obwohl sie eigentlich keine Lust mehr auf heiße Schokolade hatte, folgte sie ihrem ursprünglichen Plan.

Leider gab es keine Päckchen mit Swiss-Miss-Instantkakao in den Schränken oder im Servierzimmer. Aber sie fand eine hübsche Büchse Kakaopulver mit einer Anleitung. Also holte sie einen Topf heraus und folgte den Instruktionen.

Auch praktische Sprühsahne war nirgends zu finden.

Daher beschloss sie, ihre heiße Schokolade ohne Sahne zu genießen.

Als sie in die Bibliothek hinaufstieg, fühlte sie sich schon besser. Aus irgendeinem Grund hatte sie das Gefühl, dass dieser Raum ihr gehörte. Sie setzte sich vor den Kamin und nippte an ihrer heißen Schokolade.

Als ihr Handy den Eingang einer Nachricht signalisierte, zog sie es hervor. Sie war von Anna.

Angesichts deiner Planung meines Big Reveal bleibt für mich nichts mehr zu tun. Ich bin sprachlos! Und das bin ich nicht oft. Die Shopping-Seiten sind beinahe ein Wunder. Ich weiß, dass du noch nicht fertig bist, aber schon jetzt sieht alles fantastisch aus und funktioniert reibungslos. Wenn ich die »Über mich«-Seite lese, bin ich sogar von mir selbst beeindruckt. Außerdem gefällt mir, wie du die Fotos eingebunden hast, die meine Mutter gestern gemacht hat.

Großartig. Dann schick mir jetzt ein Video mit Audio. Ich mache ein Widget daraus.

Das ich, dachte Sonya, auch irgendwann nutzen werde, um dich auf TikTok zu launchen – aber das behalte ich besser noch für mich. Schließlich will ich dich nicht verschrecken.

Keine Ahnung, was ein Widget ist, aber ich bin auf jeden Fall dafür. Ich arbeite dran. Wenn alles erledigt ist, lade ich dich zum Mittagessen ein. Ich schwöre, wenn ich nicht schon verheiratet und schwanger wäre, würde ich dich heiraten und ein Kind von dir bekommen.

Klingt zwar verführerisch, aber begnügen wir uns lieber mit einem gemeinsamen Lunch. In den nächsten zehn Tagen kümmere ich mich um deinen Auftritt in den Sozialen Medien, also stell dich schon mal drauf ein.

Mach ich. Danke dir. Anna.

Ein guter Tag, dachte Sonya. Trotz der klemmenden Tür ist es ein guter Tag gewesen.

Als sie die Füße auf den Couchtisch legte, spielte ihr Tablet Michael Bublés *»Home«*.

»Na gut. Was soll's.«

Am Abend beschloss sie, sich eine Weile mit dem Familienstammbaum der Pooles zu befassen und sich dazu ein Glas Wein zu genehmigen. Anschließend würde sie vielleicht eines der neu erworbenen Bücher anfangen oder sich noch einen Film ansehen.

Wie Deuce ihr gesagt hatte, fand sie das Buch in Collins Büro. Ein in braunes Leder gebundenes Coffee-Table-Book.

Was für ein fürsorglicher Freund, dachte sie, während sie es zusammen mit dem Wein in die Bibliothek trug.

Sie studierte das Vorwort, in dem Deuce sein Interesse an Genealogie erörterte und seiner Hoffnung Ausdruck verlieh, dass das Buch eine Verbindung zwischen vergangenen und zukünftigen Generationen schaffen würde.

Es begann mit dem Familienstammbaum, der detailliert auf einer Doppelseite dokumentiert war und in den frühen 1600er-Jahren begann.

»Du liebe Güte, sie hatten elf Kinder! Zwei starben im Kleinkindalter, ein weiteres noch vor dem fünften Geburtstag und ein letztes mit sechzehn. Wie verwindet man so etwas?«

Da sie sich mit den Einzelheiten erst später befassen wollte, ließ sie den Blick nach unten wandern. Und dort fand sie ihren Vater und dessen Zwillingsbruder. Den Namen ihrer Mutter und das Datum ihrer Hochzeit. Und den Todestag ihres Vaters.

Dann den Namen der Frau, die Collin geheiratet hatte – wobei Hochzeits- und Todestag das gleiche Datum trugen.

Und dort stand ihr eigener Name, durch eine Linie mit den Namen ihrer Eltern verbunden.

So viele Menschen auf den diversen Zweigen des Stammbaums. Darüber hatte sie nie nachgedacht. Sie war immer davon ausgegangen, das einzige Kind eines Vaters zu sein, der selbst ebenfalls Einzelkind gewesen war. Bis vor Kurzem hatte sie nur von einer Tante und drei Cousinen mütterlicherseits gewusst.

Und jetzt gab es so viel mehr davon.

»Das hätte Dad gefallen«, murmelte sie.

Sie war so vertieft in ihre Lektüre, dass sie gar nicht bemerkte, wie ihr Tablet *»We Are Family«* spielte.

So viele Geburten, grübelte sie, davon immer wieder Zwillinge. Und so viele Todesfälle.

Sie blätterte um.

Nachdem sie mehr als eine Stunde alles über ihre Vorfahren im siebzehnten Jahrhundert gelesen hatte, wurde ihr klar, wie intensiv Deuce nachgeforscht hatte. In ihrer Familie hatte es Lords und Ladys, aber auch Soldaten und Bauern gegeben, und sie hatten alle Triumphe und Tragödien erlebt.

Bevor sie sich das darauffolgende Jahrhundert vornahm, beschloss sie, sich einen Tee zu kochen – was selten bei ihr vorkam – und die Tasse und das Buch mit ins Bett zu nehmen.

Dort eingekuschelt, bei glimmendem Feuer, arbeitete sie sich bis zu jenem Arthur Poole aus Liverpool vor, der seine Zelte in Maine aufgeschlagen und das Familienunternehmen gegründet hatte. Ein abenteuerlustiger Mann, dachte sie, während die Buchstaben langsam vor ihren Augen verschwammen.

Mit siebzehn hatte er den Ozean überquert, war in die schöne neue Welt aufgebrochen und hatte Familie und Freunde hinter sich gelassen. Nach Jahren der Lehre war er Schiffsbauer von Beruf gewesen.

Und schon im Alter von vierundzwanzig hatte er seine Firma gegründet und eine wohlhabende junge Erbin namens Leticia Armond geheiratet. Damals hatte er mit dem Bau dessen begonnen, was heute als Lost Bride Manor – als Haus der verlorenen Bräute – bekannt war.

Ob er Leticia geliebt hatte, fragte sie sich. Oder hatte er sie des Geldes wegen geheiratet?

Sie hatten Zwillingssöhne bekommen, gefolgt von drei

Töchtern, und waren beinahe fünfundzwanzig Jahre lang verheiratet gewesen, ehe er starb.

Ein Sturz vom Pferd.

Sein Sohn Collin erbte das Herrenhaus. Ebenso wie sein Vater erweiterte er das ursprüngliche Gebäude, während er mit seinem Bruder zusammen das Unternehmen leitete.

Ein paar Monate später heiratete Collin Poole Astrid Grandville.

Und die Tragödie nahm ihren Lauf.

Sonya begann einzudösen, weshalb sie das Buch schloss und beiseitelegte. Sie schaltete das Licht aus und fiel sofort in tiefen Schlaf.

Die Uhr schlug drei, und die Musik, sanft und traurig, drang in ihre Träume ein. Sie betrachtete sich selbst im Spiegel, die junge, glückliche Braut in ihrem langen weißen Kleid. Musik, beschwingt und fröhlich, hallte aus dem Erdgeschoss empor, wo ihr Gemahl – ah, was für ein Wort: Gemahl – Familie und Freunde bewirtete, die sich zur Feier eingefunden hatten. Die Vorhänge flatterten vor dem offenen Fenster in der Frühlingsbrise.

Auf der anderen Seite des Spiegels lächelte Sonya sie an. Du bist wunderschön, dachte sie.

Die Braut erwiderte das Lächeln.

»Meine Schönheit wird nie vergehen. Ich werde für immer jung und schön sein. Braut meines Bräutigams, Gemahlin meines Gemahls. Die Herrin des Hauses. Und immer werde ich zu diesem Tag zurückkehren, als ich in einer Hand wahre Liebe und Freude und in der anderen Verzweiflung und Trauer hielt.«

Dann geschah alles sehr schnell: Die Frau mit dem Messer stürmte herein. Auf der anderen Seite des Spiegels schrie Sonya auf, aber ihr Schrei konnte das Glas nicht durchdringen. Als das Messer in den Körper der

Braut eindrang, schlug sie heftig gegen den Spiegel, um irgendwie hindurchzugelangen. Aber sie konnte nur voller Entsetzen zusehen, wie sich Blut über dem langen weißen Gewand ausbreitete.

Wie die junge Braut zu Boden fiel und die Frau sie verfluchte. Die Mörderin zog der sterbenden Braut den Ring vom Finger und streifte ihn über den ihren.

Ganz kurz – nur für den Bruchteil eines Augenblicks – durchflutete die Dunkelheit ihre Gestalt und durchströmte das Zimmer.

Dann war sie verschwunden.

Die Braut kam mühsam auf die Beine, presste die Hand auf die Wunde. Blut sickerte zwischen ihren Fingern hindurch. Durch das Glas des Spiegels hindurch blickte sie in Sonyas Augen.

Wieder und wieder, Mal um Mal, Jahr um Jahr und Braut um Braut. Finde die sieben Ringe. Brich den Fluch.

Und dann war sie ebenso verschwunden wie die Frau in Schwarz. Die Musik, sowohl die sanfte und traurige als auch die lebendige, fröhliche, verebbte mit ihr.

Die Erinnerung an den Traum war verblasst, als Sonya schon kurz nach Tagesanbruch vom Geräusch des Schneepfluges geweckt wurde. Sie erinnerte sich an ihre Pflichten, ging hinunter, um Kaffee zu kochen, und brachte John Dee einen Becher hinaus.

Der Bär von einem Mann mit braunem Bart und Augen in der gleichen Farbe grinste sie an.

»Hab ich Sie geweckt?«

»Ich bin eine viel beschäftigte Frau, muss also ebenfalls aus den Federn. Wow, ist das ein blauer Himmel!«

»Jep. Jetzt haben wir ein paar klare Tage vor uns. Letzte Nacht sind nur etwa fünfzehn Zentimeter gefallen.«

Nebeneinanderstehend tranken sie ihren Kaffee, er in

seinem unförmigen blauen Overall, sie in ihrem Mantel, den sie über den Pyjama gezogen hatte.

»Hab gehört, Sie haben sich ins Dorf getraut.«

Sie musste lachen. »Ist das eine interessante Neuigkeit?«

»Beinahe alles in Poole's Bay ist eine interessante Neuigkeit. Die Frau, die Ihnen den Schal verkauft hat, ist mit meinem Bruder verheiratet. Und eine Freundin meiner Mutter macht diese Schals.«

»Eine wunderbare Arbeit.«

»Sollten das Ding besser anziehen. Ganz schön kalt heute.« Er leerte seinen Kaffee und gab ihr den Becher zurück. »Danke. Wie wär's, wenn ich noch ein bisschen Holz an der Hintertür für Sie aufstapele? Sie haben schon ziemlich viel verbraucht.«

»Oh, das wäre großartig. Danke.«

»Ist mir 'ne Freude. Muss jetzt wieder an die Arbeit.« Er zwinkerte ihr zu. »Bin ein viel beschäftigter Mann.«

»Auf die arbeitende Bevölkerung von Maine!«

Sie hatte die Tür offen gelassen, die Schlüssel aber vorsichtshalber trotzdem mitgenommen. Als der Schneepflug wieder ansprang, ließ sich die Klinke problemlos herunterdrücken.

»Na gut.«

Als arbeitende Frau fuhr man am besten, wenn man einer Routine folgte, beschloss sie. Ihre begann mit einem schnellen Frühstück und dem Checken ihrer E-Mails sowie der Textnachrichten. Der Anfrage von gestern sollte heute ein Beratungsgespräch folgen. Mit gedrückten Daumen setzte sie einen Termin für den späten Vormittag an.

Dann duschen, Jogginganzug, ihre Wasserflasche.

Sie weigerte sich, sich beim Anziehen Gedanken über das ordentlich gemachte Bett zu machen.

Nicht heute; heute würde sie sich nur auf die Arbeit konzentrieren.

Sie trug das Familienbuch der Pooles in die Bibliothek und legte es auf den Beistelltisch, ehe sie Feuer machte.

Das Regal für die Holzscheite neben dem Kamin war voll. Wie John Dee bereits gesagt hatte, hatte sie eine Menge verbraucht, weshalb es fast leer hätte sein sollen. Die Scheite in der Feuerstelle waren ordentlich aufgeschichtet und warteten nur darauf, angezündet zu werden.

Vielleicht sollte sie nachschlagen, welche Nahrungsergänzungsmittel oder Kräuter – was auch immer – dem Gedächtnis auf die Sprünge helfen konnten.

Aber auch darüber würde sie jetzt nicht nachdenken. Nicht heute.

Auch nicht, wenn ihr iPad den Beatles-Song *»Good Morning Good Morning«* zum Besten gab.

Sie setzte sich hin und begann mit den Feinarbeiten an Annas Website-Design.

Für das Beratungsgespräch machte sie eine Pause und wippte vor Freude auf dem Stuhl auf und ab, als der Beratung ein Vertrag folgte.

Kurz nach Mittag schickte Anna das letzte Foto und – als Dreingabe – ein achtundsechzig Sekunden langes Video.

Anna an der Töpferscheibe – wirklich hübsch –, während sie eine Art dünne Klinge an den sich drehenden Ton hielt und erklärte, dass sie an einem neuen Stück arbeitete, das vom letzten Schneefall inspiriert und schon in ein paar Tagen auf ihrer Website zu sehen sei.

Smart, fand Sonya.

Sie fügte es der inaktiven Website hinzu und testete sie abermals.

Dann machte sie wieder eine Pause, zog sich warm an und unternahm einen Spaziergang, diesmal unter dem klaren, blauen Himmel hinab zur Ufermauer.

Mit einem Erdnussbutter-Marmeladen-Sandwich – ihrem Lieblingssandwich – setzte sie sich auf die Steine und beobachtete ein paar vorübergleitende Boote. Fischer, dachte sie, die ihre harte Arbeit in der Kälte verrichteten.

Beinahe hätte sie das Sandwich fallen lassen, als sie sah, wie sich weit draußen das Meer teilte und der riesige Körper eines Wals gen Himmel schnellte. Wasserdampf schoss empor und kondensierte zu Wassertröpfchen, die an ihm herabströmten, sodass sein Körper in der gleißenden Sonne glänzte.

Als er wieder abtauchte, kräuselte sich das Meer beinahe endlos lang. Bis es sich wieder beruhigt hatte.

»Ich habe einen Wal gesehen. Ich sitze hier herum, esse mein Erdnussbuttersandwich, und unterdessen sehe ich einen Wal.«

Dann fluchte sie über sich selbst, weil sie sich nicht ihr Handy geschnappt und ein Foto geschossen hatte.

»Beim nächsten Mal.«

Sie ließ die Hand in die Tasche gleiten und umschloss ihr Handy, falls der Wal noch einmal auftauchte. Sie wartete, bis sie sich eingestehen musste, dass es einfach zu kalt war, um hier auf einer Steinmauer sitzen zu bleiben und darauf zu warten, ob er ein zweites Mal erschien.

Den Schatten am Fenster entdeckte sie heute nicht, und auch die Tür machte keinerlei Probleme.

»Ich mache langsam Fortschritte. Gewöhne mich ein.« Während sie ihre Stiefel auszog, nahm sie das Porträt näher in Augenschein.

»Gestern Abend habe ich von dir gelesen. Von dir und deinem Collin, und von dem verrückten Miststück, das dich erstochen hat. Hester Dobbs. Wenn man genauer darüber nachdenkt, hat sie auch ihn umgebracht, denn immerhin hat er sich erhängt. Vermutlich, weil er nicht ohne dich leben konnte.«

Während sie ihren Mantel aufhängte, hörte sie Taylor Swifts *»Lover«* in der Bibliothek.

»So langsam gewöhne ich mich dran.«

Den restlichen Tag verbrachte sie mit der Arbeit an dem Projekt für Anna, allerdings nicht, ohne zumindest kurz mit einem Moodboard für den nächsten Kunden zu beginnen.

Am Abend las sie weiter in dem Buch über die Familiengeschichte der Pooles.

Anscheinend war Hester Dobbs, kurz bevor sie wegen des Mordes an Astrid Poole aufgehängt werden sollte, aus ihrer Zelle entkommen, nur um nach Collin Pooles Selbstmord von der Ufermauer vor dem Herrenhaus in den Tod zu springen.

In ihrer Behausung fand man diverse Hilfsmittel zur Hexerei.

»Na klasse.«

Sonya widmete sich nun der Geschichte von Connor, Collins Zwillingsbruder, der nach dem Tod seines Bruders das Herrenhaus geerbt hatte.

Allen Berichten zufolge führte er ein glückliches Leben, angefangen von seiner Kindheit bis hin zu seiner eigenen Ehe, auch wenn es von einem hässlichen Mord und dem darauffolgendem Selbstmord seines Bruders überschattet wurde. Auch er baute das Herrenhaus weiter aus, ebenso wie das Unternehmen, und setzte dabei fünf Kinder in die Welt.

Von denen eine Tochter, wie sie registrierte, an ihrem Hochzeitstag gestorben war.

Wie unheimlich.

Doch Connor selbst war ganze zweiundsiebzig Jahre alt geworden und im eigenen Bett gestorben, umgeben von seiner Frau, den noch lebenden Kindern und seinen Enkelkindern.

Angesichts dieser glücklichen Wendung beschloss sie, die Lektüre für den heutigen Abend zu beenden.

Dann schaute sie drei Folgen einer neuen Netflix-Serie und ging zu Bett.

»Alles normal«, murmelte sie, als sie unter die Bettdecke schlüpfte und einschlummerte.

Die Uhr, die drei schlug, weckte sie nicht auf, ebenso wenig wie das Quietschen der Türen, die dahinwehende Musik oder das herzzerreißende Schluchzen einer Frau.

TEIL ZWEI

Das Herrenhaus

*Alle Häuser,
in denen Männer lebten und starben,
sind Spukhäuser.*

– Henry Wadsworth Longfellow,
»Haunted Houses«

Kapitel 11

Beharrlich zog sie in den nächsten Tagen ihr Programm durch. Mehr als ein Mal legte sie Scheuklappen an, schaute weder nach rechts noch nach links, aber sie ließ sich nicht ablenken. Und da die neu gegründete Catering-Firma den Vertrag unterzeichnet hatte, gab es jede Menge Arbeit, durch die sie sich hindurchwühlen musste.

An einem Samstagmorgen bewaffnete sie sich mit ihrem Handy und einer Taschenlampe – nur für alle Fälle – und durchquerte den Dienstbotendurchgang. Die nach unten führenden Treppenstufen knarrten zwar, waren aber beleuchtet, weshalb sie die Taschenlampe in ihrer Gesäßtasche verstaute.

Sie konnte sich nicht vorstellen, sich ganz allein ins Medienzimmer zu setzen. Nicht, dass es nicht hübsch eingerichtet war, wie sie bemerkte, als sie es inspizierte. Auf seine Art war es sogar behaglich, mit den großen, bequemen Sesseln und einem riesigen Bildschirm.

Collin hatte sogar eine kleine Bar einbauen lassen. Vielleicht hatte er sie obendrein mit Drinks und Snacks bestückt.

Hatte Collin hier gesessen, allein in dem großen, leeren Haus, und sich in die Welten auf der Mattscheibe vertieft? Hatte er über Komödien gelacht und bei einem Thriller gespürt, wie sein Herz schneller schlug?

Hatte er Popcorn geknabbert und sich seine Lieblingsfilme angeschaut, wie sie selbst es so oft tat?

Wie merkwürdig, dachte sie, ihn nie kennengelernt zu haben, wo sie doch offensichtlich einiges gemeinsam hatten. Die Liebe zur Kunst – gepaart mit einem gewissen künstlerischen Talent –, die Liebe zu Geschichten –

in Büchern und Filmen. Und ein Faible für weitläufige alte Häuser mit Charakter, die ihre eigene Geschichte hatten.

Hätten die beiden Brüder sich gut verstanden, wenn sie je die Chance dazu gehabt hätten? Hätten sie die Feiertage zusammen verbracht? Hätte es jede Menge Familien-Anekdoten gegeben?

Je länger sie in diesem Haus lebte, umso überzeugter war sie davon. Natürlich konnte sie nie sicher sein, aber sie hatte das deutliche Gefühl, dass sie zu einer Familie zusammengewachsen wären, selbst wenn sie sich erst als Erwachsene kennengelernt hätten.

Vom Medienzimmer aus wanderte sie weiter in den Fitnessraum mit seinem Freihantelgestell, dem Laufband, dem Liegefahrrad. Und einem weiteren TV-Wandbildschirm.

Filme waren diesem Mann offenbar äußerst wichtig gewesen.

An diversen Haken hingen Fitnessbänder und Yoga-Gurte. Außerdem entdeckte sie einen Gymnastikball, Medizinbälle und sogar eine Klimmzugstange. Auch den Sport hatte er also ernst genommen.

Zögernd nahm sie zwei Hanteln in die Hand, stellte sich vor den Spiegel und machte ein paar Bizeps-Curls.

Vielleicht würde sie sich überwinden können, hier zu trainieren. Sie vermisste ihr Fitnessstudio – dessen Mitgliedschaft sie nach der Trennung gekündigt hatte, da Brandon es ebenfalls besuchte.

Sie könnte entsprechende Workouts streamen und wieder eine gewisse Routine entwickeln.

»Wenn nicht jetzt, wann dann?«, beschloss sie und verbrachte die darauffolgende halbe Stunde damit, sich ins Gedächtnis zu rufen, wie sehr sie Squats hasste.

Sie rieb sich den Po, den sie nach dem Workout tatsächlich *spürte*, und machte sich daran, einen der Lagerräume zu inspizieren. Dort entdeckte sie Feiertagsdekoration: für Halloween, Weihnachten, den Vierten Juli.

»Mit meiner Mutter hättest du dich also ebenfalls gut verstanden.«

Als sie eine weitere nach unten führende Treppe entdeckte, spähte sie in die Dunkelheit.

»Ein Keller unterm Keller«, schlussfolgerte sie. »Den spar ich mir lieber.«

Sie musste an den Heizkesselraum aus Stephen Kings Roman *Shining* denken.

Also schloss sie die Tür.

Auf ihrer weiteren Erkundungstour stieß sie sehr zu ihrer Freude auf eine Tafel mit Glocken. Sie mochte vielleicht nicht ganz so versessen auf Film und Fernsehen sein, wie ihr Onkel es gewesen war, aber derlei Apparaturen hatte sie durchaus schon in historischen Filmen gesehen.

Jede Glocke war mit einem Raum verbunden und signalisierte dem Personal zu reagieren. Natürlich bestand heutzutage keine Verbindung mehr, dennoch hatte man das alte Kommunikationsmittel hier unten nicht entfernt.

Sie zog an einer Glocke.

»Mr. Poole wünscht sein zweites Frühstück im Morgenzimmer einzunehmen.«

Was für ein Leben! Sie schüttelte den Kopf.

Ständig die Treppe rauf und runter, dachte sie, als sie sich wieder an den Aufstieg machte. Hin und her, und immer durch die Geheimgänge, damit die Familie und ihre Gäste das Personal nicht sehen mussten.

War es ein gutes Leben oder ein schlechtes gewesen?, fragte sie sich.

Hatten alle ein warmes Bett gehabt, genug zu essen bekommen und waren anständig entlohnt worden?

War man froh gewesen, hier eine Anstellung zu haben, oder war es eine elende Plackerei gewesen?

Als sie sich auf den Weg in den zweiten Stock machte, ertönte weit unten die Klingel für das Goldene Zimmer.

Da sie jedoch bereits den Speicher betreten hatte, hörte sie nichts davon.

Dort fand sie jede Menge Möbel – Tische, Stühle, Sessel und einen Schrank, der womöglich für Noten gedacht war. Sie entdeckte ein altes Grammofon – und einen Stapel dicker, alter Platten, die darauf abgespielt werden konnten.

Nur zum Spaß kurbelte sie das Grammofon an und zog wahllos eine Platte heraus. Billie Holiday – den Namen hatte sie schon mal gehört, kannte aber ihre Musik nicht.

Nachdem sie die Nadel behutsam aufgesetzt hatte, hörte sie ein paar Sekunden lang den kratzigen Jazzmelodien eines Klaviers und einer Trompete zu.

Schließlich entfaltete sich pure Magie.

»Okay«, murmelte sie, während die Musik und diese Stimme die Luft erfüllten. »Jetzt verstehe ich, warum ich deinen Namen kannte, obwohl du das hier sechzig Jahre vor meiner Geburt aufgenommen hast.«

Sie beschloss, dass Ms. Holiday, das Grammofon und alles andere aus diesem Zimmer einen Platz im Musikzimmer finden mussten. Sobald sie eine Möglichkeit gefunden hatte, die Sachen nach unten zu schaffen.

Als sie die erste der Schatztruhen öffnete, kreischte sie tatsächlich auf und ließ dann mit genüsslichem Seufzen die Hand über die Spitze und den Seidenstoff des obersten Kleides gleiten.

Es war sorgsam in Schichten aus Papier gehüllt, sodass das tiefgrüne Kleid in der Zedernholztruhe unversehrt geblieben war. Sonya hatte keine Ahnung, aus welcher Epoche es stammte. Sie wusste nur, dass es einfach hinreißend aussah.

Aus Angst, etwas kaputt zu machen, hob sie nur vorsichtig einen Zipfel an und entdeckte noch mehr Kleider darunter, die ebenso säuberlich eingeschlagen waren.

Die gehören eigentlich in ein Museum, dachte sie. Sie musste jemanden kommen lassen, der sich mit der Mode verschiedener Epochen auskannte und die Kleider durchsah.

»Vielleicht behalte ich ja sogar welche«, überlegte sie laut. »Auf jeder Kostümparty wären die der Knaller. Und wenn dieser Landsitz nicht der ideale Ort für ein rauschendes Kostümfest ist, wo sollte man dann eines feiern?«

Verblüfft setzte sie sich auf die Fersen zurück, denn mit einem Mal ging ihr auf, dass es gar keine drei Monate gedauert hatte. Nicht mal drei Wochen.

Dass sie bleiben würde, war bereits beschlossene Sache.

Eine Truhe nach der anderen wurde geöffnet. Noch mehr Kleidungsstücke – für die Lady und den Gentleman. Schuhe und Hüte, allesamt liebevoll in Papier eingeschlagen.

Sachen fürs Museum, dachte sie wieder. Oder, falls sie dafür doch nicht geeignet sind, zumindest für einen Vintage-Shop.

»Das alles haben meine Ur-ur-was-auch-immer-Vorfahren getragen. Die Klamotten dürfen hier nicht versauern, sondern sollten bewundert und wieder getragen werden.«

Sie stand auf und sah sich um.

Impulsiv holte sie eine weitere Platte hervor. *»In the Mood«*, denn auch das kam ihr bekannt vor, und, nun ja, sie war eben in der richtigen Stimmung – *in the mood* eben.

War es seltsam, dass sie hier stand, sich die alte Musik aus dem alten Grammofon anhörte, umgeben von so vielen Gegenständen aus der Vergangenheit?

Der Vergangenheit ihrer Familie.

Nein, es war keineswegs seltsam.

Leinentücher, geisterhaft weiß, waren über einen Großteil der Möbel drapiert worden. Letztere hatten noch nicht allzu viel Staub angesetzt, was wohl den Doyles und der akribischen Inventur zu verdanken war.

Aber viel zu viel war weggeräumt und versteckt worden, was man nutzen konnte und sollte, das man wertschätzen sollte. Alte Erbstücke, ja, aber ...

Vielleicht wollten die Cousins ja einiges davon haben. Oder sich zumindest das ein oder andere aussuchen. Und ihre Mutter ... Ja, ihre Mutter sollte auf jeden Fall etwas bekommen.

Keinesfalls wollte sie die Sachen verkaufen. Das wäre ihr irgendwie falsch vorgekommen. Einiges, vielleicht sogar das meiste, sollte für zukünftige Generationen erhalten bleiben.

Familiengeschichte in Holz und Glas, in Seide und Satin, verbunden mit dicken, alten Schallplatten.

Sie würde Tage brauchen – oder realistisch betrachtet eher sogar Wochen und Monate –, um sich alles anzusehen. Nur die Inventarliste durchzugehen, schien den Fundstücken nicht gerecht zu werden. Sie musste sie sehen, berühren.

Fühlen, gestand sie sich ein.

»Na gut. Das kommt auf die To-do-Liste. Außerdem muss ich mich auf die Suche nach einem Reinigungsservice machen, denn allein kann ich dieses Haus nicht angemessen pflegen.«

Sie merkte sich nicht nur, welche Stücke sie nach unten bringen wollte, sondern auch, dass sie nach einem Berater im Hinblick auf alte Kleidung suchen und einen Reinigungsdienst engagieren musste.

Das Praktischste würde wohl sein, einen Großteil des zweiten Stocks sowie den Dachboden abzuschließen.

Natürlich erst, nachdem ihre Verwandten und ihre Mutter sich einige Stücke ausgesucht hatten. Eine gelegentliche Grundreinigung würde dann ausreichen.

Als Nächstes betrat sie den Halbturm, Collins Atelier. Von drei Seiten strömte Licht durch die Fenster herein und ergoss sich über den blank polierten Holzboden.

Seine Utensilien hatte er auf Regalen an der hinteren Wand und auf einem Arbeitstisch aufbewahrt. Die Staffeleien lehnten zusammengeklappt an der Wand, bis auf eine einzige, die in dem gläsernen Halbrund aufgestellt war.

»Was mache ich nur mit all deinen Künstlermaterialien? Vielleicht könnte ich sie ja irgendwann mal nutzen, aber ...«

Sie ließ den Finger über die Pinsel in einer der Pinselmappen gleiten. Pinsel für Ölfarben, Acrylfarben, Wasserfarben. Modellierpinsel, Silikonklingen. Und in einem separaten Ständer Künstlerspachtel.

Skizzierblöcke, Bleistifte, Kohle.

Beinahe genau die gleiche Ausstattung, wie ihr Vater sie gehabt hatte.

Letzterer hatte sogar den gleichen Pinselreiniger, das kalt gepresste Leinöl, den Terpentinersatz benutzt.

Wahrscheinlich hatte es hier genauso gerochen wie im Atelier ihres Vaters. Bei dem Gedanken daran brannten ihre Augen.

»Ich habe kein Talent zur Malerei und auch nicht die Zeit. Oder – damit hatte Mom recht – genügend Leidenschaft. Also was soll ich mit deinen Sachen anfangen?«

Sie wieder einem der Cousins anbieten? Oder Cleo?

Unsicher öffnete sie die Tür neben dem Arbeitstisch.

Und ihr blieb die Luft weg.

Das Ganzkörper-Porträt war von einem schlichten, dunklen Holzrahmen umgeben. Es war zwar nicht ganz so groß wie das von Astrid Poole, hatte aber die gleiche Wirkung.

Auch diese Frau war ganz in Weiß gekleidet.

Sie trug zwar nicht das gleiche Gewand, aber unzweifelhaft ebenfalls ein Hochzeitskleid mit schulterfreiem, herzförmigem Ausschnitt und weit ausgestelltem, bauschigem Rock, der bis zum Boden reichte. Dazu trug die Frau einen Kopfschmuck aus Rosenknospen mit herabhängenden Bändern über kastanienbraunem Haar, das ihr in sanften Wellen über die Schultern fiel. Ihre sommerblauen Augen strahlten vor Freude.

In ihrer rechten Hand, an der ein Diamant funkelte, hielt sie einen Strauß aus blauen Hortensien und zartem Grün. An der linken Hand trug sie einen Platinring, an dem noch mehr Diamanten blitzten.

Hinter ihr breitete sich das Meer aus.

»Du bist Johanna. Ganz sicher bist du das. Und ich werde dich ganz bestimmt nicht hier oben eingesperrt lassen.«

Doch als sie die Hand nach der Leinwand ausstreckte, wäre die Schranktür beinahe hinter ihr zugefallen.

»Und ich selbst lasse mich auch nicht hier einschließen.«

Sie nahm eine fast volle Dose Terpentinersatz vom Regal und klemmte die Tür damit fest. Dann manövrierte sie das Gemälde hinaus und trug es zur Staffelei hinüber, um es daraufzustellen.

»Hier bleibst du fürs Erste. In diesem schlichten Rahmen gefällst du mir. Kein Schnickschnack, keine Schnitzereien. Ich werde schon ein Plätzchen für dich finden. Keine Ahnung, warum er dein Bild nie aufgehängt hat.«

Sie atmete scharf ein, als eine Tür zuschlug, dann eine zweite, dann eine dritte.

Plötzlich fröstelnd eilte sie hinaus.

»Die gesamte zweite Etage absperren«, rief sie sich ins Gedächtnis. »Dafür sorgen, dass sämtliche Türen geschlossen sind, und die Lagerräume ebenfalls so bald wie möglich verriegeln.«

Ihr Vorhaben, sich einen Kaffee zu kochen – um sich aufzuwärmen –, war sofort vergessen, als sie die Küche betrat.

Sämtliche Schranktüren standen offen.

»Jetzt reicht's.« Vielleicht zitterte ihre Stimme ein wenig, doch sie wiederholte die Worte trotzdem: »Jetzt reicht's.« Dann knallte sie jede einzelne Tür wieder zu.

Sie wollte zu ihrem Garderobenschrank eilen, sich ihre Sache schnappen und hinausflüchten. Doch als sie nach ihrem Mantel griff, wurde ihr eines klar: Wenn sie jetzt davonlief, solange ihre Hände noch immer vor Schreck zitterten, würde sie womöglich nie zurückkehren.

»Das hier ist *mein* Haus. Dieses verdammte Haus gehört *mir*.«

Sie würde sich also *doch* einen Kaffee kochen und noch eine Weile arbeiten. Zuvor würde sie sich noch etwas zu essen aus dem Tiefkühlschrank holen. Vielleicht Hühnchen. Und später würde sie sich eine richtige Mahlzeit kochen und sich nicht mit Salat, einem Sandwich oder Dosensuppe begnügen.

»Ich werde hier arbeiten und schlafen und essen und wohnen. Weil das hier verdammt noch mal *mein* Haus ist.«

An diesem Abend ließ sie das Buch über die Familiengeschichte der Pooles links liegen.

Über FaceTime telefonierte sie mit ihrer Mutter und aß gleichzeitig mit ihr zu Abend. Danach war ihre Welt langsam wieder auf Kurs.

»Also dann, deine erste Dinnerparty im Herrenhaus«, überlegte Winter. »Du bist in Maine, im Winter, und musst eine einigermaßen große Gruppe Fleischesser verköstigen. Am besten machst du Schmorbraten.«

»Das klingt ... kompliziert.«

»Ist aber ganz einfach, glaub mir. Das schaffst du schon. Du brauchst dazu einen großen Bräter mit Deckel. Und ich schicke dir eine Liste mit den Zutaten und das Rezept. Du musst nur alles zusammenfügen. Danach läuft alles wie von selbst.«

»Wenn du das sagst.«

»Doch, glaub mir. Schreib mit.«

Je länger die Liste wurde, umso intensiver dachte sie darüber nach, die Familie Doyle doch lieber ins Restaurant einzuladen.

»Denk nicht mal dran. Du wirst sie in dein Haus einladen und eine köstliche Mahlzeit zubereiten. Weißt du noch, wie es in unserem Haus geduftet hat, wenn ich Schmorbraten zubereitet habe?«

»Ja – fantastisch. Aber dann hast ja auch *du* ihn gemacht.«

»Du schaffst das schon.«

Vielleicht, dachte Sonya, nachdem sie sich verabschiedet hatten und sie sich die – lange – Zutatenliste ansah. Aber sicher war sie sich nicht.

Sie würde sich einen Tee kochen – wie sie festgestellt hatte, hatte Tee am Abend eine beruhigende Wirkung auf sie –, in ihren Pyjama schlüpfen und mit dem Roman anfangen, der neben ihrem Bett lag.

Den morgigen Tag hatte sie im Geiste bereits durchgeplant. Sie würde früh aufstehen, dachte sie, mittags einen Spaziergang machen und sich dann wieder an die Arbeit setzen.

Vor dem Musikzimmer blieb sie mit dem Tee in der Hand stehen und nahm es in Augenschein.

Ja, definitiv. Das Grammofon, der Notenschrank. Beides ließ sich problemlos hier aufstellen.

»Und weißt du, was? Dieses Stillleben kommt mir immer noch ein wenig zu förmlich vor. Johanna könnte dort ebenfalls ihre Heimat finden. Vielleicht hat sie ja sogar ein Instrument gespielt. Ich muss unbedingt Deuce danach fragen.«

Als sie oben ihr Zimmer betrat, zog sich ihr Magen zusammen: Das Feuer glomm, das Bett war aufgeschlagen. Und diesmal lag ein frischer Pyjama ordentlich zusammengefaltet zwischen den Kopfkissen und der zurückgeschlagenen Decke.

»Mit irgendjemandem muss ich darüber reden. Aber wie soll ich das anstellen, ohne dass man mich für übergeschnappt hält? Vielleicht bin ich ja tatsächlich verrückt. Auch wenn ich mich nicht so fühle.«

Allerdings war ihr so unbehaglich zumute, dass sie die Tür hinter sich zumachte und den Schlüssel im Schloss herumdrehte.

Zu Beginn der neuen Woche stürzte Sonya sich wieder in die Arbeit. Sie ignorierte knarrende oder zufallende Türen – und zuckte nur die Achseln, wenn ihr iPad sie mal wieder mit einem Song begrüßte.

Am Donnerstag startete sie die letzten Testdurchläufe für Annas Website, ihre Social-Media-Präsenz und alles Übrige.

Unglaublich, dachte Sonya, was man erreichen konnte, wenn man viel arbeitete und Ablenkungen vermied.

Heute jedoch wollte sie früher Schluss machen. Morgen würde Cleo eintreffen – sie konnte es kaum erwarten –, weshalb sie unbedingt noch einkaufen musste.

Und da das einen Ausflug ins Dorf bedeutete, würde sie auch gleich ein Bankkonto eröffnen. Zudem wurden im *Lobster Cage* fantastische Take-aways angeboten. Sie würde sich also etwas bestellen und es zum Abendessen mit nach Hause nehmen.

Auf dem Weg zu ihrem Auto machte sie einen Umweg zur Garage und öffnete sie mithilfe der Fernbedienung.

Wie vermutet, war Collins Pick-up genauso groß und einschüchternd, wie sie ihn sich vorgestellt hatte.

Den konnte sie also ohne schlechtes Gewissen verkaufen.

Sie nahm die beiden Schneeschaufeln in Augenschein, die sie dank John Dee bislang noch nicht benutzt hatte. Ein großer, roter, frei stehender Werkzeugschrank stand neben einer Werkbank. Ein Herrenrennrad mit zwölf Gängen hing an der Wand. In der hintersten Ecke entdeckte sie ein Gerät, das sie für einen Kompressor hielt.

Dann schloss sie die Tür wieder.

Sie musste sich überlegen, was sie mit dem Pick-up anstellen wollte. Wenn er nicht mehr da war, konnte sie ihr eigenes Auto in die Garage stellen.

Die Bankgeschäfte dauerten länger, als sie erwartet hatte. Nicht nur der Papierkram, sondern auch die Gespräche.

Wie sich herausstellte, war die stellvertretende Filialleiterin eine sehr entfernte Verwandte – und zwar von Seiten der Oglebees. Sie stammte von George Oglebee ab, der im ausgehenden achtzehnten Jahrhundert Jane Poole, die Tochter Hugh Pooles, geheiratet hatte.

»Ich bin Mary Jane.« Sie schob ihre rot geränderte Brille die Nase hinauf. »Aber alle nennen mich M.J. Wir waren alle so traurig wegen Collin. Aber wir sind froh, dass jetzt wieder eine Poole im Herrenhaus wohnt. Ich fand es ätzend, dass es verschlossen und verwaist dalag, ähnlich wie nach dem Tod von Charlie Poole im Jahre – wann war es doch gleich? 65 oder 66, glaube ich. Meine Mutter wüsste es sicher genauer. Sie kannte Charlie Poole.«

»Ich erfahre erst so nach und nach mehr über die Familiengeschichte.«

»Da geht es Ihnen wie allen anderen auch. Keiner hatte auch nur die geringste Ahnung, dass Collin einen

Zwillingsbruder hatte oder dass die beiden Charlies Kinder waren. Meine Mutter behauptet, dass sie das alles nicht im Geringsten überrascht, aber das sagt sie immer. Wenn Sie mich fragen, ist es einfach nur traurig, dass Ihr Dad und Collin nie Gelegenheit bekamen, einander kennenzulernen.«

»Finde ich auch.«

»Und die arme Gretta Poole, die ihr Leben lang mit einer Lüge leben musste.« M. J. schnalzte kopfschüttelnd mit der Zunge. »Ihre Mutter hat ein strenges Regiment geführt, das können Sie mir glauben.«

»Haben Sie sie kennengelernt? Gretta Poole?«

»Sie hatte hier ihre Konten – aber eigentlich hat Collin ihre Bankgeschäfte für sie erledigt. Sie ist bestimmt, oh, ein Dutzend Jahre oder mehr nicht mehr auf dem Damm. Aber er hat sich um sie gekümmert, gut gekümmert.«

Sonya versuchte, sich alles zu merken, während sie ihr Konto eröffnete. Kurz darauf machte die Bank für heute zu.

Ihre Einkaufsliste hatte sie auf ihrem Handy gespeichert – frische Zutaten für Salat, frisches Obst, Eier und Milch, Kaffee, Butter. Sonst nichts, sagte sie sich.

Aber dann kaufte sie im Supermarkt doch noch Bagels und Chips.

Nach einem Blick auf die Uhr gab sie ihre Bestellung im Restaurant auf. Und da der Supermarkt nur wenige Schritte von einem kleinen Blumenladen entfernt lag, kaufte sie auch gleich noch ein paar Blumen.

Für Cleos Zimmer, für ihr eigenes, für das vordere Wohnzimmer. Verdammt, was soll's, natürlich auch für die Bibliothek. Immerhin verbrachte sie dort einen Großteil ihrer Zeit.

Außerdem war dies eine weitere Gelegenheit, um Kontakte zu knüpfen, weshalb sie ausgiebig mit der Verkäuferin im Blumenladen schwatzte.

Die zufällig eine Freundin von Anna war.

»Wie ich gehört habe, bringen Sie Annas Website auf den neuesten Stand?«

»Eigentlich erstelle ich ihr eine neue, aber ja.«

»Sie findet das, was sie bisher gesehen und freigegeben hat, großartig.«

»Ja, das finde ich auch.«

»Wissen Sie, bei uns können Sie online bestellen, und wir beliefern auch das Anwesen.«

»Das wusste ich nicht. Haben Sie eine Visitenkarte da?«

»Ja. Und Sie?«

Sie tauschten ihre Karten aus, und als Sonya den Laden mit jeder Menge Blumen im Arm verließ, dachte sie: Vielleicht ergibt sich daraus ja eine geschäftliche Verbindung?

Anschließend fuhr sie zum *Lobster Cage*, wo sie einem Pfeil mit der Aufschrift »Parkplatz« folgte und neben einem Pick-up parkte, den sie als Treys Wagen wiedererkannte.

Jetzt muss ich mich mit noch mehr Menschen unterhalten, dachte sie, aber gut. Immerhin brannten ihr einige Fragen auf der Seele. Es sei denn, er hatte ein Date. Obwohl es ihr für ein Date noch recht früh vorkam.

Aber selbst wenn er mit einer Frau zusammen war, würde sie ihn kurz begrüßen und womöglich noch jemand anders kennenlernen. Dieser Ausflug hatte ihr immerhin eine Ansprechpartnerin in der Bank, eine Angestellte im Supermarkt und eine Floristin eingebracht.

Sie betrat den Barbereich, der mit seiner Backsteinwand hinter der Theke und diversen hohen und niedrigen dunklen Tischen auf gemütliche Weise rustikal wirkte. Durch den breiten Durchgang, der in den Essbereich führte, entdeckte sie einen beinahe leeren

Raum. An der Bar hingegen herrschte geschäftiges Treiben.

Trey saß mit einem Bier in der Hand an der Theke und unterhielt sich mit seinem Sitznachbarn.

Er entdeckte sie ebenfalls, lächelte und drehte sich auf seinem Hocker um.

»Kann ich Ihnen einen Drink spendieren, meine Liebe?«

»Verlockend, aber nein. Ich habe mir etwas zu essen bestellt und jede Menge Einkäufe im Auto.«

»Nehmen Sie sich wenigstens eine Minute Zeit. Darf ich Ihnen Ihren Großcousin Owen vorstellen?«

»Oh.«

Owen wandte sich um. Seine Augen waren von einem helleren Grün als ihre eigenen und mit bernsteinfarbenen Sprenkeln durchsetzt. Das leicht zerzauste, tiefbraune Haar war etwas dunkler als ihres und umrahmte ein eckiges Gesicht mit einem ein paar Tage alten Stoppelbart.

Wenn sie nur genau genug hinsah, würde sie vermutlich eine gewisse Familienähnlichkeit entdecken.

»Schön, dich kennenzulernen.«

Die Hand, mit der er die ihre ergriff, war hart wie eine Holzplanke.

»Ja. Was für eine Überraschung.«

»Stimmt. Ich hatte schon gehofft, dich bald kennenzulernen. Am Wochenende bin ich nämlich einige der Lagerräume durchgegangen und habe mich gefragt, ob du irgendetwas davon haben willst.«

»Was sollte ich denn haben wollen?«

»Da lagert jede Menge Zeug. Wirklich Unmengen. Vielleicht willst du oder die anderen Cousins, von deren Existenz ich bislang keine Ahnung hatte, irgendetwas davon haben.«

»So spontan fällt mir nichts ein, aber trotzdem ... danke.«

»Und da gibt es ja auch noch seinen Pick-up.«

»Du willst Collins Pick-up loswerden?«

»Loswerden ist das falsche Wort. Es ist nur ... ich bin noch nie einen Pick-up gefahren.«

»Dann solltest du es lernen.« Er sah Trey an. »Sie sollte es lernen.«

»Ja. Vielleicht sollten Sie nichts übereilen, Sonya. Und Owen, du solltest wirklich irgendwann mal hinaufgehen und dir ansehen, was dort oben alles lagert. Ich kann Sie verstehen«, sagte er, nun wieder an Sonya gewandt. »Eine Schande, dass das alles weggesperrt ist.«

Als Owen nur mit den Schultern zuckte, drängte sie weiter.

»Ich wünschte, du würdest dir das alles mal anschauen. Ich bin die meiste Zeit über daheim, denn ich arbeite von zu Hause aus. Sag mir einfach Bescheid.« Sie kramte eine weitere Visitenkarte hervor. »Und sag auch den anderen aus der Verwandtschaft Bescheid.«

»Klar. Ich gebe es weiter.«

»Gut. Und Trey, kennen Sie jemanden, der mir beim Transport einiger Stücke helfen könnte? Ich habe ein paar Sachen gefunden, die ich gern nach unten holen würde. Unter anderem auch ein Gemälde, das ich austauschen möchte.«

»Zwei kräftige Männer stehen gerade genau vor Ihnen. Warum schauen wir nicht einfach nächstes Wochenende vorbei, Owen? Dann könntest du gleich zwei Fliegen mit einer Klappe schlagen.«

Wieder zuckte er mit den Schultern.

»Viel ist es nicht. Nur ein paar Stücke und das Gemälde von Johanna an ihrem Hochzeitstag.«

Trey nippte bedächtig an seinem Bier. »Was für ein Gemälde von Johanna?«

»Das im Schrank von Collins Atelier. Es ist wunderschön und sollte nicht dadrin eingesperrt sein.«

»Im Schrank in dem kleinen Turm?«

»Ganz genau.«

»Okay.« Ohne sie aus den Augen zu lassen, trank Trey einen weiteren Schluck Bier. »Wie wäre es mit Samstag?«

»Da kann ich erst nach drei«, warf Owen ein.

»Dann also nach drei am Samstag?«

»Perfekt. Und schon mal vielen Dank. Ich muss jetzt meine Bestellung abholen. Schön, dich kennengelernt zu haben, Owen.«

»Und behalten Sie den Truck. Wenn Sie ihn aus dem Weg haben wollen, kann ich ihn unten am Kai abstellen.«

»Danke. Vielleicht. Bis Samstag also.«

Owen beobachtete, wie Trey ihr hinterhersah. Er nippte an seinem Bier. »Sie kennt dein Pokerface vielleicht noch nicht, aber ich schon. In diesem Schrank war gar kein Gemälde, oder?«

»Vor ein paar Wochen jedenfalls noch nicht, und ich würde mich dran erinnern, wenn ein Hochzeitsporträt von Johanna Poole Teil des Inventars gewesen wäre.«

»Nun ja, irgendjemand will offenbar, dass sie es bekommt.«

»Anscheinend.«

Gedankenverloren widmete sich Owen seinem Bier und beobachtete, wie sie mit ihrer Essensbestellung das Lokal verließ.

»Glaubst du, sie hält die drei Jahre durch?«

»Wäre möglich.«

»Sie ist dein Typ.«

Überrascht und amüsiert wandte sich Trey wieder zu ihm um. »Seit wann habe ich einen Typ?«

»Seit sie hereingekommen ist.«

»Hm. Vielleicht. Trotzdem halte ich es lieber unverbindlich.«

»Weil?«

»Nicht nur, weil sie momentan viel zu bewältigen hat, sondern auch, weil sie letzten Sommer noch verlobt war – die Trennung erfolgte kurz vor der Hochzeit.«

»Verstehe. Sie kommt mir aber nicht wie der flatterhafte Typ vor.«

»Mir auch nicht.«

»Aber vielleicht hat sie in puncto Männer einen schlechten Geschmack. Dann hättest du immerhin Chancen.«

Trey erwiderte Owens Grinsen. »Komm, wir bestellen uns ein paar Nachos und noch ein Bier.«

»Bin dabei.«

Zu Hause angekommen, trug Sonya die Hälfte der Blumen und der Einkäufe in die Küche und ging dann wieder hinaus, um auch die zweite Fuhre reinzuholen. Offensichtlich hatte sie es ein wenig übertrieben mit dem Einkaufen. Aber falls sie Cleo überreden konnte, ein paar Tage länger zu bleiben, war es doch nicht zu viel.

Sie schleppte den letzten Rest hinein und schloss die Tür.

Das Tablet, das sie oben auf dem Schreibtisch liegen gelassen hatte, startete Ariana Grandes *»Thinking 'Bout You«*.

»Besser nicht«, murmelte sie vor sich hin.

Als sie die Küche betrat, standen die Schranktüren schon wieder offen.

Sie legte Blumen und Lebensmittel auf die Kücheninsel.

»Na gut! Ich gebe auf. Hier spukt es. Seid ihr jetzt glücklich?« Dann riss sie sich den Mantel vom Körper und warf ihn auf einen Hocker. Zerrte sich die Mütze vom Kopf, warf sie ebenfalls fort und fuhr sich wild mit den Händen durchs Haar.

»Ich verliere den Verstand«, murmelte sie. »Ich werde langsam verrückt.«

Sie räumte die Einkäufe fort, wobei sie die Schranktüren erneut schloss.

»Okay, Blumenvasen.«

Sie hörte ein leises Knarren im Servierzimmer. Vorsichtig wandte sie sich um und sah, wie die Türen über dem Spülbecken sich langsam öffneten.

»Damit werde ich fertig.« Sie schnappte sich die Blumen und marschierte hinein. »Mich vertreibt ihr so schnell nicht, also kommt damit klar.«

Nachdem sie ein paar Vasen ausgesucht hatte, konzentrierte sie sich darauf, die Blumen zu arrangieren.

Sie würde hier wohnen, sagte sie sich. Und ein produktives, vernünftiges, normales Leben führen. In diesem großen Spukhaus.

Und um es zu beweisen, würde sie sich gleich das Shrimp-Scampi-Gericht aufwärmen, zu Abend essen und dazu ein Glas Wein trinken. Sie würde die Blumen, die nach oben gehörten, nach oben bringen und sich vergewissern, dass das Zimmer, das sie für Cleo vorgesehen hatte, bereit für sie war.

Dann würde sie noch eine Stunde, vielleicht auch zwei arbeiten, um sich danach mit ihrem Buch ins Bett zu legen.

Normal.

»Dieses Haus gehört jetzt mir«, sagte sie laut, als sie sich den Wein eingoss. »Also gewöhnt euch dran.«

Spät in der Nacht weckte sie ein dumpfes Pochen. Sie kämpfte sich aus dem Schlaf und schälte sich aus der Decke. Jemand hämmerte an die Tür, die Eingangstür, dachte sie. Sogar über des Heulen des Windes und die laute Brandung des Meeres hinweg konnte sie es hören.

Sie wälzte sich aus dem Bett und sah durchs Fenster, dass es wieder schneite – in dichten, wirbelnden Flocken.

Ein Schneesturm war aufgekommen, und jemand brauchte anscheinend Hilfe.

Froh über die Nachtlichter, die sie im Flur angebracht hatte, eilte sie aus dem Schlafzimmer.

Jemand steckte im Schneesturm fest. Oder hatte einen Unfall, vielleicht auch eine Autopanne.

Während sie die Treppe hinunterrannte, glaubte sie Hilferufe zu hören. Aber der Wind und die Wellen übertönten alles andere.

Atemlos drehte sie den Riegel, öffnete die Tür.

Und sah in eine kalte, ruhige, klare Nacht.

Hier wütete kein Sturm; kein verzweifelter Reisender stand um Hilfe rufend davor.

Vor lauter Schreck hätte sie beinahe einen Schritt nach draußen gemacht. Aber dann erinnerte sie sich an die verschlossene Tür nach ihrem ersten Spaziergang und wich wieder zurück.

Kein wütender Schneesturm, aber bittere Kälte. Das Risiko, mitten in der Nacht aus ihrem eigenen Haus ausgesperrt zu werden, würde sie nicht eingehen.

Schaudernd schloss sie die Tür wieder. Morgen früh war sie womöglich davon überzeugt, dies hier nur geträumt zu haben. Aber im Moment war das alles nur allzu real.

Hatte Collin ein Klopfen an der Tür gehört? War er dem Betreffenden zu Hilfe geeilt und dabei die Treppe hinabgestürzt?

Das schien weit hergeholt – sehr weit – und unterschied sich deutlich von Musik, sich von selbst öffnenden Türen und einem gemachten Bett.

Jetzt stand sie im Foyer, und das Haus um sie herum war ganz still. Als ob es wartete.

»Mich kriegt man nicht so leicht klein. Und ich bleibe.«

Ihre Stimme schien von den Mauern widerzuhallen, als sie zur Treppe hinüberging. Und während sie sie hinaufstieg, schlug die Uhr drei.

Kapitel 12

Doch auch am nächsten Morgen blieb der Eindruck real. Sie wusste, dass sie das nicht alles geträumt hatte.

Sie wusste, was sie gesehen und gehört hatte.

Und sie würde damit klarkommen.

Denn sie wollte hier leben. Sie wollte in der Bibliothek arbeiten und nach dem Aufwachen den Sonnenaufgang über dem Meer bewundern. Sie wollte Wale beobachten und das ein oder andere Reh aus dem Wald kommen sehen.

Sie toastete sich einen Bagel, kochte Kaffee und setzte sich mit dem Tablet an den Tisch, um E-Mails und Textnachrichten zu beantworten.

Hoffentlich würde Cleo, wie geplant, gegen Mittag eintreffen.

Nachdem sie ihre Wasserflasche aufgefüllt hatte, ging Sonya wieder nach oben. Sie würde duschen, sich richtige Klamotten anziehen und dann bis zu Cleos Ankunft arbeiten.

Das gemachte Bett und die aufgeschüttelten Kissen erschreckten sie inzwischen kaum noch. Ohne beidem Beachtung zu schenken, ging sie ins Bad und schloss die Tür fest hinter sich.

Sie musste mit Cleo reden, dachte sie während des Duschens. Wenn jemand absolut offen war für ... Gespenster, unerlöste Seelen, Poltergeister – was immer verdammt noch mal dahintersteckte –, dann war es Cleopatra Fabares.

Oder vielleicht würde die mehrtägige Anwesenheit einer anderen Person im Haus ... die Situation etwas entschärfen.

Irgendwie.

Nachdem sie sich ein Handtuch um den Körper geschlungen hatte, wollte sie gerade nach einem zweiten greifen, um den beschlagenen Spiegel sauber zu wischen – und starrte auf die Botschaft, die darauf geschrieben worden war.

7 verloren

»Sieben was?« Ebenso verärgert wie erschüttert wischte sie die Nachricht fort. »Ich stehe nicht auf Rätsel.«

Die nach drei Uhr morgens unruhige Nacht hatte Spuren hinterlassen, weshalb sie sich schminkte. Anschließend schlüpfte sie in Jeans und Pullover und legte sogar Ohrringe an.

Und entschied, dass sie gut aussah. Fröhlich und normal.

In der Bibliothek legte sie ihr Tablet auf den Schreibtisch und ging zum Kamin hinüber, um Feuer zu machen.

Das Tablet begrüßte sie mit Steve Holys *»Good Morning Beautiful«*.

»Das macht die letzte Nacht auch nicht wieder wett.«

Knisternd züngelten die Flammen im Kamin. Später würde es womöglich Schnee geben, aber noch strahlte die Sonne vom Himmel.

Nach den gestrigen Testläufen für Annas Website und ihrem Auftritt in den sozialen Medien wollte sie noch ein paar kleinere Änderungen vornehmen, bevor sie einen weiteren Test durchführte.

Danach sollte Cleo mal einen Blick darauf werfen.

Sie vertiefte sich in die Arbeit, sodass der Vormittag verging wie im Flug.

Als es an der Tür klingelte, zuckte sie zusammen, ärgerte sich im gleichen Moment über sich selbst und sprang auf. Kaum war sie die Treppe hinabgeeilt, riss sie auch schon die Tür auf.

Und schloss die Freundin fest in die Arme.

»Wie schön, dass du da bist! Ich freue mich riesig!«

»Ich musste dieses *Haus* erst mal geschlagene zehn Minuten anschauen und auf mich wirken lassen, aber jetzt bin ich da. Alles in Ordnung, Son?«

»Ja, ja. Bin nur wirklich froh, dich zu sehen.«

Sonya zerrte sie, ihren Koffer und ihre Schultertasche hinein.

»Nun, oh mein Gott, wow.«

»Ich weiß, ich weiß.«

»Trotzdem, ich fasse es nicht. Wow. Das hier ist wie ... nein, es ist unvergleichlich. Sieh dir nur diese Treppe an! Den Kronleuchter! Die Böden, jedes einzelne, verdammte Ding. Zugegeben, du hast mir das Ganze schon per Video vorgeführt, aber heiliger Strohsack, Sonya, es mit eigenen Augen zu sehen ...«

»Ging mir genauso. Manchmal glaube ich, mich langsam dran gewöhnt zu haben, aber dann wird mir klar, dass es nicht so ist.«

»Ich will alles sehen.« Cleo zog ihre Mütze ab, sodass ihr herrliches Haar ihren Kopf umspielte. »Jeden einzelnen Zentimeter. Und das da ist die ermordete Braut. Oh, Sonya, wie jung und schön sie ist.«

Noch während sie sich aus dem Mantel schälte, trat Cleo auf das Porträt zu.

»Er muss sie geliebt haben – über alles –, wenn er dieses Gemälde nach ihrem Tod anfertigen ließ.«

»Und sich kurz nach der Fertigstellung erhängt hat«, fügte Sonya hinzu.

»Wie schrecklich. Auf ganzer Linie tragisch. Aber sie ist immer noch da, nicht wahr? Jung und schön. Also, wo fangen wir an?«

»Mit dem Wohnzimmer und dem dortigen Schrank für deinen Mantel.«

Sie hatte weder dort noch im vorderen Salon Feuer

gemacht. Trotzdem brannte in beiden Räumen ein fröhliches Feuer, als sie Cleo hindurchführte.

»Langfristig muss ich mir wohl etwas Besseres als *wow* überlegen, aber vorläufig bleibe ich erst mal dabei.«

»Bringen wir erst mal dein Gepäck nach oben, damit du dir ansehen kannst, wo du schläfst. Den Rest hier unten können wir auch später besichtigen. Ich habe dir ein Zimmer ausgesucht«, fuhr Sonya fort, während sie die Stufen erklommen, »aber natürlich kannst du auch ein anderes wählen. Wir haben jede Menge davon zur Verfügung.«

»Ist in so einem Haus ja auch nicht anders zu erwarten. Oh, die Bibliothek! Ja, die ist perfekt. Was für ein Arbeitsplatz. Einfach genial.«

»Das finde ich auch. Ich schlafe übrigens auf der anderen Seite, am Ende des Flurs.«

»Dann fangen wir dort an und arbeiten uns langsam wieder bis hierher zurück. Meine Güte, ist der Flur lang! Und dann diese Farbe, dieses unglaublich intensive Rosé, diese Bögen. Sind diese Kunstwerke von ihm?«

»Vieles davon«, antwortete Sonya, während sie weitergingen. »Anscheinend liegt das künstlerische Gen in der Familie. Manche Gemälde sind nämlich auch von Arthur Poole signiert, andere von Jane Oglebee – die ebenfalls eine gebürtige Poole war – oder von einer Leticia Poole Armond und so weiter.«

»Das Talent liegt euch also im Blut. Und du hast Doppeltüren. Wie krass ist das denn?«

Nachdem Cleo Sonyas Zimmer inspiziert hatte, nickte sie. »Collin Poole hat es verstanden, einerseits der historischen Bedeutung dieses Hauses gerecht zu werden und gleichzeitig einen gewissen Luxus zu schaffen. Und dann diese Aussicht. Wenn ich hier stehe, fühle ich mich beinahe wie die Heldin in einem dieser alten Schauerromane. Du hast sogar dein eigenes Wohnzimmer – das gleichzeitig vornehm und bezaubernd wirkt – und dann dieses äußerst elegante Schlafzimmer. Die Aussicht von hier wirkt ebenfalls wie ein sich ständig veränderndes Gemälde.«

Sie wandte sich um und grinste. »Volltreffer. Jetzt lass uns schauen, wo du mich untergebracht hast.«

»Wie gesagt, du hast die Wahl.« Sonya führte sie über den Flur hinweg zurück. »Aber vorläufig habe ich dieses Zimmer vorgesehen.«

»Auch mit Wohnzimmer? Oh, sieh dir nur die Tapete an.« Cleo fuhr mit dem Finger über einen im Flug befindlichen blauen Vogel, einen Hüttensänger.

»Dieses Zimmer wird als Hüttensänger bezeichnet. Hier haben sogar die Räume Namen.«

»Natürlich. Einfach fantastisch. Dieser kleine, geschwungene Diwan, diese süßen Lämpchen. Und das Schlafzimmer! Ich habe ein Himmelbett! Und ebenfalls einen großartigen Ausblick.«

Der Schlafraum war in leuchtendem Blau und Rosé-Tönen gehalten und besaß ebenfalls einen Kamin, in dem Sonya vorsorglich ein Feuer entzündet hatte. Gegenüber der Feuerstelle erhob sich das Himmelbett in den gleichen Farbtönen.

Die weißen Lilien und rosa Rosenknospen, die Sonya in einer schlanken, kobaltblauen Vase arrangiert hatte, standen auf einem lang gestreckten Toilettentisch mit geschnitzten, geschwungenen Füßen.

»Ich komme mir wie ein Promi vor – wie eine berühmte Heldin aus einem Schauerroman. Mit ihrem eigenen bezaubernden Bad.«

»Ich hatte noch ein anderes Zimmer für dich im Auge – mit Blick auf den Wald –, das auf seine Art ebenfalls hinreißend ist. Also ...«

»Nein-nein.« Mit verträumtem Lächeln und in die Hüften gestemmten Händen, drehte sich Cleo einmal um die eigene Achse. »Das hier gehört mir. Keine Widerrede.«

Und wie zur Bestätigung ließ sie sich aufs Bett fallen und sah durch den Baldachin zur Decke.

»Ich könnte dir beim Auspacken helfen.«

»Ach, zum Teufel damit. Später. Jetzt will ich erst mal noch mehr sehen.« Sie setzte sich auf. »Gibt es einen gruseligen Keller?«

»Auf jeden Fall.«

»Den will ich ebenfalls besichtigen.«

»Das musst du allein tun. Ich habe dich so sehr vermisst, Cleo.«

»Ich dich auch. Es fühlt sich an, als hätten wir uns Monate nicht mehr gesehen, dabei waren es nur ein paar Wochen.« Sie sprang auf. »Komm schon. Zeig mir noch mehr. Und dann setzen wir uns in irgendein Zimmer und öffnen eine Flasche Wein.«

Sonya kam ihrer Bitte nach und spürte, wie angesichts von Cleos Begeisterung auch der letzte Rest ihrer Beklommenheit verebbte. Als sie fröstelnd auf dem Witwengang standen, setzte Schneefall ein.

»Stell dir nur vor, wie es wäre, hier zu stehen, hinauszublicken und nicht zu wissen, wann der Mensch, den du liebst, wieder heimkommt.«

»Die Pooles haben nicht nur Schiffe gebaut, sondern sind auch auf ihnen gesegelt«, erklärte Sonya. »Deshalb hat bestimmt mehr als ein Mal jemand hier gestanden, in die Ferne geblickt und sich gefragt, wann sie oder er die geliebte Person wiedersieht.«

»Ich verstehe, was du im Hinblick auf den Wald gemeint hast. Er ist zauberhaft. Alles hier ist zauberhaft.« Sie schlang Sonya den Arm um die Taille. »Meine beste Freundin ist in eine magische Welt geraten. Ich liebe das alles, Sonya. Um deinetwillen. Und jetzt lass uns ein Glas Wein trinken.«

Sie gingen nach unten und öffneten eine Flasche. Sonya entging nicht, dass das iPad ausnahmsweise still blieb. Und die Schränke in der Küche verschlossen.

Falls sie sich das alles eingebildet hatte, musste sie wohl doch mal einen Arzt aufsuchen.

Sie trugen den Wein – den Cleo ausgewählt hatte – und die Gläser in den Wintergarten, um dort zwischen den Pflanzen die Wärme zu genießen und dem Schnee zuzusehen.

»Also.« Cleo lehnte sich zurück. »Wir kennen uns jetzt länger als zehn Jahre. Was bedrückt dich?«

»Seit du hier bist, nicht mehr ganz so viel. Ich vermute, die Zeit allein in dem großen Haus macht mich langsam mürbe. Ich liebe es, hier zu sein – was ich nicht erwartet hätte. Ich habe nicht damit gerechnet, so unbedingt bleiben zu wollen. Aber ich vermisse dich. Und ich vermisse Mom. Manchmal vermisse ich auch das Leben in der Stadt. Gleichzeitig will ich hier leben.«

»Es gehört dir, Son. Und damit meine ich nicht nur das Haus, sondern auch die Geschichte deiner Familie. Generationen deiner Vorfahren haben hier gelebt, und nun machst du es zu deinem Zuhause. Ich sehe überall ein Stück von dir. Nicht nur in der Bibliothek, obwohl du der schon jetzt deinen Stempel aufgedrückt hast. Du liebst dieses Haus nicht nur, weil es so prachtvoll ist. Du liebst es, weil du untrennbar damit verwoben bist. Dieses Haus bist du.«

»Ich bin ein großes, altes Haus an der Küste von Maine?«

»Nicht unbedingt, was diesen Ort betrifft, aber ja, der Rest stimmt. Das hier hast du dir immer gewünscht.« Cleo malte einen imaginären Haken in die Luft. »Ich weiß, dass es so ist.«

»Stimmt. Aber zu wissen, dass ich mir das hier gewünscht habe, fühlt sich irgendwie seltsam an.«

»Wenn dieser Mistkerl, dessen Namen ich nur als Fluch ausspreche und sonst nicht in den Mund nehme, sich Häuser anschaute, wolltest du immer so etwas. Kleiner, das ja, aber ein Haus mit Geschichte, mit Charakter, mit Macken. Er dagegen suchte immer nur nach einem großen, schicken Kasten, auf dem in Riesenlettern das Wort *Statussymbol* prangte.«

»Damit hast du recht.«

»Ich bleibe übrigens bis Montagmorgen.« Cleo prostete ihr zu. »Ich weiß, dass deine Mom in ein paar Wochen auch herkommen will. Und ich besuche dich bald wieder. Darauf kannst du Gift nehmen, denn ich vermisse dich. Außerdem finde ich es hier herrlich.«

»Du könntest bleiben.«

»Ich habe Montagnachmittag ein Meeting, also ...«

»Nein, ich meine so richtig bleiben. Hier einziehen.«

Cleos topasfarbene Augen weiteten sich. »Hier ... einziehen?«

»Warum nicht? Du kannst von überall aus arbeiten, genau wie ich. Für Meetings, die du nicht remote abhalten kannst, bist du innerhalb von drei Stunden in Boston. Deine Familie kann uns hier besuchen und bei uns übernachten. Jederzeit. Du kannst dieses Schlafzimmer für dich haben. Oder falls du mehr Platz brauchst, auch das Apartment.«

Ihre Stimme überschlug sich beinahe.

»Du weißt, dass wir gut zusammenleben können. Während der Collegezeit haben wir es vier Jahre lang miteinander ausgehalten. Das Haus ist so groß. Wir könnten hier Tage verbringen, ohne einander über den Weg zu laufen, wenn wir das wollen.«

»Ach du heiliger Strohsack, Sonya.« Mehr als überwältigt und verblüfft, fuhr Cleo sich mit der Hand durchs Haar. »Und schon wieder – wow.«

»Du könntest doch wenigstens mal darüber nachdenken, oder? Überleg es dir. Das Dorf ist natürlich bei Weitem nicht so wie Boston, aber charmant. Restaurants und ein paar Geschäfte gibt es auch. Trink noch etwas

Wein«, fügte Sonya nun beinahe verzweifelt hinzu. »Und denk einfach darüber nach.«

»Du meinst es wirklich ernst?«

»Todernst.«

Und sie wünschte es sich mehr, als sie es sich selbst eingestehen wollte.

»Du hast dich doch schon bei unserer Videotour in Collins Atelier verliebt. Und als wir gerade wieder hindurchgingen, warst du immer noch entzückt. Es gehört dir. Du kannst deine Zelte auch an jedem anderen beliebigen Ort aufschlagen, aber du weißt, dass du dort gut arbeiten könntest. Du hättest Platz genug und die Zeit, noch mehr zu malen. Im Moment malst du nur im Sommer draußen, weil die Lichtverhältnisse in deiner Wohnung ebenso schlecht sind wie der Platz rar. Hier hättest du beides.«

Cleos Augen wurden schmal, und sie deutete mit dem Finger auf ihre Freundin. »Diesen Turm in die Waagschale zu werfen, ist nicht fair.«

»Aber er ist wie für dich geschaffen. Du musst es dir zumindest überlegen.«

»Im Moment kann ich kaum an etwas anderes denken.«

»Gut. Das ist gut.« Sonya wappnete sich und trank noch einen großen Schluck Wein. »Denn ich muss dir mitteilen, dass ich entweder eine Art Nervenzusammenbuch oder einen Hirntumor habe – oder dass es in diesem Herrenhaus spukt.«

Einen Augenblick lang sagte Cleo gar nichts, dann griff sie wieder nach ihrem eigenen Glas. »Aus dem Mund meiner vernünftigsten Freundin hätte ich solche Worte im Leben nicht erwartet.«

»Ich weiß. Ich weiß. Aber ...«

Cleo hob eine Hand. »Du hast keinen Nervenzusammenbruch und auch keinen verdammten Hirntumor. Und natürlich spukt es hier. Ich weiß nicht, wie ich ...«

Cleo starrte Sonya so eindringlich an, dass sie den Atem anhielt.

»Woher weißt du, dass es hier spukt? Seit du hier bist, haben die Geister nichts gemacht.«

»Großer Gott, Son, weil sie eben hier sind. Weil ich sie in der Minute gespürt habe, als ich das Haus betrat. Zumindest eins meiner Wows galt ihnen.« Cleo legte den Kopf schief und fragte: »Was machen sie denn?«

»Sie ... sie ... lieber Himmel, ich kann nicht länger stillsitzen.« Sonya sprang auf und schritt zwischen den Pflanzen auf und ab. »Sie öffnen Türen und schließen sie wieder. Bewegen Dinge. Plötzlich spielt Musik von meinem iPad. Manchmal öffnen sie sämtliche Küchenschränke. Sie säubern die Holzkamine und stapeln neue Holzscheite – ich glaube, sie bringen sogar welche ins Haus. Sie machen morgens mein Bett und schlagen die Decke abends zurück.«

»Dankst du ihnen dafür?«

Sonya riss erstaunt die Augen auf. »Ich soll ihnen *danken*?«

»Wenn jemand mir das Bett machte oder abends aufschlüge, würde ich dem Betreffenden danken.«

»Nein, ich habe mich nicht bei ihnen – oder ihm – bedankt, oder ...«

»Weil du nicht an ihre Existenz glauben wolltest.«

»Warum sollte ich auch?« Erschöpft von ihrer eigenen Tirade, ließ sich Sonya wieder auf einen Stuhl plumpsen. »Warum sollte irgendjemand glauben wollen, dass er in einem Spukhaus lebt? Letzte Nacht ...«

Sie schloss die Augen und atmete tief ein.

»Letzte Nacht hat jemand an die Tür geklopft. Die Haustür. Ich bin davon wach geworden. Und als ich aus dem Fenster sah, ich schwöre, Cleo, tobte da draußen ein Schneesturm. Und der Wind heulte. Also ging ich nach unten. Ich vermutete, dass jemand einen Unfall oder eine

Autopanne gehabt hatte. Aber als ich die Tür öffnete, war da nichts. Kein Schnee, niemand, auch kein heulender Wind. Ich habe es gewiss nicht geträumt.«

»Okay.« Nickend trank Cleo noch einen Schluck Wein. »Ich brauche zwei oder drei Wochen, um zu packen und hier einzuziehen.«

»Du ...« Sonya vergrub das Gesicht in den Händen und brach in Tränen aus.

»Ach, komm schon, Son. Komm schon.« Cleo wechselte den Platz und nahm die Freundin in die Arme. »Alles wird gut. Wir werden wieder zusammenwohnen. In riesigen Zimmern. Du glaubst doch nicht, dass ich dir ganz allein ein Spukhaus überlassen würde.«

»Ich liebe dich so sehr.«

»Ich liebe dich genauso.«

»Bist du sicher – nicht, dass du mich liebst, sondern dass du herziehen willst?«

»Hundertprozentig sicher. Und ich hoffe, dass wer auch immer für den Haushalt zuständig ist, auch mein Bett abends aufschlagen wird.«

»Wenn sie es nicht machen, tu ich es.«

Lachend löste sich Cleo wieder von ihr. »Wir werden jede Menge Spaß haben. Wenn die Liebe zu meiner besten Freundin und die Geister nicht gewesen wären, hätte zumindest das Türmchen den Ausschlag gegeben. Seit du es mir per FaceTime gezeigt hast, kann ich an nichts anderes mehr denken.«

»Willst du auch das Apartment?«

Lachend versetzte Cleo Sonya einen kleinen Stoß. »Glaubst du im Ernst, dass ich dieses wundervolle Hüttensänger-Zimmer aufgebe? Auf gar keinen Fall. Und jetzt komm. Hilf mir beim Auspacken.«

Sie räumten Cleos Klamotten ein und leerten in einem der Wohnzimmer vor dem Kamin den Rest der Weinflasche. Dann wärmten sie sich eine Tomatensuppe aus der Dose auf und aßen dazu Grillkäse-Sandwiches – ihr Grundnahrungsmittel aus Collegezeiten.

Als sie endlich nach oben gingen, zog Sonya Cleo in ihr Schlafzimmer. »Siehst du! Siehst du das? Du weißt, dass ich nicht hier oben war. Aber der Kamin ist an, das Bett ist aufgeschlagen.«

»Sag Danke schön.«

»Danke schön? Ich ...«

»Komm, wir schauen mal nach, ob auch ich in den Genuss des gleichen Service gekommen bin.«

Als Cleo das Zimmer betrat und das glimmende Gasfeuer und die zurückgeschlagene Bettdecke sah, klatschte sie in die Hände und lachte.

»Na gut! Wie lieb von euch. Danke schön!«

»Einen Teil von dir werde ich wohl nie ganz verstehen.«

»*Born on the Bayou*«, sang Cleo – »Geboren im Bayou«.

»Aber das bist du doch gar nicht.«

»Aber meine Grand-mère. Ich werde schlafen wie eine Königin. Bis morgen früh.«

Kopfschüttelnd kehrte Sonya in ihr Zimmer zurück. Aber als sie ins Bett schlüpfte, lächelte sie, da sie wusste, dass Cleo nur wenige Zimmer entfernt schlief.

»Sonya! Wach auf!«

Das laute Flüstern und eine Hand, die ihre Schulter rüttelte, rissen Sonya so schnell aus dem Tiefschlaf, dass sie sofort hellwach war.

»Was? Was?«

»Psst! Horch!« Cleo packte ihre Schulter fester.

Die Klaviermusik schien nach oben zu schweben. »Hörst du das?« Im schwachen Licht des Feuers hielt sich Sonya mit beiden Händen an Cleo fest. »Sag mir noch mal dass du das auch hörst.«

»Natürlich. Deshalb wecke ich dich ja um drei Uhr in der Früh auf. Wir müssen nachsehen.«

»Wir müssen nachsehen«, wiederholte Sonya, gegen das Grauen ankämpfend, und stieg aus dem Bett.

»Kennst du das Lied?« Immer noch flüsternd, zog Cleo Sonya aus dem Zimmer. »Kommt mir bekannt vor. Irgendwie.«

»Ich dachte, ich hätte die Musik geträumt.«

»Wenn du und ich nicht gleichzeitig denselben Traum haben, während wir gemeinsam dein Wohnzimmer verlassen, wohl kaum.«

Je näher sie der Treppe kamen, umso deutlicher war die Musik zu vernehmen.

»Warte.« Sonya stürmte in die Bibliothek, schoss zum Kamin und schnappte sich den Schürhaken.

»Son. Ich kann mir nicht vorstellen, dass ein klavierspielender Geist auf einen Kampf aus ist. Außerdem, was willst du mit dem Ding machen? Den Geist umbringen?«

Sonya packte den Schürhaken mit beiden Händen und warf Cleo einen Keine-Widerrede-Blick zu.

Die beiden Frauen schlichen die Treppe hinab. Unten angelangt, deutete Sonya mit einem Kopfnicken auf das Musikzimmer. Dort flackerte Licht, wie von Kerzen oder den Flammen im Kamin.

Auch als sie sich näherten, verstummte das Lied nicht. Dann folgte ein lang gezogenes, eindeutig menschliches Seufzen, und die Melodie verebbte.

Mit dem Schürhaken bewaffnet, stürmte Sonya durch die Tür. In der Dunkelheit sah sie nichts als Schatten und Umrisse. Fluchend tastete sie nach dem Lichtschalter.

Doch unter dem Funkeln des Kronleuchters war nichts zu entdecken. Niemand saß am Klavier. Bis auf die Instrumente und das Mobiliar war der Raum leer.

»Was für ein Mist. Ich habe doch Licht hier drin gesehen, und ich rieche immer noch den Kerzenduft. Sie haben uns kommen hören und sind verschwunden.«

»Sonya, wir waren beinahe schon an der Tür, als es

dunkel wurde und die Musik aufhörte. Wenn jemand an uns vorbeigelaufen wäre, hätten wir ihn doch gesehen.«

»Vielleicht gibt es einen Durchgang. So einen Geheimgang wie der für die Dienerschaft.« Entschlossen legte sie den Schürhaken beiseite, um die Wände abzusuchen. »Die Vertäfelung, die – wie nennt man das noch? – Deckenleiste. Irgendwo könnte doch ein Knopf oder ein Hebel versteckt sein.«

»Du bist wie Dana Scully aus *Akte X*. Du willst partout nicht an Geister glauben.«

»Natürlich will ich nicht an Geister glauben.« Ihre Stimme klang zwei Oktaven höher. »Schon gar nicht um drei Uhr morgens. Ich will nicht daran glauben, dass irgendein Geist plötzlich Lust hatte, auf dem verdammten Klavier zu spielen. Hilf mir suchen.«

Gehorsam suchte Cleo die nächste Wand ab. »Du glaubst lieber daran, dass jemand im Haus herumstreunt, Türen öffnet, Dinge bewegt und so weiter und mitten in der Nacht Klavier spielt? Und daran, dass diese Person sogar in der Lage ist, innerhalb von zwei Sekunden sämtliche Kerzen auszupusten und in einem Geheimgang zu verschwinden?«

»Wenigstens könnte ich dem Betreffenden dann mit dem Schürhaken ordentlich eins überbraten und ihm sagen, dass er sich verdammt noch mal verziehen soll. Also ja, daran würde ich lieber glauben.«

Sie hielt inne und rieb sich das Gesicht. »Und nein, ich glaube nicht wirklich daran. Ehe du heute herkamst, war ich hin- und hergerissen. Entweder wollte ich akzeptieren, dass hier im Haus irgendetwas umgeht, oder, dass ich langsam den Verstand verliere. Halluziniere. Vielleicht einen Hirntumor habe.«

»Nun ja, ich bin hier, und ich kann dir versichern, dass du weder verrückt bist noch halluzinierst.« Cleo kam zu ihr hinüber und legte ihr den Arm um die Schultern. »In diesem Haus geht mehr als nur *ein* Etwas um. Und das klavierspielende Wesen ist weiblich.«

»Das Seufzen. Das habe ich auch gehört.«

»Sie ist traurig.«

»Wahrscheinlich gibt es nicht allzu viele Leute, die froh darüber sind, tot zu sein.«

»Vielleicht ist es Astrid. Am eigenen Hochzeitstag ermordet zu werden, muss einen ja traurig machen. Dieses Lied ...« Cleo wanderte zum Klavier hinüber und klimperte darauf herum. »So etwa, oder? Das ist die Hauptmelodie. Ich glaube, ich habe das Lied wirklich schon mal gehört, kann es aber nicht einordnen.«

»Und das ist das wichtigste Element in diesem Szenario?«

»Könnte zumindest ein Hinweis sein.« Cleo strahlte plötzlich. »Wir beide sind Nancy Drew. Und die Folge trägt den Titel *Der Fall des Geisterklaviers*.«

»Ich gehe wieder ins Bett.«

»Gute Idee. Das Wachs von diesen Kerzen ist immer noch weich«, fügte sie hinzu und stach mit dem Finger hinein.

»Du hast nicht die geringste Angst.«

»Noch nicht. Noch bin ich verdammt fasziniert. Hey, vergiss deinen Schürhaken nicht.«

»Ha ha. Wenn wir hier auf einen Axtmörder gestoßen wären, wärest du bestimmt froh darüber gewesen.«

»Das wäre dann ein Axtmörder, der sich erst einmal Zeit nimmt, um ein wenig Klavier zu spielen? Einer, der netterweise abends die Bettdecken zurückschlägt? Meinst du den?«

Nun stieß Sonya ihrerseits einen Seufzer aus und nahm Cleos Hand. Gemeinsam gingen sie wieder nach oben. »Ich bin froh, dass du da bist.«

»Und ich bin mit jeder Minute froher darüber. Oh, kurz vor dem Einschlafen kam mir noch ein Gedanke.«

»Sag jetzt nicht, du erwägst spiritistische Sitzungen.«

»Absolut nicht. Vielmehr habe ich daran gedacht, dass morgen der Anwalt und dein Verwandter vorbeikommen, um die Möbelstücke in andere Zimmer zu transportieren. Ob ich sie wohl bitten könnte, auch für mich ein paar Sachen nach unten zu schaffen, falls ich etwas entdecke?«

»Natürlich, warum nicht? Ist dir etwas ins Auge gefallen?«

»Die Hausbesichtigung haben wir gemacht, bevor wir darüber gesprochen haben, dass ich hier einziehen und in diesem wundervollen Turm arbeiten könnte. Ich könnte mir alles noch mal ansehen und vor dem Hintergrund meines Einzugs ein wenig genauer aufs Mobiliar achten. Wie auch immer, das machen wir morgen.«

Vor Cleos Tür machten sie halt.

»Es gibt da einen Schreibtisch, einen großartigen Schreibtisch. Der, den du jetzt benutzt, ist zwar brauchbar, aber du könntest auch etwas Besseres haben. Und eine Sitzgelegenheit brauchst du auch.«

»Ich setze es auf meine mentale Liste, wie ein paar andere Dinge auch. Morgen«, wiederholte Cleo. »Da besuchen uns zwei Männer, weshalb ich jetzt Schlaf brauche, um nicht auszusehen wie eine alte Hexe.«

»Das würdest du sowieso nie.«

»Wenn du etwas hörst, das ich nicht mitkriege, dann hol mich.«

»Darauf kannst du wetten. Gute Nacht ... hoffentlich.«

Sonya erwartete, wieder genauso unruhig zu schlafen, wie sie es nach ihrem Drei-Uhr-Erlebnis in der Nacht zuvor getan hatte, war dann aber innerhalb weniger Sekunden eingeschlummert.

Und erwachte im schwachen Morgenlicht.

Da sie damit rechnete, dass Cleo mindestens noch zwei Stunden im Bett bleiben würde, ging sie in die Küche, um Kaffee zu kochen. Sie würde schon mal ein bisschen arbeiten, bevor sie mit ihrer Freundin eine Art Brunch zu sich nehmen würde, um sich für eine weitere Tour durchs Haus zu stärken. Immerhin wollten sie auf die Suche nach Möbelstücken gehen, die Cleo für ihr Atelier nutzen konnte – oder für sonstige Räumlichkeiten.

Die Vorstellung, dass ihre Freundin bald hier wohnen würde, gab ihr enormen Auftrieb. Und zu wissen, dass sie sich nichts eingebildet oder ständig etwas vergessen hatte, war irgendwie auch beruhigend.

Als sie sich an den Schreibtisch setzte, war sie voller Optimismus.

Dem auch die Tatsache, dass ihr Tablet beschloss, *»Come Saturday Morning«* zu spielen, keinen Abbruch tat.

Kurz nach elf kam Cleo herein.

Das Haar fiel ihr in perfekten Korkenzieherlocken über die Schultern. Ihre großen, bernsteinfarbenen Augen wurden durch einen Hauch bronzefarbenen Lidschatten betont. Sie trug eng anliegende, schwarze Jeans zu einem Pullover im Ombré-Look, der von einem zarten Lavendelton in leuchtendes Lila überging.

»Du hast dich ja total aufgebrezelt.«

»Immerhin erwarten wir Gäste. *Männliche* Gäste.« Sie nahm eine Pose ein. »Und der erste Eindruck ist immer der wichtigste. Außerdem hat mir meine beste Freundin diesen Pullover gekauft, weil sie weiß, was mir gefällt. Du arbeitest?«, fragte sie schließlich. »Dann will ich nicht weiter stören.«

»Ich wollte arbeiten, bis du aufgestanden bist.« Sie sah auf die Uhr. »Die Jungs kommen erst nach drei; mir bleibt also noch genug Zeit, um mich zurechtzumachen.«

Wie aufs Stichwort spielte das Tablet nun Queens *»You're My Best Friend«*.

Cleo lachte entzückt. »Du hast so was wie einen Geister-DJ. Wie cool ist das denn!«

»Ich fahre den Computer herunter, und dann brunchen wir erst mal.«

»Nein, schalte noch nicht ab. Lass mich erst sehen, was du für die Töpferei zusammengestellt hast. Dazu sind wir gestern Abend gar nicht mehr gekommen.«

»Ich mache gerade ein paar Testdurchläufe. Nächste Woche kann die Website online gehen.«

»Das ging ja schnell.«

»Hier habe ich jede Menge Zeit zum Arbeiten. Also, schau dir als Erstes ihre ursprüngliche Website an.«

Cleo umrundete den Schreibtisch und blickte Sonya über die Schulter. »Okay, ihre Arbeit gefällt mir. So schlimm ist die Website doch gar nicht.«

»Aber sie aufzurufen, dauert endlos, und auf mobilen Endgeräten funktioniert sie überhaupt nicht. Du hast das Moodboard dahinten ja gesehen. Und das hier habe ich daraus gemacht. Sie hat mein Design abgesegnet, und jetzt teste ich es.«

Cleo kicherte und gab Sonya einen sachten Klaps auf die Schulter, als die Website auf dem Bildschirm erschien.

»Okay, Baby, das ist der Hammer. Elegant und zugänglich. Kunstfertig, aber bodenständig. Kräftige Farben, stärkere Wirkung. Und dieses kleine Video ist eine gute Entscheidung. Kannst du das vergrößern?«

»Ja, ja. Sie hat ein fotogenes Gesicht, sehr markant, das durch die Frisur nur noch betont wird. Vielleicht sollte ich es mal zeichnen.«

Sonya klickte auf die Shop-Registerkarte.

»Ich muss mich korrigieren«, rief Cleo. »Ihre Arbeit *gefällt* mir nicht nur, ich *liebe* sie. Und dein neues Format bringt sie wunderbar zur Geltung.«

»Xenas neuer Übertopf ist Annas Werk.«

»Was?« Cleo trat ans Fenster. »Wie konnte ich nur übersehen, dass sie ein neues Outfit hat? Wunderschön. Und Xena wirkt sehr glücklich darin.«

»Sie bekommt sogar ein paar neue Knospen.«

»Das sehe ich.«

»Genug gearbeitet. Ich bin seit acht Uhr auf den Beinen und am Verhungern.«

»Ich würde gern in dem großen Speisezimmer essen.«

»Wirklich?«

»Auf jeden Fall. Wir werden speisen wie die Neureichen. Du hast ein großes Haus, Mädel. Lass es uns nutzen.«

»Junge, Junge, dich hab ich wirklich gebraucht.«

»Und dann reden wir über ein paar Formalitäten.«

»Formalitäten?« Sonya schaltete den Computer aus. »Du zahlst keine Miete, Cleo. Ich selbst zahle keine, also wohnst auch du hier kostenlos.«

»Verstehe. Wirklich, und ich bin dir dankbar. Aber ich trage etwas zum gemeinsamen Haushalt bei. Ich übernehme die Lebensmitteleinkäufe – einmal in der Woche machen wir eine Einkaufsliste. Ich koche besser als du, was allerdings über keine von uns allzu viel aussagt, also kümmere ich mich um das Abendessen an – sagen wir – fünf Abenden die Woche. Ungefähr.«

»Darüber reden wir noch.«

»Ja, das werden wir.« Cleo grinste, als sie die Treppe hinabstiegen. »Das tun wir schließlich dauernd.«

Kapitel 13

Auf Cleos Drängen hin »brezelte« sich Sonya nach dem Brunch ebenfalls auf. In ihren Augen machte das zwar wenig Sinn, da sie irgendwann beim Möbelschleppen helfen würde, aber sie war mittlerweile so weit, dass sie sogar versucht hätte, Flickflacks im Foyer zu machen, wenn Cleo sie darum gebeten hätte.

Nun trug sie eine rostbraune Wildlederhose und einen steingrauen Rollkragenpullover und führte Cleo erneut durch die Lagerräumlichkeiten.

»Schau mal, dieser Schreibtisch.« Sonya musste sich ihren Weg zurück zu ihm bahnen, während Cleo über eine Bodenlampe in Verzückung geriet, die die Form einer Meerjungfrau hatte, welche eine Kristallkugel in der Hand hielt.

»Diese Lampe will ich in meinem Atelier stehen haben.«

Sonya strich sich das Haar zurück und nickte. »Das hätte ich mir denken können.«

»Sie ist perfekt. Ich arbeite an einem Buch über Meerjungfrauen.«

»Kann ich mich gar nicht dran erinnern.«

»Ich hab ja auch noch nicht angefangen. Darum geht es bei dem Meeting am Montag. Ein Buch für Erwachsene.« Sie umrundete die Lampe. »Coffee-Table-Book mit Illustrationen von Mythen und Überlieferungen aus unterschiedlichen Kulturen.«

»Das ist genau dein Ding.«

»Stimmt. Dieser Schreibtisch. Oh, oh, oh!« Sie tänzelte darauf zu.

»Er wiegt bestimmt eine Tonne«, prophezeite Sonya. »Und durch die L-förmige Erweiterung wird es bestimmt nicht leicht sein, ihn nach unten zu schaffen.«

»Wo ein Wille ist, ist auch ein Weg. Er ist hinreißend.« Ehrfürchtig ließ Cleo eine Hand über die Tischplatte und die Ledereinlage gleiten. »Ich frage mich, was für eine Art von Holz das ist.«

»Keine Ahnung. Aber er hat Schubladen für deine Arbeitsutensilien, genug Platz für den Monitor, und die Erweiterungen kannst du für deine handschriftlichen Skizzen nutzen.«

»Ich will ihn auf jeden Fall haben – und dazu die Meerjungfrau. Ich kann meinen eigenen Schreibtischstuhl mitbringen, das reicht mir. Das Gleiche gilt für meine Schreibtischlampe. Dazu hätte ich noch gern eine kleine Couch, ein Sofa oder einen Diwan. Irgendetwas Geschwungenes wäre super, weil das am besten ins Atelier passt. Und dazu mindestens noch einen Sessel, falls meine beste Freundin da oben bei mir herumlungert.«

Lachend sah sie sich um. »Großer Gott, Sonya, es ist, als ginge man in einem fantastischen Antiquitätenladen einkaufen, ohne auch nur einen Cent für seine Fundstücke bezahlen zu müssen.«

Über ihnen knarrte einen Bodendiele.

»Der Dachboden«, murmelte Sonya.

»Ich erinnere mich – da, wo die Truhen mit den Kleidern und so weiter stehen. Komm, sehen wir nach.«

Zögernd vergrub Sonya die Hände in ihren Taschen. »Da oben ist es ziemlich kalt.«

»Auch daran erinnere ich mich noch. Ich habe mir die Räume noch gar nicht richtig angesehen.«

Oben streckte Cleo den Finger aus.

»Ich wollte ein kleines, geschwungenes Sofa, und da steht es.«

»Du weißt schon, dass es gestern noch von einem Leinentuch verhüllt war – wie auch an jenem Tag, als ich allein hier oben war.«

»Na ja, jetzt ist es nicht mehr abgedeckt, und es ist perfekt.« Cleo umrundete es mit begeisterter Miene. »Wie schön dieses leuchtende Königsblau ist. Der Bezug ist aus Samt. Ach, und sieh doch: In den Rahmen sind Herzen geschnitzt. Wie süß. In meinem Raum macht sich das sicher super. Ein Sessel, noch ein paar Tische, und zack, schon habe ich eine Sitzecke, einen Arbeitsbereich, diese Aussicht und ein Atelier zum Malen, wenn ich Lust dazu habe.«

»Dafür kannst du gerne Collins Werkzeuge benutzen. Sie vergammeln sonst nur. Später – wenn es hier oben nicht mehr gar so kalt ist – sollten wir alles noch mal in Ruhe durchgehen. Die Tücher und Planen abnehmen und uns alles ansehen.«

»Das machen wir.« Cleo drehte noch eine letzte Runde durch den Raum und nickte. »Weißt du, ich glaube, das kleine Sofa hier können wir auch selbst nach unten schaffen.«

Sonya nahm es genauer in Augenschein. »Probieren geht über Studieren.«

Es war schwerer, als es aussah, aber klein genug, um es die Treppe hinab und über den Flur zu manövrieren.

Ein wenig außer Atem stellten sie es in der Fensterkrümmung des Ateliers ab und stießen dann die Fäuste aneinander.

In diesem Moment dröhnte die Türklingel durchs Haus.

»Jetzt weiß ich wenigstens, warum sie so verdammt laut ist. Nun, dann lassen wir unseren Herrenbesuch mal rein und hoffen, dass er der Aufgabe gewachsen ist.«

Sie stiegen die Treppe hinunter und öffneten den beiden Männern die Tür – samt ihren beiden Hunden.

»Das ist also Mookie!« Weil der große blonde Hund mit seinem buschigen Schwanz wedelte, hockte Sonya sich gleich vor ihm nieder. Und wurde mit noch mehr

Schwanzwedeln und einer feuchten Schnauze belohnt. »Und wer ist das?«

»Das ist Jones«, antwortete Owen.

Auch über den rauflustig wirkenden schwarzen Hund mit der Augenklappe über dem linken Auge geriet Sonya in Verzückung.

»Was ist mit seinem Auge passiert?«

»Hat er bei einer Kneipenschlägerei mit einem Dobermann verloren.«

Sonya, die unermüdlich beide Hunde kraulte, sah auf. Owen zuckte mit den Schultern. »Zumindest hat man mir das erzählt.«

»Ich wette, der Dobermann hat erheblich mehr abbekommen.« Cleo trat zurück und deutete hinein. »Kommen Sie erst mal alle rein und raus aus der Kälte.«

»Ja, sorry. Cleo Fabares, Trey Doyle, Owen Poole«, stellte Sonya alle einander vor.

»Schön, Sie ...« Trey brach ab. »Mook!«

Der Hund, der bereits auf dem Weg in den vorderen Salon gewesen war, sah sich nach ihm um.

»Er fühlt sich schnell wie zu Hause.«

»Damit hab ich kein Problem. Geben Sie mir Ihre Mäntel. Als Erstes möchte ich betonen, wie dankbar wir für Ihre Hilfe sind, und dann gleich ein Geständnis ablegen: Wir haben noch mehr Mobiliar gefunden, das wir in andere Räume schaffen wollen.«

Owen reichte Sonya seinen Mantel. »Hast du Bier im Haus?«

»Ja.«

»Dann ist alles gut.«

»Du bist ein tougher kleiner Kerl, was?« Cleo beugte sich vor und kraulte Jones zwischen den Ohren und unter dem kantigen Kiefer. Er schnaubte.

»Er hält sich nicht für klein.«

Cleo warf das Haar nach hinten und Owen ein kurzes

Lächeln und einen schnellen Seitenblick zu. »Na ja, es kommt halt eher auf die Kampfbereitschaft eines Hundes an, oder?«

»Davon hat Jones jede Menge. Was ist das für ein Akzent, den Sie haben?«

»Louisiana. Lafayette«, antwortete sie mit der entsprechenden Aussprache.

Sonya schaute in den Salon, wo Mookie immer noch umherschnüffelte.

»Er sucht nach einem Leckerli«, erklärte Trey. »Collin pflegte früher immer einen Hundekuchen oder einen Kauknochen irgendwo zu verstecken, damit Mookie ... Oh, den haben wir offenbar übersehen«, unterbrach er sich, als Mookie die Nase unter ein Sofakissen schob und mit einem Hundeleckerbissen wieder hervorkam.

»Na, zum Teufel.« Owen kramte in der Tasche seines Mantels, den Sonya immer noch festhielt. Er holte einen kleinen Hundekuchen heraus und warf ihn Jones zu, der ihn sogleich in seinem großen Maul auffing. »Gerechtigkeit muss sein.«

»Stimmt. Ich kriege auch einen.«

»Wir bekommen einen Hund?« Cleo klatschte vor Freude in die Hände. »Aber eine Katze brauchen wir auch, Son. Dieser Ort ist wie geschaffen für einen treuen Hund und eine brave, anschmiegsame Katze.«

»Und noch etwas.« Sonya trug die Mäntel zum Schrank. »Cleo wird hier einziehen. Das ist doch okay, oder, Trey? Ich meine, es verstößt doch nicht gegen die Bedingungen, oder?«

»Ja, das ist in Ordnung, und nein, es verstößt gegen gar nichts. Es ist eine gute Idee. Willkommen an Bord.«

»Danke.« Cleo breitete die Arme aus. »Keine Ahnung, wer einem Ort wie diesem widerstehen könnte. Ich kann es jedenfalls nicht.«

Aus der Bibliothek erklang die Stimme von Cyndi Lauper mit *»Girls Just Wanna Have Fun«*.

»Und das«, fügte sie lachend hinzu, »ist nur ein weiterer Grund, warum ich hierbleibe. Wussten eigentlich alle außer Sonya, dass es hier spukt?«

»Damit haben wir nicht hinterm Berg gehalten.« Trey hakte seine Daumen in die Vordertaschen seiner Jeans. »Sie hat es nur nicht geglaubt.«

»Also ist das gar nichts Ungewöhnliches?«, fragte Sonya. »Dass wie aufs Stichwort Songs auf meinem Tablet abgespielt werden?«

»Sie mögen Musik«, antwortete Trey schlicht.

»Und du?« Sie deutete auf Owen. »Hast du nichts dazu zu sagen?«

»Ich stehe mehr auf Rock und Pop, aber Lauper ist immer cool.«

»Meine Freundin ist Realistin.« Cleo legte Sonya den Arm um die Schultern und zog sie kurz an sich. »Deshalb ist das alles nicht so einfach für sie. Ich sorge schon dafür, dass sie nicht aus dem Gleichgewicht gerät.«

»Okay, lassen wir die Männer und ihre Hunde nicht länger im Foyer herumstehen. Schließlich müssen ein paar Möbelstücke von hier nach dort und umgekehrt transportiert werden. Wenn es einem von euch zu viel wird, auch okay. Aber ich habe Bier im Haus.«

Sonya führte sie nach oben, um als Erstes das Grammofon runterschaffen zu lassen.

»Was für ein schönes Stück.« Owen strich mit der Hand über das Holzschränkchen. »Und dazu noch in verdammt gutem Zustand.«

»Ich habe es ernst gemeint, Owen. Wenn du irgendetwas haben willst, gehört es dir.«

»Die Meerjungfrau darf er nicht haben.«

In Owens Blick flackerte Interesse auf, und er wandte sich zu Cleo um. »Was für eine Meerjungfrau?«

»Sie ist in einem anderen Raum – eine Stehlampe –, aber die kriegen Sie nicht, die gehört mir. Über den Schreibtisch können wir reden, falls der einen sentimentalen Erinnerungswert für Sie hat. Und im Hinblick auf die Couch, die wir bereits nach unten geschafft haben, wäre ich bereit, Stein, Schere, Papier mit Ihnen zu spielen. Aber die Meerjungfrau ist nicht verhandelbar.«

»Also alles außer der Meerjungfrau«, lenkte Sonya ein. »Ich möchte das Grammofon ins Musikzimmer schaffen. Es sei denn, du willst es haben, Owen.«

»Nein, schon gut.«

Die Männer schleppten erst das Gerät und dann den Notenschrank nach unten, während Sonya und Cleo sich die Kisten mit den alten Schallplatten schnappten.

Eine Weile folgten ihnen die Hunde nach oben und wieder hinunter. Irgendwann zogen sie sich jedoch in die Bibliothek zurück, um vor dem Kamin ein Nickerchen zu machen.

»Im Musikzimmer will ich auch Collins Gemälde aufhängen, das Porträt von Johanna. Für das Stillleben finde ich noch ein anderes Plätzchen. Wenn ihr aber jetzt mal eine Pause braucht ...«

»Sonya.« Trey legte ihr eine Hand auf die Schulter. »Wir haben gerade mal zwei Möbelstücke getragen. Da geht noch was.«

»Wir haben noch die Meerjungfrau und einen großen Schreibtisch. Cleo übernimmt Collins Atelier.«

»Sie malen?«, fragte Owen, als sie sich erneut an den Aufstieg machten.

»Hin und wieder. Ich bin Illustratorin von Beruf.«

»Was ist da der Unterschied?«

»Wie viel Zeit haben Sie?«

»Kürzen Sie es ab.«

»Okay, also die Zusammenfassung.« Im Gehen deutete

sie auf ein Gemälde. »Steht für sich allein, liegt im Auge des Betrachters. Eine Illustration dient einem Zweck und gehört zu einem Text. Idealerweise ergänzen sie einander.«

»Verstehe.«

Oben angelangt, wandten sie sich der Meerjungfrau zu.

»Wow«, wiederholte Owen ehrfürchtig. »Okay, die ist tatsächlich eine Schönheit.«

»Meine!«

Er ignorierte Cleo und fuhr mit der Hand über die Schnitzerei, die langen, windgepeitschten Haare, das vielsagende Lächeln, die weichen Brüste.

»Sie ist aus massivem Mahagoni, Trey.« Er sah Cleo an. »Wie heißt sie?«

Er hatte bereits einige Pluspunkte bei Cleo gesammelt, weil er Sonya half. Jones hatte dann noch weitere hinzugefügt. Aber durch diese Frage verdoppelte er sie. »Circe.«

»Das passt. Circe ist kein Leichtgewicht.«

»Das wird der Schreibtisch auch nicht sein«, warnte Sonya.

»Alles klar.« Trey rieb die Hände aneinander und nickte.

»Irgendjemand hat die Sachen nach hier oben geschafft, also kann man sie auch wieder runtertragen.« Owen arbeitete sich näher heran und ging dann in die Hocke, um die Schreibtischschubladen herauszuziehen. »Kirschholz, vollkommen makellos. Allerdings ist das Holz ein wenig durstig. Dieser Schreibtisch und die Meerjungfrau brauchen eine gründliche Politur mit Wachspaste. Bei alten Stücken dieser Art sollte man keinesfalls irgendein billiges Supermarktspray benutzen. Definitiv nicht. Zwischendurch ist eine Behandlung mit Zitronen- oder Orangenöl in Ordnung, aber ein- bis zweimal im Jahr poliert man sie mit einer guten Wachspaste.«

»Wir werden welche besorgen.«

»Es geht mich ja nichts an.« Owen richtete sich wieder auf und sah Sonya an. »Aber glaubst du, dass ihr beide dem Mobiliar die Pflege zukommen lassen könnt, die es braucht? Dass ihr es schafft, die Möbel regelmäßig von Staub zu befreien und instand zu halten? Ganz zu schweigen von diesen Quadratkilometern von Holzböden?«

»Nein«, seufzte Sonya. »Nein, ich muss mich wohl damit abfinden, dass ich ohne Reinigungsservice nicht auskomme. Nächste oder übernächste Woche will ich mich auf die Suche nach einem geeigneten machen. Ich wünschte, du würdest etwas mitnehmen, Owen. Und zwar mehr als nur ein Stück.«

Während sie sprach, glitt langsam ein Laken zu Boden. Sonya umklammerte ihre Ellbogen.

»Wie unheimlich. Gebt es zu, das ist wirklich unheimlich.«

»Ein wenig.« Trotzdem ging Owen zu der Kommode hinüber, vor der nun das Tuch auf dem Boden lag. »Müsste ein wenig aufgearbeitet werden. Dort fehlt ein Griff. Und der Boden dieser Schublade ist gerissen. Anscheinend hat ein Hund auf diesem Vorderfuß hier herumgekaut. Ich nehme sie.«

»Wirklich?«

»Das kann ich reparieren. Und vielleicht hörst du dann auf, dich so verdammt schuldig zu fühlen.«

Durch diese Bemerkung verdiente er sich noch mehr Pluspunkte bei Cleo.

»Schau mal die Rückwand an, Owen.« Trey krümmte einen Finger und grinste. »Irgendwer – wahrscheinlich ein Kind – hat unten seine Initialen hineingekratzt. ODP. Owen David Poole. Das sind auch deine Initialen.«

»Ja, na ja. Wie gesagt, ich nehme die Kommode. Aber kümmern wir uns erst mal um den Schreibtisch. Das ist ein ziemlich schweres Teil.«

Sie brauchten viel Muskelkraft, ein wenig geometrisches Geschick und ein paar erfinderische Flüche. Sonya presste eine der Schubladen an ihre Brust, während die Männer den Schreibtisch umdrehten, abstützten und dann ins Studio schleppten.

»Ihr habt erheblich mehr verdient als nur ein Bier.«

»Oooh, schaut nur, wie das Licht darauf scheint! Könnt ihr ihn dort hinten abstellen?« Cleo rannte voraus, breitete die Arme aus und deutete dann auf einen Punkt. »Genau hier, in diesem Winkel. Seht doch nur, wie sich jetzt schon alles zusammengefügt. Ich werde meinen Erstgeborenen Collin Oliver Owen nennen.«

»Du solltest noch ein Gemälde auf die Staffelei stellen, Cleo, wenn du hier nicht arbeitest. Das gibt dem Ganzen noch zusätzlich das gewisse Etwas. Aber«, fügte Sonya hinzu, »Johanna wandert nach unten.«

Trey ging zu dem Porträt hinüber. »Und dieses Bild haben Sie in dem bewussten Schrank gefunden?«

»Ja. Vielleicht hat ihn der Anblick traurig gemacht, weshalb er es weggesperrt hat, aber ...«

»Sonya, ich bin unzählige Male in diesem Atelier gewesen. Und bin es nach Collins Tod gründlich durchgegangen. Dieses Porträt habe ich noch nie zuvor gesehen. Und im Schrank befand sich auch kein Gemälde. Dadrin hat er leere Leinwände aufbewahrt.«

»Es war aber dadrin.«

»Ich glaube Ihnen.«

»Das ist Johanna.« Owen trat neben Trey. »Ich habe Bilder von ihr gesehen. Collin malte nicht oft Personen. Eher Landschaften und dergleichen.«

»Wie schade«, meinte Cleo. »Denn er hatte Talent dafür. Sie ist wunderschön. Und wie er das Licht und die

Linienführung genutzt hat, um den Eindruck von Dynamik zu erzeugen – wunderschön.« Seufzend klopfte Cleo sich mit der Hand aufs Herz. »Er hat sie geliebt. Das ist offensichtlich.«

»Es war im Schrank«, wiederholte Sonya.

»Daraus würde ich schließen, dass er es Ihnen geben wollte.« Trey wandte sich zu ihr um. »Schaffen wir erst mal die restlichen Sachen hinunter. Dann können wir bei besagtem Bier darüber reden.«

Sonya presste die Finger auf die Augäpfel. »Sind Sie immer so gelassen?«

»Meist schon«, antwortete Owen an Treys Stelle. »Aber wenn man ihn auf dem falschen Fuß erwischt, sollte man sich lieber ducken.«

Es dauerte weit über eine Stunde, bis sie sich in der Küche zusammensetzen konnten, zumal die Hunde nochmals an die frische Luft mussten.

»Wir haben ganz schön lange gebraucht.« Cleo holte eine Flasche Wein heraus, während Sonya die Biergläser füllte. »Und wie gesagt: Wir sind Ihnen beiden erheblich mehr schuldig als nur ein Bier. Ich nehme nicht an, dass einer von Ihnen kochen kann?«

»Er kocht besser als ich«, bemerkte Trey.

Nachdenklich musterte Cleo Owen. »Sie können kochen?«

»Etwas überm Durchschnitt.«

»Das ist ungefähr auch mein Niveau, also kochen wir schon mal erheblich besser als Sonya. Ich könnte irgendein Pasta-Dingsbums kochen.«

»Und ich könnte ein Pasta-Dingsbums essen.«

»Na gut. Dann schaue ich mal, was wir dahaben.«

»Ich werde demnächst auch kochen – für die Doyles.« Damit war die Entscheidung gefallen, dachte Sonya. »Wie wäre es mit kommendem Freitagabend? Oder lieber am Samstag?«

Trey zog sein Handy hervor und studierte seinen Kalender. »Am Freitag habe ich nichts vor. Und am Samstag haben Anna und Seth irgendeinen Termin.«

»Haben Sie sämtliche Termine der Familie auf Ihrem Handy?«

»Er ist ein Organisationsgenie.« Owen setzte sich auf einen Hocker an der Theke. »Und er organisiert alles, ob man es will oder nicht.«

»Auf diese Weise vermeide ich Terminüberschneidungen. Ich richte die Einladung aus.«

»Sagen Sie mir bitte Bescheid, ob der Tag allen passt. Sieben Uhr wäre, glaube ich, passend. Owen, du bist natürlich ebenfalls herzlich willkommen.«

»Ich glaube, ich lasse dich mit den Doyles mal lieber allein, aber danke.«

»Es wird auf jeden Fall noch ein Platz für dich frei sein, und womöglich habe ich sogar etwas Essbares zustande gebracht. Also falls du deine Meinung änderst ... So.« Sie griff nach ihrem Weinglas und sah Trey an. »Können wir jetzt bitte über den Elefanten im Raum sprechen?«

»Warum erzählen Sie uns nicht einfach, was passiert ist? Außer Ihrer Playlist.«

»Okay.« Sonya tigerte vor der Kücheninsel auf und ab, während Cleo die Zutaten für ihr Nudelgericht zusammensuchte. »Türen öffnen sich, Türen schließen sich, Bodendielen knarren. Das kann ich in einem alten Haus noch ignorieren.«

»Das so solide ist wie der Fels, auf dem es steht«, warf Owen ein. »Die Böden – schnurgerade. Natürlich arbeitet das Holz, dennoch öffnen und schließen sich Türen nicht einfach so von selbst.«

»Das hab ich inzwischen auch kapiert. Und ich mache auch keinen auf Scully. Nicht mehr. Erinnern Sie sich an den Tag, an dem Sie mir den Drucker hochgetragen haben, Trey? Am Abend zuvor hatte ich mir oben in der Bibliothek einen Film angesehen. Als ich aufwachte, hatte jemand eine Decke über mir ausgebreitet, der Fernseher war ausgeschaltet, die Fernbedienung wieder in der Schublade. Und als wir mit dem Drucker hinaufgingen, lag besagte Decke wieder ordentlich gefaltet da.«

Sie machte eine Pause, nippte an ihrem Wein. »Ich muss anfangen, mir alles aufzuschreiben. Den Kamin in der Bibliothek nutze ich jeden Tag, und jeden Tag ist er von Asche gesäubert, und die Holzscheite sind ordentlich aufgeschichtet. Morgens gehe ich nach unten, um Kaffee zu kochen, und wenn ich in mein Schlafzimmer zurückkehre, ist mein Bett gemacht. Abends sind die Bettdecken zurückgeschlagen – wie vom Zimmerservice in einem Hotel.«

»So jemanden könnte ich auch gebrauchen«, meinte Owen. »Wer würde einen solchen Service nicht wollen?«

Cleo hielt eine Sekunde lang in ihrer Suche inne und warf ihm einen Blick zu. »Ganz meine Meinung.«

»Erst glaubte ich, verrückt zu werden oder extrem vergesslich zu sein. Oh, und dann die Gegenstände auf meinem Toilettentisch, sie standen nicht mehr an ihrem ursprünglichen Ort.«

»Vergiss die Klaviermusik nicht«, soufflierte Cleo, während sie begann, Knoblauch zu hacken.

»Mitten in der Nacht. Erst hielt ich das alles für einen Traum oder glaubte, mir die Musik eingebildet zu haben. Aber letzte Nacht haben wir sie beide gehört und gingen hinunter. Im Musikzimmer brannte Licht – wie von Kerzen. Aber als wir dort anlangten, waren da weder Licht noch Musik.«

»Ich kann das Lied nicht so recht einordnen.« Cleo schloss die Augen, um sich die Melodie ins Gedächtnis zu rufen. »Da-da-da-da, da-da-da-da.«

»›There was a fair maid dwellin‹«, sang Trey in klarem, entspanntem Tenor. »›Made ev'ry youth cry Well-a-day! Her name was Barb'ra Allen.‹«

»Das ist es! Und er kann auch noch singen.«

»Ein altes Volkslied. Der Text variiert schon mal, aber die Melodie ist immer die gleiche.«

»Ich habe sie auch gehört«, murmelte Sonya. »Ganz schön traurig.«

»Er liegt im Sterben, aber sie wendet sich von ihm ab. Also stirbt er mit gebrochenem Herzen, und sie folgt ihm aus Schuldgefühlen und Leid ebenfalls in den Tod. Also ja«, pflichtete Trey ihr bei. »Verdammt traurig.«

»Ich glaube, es ist Astrid.« Cleo gab Knoblauch zu der geschmolzenen Butter in die Pfanne. »An ihrem Hochzeitstag ermordet. Trauriger kann es wohl kaum mehr kommen.«

»Also, ich betrete die Küche, und sämtliche Küchenschränke stehen offen, und als ich eines Tages einen kurzen Spaziergang machen wollte, habe ich die Tür bewusst nicht abgesperrt. Vielleicht hat sie ja nur geklemmt, aber als ich zurückkehrte, kam ich nicht wieder rein. Jedenfalls anfänglich nicht.«

»Davon haben Sie mir ja gar nichts erzählt.«

»Hab ich wohl vergessen. In der Nacht vor Cleos Ankunft hörte ich dann jemanden an die Haustür hämmern. Das Geräusch weckte mich auf. Als ich aufstand, tobte draußen ein Schneesturm. Ich hörte das Heulen des Windes, sah die umherwirbelnden Schneeflocken. Ich vermutete, dass jemand einen Unfall hatte oder Hilfe brauchte. Aber als ich nach unten ging und die Tür öffnete, war niemand zu sehen, und die Nacht war vollkommen klar. Kein heulender Wind, kein Schneetreiben.

Beinahe wäre ich nach draußen gegangen, aber dann fiel mir wieder ein, wie ich draußen festgesessen hatte. Also habe ich darauf verzichtet.«

»Das ist kein Spiel mehr. Sondern eher ein böser Streich.« Trey wechselte einen Blick mit Owen. »So etwas habe ich hier noch nie gehört.«

»Nein, ich auch nicht.«

»Vielleicht habe ich sie verärgert. Ich habe keine Erfahrung mit Geistern.«

»Aber Sie bleiben«, merkte Trey an.

»Ich bleibe. Manchmal, wie zum Beispiel in jener Nacht, weiß ich nicht, wieso. Aber ich will hier sein. Und da war noch etwas. Ich kam aus der Dusche, wollte gerade das Kondenswasser vom Spiegel wischen, da schien jemand etwas daraufgeschrieben zu haben. Sieben – als Zahl: ›7 verloren‹.«

»Es gab sieben Bräute«, teilte Trey ihr mit.

Cleo, die gerade in der Tomatensoße rührte, warf ihm einen Blick zu. »Wie in dem Musical?«

Owen wirkte verwirrt; Trey lachte.

»Nein. Sieben verlorene Bräute. Astrid war die erste. Haben Sie das Buch denn nicht gelesen?«, fragte er Sonya.

»Ich habe damit angefangen. Die Abschnitte über Astrid und Collin habe ich durch, ebenso wie die über seinen Bruder Connor und ... Arabelle? Und Hester Dobbs. Ich wollte gerade mit dem Kapitel über Connors und Arabelles Kinder anfangen.«

»Lesen Sie weiter.«

»Es schien, als hätten Connor und Arabelle ein gutes, langes Leben hier geführt. Mit einer beachtlichen Kinderschar.«

»Eine ihrer Töchter war die zweite Braut. Ist das Wodka?« Stirnrunzelnd deutete Owen auf den Herd.

»Für Pasta in Wodkasoße ist der eine unverzichtbare Zutat.«

Als Owen aufstand, um einen Blick in den Topf zu werfen, deutete Trey auf einen Hocker. »Setzen Sie sich doch endlich mal hin«, forderte er Sonya auf.

»Muss ich?« Aber sie gehorchte und streckte den Arm nach unten aus, um Mookie zu streicheln, der sich zu ihr gesellte.

»Sie hieß Catherine. Heiratete William Cabot. Ihre Hochzeitsnacht verbrachten sie im Anwesen, da sie erst zu Beginn des Frühlings auf Hochzeitsreise nach Europa fahren wollten. In jener Nacht, oder besser am frühen Morgen, ging sie nach draußen. In einen Schneesturm. Und erfror.«

»Sie ging nur mit ihrem Nachthemd bekleidet hinaus, nur im Nachthemd«, murmelte Sonya. »Und auf nackten Füßen, ohne Schuhe oder sogar Socken. Sie spürte die Kälte nicht. Und an der Ufermauer stand eine Frau in einem schwarzen Kleid. Barfuß ging Catherine den ganzen Weg durch den Schnee zu ihr. Die Frau ergriff ihre Hand – nahm ihr den Ring weg. Den Ehering? Da erst spürte sie die Kälte. Sie sagte etwas – die Frau in dem schwarzen Kleid, meine ich. Ich konnte es nicht verstehen. Danach versuchte Catherine, zum Haus zurückzugelangen, aber ihr war plötzlich so kalt, und sie fiel immer wieder hin. Irgendwann stand sie nicht mehr auf. Das habe ich geträumt.« Sie legte aufgebracht die Hand auf ihr wild pochendes Herz und rieb sich die Brust. »Wie kann ich davon geträumt haben?«

»Da kriegt man ja eine Gänsehaut, Sonya.« Cleo ging zu ihr und umarmte sie fest. »Was für ein entsetzlicher Traum. Wirklich schrecklich. Und entspricht das tatsächlich den Ereignissen?«

»Keiner konnte sich damals erklären, warum sie im Schneesturm hinausgegangen war. Aber als man sie am darauffolgenden Tag fand, trug sie ihren Ehering nicht mehr. Man hat ihn nie wiedergefunden.«

»Im Dorf erzählt man sich, dass dies Hester Dobbs' Fluch sei.« Owen rührte in der Soße. »In jeder Generation stirbt eine Braut – an ihrem Hochzeitstag oder innerhalb eines Jahres. Im Herrenhaus. Zu der Sache mit dem Ring kann ich nichts Genaues sagen.«

»Johanna war die letzte? Und jetzt bin ich an der Reihe?« Sonya stieß die Luft aus und griff wieder zu ihrem Weinglas. »Gut, dass ich keine Braut bin.«

»An die Legende habe ich nie geglaubt. Manche – wie Lillian Crest – sind bei der Geburt ihres Kindes gestorben. Leider geschah das nicht selten. Schon gar nicht damals, wenn man Zwillinge erwartete. Ich müsste noch mal genau nachlesen«, fügte Trey hinzu. »Aber ich glaube, mindestens eine Braut ist an ihrem Essen erstickt. Was im neunzehnten und zu Beginn des zwanzigsten Jahrhunderts ebenfalls häufiger vorkam. Und wieder andere, wie Connor und Arabelle, lebten lange und zufrieden hier.«

»Aber sieben, genau wie auf dem Spiegel.«

»Irgendjemand wollte, dass du davon weißt.« Cleo drückte sie nochmals und holte dann einen Topf heraus, um die Pasta zu kochen.

»Collin wollte Sie hier haben. Er wollte Ihnen dieses Haus vermachen. Ich habe ihn mein Leben lang gekannt. Er konnte keiner Fliege etwas zuleide tun und hätte nie jemandem schaden wollen.«

»Er war ein anständiger Kerl«, stimmte Owen ihm zu. »Die Familie war ihm wichtig. Und du gehörst zur Familie.«

»Du gehörst auch zur Familie.«

»Ja.« Owen lehnte sich rücklings gegen die Arbeitsplatte neben dem Herd und sah Sonya in die Augen. »Und er hat mir gegeben, was ich wollte und brauchte. Dafür bin ich ihm dankbar. Ich war nicht sicher, was ich von dir halten würde – der unbekannten Verwandten aus Boston –, aber ich nehme an, dass Collin seine Gründe hatte, dich herholen zu wollen. Irgendwann findest du es sicher heraus.

Wann können wir endlich essen?«

»Dauert noch zwanzig Minuten.«

»Dann hole ich mir noch ein Bier. Lass dir von der Hexe keine Angst einjagen.«

»Meine Grand-mère ist auch eine Hexe – das behauptet sie jedenfalls. Ich werde sie um Rat fragen. Und dann komme ich so bald wie möglich zurück, um hier zu wohnen.«

»Die ganze Sache macht mich stocksauer«, sagte Sonya.

»Aha, der Sturkopf ist wieder da.« Cleo trug den Topf mit Wasser zum Herd.

»Ich bin nicht stur, sondern entschlossen. Das gefällt mir besser. Also nein, ich lasse mir von irgendeiner toten, mordgierigen Hexe keine Angst einjagen. Dieses Haus gehört nicht ihr. Sondern mir. Ich glaube nicht an Flüche, aber wenn ich es doch täte, würde ich davon ausgehen, dass man sie auch brechen kann.«

Cleo griff nach ihrem Weinglas und prostete ihr zu. »Verdammt richtig.«

»Das kann ich natürlich leicht sagen, solange ich hier mit drei anderen Leuten und zwei Hunden sitze, aber ich meine es ernst.«

Die Musik spielte: *»It's Gonna Be Alright«*.

»Die Ramones.« Owen kam mit zwei Bierflaschen herein, eine für sich, die andere für Trey. »Das hört sich schon besser an. Hast du Treys Nummer in deinem Handy gespeichert?«

»Ja.«

»Gib es mir.« Er streckte ihr die Hand entgegen. »Ich speichere meine Nummer ebenfalls ab. Wenn du Angst hast, ruf an.«

Trey legte die Hand auf ihre. »Du bist nicht allein, Sonya.« Plötzlich duzte er sie, aber es fiel ihr kaum auf.

Sonya warf einen Blick in die Richtung, aus der die Musik herüberklang. »Sieht verdammt noch mal ganz danach aus.«

Kapitel 14

Am Montagmorgen stand Sonya mit Cleo im Foyer.

»Du hast zwei fähige Männer an deiner Seite, die sofort bei Fuß stehen, wenn du sie brauchst. Und am Freitag hast du mit deiner Dinnerparty ja auch Gesellschaft.«

Während sie das sagte, griff Cleo nach Sonyas Hand und sah sich um. »An dem darauffolgenden Wochenende kommt deine Mom, und danach bin ich schon wieder zurück.«

»Mach dir keine Sorgen um mich. Wenn du noch Kapazitäten dafür frei hast, spar dir die Sorgen für die Unschuldigen auf, die Opfer meines ersten – und wahrscheinlich einzigen – Versuchs werden, einen Schmorbraten zu machen.«

»Der wird sicher hervorragend gelingen. Wenn du dir etwas in den Kopf setzt, Son, dann schaffst du es auch. Vielleicht bist du ja deshalb hier. Häuser brauchen Menschen, findest du nicht auch? Sonst sind sie nichts weiter als Gebäude.

Und mehr denn je glaube ich, dass umgekehrt auch du dieses Haus brauchtest.«

Sie nahm Sonya fest in die Arme. »Ich muss jetzt los, um dieses Meeting hinter mich zu bringen. Ein paar meiner Sachen gebe ich dann schon mal Winter mit. Stell den Kram einfach irgendwohin, bis ich da bin.«

»Bis in ein paar Wochen also.«

Sonya blickte Cleo hinterher, die zu ihrem Wagen ging und ihre Reisetasche einlud. Nach einem letzten Winken sah sie sie davonfahren.

Kaum hatte sie die Tür geschlossen, kam von ihrem Tablet *»I Think We're Alone Now«*.

»Nicht witzig.«

Zu ihrer Überraschung hörte das Lied mittendrin auf und wurde von Joel Corrys *»Sorry«* abgelöst.

Sonya schüttelte nur den Kopf und ging nach oben. Bevor sie mit der Arbeit begann, würde sie anfangen, die »Vorfälle« zu dokumentieren.

Eine ordentliche Liste über etwas zu erstellen, das nicht erklärbar war, machte das Ganze für sie tatsächlich etwas greifbarer, wenn nicht sogar logisch.

Zufrieden konzentrierte sie sich anschließend auf ihre Arbeit für *Practical Art*.

Drei Stunden lang arbeitete sie völlig ungestört. Das Feuer glomm, das Haus – und was immer noch darin wohnte – blieb ruhig, die Testläufe verliefen reibungslos.

»Jetzt ist die Website so weit, online gehen zu können«, sagte sie sich.

Sie schrieb Anna und bat sie, ihr irgendwelche Änderungswünsche so schnell wie möglich zukommen zu lassen.

Danach würde sie sich dem Caterer widmen, dachte sie, als sie aufstand, um noch ein Scheit aufs Feuer zu legen. Das würde Anna genug Zeit geben, um noch einmal drüberzusehen.

Sie hatte sich kaum wieder hingesetzt, als sie Annas Antwort erhielt.

Es ist perfekt! Absolut perfekt. GO!

»Na gut. Los geht's.«

Sie aktivierte die Website, den neuen Auftritt in den Social Media, schickte die Ankündigung, die sie vorbereitet hatte, an sämtliche Kontakte, die Anna ihr genannt hatte – und an die Kontakte, die sie der Liste selbst hinzugefügt hatte.

Geradezu zwanghaft checkte sie alles nochmals auf ihrem Desktop, ihrem Handy, ihrem Tablet. Stieß dann die Faust in die Luft und schrieb zurück.

Du bist online, und du bist wunderschön!

»*We Are the Champions*« von Queen rockte ab.

»Na gut, das erlaube ich«, entschied Sonya.

Sie sang mit und ging hinunter, um sich zur Feier der Stunde eine Coke zu genehmigen. Dann machte sie sich erneut an die Arbeit.

Der Tag verging äußerst produktiv und lief so gut, dass sie sich geradezu zu einer Pause zwingen musste, um ihren täglichen Spaziergang einzulegen.

Während sie an der Ufermauer stand und darauf hoffte, wieder einen Wal zu sehen, ging eine Textnachricht von Trey ein.

Hervorragende Arbeit auf Annas Website. Hast du diese Woche mal Zeit, um über einen ähnlichen Auftrag für unsere Kanzlei zu reden?

»Aber hallo!«

Ihre Antwort kurz darauf fiel allerdings professioneller aus.

Natürlich. Ich kann mich voll und ganz nach deinem Terminkalender richten.

Mittwoch? Halb fünf? Ist es okay, wenn ich zu dir komme?

Passt. Hauptsache, du bringst Mookie mit.

Der rechnet fest damit. Bis dann also.

»Alles klar. Den Auftrag kriege ich bestimmt auch.« Sie wandte sich um und betrachtete das Haus – und entdeckte den Schatten im Fenster. Das war eindeutig keine Lichtspiegelung.

Jemand – etwas – stand da und beobachtete, wie sie heraufsah.

Schon möglich, dass ihr das Herz bis zum Hals schlug. Schon möglich, dass sie eine Gänsehaut bekam. Dennoch hatte Cleo recht.

Sie brauchte dieses Anwesen. Nichts und niemand würde sie daraus vertreiben.

Sie kehrte ins Haus zurück, aber statt sich an die Arbeit zu setzen, gestattete sie sich endlich, die Datei zu öffnen, die Trey ihr über Tierheime und Auffangstationen geschickt hatte.

Zwanzig Minuten später hatte sie eine Verabredung und war schon wieder auf dem Weg zur Tür.

»Das heißt ja nicht, dass ich gleich mit einem Hund nach Hause komme«, sagte sie sich, während sie in die Stadt fuhr. »Es bedeutet nur, dass ich Vorbereitungen treffe, um mir *irgendwann* einen Hund anschaffen zu können.«

In der Stadt ließ sie die Bucht hinter sich und folgte den Anweisungen des Navis in eine Gegend mit Cape-Cod-Häusern und solchen im Tudor-Stil mit weitläufigen Rasenflächen davor. Wie angegeben, fuhr sie in die Einfahrt des dritten Hauses auf der rechten Seite der Mulberry Lane.

Vor dem Haus standen zwei Bänke auf einer überdachten Veranda. Auf der Fußmatte las sie die Worte:

PFOTEN ABPUTZEN

Im zur Straße hin gelegenen Fenster saß eine getigerte Katze, und ehe Sonya die Hand zum Klopfen erheben konnte, hörte sie Gebell.

Die Frau, die die Tür öffnete, trug ein Batik-Shirt zu schwarzen Leggins. Sie hatte sich ein Geschirrtuch über die Schulter gelegt und ihr sonnenblondes Haar zu einem Pferdeschwanz zusammengebunden.

Sie schob eine blau gerahmte Brille die Nase herauf, während ein Hundetrio ihr um die Beine wuselte.

»Sonya?«

»Ja.«

»Lucy Cabot.« Sie streckte ihr die Hand entgegen. »Die beißen nicht.«

»Gut zu wissen.«

»Kommen Sie rein. Sitz«, befahl sie, woraufhin die Hunde mehr oder weniger gehorchten. Der größte, mit flauschigem, weißem Fell, wedelte heftig mit dem Schwanz dabei. Ein weiterer schlanker, brauner Hund mit spitzem Gesicht winselte leise und schnüffelte an ihren Stiefeln.

Und der dritte, der, dessen Foto sie hierhergelockt hatte, tänzelte auf der Stelle und sah mit großen braunen Augen zu ihr empor.

»Solo«, sagte Lucy und deutete auf den größten. »Und das ist Lando. Meine Jungs sind Star-Wars-Fans. Und diesen kleinen, süßen Kerl nennen wir Yoda. Wir haben ihn erst seit ein paar Tagen.«

»Darf ich ...«

»Natürlich. Lando! Sitz und bleib. Yoda ist etwa zehn Monate alt«, erklärte Lucy, während Sonya sich hinhockte, um ihn zu streicheln. »Und er ist wirklich ein Süßer. Er ist stubenrein und voll geimpft. Und wie Sie sehen, kommt er gut mit anderen Hunden aus, ebenso wie mit Katzen – wir haben zwei – und mit Menschen. Und mit Kindern ebenfalls – ich habe drei.«

Sonya hörte alles wie von ferne und spürte, wie sie sich in den Hund verliebte, der sich erst in ihre Hand schmiegte und ihr dann die Vorderpfoten auf die Knie legte.

»Eine preisgekrönte Boston-Terrier-Hündin wurde von einem Dackelmischling verführt«, erläuterte Lucy. »Daher hat er das scheckige Gesicht und die Farbe eines Terriers, aber die kurzen Beine sowie den länglichen Körper von seinem Dad. Für Hundeshows ist er nicht geeignet, weshalb sie ihn nicht haben wollten.«

»Ach«, antwortete Sonya und spürte, wie ihr Herz schmolz.

»Zumindest haben sie ihn behalten, bis er entwöhnt war. Wenigstens etwas. Als er etwa vier Monate alt war, gaben sie ihn einem Paar, das sich allerdings kurz darauf scheiden ließ. Keiner der beiden wollte ihn behalten, den armen, kleinen Kerl.«

»Er mag Sie«, fügte Lucy dann hinzu. »Aber eigentlich mag er jeden. Hatten Sie schon mal einen Hund?«

»Ja.« Sonya setzte sich auf den Boden und ließ zu, dass der Hund auf ihren Schoß krabbelte und ihr das Gesicht ableckte. »In meiner Jugend. Als ich später in Boston wohnte und im Büro arbeitete, war ich nicht häufig genug zu Hause, um mich um einen Hund kümmern zu können. Das wäre mir dem Tier gegenüber nicht fair vorgekommen. Das ist wirklich ein süßer kleiner Kerl, und diese Ohren!«

»Sie wohnen jetzt im Lost Bride Manor.«

»Stimmt, und ich arbeite von zu Hause aus.«

»Haben Sie vor hierzubleiben?«

Sonya, die gerade den Hund gekrault hatte, blickte auf. »Ja.«

»Ich frage, weil er ein stabiles Zuhause verdient hat. Er wurde nun schon zweimal weitergereicht. Ich würde ihn ja selbst behalten, weil – na ja – er ist wirklich ein Schatz. Aber ich habe mit meinem Mann vereinbart, niemals mehr Tiere als Menschen im Haus zu haben, und wir besitzen schon zwei Hunde, zwei Katzen und ein Meerschweinchen.«

Sonya streichelte das weiche, braun getigerte Fell. »Ich will mich hier niederlassen. Ich kann ihm ein Zuhause bieten. Aber heute wollte ich ihn mir eigentlich nur ansehen.« Sonya nahm den Hundekopf in beide Hände. »Und schon hat er mich verzaubert. Yoda ist ein guter Name.«

»Tatsächlich?«

»Wie haben die beiden ihn denn genannt – das geschiedene Paar, meine ich?«

»Stubby.«

»Oh, na ja. Das klingt zwar süß, aber nicht würdevoll, oder? Yoda besitzt Würde und Weisheit. Er sieht weise aus. Außerdem war Yoda zwar klein, aber mächtig.«

»Meine Jungs werden sich freuen, wenn sie hören, dass er zu einer Star-Wars-Expertin kommt.«

»Ich darf ihn also adoptieren?«

»Ich habe den Eindruck, dass er bereits *Sie* adoptiert hat. Haben Sie schon Hundezubehör?«

»Nicht das geringste«, antwortete sie fröhlich. »Wir werden auf dem Heimweg einkaufen gehen. Wenn Sie mir nur sagen könnten, welches Futter ihm am besten schmeckt und zu welchem Tierarzt Sie gehen. Wir brauchen so einiges«, sagte sie zu Yoda. »Wir müssen dir Näpfe kaufen und ein Hundebett. Und Spielsachen und Leckerlis.«

Daraufhin setzte ein dreifaches Hundegeheul ein.

»Sie haben das L-Wort gesagt«, lachte Lucy. »Na gut. Leckerlis für alle. Und nachdem wir den Papierkram erledigt haben, bekommen Sie noch ein Adoptionspaket dazu. Sie können das Hundebett nehmen, das er im Moment benutzt, denn das wird ihn beruhigen. Und weil ich Sie mag.«

»Vielen Dank. Ich mag Sie auch. Was Sie hier machen, ist großartig.«

»Kommen Sie mit in die Küche. Wir holen jetzt erst

einmal diese Ls und kümmern uns dann um den administrativen Teil. Übrigens arbeitet mein Mann für Ihre Verwandten.«

»Bei *Poole Shipbuilding*?«

»Ganz genau.«

»Am Wochenende habe ich Owen kennengelernt und Jones. Und Mookie gibt es ja auch noch. Yoda wird also gleich ein paar Freunde haben.«

»Trey Doyles Hund.« Nickend gab Lucy den Hunden ein paar Leckerbissen. »Möchten Sie eine Tasse Kaffee?«

»Wenn Sie welchen dahaben.«

»Wir gönnen uns jetzt ein Tässchen und füllen die Papiere aus. Dann können Sie den Kleinen mit nach Hause nehmen.«

Da Lucy sie bestens versorgt hatte, ließ Sonya den Einkaufsbummel ausfallen. Was sie noch brauchte, konnte sie immer noch besorgen, wenn sie die Zutaten für die Dinnerparty holte.

Auf der Heimfahrt saß Yoda auf dem Rücksitz, lehnte die Vorderpfoten ans Fenster und beobachtete die vorüberziehende Welt.

»Ich muss dich warnen. Im Herrenhaus passieren die merkwürdigsten Dinge. Aber wir werden aufeinander aufpassen. Und sieh mal. Sieh dir das an! Ist das nicht das coolste Haus aller Zeiten? Ich lege dir jetzt erst mal wieder die Leine an, und wir laufen noch ein Stück herum. Lucy hielt es für ratsam, dir erst mal ein Plätzchen zu suchen, wo du verrichten kannst, was du verrichten musst, weil du dann auch später immer wieder dorthin gehst.«

Sie legte ihm die Leine an und knuddelte ihn erneut.

»Komm, lass uns unser Reich umrunden. Ich finde, hinter dem Haus wäre der beste Ort für deine Geschäfte.«

Sie stieg mit ihm aus. Eigentlich hatte sie befürchtet, dass er an der Leine ziehen würde, aber er lief ganz brav neben ihr her.

»Wie konnten dich diese Leute nur abschieben? Du bist doch so ein lieber Junge.«

Er schnüffelte ausgiebig, trottete dann weiter und tat zu ihrer großen Freude dann genau das, was er tun musste.

Nachdem sie zum Auto zurückgekehrt waren, holte sie den Korb mit der Erstausstattung heraus. Dann ging sie ein zweites Mal zum Wagen, um sein Hundebett zu holen. Erst danach löste sie ihn von der Leine.

Das iPad spielte *»Every Dog Will Have His Day«*.

Yoda wanderte durchs Haus und schnüffelte auch hier intensiv umher, blieb aber stets dicht neben ihr, während sie ihren Mantel aufhängte. Auch als sie den Korb in die Küche trug, folgte er ihr.

»Wir bringen jetzt erst einmal dein Bett nach oben, damit du weißt, wo dein Schlafplatz ist.«

Während der nächsten Stunde zeigte sie Yoda die Umgebung und machte Fotos von ihm, die sie ihrer Mutter, Cleo und eines auch an Lucy schickte. Und nach einigem Hin und Her beschloss sie, auch Trey eine Nachricht zu senden.

Unter dem Bild fügte sie den Kommentar ein:

Darf ich vorstellen? Mookies neuer Freund, Yoda.
Es ist also deine Schuld. Danke.

»Okay, es gibt noch erheblich mehr in diesem Haus zu sehen, aber das müssen wir ja nicht alles auf einmal erkunden. Fürs Erste reicht es, wenn du die Zimmer kennst, in denen ich mich vornehmlich aufhalte. Jetzt muss ich nämlich unbedingt noch eine Stunde an meinem Projekt arbeiten.«

Sie nahm seinen Kopf in beide Hände und gab ihm einen Kuss auf die Nase.

»Vielleicht machst du ein Nickerchen am Feuer?«

Doch sein erstes Schläfchen machte er lieber unter dem Schreibtisch. Und sie konnte noch eine Stunde arbeiten, während der sie allerdings immer wieder pausierte, um Textnachrichten zum Thema Yoda zu beantworten.

Da der Hund einen zufriedenen Eindruck machte, arbeitete sie noch eine weitere Stunde, ehe sie Feierabend und ihnen beiden etwas zum Abendbrot machte.

Nach einem erfolgreichen Abendspaziergang machten sie es sich am Kamin in der Bibliothek gemütlich. Yoda rollte sich neben ihr zusammen, während sie ein weiteres Kapitel in der Familienchronik der Pooles las.

»Im Jahre 1864 starb Hugh Pooles Frau Marianne, mit der er seit neun Monaten verheiratet gewesen war, im Kindbett bei der Geburt der Zwillinge Owen und Jane. Im Jahre 1866 vermählte er sich erneut mit einer Frau namens Carlotta, mit der er drei weitere Kinder hatte. Ein Sohn starb noch im Kindesalter. Wie schrecklich!«

Sie klappte das Buch zu. »Damit ist Marianne die dritte Braut, von der ich hier lese.«

Nachdem sie mit dem Hund eine letzte Runde gedreht hatte, machte sie sich fertig fürs Bett. Offenbar fand Yoda seinen Platz am Feuer mehr als annehmbar.

Sie wachte nicht auf, als die Uhr drei schlug, und hörte auch nichts von der hinaufwehenden Musik. Aber der Hund stellte die Ohren auf. Er verließ den Raum und tappte nach unten.

Schwanzwedelnd wanderte er durch den Kerzenschein zum Klavier, wo er sich hinsetzte.

Als es ihm erlaubt wurde, legte er die Vorderpfoten auf die Bank und schmiegte sich an die Hand, die ihn streichelte.

Morgens begann Sonya mit ihrer neuen Routine. Sie kochte Kaffee, zog ihre Outdoor-Klamotten an, nahm den Hund an die Leine und führte ihn nach draußen.

Insgeheim hoffte sie, dass er die frühmorgendliche und spätabendliche Gassirunde über kurz oder lang allein schaffen würde.

Während sie frühstückte und ihre E-Mails checkte, fraß auch er seinen Napf leer.

»Jetzt muss ich arbeiten«, verkündete sie ihm.

Er folgte ihr zur Treppe und wollte mit ihr nach oben gehen. An der Geheimtür blieb er jedoch stehen und wedelte mit dem Schwanz.

»Ist dahinter irgendetwas verborgen?« Sie schauderte, schüttelte das Gefühl jedoch sofort wieder ab. »Okay, aber jetzt gehen wir da nicht rein. Heute nicht.«

Beim Anblick des Bettes im Schlafzimmer stieß sie einen tiefen Seufzer aus. Es war frisch gemacht, die Kissen aufgeschüttelt. Yodas Hundekörbchen war ebenfalls wieder ordentlich hergerichtet worden.

»Okay. Okay, danke. Das ist zwar nicht nötig, aber danke. Also gut.«

Nachdem sie in ihre Jogginghose geschlüpft war, begleitete Yoda sie in die Bibliothek.

Wieder nahm er sein Plätzchen unter dem Schreibtisch ein, während sie sich auf ihre Arbeit konzentrierte.

Zweimal hörte sie, wie Türen sich schlossen. Auch dem Hund schien das nicht zu entgehen, denn er hob den Kopf.

»Geht mich nichts an«, murmelte sie und arbeitete weiter.

Sie beschloss, die Zeit des Gassi-Gehens zum Nachdenken zu nutzen. Im Projekt für die Catering-Firma gab es einige Hürden zu überwinden. Die Menüpakete, die À-la-carte-Speisen, die ganzen Fotos, die Preise. Und sie wollte die Website zwar ansprechend, aber dennoch übersichtlich gestalten, damit potenzielle Kunden sich nicht mühsam hindurchkämpfen mussten.

Als sie Feierabend machte, hatte sie zwei Designvorschläge wieder verworfen, ehe sie sich für einen entschieden hatte, auf den die Attribute *ansprechend* und *übersichtlich* gleichermaßen zutrafen.

Und weil Yoda jedes einzelne Mal, wenn sie die Treppe hinauf- oder hinabliefen, vor dieser verdammten Geheimtür stehen blieb, öffnete sie sie.

»Du willst dort hineinsehen? Dann machen wir das jetzt. Eigentlich sollte ich ohnehin ein wenig trainieren.«

Unermüdlich wanderte er im Fitness-Raum umher, blieb gelegentlich stehen, wedelte das Nichts an. Zumindest konnte sie nichts erkennen.

Anscheinend fand er es amüsant, ihr bei ihrem armseligen Training zuzusehen. Aber allzu lange hielt sie es nicht aus und wollte nur noch eines: wieder nach oben.

Als sie diesmal an den Glocken vorüberkam, hörte sie eine davon klingeln.

»Das Goldene Zimmer. Wo mag das liegen? Ich glaube, im zweiten Stock. Es ist verschlossen.«

Sie richtete sich kerzengerade auf.

»Wir gehen hinauf.«

Sie nahm Yoda auf den Arm, nicht nur, um sich Mut zu machen, sondern auch, um seinen kurzen Beinchen die vielen Treppenstufen zu ersparen. Sie war nicht sicher, um welchen Raum genau es sich handelte, aber sie hatte ein verschwommenes Bild von einem großen Raum mit tiefgoldener Tapete im Kopf. Sie erinnerte sich, dass es ein besonders elegant eingerichteter Raum für wichtige Gäste war.

Im zweiten Stock angelangt, setzte sie Yoda wieder auf den Boden.

»Ganz schön kalt hier oben. Noch kälter als letztens.«

Sie öffnete eine Tür nach der anderen. Abgedecktes Mobiliar, Blumentapeten oder cremefarbene Vertäfelung.

Als sie am Ende des lang gestreckten Flurs nach einem Türknauf langte, fing Yoda an zu knurren.

Steifbeinig und mit gebleckten Zähnen stand er da.

»Ich lasse nicht zu, dass man dir wehtut. Was immer hinter dieser Tür lauern mag.«

Obwohl sich ihr Magen schmerzhaft zusammenzog und ihr Herz wild pochte, stieß sie die Tür auf. Der ihr entgegenströmende Luftzug fühlte sich eisig kalt an und ließ die Laken über dem Mobiliar erzittern. Yoda stand auf der Türschwelle und bellte wie verrückt.

»Das hier ist mein Haus.« Sie hob ihn hoch. »Unser Haus.«

Aber weil der Hund so zitterte – oder war sie es selbst? –, schloss sie die Tür wieder.

»Schon gut.« Im Davongehen küsste sie Yoda auf den Kopf. »Alles ist gut. Kehren wir nach unten zurück. Dort kriegst du ein Leckerli.«

Er brachte kein Heulen zustande, sondern winselte nur. Trotzdem wertete sie den Laut als gutes Zeichen.

Im Essbereich lagen sämtliche Stühle um den kleinen Tisch rücklings auf dem Boden.

»Irgendjemand versucht, uns Angst einzujagen, aber das wird er nicht schaffen.«

Sie setzte Yoda ab und richtete die Stühle wieder auf.

Dann belohnte sie den Hund mit einem Leckerbissen und sich selbst mit einem Glas Wein.

Der Hund spendete ihr Trost, ein süßer, kleiner, warmer Körper, der die Wohnung mit ihr teilte. Nach ihrer letzten Runde beschloss sie, sich am heutigen Abend nicht mit der Familiengeschichte der Pooles zu befassen, sondern sich ihrem Roman zu widmen, während Yoda sich in seinem Hundebett am Feuer zusammenrollte.

Irgendwann glitt ihr das Buch aus den Händen, und sie fiel in tiefen Schlaf.

Träumte sie etwa?

Sie stand vor dem Spiegel, dem Spiegel aus dem Traum ihres Vaters. Die Raubtiere, die das Glas umrahmten, schienen nach ihr zu schnappen und sie anzuknurren.

Aber anstelle ihres eigenen Spiegelbildes sah sie einen dahinterliegenden Raum, schattenhafte Bewegungen, als ob es sich nicht um einen Spiegel, sondern um ein Fenster handelte.

Die Schatten veränderten sich, das Licht wurde heller.

Feuer- und Kerzenschein beleuchteten ein Schlafzimmer.

Das ihre?

Es war nicht das gleiche Bett, und die Tapete zeigte große Blumen, deren rosa geränderte Blüten sich über ein blassgoldenes Feld ausbreiteten. Dennoch erkannte sie in dem Raum denjenigen wieder, den sie im Herrenhaus bewohnte.

Auf dem Bett entdeckte sie eine Frau, die offensichtlich in den Wehen lag. Obwohl Sonya noch nie einer Entbindung beigewohnt hatte, war das, was sie hinter dem Spiegel sah, unverkennbar.

Zwei weitere Frauen leisteten ihr Gesellschaft – Hebammen? Eine wischte ihr das Gesicht mit einem feuchten Tuch ab, die andere kniete zwischen ihren Beinen.

Und durch das Glas hindurch hörte Sonya Stimmen, Schreie, zunächst nur gedämpft, dann immer lauter und deutlicher.

Das ist nicht die Gegenwart, dachte Sonya. Das, was sie hinter dem Spiegel sah, geschah nicht jetzt. Die Frau, die am Kopf des Bettes stand, trug eine Art Haube auf dem Kopf. Dazu ein langes, graues Kleid mit einer Art Schürze. Die andere, die vor dem Bett kniete, hatte altmodische Schnürstiefel an.

Ein Traum, das musste ein Traum sein, dachte sie und wollte die Hand auf das Spiegelglas legen.

Sie glitt hindurch wie durch eine Türöffnung.

Die drei Frauen schenkten ihr keinerlei Beachtung, sondern konzentrierten sich mit aller Macht auf die Arbeit, ein Menschenkind auf die Welt zu bringen.

»Das Baby kommt! Ihr müsst pressen! Nehmt alle Kraft zusammen, Mrs. Poole, und presst!«

Die Frau im Bett stützte sich auf die Ellbogen. Ihr Gesicht war verzerrt vor Erschöpfung und Schmerz, als sie mit aller Macht presste. Ihr Schrei, so urtümlich und durchdringend, ging Sonya durch Mark und Bein.

»Da ist das Köpfchen. Ach, ist das reizend! Noch einmal pressen, Liebes. Nur noch einmal.«

Die Mutter schluchzte, während die Hebamme das Baby drehte und seine Schultern befreite, sodass auch der restliche kleine Körper hinausglitt.

»Ihr habt einen Sohn, Mrs. Poole. Ein strammer Bursche. Alles gut, alles gut, kleiner Mann«, sprach die Hebamme auf Mutter und Kind ein, während sie das Gesicht des Neugeborenen mit einem Tuch säuberte.

Das leise Quengeln des Kleinen verwandelte sich in so beleidigtes Gebrüll, dass Sonya die Hände auf ihr Herz presste.

So wunderschön. Sie hatte nicht gewusst, dass es so wunderschön sein konnte.

»Ich will ihn haben. Ich will meinen Sohn.«

Die frischgebackene Mutter, deren langes Haar schweißfeucht war, streckte die Arme aus. Gleichzeitig lachend und weinend, nahm sie das Baby in die Arme.

»Er soll Owen heißen. Ich habe einen Sohn. Oh Gott! Nehmt ihn, nehmt ihn mir ab. Dieser Schmerz!«

»Nimm den jungen Herrn, Ava. Da kommt noch ein Kind. Nicht pressen, Liebes. Jetzt heißt es hecheln. Hecheln, während ich mich darum kümmere.«

»Gott steh mir bei.«

So verwandelte sich die Schönheit in Schmerz, während der Hebamme der Schweiß in Strömen herabrann und die Mutter flehte, dass es aufhören möge.

So viel Blut. War so viel Blut normal?

Mittlerweile wusste Sonya, dass sie träumte. Das hier war Marianne Poole, die dritte Braut.

Die Tochter – Jane, wie sich Sonya erinnerte – kam in einer riesigen Blutlache zur Welt, und ihr kümmerliches Wimmern klang wie Wehklagen darüber, dass ihre Mutter im Sterben lag.

»Ich muss die Blutung stoppen. Holt mehr Tücher. Holt den Herrn.«

Doch das Blut wollte nicht aufhören zu fließen und durchtränkte das Bett. Bleich wie der Tod lag Marianne da. »Jane. Meine Tochter soll Jane heißen. Owen David und Jane Elizabeth. Meine Kinder.«

Sonya stockte der Atem, als Marianne sie mit vor Schreck weit aufgerissenen und dennoch trüben Augen ansah. »Meine Kinder. Du stammst von ihnen ab.«

In diesem Moment stürmte er ins Zimmer, ein Mann mit den Augen und der Statur ihres Vaters, gekleidet in ein loses weißes Hemd und schwarze Hosen. Er eilte auf das Bett zu und nahm die schlaffe Hand seiner Frau zwischen die seinen.

»Marianne, meine Geliebte. Ich bin da.«

»Wir haben einen Sohn. Und eine Tochter.«

»Sie brauchen ihre Mutter. Bleib um ihretwillen.« Er presste die Lippen auf ihre Hand. »Und um meinetwillen.«

»Ich bleibe für sie und für dich. Aber jetzt ... muss ich mich ausruhen«, sagte sie und verschied.

Weinend umfing er ihre Hände.

Während er wild schluchzte, betrat eine Frau in Schwarz den Raum. Sie schritt auf das Bett zu und zog der Toten den Ring vom Finger.

»Nein!« Sonya machte einen Schritt vorwärts, um sie aufzuhalten. »Das darfst du nicht.«

In Hester Dobbs' Augen loderten Wahnsinn und wilde Entschlossenheit, als sie antwortete: »Oh doch, ich kann, ich darf, und ich werde.« Sie schob sich den Ring auf den Finger, wo schon zwei weitere im Kerzenlicht funkelten. »Glaubst du etwa, du könntest mich aufhalten? Das aufhalten, was ich in Feuer und Blut geschmiedet habe? An diesem Ort bist du der Geist.«

Wütend stürzte Sonya sich auf sie.

Und erwachte. Sie stand neben ihrem Bett, während der Hund zu ihren Füßen winselte.

»Schon gut. Ich habe geträumt. Ich hatte nur einen Albtraum.«

Dennoch konnte sie immer noch das Blut und das Kerzenwachs riechen.

Und in ihrem Kopf vernahm sie weiterhin den Klang der Stimmen. Sie hörte den leicht verwaschenen schottischen Akzent der Hebamme, die Erschöpfung in Mariannes Stimme und die Trauer in der von Hugh Poole.

Und den schneidenden, boshaften Ton, den Hester Dobbs angeschlagen hatte.

Warum hatte sie beim Aufwachen neben dem Bett gestanden, anstatt darin zu liegen?

Sie erinnerte sich, dass sie beim Lesen eingeschlafen war. Aber das Licht war mittlerweile gelöscht, und das Buch lag geschlossen auf dem Nachttisch. Die Teetasse, die sie mit nach oben gebracht hatte, war nirgends zu entdecken.

Sie wusste, dass sie sie gespült und ordentlich weggeräumt unten im Küchenschrank entdecken würde.

Irgendjemand passte also auf sie auf, erwies ihr kleine Dienste und erledigte ein paar Dinge im Haushalt.

Aber jemand anders wollte ihr Angst einjagen.

Wie viele Geister mochten hier im Haus mit ihr

zusammenleben? Und wer waren sie – oder waren sie gewesen?

Sie sah auf die Uhr. Drei Uhr und zweiundzwanzig Minuten.

Keine Klaviermusik, niemand klopfte an die Tür.

»Ich habe alles so klar vor mir gesehen. Den Spiegel und darin das Zimmer auf der anderen Seite. Die Menschen. So deutlich, dass ich sie malen könnte. Auch wenn das nicht meine größte Begabung ist, könnte ich sie vermutlich dennoch malen.

Ich habe miterlebt, wie zwei Babys zur Welt kamen – die erste Geburt so wunderschön, die zweite so tragisch – aber ich konnte alles sehen, hören und fühlen. Ich war dabei, wie eine Frau starb, eine Frau, die mit aller Macht darum kämpfte, ihre Kinder zur Welt zu bringen. Ich habe beobachtet, wie sie einfach ... dahinschwand.«

Sie streichelte den Hund, dankbar für diesen süßen, warmen Körper ganz dicht bei ihr.

»Und ich habe Hester Dobbs gesehen. Ich habe beobachtet, wie diese Hexe Mariannes Ring raubte, noch während deren Ehemann trauerte. Und sie hat mich ebenfalls entdeckt. Sie hat mich gesehen, sogar mit mir gesprochen. Und kurz vor ihrem Tod nahm Marianne mich ebenfalls wahr und sprach mit mir. Aber sonst bemerkte mich niemand.

Dort war ich der Geist, damit hatte Hester Dobbs recht. Auf der anderen Seite des Spiegels – oder was dieses verdammte Ding auch immer sein mag – war ich der Geist.«

Kapitel 15

In Anbetracht der Nacht, die hinter ihr lag, wäre sie gern länger im Bett geblieben. Aber wegen des Hundes schälte sie sich mühsam aus den Federn. Ein Spaziergang im scharfen Wind vertrieb einen Großteil ihrer Benommenheit, die sie eingehüllt hatte wie Spinnweben.

Entschlossen, eine gewisse Routine beizubehalten, setzte sie sich an ihren Schreibtisch – ein wenig später als sonst, aber immerhin.

Erster Tagesordnungspunkt: den Spiegeltraum aufschreiben.

Nachdem sie das erledigt hatte, holte sie ihr Skizzenbuch hervor und bemühte sich, die Personen jenes Traumes zu zeichnen.

Sie war zwar nicht so begabt wie Cleo bei ihren Illustrationen, fand aber, dass sie durchaus eine gewisse Ähnlichkeit hinbekommen hatte.

Dann legte sie den Block beiseite.

»Und jetzt geht es an die Arbeit«, sagte sie zu Yoda. »Schließlich brauchen wir beide auch etwas zu essen.«

Nichts und niemand störte sie. An die musikalischen Grüße von ihrem iPad hatte sie sich mittlerweile gewöhnt, weshalb sie aufgehört hatte, sie zu zählen. Um halb vier Uhr nachmittags machte sie Feierabend.

»Ich werde Trey Doyle – der nicht nur ein Mann, sondern auch ein potenzieller Kunde ist – nicht in Jogginganzug und ungeschminkt gegenübertreten.« Sie tippte Yoda auf die Nase, weshalb er heftig mit dem Schwanz wedelte. »Professionalität ist alles. Außerdem sieht er selbst immer so verdammt gut aus. Du kennst ihn noch nicht ...«, fügte sie hinzu, während sie gemeinsam Richtung Schlafzimmer liefen, »... darfst mich aber beim Wort nehmen.«

Beim Anblick des kurzen, ein wenig aufreizenden roten Kleides, das ordentlich auf ihrem Bett ausgebreitet lag, blieb sie wie angewurzelt stehen.

»Okay, das ist neu – nicht das Kleid, aber die Geste. Und ... äh ... danke? Aber eigentlich eignet es sich eher für ein abendliches Date, für ein Treffen mit einem Kunden ist das wohl nicht das Richtige. Trotzdem ist es ein großartiges Kleid.«

Jetzt sprach sie also nicht mehr nur mit sich selbst, sondern auch noch mit Geistern, dachte Sonya.

Sie hielt es sich an den Körper und drehte sich vor dem Spiegel hierhin und dorthin. »Wer weiß, wann ich wieder einmal einen Grund habe, es anzuziehen. Aber heute passt es definitiv nicht zum Anlass.«

Sie hängte das Kleid in den Schrank zurück.

Ursprünglich hatte sie gar nicht an ein Kleid gedacht, aber so schlecht war die Idee für ein Kundengespräch und so weiter eigentlich gar nicht. Aber kein Kostüm. Lieber etwas Lässiges.

Sie zog ein schmales, geripptes Strickkleid in dunklem, leuchtendem Grün heraus. Schlicht geschnitten, mit langen Ärmeln und in Midilänge sah es mit Stiefeln immer gut aus.

»Das ist das richtige.«

Nachdem sie sich umgezogen hatte, begutachtete sie sich erneut im Spiegel. »Okay, sieht gut aus. Man sieht, dass ich meinen Job ernst nehme, aber trotzdem wirke ich freundlich und leicht.« Belustigt deutete sie auf Yoda. »Allerdings nicht wie ein leichtes Mädchen.

Obwohl, du liebe Güte, ja, ich vermisse Sex wirklich. Aber keine Gedanken an Sex während eines Kundengesprächs!«, ermahnte sie sich und ging weiter ins Bad, um Make-up aufzulegen.

Hier galten die gleichen Regeln. Professionell, aber gleichzeitig lässig und freundlich.

Während sie noch überlegte, welchen Lidschatten sie nehmen sollte, fragte sie sich, ob sie allen Ernstes mehr als sechs Stunden Fahrt in Kauf nehmen sollte, um ihre langjährige Stamm-Friseurin aufzusuchen.

Was wäre das Vernünftigste? Es mal beim örtlichen Friseur zu versuchen. Wenn man es dort vermasselte, würde sie halt nie wieder hingehen.

Zum Schluss noch Ohrringe – nur Stecker, dann musterte sie sich ein letztes Mal im Spiegel.

»Passt genau, und auch wenn ich dreimal so lange gebraucht habe wie für das Anziehen einer Jeans und eines Pullovers, wie ursprünglich vorgesehen, ist das hier entschieden besser.«

Ihr iPad schmetterte Roy Orbisons Klassiker *»Oh, Pretty Woman«*.

»Danke. So langsam fühle ich mich trotz allem hier wohl. Es schadet nicht, hin und wieder daran erinnert zu werden, sich mal ein wenig Zeit für sich zu nehmen. Dieses ganze Self-Care-Ding. Jetzt sollte ich allerdings langsam mal Kaffee kochen.«

Sie würde das Kaffeeservice aus der Butler's Pantry nehmen und vor dem Kamin in der Bibliothek eindecken. Oder war die Küche besser geeignet?

Nein, die Bibliothek.

»Ich denke viel zu viel darüber nach«, gestand sie dem Hund. »Und das nicht nur, weil er ein potenzieller Neukunde ist. Er ist einfach so verdammt attraktiv. Und damit meine ich nicht nur sein Aussehen, sondern auch seine Art. Zumindest das, was ich davon kenne, denn so viel hatte ich bislang auch wieder nicht mit ihm zu tun. Das muss aufhören.«

Sie kochte Kaffee und trug das Tablett nach oben.

Ich werde mich professionell verhalten, dachte sie,

denn ich bin eine Frau, die ihr eigenes Unternehmen leitet.

Sie schüttelte die Kissen auf dem Sofa auf, legte noch ein Scheit ins Feuer.

Und entschied, dass alles perfekt war.

Der Hund bellte ein paarmal und rannte schon wenige Sekunden, bevor die Türklingel ertönte, aus dem Zimmer.

»So schnell kann sich also niemand von draußen reinschleichen.«

Sie ging nach unten und deutete auf Yoda, der an der Eingangstür hin und her tänzelte. »Benimm dich. Hier geht es ums Geschäft.«

Sie öffnete die Tür, und da stand er: groß, gut aussehend, neben sich sein riesiger, hinreißender Hund.

»Auf die Minute. Komm rein. Darf ich vorstellen: Yoda.«

»Hey du.« Trey trat ins Foyer und hockte sich direkt hin, um den tänzelnden Yoda tüchtig durchzukraulen. »Du hast tatsächlich Yoda-Augen. Was hältst du von ihm, Mookie?«

Wie als Antwort schleckte Mookie mit seiner langen Zunge einmal über Yodas Gesicht, was den kleineren Hund veranlasste, sich ein paarmal um die eigene Achse zu drehen.

»Wir haben ihm ein Begrüßungsgeschenk mitgebracht.« Trey holte ein Spieltau für Hunde aus der Gesäßtasche. »Zeig ihm, was man damit macht, Mook.«

Es dauerte keine fünf Sekunden, bis die Hunde miteinander Tauziehen spielten und einander spielerisch anknurrten.

»Du weißt schon, dass der große Hund den kleinen Kerl damit durchs ganze Haus zerren kann.«

»Ja.« Trey grinste seinem Hund nur zu. »Und wahrscheinlich macht er das sogar.«

»Gib mir deine Jacke.«

Und während sie zum Schrank lief, um sie aufzuhängen, schloss Sonya kurz die Augen.

Er hatte ein Geschenk für den Hund mitgebracht. Wie konnte sie ihm jetzt noch widerstehen?

»Also, Kaffee für uns beide steht in der Bibliothek.«

»Danke für den Kaffee und dafür, dass du dir Zeit nimmst.«

»Ich habe einen Blick auf eure Website geworfen«, sagte sie, während sie, gefolgt von den Hunden, die Treppenstufen erklommen. »Sie ist durchaus brauchbar.«

»Ist das ironisch gemeint?«

»Überhaupt nicht. Na ja, zugegeben – ein bisschen vielleicht. Ich könnte einige Verbesserungen vornehmen, aber erst einmal will ich hören, was dir vorschwebt.«

»Sie kommt mir veraltet vor. Poole's Bay ist eine Kleinstadt, aber wir haben auch Klienten von außerhalb. Wir sind ein Familienunternehmen. Das will ich besonders hervorheben. Manche unserer Mitarbeiter sind schon seit Jahrzehnten dabei, und wir bieten Praktika oder Referendariate an.

Und dann sind da noch die Büroräumlichkeiten. Das Haus. Das Haus, das unserer Familie gehört. Es hat einen bestimmten Charakter und vermittelt ein gewisses Vertrauen nach dem Motto: ›Sie können sich auf uns verlassen.‹ Und das alles sollte rüberkommen.«

»Nimm Platz.«

Sonya goss Kaffee ein, während die Hunde sich nun hier oben mit ihren Zerrspielchen amüsierten.

Sie machte sich Notizen, während er darlegte, was er für notwendig hielt, und weitere, nachdem er ihre Fragen beantwortet hatte.

Als die Hunde sich ans Feuer legten, hatte sie das Wesentliche verstanden.

Mit Geistern zusammenzuleben, hatte sie an ihrem

Verstand zweifeln lassen. Und jetzt spürte sie auch noch ein gewisses sexuelles Kribbeln in Bezug auf einen möglichen Kunden. Sie fragte sich ernsthaft, was mit ihr nicht stimmte und wie sie sich verhalten sollte.

Doch dann besann sie sich wieder auf ihre Professionalität und reagierte mit einem gewissen Selbstvertrauen.

»Du willst eine saubere, einfache, traditionelle Lösung mit Schwerpunkt auf der langjährigen Tradition der Kanzlei. Nichts Ausgefallenes oder besonders Schickes. Eure Kanzlei *Doyle Law Offices* ist aus gutem Grund eine Institution in Poole's Bay. Als Banner würde ich ein Foto des Bürogebäudes vorschlagen. Botschaft: *Wenn Sie dieses Haus betreten, werden wir Ihnen helfen.* Bislang steht oben nur der Name der Kanzlei. Ein konkretes Bild vermittelt einen persönlicheren Eindruck. Die Entscheidung für einen Arzt oder einen Anwalt ist eben immer eine sehr persönliche. Also sollte man darauf das Hauptaugenmerk legen.«

»Sehe ich ein.«

»Dann sollten wir ein Drop-down-Menü für das Personal vorsehen – mit Fotos und kurzen Lebensläufen. Und da ihr auch Praktikanten und Referendare nehmt, sollten die ebenfalls vorgestellt werden. Inklusive ihrer Erfolgsgeschichten: Julie Smith hat Jura in Harvard studiert, so in etwa. Und für jeden von euch dreien brauchen wir eine eigene Seite. Für Ace, Deuce und Trey.«

»Die Idee gefällt mir zwar, kommt mir aber alles andere als einfach vor.«

»Es ist mein Job, es einfach zu gestalten – sowohl für euch als auch für die zukünftigen Klienten, die auf der Suche nach einem Anwalt sind. Nehmen wir zum Beispiel eure Visitenkarten. Die, die mir dein Vater gegeben hat, unterscheidet sich ein wenig von deiner. Sie sollten allesamt ein einheitliches Erscheinungsbild haben. Den

Doyle Law Offices-Look. Und statt schwarzer Buchstaben auf weißem Grund würde ich wärmere Farben vorschlagen. Ecru zum Beispiel.«

»Ecru.« Da war es wieder, dieses bedächtige, entspannte Lächeln. »Dieses Wort hört man nicht alle Tage.«

»In meinem Beruf schon. Ihr solltet Visitenkarten, Briefkopf und alles andere optisch aufeinander abstimmen. Ein einheitlicher Look für ein einheitlich geführtes Wirtschaftsunternehmen. Im Moment hat eure Website einen weißen Hintergrund und einen leuchtend blauen Font. Die Fotos wiederum sind allesamt blau hinterlegt. Das ist zu bieder.«

»Bieder.«

»Was ihr wiederum nicht seid. Keiner von euch dreien. Euer Auftreten sollte dem entsprechen, was ihr seid und was ihr tut. Dein Vater ist nach Boston gereist, hat sich an meinen Tisch gesetzt und mein Leben verändert. Und dabei war er so überaus freundlich und geduldig. Du bist an einem Wochenendtag hergekommen, um ein paar Möbelstücke hin und her zu schleppen.«

»Ganz normale Nachbarschaftshilfe. Und Collin gehörte zur Familie. In einer Familie ist man ebenfalls füreinander da.«

»Ja.« Sie strahlte ihn an. »Genau. Ihr seid die Kanzlei von nebenan. Familien können darauf vertrauen, dass ihr euch gut um sie kümmert und sie vertretet.«

»Du bist gut in deinem Job.«

»Stimmt.«

»Könntest du einen Kostenvoranschlag ausarbeiten?«

»Ja. Und wenn ihr euch dagegen entscheidet, macht das auch nichts. Es wäre zwar ein Fehler, aber den müsstet ihr dann selbst verantworten.«

Lachend lehnte er sich zurück. »Anna ist ganz aus dem Häuschen.«

»Das freut mich.«

»Seitdem die Website online ist, hat sie wohl mehr verkauft als im ganzen vergangenen Monat. Mein Ziel besteht jedoch nicht darin, mehr Kunden anzulocken – jedenfalls nicht in erster Linie. Sondern darin, up to date zu bleiben.«

»Du willst nichts besonders Schickes, sondern einen frischen Look, der die Kanzlei und deren Mitarbeiter widerspiegelt.«

»Das trifft es. Somit wäre die Bestandsaufnahme also erledigt. Und wie läuft es momentan hier? Irgendwelche Probleme?«

»So langsam gewöhne ich mich dran. Ich habe angefangen, alles zu notieren, um den Überblick zu behalten. Zum einen ist da der hauseigene DJ, den ich schon beinahe unterhaltsam finde. Zum Teufel«, bekannte sie, »er *ist* unterhaltsam. Dann sind da die Türen, die sich immer wieder öffnen und schließen. Dass Yoda es ebenfalls hört, finde ich seltsam tröstlich. Und dann gibt es da irgendetwas im zweiten Stock.«

Der Gedanke daran verursachte ihr eine Gänsehaut, weshalb sie sich die Arme rieb.

»Der Hund blieb immer wieder im Flur vor der Geheimtür stehen, weshalb ich irgendwann mit ihm hinuntergegangen bin. Ich versuche ohnehin, mich aufzuraffen und häufiger im Fitnessraum zu trainieren.«

Um ihre Hände zu beschäftigen, goss sie ihm und sich noch etwas Kaffee ein. »Trainierst du auch?«

»Ein wenig.«

»In Boston bin ich regelmäßig dreimal die Woche ins Gym gegangen. Wie auch immer. Jedenfalls fing Yoda nach einem etwas erbärmlichen Workout meinerseits an herumzuschnüffeln. Da ertönte die Glocke – ich meine die, mit denen die Herrschaft früher mit dem Personal kommuniziert hat; die, die mit dem Goldenen Zimmer verbunden war. Im zweiten Stock. Also sind wir hinaufgegangen, um nachzusehen, obwohl ich mich nicht mehr genau daran erinnern konnte, um welches Zimmer es sich handelte. Als wir den Flur hinabgingen, waren sämtliche Türen geschlossen. Wir öffneten eine Tür nach der anderen. Am Ende des Flurs fing Yoda dann wie ein Wilder an zu knurren, und ich hätte schwören können, dass sich seine Nackenhaare sträubten. Und als ich die bewusste Tür, vor der wir nun standen, öffnete – was ich gleich sage, klingt verrückt.«

Sie hatte seine volle Aufmerksamkeit. »Das bezweifele ich.«

»Ich finde es sogar *ziemlich* verrückt. Es war nicht nur kühl, weil dieser Bereich des Hauses abgeschlossen und unbeheizt ist. Es war eisig, und ... es fühlte sich an, als wehe ein Wind durch ein offenes Fenster hinein. Ich konnte sogar erkennen, wie die Laken über den Möbeln sich bewegten. Sie ... kräuselten sich geradezu. Ganz deutlich. Und Yoda bellte wie ein Irrer, knurrte, bleckte die Zähne. Ich befürchtete, er würde hineinlaufen, deshalb schloss ich die Tür schnell wieder. Danach brachte ich ihn wieder in die Küche hinunter, wo sämtliche Stühle am kleinen Tisch umgekippt auf dem Boden lagen.«

»Vielleicht sollte ich hochgehen und auch mal nachsehen?«

»Jetzt?«

»Klar.« Er stand auf. »Gib mir ein paar Minuten.«

Ihre Kehle war plötzlich ganz trocken, aber ...

»Nein, wenn du hochgehst, komme ich mit.« Sie erhob sich ebenfalls. »Ich muss schließlich hier wohnen. Ich will hier wohnen«, berichtigte sie sich sofort. »Und – na ja – eigentlich muss ich selbst herausfinden, was es mit all diesen seltsamen Zimmern auf sich hat.«

Er lächelte ihr zu. »Anscheinend wusste Collin, was er tat, als er dir das Herrenhaus hinterließ. Und offenbar haben sich unsere Bodyguards bereits versammelt, um uns zu begleiten«, fügte er hinzu, als die Hunde aufstanden und sich streckten.

»Hast du seither von da oben noch irgendwelche Geräusche gehört?«, fragte er, als sie sich auf den Weg machten.

»Nein. Aber eins muss ich dir auf jeden Fall noch sagen: Was immer ich da oben gehört oder gefühlt habe, war nicht harmlos oder gutartig. Nicht wie der unsichtbare DJ oder die Haushaltshilfe. Ich glaube – und jetzt wird es wieder verrückt – ich glaube, dass da oben Hester Dobbs herumspukt.«

»Diese schreckliche Hexe, die Astrid Poole getötet hat?«

»Die sie getötet und ihr den Ring gestohlen hat. Und die Catherine, die zweite Braut, in der Hochzeitsnacht in den Schneesturm hinausgelockt hat. Und auch deren Ring nahm. Und ...«

Sie brach ab, denn nun hatten sie den zweiten Stock erreicht. »Darf ich?« Sie griff nach seiner Hand. »Ja, schon besser.«

»Dobbs starb ein paar Jahrzehnte vor Catherine.«

»Ja, und ich hab doch gesagt, dass es verrückt ist, aber ich *weiß* es. Und nein, ich gehöre nicht in die Klapse, aber ich habe es *gesehen*. Im Traum – zumindest glaube ich, dass es ein Traum war. Träume sind normal, aber diese waren so unglaublich klar. Und letzte Nacht ...«

»Letzte Nacht?«

»Bringen wir erst einmal das hier hinter uns«, sagte sie, als sie die Tür am Ende des Flurs erreicht hatten. »Sieh dir die Hunde an. Sie knurren zwar nicht, sind aber eindeutig in Habachtstellung, oder? Als witterten sie irgendetwas, das ihnen nicht gefällt.«

Trey veränderte seine Position beinahe unmerklich, sodass er zwischen Sonya und der Tür zu stehen kam.

Als er sie öffnete, gaben beide Hunde ein warnendes Knurren von sich, das tief aus ihren Kehlen zu kommen schien.

Aber drinnen regte sich nichts.

»Fühlt sich kälter an.«

Entsetzt registrierte Sonya, dass er ihre Hand losließ und das Zimmer betrat. Er umrundete die abgedeckten Möbel und überprüfte die Fenster.

»Alle verschlossen, aber hier ist es definitiv eiskalt. Bestimmt zehn Grad kälter als im Flur.«

»Am ersten Tag sind wir hier doch schon mal durchgegangen. Und mit Cleo habe ich auch eine Besichtigungstour unternommen. Da war es hier noch nicht so kalt.«

»Aber jetzt schon.«

Sonya wappnete sich und wollte ebenfalls eintreten. Doch die Tür schlug ihr vor der Nase zu.

Die Hunde rasteten aus.

Sie bellten wie verrückt, und Mookie warf sich gegen die Tür, während Sonya den Knauf umfasste, ihn drehte und an ihm rüttelte, ohne dass er sich bewegte. Also gab sie auf und hämmerte gegen die Tür, rief nach Trey.

Trey stand drinnen, und die Temperatur fiel nun so sehr, dass er sogar seinen Atem sehen konnte. Um ihn herum begannen die Tücher über den Möbeln zu flattern und nach ihm zu schnappen.

Unter dem weißen Leinentuch fing das Bett an zu erzittern. Die Schubladen des abgedeckten Schreibtisches flogen auf und knallten wieder zu, während der Wind durch den Kamin heulte.

Am liebsten hätte er die Hände zu Fäusten geballt, um gegen das Unsichtbare anzukämpfen. Aber er schob sie nur in die Taschen seiner schwarzen Hose.

»Mehr hast du nicht drauf? Ein bisschen Krach und kalte Luft?«

Mit durchdringendem Kreischen platzten die goldenen Damasttapeten auf wie Wunden. Blut floss heraus.

»Na gut. Ich könnte den ganzen Tag hier herumstehen, aber draußen wartet eine Lady.«

Er ging zur Tür und blieb noch einmal stehen und sah sich um. »Das hier ist nicht dein Haus. Es war noch nie dein Haus und wird auch niemals dein Haus werden. Du willst diesen Raum haben? – Na gut, du hast ihn. Zumindest vorläufig.«

Als er die Hand auf den Türknauf legte, verebbte der Wind, und es wurde wärmer. Die Tapeten an den Wänden wuchsen wieder zusammen.

Als er die Tür öffnete, stürzte ihm Sonya in die Arme, während die zwei Hunde an ihm hochsprangen und ihn abzulecken versuchten.

»Geht es dir gut?« Sonya betastete sein Gesicht, strich ihm über die Schultern. »Die Tür ließ sich nicht mehr öffnen. Sie schlug zu und blieb verschlossen. Und hören konnte ich auch nichts mehr.«

»Du konntest nichts hören?«

»Doch, ja. Aber nur die Hunde, wie sie bellten und an der Tür hochsprangen. Ich habe dagegengehämmert, nach dir gerufen, aber du hast nicht geantwortet.«

»Ich habe nichts davon gehört.« Nach einem letzten Blick in den Raum schloss er die Tür. »Das ist interessant.«

»Interessant? *Interessant?* Ich muss mich hinsetzen.«

Das tat sie, und zwar auf den Boden im Flur. Yoda kroch auf ihren Schoß, und Mookie lehnte sich an ihre Schulter.

Trey hockte sich vor sie hin, sodass sie einander in die Augen sahen. »Lass uns wieder runtergehen. Und wahrscheinlich ist es am besten, diesen Raum zu meiden, bis wir Genaueres wissen.«

»Oh, meinst du? Ich soll mich besser von dem bösen, angsteinflößenden Zimmer fernhalten? Gute Idee.«

»Der Raum selbst ist nicht böse, Sonya.«

»Stimmt.« Sie vergrub das Gesicht in den Händen. »Ich glaube, ich habe eine Panikattacke. Das hatte ich noch nie, aber immerhin weiß ich jetzt, wie sich das anfühlt.«

Sie ließ die Hände sinken und griff wieder nach seinen. »Ich hatte keine Ahnung, was dadrin passierte, was mit dir war. Was ist geschehen?«

»Jemand hat dort eine kleine Show abgezogen. Nicht besonders beeindruckend, aber womöglich hast du recht, was Hester Dobbs angeht. Also überlasse ihr vorläufig das Zimmer. Wir werden eine Lösung finden.«

»Was für eine Show?«

Er erhob sich und zog sie ebenfalls auf die Füße. Dann legte er ihr den Arm um die Schultern, um sie wegzuführen. »Es wurde so kalt wie in einer Kühlkammer. Das Bett hüpfte auf und ab, Schubladen öffneten und schlossen sich wieder. Der beste Trick bestand darin, dass sie die Wände zum Bluten brachte.«

Wie angewurzelt blieb sie stehen. »Die Wände bluteten?«

»Aber sie hat nicht lange durchgehalten«, sagte er und schob Sonya weiter voran. »Kaum hatte ich den Türknauf berührt, war der Spuk vorbei. Alles wieder normal.«

»Deine Vorstellung von Normalität unterscheidet sich doch sehr von meiner.«

»Du bist ja eiskalt. Komm, wir gehen in die Bibliothek zurück. Dann kannst du mir alles von letzter Nacht erzählen.«

»Wie kannst du nur so ruhig sein? Ich meine es ernst. Wie machst du das?«

»In Krisen bleibe ich meistens ruhig.«

Sie gab auf, lehnte sich an ihn und versuchte, tief durchzuatmen.

»Großer Gott. Wahrscheinlich ist das auch gut so, selbst wenn es mir schleierhaft ist, wie du das anstellst.«

In der Bibliothek ließ sie sich auf die Couch plumpsen, während Trey das Feuer schürte und ein weiteres Holzscheit auflegte.

»Sie füllen die Holzvorräte übrigens immer noch auf. Ich habe seit meiner Ankunft hier kein einziges Scheit von draußen hereingeholt.«

»Das ist ganz bestimmt nicht Dobbs.«

»Nein«, sagte sie, als er sich neben sie setzte. »Und ich glaube nicht, dass derjenige – oder dasjenige –, das mein Bett macht und meine Teetassen spült, der gleiche Geist ist, der Musik auf meinem iPad spielt, und die Klavierspielerin ist womöglich wieder jemand anders.«

»Sie ist also zahlenmäßig unterlegen – ich meine Hester Dobbs.«

Aus dieser Perspektive hatte sie es noch nie betrachtet, aber nun, da sie es tat, löste sich die Verspannung in ihren Schultern ein wenig.

»Wahrscheinlich sollte mich das jetzt etwas beruhigen.«

»Was war letzte Nacht?«, fragte Trey nach und nahm ihre Hand.

»Letzte Nacht. Also, ich bin beim Lesen im Bett eingeschlafen. Dann wachte ich auf – oder auch nicht. Wenn es tatsächlich ein Traum war, dann war er wahnsinnig detailliert. Ich stand vor einem Spiegel. Mein Vater hat von dem gleichen Spiegel geträumt – einem Ganzkörperspiegel, in dessen Rahmen Raubtiere geschnitzt waren. Eulen, Füchse, Habichte, Bären – allesamt auf der Jagd. Aber im Spiegel sah ich nicht mich selbst, sondern ein anderes Zimmer. So klar, dass ich durch den Spiegel hindurchging wie durch eine Tür.«

»Wirklich?« Offensichtlich fasziniert hielt er ihre Hand weiterhin fest und sah sie mit seinen tiefblauen Augen unverwandt an. »Wohin bist du gegangen?«

»Zu Marianne Poole. Also Braut Nummer drei. Ich glaube, es war mein Schlafzimmer, aber die Wände waren anders tapeziert, und sie lag in einem anderen Bett. Sie brachte gerade ihre Zwillinge zur Welt.«

Sie erzählte ihm alles, wobei ihr jedes einzelne Detail noch immer glasklar vor Augen stand.

»Als sie starb ... Ich habe noch nie jemanden sterben sehen, dennoch wusste ich, dass sie starb. Ich hätte es auch gewusst, wenn ich nicht in der Familienchronik davon gelesen hätte ... Also, als sie starb, blickte sie mich an. Sie hat mich *gesehen*, Trey. Sonst entdeckte mich niemand, aber sie im Angesicht des Todes schon. Sie sagte, sie habe einen Sohn und eine Tochter, und dass ich von ihnen abstammte.«

Sonya wischte sich eine Träne ab. »Sie hat so heftig gekämpft, ihre Kinder auf diese Welt zu bringen, nur um sie selbst verlassen zu müssen. Ich sah, wie Hugh Poole ins Zimmer stürzte und wie er um sie trauerte, als sie starb. Er liebte sie – das war real. Mein Gott, ich konnte seinen Kummer förmlich spüren. Und dann entdeckte ich sie – Hester Dobbs. Sie kam einfach ins Zimmer. Er bemerkte sie nicht, ich hingegen schon. Sie zog Marianne den Ehering vom Finger.«

Um sich zu beruhigen, holte Sonya tief Luft, ehe sie fortfuhr: »Ich sagte, nein, das darfst du nicht. Das darfst du nicht tun. Und sie blickte mich an. Sie sah mich und sagte – und zwar wortwörtlich, denn das werde ich nie vergessen:

›Oh doch, ich kann, ich darf, und ich werde. Glaubst du etwa, du könntest mich aufhalten? Das aufhalten, was ich in Feuer und Blut geschmiedet habe? An diesem Ort bist du der Geist.‹

Sie steckte sich den Ring an den Finger, wo sie bereits zwei andere trug. Eheringe, dessen bin ich mir sicher. Und dann wachte ich auf oder kam wieder aus dem Traum zurück, oder was zum Teufel von beidem auch zutreffen mag. Plötzlich stand ich in meinem Schlafzimmer, während der arme Yoda winselte und zitterte.«

Sie lachte leise auf. »Ich glaube, ich selbst habe auch ein wenig gewinselt und gezittert.«

»Warum hast du mich nicht angerufen?«

»Um kurz nach drei Uhr morgens?«

»Ja.«

Sie sah ihn an, blickte in diese ach so attraktiven, blauen Augen, die sie voller Sorge musterten.

»Anscheinend meinst du es tatsächlich ernst. Die meisten Leute, die einem anbieten, dass man sie jederzeit anrufen kann, würden diese Uhrzeit ausschließen.« Kurz drückte sie die Hand, die die ihre immer noch festhielt.

»Ich kann nicht behaupten, dass ich immer sage, was ich meine. Immerhin bin ich ein verdammter Anwalt. Aber wenn ich dir sage, dass du jederzeit anrufen kannst, meine ich das tatsächlich ernst. Du hattest Angst, wozu du jedes Recht hattest. Du musst damit nicht allein sein.«

»Die Anwesenheit des Hundes hilft. Das klingt albern, ich weiß, aber ...«

»Überhaupt nicht.«

»Nein«, pflichtete sie ihm bei. »Es ist nicht albern. Und genauso hat es geholfen, dir alles zu erzählen, und dass du mir glaubst. Warte.«

Sie stand auf, um ihren Skizzenblock zu holen.

»Ich habe sie gemalt – die Hebamme, Marianne, alle Personen, die ich gesehen habe.«

Er griff nach dem Block. »Was für großartige Zeichnungen. Ich hatte keine Ahnung, dass du so malen kannst.«

»Grafikdesign liegt mir mehr als die schönen Künste, aber ...«

»Spiel dein Talent bloß nicht herunter«, murmelte er und blätterte die Zeichnungen durch. »Hast du nicht auch ein Porträt von Hugh Poole in deinem Besitz?«

»Im Buch befindet sich ein Foto von ihm, ebenso wie eines von Marianne Poole – allerdings muss sie da jünger gewesen sein als zum Zeitpunkt ihres Todes. Aber von Hester Dobbs existiert keine Abbildung.«

»Und das ist sie.«

Sie hatte das Gesicht aus zwei unterschiedlichen Perspektiven gezeichnet und noch ein Ganzkörperporträt angefertigt, auf dem Dobbs die Hand mit den drei Ringen in die Höhe hielt.

»Ja, ich hab sie so gut ich konnte gezeichnet.«

»Ich hätte nicht gedacht, dass sie schön war.«

»Doch, das ist sie – war sie. Sogar atemberaubend schön, das schwarze Haar, die milchweiße Haut, die dunklen Augen. Ihre Stimme klingt ... kehlig. Verführerisch. Und ihr steht der Wahnsinn in den Augen. Das habe ich, glaube ich, nicht so recht einfangen können.«

»Einen gewissen Eindruck bekommt man durchaus. Und das ist der Spiegel?«

»Ja. Mein Vater hat ihn ebenfalls gemalt. Meine Mutter hat mir erzählt, dass er davon geträumt hat. Er träumte immer wieder, dass er darin einen Jungen und später einen Mann sah, der ihm sehr ähnelte – vermutlich Collin. Von Kindheitstagen an bis zu seinem Tod.«

»Ich kann mich an nichts Derartiges im Inventar erinnern, und ich glaube nicht, dass ich einen solchen Spiegel vergessen hätte. Aber ich werde noch mal nachsehen.«

»Hab ich schon. Er ist nirgends aufgelistet. Aber ich habe ihn gesehen, und mein Vater ebenfalls. Also ...« Sie zuckte mit den Schultern. »Ich kann es nicht erklären.«

»Collin hat ihn nie erwähnt und auch nicht über ähnliche Phänomene wie das in dem Zimmer im zweiten Stock berichtet. Mir zumindest nicht. Ich werde meinen Vater fragen.«

Er schloss das Skizzenbuch.

»Hast du heute zum Abendessen etwas vor?«

»Abendessen?« Sie sah auf die Uhr. »Oh, wir unterhalten uns jetzt schon eine ganze Weile, was? Ich könnte irgendetwas improvisieren – wird sicher nicht so gut schmecken wie bei Cleo, aber mir wird schon etwas einfallen.«

»Das könnte ich auch, aber probieren wir doch lieber etwas anderes. Gehen wir aus.«

»Aus?«

»Du weißt schon, ins Restaurant. Wo jemand, der erheblich besser kocht als wir, das Essen zubereitet, das man von der Speisekarte auswählt. Wann warst du seit deinem Einzug das letzte Mal auswärts essen?«

»Noch nie.«

»Allein zu essen, kann ganz schön ätzend sein. Lass mich nicht allein essen. Lass dich lieber von mir zum Essen einladen. Ich könnte dir meine Freundin vorstellen, die als Köchin im *Lobster Cage* arbeitet. Sie kocht einfach fantastisch.«

»Das musst du nicht ...«

»Lass dich von mir zum Essen ausführen«, wiederholte er beharrlich. »Du siehst viel zu gut aus, um dich jetzt an den Herd zu stellen.«

Prompt spielte das iPad auf dem Tisch Childish Gambinos *»Heartbeat«*.

»Hör auf damit«, murmelte Sonya. »Ehrlich gesagt bin ich nicht sicher, ob ich den Hund allein zu Hause lassen sollte.«

»Falls Mookie auch willkommen ist, könnte er hierbleiben. Wir könnten ihnen ihre Abendmahlzeit geben, ehe ich noch eine kleine Runde mit den beiden Hunden drehe. Und bis wir dann wieder zurück sind, hätten beide Hunde Gesellschaft. Gönn dir eine Pause.«

War es nicht dumm, weiterhin stur zu sein?, fragte sie sich.

»Die könnte ich tatsächlich brauchen. Danke.«

Kein Date, ermahnte sie sich, während sie nach unten gingen, um die Hunde zu füttern.

Nur zwei Menschen, die nach einem gemeinsamen, angsteinflößenden Erlebnis zusammen essen gehen, dachte sie, während sie sich entschuldigte, um wieder nach oben zu hasten und ihr Make-up und ihre Frisur unter die Lupe zu nehmen.

Wahrscheinlich musste sie dem Geist, der ihr das sexy rote Kleid herausgelegt hatte, danken, weil er sie dazu animiert hatte, sich etwas Schickeres als Jeans anzuziehen.

Als sie wieder herunterkam, ließ Trey gerade sein Handy in die Gesäßtasche gleiten, während die Hunde mal wieder Tauziehen spielten. »Habe uns einen Tisch reserviert.«

»Großartig.«

»Ich hole jetzt meinen Mantel und gehe mit den beiden Jungs hier Gassi.«

»Oh, ich komme mit. Draußen lasse ich Yoda bisher immer noch an der Leine, bis ich sicher sein kann, dass er mir nicht wegläuft.«

»Er macht den Eindruck, als wüsste er, wie gut er es hier hat. Und er liebt dich.«

»Stimmt.« Bei diesem Gedanken weitete sich ihr Herz ein wenig. »Eigentlich war es Liebe auf den ersten Blick, auf beiden Seiten.«

»Du hast ihn von Lucy, stimmt's? Lucy Cabot«, sagte er, während die Hunde ihnen zur Eingangstür folgten.

»Ja. Eine tolle Frau.«

Wieder eine kalte, klare Nacht, dachte sie, als sie nach draußen traten. Auf dem Kalender kam der Frühling zwar immer näher, aber so fühlte es sich definitiv nicht an.

»Nimmst du Mookie nicht an die Leine?«

»Nur in der Stadt. Innerhalb der Stadtgrenzen akzeptiert er diese Regel. Ansonsten braucht er keine Leine. Er ist ein braver Hund.«

»Hast du ihn auch von Lucy?«

»Eigentlich hatte ich ursprünglich gar nicht vor, mir einen Hund anzuschaffen. Doch dann kam sie eines Tages mit ihm in mein Büro. Brachte ihn einfach mit. Und verkündete: ›Das hier ist dein Hund, Trey.‹ Und recht hatte sie.«

»Also kennt sie dich gut.«

»Zu Highschool-Zeiten war ich mit ihrer Nichte zusammen. Genau die wirst du heute auch kennenlernen. Sie ist besagte Chefköchin im *Lobster Cage*.«

»Oh. Dann kennt ihr euch schon lange.«

»Stimmt.«

»Und seid auch nach eurer Highschool-Liebe immer noch Freunde?«

»Seit einer dramatischen Trennung blieben wir Freunde, ebenso wie nach dem kurzen erneuten Intermezzo im Sommer unseres ersten College-Jahres und der darauffolgenden, erheblich weniger dramatischen Trennung. Und während ihrer Ehe mit einem Restaurantbesitzer in Portland und auch nach ihrer Scheidung.«

»Scheidung. Ihr könntet also auch ein drittes Mal zusammenkommen.«

»Nein. Dafür sind wir mittlerweile viel zu gute Freunde. Freunde, die wissen, dass sie ansonsten definitiv nicht zueinanderpassen würden. So, ich würde sagen, die beiden Hunde waren erfolgreich.«

Sie kehrten ins Haus zurück, wo sie Yoda von der Leine ließ.

»Hör auf Mookie und sei ein braver Junge. Und geh nicht in den zweiten Stock. Ich bin bald wieder zurück.«

Da das Tablet nun *»How Can I Miss You If You Don't Go Away«* spielte und die Hunde sich wieder ihren Zerrspielchen widmeten, entschied sie, dass sie wohl getrost gehen konnte.

»Ich bin dir jetzt schon dankbar, dass du mich dazu überredet hast.«

Er öffnete die Tür der Beifahrerseite. Natürlich tat er das.

»Hin und wieder fahre ich durchaus in die Stadt«, fuhr sie fort, als er sich ans Steuer setzte. »Aber vielleicht nicht ganz so oft, wie ich sollte. Dennoch, ich habe halt meine Prioritäten.«

»Und was sind deine Prioritäten?«

»Die erste muss definitiv mein Job sein. Ich will gute Arbeit leisten, die meine Kunden zufriedenstellt, und mir dadurch ein solides Geschäft aufbauen. Früher habe ich gern in einem Büro gearbeitet, zusammen mit einem Team und der Aussicht, irgendwann eines zu führen. Die Arbeit als Freelancer ist etwas völlig anderes. Jetzt bin ich hundertprozentig auf mich allein gestellt.«

»Ich wette, du bist viel strenger zu dir selbst, als dein früherer Chef es war.«

»Vielleicht.« Sie drehte sich ein wenig zu ihm um. »Du hast dein eigenes Unternehmen. Zusammen mit deinem Vater und deinem Großvater. Ihr habt zwar Mitarbeiter, aber nur ihr drei seid die Chefs. Und offensichtlich seid ihr gut darin, sonst würden eure Mitarbeiter euch nicht erhalten bleiben.«

»Willst du irgendwann auch Leute einstellen, wenn sich dein Kleinunternehmen etabliert hat? Wie stellst du dir die Zukunft vor?«

»Keine Ahnung. Im Moment mache ich immer nur einen Schritt nach dem nächsten, ein Projekt nach dem nächsten. Darin bin ich gut. Und du? Wolltest du immer schon Jurist werden?«

»Abgesehen davon, dass ich davon geträumt habe, als Pitcher für die Red Sox zu spielen oder Rockstar zu werden, ja. Eigentlich lief es von Anfang an aufs Familienunternehmen hinaus.«

»Rockstar?«

»Owen und ich und ein paar andere Freunde hatten zu Highschool-Zeiten eine Garagenband.«

»Wirklich?« Sie fühlte, dass sich hier ein weiterer faszinierender Aspekt seines Wesens enthüllte. »Was habt ihr denn gespielt?«

»Meist Covermusik – Foo Fighters, Green Day, Van Halen, ein bisschen von Bon Jovi, ein wenig Aerosmith. So etwas eben. Und ein paar wirklich schlechte selbst geschriebene Songs.«

»Du hast selbst Lieder geschrieben?«

»Als Lieder würde ich sie nicht gerade bezeichnen.«

»Und welches Instrument hast du gespielt?«

»Die Rhythmusgitarre. Den G-Dur-9-Akkord habe ich nie so richtig hingekriegt. Owen spielte die Leadgitarre. Er hat die geschickteren Hände dafür.«

»Wie faszinierend. Da kommt ja eine ganz neue Seite an dem Anwalt mit seinem Rettungshund und dem Pickup zum Vorschein. Spielst du immer noch?«

»Ich zupfe manchmal so vor mich hin«, berichtigte er sie.

»Das würde ich mir gern mal anhören. Du liebe Güte, es geht mir tatsächlich besser«, erkannte sie, während sie auf dem Weg in die Stadt waren. »Dabei habe ich mich schon gefragt, was alles nötig sein würde, damit ich mich nach dem Erlebnis im Goldenen Zimmer wieder entspanne.«

Er warf ihr einen leicht überraschten Blick zu. »Du bist ganz schön resilient. Das war mir schon klar, als ich dich erst fünf Minuten kannte. Eine sehr attraktive Eigenschaft.«

Er fuhr auf den Parkplatz.

Resilient, dachte sie, als sie aus dem Wagen stieg. *Das nehme ich.*

Kapitel 16

Die Bedienung war gerade alt genug, um legal Bier trinken zu dürfen. Sie begrüßte Trey mit einem flüchtigen, koketten Lächeln.

»Habe schon gehört, dass du kommst.« Sie warf Sonya einen Blick zu, der gleichzeitig sehnsüchtig und neidisch war. »Mit einer Freundin.«

»Sonya, das ist Halley.«

»Sonya Poole?«

»MacTavish«, korrigierte Sonya sie.

»Stimmt. Ich meinte nur, dass Sie auf dem Anwesen wohnen. Wow. Willkommen im *Lobster Cage*. Der Tisch steht schon bereit.« Sie schnappte sich zwei Speisekarten und die Weinkarte und begleitete sie durch den Speisebereich zu einem Ecktisch für zwei Personen. »Heute Abend bedient Ian an diesem Tisch«, fuhr sie fort, während Trey Sonya aus dem Mantel half. »Viel Vergnügen. Trey, mein Dad lässt dir vielen Dank ausrichten, für deine Hilfe bei dem ... du weißt schon.«

»Grüß ihn von mir.«

»Mach ich. Ian kommt gleich.«

»Sie steht auf dich.«

»Sie ist zwanzig.«

»Trotzdem. Sie ist sehr hübsch. Dass du ihr Flirten nicht erwiderst, spricht also für dich.«

»Sie ist zwanzig«, wiederholte Trey.

Ihr Kellner, ein kleiner, drahtiger Mann mit dunklem, orange gesträhntem Haar, das er am Oberkopf zu einem Knoten zusammengefasst hatte, begrüßte sie mit fröhlichem Lächeln. »Hi, Trey. Willkommen, Ms. MacTavish. Ich bin Ian und werde mich heute Abend um die Erfüllung Ihrer kulinarischen Hoffnungen und Träume kümmern.«

»Wie läuft's, Ian?«

»Gut.« Grinsend zeichnete Ian einen Haken in die Luft. »Hab's geschafft.«

»Daran habe ich nie gezweifelt.«

»Immerhin einer. Soll ich euch erst mal ein paar Drinks bringen? Und eine Flasche Wasser?«

»Wein?«, fragte Trey Sonya.

»Auf jeden Fall.«

Er überflog die Weinkarte. »Wir nehmen eine Flasche des Sauvignon Blanc. Passt dir das?«

»Definitiv.«

Ehe Ian sich wieder zurückzog, bestellte er zusätzlich eine Flasche Wasser.

»Also, da du hier anscheinend jeden kennst, was hat er geschafft?«

»Kurzfassung. Vor ein paar Jahren wurde Ians Dad krank, weshalb er das College abbrach, um nach Hause zurückzukehren und zu helfen. Vor Kurzem hat er seinen Abschluss online nachgeholt und strebt jetzt den Master an.«

»In welchem Fach?«

»Umweltingenieurwesen. Ian ist intelligent und fleißig.«

»Um unseres Planeten willen bin ich dankbar. Und sein Dad?«

»Ihm geht es besser.«

»Gut.«

Eine Hilfskraft brachte ihnen das Wasser und wechselte ebenfalls ein paar Worte mit Trey, ehe Ian mit dem Wein an den Tisch trat.

»Die Lady wird ihn kosten.«

»Trey hat erzählt, dass Sie Ihren Master in Umwelttechnologie anstreben.«

»Ja, Ma'am.«

»Ich habe als Grafikdesignerin Aufträge für *Green Engineering and Environmental* in Boston übernommen.«

Ian entkorkte die Flasche. »Die gehören zu den Besten«,

antwortete er mit leuchtenden Augen. »Stehen ganz oben auf meiner Liste, sobald ich Bewerbungen rausschicken kann.«

»Sagen Sie Bescheid, wenn Sie so weit sind. Ich könnte ein gutes Wort für Sie einlegen.«

Ihm blieb der Mund offen stehen. »Ernsthaft?«

»Ich kann nicht versprechen, dass sie auf mich hören, aber schaden kann es schließlich auch nicht.«

»Ich ... wow. Das wäre großartig.«

Er schenkte ihr etwas Wein ein, und sie probierte einen Schluck. »Perfekt.«

Ian stellte ihnen die Tagesgerichte vor und zog sich dann zurück, damit sie in Ruhe aussuchen konnten.

»Zuerst einmal: Du hast seinen Abend gerettet. Womöglich sogar seinen Monat. Und zweitens: Du würdest ein gutes Wort für einen Kellner einlegen, den du gerade erst kennengelernt hast?«

»Du hast ihn als intelligent und engagiert beschrieben, also wird er das auch sein. Er stellt seine Familie an erste Stelle, was ihn als loyalen Mann mit Herz ausweist. Wenn wir den Planeten retten wollen, brauchen wir intelligente, engagierte, loyale Menschen mit jeder Menge Herz.«

»Ganz meine Meinung.«

»Aber widmen wir uns jetzt erst einmal dringlicheren Fragen. Du isst häufiger hier. Also, was soll ich bestellen?«

»Ich denke gerade über die Hummer-Ravioli nach.«

»Darauf könnte ich mich einlassen.«

»Nein, keinesfalls. Wie soll ich etwas von deinem Teller schnorren, wenn du das Gleiche nimmst wie ich? Und umgekehrt?«

»Verstehe.« Nachdenklich studierte sie die Karte. »Vielleicht hätte ich Lust auf die krabbengefüllten Hummerschwänze.«

»Dieser Lust solltest du nachgeben. Du wirst es nicht bereuen. Und dazu empfehle ich dir die Pommes Duchesses. Und wenn du noch eine Vorspeise willst …«

»Wie soll ich das Hauptgericht, dazu Pommes Duchesses und den gegrillten Limonenspargel essen, wenn ich auch noch eine Vorspeise nehme?«

»Na gut. Aber auf jeden Fall musst du die Jalapeño Hush Puppies probieren. Darauf muss ich bestehen.«

»Deal.« Sie klappte die Karte zu. »Ursprünglich hatte ich vor, eine Dose Tomatensuppe zu öffnen und mir dazu ein Grillkäse-Sandwich zu genehmigen.«

»Das ist eines meiner persönlichen Grundnahrungsmittel. Ich bin nämlich Grillkäsemeister.«

»Tatsächlich? Ich habe noch nie einen Grillkäsemeister getroffen.« Sie beugte sich vor. »Erzähl mir mehr darüber.«

»Pepper Jack Cheese – also Kuhmilchkäse mit Pfeffer –, dazu Sauerteigbrot und Chili-Öl. Danken darfst du mir für diesen Tipp später.«

Nachdem Ian ihre Bestellung entgegengenommen hatte, lehnte sie sich zurück und griff nach ihrem Weinglas. »Also, Herr Anwalt, Grillkäse-Meister und Teenager-Schwarm. Was muss ich sonst noch wissen? Wie wär's, wenn du mir erzählst, wo du Jura studiert hast?«

»Cambridge.«

Lachend beugte sie sich wieder vor. »Du bist auf die Harvard Law School gegangen?«

»Schuldig.«

»Ich bin mal etwa fünf Minuten lang mit einem Jurastudenten aus Harvard gegangen. Aber du warst das nicht, oder?«

»Ich bin mir ziemlich sicher, dass ich mich daran erinnern würde.«

»Ich dachte mir schon, dass du es nicht warst, denn

der Typ damals interessierte sich nur für sich selbst. Deshalb hat die Beziehung auch nur fünf Minuten gedauert. Wenn du dermaßen selbstbezogen wärst, hättest du schon bei unserem allerersten Treffen eingeflochten, dass du in Harvard studiert hast.«

»Ich bin mal mit einer Künstlerin ausgegangen. Das dauerte ungefähr zehn Minuten. Unverständliche Abstraktionen und eine seltsame Obsession bezüglich Virginia Woolf.«

»War ich definitiv nicht. Ich stehe eher auf Thriller, Fantasy und hin und wieder Romances, in denen die Bösewichte bekommen, was sie verdienen, die Welt gerettet wird und die Liebe letztlich siegt. Auch Gruselgeschichten lese ich gerne, aber damit mache ich momentan eine Pause. In Anbetracht der Umstände.«

»Wahrscheinlich eine gute Idee. Du hast gesagt, dass du gestern Abend beim Lesen eingeschlafen bist. Was hast du denn gelesen?«

»Das lag nicht am Buch. Vielmehr an einem langen Arbeitstag und dem Goldenen Zimmer. Ich lese gerade einen Thriller – *Rabbit Hole* – von einer noch unbekannten Autorin. Habe gerade erst angefangen, aber das Buch scheint wirklich gut zu sein.«

»Das habe ich letzte Woche gerade beendet. Es wird mit jeder Seite besser.«

Sie sprachen über Bücher, aßen Hummer und gingen schließlich zum Thema Filme über, während Sonya zum leidenschaftlichen Fan von Jalapeño Hush Puppies mutierte.

Sie konnte sich nicht entsinnen, wann sie das letzte Mal mit einem Mann essen gegangen war und dabei so eine unkomplizierte und vielseitige Unterhaltung geführt hatte.

»Das war fantastisch. Du bist schuld, dass ich morgen ordentlich trainieren muss.«

»Traust du dich denn, in den Fitnessraum runterzugehen?«

»Es ist mein Haus. Sie hat diesen einen Raum, und das auch nur vorübergehend. Doch der Rest des Hauses gehört ganz allein mir. Ich überlege, Cleo zu bitten, mit ihrer Großmutter über so ein Juju oder Mojo – oder was immer zum Teufel sonst noch so infrage kommt – zu reden.«

»Ernsthaft?«

»Na ja, Cleos Großmutter nimmt solche Spukgeschichten hundertprozentig ernst. Ich habe sie während eines wunderbaren Urlaubs im Frühling in New Orleans kennengelernt. Eine faszinierende Frau, und gruselig dazu. Auf faszinierende Weise gruselig, nicht auf beängstigende Weise. Sie hat mir aus der Hand gelesen, mir die Karten gelegt. Tarot.«

»Und was hält die Zukunft für dich bereit?«

»Zumeist handelt es sich eher um eine Deutung dessen, wer du bist und wonach du suchst. Sie hat so ziemlich den Nagel auf den Kopf getroffen, was ich allerdings auf ihre Menschenkenntnis und die Tatsache zurückführte, dass Cleo ihr schon einiges über mich erzählt hatte. Und dann prophezeite sie mir einen großen, dunklen Fremden oder eine lange Seereise. Und ...«

Sie verstummte, als Ian mit den Dessertkarten zurückkehrte.

Gewaltsam riss sie sich von der Erinnerung los und lächelte ihn an. »Wo soll ich denn jetzt noch einen Nachtisch unterbringen?«

Die beiden Männer überredeten sie zu einem Cappuccino und der Spezialität des Hauses: einem süßen Brotpudding.

»Und?«, drängte Trey. »Dir ist doch gerade etwas eingefallen?«

»Schon seltsam. Ich habe schon seit Jahren nicht mehr daran gedacht. Sie sagte, ich würde Verrat erleben, der zwar schmerzhaft sei, der mir aber letztlich einen glücklichen Ausweg und neue Gelegenheiten eröffnen würde. Ich sei klug beraten, diesen Weg zu beschreiten und meine Chancen zu nutzen. Und dass ich in einem geschichtsträchtigen Haus am Meer wohnen würde, einem Haus voller Geheimnisse.«

Sie griff nach ihrem Wasserglas. »Anscheinend hat sie auch in dieser Beziehung den verdammten Nagel auf den Kopf getroffen. Seltsam«, wiederholte sie und trank einen Schluck. »Ich habe kein Wort davon geglaubt. Bevor ich herkam, habe ich dieses ganze, nun ja, gruselige Zeug gar nicht ernst genommen.«

»Und wie fühlst du dich jetzt dabei?«

»Weiß ich noch nicht genau.« Sie zuckte die Achseln. »Oder ich weiß es nur zum Teil. Ich liebe dieses Haus, Trey. Wie bei Yoda war es Liebe auf den ersten Blick. Die ich nie für möglich gehalten hätte, bevor ich das Haus oder Yoda gesehen habe.«

»Aus Sachlichkeit oder Zynismus?«

»Vielleicht ein wenig von beidem. Und ein bisschen will ich mir von beidem auf jeden Fall erhalten.«

»Das und deine Resilienz werden dir dabei helfen, mit dem klarzukommen, was dieses Haus für dich bereithält.«

Zutiefst beeindruckt schüttelte sie den Kopf. »Du bist auch nicht im Geringsten, sagen wir mal, zynisch, was das Anwesen betrifft.«

»Ich bin damit aufgewachsen und bis zu einem gewissen Grad auch darin. Du wohnst erst seit einem guten Monat dort.«

Er wandte den Blick, als eine Frau mit kurzem, auffällig rotem Haar auf ihren Tisch zugeschossen kam. Die weiße Kochjacke verriet, wer sie war.

»Störe ich?« Sie machte es sich auf der Bank neben Sonya gemütlich. »Bree Marshall.«

»Sonya MacTavish. Trey hat mir schon erzählt, dass Sie eine wunderbare Köchin sind. Aber dass Sie eine *Göttin* in der Küche sind, hat er mir verschwiegen.«

»Ich mag Sie. Ich mag sie«, wiederholte sie an Trey gewandt.

In diesem Moment brachte Ian den Kaffee samt Nachtisch.

»Darf ich Ihnen etwas bringen, Boss?«

»Nein, ich mache nur eine kurze Pause. Gott sei Dank ist für heute ein Ende in Sicht. Ich muss nur mal eben schnell ein Wort mit Trey wechseln. Aber es ist nichts Privates. Also guten Appetit«, fügte sie hinzu und deutete auf die Teller mit dem Dessert. »Manny«, sagte sie zu Trey.

»Manny? Was ist mit ihm? Ich habe mich vor ein oder zwei Wochen auf ein Bier mit ihm getroffen. Es geht ihm doch gut, oder?«

»Klar. Na gut. Also, Manny und ich.«

»Manny und du, was? Oh.« Jetzt lehnte sich Trey zurück. »Wann ist das denn passiert?«

»Ist es noch gar nicht. Jedenfalls nicht vollständig. Nur so ungefähr. Du kennst mich, du kennst ihn.« Sie wandte sich an Sonya. »Wir kennen uns schon lange. Highschool. Trey und ich hatten auf der Highschool was miteinander. Aber kein Grund zur Sorge.«

»Hab ich nicht.«

»Gut. Selbstbewusst. Mag Sie gleich noch mehr. Wir – Trey und ich – hatten ein paar Jahre später noch einmal kurz was miteinander – nichts Nennenswertes. Auch da kein Grund zur Sorge.«

»Okay.«

»Bree.« Trey gelang es, in diese einzelne Silbe tiefe Frustration, leichte Verlegenheit und endlose Zuneigung zu legen.

»Stimmt. Also. Manny und ich. Eine Freundin – du

kennst doch Marlie – hat mich vor ein paar Wochen überredet, mit nach Ogunquit zu kommen. *Rock Hard* hatte da einen Gig. *Rock Hard* ist Mannys Band. Er ist der Drummer. Keine Ahnung, ob der Name auf die Küste von Maine, die Musik oder diese Autofans – die Woodies – anspielt, da es eine reine Männerband ist.«

»Großer Gott, Bree, komm zur Sache.«

»Sorry.«

Trey rieb sich mit den Händen übers Gesicht, und Bree wandte sich wieder an Sonya.

»War die Bemerkung irgendwie anstößig?«

»Nicht im Geringsten. Klingt für mich, als könnte der Name auf alle drei anspielen.«

Bree deutete mit dem Finger auf sie. »Wette, da haben Sie recht. Jedenfalls war Manny auch in Treys Band damals der Drummer. *Head Case.*«

»*Head Case*? Im Ernst? Die Band hieß ›Die Bekloppten‹?« Sonya lachte schallend und griff nach ihrem Cappuccino. »Das gefällt mir.«

»Sie waren gar nicht so übel. Also ging ich zu Mannys Gig – sie sind ganz gut, Trey, du hast sie ja gehört. Manny und ich haben eine Zeit lang miteinander herumgehangen, und da hat es klick gemacht. Nicht so. Wofür hältst du mich?«

»Ich hab doch gar nichts gesagt.«

»Aber gedacht. Und neulich kam er abends her, blieb bis zum Schluss, und es klickte noch mehr. Immer noch nicht auf diese Weise. Aber. Also, was hältst du davon? Ja oder nein?«

»Wenn ich jetzt Ja sage und es schiefläuft, bist du sauer. Wenn ich Nein sage, es aber das ist, was du willst, bist du auch sauer. Also sage ich: Ich bin mit euch beiden befreundet, ihr seid beide erwachsen und braucht von niemandem die Erlaubnis zum ... Klicken.«

»Ich hab's schon einmal vermasselt.«

»Bree, nein, hast du nicht. Du hast dich aus einer toxischen Beziehung befreit, weil du nicht dumm bist.«

»Mein Ex-Mann entpuppte sich als Mistkerl, der mich mit meiner Souschefin betrogen hat.«

»Ich habe meinen Ex-Verlobten dabei erwischt, wie er kurz vor unserer Hochzeit meine Cousine in unserem Bett vögelte.«

»Okay, Sie haben gewonnen. Ich mag Manny. Ich habe ihn immer schon gemocht. Ich will es nicht verpatzen oder ihm Kummer machen.«

»Dann wirst du das auch nicht«, versicherte Trey ihr.

»Dann werde ich das auch nicht.« Sie nickte und stand auf. »Ich muss mich wieder ins Getümmel stürzen. Bring sie wieder mit. Ich mag sie.«

Während Bree wieder davonhastete, löffelte Sonya ihren Brotpudding. »Ich verstehe, warum du etwas mit ihr hattest. Sogar zweimal.«

»Das zweite Mal kann mal wohl kaum als ›etwas‹ bezeichnen.«

»Ich verstehe trotzdem, warum. Also, wenn ich dir schwöre, dass meine Lippen versiegelt sind, erzählst du mir dann, was du wirklich von Bree, der Köchin, und Manny, dem Drummer, hältst?«

»Ich frage mich eigentlich nur, warum er so lange gebraucht hat. Er hat seit Jahren eine Schwäche für sie.«

»Wie schön. Und nett von dir, dass du ihr das nicht verraten hast. Dadurch bleibt die Beziehung im Gleichgewicht. Also.« Sie nahm noch einen Löffel Brotpudding. »*Head Case* – Die Bekloppten?«

Beinahe drei Stunden später stellte er seinen Wagen wieder neben dem ihren ab.

»Mir war nicht klar, wie sehr ich das brauchte. Aber dir schon.«

»Jeder braucht mal eine Pause.«

»In meinem Schlafzimmer brennt Licht«, bemerkte sie, als sie aus dem Auto stieg.

»Ich gehe hoch und sehe nach.«

»Nicht nötig. Wirklich nicht. Das ist sicher meine ... Kammerzofe? Keine Ahnung, wie ich sie nennen soll. Ich nehme jedenfalls an, dass es eine *sie* ist. Das macht sie jeden Abend, wenn sie die Bettdecke zurückschlägt und Feuer anzündet. Außerdem klingt es so, als hätten die Hunde Wache gehalten.«

Das Bellen hörte sofort auf, als sie die Tür öffnete. Beide Hunde begrüßten sie, als seien sie seit Monaten von ihnen getrennt gewesen.

»Ich gehe mit ihnen Gassi.«

»Einen kleinen Spaziergang könnte ich ebenfalls gebrauchen.« Statt nach der Leine zu greifen, deutete Sonya auf Yoda. »Ich verlasse mich darauf, dass du brav bist.«

Kurze Zeit später erkannte sie, dass er nicht nur bei Fuß ging, sondern auch stets in der Nähe von Mookie, seinem frischgebackenen besten Freund, ging.

»Danke für alles heute Abend«, sagte sie, als sie zur Tür zurückkehrten. »Und bitte erwarte bloß kein ähnliches kulinarisches Highlight am Freitag.«

»Wir freuen uns auf das Essen. Wir alle. Und ruf an«, beharrte er. »Jederzeit. Ich meine es ernst, Sonya.«

»Verstanden.« Sie wusste, wann ein Mann sie küssen wollte, und er wollte es offensichtlich nicht. Also hob sie den Hund hoch und öffnete die Tür. »Noch mal danke, und bis Freitag. Gute Nacht.«

Drinnen drückte sie den Hund an sich und lehnte sich gegen die Tür.

Der Song des heutigen Abends war Peter Gabriels *»In Your Eyes«*.

»Es war kein Date.«

Am darauffolgenden Nachmittag packte sie Yoda ins Auto. Bewaffnet mit der Einkaufsliste ihrer Mutter, fuhr sie zum Supermarkt, um die Zutaten für die Dinnerparty zu besorgen, vor der sie mittlerweile mehr Angst hatte als vor dem Raum im zweiten Stock.

Anschließend nahm sie sehr zur Freude der Floristin Yoda mit in den Blumenladen. Und schickte seiner Pflegefamilie einen Blumengruß von ihm.

Als sie den Laden verließ, hatte sie nicht nur einen weiteren Blumenstrauß erstanden, sondern dank ihrer Arbeit für *Practical Art* auch Aussicht auf einen weiteren Kunden.

Ein weiterer Halt in der Buchhandlung bescherte ihr noch mehr Kerzen und ein Buch, das ihr Trey beim Dinner empfohlen hatte.

Da sie am nächsten Tag kochen würde – sogar ziemlich aufwendig –, versorgte sie sich in der Pizzeria mit dem heutigen Abendessen.

Nachdem sie die Blumen, die Tasche aus der Buchhandlung und die Pizza ins Haus gebracht hatte, drehte sie mit Yoda eine Runde, damit er nach der langen Zeit im Auto noch ein wenig Bewegung bekam, ehe sie auch noch die Einkäufe hineinschleppte.

Bei ihrer Rückkehr begrüßte sie ihr hauseigener DJ mit *»Lovely to See You«*.

»Das kann ich leider nicht erwidern, denn – Riesenlacher – ich kann dich nicht sehen.«

Mit den Einkäufen in der Hand betrat sie die Küche. Blumen und Pizza waren fort, und die Büchertasche lag ordentlich zusammengefaltet mit ihrem neuen Buch obenauf.

»Was zum Teufel ...«

Sie stellte ihre Einkaufstaschen ab und entdeckte, dass der Ofen warm und einladend glühte. Drinnen lag ihre Pizza. Sie zog sich die Strickmütze vom Kopf und wandte sich um. Auf dem großen Esszimmertisch waren ihre Blumen kunstvoll in einer niedrigen, ovalen Vase arrangiert worden. Die neuen Kerzen standen – ebenso geschmackvoll angeordnet – auf dem Kaminsims.

»Soll ich jetzt dankbar sein, weil der Strauß wahrscheinlich besser aussieht, als ich es hinbekommen hätte, oder eher sauer, weil du mir die Dinge aus der Hand nimmst?«

Sie entschied, dass beides gleichzeitig möglich war, und machte sich daran, ihre Einkäufe wegzuräumen, ehe jemand anders Gelegenheit dazu hatte.

»Weißt du«, sagte sie zu dem Hund, der eifrig auf seinem neuen Knochen herumkaute. »Eigentlich wollte ich einen Reinigungsdienst engagieren. Aber irgendjemand sorgt schon dafür, dass alles sauber und auf Hochglanz poliert ist.«

Sie beschloss, den Abend mit Arbeiten zu verbringen, weshalb sie die Pizza an ihrem Schreibtisch verspeiste, während das Feuer, das sie nicht angezündet hatte, vor sich hin knisterte. Sie stellte das Angebot für die Doyles fertig und arbeitete ein weiteres für den Blumenladen aus.

Als Experiment ließ sie nach Feierabend ihren Teller und das leere Glas bewusst auf dem Schreibtisch stehen.

Auf der letzten Hunderunde setzte wieder leichter Schneefall ein. Amüsiert beobachtete Sonya, wie Yoda in die Luft sprang, um die Flocken zu fangen, und sich glücklich im Kreis drehte. Bei der Rückkehr bemerkte sie, dass in ihrem Schlafzimmer Licht brannte.

Zweifellos war auch Feuer gemacht und die Bettdecke zurückgeschlagen worden. Im zweiten Stock war kein Licht zu sehen, aber irgendwie kam ihr das Fenster des Goldenen Zimmers dunkler vor als alle anderen.

Drinnen stieg sie die Treppe hinauf und betrat als Erstes die Bibliothek.

Auf dem Schreibtisch standen weder Teller noch Glas.

Und im Schlafzimmer erwarteten sie tatsächlich das aufgeschlagene Bett, ein niedriges Feuer und das gedämpfte Licht, das ihr den Weg wies.

Die Dinnerparty plante sie nicht wie ein General, der sich auf eine Schlacht vorbereitete, sondern mehr wie ein einfacher Rekrut, der unerklärlicherweise auf dem Feld befördert worden war.

Stufe eins: Das riesige Stück Rindfleisch marinieren und ein inständiges Stoßgebet zum Himmel schicken, dass sie diesen Schritt nicht schon vermasselt hatte.

Stufe zwei: Bis zum Mittag arbeiten und so tun, als hätte sie keine anderen Aufgaben.

Stufe drei: Eine Schürze anziehen, alle Zutaten bereitstellen und sich der Musik stellen. Und zwar buchstäblich, denn ihr Tablet spielte Lil Waynes *»No Worries«*.

»Du hast leicht reden.«

Zwanzig Minuten später rief sie Cleo über FaceTime an.

»Hey, hi!«

»Hast du gerade Zeit für eine Pause?«

»Klar. Ist alles in Ordnung?«

»Ich koche. Ich habe Angst. Mom meinte, ich müsse das Fleisch scharf anbraten, und das hab ich gemacht. Sieht das gut aus?«

Sie drehte das Display so, dass Cleo den Rinderbraten auf einer Platte erkennen konnte.

»Denke schon. Aber mit so was bin ich auch überfordert. Geld könnte ich mit dem Kochen jedenfalls keines verdienen, denn das würde niemand bezahlen. Aber für meinen Geschmack sieht er okay aus. Ist das Essen fertig? So früh schon?«

»Nein, nein. Ich schäle gerade Kartoffeln und Karotten, und ich muss noch Sellerie und Zwiebeln klein schneiden. Ich brauche lediglich moralische Unterstützung.«

»Dafür bin ich da.«

»Dann rede mit mir. Wie läuft es mit dem Ausmisten und Packen?«

»Das Ausmisten ist schwieriger als gedacht. Und damit meine ich nicht die großen Teile, aber all meine hübschen Kleinigkeiten. Ich will mich einfach nicht davon trennen.«

»Dann lass es. Wir haben genug Platz.«

»Ich habe schon einige Kisten gepackt, die ich Winter kommendes Wochenende mitgebe. Und ich organisiere einen privaten Flohmarkt – deine Mom stellt mir dafür ihren Garten zur Verfügung – für die großen Sachen. Du siehst ganz schön gestresst aus, Son.«

»Ich bin am *Kochen*!«, rief sie und wirkte, als müsse sie sich mit der Machete durch einen lauten Dschungel voller Schlangen kämpfen.

»Ich muss dieses ganze Gemüse klein schneiden und es dann irgendwie im Fleischsud vor sich hin köcheln lassen. Und die Kräuter! Die Kräuter muss ich ebenfalls zerkleinern. Und beim Rühren soll ich den braunen Bodensatz abkratzen. Wie soll das gehen? Schau nur, wie groß dieser Topf ist.«

Sie drehte den Bildschirm erneut und bearbeitete den Topf mit einem Holzlöffel. »Oh! Da ist ja tatsächlich etwas Braunes am Boden. Sieh dir das an!«

»Pure Magie. Hör zu, hier läuft alles blendend. Jess wird meine Wohnung übernehmen.«

»Jess und Ryan? Deine Wohnung ist doch viel kleiner als ihre.«

»Sie haben sich getrennt. War eine üble Trennung, und sie will alles hinter sich lassen.«

Jess und Ryan, und Boston überhaupt, das alles schien Welten entfernt zu sein.

»Wann ist das passiert?«

»Vor etwa drei Wochen, und er hat schon eine Neue. Da die bei ihm eingezogen ist, ist Jess ausgezogen. Und hat bereits einige ihrer Sachen hergebracht. Glaub mir, ich bin mehr als bereit auszuziehen. Drück mir die Daumen für den Flohmarkt. Wenn alles klappt, kann ich den Rest in zwei, vielleicht drei Tagen zusammenpacken. Und dann komme ich nach Maine. Wo ist unser Kleiner?«

Sonya unterbrach ihre Tätigkeit, um das Display nach unten zu halten. Als Yoda Cleo Süßholz raspeln hörte, wandte er suchend den Kopf nach rechts und links.

»Ich muss dir unbedingt von dem Zimmer im zweiten Stock berichten. Dem Goldenen Zimmer. Und das will ich tun, noch bevor du diesen Flohmarkt veranstaltest und deine restlichen Sachen zusammenpackst.«

»Was ist damit?«

Sonya erzählte alles von Anfang an, während sie Kartoffeln viertelte und Kräuter hackte.

»Warum hast du mich denn nicht angerufen, Sonya?«

»Du klingst schon wie Trey.«

»Ihn hättest du auf jeden Fall anrufen müssen. Im Gegensatz zu mir wohnt er immerhin in der Nähe. Nur ... halt dich auf jeden Fall von diesem Zimmer fern.«

»Darauf kannst du Gift nehmen. Aber irgendetwas ist dadrin, Cleo. Es ist nicht wie der Rest. Ich halte es für böse. Noch während ich das sage, möchte ich am liebsten die Augen über meine Worte verdrehen, aber ich kann nicht anders: Ich glaube, es ist böse.«

»Dann werden wir es vertreiben. Wir finden schon einen Weg. Ich bin froh, dass Trey dabei war und es ... nun ja ... miterlebt hat. Du bist nicht allein, Sonya.«

»So etwas in der Art hat er auch gesagt. Dass Dobbs in der Unterzahl ist. Er ist so verdammt gelassen. Hinterher hat er mich sogar zum Abendessen ausgeführt.«

»Was?« Auf dem Bildschirm warf Cleo die Hände in die Höhe. »Wieso erfahre ich das erst jetzt? Du hattest ein Date mit dem sexy Anwalt!«

»Es war kein Date.«

»Das entscheide ich. Erzähl mir alles.«

»Warte kurz. Erst einmal muss ich jetzt die Zutaten in diesen Topf geben und dann unter ständigem Rühren ein paar Minuten kochen lassen.«

»Du kannst doch beim Kochen reden.«

»Eine Sekunde. Oh Gott, es ist so viel! *Zu* viel vielleicht? Darüber kann ich jetzt nicht nachdenken. Ich werde mich aufs Rühren beschränken. Wir sind ins *Lobster Cage* gegangen. Ich habe seine Ex kennengelernt.«

»Wie unangenehm.«

»Nein, eigentlich nicht. Sie gefiel mir. Du würdest sie auch mögen. Sie ist die dortige Küchenchefin. Aber der Reihe nach. Als Erstes muss ich dir von dem roten Kleid erzählen.«

»Du hast das rote Kleid getragen! Das ist doch auf jeden Fall ein Kleid für ein Date.«

»Hab ich nicht, aber einer der hiesigen ... Bewohner hatte es vor dem Termin aufs Bett gelegt. Ich habe mich dann doch für das grüne Midikleid entschieden.«

»Das steht dir fantastisch. Also, wie war das Dinner?«

Sie schilderte den Abend und spürte, wie die Spannung von ihr abfiel, als Cleo über die Bandnamen lachte.

»Ich mag diese Köchin jetzt schon – zumal sie offenbar klug genug ist, dich zu mögen.«

»Im Moment hätte ich nichts gegen ihre Anwesenheit hier. Aber ich glaube, das Gemüse sieht aus, wie es aussehen sollte. Jetzt muss ich diesen Rinderbraten obendrauf legen. Und mit einer ganzen Flasche Rotwein ablöschen.«

»Einer ganzen Flasche? Ich wünschte, ich wäre bei dir. Wahrscheinlich schmeckt es fantastisch. Außerdem könnte ich dich dann noch mal persönlich darauf hinweisen, Sonya, dass du ein Date mit dem sexy Anwalt hattest.«

Sie wünschte, es wäre tatsächlich eines gewesen, zuckte jedoch nur die Achseln. »Er hat keinen Vorstoß gewagt.«

»Und du?«

»Nein. Aber womöglich gehört er bald zu meinen Kunden, und umgekehrt bin ich so etwas wie seine Klientin. Außerdem ist er ein wirklich guter Freund, das will ich mir nicht verscherzen. Aber, du liebe Güte, Cleo, er ist dermaßen attraktiv, dermaßen anziehend, dermaßen, nun ja, zum Anbeißen. Ich will ihn aber nicht zum Trostpflaster degradieren. Er hat etwas Besseres verdient, als nur benutzt zu werden, damit ich über meinen Ex hinwegkomme.«

»Sonya, es ist über sechs Monate her, dass du dich von diesem verlogenen Mistkerl getrennt hast. Vielleicht sogar länger als sieben Monate. Du bist weit davon entfernt, dich auf ein Trostpflaster einzulassen.«

»Meinst du wirklich?«

»Definitiv. Außerdem warst du ja gar nicht richtig verliebt in diesen verlogenen Mistkerl.«

»Aber ich habe *geglaubt*, in ihn verliebt zu sein. Ich wollte den verlogenen Mistkerl sogar heiraten.«

»Was ein Fehler gewesen wäre, denn erstens ist er ein mieser Betrüger, und zweitens hast du ihn nicht geliebt. Er hat dir nicht das Herz gebrochen, Son, sondern dein Vertrauen erschüttert und dich beleidigt, und das ist etwas ganz, ganz anderes. Ihr seid also Klientin und umgekehrt Kunde? Keiner von euch beiden hat in irgendeiner Form Macht über den anderen, das kannst du also vergessen. Wenn du den ersten Schritt machen willst, dann tu es. Wenn es dir lieber ist, dass er ihn macht, dann zeig ihm, dass du dafür offen bist. Du weißt, wie.«

»Vielleicht. Aber erst einmal muss ich den heutigen Abend überstehen. Jetzt sind alle Zutaten drin. Alles im größten Topf des Topfuniversums.«

»Und jetzt?«

»Ich setze den Deckel drauf, stelle ihn in den Ofen und muss ihn – zumindest Winter MacTavish zufolge – jetzt erst einmal vergessen und in Ruhe lassen. Viele Stunden lang.«

»Dann bist du also fertig mit der Arbeit.«

»Größtenteils. Mom hat mir noch ein Rezept für Biskuits gegeben, aber davor drücke ich mich und habe stattdessen Parker House Rolls gekauft.«

»Im Supermarkt gekaufte Brötchen sind keine Schande.«

»Gut, denn der Zubereitung von Biskuits wäre ich nervlich einfach nicht mehr gewachsen gewesen. Außerdem hat mir Anna im Laufe der Woche geschrieben. Sie bringt den Nachtisch mit. Danke, liebe Anna. Und dir, liebe Cleo, danke ich ebenfalls, weil du beim Kochen virtuell meine Hand gehalten hast.«

»Beim nächsten Mal halten wir einander tatsächlich an den Händen.«

»Wow, ganz schön schwer, dieser Bräter. Wahrscheinlich kann ich mit der Portion beinahe ganz Poole's Bay verköstigen. Jetzt ist der Braten drin, im Ofen. Fertig. Nicht nachsehen. Stundenlang in Ruhe lassen.«

»Geh jetzt erst mal mit deinem süßen Yoda spazieren.«

»Gute Idee. Und ich drücke die Daumen für deinen Flohmarkt.«

»Schreib mir später mal, wie es heute Abend gelaufen ist. Bis bald, in spätestens zwei Wochen. Cleo Ende!«

Nachdem sie die Verbindung unterbrochen hatte, ertappte sich Sonya dabei, wie sie die Hand nach der Ofentür ausstreckte.

»Nein, ich werde nicht schon nach weniger als einer

Minute einen Blick darauf werfen. Komm, Yoda, erst beseitigen wir das Chaos hier, und dann gehen wir Gassi.«

Während sie begann, die unbestreitbare Unordnung, die sie angerichtet hatte, zu beseitigen, hörte sie ein mechanisches Summen.

»Was zur Hölle war das? Hast du das gehört?«

Mit Yoda dicht auf den Fersen folgte sie dem Geräusch bis in die Butler's Pantry.

»Das ist der Speiseaufzug, oder? Oh, Mist, er ist es tatsächlich. Ich ... ich glaube, er war unten und fährt gerade wieder nach oben.«

Sie verkrampfte die Hände ineinander, während der Hund am Schrank schnüffelte.

Er knurrte nicht, noch nicht mal, als sie ein dumpfes Geräusch hörte und das Summen verstummte.

»Ich muss wohl nachsehen, oder? Immerhin ist das *mein* Haus, verdammt noch mal, also muss ich nachsehen. Und dann muss ich klarkommen mit ... keine Ahnung, womit. Das weiß ich erst, wenn ich nachgesehen habe.«

Sie trat einen Schritt vor, holte tief Luft und zog die Schranktür auf.

Drinnen fand sie eine große Servierplatte mit bemalten Kupfergriffen und kupferner Kante. Ein Dutzend sternenförmige Blumen zierten den Rand. Eine einzelne thronte in der Mitte.

Vorsichtig, als könne sie bei der Berührung jeden Moment explodieren, hob sie die Platte heraus.

»Also, die ist wunderschön. Sie schimmert ganz und gar blau – und sieht ziemlich alt aus ...« Sie drehte das Stück um. »Liebe Güte, das ist Limoges-Porzellan. Handbemalt. Und sieh doch, die Platte war ein Hochzeitsgeschenk. Das steht auf der Rückseite. Für Lisbeth zum Hochzeitstag. 12. Juni 1916. Sie war eine der Bräute«, murmelte Sonya. »Ich erinnere mich daran, ihren Namen in dem Familienbuch gelesen zu haben. Im Stammbaum, den Deuce erstellt hat. Irgendwer scheint der Meinung zu sein, dass ich sie benutzen sollte.«

So vorsichtig, wie sie sie aus dem Aufzug geholt hatte, stellte sie sie auf die Anrichte in der Pantry. »Und das könnte ich tatsächlich. Sie ist viel zu schön, um da unten im Lagerraum Staub anzusetzen.«

Auf ihrem Tablet sang David Bowie *»Right«*.

Sonya presste die Finger auf die Lider. »Ich sollte diesen ganzen unheimlichen Erscheinungen einfach gar keine Beachtung schenken. Keine Ahnung, wie, aber ich muss sie ignorieren. Also werden wir jetzt sauber machen und dann eine Runde drehen. Einen langen, ruhigen Spaziergang machen. Und wenn dieser verdammte Schmorbraten nicht völlig misslingt, servieren wir ihn tatsächlich auf Lisbeths Platte.«

Kapitel 17

Nachdem sie sauber gemacht und einen langen, beruhigenden Spaziergang mit Yoda unternommen hatte, warf Sonya doch ein paarmal einen Blick in den Ofen. Der Duft versetzte sie in Erstaunen. Er drang durchs gesamte Haus und war einfach umwerfend.

Das hob ihr Selbstvertrauen, als sie sich der nächsten Stufe widmete: sich fürs Abendessen umzuziehen.

Sie entschied sich für ein Kleid mit Wasserfallkragen, zu dem sie Strumpfhose und Stiefeletten kombinierte. Dann brauchte sie viel zu lang, um ihr Haar am Hinterkopf zu einem Bauernzopf zu flechten. Was ihr wieder ins Gedächtnis rief, dass sie sich möglichst bald entscheiden musste, wo sie zum Friseur gehen wollte.

Im zweiten Stock schlugen ein paar Türen so laut, dass sie zusammenfuhr und Yoda ein paarmal laut bellte.

»Sie versucht nur, uns aus der Fassung zu bringen. Aber den Gefallen tun wir ihr nicht. Wir gehen jetzt nach unten. Dort werde ich noch ein hübsches Charcuterie-Board zusammenstellen. Darin zumindest bin ich gut.«

Sie nahm den Hund auf den Arm und schmiegte ihre Wange an seine, während sie sich auf den Weg machte. »Außerdem werden wir jetzt den Tisch hübsch decken. Auch das kann ich gut.«

Als sie am Treppenabsatz ankam, verwandelte sich das Türenknallen in dröhnendes Hämmern. Doch obwohl ihr Herz ebenso laut pochte, setzte sie ihren Weg unbeirrt fort.

»Dieses Miststück hat doch tatsächlich einen Wutanfall. Mehr steckt nicht dahinter.«

Draußen verwandelte sich das Rauschen des Meeres in Tosen, und eine plötzliche, heftige Bö schleuderte

Regen und Graupel gegen die Fenster. Der Hund in ihren Armen winselte und zitterte.

Sie umfing ihn noch fester, vielleicht sogar ein wenig zu fest, denn auch ihr eigenes Herz machte einen Satz und fing an zu rasen.

»Das ist nicht real. Es ist wie in der Nacht mit dem Schneesturm, den es gar nicht gab.« Dennoch bekam sie eine Gänsehaut.

Nicht real, nicht real, wiederholte sie im Geiste wieder und wieder.

Irgendetwas klopfte an die Haustür, so heftig, dass sie für einen Augenblick glaubte, das Holz würde sich nach innen wölben.

»Sie ist sauer, sauer, weil ich Leute in dieses Haus eingeladen habe. *Aber es ist mein Haus!*«, schrie sie, als sie in die Küche zurückkehrte.

Auf der Arbeitsplatte lag das iPad und spielte *»Don't Worry Baby«*.

Wärme erfüllte den ganzen Raum, ebenso wie etwas, das sich wie eine ... Präsenz anfühlte.

Sie wandte sich um, halb erwartend, jemand hinter sich zu entdecken. Yoda hörte auf zu zittern, jaulte und wand sich aus ihren Armen. Auf dem Boden fing er an zu tänzeln, drehte sich im Kreis und machte dann Sitz und gab Pfote.

Aber da war niemand, den sie sehen konnte.

»Das soll wohl tröstlich sein. Beruhigend. Und sobald ich wieder Atem geschöpft habe, wirkt es vermutlich sogar. Aber erst einmal decke ich jetzt den Tisch.«

Als sie damit fertig war, hatte das Hämmern aufgehört.

Hatte sie vorläufig aufgegeben?, fragte sich Sonya. Wie auch immer, die Stille war beruhigend.

Voller Selbstvertrauen arrangierte sie das Charcuterie-Board und schob es dann in den Kühlschrank, um den letzten Anweisungen ihrer Mutter im Hinblick auf den Braten zu folgen.

Ja, es duftete fantastisch, dachte sie. Und nachdem sie das Fleisch auf Lisbeths Platte gelegt hatte, sah es auch noch verdammt gut aus. Aber.

Sorgsam schnitt sie erst eine halbe, dünne Scheibe und schließlich die ganze ab.

»Wir werden jetzt kosten«, verkündete sie dem Hund, der neben ihr saß und sie hoffnungsvoll beobachtete. »Die eine Hälfte ist für dich, die andere für mich.«

Lachend beobachtete sie, wie er sich über die Lippen leckte, und gab ihm dann sein Stück. Während er das Fleisch beinahe inhalierte und sich dann erneut die Lippen leckte, biss sie vorsichtig davon ab.

»Oh, Mann! Ist das gut. Geradezu köstlich. Nein, mehr gibt's nicht«, fügte sie hinzu, als er mit einem Winseln um Nachschub bettelte. »Zumindest jetzt noch nicht.«

Sie arrangierte die verschiedenen Gemüsesorten um den Braten herum und warf einige Zweige frischen Rosmarin darauf. Dann schnappte sie sich ihr Tablet und machte ein Foto. Beinahe hätte sie einen kleinen Freudentanz hingelegt, als sie das Bild ihrer Mutter und Cleo schickte, ehe sie die Platte in den Warmhalteofen schob.

»Jetzt soll ich den ganzen Bratensaft zu einer glatten, flüssigen Soße eindicken lassen. Ich wünschte, das wäre nicht nötig, aber sollte es schiefgehen, kann ich die Soße immer noch wegschütten. Niemand muss davon erfahren.«

Doch dann hatte sie es geschafft.

Sie öffnete eine Flasche Wein und stellte einen Krug mit Mineralwasser dazu. Hübsche kleine Teller und Servietten für die Appetithappen, die sie in der Küche servieren würde.

Freundlich.

Gerade wollte sie im Esszimmer die Kerzen anzünden, als sie bemerkte, dass ihr jemand zuvorgekommen war.

Er, sie oder mehrere wollten nur helfen, sagte sie sich. Und ihre Hilfe fühlte sich erheblich besser an als das Klopfen und Hämmern von oben.

Um sieben holte sie das Charcuterie-Board heraus und drehte die Lautstärke der Musik auf dem Tablet herunter.

»Musik ist gut«, sagte sie zu ihrem unbekannten Zuhörer. »Aber nur leise und im Hintergrund.«

Nachdem sie sich der Schürze entledigt und sie aufgehängt hatte, sah sie sich noch einmal genau um.

»Alles wird gut.«

Doch als Yoda laut bellend zur Tür raste, kurz bevor die Klingel ertönte, zuckte sie trotzdem zusammen.

»Showtime.«

An der Haustür angelangt, machte sie Yoda ein Zeichen und sagte: »Freunde.« Davor standen Anna und ein Mann, der einen ganzen Kopf größer als sie war und einen Kuchenbehälter in der Hand hielt.

Anna nahm sie spontan in die Arme. »Wir haben uns gestern in der Stadt knapp verpasst. Im Supermarkt. Das also ist Yoda. Hallo, mein Hübscher. Und dieser Hübsche hier gehört mir. Sonya, Seth, Seth, Sonya.«

Mit seinem dunkelbraunen Haar, den markanten Zügen und den haselnussbraunen Augen hatte er die Bezeichnung *Hübscher* durchaus verdient.

»Schön, dich endlich kennenzulernen. Obwohl du teilweise dafür verantwortlich bist, dass Anna momentan ständig Überstunden macht.«

»Die Verkaufszahlen steigen!«, rief Anna.

»Das liegt wohl eher an der Kunst und der Künstlerin. Gebt mir eure Mäntel.«

»Auf dem Weg hierher haben wir Scheinwerfer hinter uns gesehen. Mindestens einer der Gäste müsste also ebenfalls jeden Moment eintreffen. Ich denke mal, ein Konvoi aus Doyles. Zum Abendessen kommen wir nie zu spät.«

Oben knallten Türen.

»Tut mir leid.«

Seth schaute nach oben, und Anna legte die Hand auf ihren Bauch.

»Zusammen mit Anna war ich früher auch bei Collin ein paarmal zu Besuch, aber so etwas habe ich noch nie gehört ...«

»Ich hoffe, ihr könnt darüber hinwegsehen. Ich freue mich so, dass ihr alle kommen konntet.«

Als Nächstes trafen Ace und Paula mit einem Blumenstrauß ein. Sie waren ein eindrucksvolles Paar, er mit seinem koketten Lächeln, sie mit ihrer lässigen Eleganz und der flotten weißen Kurzhaarfrisur. Nach ihnen tauchten Deuce und Corrine auf, die eine Flasche Wein als Gastgeschenk mitbrachten.

Corrine, deren stahlblaue Augen in auffälligem Kontrast zu ihrem von Silberfäden durchzogenen schwarzen Haar standen, war beinahe genauso groß wie ihr Mann.

Ihnen folgte Trey – mit noch mehr Blumen. Kurz kam ihr der Gedanke, dass sie ihn vielleicht besser mit Begleitung hätte einladen sollen.

Allerdings brachte sie es nicht über sich, ihr Versäumnis zu bedauern.

Außerdem hatte er Mookie mitgebracht, was Yoda vor Freude in Ekstase versetzte.

Innerhalb weniger Minuten hatte sich die Küche mit Menschen, Stimmen, Blumen und Wein gefüllt.

Über ihnen ein lauter Knall.

»Da rastet mal wieder jemand aus«, sagte Corrine lässig. »Macht es Ihnen zu schaffen?«

»Ich lerne so langsam, damit zu leben.«

Corrine nickte und warf sich eine Olive in den Mund.

»Darf ich es sagen? Ach, ich kann es sowieso nicht für mich behalten. Seit Sie hier wohnen, kommt mir dieses Haus völlig verändert vor. Nicht länger geprägt von einem einsamen Witwer, der viel zu häufig allein war, sondern jünger und frischer. Und – ganz egal, ob man diese Bemerkung sexistisch findet – mit einer kleinen weiblichen Note. Also auf Sie. Die Herrin des Hauses.«

»Danke«, sagte Sonya, während alle ihre Gläser erhoben. »Ich liebe das Haus. Und noch mehr werde ich es wahrscheinlich lieben, wenn meine Freundin hier einzieht.«

»Die Illustratorin.« Paula nickte lächelnd. »Wir hören alles, was es zu hören gibt.«

»Und wissen alles, was es zu wissen gibt.« Ace wackelte mit den Augenbrauen. »Und *ich* weiß, dass hier etwas Essbares absolut verführerisch duftet.«

»Hoffen wir's. Ich bin keine besonders gute Köchin.« Sie deutete aufs Speisezimmer. »Ace, bitte nehmen Sie doch am Kopfende des Tisches Platz. Trey, könntest du mir zur Hand gehen? Die Platte ist ziemlich groß.«

Als er den Ofen öffnete, warf er erst einen kurzen Blick hinein und ihr dann einen langen zu. »Den hast *du* gemacht?«

»Ja, ich habe meine Angst vor dem Kochen überwunden. Ich mache jetzt noch eine Flasche Wein auf und hole die Soße. Und die Brötchen. Die hätte ich ja beinahe vergessen. Außerdem wollte ich die Hunde mit ein paar Kauknochen ins Wohnzimmer locken.«

»Das habe ich schon erledigt. Sie sind schon dort und geben Ruhe.«

Erst jetzt bemerkte sie, dass die Tiere tatsächlich nicht mehr in der Küche herumwuselten.

Als Trey die Platte hineintrug, hörte sie Aces Ausruf: »Na, das nenn ich doch mal einen Braten!«

Sie folgte Trey mit den restlichen Speisen.

»Das sieht ja prächtig aus«, lobte Paula.

»Hoffen wir, dass es zumindest einigermaßen schmeckt. Die Platte ist tatsächlich ziemlich groß, weshalb es wohl das Beste ist, wenn wir sie nicht herumreichen, sondern ich jedem Einzelnen auflege.«

Als Erstes näherte sie sich Paula. »Ein wenig von allem, danke sehr.«

»Bei mir keinesfalls knausern, sondern den Teller ordentlich voll machen«, meinte Ace.

»Nun, da Sie schon einige Zeit hier sind«, begann Deuce, während sie langsam den Tisch umrundete, »wie gefällt es Ihnen in Poole's Bay? Und damit meine ich nicht nur das Herrenhaus, sondern auch das Dorf und die ganze Gegend.«

»Sehr gut. Eigentlich hätte ich nie damit gerechnet, einmal raus aus der Stadt oder gar aufs Land zu ziehen. Es ist eine Riesenveränderung, fühlt sich aber richtig an. Mir gefällt alles hier.«

Sie nahm Platz und sah auf, als von oben erneut ein Knall zu hören war. »Na ja, fast alles.«

Auch Seth hatte den Kopf gehoben. »Also, ich hätte, glaube ich, Schwierigkeiten, mich an so etwas zu gewöhnen.«

»Ich sage Bescheid, sobald es mir gelungen ist. Meine größte Sorge ist im Moment, wie meine Mutter wohl auf die Randale reagieren wird, wenn sie kommendes Wochenende zu Besuch kommt.«

»Sicher wird sie sich freuen, Sie zu sehen.« Corrine nippte an ihrem Wasserglas. »Und sich anschauen wollen, wo Sie jetzt zu Hause sind. Kennt sie die Geschichte des Hauses?«

»Ich habe ihr das ein oder andere erzählt. Übrigens habe ich das Buch gelesen«, wandte Sonya sich an Deuce. »Die Familienchronik der Pooles. Und ich habe angefangen, die ... Vorfälle zu dokumentieren.«

»Das zeugt von einer praktischen Veranlagung«, meinte Corrine und aß noch einen Bissen Rindfleisch. »Nach einem Umzug wie diesem kann das nur von Vorteil sein. Das Leben in Poole's Bay und dem Herrenhaus unterscheidet sich sicher grundlegend von Ihrem Dasein in Boston. Gerade für eine Frau, die dabei ist, sich als Freiberuflerin einen Namen zu machen, dürfte ein gewisser Pragmatismus eine nützliche Eigenschaft sein. Und der zweite Schlüssel zum Erfolg ist dann wohl Aufrichtigkeit, oder?«

»Wenn man zu einem Kunden nicht ehrlich ist, verliert man ihn.«

Corrine nickte kauend. »Aufrichtigkeit ist beim Aufbau von beruflichen und privaten Beziehungen wesentlich. Trotzdem waren Sie nicht ehrlich zu uns.«

»Wie ... wie bitte?«

»Sie haben behauptet, keine gute Köchin zu sein, und doch muss ich ein wenig verärgert feststellen, dass Ihr Schmorbraten sogar noch besser ist als meiner. Stimmt doch, nicht wahr, Deuce?«

»Ich verweigere die Aussage.«

»Und wir wissen alle, was das heißt.« Sie griff nach ihrem Weinglas und richtete ihre stahlblauen Augen auf Sonya. »Ich halte falsche Bescheidenheit nur für einen Köder, mit dem man Komplimente fängt.«

»Trotzdem haben Sie mir gerade eins gemacht«, erwiderte Sonya, während Anna sich gar nicht erst die Mühe machte, ein Lachen zu unterdrücken. »Und zwar zu meinem allerersten Versuch in Sachen Schmorbraten.«

»Das war Ihr erster? Nicht auszudenken! Und dabei hatte ich ursprünglich vor, Sie sympathisch zu finden. Nun ja, jedenfalls will ich das Rezept haben.«

»Eigentlich ist es das Rezept meiner Mutter, aber ...«

»Fragen Sie bei ihr nach. Vielleicht will sie es nur innerhalb ihrer Familie weitergeben. Aber falls sie doch bereit ist, es mit mir zu teilen, tausche ich mein Sandkuchenrezept dagegen ein. Und dieses Angebot mache ich keineswegs leichtfertig.«

»Wirklich nicht«, bestätigte Deuce.

»Sie können zum Nachtisch davon kosten, falls nach dieser Mahlzeit überhaupt noch irgendwer etwas herunterbekommt. Anna hat ihn für heute Abend gebacken. Backen Sie auch?«

»Tiefkühlpizza im Ofen. Was meine Backkünste angeht, ist dies das höchste der Gefühle. Oder nein, warten Sie, ich habe auch noch diese Brötchen aufgewärmt, ohne sie anbrennen zu lassen.«

Corrine lächelte. »Ich nehme an, je länger Sie hier oben leben, umso mehr werden Sie Ihre Fähigkeiten in der Küche erweitern.«

»Ich hoffe, dass meine Freundin Cleo sich vornehmlich um unsere Ernährung kümmert.«

»Eine Illustratorin«, sagte Paula. »Wie schön, noch mehr Künstler in dieser Gemeinde willkommen zu heißen.«

Sie unterhielten sich über Kunst und Essen, über lokale Ereignisse und Eindrücke. Und angesichts der Konversation, des prasselnden Feuers, diverser Nachschläge und einer weiteren Flasche Wein wertete Sonya ihre erste Dinnerparty im Herrenhaus als Erfolg.

»Ich habe mir überlegt, dass wir Kaffee und Nachtisch im Musikzimmer einnehmen könnten.«

»Was für eine reizende Idee. Das ist eins meiner Lieblingszimmer«, antwortete Paula.

»Willst du uns etwas vorspielen, Grandma?«

Sie lächelte Anna an. »Ich könnte mich dazu überreden lassen.«

»Warum überlassen wir das Abräumen nicht der jüngeren Generation?« Corrine erhob sich. »Ich beginne derweil mit dem Überreden. Wir kennen den Weg«, fügte sie an Sonya gewandt hinzu.

Emsig kümmerte sich Sonya um den Kaffee. »Ich habe mir ganz umsonst so viele Sorgen wegen heute Abend gemacht. Du hast eine großartige Familie.«

»Stimmt, und das gute Essen hat auch nicht gerade geschadet. Der Braten war tatsächlich besser als der von Mom, und wenn du ihr erzählst, dass ich dir das anvertraut habe«, fügte Trey hinzu, »verklage ich dich wegen Verleumdung.«

»Meine Lippen sind versiegelt. Oh Gott, Anna, der Kuchen ist ja ein Gedicht.«

»Er schmeckt sogar noch besser, als er aussieht«, warf Seth ein. »Soll ich schon mal mit dem Abwasch anfangen? Ich habe durchaus Erfahrung damit.«

»Vielleicht komme ich später noch darauf zurück. Aber erst einmal lassen wir alles stehen und sorgen dafür, dass es mit der Party weitergeht.«

Als Musik zu ihnen hereinwehte, sah sie zur Tür hinüber. »Sie spielt wirklich gut. Dies ist das erste Mal, dass ich das Klavier höre und weiß, dass tatsächlich jemand darauf spielt.«

»Du hörst Klaviermusik, ohne dass jemand dransitzt?«

Sie zuckte nur mit den Schultern. »Manchmal, spät in der Nacht.«

Nun gesellte sich ein volltönender Bariton zum Klavierspiel hinzu.

»Das ist Ace.« Anna, die sich in Küche und Servierzimmer auskannte, holte Kuchenteller, Kaffeetassen und Untertassen heraus. »Die beiden sind schon ein verdammt gutes Duo.«

Gemeinsam beluden sie den Servierwagen – für Sonya eine Premiere.

Als sie ihn ins Musikzimmer schoben, entdeckten sie die Hunde zusammengerollt zu Deuces Füßen. Ace hatte seiner Frau die Hand auf die Schulter gelegt und sang *»One for My Baby«*.

Als sie geendet hatten, applaudierte sie. »Sie sind engagiert!«

»Spielen Sie ebenfalls Klavier, Sonya?«

Sonya schüttelte den Kopf, während Paula eine Art Triller spielte. »Meine Mutter spielt – nicht so gut wie Sie, aber durchaus ein wenig. Als sie versucht hat, es mir beizubringen, waren wir uns sehr schnell darüber einig, dass meine Talente anderswo liegen.«

»Noch eins vor dem Dessert«, verlangte Anna. »Singt ›*Embraceable You*‹.«

»Hast du Lust auf ein Duett, Süße?«

Paula sah sich nach Ace um. »Ich könnte mich dazu überreden lassen.«

»Ich habe sie gebeten, das auf meiner Hochzeit zu singen. Es war unser erster Tanz.«

»Ich habe die Schritte immer noch drauf.« Seth nahm Anna zum Tanz in den Arm.

»Es hat ihnen so viel bedeutet, auf Annas Hochzeit zu singen«, raunte Corrine.

»Ihre Stimmen harmonieren einfach wunderbar miteinander, nicht wahr?«

»Stimmt. Deuce ist in einem musikalischen Elternhaus aufgewachsen. Er spielt Klavier und hat eine kräftige Stimme. Ich selbst verfüge über keinerlei musikalische Begabung.«

»Ihre Talente liegen eben woanders. In der Fotografie zum Beispiel.«

»Das ist wahr. Johanna konnte ebenfalls Klavier spielen.«

Sonya sah zu Corrine hinüber und bemerkte, dass diese das Porträt studierte. »Sie waren Freundinnen.«

»Ja. Trey hat mir schon erzählt, dass Sie ihr Porträt gefunden haben. Aber es leibhaftig vor mir zu sehen? Es ist, als stünde die Zeit still. Es würde den beiden gefallen, dass Sie das Gemälde hier aufgehängt haben.

Das Musikzimmer war auch einer ihrer Lieblingsräume.«

»Es kam mir irgendwie richtig vor.«

»Das ist es ja auch.« Zu Sonyas Überraschung ergriff sie ihre Hände und verwob ihre Finger mit ihren. »Sie würde Ihnen nie wehtun.«

»Glauben Sie ... glauben Sie, sie ist hier?«

»Wir werden uns irgendwann noch einmal ausführlicher darüber unterhalten. Jetzt helfe ich Ihnen erst einmal mit dem Kaffee. Ich weiß ja, wie jeder aus der Familie seinen trinkt.«

Offenbar wollte Corrine das Thema nicht weiter erörtern, weshalb Sonya begann, den Kuchen in Scheiben zu schneiden.

Die Idee, nach dem Dinner ins Musikzimmer zu gehen, entpuppte sich als perfekte Wahl, als auch Anna sich ans Klavier setzte und den eindeutig widerstrebenden Trey zum Mitsingen bewegte.

Doch dann hielt Anna abrupt inne, riss die Augen auf und presste die Hand auf ihren Bauch.

Seth war bereits aufgesprungen, und sein Gesicht leuchtete wie die Sonne. »Ich habe gefühlt, wie es sich bewegt! Wie sich das Baby bewegt!« Obwohl sie Seths Hände umfasste, sah sie ihre Mutter an. »Mom.«

»Geht es dir gut?« Seth hatte die Hand über ihre gelegt. »Ich fühle gar nichts.«

»Dazu wäre es auch noch viel zu früh«, erklärte Corrine, deren stahlblaue Augen feucht geworden waren. »Aber für Anna kommt es genau zum richtigen Zeitpunkt.«

»Ist das normal?« Trey ergriff die freie Hand seiner Schwester. »Ist das ein gutes Zeichen?«

»Ein vollkommen normales, wunderbares Zeichen.«

»Wann kann ich das Baby endlich fühlen?«

»Das dauert noch ein paar Wochen, Daddy.«

Dieser Augenblick gehörte der Familie, fand Sonya, weshalb sie hinausschlüpfte. Sie würde ihnen ein paar Minuten Zeit geben, in denen sie sich schon mal um den Abwasch kümmern könnte.

Als sie die Küche betrat, fand sie sie makellos vor. Die Spülmaschine brummte, das Spülbecken funkelte, und als sie den Kühlschrank öffnete, entdeckte sie dort die Reste – nur einen Bruchteil der Menge, die sie befürchtet oder erwartet hatte – ordentlich in Plastikdosen verpackt.

»Ich – ach du meine Güte – ich danke dir. Das wäre doch nicht nötig gewesen.«

Sie stand immer noch ratlos da, als Trey die Küche betrat.

»Du selber hättest die Küche keinesfalls in diesem Tempo aufräumen können.«

»Nein, ganz bestimmt nicht.«

»Na ja, okay. Ich glaube, deine Gäste wollen langsam aufbrechen. Ich wollte eigentlich bleiben und dir helfen. Aber jetzt besteht dazu keine Veranlassung mehr.«

Wie aufs Stichwort spielte das Tablet *»Stay«*.

Sie hörte selbst, wie zittrig ihr Lachen klang. »Irgendjemand hat dich anscheinend gern in seiner Nähe.«

In diesem Moment tänzelte Yoda ins Zimmer und winselte.

»Oh, du willst raus. Natürlich. Warte nur noch eine Minute.«

»Ich kümmere mich drum. Mookie will vielleicht ebenfalls eine Runde drehen. Und wenn ich sage, dass deine Gäste in Aufbruchsstimmung sind, dann heißt das nicht, dass sie sofort gehen. Meist dauert es eine Weile, bis sie tatsächlich draußen sind.«

Damit lag er nicht falsch.

»Seth, sei ein Schatz und bring den Servierwagen für Sonya wieder in die Küche zurück. Ace und ich sollten unsere alten Knochen so langsam nach Hause schaffen. Wie Corrine schon sagte, überlassen wir das Aufräumen der jüngeren Generation.«

»Anscheinend hat sich schon jemand aus einer viel älteren Generation darum gekümmert.«

»Im Ernst?«

Anna tätschelte Seths Hintern. »Komm, ich begleite dich. Ich beschütze dich und hole meine Transportbox.«

»Ich habe doch keine Angst vor Geistern«, protestierte er, als er den Servierwagen Richtung Küche schob.

»Ich selbst hätte auch nichts gegen eine unsichtbare Haushälterin einzuwenden. Aber ...«, fügte Corrine hinzu »... beunruhigend ist es wahrscheinlich doch.«

»Es erspart mir jede Menge Zeit und Energie, und ja, *beunruhigend* ist das richtige Wort dafür. Nach aktuellster Zählung habe ich ein Hausmädchen, einen hauseigenen DJ, jemanden, der Feuerholz hereinschafft, einen, der die Türen schlägt, und die Klavierspielerin. Zumindest einer von ihnen mag Hunde, denn er hat Yoda beigebracht, die Pfote zu geben. Das muss ich auch noch alles aufschreiben.«

»Könnte ich mir Ihre Aufzeichnungen durchlesen, wenn Sie damit fertig sind? Angesichts meiner Kenntnisse der Familie und der Geschichte des Hauses«, meinte Deuce, »wäre ich vielleicht in der Lage, einige der ... Bewohner ... zu identifizieren.«

»Klar. Ich schicke Ihnen meine Notizen, sobald ich alles zusammengestellt habe.«

»Sie sind eine recht starke, junge Frau.« Paula hielt ihr die Hand hin und schloss dann die andere um Sonyas. »Und wir hatten einen absolut wunderbaren Abend. Danke Ihnen vielmals.«

Sonya holte Jacken und Mäntel, während Trey Yoda zurückbrachte. »Ich habe Mook schon ins Auto gelassen.

Die beiden haben so herumgetobt, dass sie jetzt ganz erschöpft sind.«

Als seine Familie das Haus verließ, blieb er noch im Foyer stehen. »Geht es dir gut?«

»Ja.«

»Und wenn es dir nicht gut geht?«

»Rufe ich an.«

»Der Abend war großartig, und ich finde, du bist genau das, was dieses Haus braucht. Ich hoffe, das Haus ist auch das, was du brauchst.«

Sie spürte ein leises Flattern in der Brust, als er ganz dicht vor ihr stand und ihr direkt in die Augen sah.

»Es fühlt sich so an.«

»Gut. Bis bald.«

Sie schloss die Tür hinter ihm.

»Er hat darüber nachgedacht. Was das angeht, irre ich mich nicht. Er überlegt, ob er den ersten Schritt machen soll.« Sie sah auf den Hund herab. »Hätte *ich* ihn vielleicht machen sollen? Aber ich bin ein gebranntes Kind und habe Angst, genau das ist es. Ich muss darüber hinwegkommen. Doch heute Abend bin ich viel zu erschöpft dazu.

Komm, gehen wir zu Bett, Yoda.«

Sie träumte, dass jemand Klavier spielte, aber nicht im Musikzimmer. Im vorderen Salon spielte Astrid eine lebhafte, schnelle Melodie. Eine ältere Frau saß mit Nadel und Stickrahmen am Feuer und wippte im Takt zur Musik mit dem Fuß.

Im Kamin fiel ein Holzscheit um und ließ glühende Aschefunken aufstieben.

Collin Poole stand neben Astrid und blätterte ein Notenblatt um.

Irgendjemand hatte die Möbel an den Zimmerrand geschoben. Drei Paare formten zwei Linien und bewegten sich in Wellenbewegungen beim Tanzen vor und zurück.

Einer der anderen Männer musste Collins Zwillingsbruder Connor sein. Dem Blick nach zu urteilen, mit dem er seine Tanzpartnerin bedachte, handelte es sich wohl um Arabelle, die Frau, die er einmal heiraten würde. Die Mutter der todgeweihten Catherine.

Alle waren noch jung, bis auf die Frau am Feuer und den Mann, der ganz in ihrer Nähe saß und lächelnd und an seinem Whiskey nippend die Tanzenden beobachtete.

Astrids Eltern, dachte sie, ohne zu wissen, warum sie sich dessen so sicher war. Sie bewegte sich durchs Zimmer, ein Geist unter Geistern.

Sie nahm den Duft der Blumen wahr – Treibhausrosen. Den der Kerzen, die von einer Familie im Dorf hergestellt wurden, den Rauch der brennenden Holzscheite, die ein Diener namens John spaltete und stapelte.

Es war Anfang April – das wusste sie –, nur wenige Wochen, ehe Astrid Grandville Collin Poole heiraten würde. Die erste Braut, die im Herrenhaus heiraten würde.

Die erste, die hier sterben würde.

Als der Tanz vorüber war, ergriff Collin Astrids Hand und führte sie an die Lippen.

Das Bild erstarrte.

Astrid jedoch wandte den Kopf und sah Sonya an.

»An diesem Abend waren wir alle so glücklich. Ein Vorspiel, wie Collin sagte, für alle Feste, die wir noch geben würden, mit unseren Freunden, mit der Familie. Wir hatten alles noch vor uns.«

»Es tut mir so leid.«

»Finde die Ringe. Du bist die Letzte, die es noch kann.«

»Aber ich weiß nicht ...«

»Spielst du für uns, Astrid?«

»Natürlich.«

Die sechs Tänzer stellten sich in ihren beiden Reihen auf. Collin trat dicht hinter Astrids Schulter.

Sie spielte das gleiche Lied, genau wie zuvor. Alle bewegten sich, genau wie zuvor.

Die alte Frau stickte und wippte mit dem Fuß. Der alte Mann lächelte und nippte an seinem Whiskey. Collin blätterte die Seiten um, während die Tänzer durch den Raum wogten.

Im Kamin fiel ein Holzscheit um und löste einen Funkenregen aus.

Und Sonya erwachte neben ihrem Bett stehend.

Der Hund schlief weiter, ihn hatte sie also nicht geweckt. Leise verließ sie das Zimmer, schlich die Treppen hinab, in den Salon.

Die Möbel standen noch genauso da wie zuvor. Aber, so dachte sie, es waren nicht die gleichen wie in ihrem Traum. Oder ihrem Erlebnis.

Weder brannte ein Feuer, noch flackerten Kerzen, noch verbreiteten Öllampen ihren Schein.

Sie wanderte im Zimmer umher, aber der einzige Duft, den sie wahrnahm, stammte von den Goldbandlilien, die sie tags zuvor gekauft hatte. Am Klavier ließ sie sacht den Finger über die Tasten gleiten.

Dann betrat sie das Foyer und blickte zu Astrids Porträt empor.

»Ich habe dich gehört. Ich weiß nicht, was es bedeutet oder was ich unternehmen soll, aber ich habe dich gehört.«

Doch das Haus und wer oder was immer in ihm spukte blieben stumm.

In dieser Stille kehrte sie nach oben zurück.

Im Bett schloss sie die Augen und wartete darauf, dass sie wieder einschlief.

Kapitel 18

Am nächsten Morgen schrieb sie jedes Detail auf, an das sie sich erinnern konnte. Anschließend verdonnerte sie sich zur Arbeit, um zumindest einen Teil der Zeit wieder hereinzuholen, die sie während der Arbeitswoche auf private Erledigungen verwandt hatte.

Eine zusätzliche Stunde verbrachte sie damit, eine Liste ihrer unsichtbaren Gefährten zusammenzustellen. Und nach dem Ereignis der vergangenen Nacht hielt sie fest, dass Astrid die zweite Braut war, die sie gesehen und mit der sie gesprochen hatte.

Danach hatte sie Zeit, um sich mit den wenigen Aufgaben im Haushalt zu befassen, die ihre unsichtbare Haushälterin ihr übrig gelassen hatte. Da die Sonne schien und die allwöchentliche Wäscheladung bereits in der Maschine war, machte sie einen langen Spaziergang mit Yoda. Die immer dünner werdende Schneedecke lockte sie und ihren Hund bis an den Rand des Waldes, in den sie sich sogar ein paar Schritte hineinwagte.

Unwillkürlich staunte sie über die Mysterien des Waldes, die kahlen Zweige der Laubbäume, das intensive Grün der Kiefern. Sanfter Wind ließ die Kiefernnadeln rascheln, und aus der Tiefe des Waldes vernahm sie Zirpen und Zwitschern.

Yoda schnüffelte genauso in der Luft herum wie sie selbst, konnte aber hier, wo die Sonne noch nicht hingelangte und die Schneedecke noch dicker war, keine deutliche Fährte wittern.

Allerdings war sie sich einigermaßen sicher, dass sie Hufabdrücke, Abdrücke von Pfoten oder eine andere Art von Tierspuren entdeckt hatte. Auf ein Reh zu treffen – es vielleicht sogar aus der Nähe zu sehen –, hätte sie gefreut. Allerdings bezweifelte sie, dass ihr eine Begegnung mit einem weniger freundlichen Tier ebenfalls gefallen hätte.

Daher beschloss sie, den Wald wieder den dort lebenden Tieren zu überlassen.

»Ich bin ein Stadtmensch, Yoda. So ist es nun mal.«

Auf dem Rückweg machten sie einen Abstecher zur Ufermauer. Der Wind zerzauste ihr Haar und blies ihr kalt ins Gesicht. Und trug vom Meer den frischen Duft nach Abenteuer zu ihr herüber.

Unter dem klaren Himmel präsentierte die See ein kühnes Blau, das sich bis zum Horizont erstreckte. Unter ihr tosten die Wellen, die sich an den Felsen brachen, und über die blaue Weite glitten Boote dahin.

Zu ihrer großen Freude entdeckte sie zum zweiten Mal einen Wal und nahm sogar Yoda auf den Arm, in der Hoffnung, dass er darüber ebenso begeistert sein würde wie sie.

Aber er wedelte nur mit dem Schwanz und leckte ihr Kinn.

»Wie schön es hier ist!«, murmelte sie. »Das Leben hier ist wie für mich geschaffen, Yoda. Erlebnisse wie das gestern Nacht verunsichern mich zwar immer ein bisschen, aber dennoch ist das hier genau das Richtige. Wasser und Wälder und Wale. Wer hätte das gedacht?«

Als sie den Hund wieder ins Haus gebracht hatte, hätte sie schwören können, dass es nach frischem Orangenöl duftete.

»Sie ist ständig aktiv«, murmelte Sonya vor sich hin und hängte ihren Mantel auf.

Ziemlich aktiv sogar, entschied sie, als sie feststellte, dass ihre Feinwäsche an der Stange im Waschraum hing. Ein kurzer Blick in den Trockner überzeugte sie davon, dass er leer war, weshalb sie nicht daran zweifelte, dass die Wäsche, die sie hineingeworfen hatte, mittlerweile ordentlich zusammengefaltet im Schrank lag.

Genau wie sie heute Morgen hatte feststellen müssen, dass die Spülmaschine leer und das Geschirr weggeräumt worden war.

Wie es sich wohl anfühlen mochte, sein Nachleben – wenn es das denn war – damit zu verbringen, hinter jemand anderem herzuräumen?

So lächerlich es ihr auch vorkam, sie würde sich jetzt bedanken, dachte sie und holte tief Luft.

»Vielen lieben Dank. Aber fühl dich dazu bitte nicht verpflichtet.«

Das iPad spielte Kid Rocks *»God Bless Saturday«*.

»Okay, na gut.« Sie konnte sich das Lachen nicht mehr verkneifen. »Hab verstanden.«

Der klare Himmel wurde schon bald von dicken, schweren Wolken verhüllt, und über Nacht fielen ganze fünfzehn Zentimeter Schnee. Das nahm Sonya zum Vorwand, sich einen faulen Nachmittag zu gönnen. Sie brachte John Dee seinen Kaffee, dem sie eine dicke Scheibe Sandkuchen hinzufügte. Danach kuschelte sie sich für den Rest des Tages ein.

Zwischendurch vergnügte sie sich mit Yoda und spielte Zerrspiele mit ihm. Ansonsten machten die beiden es sich auf dem Sofa im zweiten Stock der Bibliothek gemütlich, wo sie nach Herzenslust Filme vor sich hin streamte.

Über FaceTime sprach sie erst mit ihrer Mutter, dann mit Cleo. Und beobachtete währenddessen, wie der Hund durch den frischen Schnee tollte.

Ein normaleres Wochenende hätte sie sich unter den gegebenen Umständen wohl kaum wünschen können. Zum krönenden Abschluss machten sie und Yoda es sich vor dem Kaminfeuer in der Bibliothek gemütlich, er mit einem Knochen und Sonya mit dem Buch, das Trey ihr empfohlen hatte.

Er hatte zu Recht die Werbetrommel dafür gerührt, denn sie verschlang fast die Hälfte des Buches auf einmal.

Die letzte Runde mit dem Hund unternahm sie unter der reinweißen Kugel des Mondes, der sein blassbläuliches Licht über den frisch gefallenen Schnee ergoss. Und fühlte sich vollkommen zufrieden und ganz und gar zu Hause.

1892

Ich sehe aus wie eine Königin. Nicht wie eine Prinzessin, denn schließlich bin ich eine erwachsene Frau. Mein Geliebter, mein Bräutigam, mein Ehemann ist ein stattlicher Mann. Stolz und hoch aufgerichtet stehe ich in der Kapelle, wo alle Anwesenden unsere Verbindung bezeugen werden, eine königliche Erscheinung in einem Gewand von Worth.

Für diesen Tag war das Beste gerade gut genug.

Ich bin mit einer Stundenglasfigur gesegnet, die durch den schweren, weißen Satinstoff mit der langen, hübschen Schleppe perfekt zur Geltung kommt. Der üppig dahinfließende Stoff betont meine Taille – eine Taille, so schmal, dass Owen sie mit seinen Händen umfassen kann.

Was er auch getan hat.

Das Spitzenmieder schmiegt sich um meine Brüste, scheinbar verhüllt durch hauchdünnen Organza, der sich bis zu dem trügerisch züchtigen hohen Halsausschnitt erstreckt. Ich habe auf die allseits beliebten Gigot-Ärmel verzichtet – die mir absolut nicht schmeicheln – und mich stattdessen für schmaler geschnittene Rüschenärmel entschieden.

Meinen Schleier – der die gleiche Länge hat wie meine Schleppe – krönt ein diamantenes Diadem, das im durch die Kapellenfenster hineinströmenden Licht funkelt.

Mein Haar darunter ist schwarz wie ein Rabenflügel und zu einer kunstvollen Hochsteckfrisur arrangiert. Sie passt, wie man mir versichert hat, hervorragend zu meinem Gesicht und meinen Zügen, die ich – selbstverständlich diskret – mit ein wenig Rot auf den Wangen und Lippen betont habe.

Während wir uns das Jawort geben, hält Owen meine Hand. Mit dem hohen, gestärkten Kragen unter dem feierlichen Cutaway ist er ein außerordentlich gut aussehender Mann.

Seine Augen, so tief und grün, blicken lächelnd in die meinen, während er mir den Ring an den Finger steckt. Diesen goldenen Reif mit den fünf Diamanten hat er von Cartier für mich entwerfen lassen.

Das Gelübde, der Kuss – sanft und süß, obwohl wir einander durchaus schon leidenschaftlicher geküsst haben, wenn wir unter uns waren –, und schon sind wir verheiratet.

Nun bin ich Agatha Winward Poole. Mrs. Owen Poole. Wir sind die Pooles aus Poole's Bay.

Und als wir die Kapelle verlassen und die Menge uns zujubelt und mit Reis bewirft, weiß ich, dass wir beide eine gute Partie gemacht haben.

Wir stammen aus den gleichen gesellschaftlichen Kreisen und können auf respektable Familiennamen und ein gewisses Vermögen zurückblicken. Auch äußerlich ergänzen wir uns vortrefflich, weshalb ich damit rechne, ihm gut aussehende Söhne und schöne Töchter zu schenken.

Wir werden reisen. Darauf habe ich bestanden. Zwar werden wir das Herrenhaus über dem Meer zu unserem Zuhause machen, aber nicht daran gekettet sein. Ein Zweitwohnsitz in New York wird unerlässlich sein, um unseren Platz in der Gesellschaft einzunehmen und zu halten.

Natürlich werden wir für unsere Flitterwochen nach Europa übersetzen, wo wir drei Monate in den besten Hotels in Paris, Rom und London verbringen werden.

Ich werde die Gemahlin sein, die er braucht, und er der Gemahl, den ich verdiene.

Die Dorfbewohner ziehen die Hüte und Mützen und bestreuen unsere Kutsche auf ihrer Fahrt durchs Dorf mit Blumen.

Owen, ein großzügiger Mann, wirft den am Straßenrand Stehenden Münzen zu.

Auch ich werde großzügig sein. Ich hebe die Hand, um denjenigen einen Gruß zu schicken, die sich auf dem Meer abmühen, auf den Feldern, in den Geschäften und Cafés. Und natürlich würdige ich auch jene, die für meinen Gemahl und seine Familie arbeiten.

Anlässlich unserer Vermählung werden wir der Schule in Poole's Bay einen großzügigen Betrag spenden.

Doch der heutige Tag ist ausschließlich dem Feiern und Schlemmen vorbehalten. Obwohl ich Jane, die Zwillingsschwester meines Gatten, nicht zu meiner Brautjungfer machen konnte, da sie hochschwanger mit ihrem vierten Kind ist (und ich sie abgesehen davon auch außerordentlich langweilig und gewöhnlich finde), umarme ich sie, als wir am Herrenhaus angelangt sind.

Immerhin sind wir ab sofort Schwestern.

Selbstverständlich ist die Dienerschaft gut vorbereitet und serviert unseren Gästen Champagner. Schon bald wird im Ballsaal zum Tanz aufgespielt werden.

Es wird Musik und Wein und die Speisen geben, die ich festgelegt habe. Das ganze Herrenhaus ist mit Blumen geschmückt, die ich ausgewählt und für gut befunden habe.

Voller Freude umarme ich meine liebe Mutter, küsse meinen lieben Vater.

Alles versinkt in einem prächtigen, wundervollen Nebel.

Am Arm meines Gemahls schwebe ich die breite Treppe empor.

Die Speisen stehen hübsch angerichtet auf dem Buffet im Esszimmer, bereit für jene, die das Tanzen hungrig gemacht hat. Auch in der Nähe des Ballsaals habe ich für zwei kleine Buffets gesorgt.

Und Wein, Champagner, Musik.

Ich tanze mit meinem Gemahl, mit meinem Vater, meinem Schwiegervater, meinen Brüdern. Mit Cousins und Freunden.

Wie beschwingt wir alle sind. Ich trinke Champagner.

Weil mein Gemahl mich darum bittet und ich eine pflichtbewusste Gemahlin bin, setze ich mich eine Weile zu der langweiligen Jane. Natürlich spricht sie nur von ihren Kindern, als drehe sich die Welt auch an diesem – an meinem – Tag nur um sie.

Irgendjemand bringt mir einen Teller – wie aufmerksam. Ich nasche ein wenig davon und stelle fest, dass die Köchin und das Küchenpersonal sich selbst übertroffen haben.

Strahlend sehe ich den Paaren beim Tanz zu und beobachte Owen, diesen freundlichen Mann, dabei, wie er seine kaum siebenjährige Nichte über die Tanzfläche führt.

Irgendetwas bleibt mir in der Kehle stecken, und ich greife nach meinem Glas. Plötzlich habe ich Atemnot, und mir wird schwindelig. Zu viel Champagner, denke ich, aber schon schnürt es mir vollends die Kehle zu. Ich bekomme keine Luft mehr.

Mein Herz, mein Herz fängt an zu stolpern. Ich kann nicht mehr atmen!

Der Teller gleitet zu Boden, ebenso wie ich selbst. Die Hitze scheint mich zu überwältigen, ich ringe nach Atem, die Welt dreht sich.

Ich höre Stimmen. Wer sind sie? Wer nur?

Ich sehe Owen. Liege ich in seinen Armen? Ich kann nichts mehr sagen. Ich würde die Arme nach ihm ausstrecken, aber dazu fehlt mir die Kraft.

Angst, fürchterliche Angst hält mich in ihren Klauen, während ich in meinem Worth-Gewand auf dem Boden des Ballsaals sterbe.

Ich habe das Gefühl, neben mir zu stehen, furchtsam zu beobachten, wie Owen mich festhält. Dann sehe ich eine Frau in Schwarz eintreten. Warum sehen die anderen sie nicht? Ich möchte schreien, habe aber keine Stimme mehr.

Sie zieht mir den Ring vom Finger, den wunderschönen Ehering, der nur für mich entworfen wurde.

Den steckt sie sich an ihren Finger, an dem bereits drei andere prangen.

Dann sieht sie mich an, und ich vergehe fast vor Angst. Sie sieht mich an und schenkt mir ein grausames Lächeln, das meine Angst nur noch steigert.

Und dann ist sie ebenso fort wie ich selbst.

Den ersten Teil ihrer Arbeitswoche verbrachte Sonya damit, das gelegentliche Poltern zu ignorieren, ebenso wie die Glocke, die sie immer hörte, wenn sie sich aufraffte, in den Fitnessraum zu gehen.

Sie schickte ihre Angebote an die Doyles und den Blumenladen und fand, dass sie in Bezug auf das Caterer-Projekt solide Fortschritte machte.

Mitte der Woche erhielt sie einen Anruf von ihrer ehemaligen Chefin.

»Ich habe bis mittags gewartet«, erklärte Laine, »weil ich hoffte, dich in deiner Mittagspause zu erwischen.«

Mittags aß sie meist am Schreibtisch nur kurz ein Sandwich oder Käse mit Crackern, vielleicht auch eine Orange. »Schön, von dir zu hören, Laine.«

»Wie läuft es bei dir, Sonya?«

»Sehr gut, danke.«

Ihr iPad plärrte *»R.O.C.K. In The U. S. A.«*. Sie wischte übers Display, um die Musik abzuschalten.

»Wie geht es dir, wie geht's Matt und allen anderen?«

»Gut. Alles wie immer, also kontrolliertes Chaos wie üblich. Sonya, wir haben einen Anruf von Burt Springer erhalten. *Ryder Sports*.«

»Klar, ich erinnere mich an Burt.«

»*Ryder Sports* eröffnet eine weitere Zweigstelle in Portland, Maine. Ihre drei Läden in Boston behalten sie bei, auch ihren Flagship-Store.«

Verblüfft darüber, dass Laine sie wegen eines ihrer Kunden kontaktierte, antwortete sie vorsichtig: »Anscheinend laufen die Geschäfte gut.«

»Anscheinend. Im Rahmen einer großen Kampagne wollen sie ihren Look auffrischen. Für die Firma bedeutet das eine Riesenvergrößerung. Das Logo wollen sie behalten, aber ansonsten alles aktualisieren. Burt hat ausdrücklich nach dir verlangt.«

»Oh.« Hin- und hergerissen zwischen Freude und Bedauern, griff Sonya nach ihrer Coke. »Wie schmeichelhaft.«

»Du hast damals für *Ryder* gute Arbeit geleistet, und das weiß Burt.«

»Damals hatte ich aber ein Team, das mir zugearbeitet hat.«

»Stimmt. Und ich will ehrlich zu dir sein. Ich habe ihm mitgeteilt, dass du nicht mehr für uns arbeitest, dass wir dem Projekt aber sicher gewachsen seien. Allerdings habe ich ihm zusätzlich deine Kontaktdaten weitergegeben. Matt war damit einverstanden.«

Nach dem ersten Schreck hatte sie Mühe, mit gelassener Stimme zu antworten: »Das ist mehr als großzügig von dir, von euch beiden.«

»Es ist nur fair. Er wird sich sicher bei dir melden.

Unterdessen werden wir schon mal ein Angebot und eine Präsentation ausarbeiten.«

»Natürlich.«

»Wir mögen dich, Sonya, deshalb rate ich dir eins: Lass dich nur darauf ein, wenn du sicher bist, dass du damit nicht überfordert bist.«

»Ein verdammt guter Rat. Ich werde ihn befolgen.«

Nachdem sie aufgelegt hatte, trank sie etwas Coke und ging im Zimmer auf und ab, um ihre Gedanken zu ordnen. Yoda hingegen wertete das als Zeichen, dass sie einen Spaziergang machen würden.

Sie brachte ihn nach draußen, ließ ihn sein Geschäft erledigen und ein wenig im Schnee herumtollen. Und dachte weiter nach.

Wenn sie den Zuschlag bekam, war sie durchaus in der Lage, den Auftrag abzuwickeln. Ja, damals hatte sie ein Team gehabt, das die einzelnen Designs ausarbeitete – die Schilder, die Werbeanzeigen, die verbesserte Website, alles. Aber sie hatte diesem Team vorgestanden.

Und ein Update, eine Auffrischung war keine Generalüberholung, wie Burt und *Ryder Sports* sie damals vor vier – nein, vor fünf, ja fünf Jahren – hatten haben wollen. Beinahe sechs, wie sie sich jetzt erinnerte. Damals hatte sie zum ersten Mal bei einem größeren Auftrag die Projektleitung innegehabt.

Heute war sie besser, sagte sie sich.

Ja, verdammt richtig. Wenn sich ihr die Gelegenheit bot, würde sie sie beim Schopfe packen.

Sie wollte gerade den Hund herbeirufen, als sie hörte, wie jemand die Straße hinauffuhr. Und sie erkannte Treys Pick-up, als er um die letzte Kurve bog.

Überraschung!

Natürlich war sie ungeschminkt. Wann würde sie endlich dazulernen? Überdies trug sie nur eine alte Jacke über der noch älteren Jogginghose.

Er hingegen sah verdammt noch mal perfekt aus, als er aus dem Wagen stieg. Lederjacke statt Parka, denn die Temperaturen waren heute ein wenig milder. Dazu Jeans, Boots, Pullover. Sein Haar gerade auf die richtige Art windzerzaust.

Außerdem roch er gut, fand sie. Das tat er immer. Nach … entspanntem Mann. Kein spezifischer Duft, nichts allzu Offensichtliches, nur, nun ja, eben köstlich.

»Anscheinend störe ich gerade nicht bei der Arbeit.«

»Nein. Wir machen gerade unseren Nachmittagsspaziergang. Wo ist Mookie?«

»Er ist bei Owen und Jones. Ich musste geschäftlich an Owens Haus vorbei – und da hat Mookie mich einfach im Stich gelassen.« Er beugte sich vor, um Yoda bis zur Ekstase zu knuddeln. »Beim nächsten Mal kommt er wieder mit. Ich bin gerade auf dem Weg zu einem anderen Klienten und hatte noch ein paar Minuten Zeit.«

»Komm doch rein.«

»Nein, es sind wirklich nur ein paar Minuten.« Während er weiterhin den Hund streichelte, blickte er stirnrunzelnd zu ihr auf. »Ist alles in Ordnung? Ist etwas passiert? Du siehst ein bisschen gestresst aus.«

Kein Make-up, alte Jogginghose, hinreißender Typ, den sie zum Anbeißen fand, potenzieller Riesenauftrag.

»Nein – na ja, etwas Berufliches – ein möglicher Job. Oh ja, und neulich habe ich nachts Astrid getroffen.«

»Getroffen? Astrid? Die Astrid aus dem Porträt?«

»Ich glaube, ja.«

»Darüber will ich alles hören, aber ich könnte mir vorstellen, dass es länger dauert als die zwei Minuten, die ich gerade erübrigen kann. Wenn du heute Abend nichts vorhast, könnte ich noch mal zurückkommen? Und Pizza mitbringen.«

»Ich … klar.« Warum hatte er nur solche Augen, fragte

sie sich. Solch wundervoll blaue Augen. »Wenn du sonst keine Pläne hast.«

»Jetzt schon.« Er richtete sich auf. »Was willst du draufhaben?«

»Dealer's Choice. Das kannst du entscheiden. Nur bitte keine Sardellen. Die mag ich gar nicht. Pilze sind okay, wenn du unbedingt welche brauchst.«

»Also gut. Meine beiden Minuten sind fast vorbei. Aber ich wollte es mir nicht nehmen lassen, dir persönlich zu sagen, dass du engagiert bist.«

»Ja!« Triumphierend versetzte sie ihm mit der Faust einen kleinen Schlag auf die Brust. »Du wirst es nicht bereuen.«

»Darüber sind wir uns alle einig. Sogar Sadie hat deine Vorschläge abgesegnet, und die ist normalerweise eine harte Nuss. Jetzt muss ich aber los. Wenn es nicht zu früh für dich ist, könnte ich – mit Hund – so gegen sechs, halb sieben wieder zurück sein.«

»Du bringst Pizza mit. Da gibt es kein zu früh oder zu spät. Kann ich dich kurz noch fragen, ob du meinst, dass Bree mir ein Rezept für ein leckeres, aber einfaches Gericht geben könnte?«

»Ich bringe doch Pizza mit.«

»Nicht für dich, sondern für meine Mutter. Sie kommt am frühen Freitagabend. Wenn sie nach einem Arbeitstag und der langen Fahrt aus Boston hier ankommt, will ich nichts bestellen.«

»Ich habe Bree noch nie um ein Rezept gebeten, weshalb ich es nicht sicher sagen kann. Aber du solltest es riskieren.«

Auch dieses Wagnis würde sie also eingehen. »Könntest du ihr schreiben und ihr meine Nummer geben? Wenn sie bereit dazu ist, kann sie wiederum mir eine Textnachricht schicken. Erinnere sie daran, dass sie mich mag.«

»Kein Problem. Bis heute Abend.«

Was sie, dachte sie, als er davonfuhr, definitiv als Date betrachten würde. »Allerdings gehört seine Kanzlei jetzt zu meinen Kunden. An dieser Stelle darf ich also nur dann ein Wagnis eingehen, wenn ich absolut und hundertprozentig sicher bin. So, und jetzt schleunigst wieder an die Arbeit, Yoda, damit ich rechtzeitig Feierabend machen kann, um mich einigermaßen vorzeigbar zu machen. Auf zwanglose Weise attraktiv«, fügte sie hinzu, als sie sich auf den Rückweg zum Haus machte.

Um Punkt fünf Uhr wollte sie Schluss machen.

Aber dann bekam sie auch noch den Zuschlag für den Floristen-Auftrag.

Und hatte anschließend noch ein langes Gespräch mit Burt Springer.

Froh darüber, dass es kein Zoom-Call war und er nicht sehen konnte, wie nervös sie war, machte sie sich ausführliche Notizen. Letztlich erklärte sie sich bereit, ein Angebot und eine Präsentation zu erstellen.

Als sie auflegte, saß sie ein paar Sekunden lang reglos da.

»Ich darf das nicht vermasseln. Was, wenn ich es tue? Ich darf es nicht vermasseln.«

Ihr iPad spielte die Titelmelodie von *Rocky*, was ihre Panik vertrieb und sie zum Lachen brachte.

»Okay. Schon gut. Ich habe jede Menge Ideen. Ich muss nur die richtige auswählen und aufpolieren. Und – oh Mist – es ist beinahe halb sechs! Shit, Shit, Shit!«

Sie machte Feierabend und wollte in ihr Bad eilen.

Auf dem Bett lag das rote Kleid.

»Nein, nein, nein. Wir essen Pizza in der Küche! Erst das Gesicht.« Sie stürmte ins Bad und holte tief Luft. »Nicht zu viel. Nur ein Hauch Make-up.«

Trotzdem dauerte auch »nicht zu viel« seine Zeit,

insbesondere da sie sich nicht entscheiden konnte, ob sie einen Freudentanz aufführen oder sich unter der Decke verkriechen sollte.

Sie hatte drei neue Projekte, von denen eins ein Riesending war. Und ein weiteres musste sie noch fertigstellen, einen Kunden zufriedenzustellen.

»Es läuft also. Wir sind gut beschäftigt, produktiv und sehr, sehr nervös.«

Als sie ins Schlafzimmer zurückkehrte, war das rote Kleid durch eine steingraue Jeans und einen roten Pullover ersetzt worden. »Okay, das ist eine sehr gute Wahl. Das nehme ich, zumal ich ohnehin keine Zeit mehr habe, mir etwas anderes auszusuchen.«

Sie zog sich um und entschied, dass ihre Kammerzofe die Kleidung perfekt ausgewählt hatte. Gerade als sie die Jogginghose in den Wäschekorb warf, gab Yoda ein Bellen von sich und stürmte aus dem Zimmer.

Die Türglocke läutete.

»Okay. Los geht's.«

An der Tür hüpfte Yoda auf und ab, und als sie öffnete, waren die beiden Hunde sogleich außer sich vor Freude und begrüßten einander ausgiebig und ausgelassen.

»Ein Mann, ein Hund und eine Pizza. Jackpot!«

»Dafür musst du dich mit einer Geistergeschichte revanchieren.«

»Daran mangelt es hier nicht. Komm, ich nehme dir die Jacke ab.«

»Ich mach das schon.« Er drückte ihr die Pizza in die Hand und ging zum Schrank hinüber. Aus der Bibliothek ertönte *»Welcome To The Party«* vom iPad.

»Es hört einfach nicht auf. Kommt, Jungs. Und Mann.«

»Aus dem, was ich bislang gehört habe, schließe ich, dass der DJ einen recht vielseitigen Geschmack hat.«

»Er hat ein Faible für Rock oder Pop, allerdings aus verschiedensten Jahrzehnten. Und ...« Auf dem Weg zur

Küche sah Sonya sich noch einmal kurz um. »Er reagiert schnell. Wie ist es mit dem Klienten gelaufen?«

»Ich verstoße wohl nicht gegen meine anwaltliche Schweigepflicht, wenn ich mit ›zufriedenstellend‹ antworte. Aber lass mich dir versichern, dass allein das hier ...«, er deutete mit dem Finger nach oben, »... viele andere dazu veranlasst hätte, aufzugeben und nach Boston zurückzukehren.«

»Ich mag Musik.« Nachdem sie die Pizzaschachtel auf die Theke gestellt hatte, lüftete sie den Deckel. »Peperoni und schwarze Oliven.«

»Ich habe gehört, das ist deine Lieblingspizza.«

»In Poole's Bay kann man eben nichts geheim halten.«

»Oh doch, es gibt mehr Geheimnisse, als du denkst.«

»Du als Anwalt musst es wohl wissen. Ein Bier?«

»Ja, danke.« Er wölbte eine Augenbraue, als sie eins aus dem Kühlschrank holte. »Sam Adams.«

»Ich habe gehört, dass das dein Lieblings-Flaschenbier ist.«

»Stimmt. Flasche reicht. Ich brauche kein Glas.«

Sie reichte ihm die Flasche und goss sich ein Glas Wein ein. »Hat Mookie schon etwas gefressen?«

»Ich habe ihn zu früh abgeholt, als dass er noch aus Jones' Napf etwas hätte schnorren können.«

»Dann kann er sich bei Yoda bedienen.«

Sie fütterte die beiden hungrigen Hunde und holte dann Teller heraus, ehe sie es sich an dem kleinen Tisch bequem machten. Trey gab ein Stück Pizza auf jeden Teller und stieß dann mit seiner Flasche an ihr Glas.

»Hattest du schon Gelegenheit, Bree zu schreiben?«

»Ja, und sie hat mich mit Rückfragen bombardiert. Ob irgendwelche Lebensmittelallergien bestünden und so was. Ich konnte nur antworten, dass du nichts dergleichen erwähnt hast. Und dann wollte sie wissen, wie viel Erfahrung du hast.«

»Hast du ihr gesagt, dass ich keine habe?«

Auf seine typische Art bedächtig lächelnd, schüttelte er nur den Kopf. »Sorry, Süße, nach dem Schmorbraten wäre das gelogen gewesen.«

»Das war eine Ausnahme.«

»Hoffentlich nicht. Jedenfalls hat sie versprochen, dir etwas zu schicken. Sie steht ihrer eigenen Mutter ziemlich nahe. Dass du deine bekochen willst, hat dir also weitere Pluspunkte eingebracht.«

Mit lachenden Augen sah sie ihn über die Pizza hinweg an. »Und Manny? Steht sie ihm mittlerweile ebenfalls nahe?«

»Keine Ahnung. Hab nicht gefragt. Interessiert mich auch nicht sonderlich. Und jetzt revanchier dich.« Er deutete mit der Bierflasche auf sie. »Astrid.«

»Astrid. Ich glaube, ich bin wieder durch den Spiegel hindurchgegangen.«

»Den Spiegel aus den Zeichnungen deines Vaters.«

Sie nickte und trank einen Schluck Wein. »Ich erinnere mich zwar nicht daran, aber es fühlt sich so an. Obwohl ich es nicht erklären kann.«

»Das musst du auch gar nicht.«

»Keine Ahnung, ob es ein Traum war oder real, aber es fühlte sich sehr real an. Ich befand mich im vorderen Salon«, begann sie und berichtete ihm alles.

»Als ich aufwachte – oder was auch immer es sonst war –, stand ich wieder neben dem Bett. Und Yoda schlief noch. Vielleicht weil es diesmal nicht beängstigend war, zumindest nicht so beängstigend und tragisch, wie Zeuge von Marianne Pooles Tod zu werden.

Aber auch Astrid hat mich gesehen, Trey. Sie hat mich angesehen und mit mir gesprochen. Von den anderen im Raum hat mich niemand bemerkt. Ich vermute, dass sie die Klavierspielerin ist. Jetzt spielt sie nicht mehr im Salon, und ich frage mich, ob sie damit aufgehört hat, weil sie so traurig ist. In jener Nacht jedoch, der Nacht, die ich beobachtet habe, waren alle glücklich.«

»Du hast mich nicht angerufen«, mahnte er.

»Es war nicht beängstigend, jedenfalls nicht so wie das Erlebnis zuvor. Aber zugegeben: Ich würde mich bedeutend besser fühlen, wenn ich wüsste, dass es sich um Halluzinationen handelt. Doch es sind keine Halluzinationen.«

»Ich könnte das Haus nach dem Spiegel durchsuchen.«

»Vermutlich würdest du ihn nicht finden. Ehrlich gesagt gehe ich davon aus, dass ihn so lange niemand finden kann, bis er sich finden lassen will.«

»Du schreibst einem Spiegel einen freien Willen zu.«

Sie legte ein zweites Pizzastück auf jeden Teller. »Und das ist das Merkwürdigste an der ganzen Geschichte?«

»Zugegeben.«

»Ich habe über alles nachgedacht. Ziemlich viel sogar. Ich glaube, dass diese – ich nenne sie Träume – durchaus etwas Positives sind. Ich sehe und höre und lerne. Es sind nicht nur Namen oder Bilder in einem Buch. Und da ich mittendrin bin, ähnelt das Ganze auch keinem Film. Es ist, als würde ich diese Zeit betreten, den betreffenden Augenblick miterleben.«

Mit hochgezogenen Augenbrauen musterte er ihr Gesicht. »Neben den Spukerscheinungen finden also deiner Meinung nach auch Zeitreisen statt?«

Daraufhin konnte sie nur mit den Schultern zucken. »Wenn ich vor einem Jahr so etwas gedacht oder gesagt hätte, hätte ich auf der Stelle den nächstbesten Seelenklempner aufgesucht.«

»Ich kenne kaum einen psychisch stabileren Menschen als dich«, murmelte Trey.

»Dachte ich auch immer. Cleos Kristalle und ihre Reinigungsrituale mit weißem Salbei, ihre kritiklose Akzeptanz von – nennen wir es esoterischem Hokuspokus –

hielt ich immer für charmanten, harmlosen Unsinn. Doch mittlerweile bin ich heilfroh, wenn sie mit dieser Einstellung hier einzieht.«

»Wie bald?«

»Sie hofft, dass es in etwa einer Woche so weit ist. Am Wochenende hat sie bei meiner Mom einen Flohmarkt veranstaltet und anscheinend jede Menge verkauft. Sie ist noch dabei zusammenzupacken, und meine Mom bringt schon mal mit, was sie kann. Außerdem gibt es schon eine Nachmieterin für ihre Wohnung. Schlimme Trennung.

Ich freue mich zwar darauf, dass Cleo hier bald einzieht, aber seltsamerweise habe ich in diesem Haus auch allein keine Angst.«

Er sah ihr tief in die Augen. »Nie?«

»Na gut, manchmal schon. Der Marianne-Traum, die Sache mit dem Goldenen Zimmer, das Poltern, der Schneesturm, der keiner war. Aber jetzt habe ich ja Yoda.«

Als er seinen Namen hörte, tänzelte Yoda herbei, Mookie dicht auf den Fersen.

»Genau, jetzt habe ich dich. Und dich auch, wenn du hier bist.« Sie streichelte beide Hunde. »Höchste Zeit, euch nach draußen lassen.«

»Überlass das mir. Kann man Yoda ohne Leine rauslassen?«

»Das habe ich jetzt schon ein paarmal gemacht. Und ihn natürlich mit Argusaugen beobachtet. Er bleibt aber in der Nähe. Außerdem bleibt er bei Mook. Mit ihm an der Seite läuft er definitiv nicht weg.«

Trey öffnete die Tür, ließ die beiden Hunde, die im Schnee spielten, jedoch nicht aus den Augen.

»Hin und wieder kann Yoda sie sehen – oder jemanden, der mir verborgen bleibt.«

Trey wandte ihr den Blick zu. »Wenn ich Mookie mit

zu Collin genommen habe, sah er sie ebenfalls. Jones auch.«

»Du hast mal erwähnt, dass du eine Frau auf dem Witwengang gesehen hast. Eine Frau in Weiß. Damals habe ich dir nicht geglaubt. Heute schon.«

»Aber Astrid war es nicht. Sie war blond, und die Frau, die ich damals gesehen habe, hatte dunkles Haar. Ihr Gesicht konnte ich nicht genau erkennen. Mein Vater meinte, dass ich als Kleinkind immer etwas von Geistern gebrabbelt habe, wenn ich hier war. Obwohl ich mich daran nicht erinnern kann.«

In der Hoffnung, er würde noch länger bleiben, goss sie sich ein weiteres Glas Wein ein und holte ihm noch ein Bier. »Und was sonst noch?«

»Ich war fünf. Das weiß ich, weil ich gerade in die Vorschule gekommen war. Ich habe eine verschwommene Erinnerung an einen Mann in Collins Büro. Er trug einen Smoking. Ich wusste, dass es ein Smoking war, weil Owen – oder besser gesagt seine Eltern – damals einen Hund hatten, der aussah, als trüge er einen. Deshalb nannten sie ihn Tux – als Abkürzung für ›tuxedo‹, das englische Wort für Smoking. Jedenfalls saß er dort, in der einen Hand ein Glas, in der anderen eine dicke Zigarre.

Ich konnte sogar den Zigarrenrauch riechen. Er hat Ringe in die Luft geblasen und gelacht. ›Kleiner Oliver‹, nannte er mich. Er meinte, ich sei ein braver Junge, weil ich einen einsamen Mann besuchte. Und ermahnte mich, mich vor der Hexe in Acht zu nehmen, damit sie mich nicht fraß.«

Er sah sich um. »Ich antwortete, dass es Hexen nur an Halloween gäbe, und er antwortete: ›Hier gibt es sie auch sonst.‹ Ich erinnere mich vor allem deshalb so deutlich an diesen Geist, weil der mir den Auftrag gab, schnell zu meinem Vater zurückzulaufen und ihm von unserer Begegnung zu erzählen. Den Rest kannst du dir denken.«

»Haben deine Eltern nachgesehen?«

»Wahrscheinlich habe ich darauf bestanden. Aber natürlich war niemand mehr da. Ich lasse jetzt mal die Hunde in den Vorraum neben der Tür. Hast du irgendwo ein altes Handtuch?«

»Dort gibt es eins.«

Sie stand auf, um ihn zu begleiten, und schnappte sich ebenfalls ein Handtuch, sodass sie den Hunden gemeinsam den Schnee aus dem Fell rubbeln konnten.

»Kinder und Hunde also.«

»Vermutlich. Ich habe noch einmal jemanden gesehen, daran erinnere ich mich.« Er richtete sich auf und legte das Handtuch über eine Stange. »Ich war etwa zwölf und hatte gerade angefangen, Gitarre zu lernen. Dad und Collin hielten sich im Spielzimmer auf – dem hinter der Bibliothek – und saßen an einer Partie Schach. Weder damals noch heute hatte oder habe ich das geringste Interesse an Schach.«

»Er hat das Schachbrett und die Figuren deinem Vater hinterlassen.«

»Stimmt.«

Die Hunde folgten ihr in die Küche zurück, wo sie beiden einen Leckerbissen gab.

»Ich langweilte mich, also zog ich mich ins Musikzimmer zurück. Collin hatte mir gesagt, dass ich dadrin jederzeit Gitarre üben könne. Immerhin brachte ich schon ein paar Akkorde zustande. Melodien zu zupfen, bekam ich noch nicht hin, aber ich konnte die Akkorde zu ein paar Songs.«

Er griff nach seinem Bier. »Also, ich sitze so da und versuche, Tom Pettys *›Free Fallin'‹* zu spielen – einen Oldie, aber da der Song von Tom Petty ist, sind die Akkorde ziemlich einfach. Und als ich gerade das Gefühl habe, es hinzukriegen, da blicke ich auf, und sie steht da. Eine echt heiße Braut.«

Er trank einen Schluck Bier.

»Und aufgrund meines zwölfjährigen Hormonhaushalts bringt mich die Tatsache, dass da eine echt heiße Braut vor mir steht, viel stärker aus der Fassung als die Frage, wo zum Teufel sie herkommt.«

»Hast du sie erkannt?«

»Damals noch nicht.« Er schüttelte den Kopf. »Langes, blondes Haar, das ihr wie ein Wasserfall glatt den Rücken hinabfiel. Ihre Jeans saß ganz tief und eng an den Hüften und war ab den Knien weit ausgestellt. Dazu ein winziges, weißes Top, kurz genug, dass ich – heiliger Strohsack – ihre nackte Haut sehen konnte.«

Grinsend wedelte er mit der Hand vor dem Bauch herum. »Oben herum war es mit Blumen bestickt, und der weite Ausschnitt ließ keinen Zweifel über die gleich darunter befindlichen Titten aufkommen. Zahllose Perlenketten – jede Menge – baumelten genau an den Stellen, die ich krampfhaft nicht anzuschauen versuchte. Blassrosa Lippen, Augen mit allem Drum und Dran – Eyeliner und so weiter –, stark geschminkt und katzenhaft, was die Libido eines pubertierenden Jungen erst recht auf Trab brachte.«

»Bei diesem Geist erinnerst du dich tatsächlich an ziemlich viele Einzelheiten.«

»Das Bild hat sich nicht nur in mein Hirn, sondern auch in meine Eier eingebrannt. ›Mannomann‹, sagte sie, und vermutlich fing ich ein wenig an zu sabbern. ›Du hast echt was los auf dem Brett.‹ Mit zwölf hatte ich keine Ahnung, dass sie damit das Griffbrett meinte, also sagte ich nur ›Hä?‹. Sie erklärte, dass Petty großartig sei, ich aber lieber versuchen sollte, mir *›Satisfaction‹* anzueignen, denn die Stones seien nun mal Götter. Dann machte sie das Peace-Zeichen, tippte sich mit den beiden Fingern an die blassrosa Lippen und warf mir einen Luftkuss zu, der mich in eine bebende Hormonpfütze verwandelte.«

Er prostete ihr mit dem Bier zu. »Und fort war sie wieder.«

»Was für eine Geschichte!«

»Ich habe sie nie wieder gesehen, obwohl Owen und ich ständig nach ihr Ausschau gehalten haben. Das heißt, bis zu dem Tag, als ich ihr Bild in Collins Buch gesehen habe. Zum ersten Mal verknallt war ich also in den Geist von Lilian Crest, die sich selbst Clover nannte.«

Die Erkenntnis traf Sonya wie der Blitz. »Die leibliche Mutter meines Vaters.«

»Nimm es mir nicht übel. Ich sah eine heiße Braut, die nicht älter als achtzehn gewesen sein kann. Abgesehen von dem Blassrosa hast du übrigens ihren Mund geerbt.«

»Oh.« Instinktiv führte sie die Finger an die Lippen. »Wie seltsam, so etwas zu hören.«

»Aber es ist ein wirklich hübscher Mund. Also, das sind meine bisherigen Erfahrungen mit Spuk und Spukenden – zumindest soweit ich mich erinnere.«

»Hast du den Song *›Satisfaction‹* denn irgendwann gelernt?«

»Oh ja. Und ich stelle mir gern vor, dass sie mich gehört hat, wenn ich im Musikzimmer vor mich hin gejammt habe.«

»Ich bin zwar kein Experte in Musikgeschichte, aber ich glaube, Tom Petty war in den Sechzigern noch gar nicht bekannt.«

»Nein, groß heraus kam er erst in den ...« Stirnrunzelnd verstummte Trey. »Also, warum ist mir dieser Gedanke nicht schon längst gekommen?«

»Zwölfjährige Hormonpfütze.« Sonya wurde den Gedanken nicht los, dass der Mann, der momentan ihre eigenen Hormone in Wallung brachte, sich einst in ihre biologische Großmutter verguckt hatte.

Wenn auch nur in ihren Geist.

»Sie ist also auf dem Laufenden geblieben.«

»Anscheinend. Collin liebte Musik. Du hast ja seine Vinyl-Sammlung gesehen.«

Und der Blitz der Erkenntnis schlug ein zweites Mal ein. Sonya hob die Hand. »Trey, vielleicht ist sie ja der DJ.«

»Hab ich auch schon gedacht.«

Auf der Arbeitsfläche spielte Sonyas Handy ABBAs *»That's Me«*.

»Heiliger Strohsack.« Sie griff nach ihrem Weinglas und gönnte sich einen kräftigen Schluck. »Warte eine Sekunde, denn das ist richtig gut. Erst mal beunruhigend, aber dann richtig gut.«

»Das ist deine leibliche Großmutter.«

»Okay, jetzt sind wir wieder bei beunruhigend. Trotzdem weiterhin gut. Denn jetzt haben wir einen der Geister identifiziert, und das ist etwas Positives. Ich werde sie allerdings definitiv nicht Grandma nennen. Ich meine, genau genommen ist sie jünger als ich. Ich frage mich, ob Collin sie je getroffen hat ... seine Mutter.«

»Ich glaube nicht, dass er das meinem Vater gegenüber je erwähnt hat. Und ich habe meinem Dad oder Collin auch nie etwas von der Begegnung erzählt. Nur Owen – wegen der heißen Braut.«

»Ist es seltsam, dass mir jetzt leichter ums Herz ist, weil ich weiß, wer sie ist?«

»Ich hielte es eher für seltsam, wenn es nicht so wäre. Immerhin versucht sie nicht, dir Angst einzujagen. Auch mich wollte sie nicht erschrecken. Ihr Ziel war und ist, eine Verbindung zu uns herzustellen.«

»Sie ist hier gestorben.« Der Gedanke war deprimierend. »Wahrscheinlich hatte sie Angst und Schmerzen, aber trotzdem spielt sie Musik für mich. Heute bekam ich die Chance, ein Angebot für einen größeren Auftrag abzugeben, und sogleich wählte sie eine fröhliche Melodie.«

»Was für ein größerer Auftrag?«

»Oh.« Geistesabwesend fuhr sie sich mit der Hand durchs Haar. »Kennst du *Ryder Sports*?«

»Klar. Hauptsitz in Boston. Ich habe diverse Klamotten von ihnen online gekauft.«

Sie lächelte. »Was hältst du von der Website?«

»Nimmt einen gleich gefangen, und man findet sich leicht zurecht. Dein Werk?«

»Ich hatte beim Design die Projektleitung inne. Die Firma will expandieren und eine weitere Zweigstelle in Portland eröffnen. Dazu soll die Website auf den neuesten Stand gebracht werden. Ich werde für diesen Auftrag gegen meinen alten Arbeitgeber antreten müssen. Was ... schon wieder *beunruhigend* ist.«

»Nicht lange.« Sein sachlicher Ton gab ihr einen ordentlichen Schub, von dem sie gar nicht geahnt hatte, dass sie ihn brauchte. »Dein Selbstbewusstsein im Hinblick auf deine Arbeit ist berechtigt.«

»*Ryder Sports* ist ein starkes, innovatives Unternehmen. Eine solche Chance muss ich einfach nutzen. Aber da du ebenfalls einer meiner Kunden bist, versichere ich dir, dass ich mich für deine Kanzlei trotzdem noch genauso engagieren werde wie zuvor, um ihr genau das zu verschaffen, was sie braucht und will.«

»Daran habe ich keinen Augenblick lang gezweifelt. Apropos Kunden, für den Klienten, den ich vor meinem Besuch bei dir aufgesucht habe, muss ich noch ein wenig Arbeit erledigen.«

»Aber es ist immer noch Pizza übrig.«

»Es gibt kein besseres Frühstück als kalte Pizza.«

»Darin sind wir uns einig. Dann teilen wir den Rest auf.«

Kapitel 19

Eigentlich wäre es besser, dachte Sonya, während sie zwei Pizzastücke auf einen Teller gab, wenn sie ihn nicht ganz so sehr mögen würde. Sein Aussehen, sein Auftreten, diese entspannte Art. Sie versank zwar nicht im Chaos der Hormone, konnte sie aber definitiv durch ihren Körper pulsieren spüren, wann immer er in der Nähe war.

Entweder musste sie darüber hinwegkommen oder den ersten Schritt machen und dann weitersehen.

Ein zwangloser Gutenachtkuss an der Tür, beschloss sie. Dann würde sie wissen, ob sie einfach nur eine nette Zeit miteinander verbrachten oder ob die Sache vielversprechender war.

Gerade als sie sich umwandte, griff er nach der Pizzaschachtel. Ihre Körper prallten gegeneinander. Eine Sekunde lang schien die Luft zu vibrieren, und ihre Blicke trafen sich.

»Sorry.« Er machte einen vollen Schritt zurück.

Also doch kein zwangloser Kuss an der Tür, aber ...

»Entschuldigst du dich, weil es dir leidtut oder weil du denkst, dass es dir leidtun sollte? Wenn Ersteres der Fall sein sollte, höre ich auf, mir Gedanken zu machen. Wenn das Zweite stimmt, wüsste ich gern, warum.«

»Es tut mir leid, weil ich glaube, dass es mir leidtun sollte.«

»Na gut. Immerhin. Aber damit hast du mir noch nicht gesagt, warum.«

»Zuerst einmal vertritt meine Kanzlei Collins Anwesen und Erbe.«

»*Dein Vater* vertritt das Anwesen – und meine Interessen.«

»Wir sind ein Familienunternehmen.«

»Okay, aber ... also, ich habe nachgeschlagen.«

Ein beinahe unmerkliches Lächeln umspielte erst seine Augen und dann seine Lippen. »Ach ja?«

»Ich habe mir schon gedacht, dass es möglicherweise zum Problem werden könnte. Meiner Ansicht nach bin ich eigentlich gar nicht deine Klientin, und selbst wenn ich es wäre, könntest du mich auch weiterhin kompetent vertreten. Außerdem habe ich auf Anraten deines Vaters einen Anwalt in Boston engagiert. Und mit dem werde ich definitiv nicht ausgehen.«

»Ein guter Grundsatz.«

»Zumal er der Chef meiner Mutter ist. Aber du sagtest ›zuerst einmal‹. Es gibt also noch etwas. Wenn du mich nicht auf diese Weise anziehend findest, dann ...«

»Du bist wirklich nicht dumm, in keiner Hinsicht. Aber was du da von dir gibst, ist ziemlich daneben.« Er ließ die Hände in die Hosentaschen gleiten. »So wie ich es sehe, hat es in deinem Leben in weniger als einem Jahr jede Menge Turbulenzen gegeben. Du hast deine Hochzeit abgesagt.«

»Stimmt. Wenn man seinen Verlobten mit der eigenen Cousine im Bett erwischt hat, ist das doch eine durchaus vernünftige Entscheidung, oder?«

»Vernünftig bedeutet nicht, dass du nicht verletzt warst.«

»Ich war stocksauer. Schockiert, was mich ärgert, weil es mich zur Närrin macht. Und wütend, was besser ist. Aber ich schäme mich, zugeben zu müssen, dass ich nicht so verletzt war, wie ich es eigentlich hätte sein müssen. Wie ich es gewesen wäre, wenn ich ihn so geliebt hätte, wie ich geglaubt habe. Wie ich den Mann hätte lieben sollen, den ich heiraten wollte. Aber er war nicht der Mann, für den ich ihn gehalten habe, und das macht mich *erst recht* zur Närrin.«

»Du bist nicht …«

Ihr Blick loderte, als sie mit dem Finger auf ihn zeigte und ihn am Weiterreden hinderte.

»Ich wusste, dass irgendetwas nicht stimmte. Ich wusste es, aber ich habe mir immer wieder gesagt, dass es nur die ganz normale Nervosität vor der Hochzeit war. Normalerweise neige ich nicht zu dieser Art von Lampenfieber, aber – nun ja – ich hatte auch noch nie zuvor eine Hochzeit geplant. Und er wollte immer genau das Gegenteil von dem, was ich mir gewünscht habe. Ich wollte eine hübsche, intime und romantische Feier, doch er beharrte auf …«, sie wedelte in der Luft herum, »… einem großen, eleganten Ballsaal in dem großen, eleganten Hotel mit ein paar Hundert unserer nicht ganz so engen Freunde, einer offenen Bar vom Feinsten und so weiter und so fort. Wir haben uns Häuser angesehen, und ich wünschte mir etwas wie das hier. Nicht so riesig, aber ein Haus mit Geschichte und Charakter, weshalb ich mich auch auf den ersten Blick in diesen Ort hier verliebt habe. Er aber wollte etwas Schnittiges, Modernes, Neues in einer angesehenen Gegend. Ich habe immer wieder nachgegeben, was mir ansonsten auch nicht ähnlich sieht. Und warum habe ich das getan? Weil ich einmal Ja gesagt hatte und glaubte, ihn zu lieben. Fuck!«

Sie schnappte sich ihr Weinglas und ging in der Küche auf und ab, während er nur reglos dastand und sie beobachtete. Genau wie die beiden Hunde, die sich auf den Boden gesetzt hatten.

»Ich musste noch jede Menge Anzahlungen berappen, nur weil ich Ja gesagt habe. Weil ich das Gefühl hatte, dass es zwischen uns mehr Gemeinsamkeiten als Unterschiede gab. Und der Sex war gut. Also versuch mir nicht weiszumachen, dass ich nicht dumm bin oder dass ich keine Närrin war. Denn das war ich. Ich habe ihn und Tracie nur deshalb in flagranti erwischt, weil ich dringend eine Pause brauchte und deshalb einen Termin mit dem sündhaft teuren Floristen abgesagt hatte. Es ging mir nicht gut, was ich damals ebenfalls auf das Lampenfieber vor der Hochzeit schob.«

Sie trank einen Schluck Wein. »Großer Gott! Da lagen sie, hatten ihre Klamotten auf dem ganzen Weg zum Schlafzimmer auf dem Boden verteilt. Und falls ich ihn jemals geliebt hatte, war es in diesem Augenblick einfach so aus und vorbei!«

Sie schnippte mit den Fingern. »Ich war nur stinksauer und angewidert, sonst nichts. Also warf ich die beiden aus meinem Haus. Beide fast nackt. Das war sehr befriedigend!«

Sie kippte einen weiteren Schluck Wein hinunter. »Er behauptete, dass es nichts zu bedeuten habe, dass sie sich an ihn herangemacht habe und es seinerseits nur ein Ausrutscher gewesen sei. Für mich war die Sache dann abgeschlossen, aber er ließ einfach nicht locker. Er wandte sich an unsere gemeinsamen Chefs und machte ihnen weis, dass ich einen kleinen Zusammenbruch gehabt hätte. Dabei hatte ich gar nicht die Absicht gehabt, ihnen über seinen Verrat reinen Wein einzuschenken. Er aber schob mir alles in die Schuhe? Zum Teufel, nein. Also habe ich ihnen doch alles erzählt, und wir glaubten, einen guten Weg gefunden zu haben. Ich habe meinen Job dort gemocht, und meine Chefs versprachen, uns nicht bei den gleichen Projekten einzusetzen. Offensichtlich liebte er mich ja nicht, er würde also darüber hinwegkommen, und wir konnten die Angelegenheit hinter uns lassen.

Aber nein. Er ließ nicht locker, fand Möglichkeiten, mich zu drangsalieren, was ich ignorierte. Doch dann wurden die Ärgernisse immer größer. Er zerkratzte mein Auto, ließ die Luft aus den Reifen, sodass ich mir um Mitternacht noch einen Uber rufen musste. Um Mitternacht nur deshalb, weil er zuvor meine Arbeit sabotiert hatte, sodass ich Überstunden machen musste, um alles wieder hinzukriegen. Ich konnte es nicht beweisen, aber wer hätte es sonst sein sollen? Mangels Beweisen konnten sie ihn nicht entlassen, also musste ich kündigen.«

Wieder stieß sie mit dem Finger in Treys Richtung. »Du bist also kein Lückenbüßer, denn es gibt keine Lücke. So, das war jetzt ziemlich viel. Wow. Offensichtlich bin ich immer noch sauer.«

»Fertig?«

»Ja, sorry.« Mehr als nur ein wenig schockiert über ihren eigenen Ausbruch, fuhr sie sich mit der Hand durchs Haar. »Das ging weit über das hinaus, was ich ursprünglich sagen wollte.«

»Gehen wir noch mal ein kleines Stückchen zurück.« Er nahm seine Bierflasche zur Hand, die er noch nicht ausgetrunken hatte. »Warum hast du die ganzen Anzahlungen übernommen?«

»Es war so geplant, dass er für einen Teil des Restbetrags und den Großteil der Flitterwochen aufkommen sollte. Traditionell bezahlt die Familie der Braut ... weil ich ein Idiot bin.«

»Hör auf damit. Das bist du nicht.«

Er zeigte nicht mit dem Finger auf sie – das war nicht sein Stil –, sondern hielt eine Hand in die Höhe, um sie am Weiterreden zu hindern.

»Er hat dich manipuliert, und allem Anschein nach ist er sehr gut darin.«

»Wahrscheinlich. Einen Teil des Geldes habe ich zurückbekommen – mehr als erwartet, was ich vornehmlich Cleo verdanke. Sie hat ein paar von den Absagen übernommen, und sie hat so eine Art, unaufhörlich auf die Leute einzureden, ganz ruhig und vernünftig. Ganz ähnlich wie du.«

»Gut. Und jetzt reden wir darüber, dass er dein Auto zerkratzt und die Luft aus den Reifen gelassen hat. Hast du ihn angezeigt?«

»Ja. Aber was hätten die Cops unternehmen sollen? Schließlich hat niemand ihn gesehen. Was hätten meine Chefs tun können? Wenn sie ihn gefeuert hätten, hätten sie es vermutlich nur noch schlimmer gemacht. Ich habe getan, was für mich das Richtige war, und herausgefunden, dass ich gern als Freelancerin arbeite. Es gefällt mir, für, na ja, eben für alles selbst verantwortlich zu sein.«

»Hat er dich seither noch einmal belästigt?«

»Eigentlich nicht. Ich bin dann ja auch hierhergezogen. Und bis gerade eben habe ich auch nicht mehr an ihn gedacht.«

»Ich wüsste gern, ob er noch an dich denkt.«

Stirnrunzelnd sah sie ihn an. »Du bist sauer«, erkannte sie. »Man merkt es kaum, aber eben doch ein bisschen.«

»Natürlich bin ich sauer. Lassen wir mal außer Acht, dass er es mit deiner Cousine getrieben hat. Das ist nicht mehr als der Charakterzug eines Arschlochs, der Betrug für keine große Sache hält. Er hat dich dazu gebracht, Geld für etwas auszugeben, für etwas, das du gar nicht wolltest, und wenn du ihn nicht erwischt hättest, würdest du höchstwahrscheinlich in so einem modernen Kasten wohnen, den du ebenfalls nicht wolltest. Und genau das wäre dein Fehler gewesen.«

Sie öffnete den Mund und schloss ihn dann gleich wieder. Denn es war nun mal die Wahrheit. Ihr Fehler.

Er stellte die Bierflasche wieder ab. »Aber seine restlichen Aktionen sind rachsüchtig, gemein, kleinkariert, kriminell und gefährlich. Also ja, ich bin sauer, und ich will wissen, ob er dir in irgendeiner Form noch mal zu Leibe rücken könnte.«

»Na gut.« Die Tatsache, dass sie seine Wut nun sehen konnte, beruhigte sie nicht nur, sondern gab ihr einen weiteren Selbstbewusstseinsschub, von dem sie ebenfalls nicht gewusst hatte, dass sie ihn brauchte.

»Gibst du ihm eins auf die Nase?«

»Kurzfristig ist das immer befriedigend. Eine langfristigere Wirkung erzielt man, wenn man *ihn* dazu bringt, den Schlag auszuführen, und zwar vor Zeugen. Dann hätte er eine Anklage wegen Körperverletzung am Hals.«

»Ich wette, das brächtest du auch fertig.« Sie stieß die Luft aus. »Jedenfalls war der Kern dieser aus den Fugen geratenen Tirade folgender: Ja, es gab in meinem Leben ziemliche Turbulenzen, aber sie haben mir nicht das Herz gebrochen, sondern mich lediglich wütend gemacht. Zu keinem Zeitpunkt habe ich Tränen in mein Karamelleis tropfen lassen und mir dabei traurige Filme reingezogen.«

»Das ist ein schlagender Beweis. Ich war davon ausgegangen, du hättest deinen Job aufgegeben, weil es dir zu peinlich war, im gleichen Unternehmen wie er zu arbeiten. Allerdings hast du auch nach deinem Jobwechsel weitere Turbulenzen erlebt. Du hast erfahren, dass dein Vater einen Zwillingsbruder hatte, dann kam Collins Testament, du hast dein altes Leben in Boston aufgegeben und bist hergezogen. Hinzu kommt das, womit du hier konfrontiert bist.«

»Ich liebe dieses Haus. Ich bin selbst überrascht, wie sehr. Trotzdem verstehe ich natürlich, dass du dich auf persönlicher Ebene nicht mit einer Frau einlassen willst, die eine vollkommen unbeherrschte Tirade über einen Mann loslässt, von dem sie sich vor Monaten getrennt hat.«

»Hast du doch gar nicht.«

»Ach nein?«

»Deine Tirade galt der Situation und deiner faktischen und emotionalen Reaktion darauf. Für die du dir meiner Ansicht nach viel zu sehr selbst die Schuld gibst. Aber das wird sich auch noch geben.«

»Ach ja?«

»Weil du nämlich tatsächlich nicht dumm bist, Sonya.

Aber verletzt bist du trotzdem. Auch wenn es nur deinen Stolz, dein Ego und dein Vertrauen in andere Menschen betrifft, er hat dich verletzt.«

»So in etwa hat Cleo das auch gesagt. Vielleicht sollte ich ja versuchen, dich mit Cleo zu verkuppeln.«

»Ich mag sie, aber interessiert bin ich an einer anderen.«

»Nach all dem?«

»Nach all dem sogar noch mehr.«

Er machte einen Schritt auf sie zu. Prompt plärrte das Handy *»Let's Do It Tonight«*.

Als sie lachte, zog er sie an sich. Langsam. Eher gleitend, sodass ihr das Herz bis zum Hals schlug.

Während seine Hände von ihren Schultern über ihre Arme strichen, ließ er sie keine Sekunde aus den Augen. Beobachtete sie genau, als er nur ein winziges Stück näher rückte. Und weiter, als seine Lippen die ihren streiften, nur ganz sacht.

Sie verlor jegliches Zeitgefühl und vergaß, wo sie war, als er den Kuss intensivierte. Langsam, genüsslich, bedächtig und tief.

Trotzdem gaben die Knie nicht unter ihr nach. Sie hatte zwar das Gefühl, dass sie sich aufgelöst hatten, aber die Hände auf ihren Hüften hielten sie aufrecht, während sein Mund jeden Nerv in ihrem Körper zum Leben erweckte.

»Oh. Na gut«, brachte sie schließlich heraus. »Ich hatte gehofft, dass ich es noch kann.«

»Wir können die Dinge auch gern langsam angehen lassen, falls du mehr Zeit brauchst.«

»Das will ich nun wirklich nicht.«

Sie legte ihm die Hand in den Nacken und zog ihn wieder zu sich herab.

»Wenn wir so weitermachen, landen wir noch auf dem Küchenboden.« Er knabberte an ihrer Kehle, sodass besagte zum Leben erwachte Nerven plötzlich zum Zerreißen gespannt waren. »Und die Hunde stürzen sich dann auch noch auf uns. Ich könnte sie hinauslassen. Oder wir gehen nach oben.«

»Ich bin fürs Bett.« Sie begehrte ihn, wollte seine Hände auf sich spüren und zerrte ihn aus dem Zimmer. »Ist ein wirklich schönes Bett. Die Hunde können sich Yodas teilen.«

Zweimal blieb er stehen und trieb sie jedes Mal aufs Neue damit in den Wahnsinn. Die Hunde trotteten ihnen voran nach oben.

»Du hast gesagt, der Sex mit dem Arschloch war gut?«

»Hab ich das gesagt?«

»Ja. Willst du diese Aussage zurücknehmen oder korrigieren?«

»Ich kann mir wünschen, es nicht gesagt zu haben, aber nein. Es stimmt.«

Er führte sie ins Schlafzimmer. »Ich kann es besser als gut.«

»Das machst du doch jetzt schon. Ich selbst bin vielleicht ein wenig eingerostet, bin aber ziemlich sicher, dass mir alles wieder einfallen wird.«

Sie schlang ihm die Arme um den Nacken und presste den Körper an seinen.

»Geht schon los.«

Im flackernden Schein des Feuers, in dem gedämpften Licht der Lampe ließ er die Hände unter ihrem Pullover ihren Rücken hinaufgleiten. Er nahm sich Zeit, um den Körper kennenzulernen, den er sich im Verlauf der vergangenen Wochen viel zu oft schon vorgestellt hatte.

In allen Einzelheiten. Alles.

Ein tiefes Summen drang aus ihrer Kehle, während seine Hände sie erkundeten. Warm spürte er ihre Haut unter dem Pfad, den seine Finger beschrieben.

»Hübscher Pullover.« Sie zitterte nur ein wenig, als er ihn nach oben schob und ihr auszog.

»Deiner auch.« Seufzend tat sie es ihm gleich.

Seine Hände glitten an ihrem Rücken empor und wieder herab.

»Wir sollten uns kurz hinsetzen.«

»Uns hinsetzen?«

»Und uns die Schuhe ausziehen.«

»Oh. Stimmt, ja.«

Hüfte an Hüfte setzten sie sich auf die Bettkante.

»Ein bisschen eingerostet«, wiederholte sie.

»Kann ich nicht finden.«

Sie warf das Haar zurück. »Vielleicht ein wenig nervös.«

»Das kriegen wir schon.«

Und immer noch ganz dicht neben ihr sitzend, umfing er ihr Gesicht mit beiden Händen und küsste sie.

Ihr Verlangen verdrängte die Nervosität. Als sie sich ihm vollends zuwandte, schien die Welt plötzlich von ungeheurer Klarheit zu sein. Seine Haut an ihrer zu spüren, der Geschmack dieses wunderbar bedächtigen Mundes, die großen, rauen Hände auf ihrem Gesicht, der Duft nach Blumen und nach ihm.

Als er sie rücklings auf die Matratze herabsenkte, nahm sie den Kontrast zwischen der weichen, frisch bezogenen Bettdecke und dem Gewicht seines Körpers auf ihrem besonders deutlich wahr.

Keine Sekunde lang unterbrach er den Kuss, sondern intensivierte ihn nur noch mehr. Langsam, langsam, langsam, während seine Hände sich erneut regten. Und unter diesen Händen pochte ihr Herz heftiger; unter diesen Händen schwelgte sie in seiner Berührung.

Und berührte ihn ihrerseits ebenfalls.

Schlanke Gliedmaßen, harte Muskeln, starke Schultern. Wie lang es her war, dachte sie, dass sie zum letzten Mal den Körper eines Mannes erkundet und seine Reaktion auf ihre Berührung gespürt hatte.

Im Moment versuchten sie beide, die gegenseitigen Reaktionen abzuschätzen.

Was gefällt dir? Was bewegt dich? Was erregt dich?

Als er ihren BH öffnete, hämmerte ihr Herz wie wild; die Vorfreude berauschte sie wie Wein.

Seine Lippen umfingen ihre Brust, und sie drängte sich ihm entgegen, damit er sich noch mehr nahm.

Mit einem erneuten Aufbäumen vergrub sie die Hände in seinem Haar, verlangte nach mehr.

Er gab, sie nahm. Dann zerrte sie an seinem Gürtel. Getrieben von unbändigem Verlangen. Als er ihr die Jeans über die Hüften zog, murmelte er irgendetwas, das sie nicht verstand, so laut pochte das Herz in ihren Ohren.

Wann, fragte sie sich, hatte sich das schmerzhafte Verlangen zu einem Flächenbrand ausgeweitet?

Langsam, hatte er gedacht, diesmal, dieses erste Mal. Aber sie zitterte, und ihre Haut glühte. Immer noch murmelnd, presste er die Lippen auf ihren Puls am Hals und umfing sie.

Als sie seine Hand auf ihrer Mitte spürte, explodierte sie heftig und ungestüm. Ihr Körper bäumte sich ihm entgegen, erschauerte, fiel herab. Die Hand, die sich an seine Schulter geklammert hatte, glitt nach unten.

Vielleicht wollte er sich beherrschen, ihre Leidenschaft zügeln. Vielleicht aber auch jegliche Kontrolle aufgeben und sie verschlingen. Aber bevor er sich für eins von beiden entscheiden konnte, drehte sie sich um. Und legte sich auf ihn.

Zuerst nahm sie seinen Mund in einem wilden, gierigen Kuss, der wie eine Hochspannungsleitung seinen ganzen Körper unter Strom setzte. Dann seinen Körper, als sie sich rittlings auf ihn setzte und ihn in sich aufnahm. Tief in sich aufnahm.

Im Schein des Feuers konnte er Sonya sehen, sah, wie

sie sich über ihm regte, wie ihre Haut glühte, wie ihre Arme sich hoben, als sie auf einer erneuten Woge der Lust dahinritt. Dann nahm sie seine Hände und legte sie auf ihre Brüste.

Sogar der Gedanke an Kontrolle war verflogen. Die nächste Welle ritt er mit ihr zusammen.

Sanft, satt und zufrieden schmolz sie auf ihn herab. Sie fragte sich, ob ihr Seufzer wie ein Dankgebet klang. Und als er ihr übers Haar strich und seine Hand an ihrem Rücken hinabwandern ließ, seufzte sie erneut.

»Besser als gut ...« Mühsam hob sie den Arm in die Luft. »Die Messlatte liegt jetzt so hoch, dass ich kaum heranreiche.«

»Schön zu hören.« Sie spürte, wie seine Lippen an ihrem Hals sich zu einem Lächeln verzogen. »Ursprünglich wollte ich es viel langsamer angehen lassen.«

Sie hob den Kopf und strich das Haar zurück, um auf ihn herabzublicken. »War ich dir zu wild?«

»Genau wild genug. Aber ein paar Stellen konnte ich noch nicht erkunden.« Er ließ den Finger über ihre Wange wandern. »Die erwische ich beim nächsten Mal.«

Sie lehnte die Stirn an seine. »Ich muss dir etwas gestehen.«

»Was gäbe es für einen besseren Zeitpunkt, mir etwas zu gestehen, als der, wenn wir nach dem Sex nackt im Bett liegen?«

»Um Sex geht es tatsächlich. Ich persönlich habe nämlich die Regel, dass es dazu erst nach vier Dates kommen sollte. Vier, weil drei bereits zur allgemeinen Regel geworden ist, und ich halte mich nicht gern an Klischees.«

»Oder an allgemeine Regeln?«

»Eigentlich bin ich, was allgemeine Regeln angeht, recht vernünftig.«

»Also hast du diese persönliche Regel bei mir gebrochen. Schmeichelhaft.«

»Eigentlich nicht. Siehst du, ich habe entschieden, den Tag, an dem du und Owen die Möbel nach unten geschafft habt und zum Essen geblieben seid, als eine Art Date zu betrachten.«

»Interessant.« Bedächtig wickelte er sich eine ihrer Haarsträhnen um den Finger. »Normalerweise weiß ich, wann ich ein Date habe.«

»Na ja, ist ja auch nur meine Meinung. Dann kam der Vorfall im Goldenen Zimmer, gefolgt von dem Dinner im *Lobster Cage*. Das habe ich zum Date Nummer zwei erklärt.«

»Das war ja auch wirklich eins.«

»Dann sind wir in diesem Punkt schon mal einer Meinung. Nach einigem Hin und Her und mentaler Überzeugungsarbeit bin ich zu dem Schluss gekommen, dass auch der Schmorbraten-Abend ein Date war. Damit wären es drei.«

»Anscheinend geht es bei unseren Verabredungen immer ums Essen.«

»Das ist bei Dates doch oft der Fall, oder? Und heute Abend hast du Pizza mitgebracht, also ...«

»Date Nummer vier. Du hast deine persönliche Regel also doch nicht für mich gebrochen.«

»Nein. Ich habe sie nur ein wenig nach meinem Gusto interpretiert, sodass ich auf vier gekommen bin. Also im Grunde gehen wir schon seit Wochen miteinander.«

»Anscheinend habe ich einiges aufzuholen.«

»Würde ich auch sagen.« Sie gab ihm einen schnellen Kuss und setzte sich dann auf. »Weißt du, ich habe das Feuer nicht angemacht oder die Kerzen auf dem Kaminsims angezündet oder das Bett aufgeschlagen.« Plötzlich griff sie nach seiner Hand. »Und gerade hatte ich einen äußerst verstörenden Gedanken. Glaubst du, dass sie, hmm, zusehen? Die ganze Zeit? Also auch, als wir unser viertes Date gefeiert haben?«

Sein Blick wanderte zum Feuer und zu den Kerzen hinüber. »Diese Vorstellung ist in der Tat verstörend.«

»Noch verstörender wird sie, wenn du in Betracht ziehst, dass eine von ihnen meine leibliche Großmutter ist.«

»Darüber möchte ich lieber nicht nachdenken. Gehen wir doch mangels eines Beweises davon aus, dass sie – sie alle – unsere Privatsphäre respektieren.«

»Das kriege ich hin. Ich glaube sogar, das muss ich hinkriegen.«

»Das kannst du und wirst du …« Er setzte sich auf und stieß sie wieder aufs Bett. »Und wir sollten uns jetzt um die Stellen kümmern, die ich noch nicht erkunden konnte.«

Sie verschwendete keinen weiteren Gedanken an die voyeuristischen Geister.

Und er blieb.

Um drei Uhr nachts schlug die Uhr und weckte ihn. Sonya neben ihm regte sich, wachte aber nicht auf. Er schlüpfte aus dem Bett und zog die Jeans über. Da beide Hunde ihm schwanzwedelnd entgegensahen, schüttelte er den Kopf.

»Bleibt«, flüsterte er. »Bleibt bei Sonya.«

Um sicherzugehen, dass sie gehorchten, schloss er im Hinausgehen die Tür.

Im vorderen Wohnzimmer stand eine Tischuhr, die die Stunde schlug, wie er sich erinnerte. Aber sie gab einen leisen, musikalischen Gong von sich. Nicht das, was er gerade gehört hatte.

Die alte Standuhr, dachte er, im zweiten Salon. Diejenige, die Collin nie aufgezogen hatte, damit sie nicht die Stunde schlug, weil er den Ton nervig fand. Besonders nachts.

Vielleicht hatte Sonya angefangen, sie aufzuziehen –

was aber wiederum nicht erklärte, warum er sie seit ihrem Einzug noch nie gehört hatte.

Er ging die Treppe hinunter und zu jenem Zimmer, das Collin aufgrund seiner Lage im Haus als Ort der Stille bezeichnet hatte. Es besaß nur ein Zimmer, das nach Norden hinausging. Weder das Rauschen der Wellen noch das Geräusch des Windes in den Kiefern drang bis hierher.

Er schaltete das Licht an und musterte die alte Uhr mit dem geschnitzten Uhrenkasten und dem Ziffernblatt in Form eines Mondgesichts. Das Messingpendel hing regungslos da, und im Raum war es still wie immer.

Aber die Zeiger auf dem Mondgesicht standen auf drei Uhr.

War das schon immer so gewesen?, fragte er sich. Er konnte sich nicht entsinnen, hatte aber eindeutig drei Schläge gehört – langsame Gongs, fast wie bei einer Beerdigung.

Als er auf die Uhr zuging, traf ihn ein eisiger Luftzug.

Den hatte er schon mal gespürt, im Goldenen Zimmer.

»Du bist es also«, murmelte er. »Gut zu wissen. Und als Nächstes wüsste ich gern: Warum drei Uhr morgens?«

Aus dem Musikzimmer hörte er Klaviermusik und trat einen Schritt zurück.

»Eigentlich ist die Geisterstunde doch Mitternacht, oder?«

»Ja, dachte ich auch ...« Er wandte sich um in der Erwartung, Sonya hinter sich zu entdecken.

Und sah ihre Großmutter.

»Oh Mann. Na gut.« Sein Herz tat zwei heftige Schläge, ehe es sich wieder beruhigte. »Du bist es. Ich habe dich schon einmal gesehen.«

»Klar. Du warst so ein süßer kleiner Junge. Und so ein begabter Gitarrenspieler. Du bist erwachsen geworden.«

»Ja.« Die Chance hast du selbst nicht gehabt. »Hast du dafür gesorgt, dass die Uhr schlägt?«

»Ich nicht, Baby. Du hast recht mit deiner Vermutung, das war dieses Miststück. Jede verdammte Nacht, gong, gong, gong.«

»Wie kommt es, dass ich dich jetzt sehen kann?«

Sie lächelte, ein hübscher Teenager, der niemals alt werden würde. »Weil du hier bist und sie hier ist – Sonya – und ihr beide ES getan habt.« Sie zuckte mit den Schultern. »Nichts dagegen. Freie Liebe. Hab ich größtenteils verpasst. Das alles passierte gerade erst, als ich, du weißt schon, starb. Echt schade. Aber ich habe Charlie geliebt. Uns verband etwas Besonderes. Und meine Babys hätte ich auch geliebt.«

»Davon bin ich überzeugt.«

»Wir wollten hier leben, eine Kommune gründen. Kunst, Musik, Dichtkunst.« Sie drehte sich einmal um die eigene Achse. »Und jede Menge spirituelles Zeug. Aber ...«

Sie hob die Schultern und ließ sie wieder sinken. »Einen Ring hatte ich auch.«

»Es tut mir leid.«

Sie hielt die linke Hand in die Höhe und tippte mit der anderen auf ihren Ringfinger. »Diese verdammte Hexe hat ihn an sich genommen. Hüte dich also vor ihr, verstanden? Und danach hat dieses alte Miststück – Charlies Mom – für den Rest gesorgt. Er hätte das nicht tun dürfen, sich auf diese Weise umbringen, meine ich. Ich meine, wow, ich selbst hatte keine Wahl, aber er hätte schon eine gehabt. Und so sind ihr meine Babys in die Hände gefallen, meine kleinen Jungs. Eine ganze Weile war ich stinksauer auf ihn. Aber, na ja, Shit, ich liebe ihn nun mal.«

»Ist ... ist er auch hier?«

Für einen Geist war ihr Lächeln so warm wie die Sommersonne, fand er.

»Na klar, was denkst du denn? Viele von uns sind hier. Das liegt an dem verdammten Fluch. So, das war's für heute. Du musst Sonya helfen – ganz schön irre, dass ich eine Enkeltochter habe. Ich meine, wirklich *irre*! Du musst ihr helfen, diese Ringe zurückzukriegen.«

Sie lächelte wieder, süß wie Zuckerwatte. »Du warst wirklich gut zu meinem Jungen. Schon seltsam, ihn als Jungen zu bezeichnen, denn immerhin wurde ein alter Mann aus ihm. Wie auch immer, vor Menschen in Erscheinung zu treten, macht mich nach einer Weile jedes Mal fix und fertig. Du solltest wieder ins Bett gehen.«

»Warte. Ich habe noch Fragen.«

Aber sie war schon wieder verschwunden, ebenso wie die Musik.

Mit Bedacht öffnete er die Glasscheibe über dem Zifferblatt der Uhr und schob die Zeiger auf zwanzig nach vier.

Er sah sich noch einmal im Musikzimmer um, machte noch einen ausgiebigen Rundgang durchs Erdgeschoss und einen weiteren durch den ersten Stock, ehe er in Sonyas Zimmer zurückkehrte.

Sie schlief immer noch. Beide Hunde öffneten die Augen und beobachteten, wie er sich aufs Bett setzte. Er zog seine Jeans aus und schlüpfte neben ihr unter die Decke.

Im Schlaf wandte sie sich ihm zu. Weil sie erschauerte, zog er sie dicht an sich.

Als er morgens aufwachte, zog sie sich bereits das Sweatshirt über.

»Frühaufsteherin.«

»Oh.« Lachend wandte sie sich um. »Ja, sorry. Ich dachte, ich sei leise gewesen.«

»Warst du auch. Aber ich muss ebenfalls früh raus. Heute Morgen muss ich ins Gericht.«

»Gericht? Trägst du dort tatsächlich eine Krawatte zum Flanellhemd oder einen richtigen Anzug?«

»Einen richtigen Anzug. Das geht vor Gericht nicht anders.«

»Ich wette, so ein Anzug steht dir. Ich werde die Hunde rauslassen und Kaffee kochen.«

»Dadurch verdienst du dir meine ewige Dankbarkeit.«

»Nehm ich gerne. Im Bad sind Ersatzzahnbürsten. Entweder habt ihr selbst den Vorrat aufgefüllt, oder sie sind noch von Collin. Bedien dich.«

»Mach ich. Ist es okay, wenn ich kurz dusche? Das spart mir zu Hause etwas Zeit.«

»Mach nur. Kommt schon, Jungs, gehen wir nach draußen.«

Das Wort *draußen* scheuchte sie auf, und sie stürmten so schnell aus dem Zimmer, dass sie sich beeilen musste, um hinterherzukommen.

Gut sah sie morgens aus. Aber das tat sie in seinen Augen ohnehin immer. Er fand es schade, dass er sie nicht dazu überreden konnte, mit ihm zusammen zu duschen. Aber da war nun mal dieser Gerichtstermin. Außerdem wollte er ihr unbedingt noch von seinem nächtlichen Erlebnis berichten.

Er hätte ein volles Jahr in dieser Dusche verbringen können und gab Collin dafür die volle Punktzahl.

Nachdem er sich angezogen und die Treppe hinabgestiegen war, wartete der Kaffee schon auf ihn, während Sonya die übrig gebliebene Pizza auf Tellern verteilte.

»Soll ich sie dir aufwärmen?«

»Warum?« Als Erstes machte er sich über den Kaffee her.

»Sag ich auch immer. Was stimmt nur nicht mit uns?«

»Ich habe noch Zeit, um mich damit hierherzusetzen. Und du?«

»Klar.« Sie gesellte sich neben ihn an die Theke. »Wenn ich raufgehe, wird das Bett schon gemacht sein, und zwar perfekter als im besten Hotel. Mittlerweile bin ich darüber hinweg, wie seltsam das ist, und freue mich über die Zeitersparnis.«

Sogleich nahm er den Faden auf. »Kennst du die alte Standuhr im zweiten Salon?«

»Der zweite Salon ist ... Ah ja, der. Mit der großen Uhr. Den habe ich noch nie benutzt.«

»Hast du die Uhr aufgezogen?«

»Nein. Sollte ich? Habe ich gar nicht dran gedacht.«

»Mach es nicht. Ich führe nämlich gerade ein Experiment durch. Hast du sie je gongen hören? Denn ein anderes Wort gibt es dafür nicht. Zu jeder vollen Stunde ein Gong für eins, zwei für zwei und so weiter. Und jeweils einer für die halbe Stunde.«

»Nein, hab ich nicht ... oder doch?« Sie runzelte die Stirn. »Vielleicht doch.«

»Drei Gongs, um drei Uhr morgens.«

»Das habe ich also weder geträumt noch mir eingebildet?«

»Nicht, falls ich es mir nicht ebenfalls eingebildet habe. Was nicht der Fall ist. Du hast letzte Nacht durchgeschlafen. Collin hat die Uhr ebenfalls nie aufgezogen, denn wer könnte schon schlafen, wenn dieses Ungetüm jede Stunde losgeht? Mich hat die Uhr geweckt, also ging ich nach unten, um nachzusehen.«

Sie biss von ihrer Pizza ab. »Ich denke gerade an dein ›Ruf mich an‹ und kann es nur durch ein ›Warum hast du mich nicht geweckt?‹ ergänzen.«

»Vielleicht hattest du die Uhr ja gerade aufgezogen? Jedenfalls kam es mir falsch vor, dich um drei Uhr morgens zu wecken, nur um dich danach zu fragen.«

»Wenn ich sie aufgezogen hätte, hätten wir sie auch schon beim Essen und beim Sex gehört.«

»Stimmt schon. Aber um drei Uhr morgens denkt man halt nicht ganz so klar.«

Sie trank einen Schluck Kaffee und musterte ihn einen

Augenblick lang schweigend. »Wahrscheinlich bist du ganz gut vor Gericht.«

»Dafür werde ich schließlich bezahlt. Die Uhr war also nicht aufgezogen, und die Zeiger standen auf drei – Punkt drei. Wenn du dieses Zimmer nie benutzt hast, ist dir vielleicht nicht aufgefallen, auf welcher Uhrzeit die Uhr stehengeblieben ist.«

»Nein, aber ab sofort werde ich darauf achten.«

»Ich habe die Zeiger vorgeschoben – das ist mein Experiment. Ehe ich es tat, setzte jedoch die Klaviermusik ein. *›Barbara Allen‹*. Ich wollte nachsehen, und als ich mich umdrehte – stand da die heiße Braut.«

Beinahe hätte sie sich an ihrer Pizza verschluckt. »Du hast sie gesehen? Lilian Crest?«

»Ich würde ja leibhaftig sagen, aber das trifft es wohl nicht ganz.«

Er berichtete ihr alles, gab jedes Wort der Unterhaltung wieder.

»Viele Geister«, wiederholte Sonya. »Ich dachte, das hätte ich bereits akzeptiert, aber ... es jetzt bestätigt zu wissen ... Sie besaß einen Ring. Das hatte ich mir schon gedacht, weil immer wieder die Zahl Sieben erwähnt wird. Aber verdammt, wenn sie doch weiß, dass Hester Dobbs diese Ringe hat, warum erzählt Clover dir dann nicht, wie du sie finden und zurückbekommen kannst?«

»Vielleicht wissen sie und die anderen gar nicht, wie man das anstellen soll. Ich persönlich bin in Gedanken immer noch bei der Uhr, bei der Drei. Okay, was hältst du davon, wenn ich nach der Arbeit wieder herkomme? Ich könnte uns etwas zum Abendessen mitbringen.«

»Ich freue mich, wenn du zurückkommst, ob du uns etwas zu essen holst oder nicht. Aber natürlich wäre das ein zusätzlicher Bonus.«

»Wie stehst du zu chinesischem Essen?«

»Ich liebe es.«

»Dann schau dir online mal die Karte des *China Kitchen* an und schreib mir, was du willst. Ich muss jetzt los. Richter haben nichts für Anwälte übrig, die zu spät vor Gericht erscheinen. Mookie kann ich im Büro absetzen. Oder ihn bei dir lassen.«

»Oh, lass ihn ruhig hier. Wir freuen uns, wenn er da ist.«

»Er sich sicher auch.« Er umfing ihr Gesicht und gab ihr einen Kuss, ehe er aufstand. »Wenn du nichts dagegen hast, werfe ich ein paar Wechselklamotten in eine Reisetasche, bevor ich zurückkomme. Und übernachte hier.«

»Da sage ich nicht Nein.«

»Gut. Dann bis bald, wahrscheinlich wieder so gegen sechs, je nach Arbeitsaufkommen.«

»Viel Glück vor Gericht.«

Als sie allein war, stützte sie ihr Kinn auf die Faust und dachte darüber nach, wie grundlegend sich ihr Leben und ihre Welt verändert hatten. Die Hunde waren Teil dieser Veränderung, deshalb stand sie auf, um sie hereinzurufen und ihnen ihr Frühstück zu geben.

Kapitel 20

Da Yoda Gesellschaft hatte, holte sie noch einen zweiten Knochen heraus, damit beide Hunde etwas zum Kauen hatten, während sie arbeitete.

Als sie damit begann, begrüßte ihr iPad sie mit Adeles *»Lovesong«*.

»Im Moment ist es nicht mehr als Lust und gegenseitige Sympathie, danke, Lilian.«

Die Musik wechselte beinahe augenblicklich zu *»Crimson and Clover«*.

»Okay, dann also Clover.« Die Hunde trugen ihre Knochen zum knisternden Feuer hinüber, das sie nicht selbst entzündet hatte. »Ich muss mich jetzt wirklich in die Arbeit knien. Immerhin habe ich einen Auftrag fertigzustellen, mit zweien anzufangen und ein größeres Angebot auf den Weg zu bringen. Außerdem besucht mich am Wochenende meine Mutter, dann kann ich möglicherweise verlorene Zeit nicht wieder reinholen.«

Sie presste die Finger auf die Lider und holte tief Luft. Dann fuhr sie ihren Computer hoch.

Nach etwa einer Stunde – sie war wild entschlossen, den Cateringjob bis Mittag so weit fertig zu haben, dass sie mit der Testphase beginnen konnte – signalisierte ihr Handy den Eingang einer Textnachricht.

Was sie daran erinnerte, dass sie die Speisekarte des chinesischen Restaurants aufrufen und Trey schreiben musste.

Aber zunächst las sie die Nachricht von Bree.

Dieses Jakobsmuschel-Pasta-Gericht geht schnell, ist einfach und lecker. Zumindest WENN – und jetzt

Achtung! – WENN man die Pasta und Muscheln nicht
zu lange kocht. Verstanden? Also aufgepasst.

»Ja, schon kapiert.« Sie überflog das Rezept. »Klingt gar nicht so einfach, wie du schreibst – und die ›Warnung‹ wäre nicht nötig gewesen. Das macht mir nur Angst.«

Die reine Kochzeit beträgt nur zehn Minuten,
also fang erst an, wenn deine Mom da ist
und ihr bereit zum Essen seid.
Und vorher am Tag kannst du vielleicht
irgendwann ein – schnelles, leichtes –
Bierbrot dazu machen.

»Ach ja? Du meine Güte, ist das abgefahren. Ich backe doch kein Brot!« Dennoch las sie das Rezept durch.

»Okay, das klingt tatsächlich leicht. Das könnte ich schaffen.«

Ich nehme an, einen Salat kriegst du auch allein hin.
Falls nicht, schreib mir, und nachdem ich damit fertig
bin, dich zu verspotten und durch den Kakao
zu ziehen, schicke ich dir auch dafür ein Rezept.
Als Dessert empfehle ich ein Himbeer-Sorbet.
Natürlich könnte ich dir auch dafür
ein Rezept zuschicken – ebenfalls ziemlich einfach –,
aber am besten kaufst du das im Supermarkt,
sonst fühlst du dich noch überfordert.

Guten Appetit! Bree

Noch einmal musste sie tief Luft holen.

Danke. Meine Mom wird vor Schreck womöglich
in Ohnmacht fallen, aber trotzdem danke.

Einen Salat bekomme ich tatsächlich hin –
Spezialität des Hauses. Es ist also nicht nötig,
mich zu verspotten oder durch den Kakao zu ziehen.
Bei allem, was mir heilig ist, schwöre ich feierlich,
dass ich das Gericht nicht zu lange
kochen werde, denn ich ahne, dass dein Zorn sonst
fürchterlich sein wird. Vielen Dank noch mal, Sonya

Bree beendete ihren Chat mit einem Smiley mit Kochmütze.

Sonya legte das Handy beiseite. Sie würde es einfach mitnehmen, wenn sie zum Einkaufen ins Dorf fuhr. Und bis dahin würde sie ans Kochen keinen Gedanken mehr verschwenden.

Gegen Mittag war die Catering-Website tatsächlich so weit fertig, dass sie einen Testlauf machen konnte. Außerdem brauchten die Hunde dringend Auslauf, genau wie sie selbst.

Kurz darauf tobten und balgten Mookie und Yoda im Schnee herum. Bei genauem Hinsehen glaubte sie sogar, winzige gelbliche Grasflecken auf der Südseite des Hauses zu entdecken.

Nach dem Toben musste sie die Hunde trocken rubbeln. Danach bekamen sie einen Leckerbissen, und sie selbst gönnte sich eine Coke, eine Schüssel Brezeln und eine Mandarine.

Um kurz vor vier saß sie wieder am Schreibtisch. Fluchte, als der Testlauf ihr einige Fehlermeldungen eintrug. Nach ein paar Korrekturen machte sie einen weiteren.

Und plötzlich sprudelte eine Idee, die ihr die ganze Zeit zum *Ryder*-Job im Hinterkopf umhergeschwirrt war, an die Oberfläche.

»Das ist gut. Das könnte gut werden. Kühn. Witzig. Dynamisch.«

Sie sprang auf, holte ihre Arbeitsutensilien heraus und begann mit einem neuen Moodboard.

Am Schreibtisch machte sie als Anschauungsexemplar für sich selbst noch ein paar Skizzen.

Ganz in ihre Arbeit vertieft, pendelte sie zwischen den Testläufen und der Verfeinerung ihrer Vision hin und her.

Und fuhr zusammen, als die Hunde plötzlich schwanzwedelnd rechts und links neben ihr standen.

»Oh! Du liebe Güte, es ist beinahe sechs Uhr. So lange wollte ich eigentlich gar nicht arbeiten. Sorry, Jungs, tut mir echt leid. Machen wir also Schluss für heute und gehen – nein, noch spreche ich das Wort nicht aus.«

Nachdem sie alles gesichert und ihren Computer heruntergefahren hatte, joggte sie mit ihnen nach unten. Da sie sofort zur Tür stürmten, folgte sie ihnen. Sie würde sie hinauslassen und sich anschließend ihre Jacke holen.

Doch als sie die Tür öffnete, stand Trey davor, der gerade hatte klingeln wollen.

»Oh! Die beiden haben gar nicht gebellt.«

»Mookie weiß, wenn ich es bin. Und anscheinend weiß dieser hier es jetzt auch.« Er reichte ihr eine Tasche mit Essen, bevor er sich den Hunden widmete. »Hi, Jungs. Hattet ihr einen guten Tag?«

»Ich hätte sie eigentlich schon vor einer Stunde wieder rauslassen sollen, aber ich war so in meine Arbeit vertieft, dass ich es vergessen habe. Ich hab gerade erst Schluss gemacht. Du trägst ja immer noch einen Anzug.«

Ein dunkelgrauer Zweiteiler mit blassgrauem Hemd und einer Krawatte in Weinrot und Blau.

Sie konnte fast spüren, wie ihr das Wasser im Munde zusammenlief.

»Gut siehst du im Anzug aus. Genau wie ich es mir gedacht habe.«

Die Hunde rannten hinaus und umrundeten das Haus, während sie zurücktrat, um Trey hereinzulassen. »Gegen

Mittag habe ich einen Spaziergang mit ihnen gemacht, doch dann habe ich vollkommen die Zeit vergessen.«

»Es geht ihnen gut. Aber du wirkst ein bisschen gestresst. Alles in Ordnung?«

»Ja. Die Arbeit – sie hat gerade Fahrt aufgenommen. Mmmh, das duftet ja köstlich.«

»Du hast gut gewählt.« Er hängte seinen Mantel auf.

»Ich gebe mein Bestes.«

Wie schön es sich anfühlte, mit ihm zusammen in die Küche zu gehen.

»Setz dich doch einfach hin, und ich gieße dir ein Glas Wein ein.« Er küsste sie, und zwar deutlich inniger, als es bei einem zwanglosen Hallo üblich gewesen wäre. »Immerhin hattest du einen langen Tag.«

»Du doch auch, aber den Wein nehme ich trotzdem. Wie war dein Prozess?«

Da sie sich für ein Garnelengericht entschieden hatte, holte er einen Weißwein aus dem Kühlschrank. »Eine Scheidung, nicht schön. Der nun offizielle Ex-Mann machte eine ziemlich hässliche Szene – mitten im Gerichtssaal.«

»Ich wette, die Richter haben für so etwas noch weniger übrig als für Anwälte, die sich verspäten.«

»Diese Wette hast du gewonnen. Nach zwei Verwarnungen vom Richter wurde er wegen Missachtung des Gerichts belangt. Er kann von Glück sagen, dass ihm nur eine Geldstrafe aufgebrummt wurde, denn er war auf dem besten Weg, sich eine Nacht im Gefängnis einzuhandeln, bis sein Anwalt ihn endlich dazu bewegen konnte, verdammt noch mal den Mund zu halten. Was dagegen, wenn ich mir ein Bier nehme?«

»Du musst mich nicht fragen, Trey.«

»Dann nehme ich mir eins und hole gleich noch das Hundefutter. Ich habe Nachschub gekauft – ist noch im Pick-up.«

»Das hättest du nicht tun müssen. Ich gehe doch morgen sowieso einkaufen.«

»Zumindest das kannst du schon mal von der Liste streichen. Mookie frisst erheblich mehr als Yoda.« Er verteilte ihre Speisen auf den Tellern und richtete sich auf, als es an der Tür bellte.

»Apropos. Ich gehe die beiden trocken rubbeln.«

»Ganz sicher nicht in diesem Anzug.« Sie winkte ihn zurück.

»Dann stelle ich eben das Menschenfutter schon mal auf den Tisch.«

Gemeinsam chinesisches Essen in der Küche zu genießen und über ganz normale Sachen zu reden, ist ebenfalls schön, dachte sie.

»Ich würde mir das Moodboard und deine Skizzen für *Ryder* gern mal ansehen.«

»Klar. Ist aber alles erst mal nur ein vorläufiger Entwurf.« Sie lächelte, als er seine Krawatte lockerte und den obersten Hemdenknopf öffnete. »Genau deshalb haben Frauen häufig etwas für Männer mit Krawatten übrig.«

»Weil sie sie gern mit einer Schlinge um den Hals sehen?«

»Nein, weil es sexy aussieht, wenn sie das tun, was du gerade gemacht hast. Keine Ahnung, warum, aber so ist es nun einmal.«

»Am Samstag muss ich schon wieder eine tragen. Da gehe ich auf eine Hochzeit. Ein Cousin in Kennebunkport. Wenn du übers Wochenende nicht deine Mutter zu Besuch hättest, würde ich versuchen, dich zum Mitkommen zu überreden.«

»Hast du denn nicht schon eine Begleitung?«

Er schüttelte den Kopf, während er eine Garnele von ihrem Teller stibitzte. »Mit einer Frau auf eine Hochzeit zu gehen, kann ziemlich heikel sein. Wenn zum Beispiel

Großtante Marilyn deiner Begleiterin einen bedeutungsschwangeren Blick zuwirft und dir versichert, was für ein hübsches Paar ihr beiden abgebt. Und ehe man sich's versieht, fragt sie strahlend: *Und wann werden wir auf deiner Hochzeit tanzen, Trey?*«

Kopfschüttelnd widmete er sich wieder seinem Moo Shu Pork.

»Sobald ein alleinstehender Mann dreißig ist, verbringt er bei Hochzeiten innerhalb der Familie die Hälfte der Zeit damit, der Wann-ist-es-bei-dir-endlich-so-weit-Frage auszuweichen.«

»Bei Frauen fängt das schon ab dem fünfundzwanzigsten Geburtstag an. Hast du tatsächlich eine Großtante namens Marilyn?«

»Ja. Sie ist mit meinem Großonkel Lloyd verheiratet, der vermutlich in wieherndes Gelächter ausbrechen würde – er ist der einzige Mensch, den ich kenne, der beim Lachen tatsächlich wiehert –, sobald er mein Date in Augenschein genommen hätte. Und dann würde er mir den Rat geben, mir die betreffende Frau schleunigst klarzumachen. Weil sie aussieht wie eine, die man behält.«

»Jetzt tut es mir richtig leid, dass ich das verpasse. Bei mir ist es insbesondere meine Großmutter mütterlicherseits, die mir einen langen, durchdringenden Blick zuwerfen und mich daran erinnern würde, dass eine berufliche Karriere wunderbar ist, ein Job einem nachts aber nicht das Bett warm hält und einem auch kein Baby in die Arme legt.«

»Autsch.«

»Ja, Grammy schlägt immer gleich zwei Fliegen mit einer Klappe – Ehe und Babys. Ihr erster Kommentar, als ich mich damals verlobte, war: ›Wird auch langsam Zeit.‹«

»Und als du die Verlobung gelöst hast?«

»Meine Mutter hat Grammy vorgewarnt – mit der vollen Unterstützung ihrer Schwester, wofür ich den beiden sehr dankbar bin. Anscheinend bekam Tracie eine ordentliche Standpauke und ich dann einen warmherzigen, mitfühlenden Anruf.«

»Grammy ist also in Ordnung.«

»Ja, auf jeden Fall. Aber wenn ich dich mit auf irgendeine Hochzeit nähme, bekäme ich trotzdem besagten vielsagenden, langen, durchdringenden Blick zugeworfen.«

Sie ließen die Hunde nach draußen, während sie sich um den Abwasch kümmerten. Gerade als Sonya sich fragte, wie lange die Normalität wohl anhalten würde, sah sie, dass sämtliche Schranktüren in der Butler's Pantry offen standen.

»Oh, na gut.«

Sie ging hinein, um sie wieder zu schließen.

»Ist heute irgendetwas Besonderes vorgekommen?«

»Nichts Neues oder Bemerkenswertes. Unten habe ich immer mal wieder einen Blick auf die Uhr geworfen. Die Zeiger haben sich nicht bewegt. Zwanzig nach vier. Ansonsten hat Casper, die freundliche Haushaltshilfe, alles erledigt.«

»Casper?«

»Ich habe der Person einen geschlechtsneutralen Namen gegeben, obwohl ich von einer weiblichen Hauswirtschafterin ausgehe. Sie hat mein Bett gemacht, das Feuer in der Bibliothek entfacht, die Hundehandtücher gewaschen und zusammengefaltet. Und wie immer hat Clover für die musikalische Untermalung im Büro gesorgt.«

Sein Lächeln wurde breiter. »Du nennst sie Clover.«

»Sie hat mich darum gebeten – auf musikalischem Weg. *Crimson and Clover*«, sang Sonya, »*over and over.*«

Statt jenes bedächtigen Lächelns warf er ihr nun ein

schnelles Grinsen zu, das genauso attraktiv war. »Verstehe. Singen kannst du also auch noch.«

»Den Ton bei einer Melodie zu treffen, ist noch lange kein Singen.«

»Du kannst singen«, beharrte er. »Schon wieder etwas, mit dem du – genau wie bei dem Schmorbraten – hinterm Berg gehalten hast. Noch mal kommst du damit nicht davon. Also, aus dem zweiten Stock war heute nichts zu hören?«

»Heute nicht, und jeder Tag, an dem es da oben ruhig ist, ist ein guter Tag. Hast du Lust, dir einen Film anzusehen?«

»Etwa im Medienraum?«

»Dafür bin ich offen gesagt noch nicht bereit. Filme schaue ich mir immer in der Bibliothek an.«

»Passt mir gut. Kommt nur noch auf den Film an. Auf was für Filme stehst du denn normalerweise?«

»Hin und wieder auf romantische Komödien, aber ich mag auch Actionfilme und Thriller. Vor Horrorstreifen habe ich mich allerdings vorerst gedrückt.«

»Du schaust sonst auch Horrorfilme?«

»Häufig, aber mit ihnen geht es mir wie mit dem Medienraum: Noch bin ich nicht bereit, mir hier welche anzuschauen. Außerdem bin ich ein Fan des Marvel-Universums.«

»Wirklich?«

»Ich gestehe«, sagte sie. »Iron Man ist mein Superhelden-Freund. Früher war es Spider-Man, aber mittlerweile bin ich zu alt dafür. Irgendwie kommt es mir unpassend vor, einen Highschool-Jungen anzuschmachten.«

»*Nuff Said*, wie Stan Lee sagen würde. Genug der Vorrede.«

»Okay, du bist also auch Stan-Lee-Fan. Allerdings habe ich in dem ganzen Trubel der letzten Monate *The Marvels* noch nicht gesehen.«

»Dann ist dieser Film der Gewinner. Hast du Popcorn da?«

»Logo!«

»Ich hole eben noch meine Tasche aus dem Pick-up und ziehe mich um.«

Normal, dachte sie, selbst das Alltägliche konnte einfach nur schön sein. Abendessen und ein heimischer Kinoabend, Popcorn und ein paar kalte Cokes? Jetzt, in diesem Moment? Einfach perfekt.

Nachdem die Hunde wieder trocken waren, folgten sie ihr hinauf in die Bibliothek.

Trey war schon da – jetzt in Jogginghose, genau wie sie selbst – und studierte ihr Moodboard.

Er nahm ihr das Tablett mit Popcorn, Colas und Hundeleckerbissen ab und stellte es auf den Schreibtisch.

»Das gefällt mir. Die Farben fallen ins Auge. Dynamische Farben. Selbst jemand, der sich nur ein Outfit für ein Touch-Football-Spiel nach dem Thanksgiving-Dinner kaufen will, hält sich gern für dynamisch. Und der Font, den du für das Wort *Sports* im Firmennamen gewählt hast, drückt ebenfalls Bewegung aus.«

»Ich habe nur die vorherige Version ein wenig überarbeitet. Aufgepeppt. Sodass es ... schneller wirkt.«

»Es funktioniert. Diese Skizze.« Er tippte darauf. »Mir gefällt, wie zwanglos du die Sportausrüstung auf einem Feld arrangiert hast. Könnte jedes x-beliebige Spielfeld sein. Football-Helm, Baseball-Schläger, Stollenschuhe, Laufschuhe. Und da noch ein Lacrosse-Schläger, ein Basketball, eine Schwimmbrille, ein Teil von einem Dirtbike, ein Eishockey-Puck, ein Golfschläger. Ein Sicherungsseil fürs Klettern, oder?«

»Ja. Vielleicht ist es ein bisschen überladen.«

»Keineswegs. Keine Ahnung, wie du das hingekriegt hast, aber es sieht ausgewogen aus. Das Schlagwort darunter – ist doch ein Schlagwort, oder? – *Game On.* Das ist eine Challenge. Hast du das Zeug dazu? Dann komm zu *Ryder Sports*.«

Eine entspannte Wärme durchflutete den professionellen Teil ihres Ichs.

»Genau das war mein Ziel. Wenn du das darin siehst, ist das ein guter Anfang.«

»Was für Ideen hast du sonst noch?«

»Die Infrastruktur der Website will ich nicht verändern, weil sie recht benutzerfreundlich ist. Aber ich will eine Galerie hinzufügen. Fotos von ganz normalen Menschen in *Ryder*-Montur – Klamotten, Ausrüstung. Eine Frau auf einem Bike, ein Typ, der einen Golfschläger schwingt, Kinder, die Basketball spielen, etwas in dieser Art. Ich muss es noch genauer durchdenken, aber das wäre ein zusätzlicher Knalleffekt und könnte gleichzeitig als Anzeigenmaterial dienen, da die Firma eine komplette Werbekampagne haben will. Digital, im Fernsehen, dazu In-Store-Poster. Was immer dein Game ist – um bei dem Schlagwort zu bleiben –, mit *Ryder Sports* bist du der Gewinner.«

»Mich hast du schon mal überzeugt.«

Die Hunde folgten ihnen über die geschwungene Treppe hinauf und ließen sich dann auf dem Boden nieder, um sich über ihre Hundekekse herzumachen. Mit dem Popcorn nahmen Sonya und Trey auf dem Ledersofa Platz und legten die Füße auf den Beistelltisch.

Nach dem Film schien das Sofa der perfekte Ort, um sich zusammenzukuscheln, während die Hunde schliefen.

Später im Bett kuschelten sie erneut.

Während sie langsam einschlummerte, dachte Sonya, wie herrlich diese für alles offene sexuelle Energie des Anfangs war – und wie vielversprechend.

Um kurz vor drei begann das Pendel der alten Standuhr im zweiten Salon, tickend hin und her zu schwingen.

Vor und zurück, vor und zurück, während die Zeiger auf dem mondgesichtigen Ziffernblatt sich drehten.

Und die Uhr schlug drei.

Der erste Gong weckte sie beide; die Hunde sprangen auf und knurrten.

»Diesmal ist es lauter.« Sonya packte Treys Arm. »Oder nicht?«

»Lauter als letzte Nacht, ja.« Er rollte sich aus dem Bett und griff nach seiner Jogginghose. »Ich werde nachsehen. Die Hunde bleiben bei dir.«

»Bitte.« Im schwachen Licht des Feuers fand sie ihre Klamotten ebenfalls. »Wir gehen alle zusammen.«

»Na gut, dann alle zusammen.«

Als sie die Tür zu ihrem privaten Wohnzimmer erreicht hatten, hörten sie, wie von unten Klaviermusik heraufwehte.

»Wieder einmal drei Uhr morgens im Herrenhaus«, murmelte sie.

»Sie muss irgendetwas zu bedeuten haben. Die Uhrzeit, meine ich. Es passiert zu regelmäßig, um bedeutungslos zu sein.« Nachdem sie die Treppe hinuntergestiegen waren, warf er einen Blick auf das Porträt. »Und das Lied. Sie spielt immer das gleiche Lied.«

Aber als sie das Musikzimmer erreicht hatten, verstummte die Melodie.

»Clover hast du zu Gesicht bekommen, aber wer immer da spielt – und ich gehe immer noch davon aus, dass es Astrid ist –, ist entweder nicht bereit oder nicht in der Lage dazu, sich zu ... ich vermute, man nennt es, sich ›zu materialisieren‹.«

»Das nehme ich auch an.«

Sie gingen den Flur hinab. Vor der Tür zum zweiten Salon blieben die Hunde stehen und knurrten erneut.

Unwillkürlich stockte Sonya der Atem, so lange, bis sie die Luft wieder ausstieß. »Die Zeiger stehen auf drei.«

Sie trat ein, weil er ebenfalls hineingegangen war. »Und es ist kalt, Trey.«

Noch während sie sprach, klang es, als hämmere jemand im Musikzimmer wie wild auf dem Klavier herum. Das Pendel der Uhr setzte sich wieder in Bewegung, und jedes einzelne Ticken klang, als feuere jemand eine Kugel ab. Mit gesträubtem Nackenfell stießen die Hunde ein warnendes, wildes Gebell aus.

Türen flogen auf; Türen schlugen zu. Das Licht, das Trey eingeschaltet hatte, flackerte und verlosch.

Irgendetwas streifte sie in der Dunkelheit. So kalt, dass es fast wehtat.

»Irgendetwas ist hier drin.« Atemlos suchte sie nach seiner Hand. »Ich habe es gespürt. Es hat mich berührt.«

»Beim nächsten Mal nehmen wir eine Taschenlampe mit.«

Irgendetwas knallte wie ein Rammbock gegen die Haustür.

Weiterhin laut bellend, rasten die Hunde aus dem Zimmer und dem Laut entgegen.

»Komm.« Trey zog sie aus dem Zimmer.

»Du willst die Tür öffnen? Mein Gott. Hör doch, wie der Wind heult, und dann diese Wellen. Sieh doch, das ist Eis, was da gegen die Fenster geschleudert wird.«

»Sie kann also einen Blizzard heraufbeschwören.« Doch als er die Tür erreichte und sie öffnete, begrüßten sie eine windstille Nacht und schimmerndes Mondlicht. »Aber es ist nur eine Illusion. Wenn auch eine verdammt gute.«

»Oh, die Hunde.«

»Es geht ihnen gut. Sie ist nicht da draußen. Und für heute Nacht scheint sie fertig zu sein. Mehr hat sie nicht drauf.«

»War ja auch eine Menge.«

Weil sie zitterte, trat er näher und legte ihr einen Arm um die Schultern.

»Wir können auch zu mir fahren, wenn du hier wegwillst.«

»Nein. Auf gar keinen Fall. Diesen Kampf wird sie nicht gewinnen. Sie wird mich nicht aus meinem eigenen Haus verjagen. Aber da war etwas in diesem Zimmer, Trey. Ich schwöre, es hat mich berührt. Meinen Arm gestreift.«

Sie schob den Ärmel hinauf. »Sieh mal, da ist ein Fleck.«

Der blassrosa Fleck, kleiner als ihre Handfläche, saß genau über ihrem linken Ellbogen.

»Das ist eine Erfrierung – wenn auch nur eine leichte.«

»Eine Erfrierung?«

»Lass mich eben die Hunde reinholen. Danach schauen wir mal, ob ein warmer Umschlag dagegen hilft. Es ist kaum gerötet, und die Haut ist weder rissig noch aufgeplatzt. Warte eine Sekunde.«

Während er die Hunde rief und dann die Tür wieder abschloss, starrte sie die kleine Wunde auf ihrem Arm an.

»Es hat mich berührt.« Etwas ... eine Person, die gelebt hatte und gestorben war, hatte sie berührt. »Es fühlte sich an wie eine Verbrennung, nur eben durch Kälte.«

»Komm, wir versorgen dich in der Küche. Tut es weh?«

»Nein. Na ja, fühlt sich ein bisschen wund an, glaube ich. Aber, Trey, der Hauptpunkt ist doch der, dass es – dass sie – mich berührt hat und ich es fühlen konnte. Ich habe sie gespürt. Nur für eine Sekunde. Aber ... sieh doch. Es verblasst bereits.«

Er hielt inne und besah sich die Stelle genauer. »Okay, ja, stimmt. Wir machen den Umschlag trotzdem. Aber anscheinend hat sie doch nicht so viel Durchschlagskraft, wie ihr lieb wäre.«

»Also, ich fand diesen Auftritt schon *ziemlich* wirkungsvoll!« In der Küche ließ sich Sonya auf einen Hocker fallen. »Ich meine, heiliger Strohsack!«

»Im Haus ist jetzt alles wieder ruhig. All das hat nicht länger als fünf Minuten gedauert.« Er stellte eine flache Schale mit Wasser in die Mikrowelle, um es zu erhitzen. Dann goss er ihr noch ein Glas Wasser ein.

Sie nahm es entgegen und trank. »Lass mich dir eine ernsthafte Frage stellen. Gerätst du jemals aus der Fassung?«

»Ein wenig fassungslos war ich eben durchaus. Aber ist es nicht interessant, dass sie so viele Tricks aus ihrem Repertoire anwendet, nur um uns zu erschrecken?«

»Interessant.« Sie trank noch einen Schluck. »So kann man es auch nennen.«

»Die Sache ist doch die: Es hat nicht funktioniert.«

Sie warf ihm einen Blick zu. »Ich hatte Angst. Große Angst.«

»Aber du sitzt immer noch hier.«

Nachdem er die Temperatur des Wassers überprüft hatte, tränkte er ein sauberes Tuch damit und wrang es aus. »Man kann es kaum mehr sehen, aber sicher ist sicher. Wir lassen es einfach auf der Stelle liegen.«

»Ich werde nicht gern erschreckt«, murmelte sie. »Es hat mich wütend gemacht.«

»Sagt die Frau, die etwas für Horrorstreifen übrighat.«

»Und für Schauerromane. Aber dabei gruselt man sich auf andere Art. Ich will sie aus dem Haus haben. Und wenn ich diese Ringe finden muss, um sie verdammt noch mal von hier zu vertreiben, dann finde ich die verfluchten Dinger eben. Irgendwie. Und die restlichen Geister? Okay, zugegeben, die sind tatsächlich *interessant.*«

Mit einer Hand presste er ihr den Umschlag auf den verletzten Arm, mit der anderen strich er ihr das Haar aus dem Gesicht. »Um etwas zu finden, muss man am richtigen Ort suchen.«

»Oh, mehr steckt nicht dahinter?«

Nun drückte er ihr die Lippen auf die Stirn. »Wir werden nicht zulassen, dass sie gewinnt.«

Als das Tuch abgekühlt war, besah er sich die Stelle erneut.

»Sieht aus, als wäre nichts gewesen. Die Haut ist nicht mehr gerötet«, fügte sie hinzu.

»Keine besondere Durchschlagskraft.« Er hob ihren Arm und streifte die Stelle, an der eben noch die Wunde gewesen war, mit den Lippen. »Wirst du wieder einschlafen können?«

»Ich hoffe. Und hoffentlich gibt sie jetzt eine Weile Ruhe. Meine Mutter soll das nicht auch durchmachen müssen, denn dann versucht sie bestimmt, mich zurück nach Boston zu schleifen.«

»Ich wette, dass du dich nicht unterkriegen lässt, hast du teilweise von deiner Mutter geerbt.«

Als sie am zweiten Salon vorbeischauten, war das Licht wieder an. Er trat ein und öffnete die Glasscheibe über dem Ziffernblatt.

»Ich kann ihr die Sache zumindest ein bisschen erschweren.« Diesmal drehte er die Zeiger auf zehn nach sieben. »Owen und ich könnten die Uhr auch aus dem Haus schaffen.«

»Ich kann mir nicht vorstellen, dass es dann aufhören würde. Außerdem ist ihr Schlagen eine Art Warnung. Ich frage mich, ob Collin es auch gehört hat. Er hat die Uhr nie aufgezogen, sie aber dennoch hier stehen lassen. Und sie weder auf den Dachboden noch in den Keller verbannt.«

»Falls du es dir noch anders überlegst, können wir sie immer noch wegbringen.«

Auf dem Rückweg zur Treppe legte er ihr den Arm um die Taille.

»Sie war zusammen mit uns da drin, Trey. Hier im Haus gibt es durchaus den ein oder anderen kalten

Luftzug, aber niemals so wie eben und nie so wie im Goldenen Zimmer. Sie strahlt eine gemeine Form der Kälte aus. Und auch das halte ich für ein Warnsignal.«

»Du gerätst vielleicht schon mal aus der Fassung, Sonya, aber du fängst dich schnell wieder. Ich wette, du gewinnst.«

Im Bett schmiegte sie sich an ihn.

»Ich bin wirklich froh, dass du da bist.«

»Ich auch.«

Dann schloss sie die Augen und ließ sich vom stetigen Schlag seines Herzens in den Schlaf wiegen.

TEIL DREI

Geister

Lass uns die ruhige Stunde genießen,
lass uns mit dem Tode plauschen und trinken.

– Alfred, Lord Tennyson,
»The Vision of Sin« – Die Vision der Sünde

Kapitel 21

Nachdem Yoda am Freitag endlich aufgehört hatte zu schmollen, weil Mookie ihm keine Gesellschaft leistete, heiterte Sonya ihn mit einem Ausflug ins Dorf auf, um dort Jakobsmuscheln, Capellini und etwas, das sich ungebleichtes Mehl nannte, zu kaufen.

Sie hatte gar nicht gewusst, dass Mehl normalerweise gebleicht wurde.

Nach dem schnellen Einkaufsbummel hatte sie noch jede Menge Zeit, um die Tulpen zu arrangieren, die sie für das Zimmer ihrer Mutter erstanden hatte. Und ihren ersten Versuch im Brotbacken zu unternehmen.

»Wir haben keine Angst, oder, Yoda? Wir haben keine Angst vor etwas Mehl und Bier und Butter, und was man sonst noch dazu braucht. Immerhin leben wir in einer Geistervilla.

Na ja, ein bisschen Angst haben wir vielleicht doch. Aber wenn es nichts wird, dann werfen wir es einfach weg, und sie wird nie davon erfahren.«

Nachdem sie Brees Anweisungen gewissenhaft gefolgt war, musterte sie den rohen Teig in der Kastenform.

»Ich finde, es sieht wie Brotteig aus. Aber woher soll ich überhaupt wissen, wie Brotteig aussehen muss?«

Im Geiste drückte sie die Daumen, als sie die Form in den Backofen schob und den Timer stellte.

Vor lauter Anspannung brachte sie es nicht fertig, die Küche zu verlassen. Sie arrangierte die Obstschale ein paarmal neu, schritt ruhelos auf und ab und spielte mit Yoda ein Zerrspielchen.

»Sieh doch! Er kommt hoch – das liegt am Bier, ich hab's nachgeschlagen. Und braun wird es auch. Riechst du das? Ich rieche es jedenfalls.«

Als endlich der Timer klingelte, fiel ihr ein, dass sie noch auf das Brot klopfen sollte, um zu horchen, ob es hohl klang. In ihren Augen ergab das keinen Sinn, aber sie klopfte trotzdem.

»Ich finde, es klingt tatsächlich hohl. Aber länger halte ich es sowieso nicht mehr aus.«

Nachdem sie das Brot aus der Kastenform in ihre durch einen Ofenhandschuh geschützte Hand gestürzt hatte, drehte sie es um und setzte es auf das Kühlgitter. Dann trat sie einen Schritt zurück.

»Also, sag selbst, Yoda, ist das nicht der süßeste kleine Laib Brot, den du je gesehen hast? Und dazu noch von diesen Händen erschaffen.«

Ihr iPad spielte John Lee Hookers *»Don't Be Messin' With My Bread«*.

»Besser könnte man es kaum formulieren.«

Während das Brot abkühlte, nahm sie die Blumen, ein Poliertuch und Putzmittel mit in den ersten Stock. Yoda folgte ihr auf den Fersen. Frisches Bettzeug und Handtücher würde sie später aus dem Wäscheschrank holen.

Als sie das Zimmer betrat, das sie für ihre Mutter ausgewählt hatte, roch sie die frische Politur auf den glänzenden Möbeln. Frische, flauschige Handtücher hingen im angrenzenden – ebenfalls blitzsauberen – Bad, und weitere Handtücher waren sorgsam in einem Korb zusammengerollt.

»Wow, vielen Dank. Es ist perfekt.« Sie stellte die Blumen ab. »Das wird ihr sicher gefallen. Ebenso wie der Ausblick in den Wald.«

Sie entdeckte eine hübsche violette Schüssel, die zu den Veilchen auf der Tapete über der Vertäfelung passte, und daneben eine kleine Quarzuhr – die die richtige Zeit anzeigte.

Sie hätte nicht sagen können, ob beides schon vorher hier gewesen war, aber wie dem auch sei ...

»Hübsche Akzente. Sehr aufmerksam.«

Während sie durch das makellose Haus wanderte, kam sie zu dem Schluss, dass wer immer es sauber hielt, es genauso sehr lieben musste wie sie selbst.

Und da alles perfekt aussah, machte sie sich wieder an die Arbeit.

»Sie will mir eine halbe Stunde vor ihrer Ankunft noch mal schreiben, also kann ich durchaus noch etwas geschafft bekommen.«

Ohne Mookie gab sich Yoda damit zufrieden, sich unter ihrem Schreibtisch zusammenzurollen.

Als sie die besagte Nachricht von ihrer Mutter erhielt, fuhr sie den Computer herunter und eilte in die Küche, um den Salat zuzubereiten. Einen Augenblick lang bekam sie einen Riesenschreck, weil sie weder Brot noch Abkühlgitter entdecken konnte.

»Oh nein, ich ...«

Dann sah sie den Umriss des Brotes unter einem sauberen, weißen Tuch.

»Dass man es abdecken sollte, hatte ich glatt vergessen.«

Sie fand das Timing perfekt, denn gerade als sie den Salat in den Kühlschrank schob, rannte Yoda bellend zur Tür. Sonya eilte hinterher, riss die Tür auf und schloss Winter in die Arme.

Vom Tisch in der Küche aus sang Taylor Swift *»The Best Day«*.

»Ich habe dich vermisst!«

»Ich dich auch. Oh mein Gott, Sonya, dieses Haus! Oh, und der Hund. Schau sich einer dieses süße Gesicht an, was für ein hübscher Junge!«

Sofort ließ Yoda sich auf den Boden fallen, entblößte seinen Bauch und blickte voll reiner Liebe zu Winter empor.

Bereitwillig hockte Winter sich hin, streichelte ihn und redete zärtlich auf ihn ein.

»Du bist direkt von der Arbeit gekommen«, schlussfolgerte Sonya, als sie Winters gepflegtes dunkles Kostüm musterte.

Winter kraulte Yogas Bauch ein letztes Mal und erhob sich. »Habe wie geplant früher Feierabend gemacht und hatte meine Reisetasche schon heute Morgen ins Auto gepackt. Und Cleos Klamotten sind ebenfalls im Kofferraum.«

Sie richtete sich auf, um Sonya noch einmal fest in die Arme zu nehmen. »Ich wollte keine Zeit verlieren. Gut siehst du aus! FaceTimen ist nicht das Gleiche, wie sich persönlich zu treffen. Was im Übrigen auch für dieses Haus gilt. Heiliger Strohsack, Sonya. Mir ist ja buchstäblich der Mund offen stehen geblieben. So sehr passt es zu dir.«

»Ach ja?«

»Das hier ist genau das, was du dir immer gewünscht hast. Nun ja ...«, räumte sie ein, während sie sich im Foyer umsah, »... vielleicht mehr, als du dir vorgestellt hast – oder ich. Diese Treppe!«

Sie sah sich weiter um, blieb dann erneut stehen. »Diese Räume. Ein Klavier.«

»Eines von zweien. Komm, wir gehen erst einmal nach oben und schauen, ob dir das Zimmer gefällt, das ich für dich ausgewählt habe. Dann führe ich dich kurz herum – eine ausführliche Besichtigungstour würde zu lang dauern. Nein, deine Tasche nehme ich.«

»Danke, Kleines. Du hast mir ja schon gesagt, wie sehr du dieses Haus als dein eigenes empfindest.« Sie stiegen die Treppe hinauf. »Jetzt sehe ich, was du meinst. Aber es ist so riesig. Was machst du mit dem ganzen Platz?«

»Ich habe meine Lieblingsplätze.« Sie deutete auf die Bibliothek. »Zum Beispiel den hier.«

»Oh, na ja, wow. Wie bringst du es fertig, diesen Raum je zu verlassen? Der sieht ja aus wie aus einem Film. Und sieh nur, wie gut Xena gedeiht.«

Winter wanderte im Zimmer umher und studierte Sonyas Moodboards. »Und dabei leistest du gute, interessante Arbeit.«

»Ich glaube schon. Dazu später mehr.« Und nicht nur dazu, dachte Sonya.

»Anscheinend hat Collin Poole dieses Haus geliebt, so gut, wie er es gepflegt und instand gehalten hat. Ich habe mir schon Sorgen gemacht, wie du das alles schaffen willst. Aber offensichtlich waren meine Bedenken umsonst. Alles blitzt und blinkt, Baby. Du musst einen wahnsinnig guten Reinigungsdienst gefunden haben.«

Sie entschloss sich zu einer diplomatischen Antwort. »Es ist ein wahres Wunder. Darüber reden wir später auch noch. Wir befinden uns hier im Nordflügel.«

»Nun hör sich das einer an.« Lachend stieß Winter ihre Tochter mit dem Ellbogen in die Seite. »Nordflügel.«

Yoda sprang zwischen ihnen hin und her, während Sonya ihre Mutter zu deren Schlafzimmer führte.

»Ich wohne am Ende des Flurs.«

»Das muss ich mir unbedingt ansehen, weißt du. Ach, wie schön. Oh, wirklich schön. Herrin des Anwesens. Beobachtest du von deinen Terrassentüren aus den Sonnenaufgang?«

»Das mache ich wirklich. Du hast allerdings eine andere Aussicht als ich – aber du kannst dir natürlich auch ein anderes Zimmer aussuchen. Du gehst doch gern im Park spazieren.«

»Ja, schon.«

»Deshalb habe ich dich den Flur entlang auf der anderen Seite untergebracht – mit Blick Richtung Westen. Dort ist es zudem auch ruhiger. Denke ich.«

Sie öffnete eine Tür. »Schauen wir mal, ob es dir gefällt.«

»Oh! Wie wunderschön! Wie meine eigene Suite im elegantesten Hotel der Welt. Sieh dir diese Tapete an.

Wie hübsch. Und ich habe sogar meinen eigenen kleinen Kamin. In diesem Bett werde ich mir wie ein Rockstar vorkommen.«

Winters Fingerspitzen streiften die Tulpen. »Danke, Liebling, dass du mich so gut kennst. Der Ausblick in den Wald ist einfach großartig.«

»Ich könnte dir beim Auspacken helfen. Oder wir trinken erst einmal ein Glas Wein. Immerhin hast du einen anstrengenden Arbeitstag und die anschließende Fahrt von Boston hierher hinter dir.«

»Siehst du? Du kennst deine Mom. Also erst mal einen Wein.«

Auf dem Rückweg zeigte sie ihrer Mutter auch Cleos Zimmer und dann die Geheimtür.

»Ist diese Treppe auch sicher?« Stirnrunzelnd sah Winter die Stufen hinab. »Benutzt du diesen Geheimgang denn?«

»Er ist der direkteste Weg nach unten in den Fitnessraum und nach oben auf den Dachboden. Ich versuche, an drei oder vier Vormittagen die Woche zu trainieren. Wenn du willst, führe ich dich morgen in dem Teil des Hauses herum.«

»Vielleicht. Hast du das gehört? Da hat doch etwas geläutet, oder nicht?«

Sonya wiederholte Treys Bemerkung, die er ihr gegenüber am ersten Tag gemacht hatte. »So etwas kommt vor.« Sie schloss die Tür wieder.

Unten zeigte sie ihrer Mutter noch das Musikzimmer.

»Ist das eine Drehleier? So etwas kenne ich bislang nur aus dem Museum. Und dieses Gemälde – die Frau darauf ist wunderschön.«

»Johanna, Collins Frau. Er hat es selbst gemalt.«

»Er hatte Talent. Ziemlich viel sogar. Wie dein Dad.«

»Ja. Sie ... starb vor langer Zeit. Dahinten hatte er sein Büro, in dem er auch Dads Gemälde aufgehängt hat.«

»Du hast mir davon erzählt, aber ich ... Ja, das ist Drews Arbeit.« Winter betrat das Zimmer und musterte das Gemälde. »Ist er irgendwann hier gewesen, oder stammt das wirklich nur aus seinen Träumen?«

»Ich habe mir gedacht, dass du es vielleicht haben willst.«

»Oh.« Ohne den Blick von dem Gemälde abzuwenden, griff Winter nach Sonyas Hand. »Danke dir, aber ich finde, dass es hierhergehört. Ich frage mich, wie und wann Collin Poole es erworben hat. Außerdem gefällt mir der Gedanke, dass außer dir selbst auch noch etwas anderes von Drew hier seinen Platz gefunden hat.«

Beim lauten Knall einer zufallenden Tür sah Winter sich um. »Ist noch jemand anders hier?«

»Kommt darauf an, wie du jemand definierst.« Sonya legte ihrer Mutter den Arm um die Taille und führte sie hinaus. »Ich habe dir doch gesagt, dass es hier spukt.«

»Ja, schon, aber ...«

Aus der Küche sang Billy Joel *»Bottle of white, bottle of red«*.

»Wir werden Weißwein trinken, weil ich Jakobsmuscheln mache.«

»Meine stets ach so vernünftige Tochter will mir allen Ernstes erzählen, dass es in diesem Haus spukt und sie Jakobsmuscheln kocht? Wie viel muss ich heute wohl noch verkraften?«

»Deshalb musst du ja erst mal ein Glas Wein trinken.«

»Und dann diese Küche«, rief Winter, als sie sie betraten. »Fantastisch eingerichtet wie für einen Profikoch – und wieder diese Aussicht. Überall hat man den Grundcharakter des Hauses erhalten. Und trotzdem kommt man sich hier nicht mehr vor wie in einem Labyrinth, weil dieser Raum nach allen Seiten offen ist. Da könnte ich tatsächlich neidisch werden.«

Winter ließ die Hand über die Kücheninsel gleiten und

sah Sonya kopfschüttelnd an. »Ich habe es nie geschafft, eine gewisse Begeisterung fürs Kochen in dir zu wecken, sondern konnte dir nur das Allernötigste beibringen.«

»Immerhin habe ich einen Schmorbraten für acht Personen gemacht«, rief Sonya ihr ins Gedächtnis, während sie eine Flasche herausholte.

»Und das Foto, das du mir geschickt hast, wäre eines Kochbuchs durchaus würdig gewesen. Aber mein Kind, du glaubst doch nicht wirklich, dass es in diesem Haus spukt?«

»Ich glaube es nicht nur, Mom. Ich weiß es.«

Sonya entkorkte den Wein, während das iPad Paul Simons *»Mother and Child Reunion«* spielte.

»Die Musik ist das beste Beispiel.« Sonya goss ihnen Wein ein. »Du musst jetzt aufhören und mich erst mal reden lassen, Clover.« Als die Musik verstummt war, reichte Sonya ihrer Mutter ein Glas. »Setz dich, Mom. Das war Clover. Sie starb im Jahr 1965, nachdem sie Collin und Dad zur Welt gebracht hatte.«

»Ich setze mich wohl wirklich besser hin.«

»Es kommt noch mehr. Ich habe dir schon von ihr berichtet, das, was ich aus dem Buch habe, und das, was Deuce – Oliver Doyle II. – mir erzählt hat. Irgendwann werde ich auch versuchen, mich mit Gretta Poole zu unterhalten. Das ist die Frau, die Collin für seine Mutter hielt, die aber in Wahrheit seine Tante war. Allerdings ist sie dement.«

»Ja, auch das hast du schon erwähnt. Du willst damit sagen, dass Drews leibliche Mutter hier ist, in diesem Haus? Hast du sie gesehen?«

»Nein. Sie macht sich nur über Musik bemerkbar. Aber Trey hat sie gesehen. Mittlerweile sogar schon zwei Mal.«

»Trey Doyle – der dritte Oliver.«

»Genau. Wir sind inzwischen ein Paar.«

»Noch mehr Überraschungen.« Winter hielt einen

Moment lang inne, um noch einen Schluck Wein zu trinken. »Warum ist er heute Abend nicht bei uns?«

»Typisches Mütterverhalten – gleich auf dieses Thema zu sprechen zu kommen, obwohl wir doch gerade über den Geist deiner Schwiegermutter reden.«

Winter prostete Sonya mit ihrem Weinglas zu. »Okay, setzen wir Prioritäten.«

»Zuerst einmal wollte er nicht stören. Außerdem findet in seiner Familie morgen eine Hochzeit statt. Aber er wird dir gefallen.«

»Cleo mochte ihn jedenfalls. Sie hat ihn erwähnt und mir auch schon verraten, dass er ein Auge auf dich geworfen hatte und du ebenfalls nicht abgeneigt warst. Deshalb überrascht mich die Sache nun doch nicht ganz so sehr.«

»Vertrau auf Cleos Urteil. Du wirst ihn mögen«, wiederholte sie. »Er schafft es, einerseits ein Fels in der Brandung und andererseits total entspannt zu sein.«

»Das Entscheidende ist doch, dass *du* ihn magst. Ich bin froh, dass du so jemanden gefunden hast. Und ich freue mich, dass du glücklich aussiehst und glücklich klingst.«

»Ich bin auch glücklich. Und das, obwohl ich eine ziemlich merkwürdige Zeit hinter mir habe. Erst der Umzug, dann die neue Umgebung und schließlich die Spukerei – daran musste ich mich erst einmal gewöhnen. Wenn wir nach dem Abendessen hochgehen – mit dessen Zubereitung ich sofort beginnen werde –, wirst du feststellen, dass deine Bettdecke zurückgeschlagen und dein Kaminfeuer entzündet wurde. Mom, ich habe bislang keinen Reinigungsdienst engagiert, weil ich offenbar einen geerbt habe.«

»Verstehe.«

»Ach, wirklich?«

Winter trank von ihrem Wein und kraulte Yoda, der

seine Vorderpfoten auf ihren Hocker stützte. »Als ich dich am Abend des schrecklichen Tages, an dem dein Vater starb, endlich dazu gebracht hatte einzuschlafen, wusste ich nicht, wie ich es aushalten sollte. Wie ich die nächste Stunde überstehen sollte, geschweige denn den nächsten Tag, die nächste Woche, das nächste Jahr.

Und da sah ich ihn. Ich ging in unser Zimmer, und da war er. Er sagte zu mir, dass alles gut werden würde und dass er mich vom ersten Tage an jede Minute jedes Tages geliebt habe.«

»Das hast du mir nie erzählt.«

»Nein, nie. Ich glaubte, mir diese Erscheinung aus lauter Kummer eingebildet zu haben. Aber so war es nicht, jedenfalls nicht nur. Manchmal spürte ich beim Einschlafen seine Hand auf meiner Wange. Das passiert mir hin und wieder immer noch. Oder ich höre seine Stimme in meinem Kopf, wenn ich mit einer Entscheidung oder einem Problem zu kämpfen habe. ›Hör auf dein Bauchgefühl, Baby, und danach auf dein Herz.‹«

Lächelnd stellte sie ihr Glas ab und griff nach Sonyas Hand.

»Wenn ich an ein Leben nach dem Tod glaube – was ich tatsächlich tue –, warum sollte ich dann nicht auch daran glauben, dass das, was immer einen Menschen zu dem machte, was er war, seine Essenz, weiterexistiert?«

»Hast du deshalb nie wieder geheiratet? Weil du das Gefühl hattest, dass er noch da war?«

»Das hätte durchaus eine Rolle spielen können, aber nein. Was deinen Dad und mich verband, war ... magisch.« Mit einem liebevollen Seufzer legte Winter die freie Hand auf ihr Herz. »Vom ersten Augenblick an war es Magie. So etwas habe ich in Gegenwart eines anderen Menschen oder für jemand anderen noch nie empfunden. Warum sollte ich mich also mit weniger zufriedengeben?«

Sie drückte Sonyas Hand. »Aber genug von mir. Auch

wenn es dir hier gefällt, bist du häufig allein. Abgesehen natürlich von dir«, versicherte sie Yoda. »Hast du denn keine Angst?«

»Manchmal schon. Und ich bin froh, dass Cleo zu mir zieht. Denn es wird schön sein, Gesellschaft zu haben, und gerade mit Cleo habe ich mich immer schon besonders gut verstanden. Hinzu kommt, dass wir mehr Räumlichkeiten nutzen werden, dafür wird Cleo schon sorgen. Ich selbst laufe nämlich ständig Gefahr, mich ausschließlich in der Bibliothek zu vergraben.

Aber es gibt noch viel mehr zu erzählen. Das mache ich, während ich unser Abendessen koche. Und zwar definitiv ohne deine Hilfe.«

»Ich trinke meinen Wein aus und bleibe hier sitzen, als eine faszinierte Beobachterin.«

Weil sie ihre Mutter kannte, arbeitete sich Sonya nur ganz allmählich zu den beängstigenderen Vorfällen vor. Spielte sie sogar ein wenig herunter.

Als das Wasser für die Pasta kochte, ließ sie diese hineingleiten – und stellte den Timer, ehe sie die Jakobsmuscheln vorbereitete.

Für die sie einen zweiten Timer stellte.

»Du hast also den Spiegel gesehen. Den Spiegel, von dem dein Vater geträumt hat.«

»Das kann ich natürlich nicht mit absoluter Gewissheit sagen, aber ich bin fest davon überzeugt. Und ich weiß, dass ich den Mord an Astrid Poole gesehen habe. Ich sah, wie Catherine in einem Blizzard starb. Ich sah, wie Marianne Zwillinge bekam und starb. Und jedes Mal sah ich auch Hester Dobbs.«

»Da du das Kochen auf wundersame Weise im Griff zu haben scheinst, werde ich mal den Tisch decken.«

»Den kleinen dort. Der im Esszimmer ist zwar groß und prächtig, aber viel zu einschüchternd, wenn man keine größere Gruppe verköstigt.«

Während sie gemeinsam arbeiteten, erzählte sie Winter von der Nacht, in der Trey Clover wiedergesehen hatte. Als sie mit ihrem Bericht begann, spielte das Tablet *»Whatta Man«*, was sie zum Lachen brachte.

»Sie kann nicht anders.«

»Und da läuft es dir nicht kalt über den Rücken?«

»Nicht mehr. Ich erzähle dir das alles, damit du nicht ausflippst, wenn während deines Aufenthaltes hier irgendetwas passiert. Und weil ich dir klarmachen will, dass ich die Dinge im Griff habe.

Im Kühlschrank steht eine Schüssel Salat. Hoffentlich kriege ich die Jakobsmuscheln jetzt tatsächlich hin. Drück mir die Daumen!«

Sie erhitzte die Pfanne auf kleinster Stufe, gab den sorgfältig abgemessenen Zitronensaft, Salz und Pfeffer hinzu und verteilte die abgetropfte Pasta auf einer hübschen Platte.

»Das duftet köstlich, Sonya.«

»Ja, es riecht tatsächlich gut, und in etwa einer halben Minute wissen wir, ob es auch so schmeckt. Habe ich mich eigentlich schon bei dir dafür bedankt, dass ich Corrine Doyle das Schmorbraten-Rezept weitergeben durfte?«

»Hast du, und sie selbst hat mir zusätzlich noch einen handgeschriebenen Dankesbrief geschickt.«

»Wirklich? Das klingt tatsächlich nach ihr. Ich habe sie zwar bislang nur ein einziges Mal getroffen, aber das sieht ihr ähnlich. Los geht's.«

Mit der Sorgfalt eines Diamantenschleifers, der sich einem seltenen Edelstein widmet, schöpfte sie Jakobsmuscheln und Soße über die Pasta. Darüber gab sie noch ein wenig Parmesan und einen Hauch gehackte Petersilie und Basilikum.

»Du hast wirklich ein Auge für Details. Vermutlich könntest du sogar ein Liefergericht wie ein Dinner in einem Fünfsternerestaurant aussehen lassen. Und ich weiß es wirklich zu schätzen, dass du für mich gekocht hast.«

Am Tisch verteilte Winter zunächst ein wenig Salat und dann das Hauptgericht auf die Teller. »Und zuerst nehme ich mir von den Jakobsmuscheln. Ich bin schon ganz gespannt.«

Nachdem sie eine mit der Gabel sorgfältig zerteilt hatte, spießte sie ein Stück auf und wickelte ein wenig von den Capellini um die Gabel. Probierte.

Und lehnte sich zurück.

»Sonya, das schmeckt absolut fantastisch.«

»Wirklich?« Sonya ließ den Salat links liegen und probierte ebenfalls. »Oh, wirklich gut. Ich habe das Ganze tatsächlich nicht zu lange gekocht. Bree hat mich so eindringlich gewarnt, dass ich schon richtig Angst hatte.«

»Wer ist nun wieder Bree?«

»Oh, Treys Ex – noch aus Highschool-Tagen. Heute sind sie befreundet. Sie ist Chefköchin im *Lobster Cage*, einem wirklich guten Restaurant im Dorf. Das Rezept ist von ihr.«

»Das hätte ich gern. Das kann ich kochen, wenn ich das nächste Mal Freunde zum Abendessen dahabe. Und jetzt erzähl mir den Rest. Den geisterhaften Rest, meine ich.«

»Vor allem ist da noch die Uhr – im zweiten Salon steht eine Standuhr.«

Sonya berichtete.

»Das ist ja richtig Furcht einflößend, Liebling. Hört sich fast nach den Romanen einer Shirley Jackson an. Sie hat dir eine Wunde am Arm beigebracht? Lass mich sehen.«

»Da gibt es nichts zu sehen.« Um ihre Mutter zu beruhigen, schob Sonya den Ärmel ihres Pullovers hoch. »Ich will nicht so tun, als hätte ich keine Angst gehabt oder als sei ich hier nicht schon mehrfach vor Schreck aus der Haut gefahren, aber …«

»Du bist fest entschlossen. Diesen Gesichtsausdruck kenne ich.«

»Das Haus gehört mir, Mom. Es hätte eigentlich Dad gehören sollen. Er hätte hier zusammen mit seinem Bruder aufwachsen sollen.«

»Wenn er das getan hätte, hätte ich ihn vielleicht nie kennengelernt. Und wir hätten dich womöglich gar nicht bekommen.«

Lächelnd schüttelte Sonya den Kopf. »Magie«, erinnerte sie Winter. »Euch verband pure Magie. Ihr hättet einander gefunden, und das hier wäre trotzdem mein Haus. Ich nehme mir noch ein paar Muscheln, die sind wirklich köstlich. Und ich werde diese Ringe finden. Frag mich nicht, wie, denn ich habe keinen blassen Schimmer. Aber ich werde sie finden.«

»Ich könnte mich von der Arbeit freistellen lassen und für ein paar Monate herziehen.«

»Nichts dergleichen wirst du tun. Nicht, weil ich dich nicht gern hier hätte, sondern weil du in Boston ein eigenes Leben, ein Zuhause und einen Job hast. Ich lasse mich doch nicht von einer toten Hexe kleinkriegen.«

»Und schon wieder diese entschlossene Miene«, murmelte Winter. »Es ist immer eine Braut, eine frischgebackene Ehefrau oder eine junge Mutter. Du und Trey, ihr denkt doch nicht etwa ans Heiraten, oder?«

»Wir sind doch gerade erst zusammengekommen, Mom.«

»Und ich weiß, was *zusammen sein* für zwei ungebundene Erwachsene bedeutet. Vielleicht schläft er jetzt häufiger hier, sodass du nachts nicht allein bist.«

»Ich habe den treuen Yoda an meiner Seite und bald auch die grimmige Cleo.«

»Was mich erleichtert. Zumindest ein wenig.«

»Allerdings bist du deutlich gefasster, als ich erwartet habe.«

»Ich erinnere mich an die Träume deines Vaters. Wie real sie ihm vorkamen. Vermutlich bin ich dadurch etwas empfänglicher für das alles.«

»Was hätte Dad getan, wenn er – wie Collin – von seiner Familiengeschichte erfahren hätte?«

»Er wäre hierhergereist«, antwortete Winter, ohne zu zögern. »Davon hätte er sich genauso wenig abbringen lassen wie du. Die entschlossene Miene hast du übrigens von ihm. Also werde ich tun, was ich immer für ihn getan und auch für dich versucht habe. Ich werde zu dir stehen und dich in deiner Entschlossenheit unterstützen.«

»Ich liebe dich, Mom.«

»Sonya, du bist das Wichtigste in meinem Leben. Was immer hier los ist, du bist hier glücklich. Das kann ich deutlich sehen. Und du bist voller Energie. In Boston hatte mein energisches Mädchen nämlich einiges von seinem Schwung eingebüßt.«

»Das lag nicht an Boston.«

»Das weiß ich. Und ich weiß, dass du jetzt wieder ganz die Alte bist. Außerdem hast du zu meinem großen Erstaunen zwei sehr beeindruckende Mahlzeiten gekocht, daher weiß ich, dass du dich nicht nur von Pizza und chinesischem Essen ernährst. Morgen zeige ich dir ein weiteres Gericht.«

Ehe Sonya protestieren konnte, hielt Winter die Hand in die Höhe. Ihre Miene stellte Sonyas entschlossenes Gesicht deutlich in den Schatten. »Du hast jetzt Rindfleisch und Meeresfrüchte zubereitet. Ich werde dir – diesmal erfolgreich – beibringen, wie man ein einfaches Hühnchengericht kocht. Aber zuerst einmal räumen wir hier ab. Wir könnten uns noch ein Glas Wein eingießen und es mitnehmen, während du mir den Rest des Hauses zeigst.«

»Yoda muss noch vor die Tür. Wie wäre es, wenn wir einen Spaziergang mit ihm machen und uns nach unserer Rückkehr ums Geschirr und den Rundgang kümmern?«

»Dein Haus, deine Regeln.«

Sie genossen den Spaziergang in der vom Mond und den funkelnden Sternen beleuchteten Winterlandschaft. Als sie zurückkehrten, war die Küche blitzblank.

»Ach du Schande!«

»Ich wollte, dass du es mit eigenen Augen siehst. Wenn ich nicht sofort alles wegräume, macht es jemand anders. So, und jetzt führe ich dich erst mal in den Wintergarten.«

Das Wochenende verging wie im Flug, ohne dass mehr geschah als das, was Sonya mittlerweile für normal hielt. Heimeliges Feuer im Kamin, offene Schranktüren.

Obwohl die Zeiger der Standuhr wieder auf drei standen, hörte sie nachts nichts, und es gab keine Störungen aus dem zweiten Stock.

Sie lernte, eine Hühnchen-Kartoffel-Pfanne zuzubereiten, was Winter besonders freute.

Wahrscheinlich würde sie das Gericht sogar selbstständig nachkochen können, zumal die gesamte Zubereitung weniger als eine Stunde dauerte.

Am Sonntagnachmittag stand Winter mit der Reisetasche zu ihren Füßen an der Tür und nahm ihre Tochter in die Arme.

»In ein paar Tagen ist Cleo hier. Wenn ich dich das nächste Mal besuche, kommt sicher auch ihre Mom mit.«

»Das will ich hoffen.«

»Deine Tante vermisst dich. Wäre es okay, wenn ich sie irgendwann ebenfalls mal mitbringe?«

»Ich liebe Summer, das weißt du doch. Natürlich kannst du sie mitbringen.«

»Gut, das ist gut. Ich bin weit davon entfernt, Tracie zu loben, aber letztlich hat sie dir einen Gefallen getan, Sonya. Denn du bist jetzt glücklich.«

Winter legte Sonya die Hände auf die Schultern und streichelte sie sanft. »So glücklich habe ich dich schon lange nicht mehr gesehen. Schon bevor du Brandon in die Wüste geschickt hast, hattest du deinen Schwung verloren.«

Aus dem iPhone in Sonyas Tasche ertönte Shakiras Song über Untreue, *»Don't Bother«*.

»Oh, finde ich auch«, stimmte Winter lachend mit ein. »Meinem Mädchen wird es hier auch weiterhin gut gehen.«

»Ich glaube, du hättest dich gut mit Clover verstanden.«

»Mir reicht schon, dass sie ein wenig auf dich aufpasst, so seltsam das auch sein mag. Gib auf dich acht. Du bist meine Lieblingstochter.«

»Und du fahr vorsichtig und schreib mir, wenn du zu Hause angekommen bist.« Sie umarmten einander innig und wiegten sich dabei hin und her. »Du bist schließlich auch meine Lieblingsmutter.«

»Tschüs, süßes Hündchen.« Winter beugte sich hinab, küsste Yoda und kraulte ihn noch einmal ausgiebig. »Und sag dem Kerl, mit dem du zusammen bist, dass ich ihn bei meinem nächsten Besuch hier kennenlernen will.«

»Mach ich. Und Mom? Ich finde es schön zu wissen, dass du und Dad etwas Magisches miteinander hattet.«

»Diese Magie hat dich hervorgebracht. Bleib so glücklich, wie du bist.«

Sonya sah ihr hinterher, während Yoda winselnd auf der Schwelle herumtänzelte.

»Ich weiß, doch sie kommt ja wieder. Und wenn ich sie besuche, nehme ich dich mit. Aber erst mal sind wir hier gut aufgehoben.«

Während sie so in der offenen Tür standen, blickte sie auf ihn herab. Und spürte, wie der Frühling langsam nahte.

»Eigentlich wollte ich dich mit ein paar Zerrspielchen so richtig müde machen – obwohl ich mich dafür schon ziemlich ins Zeug legen müsste. Danach wollte ich eigentlich noch ein bisschen arbeiten und die Hühnchenreste zum Abendessen verspeisen. Aber weißt du, was?«

Der Hund legte den Kopf schief und sah erwartungsvoll zu ihr auf.

»Scheiß auf die Arbeit. Immerhin ist Sonntagnachmittag. Ich hole eben eine Jacke – mehr braucht man heute gar nicht – und diesen Ball, den ich letztens im Dorf gekauft habe. Und dann machen wir einen Spaziergang und spielen ein bisschen miteinander. Und wenn wir damit fertig sind, gehen wir wieder ins Haus und kuscheln uns mit einem Buch auf die Couch – es sei denn, uns steht der Sinn eher nach einem Film.«

Sie beugte sich zu ihm herab. »Was sagst du dazu?«

Da er wild im Kreis umherlief, kam sie zu dem Schluss, dass er damit einverstanden war.

»Warte eine Minute.«

Sie holte die Jacke und den kleinen roten Ball.

Im matschigen Schnee übten sie die Kommandos »Hol!«, »Bring!« und »Aus!«.

Während sie so spielten, regte sich der Schatten am Fenster. Beobachtete sie.

Sonya hob den Kopf und beschirmte mit der flachen Hand die Augen. Impulsiv hob sie die andere, um der Gestalt zuzuwinken.

Und sah, wie der Schatten sich bewegte.

In diesem Moment hatte sie keinen Zweifel daran, dass er zurückwinkte.

»Na gut«, sagte sie laut und nickte. »Okay.«

Als sie einen Knall hörte, blickte sie zum zweiten Stock empor. Sie sah, wie die Fenster im Goldenen Zimmer auf- und wieder zuflogen.

Yoda kläffte dreimal laut los.

»Ganz meine Meinung«, sagte Sonya zu ihm und hielt den Mittelfinger hoch.

Bedächtig wandte sie den Fenstern den Rücken zu und warf den Ball für Yoda erneut.

»Da siehst du, wie sehr du uns interessierst, nämlich nicht im Geringsten.«

Gegen Ende ihres Spiels hörten die Fenster auf zu schlagen, und sie hatte Yoda beigebracht, nicht nur den Ball zurückzubringen, sondern ihn ihr sogar in die Hand zu legen.

»So ein guter Junge, so ein kluger Junge. Du hast dir ein Leckerli verdient.«

Damit war er vollkommen einverstanden, drehte sich glücklich ein paarmal im Kreis, ehe er sie ins Haus zurücktrieb.

Clover begrüßte sie mit Fogertys *»Wicked Old Witch«*.

»Das kannst du laut sagen.«

Und doch, so dachte Sonya, als sie in die Küche zurückkehrte, um Yoda seine Belohnung zu holen, außer den Glocken und den Zeigern an der Uhr war das Haus während des Besuchs ihrer Mutter einigermaßen still geblieben.

Nachdem sie sich selbst einen Tee gekocht hatte, machte sie es sich in der Bibliothek mit ihrem Buch bequem, während Yoda ein Nickerchen machte.

Clover spielte ein Medley verschiedener Künstler aus verschiedenen Epochen, und Sonya las die Geschichte von der Jagd nach einem Serienmörder, der die Augäpfel seiner Opfer sammelte.

»Grauenvoll«, sagte sie, als sie das Buch schloss. »Ich fand es klasse.«

Gerade als sie vage darüber nachdachte, zu Abend zu essen und sich noch einen Film anzuschauen, schrieb Trey.

Warum nehmen Hochzeiten ein ganzes Wochenende in Anspruch? Zuerst der Hochzeitsbrunch heute Morgen, und dann hat man mich noch zu Drinks und einem Dinner genötigt, obwohl ich nur ein einziges Bier trinken darf, weil ich noch fahren und meine Großeltern nach Hause bringen muss. Falls wir überhaupt jemals wieder von hier wegkommen.

Hoffe, dass dein Wochenende mit deiner Mom weniger kräftezehrend war.

Darf ich dich morgen zum Essen ausführen?

Hochzeiten sind einmalig im Leben. Zumindest hoffen das alle. Hatte ein großartiges Wochenende mit meiner Mom. Sie war ganz verblüfft, weil ich Brees Rezept erfolgreich nachgekocht habe. Ich stehe tief in der Schuld der Köchin. Und du darfst mich morgen auf jeden Fall zum Abendessen ausführen.

Gratuliere. Ich versuche, um sieben bei dir zu sein.

Wie ging es Großtante Marilyn und Großonkel Lloyd?

Marilyn und Lloyd waren und sind so drauf wie immer. Was allerdings durch die Tatsache verschärft wird, dass Anna und die Frau meines Cousins Liam – Gwen – beide schwanger sind. Ich muss jetzt wieder zurück an den Tisch. Bis morgen Abend.

Zu früh, um zum Abschluss noch ein Herz-Emoji zu schicken, entschied sie. Nach einigem Hin und Her, das zugegebenermaßen albern war, schickte sie ihm ein Smiley mit roten Lippen und langen Wimpern.

Wieder unten in der Küche, fütterte sie den Hund

und wärmte ein paar der Reste auf. Bei der Antwort auf die Nachricht ihrer Mutter – *Ich bin gut angekommen* – brauchte sie sich keine Gedanken über Emojis zu machen.

Nachdem sie eine Gesichtsmaske aufgetragen hatte, beschloss sie, gleich aufs Ganze zu gehen und sich auch noch eine Haarmaske zu gönnen. Anschließend duschte sie ausgiebig und genüsslich.

Um neun Uhr machte sie es sich im Pyjama im ersten Stock der Bibliothek zusammen mit Yoda bequem. Nach dem Serienmörder war es vermutlich sinnvoll, sich bei etwas Leichterem zu entspannen.

Ein wenig bedauernd scrollte sie durch ein paar Horrorfilme und entschied sich für eine Komödie.

Gegen zehn schlummerte sie ein. Und glitt kurz darauf in die Traumwelt hinab.

Kapitel 22

Verschwommene Farben und Bewegungen erleuchteten den Spiegel von innen her. Die Augen der Raubtiere im Rahmen schienen zu glühen.

Sie hörte schwache Musik, Stimmen, ein schnelles, fröhliches Auflachen.

Und trat hindurch.

Nun befand sie sich im Ballsaal unter dem strahlenden Licht von drei Kronleuchtern.

Statt überall verstreut herumstehender, verhüllter Möbel hatte man Diwane und Sessel in leuchtenden Farben an den Wänden aufgereiht. Die Böden schimmerten im funkelnden Licht.

Ein Orchester aus Harfe, Violine, Flöte und etwas, das sie für eine Piccoloflöte hielt, sorgte für die musikalische Untermalung. Und ja, dort stand auch das Klavier aus dem Musikzimmer.

Männer in hochgeschlossenen Westen tanzten mit Frauen in langen Gewändern mit aufwendig gearbeiteten Ärmeln und glockenförmigen Röcken. Die Frisuren der Frauen zierten Federn oder auffällige, kostbare Haarnadeln.

Während die Tänzer sich bei einem Walzer im Kreis drehten, funkelten die Juwelen im Kerzenschein.

Andere Gäste wiederum saßen auf den Sesseln an den Wänden. Weitere standen mit Getränken in der Hand neben Tischen, die sich unter den Speisen bogen.

Kristallflöten mit Champagner glitzerten im Licht, das von den Kronleuchtern herabströmte.

Sie entdeckte die Braut, eine königliche Erscheinung in weißem Satin und Spitze, deren dunkles Haar ein Diadem krönte.

Ein Mann – groß, dunkelblondes Haar, markantes Kinn, Poole-grüne Augen – nahm ihre Hand und küsste ihre Knöchel.

Sie reichte ihr Champagnerglas einem Diener und glitt dann mit ihm auf die Tanzfläche.

Das atemberaubend aussehende Paar wirbelte über die Tanzfläche. Mit zufriedenem Lächeln sah er ihr unverwandt ins Gesicht. Ihr Blick jedoch schweifte ständig im Zimmer umher, was Sonya nicht entging.

Die Braut wollte wissen, wer zusah und sie bewunderte.

Statt des strahlenden Lächelns einer frischgebackenen Braut wirkte ihres selbstgerecht und hochmütig.

Als der Tanz vorüber war, gab er ihr erneut einen Handkuss.

»Soll ich Euch für einen kleinen Nachtimbiss nach unten begleiten, Mrs. Poole?«

»Noch nicht, jetzt noch nicht, Mr. Poole. An den Feiertagen werden wir doch sicher ebenfalls einen Ball geben, oder? Vielleicht einen Maskenball zum Jahreswechsel. Wie elegant alles aussieht.«

»Und doch verblasst es hinter der Schönheit meiner Braut. Würdest du dich – nur ein oder zwei Minuten lang – zu meiner Schwester setzen? Es würde ihr so viel bedeuten – und mir ebenfalls.«

»Natürlich. Habe ich nicht geschworen, meinem Gemahl zu gehorchen?«

»Und ich habe geschworen, meine Gemahlin zu ehren und zu achten.« Er geleitete sie zu dem rot-goldenen Sofa, auf dem eine hochschwangere Frau saß. Sie trug ein blassrosa Gewand, und ihr Haar, das ebenso dunkelblond war wie das ihres Bruders, war glatt und hochgesteckt.

»Darf ich mich einen Moment lang zu dir setzen, Jane?«

»Oh bitte, Agatha. Was für ein glücklicher Tag.«

»Ich hole dir Champagner, Agatha. Kann ich dir auch etwas bringen, Jane?«

»Nein danke, Owen. Ich bin äußerst zufrieden. Das Baby liebt die Musik. Er tanzt.« Bei diesen Worten leuchtete ihr Gesicht vor Freude. »George schaut gerade nach den Kindern. Es war sehr freundlich von dir, Agatha, ihnen die Kinderstube zur Verfügung zu stellen.«

»Gelangweilte Kinder wären hier nur im Weg gewesen. So kann sich ihr Kindermädchen um sie kümmern.«

»Natürlich, natürlich. Ich wollte trotzdem kurz mal nach ihnen sehen, aber George wollte mir den Weg dorthin ersparen.«

Die Musiker stimmten nun einen Country Dance an, während Sonya beobachtete, dass Hester Dobbs ins Zimmer schlüpfte. In ihrem schwarzen Kleid, das Haar lose und fliegend, ging sie zu einem Tisch hinüber, an dem ein Diener ein paar kleine Kuchen auf einem Teller arrangierte.

Sie fügte einen weiteren hinzu, der mit dunkelrotem Guss überzogen war und den ein goldenes Krönchen zierte.

Sie wandte sich um und lächelte Sonya zu, während der Diener den Teller zu Agatha hinübertrug und ihr etwas von den Kuchen anbot.

»Du kannst nicht aufhalten, was war und was ist.«

Wahrscheinlich nicht, aber sie konnte es zumindest versuchen.

Noch während Sonya durch den Ballsaal eilte – warum fühlte es sich an, als schwämme sie durch Sirup? –, führte Agatha den roten Kuchen an die Lippen.

Sonya kämpfte sich durch die Tänzer hindurch. Sie spürte die Hitze ihrer Körper, nahm den Duft von verschiedenen Parfüms wahr. Eine der Frauen stolperte ein wenig, als Sonya sich an ihr vorbeidrängte.

Aber Agatha war bereits aufgesprungen, die Hand an der Kehle, und rang nach Atem.

Neben ihr hievte Jane sich ebenfalls hoch und rief nach Wasser.

Wasser würde ihr nicht helfen, dachte Sonya. Agatha glitt zu Boden, blickte wild und verzweifelt umher. Ihr Körper zuckte; die Absätze ihrer Hochzeitsschuhe trommelten auf den Boden.

Owen rannte zu ihr hinüber, fiel neben ihr auf die Knie und zog sie in seine Arme.

Nein, sie konnte es nicht aufhalten, dachte Sonya, während sie beobachtete, wie das Leben aus den Augen der Braut wich.

Frauen schrien; eine fiel in Ohnmacht.

In der allgemeinen Verwirrung zog Hester Dobbs Agatha den Ehering vom Finger und steckte ihn sich an.

»Meine Klinge, sie hauchte das Leben ihr aus,
dann brachte mein Blut den Fluch übers Haus.
Die Bräute, sie sterben, werden totes Gebein,
sobald sie versuchen, mir zu nehmen, was mein.
Und durch ihre Ringe aus Gold, wunderschön.
Wird mein ewiger Fluch gar niemals vergeh'n.«

Erneut lächelte sie Sonya an. Dann hob sie die Hände, schnippte mit den Fingern. Und war verschwunden.

Als Sonya erwachte, stand sie neben dem Sofa. Sie zitterte – nicht aus Furcht, sondern vor Zorn.

Hilflos hatte sie einer weiteren Frau beim Sterben zusehen müssen, ohne etwas dagegen unternehmen zu können.

Konnte sie den Lauf der vergangenen Ereignisse verändern? Agatha Poole war im Jahre ... sie erinnerte sich nicht genau wann ... gestorben. Auf jeden Fall war diese vierte Braut schon über hundert Jahre tot.

Und dennoch war Sonya da gewesen, in jenem Ballsaal,

zu jener Zeit, an jenem Ort. Sie war Zeugin eines weiteren Mordes gewesen.

Yoda winselte und zitterte. Sie setzte sich hin und ließ zu, dass er sich auf ihrem Schoß einrollte.

»Wo gehe ich nur immer hin? Ist das wirklich ein Spiegel oder nur ein Traumgebilde? Vielleicht eine Art ... Trugbild des Unterbewusstseins und kein tatsächlicher Spiegel.«

Aber jetzt war es verdammt noch mal zu spät, um sich darüber Gedanken zu machen.

»Tut mir leid, mein Kleiner. Ich bin eingeschlafen, ohne dich vorher noch mal rauszulassen. Schon gut. Darum kümmern wir uns sofort.«

Sie ließ ihn durch den Vorraum hinaus und blieb ein Glas Wasser trinkend an der Tür stehen, während sie darauf wartete, dass er zurückkam. Am liebsten hätte sie auf der Stelle alles aufgeschrieben. Aber da sie die Einzelheiten ganz gewiss nicht vergessen würde, war auch morgen noch genug Zeit dafür, zumal der Morgen gar nicht mehr in allzu weiter Ferne lag.

Zusammen mit dem Hund ging sie nach oben. Er zog sich in sein Körbchen zurück und sie sich in ihr Bett.

Im schwachen Schein des Feuers lag sie da und dachte nach.

Nein, sie hatte keine Angst. Wäre ihre Mutter hier gewesen, hätte sie erneut bemerkt, wie entschlossen Sonyas Miene war.

Bei dem Morgenkaffee notierte sie sich alles und fügte ein paar Zeichnungen hinzu. Dann legte sie die Aufzeichnungen beiseite.

Nachdem sie den Auftrag für den Caterer beendet hatte, richtete sie ihre Konzentration auf das Doyle-Projekt. Da sie dafür Fotos haben wollte, nahm sie Kontakt zu Corrine Doyle auf.

Und schon hatte sie sie im Handumdrehen als Fotografin engagiert.

»Das wäre erledigt.« Sie zeichnete einen Haken in die Luft.

Den restlichen Vormittag über arbeitete sie am Gesamtdesign und an der Struktur der Website.

Schon bald stellte sich wieder die gewohnte Routine ein. Arbeiten, laufen, arbeiten.

Weil sie sich ohne Fotos noch nicht zu sehr auf irgendwelche Entwürfe festlegen wollte, widmete sie sich zwischenzeitlich dem Blumenladen.

Die Floristin hatte bereits neue Fotos geschickt, bei denen sie sich an Sonyas Vision gehalten hatte. Die Bilder waren bestens geeignet, dachte sie. Und würden der Kundin die Kosten für einen Fotografen ersparen.

»Devil with a Blue Dress On«, plärrte Clover.

»Hey, ein bisschen leiser.« Gerade wollte Sonya die Lautstärke selbst regeln, als ihr Blick auf die Uhrzeit fiel.

»Okay, hab kapiert. Beinahe sechs. Zeit, Feierabend zu machen und sich umzuziehen.«

Wieder lag das rote Kleid auf ihrem Bett.

»Immer noch Nein. Irgendwann ist es auf jeden Fall die richtige Wahl, aber heute Abend …« Sie musterte ihren Kleiderschrank und holte dann ein marineblaues, tailliertes Kleid mit Bleistiftrock heraus.

»Für ein Dinner im Dorf ist das hier eher geeignet.«

Weil sie noch immer nicht beim Friseur gewesen war, beschloss sie, das Haar zusammenzufassen und hochzustecken.

Als Yoda nach unten rannte und die Türglocke erklang, drehte sie sich vor dem Spiegel ein letztes Mal um die eigene Achse.

Die Hunde begrüßten einander so stürmisch, als hätten sie sich seit Jahren nicht mehr gesehen. Und der sonst so gelassene Trey überraschte sie, indem er sie geradewegs in die Arme zog und ihr einen so ausgiebigen Kuss gab, dass ihr Blut sogleich in Wallung geriet.

»Das habe ich vermisst. Ich habe dich vermisst.«

»Gut zu wissen.« Mehr als nur ein bisschen aus dem Gleichgewicht, trat Sonya zurück, um ihn hereinzulassen. »Ich hole nur eben meinen Mantel.«

»Dann lasse ich die Hunde vorsorglich noch ein paar Minuten draußen herumtollen.«

Sie kehrte zum Schrank zurück und hielt einen Moment lang inne, um auszuatmen. Als sie zurückkehrte, wandte er sich zu ihr um und lächelte.

»Hübscher Mantel.«

Sie blickte auf den schwarzen Ledermantel hinab, der bis zur Mitte des Oberschenkels reichte. »Den hab ich mir selbst zum Geschenk gemacht, um mir Mut zu machen, nachdem ich meinen Job gekündigt und mich selbstständig gemacht habe.«

»Offenbar hat's funktioniert. Dann werde ich mal die Hunde in den Vorraum locken und sie sauber rubbeln.«

»Gute Idee.« Sie atmete wieder aus. »Trey?«

Er sah sich nach ihr um.

»Ich habe dich auch vermisst.«

»Das hatte ich gehofft.«

Wartend stand sie da, während Clover *»If I Fell«* von den Beatles anstimmte.

»Mach mal halblang. So weit sind wir noch nicht.«

»Die Uhr steht wieder auf drei«, bemerkte er, während ihm die Hunde vorauseilten.

»Jeden Morgen. Ich habe auch eine neue Geschichte für dich. Erzähle ich dir unterwegs. Und ihr beiden benehmt euch, Jungs. Hände weg vom Alkohol und bloß keine Telefonstreiche.«

»Setz ihnen keine Flausen in den Kopf.«

Draußen entdeckte sie eine metallic-graue Limousine neben ihrem Wagen. »Das ist nicht dein Pick-up.«

»Nein, aber trotzdem mein Auto.«

Sie glitt hinein. »Schön. Also, hast du dich von der Hochzeit erholt?«

»Im Großen und Ganzen, ja. Und dann hat mir heute meine Mutter aufgelauert, um Fotos zu machen. Keine Porträts, keine Posen. Das ist dein Werk, vermute ich.«

»Stimmt. Der Auftrag für eure Kanzlei steht jetzt ganz oben auf meiner To-do-Liste.«

»Was ist mit *Ryder*? Wir können warten, Sonya, wenn du lieber erst daran arbeiten willst.«

»Der kriegt eine Stunde pro Tag.« Denn sie wusste genau, wie sie vorgehen wollte, und hatte einen festen Zeitplan. »Bis ich mehr auf die Beine gestellt habe, reicht das völlig.«

»Nur damit du's weißt: Falls du dir mehr Zeit lassen willst, hat unser Projekt keine Eile. So, und was hast du jetzt für eine Geschichte auf Lager?«

»Ich bin wieder durch den Spiegel hindurchgegangen. Warte.« Als er etwas sagen wollte, hielt sie die Hand hoch, um ihn daran zu hindern. »Ich habe dich nicht angerufen, weil ich keine Angst hatte. Bestimmt nicht. Am Ende war ich nur noch wütend, aber nicht verängstigt.«

»Na gut.«

»Ich merke schon, dass du nicht davon überzeugt bist, also lass mich von Anfang an erzählen.«

Als sie fertig war, sah er zu ihr hinüber. »Sie hat mit einem Gedicht geendet?«

»Ja, aber es klang wie ein Zauberspruch. Ich muss Cleo mal danach fragen. Aber was dabei besonders bemerkenswert ist: Ich habe jemanden angestoßen, und derjenige hat es gemerkt. Genau wie ich Dobbs' Berührung neulich gefühlt habe.

Das ist, um mal deine Formulierung zu benutzen, interessant. Und als ich rennen wollte, um Agatha daran zu hindern, das verdammte Gebäck zu essen, fühlte es sich an, als watete ich durch Schlamm.«

»Als Todesursache wurde immer Ersticken angegeben, aber das klingt eher nach Gift.«

»Es war ein anaphylaktischer Schock, dessen bin ich mir beinahe sicher. Auf dem College kannte ich mal ein Mädchen mit einer Erdnuss-Allergie. Eines Abends sind wir alle zusammen ausgegangen, und sie hat irgendetwas Erdnusshaltiges gegessen. Es hat uns allen einen Riesenschreck eingejagt, obwohl sie einen EpiPen dabeihatte. Agathas Reaktion hat mich sehr daran erinnert, nur dass es so schnell ging, dass der Gedanke an Gift nicht ausgeschlossen ist. Irgendetwas hat Hester Dobbs diesem Kuchen beigemischt, das die Reaktion dann hervorrief.«

Auch jetzt noch standen Sonya die Ereignisse klar vor Augen, weshalb sie sich auf ihrem Sitz umdrehte, um ihn anzusehen.

»Sie bekam keine Luft mehr, Trey. Und Hester wusste, dass ich nichts unternehmen konnte. Allein das machte mich stinkwütend. Und dann habe ich angefangen nachzudenken.«

Er parkte vor dem *Lobster Cage*.

»Ist das okay fürs Dinner?«

»Oh ja. Ich würde Bree gern persönlich für das Rezept danken.«

»Behalte im Kopf, worüber du nachgedacht hast, um es mir später zu erzählen.«

Die junge Empfangsdame wies ihnen einen Platz am gleichen Ecktisch wie beim letzten Mal zu. Trey bestellte Wein und nickte dann: »Also, worüber hast du nachgedacht?«

»Nicht sie steckt dahinter. Ich meine, ich glaube nicht, dass Hester Dobbs diese Träume oder Erlebnisse auslöst.«

»Warum nicht?«

»Warum sollte sie wollen, dass ich alles sehe, dass ich die Einzelheiten kenne? Das verschafft ihr keinerlei Vorteil. Mir aber schon.«

Mit einer Handbewegung bedeutete er ihr, eine Pause zu machen, als die Kellnerin den Wein brachte. Diesmal war es eine ältere Frau, mit der er über ihre neue Enkeltochter plauderte.

»Geben Sie uns noch ein paar Minuten Zeit, Dana, ja?«

»Auf jeden Fall – aber eins können Sie mir glauben: Das Hummerrisotto ist heute Abend spitzenmäßig.«

Als sie gegangen war, verlor Trey keine Sekunde Zeit. »Hast du Zeichnungen gemacht?«

»Ja.«

»Ich will sie sehen. Und du hast recht mit deinem Einwand. Ich kann ebenfalls keinen Vorteil für sie darin erkennen, dich sehen zu lassen, was sie getan hat oder wie sie es angestellt hat.«

»Wie, ist noch nicht ganz klar«, widersprach sie, aber Trey schüttelte den Kopf.

»Du bist eine Augenzeugin. Du siehst die Details und erinnerst dich daran. Daher denke ich, dass du recht hast. Was sollte sie für ein Interesse an einer Augenzeugin haben? Nimmst du das Risotto?«

»Auf jeden Fall.«

»Prima. Ich nehme die Crab Cakes.«

Nachdem sie bestellt hatten, nahm er den Faden sogleich wieder auf. »Ich vermute, es ist Astrid.«

»Warum ausgerechnet Astrid?«

»Sie ist die erste Braut. Offensichtlich war sie von Anfang an dabei. Und da wir davon ausgehen, dass sie seither im Herrenhaus umgeht, hat sie wahrscheinlich auch den Rest mitbekommen. Sie ist ebenfalls eine Augenzeugin.«

»Das klingt logisch – in dieser völlig unlogischen Lage.« Wie gut es doch tat, jemanden an ihrer Seite zu haben, der logisch denken konnte, dem sie vertraute und mit dem sie über alles reden konnte.

»Ich glaube übrigens nicht, dass Agatha Owen Poole geliebt hat. Zumindest nicht heiß und innig. Und ich fand sie ... ich glaube, sie war keine besonders nette Frau. Vielmehr ein Snob. Während er durchaus etwas für sie empfand, hatte diese hochmütige Frau keine Gefühle für ihn. Er kam mir irgendwie warmherziger vor. Aber vermutlich war sie das, was man früher eine gute Partie nannte, wenn du weißt, was ich meine.«

»Das erklärt vielleicht, warum er nach kaum zwei Jahren wieder geheiratet hat. Ich bin ziemlich sicher, dass es sogar weniger als zwei Jahre waren.«

»Anderthalb Jahre – ich habe nachgesehen. Er und seine Frau Moira hatten sechs Kinder und waren beinahe fünf Jahrzehnte zusammen. Keine Ahnung, ob das eine Rolle spielt, aber Zweitfrauen scheinen irgendwie nicht in Gefahr zu sein.«

»Es ist immer nur eine pro Generation.«

»Was bedeutet, dass ich die Nächste bin. Oder jede Braut meiner Generation, die im Herrenhaus heiratet oder darin lebt. Es muss hier geschehen, denn Dobbs sitzt ebenfalls hier fest. Weißt du, was passiert ist, nachdem meine Mutter am Sonntag abgefahren ist? Ich bin nach draußen gegangen, um mit Yoda zu spielen. Er hat jetzt den Dreh raus und beherrscht schon ›Hol!‹, ›Bring!‹ und ›Aus!‹. Hab ich schon den Schatten erwähnt, den ich am Fenster der Bibliothek gesehen habe? Ich habe ihm gewunken. Und er hat zurückgewunken.«

Und weil ihn das zum Lachen brachte, musste auch sie grinsen.

»Und kurz darauf hat Hester angefangen, die Fenster im Goldenen Zimmer auf- und zuzuknallen. Total sauer. Ich habe ihr den Mittelfinger gezeigt.«

Bei dem Blick, den er ihr in diesem Moment zuwarf, machte ihr Herz einen Satz.

»Du bist wirklich einmalig, Süße.«

»Keine Ahnung, aber immerhin kann ich genauso sauer werden.« Als Dana das Hauptgericht servierte, sah Sonya erst auf ihren Teller und dann zu Dana empor. »Jetzt weiß ich, dass Sie recht hatten.«

»Ich irre mich nie«, zwinkerte sie und ließ ihre beiden Gäste wieder allein.

»Erzähl mir von der Hochzeit. Immerhin war das eine, die nicht Gefahr lief, mit einer toten Braut zu enden.«

»Bitte verschon mich, berichte mir lieber von deinem Wochenende.«

»Nein, du musst mir wenigstens eine Sache erzählen – nein, zwei«, korrigierte sich Sonya. »Zwei Dinge, die dir besonders aufgefallen sind. Danach reden wir nicht mehr über dein Wochenendabenteuer und widmen uns ganz dem meinen.«

»Der Onkel der Braut – Jerry – war irgendwann sternhagelvoll und sprang zur Band auf die Bühne, nur um AC/DCs ›*You Shook Me All Night Long*‹ zu grölen.«

Er machte eine kleine Pause.

»Und dabei zu strippen. Sie konnten ihn noch rechtzeitig daran hindern, seine Hose zu verlieren – immerhin waren Kinder anwesend –, aber es war knapp.«

Während sie lachte, kostete er von ihrem Risotto.

»Und die zweite Geschichte: Ich habe den Trauzeugen und den Bruder der Braut in einer extrem kompromittierenden Lage auf der Herrentoilette ertappt.«

»Du hast die beiden überrascht?«

»Schließt doch wenigstens ab, Mann.« Er presste die Finger auf die Lider. »Geht in eine Toilettenkabine. Oder nehmt euch ein Zimmer«, habe ich gesagt. »Aber ehe ich den Rückzug antreten konnte, forderten sie mich auf, ihnen zu gratulieren. Sie hatten sich verlobt.«

»Oh. Und? Hast du?«

»Ihnen gratuliert? Ich hatte zwar viel zu viel von den beiden gesehen hatte – und das Bild werde ich wohl nie wieder loswerden –, dennoch habe ich sie beglückwünscht und dann gemacht, dass ich da rauskam.«

»Ich hoffe, diese beiden Verrückten schaffen es. Hochzeiten bei deiner Familie sind offenbar recht aufregend. Ich wünschte, ich wäre dabei gewesen.«

Über den Rand seines Weinglases hinweg warf er ihr einen scharfen Blick zu. »Du meinst das tatsächlich ernst. Ich mache mir Sorgen um dich.«

»Ich mag Hochzeiten. Sie sind so voller Farbe, Drama und Freude.«

»Und betrunkener Verwandter.«

»Das sind immer die Besten.«

»Jetzt bist du dran.«

»Mein Wochenende lässt sich mit deinem nicht vergleichen. Das einzig Spektakuläre war die Reaktion meiner Mutter, als ihr klar wurde, dass wir nicht allein waren, sondern uns das Haus mit Geistern teilen mussten. Sie war überraschend gelassen.«

Sonya berichtete.

»Anscheinend hab ich also richtiggelegen: Einen Großteil deiner inneren Stärke scheinst du von deiner Mutter zu haben.«

»Mir war gar nicht klar, wie viel nach dem Tod meines Vaters auf ihren Schultern lastete. Wenn man zwölf ist, denkt man über solche Dinge nicht nach. Und als ich alt genug war, um es zu realisieren, war es halt, wie es war. Sie hat mir die nötige Stabilität gegeben.«

»Es spricht für sich, dass sie die Anwesenheit deines Dads spürt.«

»Was sagt es denn aus?«

»Dass Liebe, die wahre Liebe, nicht vergeht. Dass sie dem Liebenden Kraft verleiht.«

»Wahrscheinlich hast du recht, denn ich kenne keinen stärkeren Menschen als Winter MacTavish. Nachdem ich ihr erzählt hatte, dass wir zusammen sind, hat sie gleich die richtigen Schlüsse gezogen. Und weißt du, was?« Sie deutete mit dem Finger erst auf ihn, dann auf sich selbst. »Sie will dich bei ihrem nächsten Besuch hier unbedingt kennenlernen.«

»Darauf freue ich mich schon.« Er wandte den Kopf. »Da kommt Bree.«

Diesmal quetschte sich Bree neben Trey auf die Bank, sodass dieser zur Seite rücken musste. Sie blickte Sonya direkt ins Gesicht. »Bei einer Textnachricht kann ich dir nicht in die Augen sehen und erkennen, ob du die Wahrheit sagst. Also sag mir jetzt noch einmal persönlich, dass du weder die Jakobsmuscheln noch die Pasta zu lange gekocht hast.«

»Mit dieser Warnung hast du mich ganz schön nervös gemacht. Ich habe zwei Timer gestellt. Meine Mutter war dermaßen schockiert und beeindruckt, dass sie mich am Samstag noch einmal an den Herd gezwungen und genötigt hat, unter ihrer Anleitung ein Hühnchengericht zuzubereiten. Meine Dankbarkeit wird also durch Furcht und Verärgerung relativiert, denn sie hat mir angedroht, mir bei jedem einzelnen Besuch ihrerseits ein neues Gericht beibringen zu wollen.«

»Hat sie das denn in deiner Jugend nicht getan?«

»Sie hat's versucht. Aber nur Zwangsmaßnahmen konnten mich dazu bringen, Gemüse zu schnippeln oder in Töpfen herumzurühren. Und selbst dann bin ich ihr immer wieder entwischt.«

Bree nickte und dachte nach. »Ich mag dich trotzdem. *Rock Hard* tritt nächste Woche in Ogunquit auf«, berichtete sie Trey. »Ich gehe am Montag hin. Du solltest auch kommen. Bring sie mit. Ich muss zurück.«

Sie sprang auf und lief davon.

»Also.« Sonya griff nach ihrem Weinglas. »Sie und Manny haben ihre Beziehung anscheinend festgeklopft.«

»Sieht ganz so aus. Hast du denn Lust auf ein Konzert nächste Woche?«

»Schon. Was *Rock Hard* und Manny angeht, treibt meine Fantasie die tollsten Blüten. Aber in ein paar Tagen wird auch Cleo hier eintreffen. Ich möchte sie nicht gleich am Anfang für einen solchen Abend versetzen.«

»Hat sie etwas für Musik übrig?«

»Allerdings.«

»Owen wird bestimmt auch Lust haben, hinzugehen. Wir könnten als Gruppe dort aufschlagen.«

»Klingt lustig. Ich frage sie. Aber dann ist da noch Yoda.«

»Wenn ich mehr als nur ein paar Stunden weg bin, kümmern sich normalerweise meine Eltern um Mookie. Yoda nehmen sie bestimmt auch.«

»Ich überlege es mir. Und frage Cleo.«

Das würde sie, und mit dem Nachdenken begann sie bereits auf der Rückfahrt.

»Ich sollte Yoda eine Hundehütte besorgen. Bald wird das Wetter besser, und dann will er sicher auch draußen einen Ort zum Chillen haben.«

»Dann bitte doch Owen, ihm eine zu bauen.«

»Owen baut Hundehütten?«

»Nicht für jeden, aber Owen kann alles bauen. Du solltest die sehen, die wir für Jones gemacht haben. Ein wahrer Hundepalast. Sogar mit WLAN.«

»Jetzt hör aber auf.«

»Sie ist sogar beheizt, und einen Ventilator für heiße Sommertage gibt's auch. Und zwei Kojen, falls er mal einen Kumpel zu Besuch hat, wie letztes Wochenende Mookie. Hinzu kommen eine Veranda und Fenster – mit Fensterläden.«

»Du hast von ›wir‹ gesprochen.«

»Ich bin nur eine kostenlose Hilfskraft. Das Genie ist er.«

Was eine Erklärung für seine kräftigen Hände war, dachte Sonya.

»Besitzt Mookie auch eine Hütte?«

»Mookies ähnelt eher einer Spielhütte. Er ist eigentlich immer noch ein Kind, weshalb ihm Jones' Hang zu den feineren Dingen im Leben abgeht.«

»Hat sie WLAN?«

»Nein.« Er fuhr vor dem Herrenhaus vor. »Denn Mookie fehlt zudem Jones' schon beinahe auf unheimliche Weise überlegener Intellekt. Aber das bedaure ich nicht. Dennoch besitzt die Hütte durchaus ein paar Annehmlichkeiten.«

»Yoda will eine haben.«

»Sprich mit Owen darüber«, sagte Trey auf dem Weg zur Haustür. »Und kleiner Tipp: Er steht auf Tauschgeschäfte.«

Nachdem die Hunde sie begrüßt hatten und alle noch einmal draußen gewesen waren, ergriff Trey an der Tür ihre Hand.

»Ich würde gern bleiben.«

Als Antwort zog sie ihn mit sich hinein. »Hast du ernsthaft geglaubt, ich ließe dich jetzt noch irgendwo hingehen?«

Er erwachte, als die Uhr drei schlug und sie sich neben ihm regte. Er zog sie an sich und presste ihr die Lippen aufs Haar.

»Heute Nacht nicht. Schlaf weiter.«

Falls sie geträumt hatte, konnte sie sich am nächsten Morgen nicht mehr daran erinnern und hatte schon bald wieder ihre Routine gefunden.

Gegen Mittag hatte sie eine Auswahl von Fotos zusammengestellt, die für das Doyle-Projekt infrage kamen.

Corrine zu fragen, war wirklich die perfekte Idee gewesen. Nicht nur, dass die Fotos gut waren, die Frau kannte auch sämtliche Motive und Personen wie ihre Westentasche, was sich äußerst positiv bemerkbar machte.

Sie musste nicht zweimal darüber nachdenken, welches Foto von Trey sie nehmen wollte.

Seine Mutter hatte ihn erwischt, als er rücklings an seinem Schreibtisch lehnte, das Handy am Ohr. Dunkle Jeans, Hemd lose darüber, verschrammte Stiefel, die er an den Knöcheln gekreuzt hatte.

Das Bild fing sowohl die Ruhe als auch die Energie ein, die er ausstrahlte. Ein Widerspruch in sich, dachte sie, aber so war Trey Doyle nun einmal.

Genauso gut hatte Corrine ihren Schwiegervater eingefangen: in seinem Dreiteiler, die Brille auf der Nasenspitze, während er ein juristisches Fachbuch aus dem Regal zog.

»Die sind gut, verdammt gut. Also machen wir etwas daraus.«

Den restlichen Tag verbrachte sie mit dem Einbinden der Fotos und einem Großteil des Textes.

Sie war zufrieden mit ihrem Werk, sehr zufrieden sogar.

Da Cleo am darauffolgenden Tag ankommen sollte, nahm sie Yoda mit ins Dorf, um dort einige Vorräte und Blumen zu besorgen.

Auf ihrem Weg zurück klingelte ihr Handy. Sie drückte auf den Knopf am Steuer, um dranzugehen.

»Sonya hier.«

»Hey, Sonya, hier spricht Anna. Ich fahre genau hinter dir.«

Sonya warf einen Blick in den Rückspiegel. »Oh, hi.«

»Ich nehme nicht an, dass ich dich überreden kann, noch mal umzudrehen? Ich spendiere dir auch eine Tasse Kaffee. Eigentlich wollte ich dir schreiben. Ich würde mit dir gern über ein paar Dinge reden.«

»Ich würde durchaus umdrehen, aber ich habe den Hund bei mir. Warum kommst du nicht mit zu mir? Ich gebe dir ein koffeinfreies Getränk deiner Wahl aus.«

»Super, danke. Dann bis gleich.«

Während Sonya im Blumenladen leuchtend gelbe Narzissen für Cleos Zimmer ausgesucht hatte, war Cleo am Herrenhaus angekommen.

Da sie Sonyas Wagen nirgends entdecken konnte, fragte sie sich, ob es klug gewesen war, einen Tag früher zu kommen, um sie zu überraschen. Achselzuckend beschloss sie, ihre Klamotten einfach bis zur Haustür zu schleppen und Sonya dann eine Nachricht zu schicken.

Sie hievte einen Koffer heraus, erfreut, dass der Frühling nahte und die Luft nicht mehr so beißend kalt war wie im Winter. Wenn Sonya vorhatte, bald wieder nach Hause zu kommen, würde sie auf sie warten. Wenn sie noch länger unterwegs war, na ja, dann würde sie eben ins Dorf fahren und es erkunden, bis Sonya nach Hause kam.

Nachdem sie ihren Koffer zur Tür gezerrt hatte, öffnete diese sich.

»Hey. Ich dachte, du bist gar nicht zu Hause. Ich ...«

Aber Sonya war nirgends zu sehen. Das Foyer war leer.

Sie zögerte, doch dann straffte sie die Schultern. Sie würde hier wohnen, also sollte sie sich lieber gleich daran gewöhnen. Als sie eintrat, dröhnte die Musik. Neil Young and Crazy Horse sangen *»Welcome Back«*.

»Das werte ich als gutes Zeichen.«

Vorsichtshalber lehnte sie ihren Koffer gegen die Tür. Er wog mindestens eine Tonne, weil sie so viele Klamotten besaß. Doch das bereute sie nicht.

Dann schleppte sie den zweiten hinein und anschließend ihre Reisetasche. Zum Schluss noch die letzten Kisten, bevor sie die Tür wieder schloss.

Sie sah erst die Treppe an und dann die Koffer. Und seufzte.

Doch sie bereute ihre Klamottenfülle immer noch nicht.

Sie hatte den ersten Koffer gerade bis zum Treppenabsatz gezogen, gezerrt und geschleppt, als das Hämmern begann.

Die Tür zum Dienstbotentrakt öffnete sich quietschend.

Sie hörte die Glocke, schwach, aber beharrlich. Und ging darauf zu.

Kapitel 23

Gleich nachdem sie um die Kurve gebogen war, entdeckte Sonya Cleos Wagen, und sofort hob sich ihre Stimmung.

Sie parkte und sprang heraus. Als sie in Cleos Fahrzeug spähte, hätte sie eigentlich den Anblick von Koffern und Kisten erwartet.

»Entweder hast du einen Zweitwagen, oder du hast bereits Gesellschaft.«

Anna gesellte sich zu ihr.

»Der gehört Cleo. Ich habe sie erst morgen erwartet.«

»Die Freundin, die bei dir einzieht. Was für eine hübsche Überraschung. Hör zu, ich fahre lieber wieder und lasse euch beide allein, damit sie sich in Ruhe eingewöhnen kann. Wir können auch später über alles reden.«

»Nein, komm mit rein.« Sonya schnappte sich die Blumen und die Einkaufstaschen aus ihrem Auto. »Du musst sie unbedingt kennenlernen. Wo auch immer sie sich gerade herumtreibt, sie muss irgendwo im Haus sein. Keine Ahnung, wie sie reingekommen ist, denn eigentlich sperre ich immer ab, wenn ich gehe.«

Gemeinsam machten sie sich auf den Weg zum Haus.

»Siehst du?« Beim Anblick der abgeschlossenen Tür kramte Sonya ihre Schlüssel hervor. Yoda raste als Erster ins Haus und schnüffelte an den Koffern.

»Das sind ihre Sachen. Cleo!«, hallte ihre Stimme von den Wänden wider. »Ach, zum Teufel damit.« Nachdem sie ihr Handy hervorgeholt hatte, schrieb sie eine Textnachricht.

Wo bist du?

Eine Minute später ging die Antwort ein.

Bigbedi.

»Bin gleich bei dir? Aber woher kommst du?«, murmelte Sonya. »Da oben steht noch ein Koffer von ihr. Vielleicht ist sie ...«

Sie brach ab, als sich die Tür zum Dienstbotentrakt öffnete.

Und Cleo herauskam. Sie fuhr sich mit ihrer Hand durchs Haar, dann warf sie die Arme in die Höhe. »Überraschung!«

»Du hast mich *zu Tode* erschreckt.«

»Tut mir leid. Ich hatte in Boston alles erledigt und dachte mir, warum sollte ich verdammt noch mal bis morgen früh warten? Und hier bin ich«, fuhr sie fort, während sie die Treppe hinabstieg.

»Wie bist du reingekommen?«

»Die Tür ging einfach auf. Genau wie diese hier.« Sie deutete nach oben. »Aber eins nach dem anderen. Ich möchte mich erst mal vorstellen: Hi, ich bin Cleo Fabares.«

»Anna Doyle.«

»Ich weiß. Ich habe dich von deiner Website wiedererkannt. Sehr gute Arbeit übrigens. Die Homepage *und* die Keramikkunst. Ach, schaut doch! Es ist zwei Minuten nach fünf. Ich brauche ein Glas Wein, Son. Ich habe gerade mein erstes Solo-Abenteuer erlebt.«

»Setz dich mit Anna in den Salon.«

»Anna muss nicht im Salon sitzen«, widersprach Anna. »Die Küche reicht völlig. Und über dein Solo-Abenteuer würde ich gern alles hören. Allzu besorgt scheinst du ja nicht gerade zu sein.«

»Eine leichte Gänsehaut hatte ich schon, aber nein,

Sorgen mache ich mir keine. Immerhin haben wir diesen scharfen Wachhund hier.« Sie lockte Yoda zu sich und kraulte ihn liebevoll. Dann richtete sie sich wieder auf und fuhr auf dem Weg in die Küche fort: »Außerdem habe ich einen der Talismane meiner Grand-mère in der Tasche.«

»Ihre Großmutter ist meines Erachtens eine kreolische Hexe.«

»Das wird ja immer interessanter.«

»Du holst die Getränke, Sonya. Und ich räume die Einkäufe ein.«

»Was möchtest du trinken, Anna?«

Anna war so gebannt, dass sie die Augen nicht von Cleo abwenden konnte, antwortete jedoch: »Ginger Ale, wenn du welches dahast.«

»Okay. Also von Anfang an«, sagte Cleo zu Anna. »Eine Freundin hat meine Wohnung in Boston übernommen. Eine Freundin, die ich eigentlich sehr mag, die ich aber mit jedem Tag, den sie bei mir wohnte, immer weniger mochte. Es ist nicht so einfach, mit ihr zusammenzuleben. Bei Sonya ist das ganz anders. Als mir also klar wurde, dass es nichts mehr zu tun gab, ergriff ich die Flucht. Und da ich zudem Überraschungen liebe, habe ich Sonya nicht vorgewarnt. Das muss ich wohl mir selbst ankreiden.«

»Wenn ich es gewusst hätte, wäre ich zu Hause gewesen.«

»Ja, aber dann hätte ich mein erstes Solo-Abenteuer verpasst. Oh, du hast Toaster Strudels gekauft! Sie weiß, dass ich dafür eine Schwäche habe. Also, als ich Sonyas Wagen nirgends entdecken konnte, wurde mir klar, dass meine Aktion vielleicht ein wenig unüberlegt war, aber irgendwann würde sie schon zurückkommen. Ich schleppte also einen meiner unglaublich schweren Koffer zur Tür. Und sie ging auf.«

Sie griff zu dem Weinglas, das Sonya vor sie hingestellt hatte. »Also trat ich ein.«

»Ich halte mich eigentlich nicht für einen Feigling.« Anna nippte nachdenklich an ihrem Drink. »Aber das hätte ich, glaube ich, nicht getan.«

»Sie schon.«

»Aber klar. Zumal das Haus *›Welcome Back‹* sang. Oder sollte ich lieber sagen, dass Clover mich mit ihrer Musik weiter hineinlockte?«

»Clover?«

»Hast du sie nicht eingeweiht?«

»Ich glaube nicht.«

»Dann bist jetzt du dran.«

Auch Sonya griff nach ihrem Weinglas. »Kommt mit an den Tisch.«

Sie setzte Anna ins Bild.

»Und das wusstest du und bist trotzdem eingetreten?«

»Ich glaube, dass Clover und ich uns gut verstehen werden. Beim Rest muss man abwarten. Also zerrte ich den ersten Koffer diese fantastischen Treppen hinauf – ich liebe Klamotten, deshalb ist er so schwer.«

»Ich auch!«

»Dann gehen wir irgendwann shoppen. Gerade als ich schon beinahe oben war, öffnete sich die Geheimtür.«

»Und auch durch die bist du hindurchgegangen?«

»Ich habe eine Sekunde lang überlegt, zumal ich diese Glocken hörte. Die Dienstbotenglocken aus dem Keller.«

»An die erinnere ich mich, klar. Und die haben geläutet?«

»Eine. Als ich mich auf den Weg nach unten machte, schlug jedoch die Tür hinter mir zu.«

Sie warf das Haar zurück und hob ihr Glas.

»Ich schäme mich nicht zuzugeben, dass mich das zu Tode erschreckt hat. Aber dann fand ich den Lichtschalter, und als alles wieder hell war, ging es mir gleich wieder besser. Unten angelangt, klingelte die Glocke für das Goldene Zimmer wie verrückt, und Türen schlugen zu. Der Fernseher im Medienraum schaltete sich von selbst ein – auf volle Lautstärke. Jede Menge Geschrei, denn er zeigte den letzten *Halloween*-Film.«

»Großer Gott, Cleo.«

Achselzuckend kippte Cleo ihren Wein hinunter. »Ich kann nicht behaupten, dass ich zu diesem Zeitpunkt besonders gelassen war. Aber dann hörte plötzlich alles wieder auf. Das Türenknallen, das Stampfen, das Geschrei. Und ich spürte diese Kälte an mir vorbeirauschen. Habt ihr meine Frisur gesehen, als ich gerade herauskam? Der Luftzug fegte geradewegs durch mein Haar hindurch. Dann hast du geschrieben. Also hat entweder Grand-mères Talisman oder deine Heimkehr sie zum Schweigen gebracht.«

»Ich wünschte, ich könnte jetzt auch einen Wein trinken«, murmelte Anna.

»Mit diesem Glas trinke ich auf dich und deinen entzückenden Babybauch. Ich werde den Keller mal mit weißem Salbei ausräuchern«, entschied Cleo. »Wahrscheinlich reicht es nicht, aber ich mache es trotzdem.« Sie schien sich jetzt schon zu Hause zu fühlen, denn sie legte die Füße auf den leeren Stuhl und sah Anna an. »In der wievielten Woche bist du?«

»Beinahe in der zwanzigsten.«

Cleo prostete ihr zu. »Weißt du, was es wird?«

Lachend und liebevoll tätschelte Anna ihren Babybauch. »Gerade erst gestern haben wir es erfahren. Think pink!«

Mit welcher Leichtigkeit die beiden von Geistern zu Babys übergingen, dachte Sonya. Zu Cleos herausragendsten Fähigkeiten gehörte es, sich mühelos mit anderen Menschen anzufreunden und sie in ein Gespräch zu verwickeln.

»›*Who Run the World?*‹«, sang Cleo. »Habt ihr schon einen Namen?«

»Der zweite Vorname ist leicht. Meine Schwiegermutter heißt Kate, was gleichzeitig auch der zweite Vorname meiner Mom ist. Was den ersten Vornamen angeht, haben wir unsere Liste jetzt auf, hmm, etwa ein Dutzend eingekreist. Hoffentlich sind wir zu einem Schluss gekommen, bevor sie in den Kindergarten kommt. Aber nun, da wir das Geschlecht kennen, müssen wir vor allem erst mal das Kinderzimmer renovieren. Und da ich zufällig eine Künstlerin oder sogar zwei kenne, könnte ich sie vielleicht um Rat fragen.«

»Stehe zur Verfügung!«

Sonya musste lachen. »Cleo ist ein Babymagnet, oder sollte ich eher sagen, dass Babys Cleo magisch anziehen? Wolltest du darüber mit mir sprechen? Über die Renovierung des Kinderzimmers?«

»Oh nein, das habe ich gerade nur nebenbei erwähnt. Ich habe etwas anderes auf dem Herzen. Es geht um die Arbeit. Und kann warten.«

»Aber es passt doch gut. Willst du auf der Website noch irgendetwas verändern?«

»Nichts verändern. BAYarts hat im Mai Tag der offenen Tür, und ich gehöre zu den auserwählten Künstlern. Meinst du, wir könnten das auf meiner Website promoten?«

»Wir könnten nicht nur, wir *sollten* sogar.« Sonya holte ihr Handy heraus, um sich ein paar Notizen zu machen. »Datum, Uhrzeit?«

»Am zweiten Maiwochenende, samstags von zehn bis zwanzig Uhr, sonntags von zwölf bis achtzehn Uhr.«

»Findet dieses Event jedes Jahr statt?«

»Meist am zweiten Maiwochenende, und dann noch einmal vor den Feiertagen am zweiten Wochenende im Dezember: mit ausgewählten Künstlern, ein paar Vorführungen, Specials, Erfrischungen, Verlosungen.«

Nickend notierte Sonya sich alles. »Wahrscheinlich führen sie eigene Promotion-Veranstaltungen durch und haben eigene Flyer, aber wir könnten eine Art Kurzmeldung auf unseren Social-Media-Kanälen planen. Verkaufen sie die Werke der Ausstellenden auch online?«

»Definitiv.«

»Okay, wir werden eine UI Card erstellen, um abseits deiner normalen Website auf die Sales aufmerksam zu machen und sie größer herauszubringen.«

»Gute Idee. Darauf wäre ich nicht gekommen.«

»Ist schließlich mein Job. Ich kann dir morgen ein paar Vorschläge schicken.«

Sie legte ihr Handy beiseite. »Aber du hast noch etwas auf dem Herzen, oder?«

»Das andere ist ... nun ja, recht persönlich.«

»Ich werde mal den anderen Koffer nach oben schaffen.«

»Nein, du musst nicht gehen«, widersprach Anna, als Cleo aufstehen wollte. »Offensichtlich steht ihr beiden euch ja recht nahe, also weißt du vermutlich, dass Sonya und Trey ein Paar sind.«

Abwartend fuhr Sonya mit dem Finger über den Rand ihres Glases. »Er hat es dir also gesagt.«

»Nein, das würde er nur tun, wenn ich ihn direkt danach fragte. Aber ihr habt zusammen im *Lobster Cage* gegessen, und in der letzten Zeit ist er häufig auf die Manor Road abgebogen.«

Sie lächelte und zuckte mit den Schultern. »Neuigkeiten verbreiten sich in Poole's Bay keineswegs gemächlich. Im Gegenteil!«

»Hast du ein Problem damit, dass Trey und ich zusammen sind?«

»Oh Gott, nein.« Abwehrend hob Anna die Hände. »Im Gegenteil. Wirklich, das komplette Gegenteil ist der Fall. Ich liebe meinen Bruder, auch wenn ich ihm manchmal gern einen Tritt in die Eier verpassen würde. Er ist so verdammt vernünftig. Gegen seine unerschütterliche Vernunft kann man in keinem Streit etwas ausrichten. Frustrierend, aber ich liebe ihn trotzdem.«

»Vernünftig«, stimmte Sonya ihr zu. »Und dann diese Ruhe. Diese absolute Ruhe. Sowohl nervig als auch bewundernswert. Auf nervige Weise bewundernswert.«

»Siehst du? Dir geht es genauso.«

Sonyas iPhone auf dem Tisch stimmte *»Whatta Man«* an.

Anna lehnte sich zurück und verschränkte die Arme über ihrem Babybauch. »Gewöhnt man sich daran?«

»Irgendwie schon.«

»Keine Ahnung, ob ich es könnte. Und ich sehne mich mit jeder Minute mehr nach einem Glas Wein. Wie dem auch sei: Ich bin froh, dass Trey mit jemandem zusammen ist, der ihn versteht. Den verhaltenen Funkenflug zwischen euch bei unserem gemeinsamen Dinner habe ich wohl mitbekommen, war aber dennoch überrascht, dass er vor dem nächsten Weihnachtsfest noch aus dem Quark gekommen ist.«

»Könnte sein, dass ich dabei ein wenig nachgeholfen habe.«

»Siehst du? Schon wieder eine Übereinstimmung!« Sie streckte den Arm aus und drückte Sonyas Hand. »Nicht, dass einer von euch meine Zustimmung bräuchte, aber ihr habt sie trotzdem. Und jetzt muss ich los. So lange wollte ich eigentlich gar nicht bleiben.«

»Es hat Spaß mit euch gemacht«, fügte sie hinzu, als sie aufstand. »Meine beste Freundin ist letzten Sommer nach Montana gezogen. Ich vermisse sie sogar noch mehr als Wein, Margaritas und eine zweite Tasse Kaffee am Tag.«

»Will sie sich einen Cowboy angeln?«, fragte Cleo, während sie zur Tür gingen.

»In Lenas Fall wäre das ein Cowgirl. Und da sie auf einer Ranch arbeitet – ein Kindheitstraum von ihr –, wette ich, dass sie über kurz oder lang eines findet.«

»Komm bald wieder«, sagte Sonya. »Auch ohne Anlass.«

»Mach ich.« Vom Tablet in der Bibliothek ertönte Carole Kings *»You've Got a Friend«*.

»Trotz dieser Spukgeschichte: Willkommen in Poole's Bay und auf dem Lost Bride Manor, Cleo.«

Nachdem Anna zu ihrem Auto zurückgekehrt war, schloss Sonya die Tür. »Da wären wir also.«

Mit einem »Juchhu!« warf Cleo die Arme um ihre Freundin. »Jetzt wohne ich offiziell in einem Spukhaus. Wenn das kein wahr gewordener Traum ist.«

»Meiner Meinung nach ist es noch nicht offiziell, ehe du nicht ausgepackt hast.«

»Dann machen wir uns gleich mal an die Arbeit.«

Sonya schnappte sich die Reisetasche und eine der Kisten, während Cleo den zweiten großen Koffer hochhievte.

»Angesichts deiner Garderobe ist mir klar geworden, dass der Schrank in deinem Zimmer ... Du willst dieses Zimmer doch noch, oder?«

»Es ist *mein* Zimmer. Die Kiste kommt ins Atelier. Lass sie einfach hier stehen.«

»Jedenfalls hast du in dem Schrank in deinem Raum nicht genug Platz. Daher dachte ich, du könntest auch den in dem Raum gegenüber nutzen, um dort überschüssige Klamotten unterzubringen. Vielleicht die Sachen für besondere Gelegenheiten oder die für die andere Jahreszeit.«

»Du hast doch immer die besten Ideen. Ich hänge da die schickeren Klamotten hinein. Schließlich ist nicht zu erwarten, dass ich dauernd zu Dates oder Cocktaileinladungen gehe, zumindest für eine ganze Weile nicht.

Und da sind wir ja endlich! In meinem wundervollen Zimmer.«

»Also, Trey hat einen Freund, einen Drummer in einer Band. Früher hat er in Treys und Owens Band gespielt.«

»Was? Warte. Trey war mal in einer Band?«

»Habe ich dir das noch gar nicht erzählt?« Gemeinsam hievten sie den ersten Koffer auf die Gepäckablage, die Sonya in einem der Schränke gefunden hatte. »Ich bin ja so froh, dass du da bist. So kann ich nichts mehr vergessen zu erzählen. Ja, Highschool, Garagenband, aber Manny ist bei der Musik geblieben.«

»Willst du mich etwa mit dem Drummer einer Rockband verkuppeln, noch ehe ich überhaupt ausgepackt habe? Du bist wirklich die Göttin aller Freundinnen.«

»Den Titel würde ich gern annehmen, aber nein. Manny und Treys Ex – von ihr habe ich dir aber definitiv erzählt.«

»Die Köchin.«

»Genau. Sie haben was miteinander angefangen. Jedenfalls spielt *Rock Hard* nächste Woche in Ogunquit.«

»Die Band heißt *Rock Hard* – steinhart? Jetzt bedaure ich es noch mehr, bei Manny keine Chance zu haben.«

»Bree – die Köchin – geht nächsten Montag aufs Konzert und wollte, dass wir mitkommen. Könnte lustig werden.«

»Ganz bestimmt«, pflichtete Cleo ihr bei und öffnete den Koffer. »Aber ich habe keine Lust, mit dir und Trey das fünfte Rad am Wagen zu spielen.«

»Trey meinte, dass Owen wahrscheinlich auch mitkommt, dann fahren wir als Gruppe. Und Yoda kann mit Mookie zusammen bei Treys Eltern bleiben.«

Cleo war gerade dabei, ihre Klamotten zu sortieren. Nun sah sie auf Yoda hinab. »Und jetzt führst du auch noch diesen niedlichen Hund als Argument an. Okay. Wenn alle dabei sind, komme ich auch mit.«

»Fantastisch. Weißt du, ich bin nicht sicher, ob du tatsächlich mit zwei Schränken auskommst.«

»Ich sorge schon dafür.«

Nachdem sie sich eine Stunde lang mit Auspacken beschäftigt hatten, gingen sie nach unten, um den Hund zu füttern und eine Tiefkühlpizza in den Ofen zu schieben.

»Ab morgen koche ich abends für uns. Und wenn Trey auch mitessen will, sagst du Bescheid. Oder wenn ihr beide ausgehen wollt.«

Nachdem Yoda sein letztes Geschäft nach dem Abendessen verrichtet hatte, sah sich Cleo in der Küche um und nickte. »Sieht alles perfekt aus. Ich habe mir Folgendes gedacht. Widmen wir uns noch eine halbe Stunde dem Auspacken – dann ist mein Einzug offiziell genug, auch wenn wir noch nicht ganz fertig sind. Anschließend könnten wir die Kisten in mein Atelier hinaufschaffen. Um die kümmere ich mich dann morgen.«

»Dieser Plan gefällt mir.«

Sie trugen die letzten Kisten in den ersten Stock, stellten sie ab und wandten sich dann den Schlafzimmern zu.

»Im Vergleich zu der Wohnung, die wir im letzten Studienjahr gemietet hatten, ist das eine Riesenverbesserung.«

»Mit dieser winzigsten Dusche in der Geschichte aller Duschen«, erinnerte sich Sonya so liebevoll, wie man es nur im Rückblick tun kann. »Und dem Badewannenabfluss, der unaufhörlich vor sich hin gluckerte.«

»Waren das schöne Zeiten.«

Als sie Cleos Schlafzimmer betraten, lagen keine Klamotten mehr auf der ordentlich zurückgeschlagenen Bettdecke. Und auf dem Boden waren keine Koffer mehr zu sehen.

»Okay, wow. Daran könnte ich mich gewöhnen.« Cleo öffnete den Schrank. »Sie hat nicht nur mehr Kleider untergebracht, als ich es geschafft hätte, sondern sie sogar nach Art und Farbe geordnet.«

»Das macht sie mit meinen auch. Es muss eine Frau sein.«

Cleo nickte, ging zur Kommode und sah in den Schubladen nach. Nickte erneut und wanderte weiter ins Bad.

»Shampoo, Conditioner, Duschgel, Haarmaske, alles da. Hautpflegeprodukte in der obersten linken Schublade«, registrierte sie. »Hochwertige Hautpflegeprodukte darunter, Make-up rechts, nach Kategorien geordnet, alles für die Haare im Mittelteil. Sehr effizient.«

Sie trat einen Schritt zurück. »Vielen lieben Dank.« Dann wandte sie sich Sonya zu. »Ich schaue noch eben im anderen Schrank nach.«

Im zweiten Schlafzimmerschrank lagen die Koffer auf dem Schrankboden unter den Klamotten.

»Sie macht sich wohl gern nützlich«, sagte Sonya. »Und ja, es muss eine Sie sein.«

»Ich wünschte, wir wüssten, wie sie heißt.«

»Ich auch. Wahrscheinlich war sie eine der Dienstboten. Ursprünglich wollte ich mir einen Namen für sie ausdenken, aber dann kam mir das falsch vor.«

Plötzlich sprang ihr Handy an und spielte den Klassiker von Little Richard *»Good Golly Miss Molly«*.

»Molly!«, riefen beide Frauen gleichzeitig.

»Weißt du, was das zudem bedeutet?«, fragte Cleo.

»Sie kennen einander. Entweder kannte Clover Molly, als sie beide noch lebten, oder ...«

»Sie haben sich nach ihrem Tod kennengelernt. Danke, Molly, dass du mir so viel Zeit erspart hast. Aber ich kann meine Übergangsjacken hier gar nicht finden.«

»Ich wette, die finden wir im Garderobenschrank unten. Sie – Molly – spielt übrigens gern mit ein paar Dingen herum. Parfüm, hübschem Kleinkram.«

»Mit meinen Sachen kann sie so viel herumspielen, wie sie will. Hast du Lust, den Rest ins Atelier hochzutragen?«

»Das hatte ich vor, zumal wir durch Mollys Mithilfe bestimmt eine halbe Stunde eingespart haben.«

Sie schafften die erste Ladung nach oben. Kaum hatte sie das Atelier betreten, stellte Cleo ihre Kiste auf den Schreibtisch und drehte sich einmal um die eigene Achse.

»Oh *Gott*! Ich liebe diesen Ort. Er ist absolut perfekt. Sieh doch, der Mond ist aufgegangen und ergießt seinen Schein übers Wasser.«

Aus dem Goldenen Zimmer hörte man es poltern.

»Ach, verpiss dich«, blaffte Cleo. »Du wirst mir den Spaß nicht verderben.«

Nachdem sie ihre Kiste neben Cleos abgestellt hatte, sah auch Sonya sich um. »Es ist perfekt, und die Aussicht haut einen um, aber bist du sicher, dass du hier oben klarkommst?«

»Darauf kannst du wetten. Ich hole noch eben die letzte Kiste.«

»Trey hat das, was du Mom mitgegeben hast und was fürs Atelier gedacht war, schon in den Schrank gestellt. Was zum Teufel war nur in dieser großen Kiste? Die wog ja eine Tonne.«

»Vornehmlich Leinwände, Farben und Malutensilien. Ich werde mir zwischen den Aufträgen Zeit nehmen – und längere arbeitsfreie Abschnitte einlegen –, um zu malen. Nur für mich. Bin gleich wieder da.«

Nachdem Cleo davongeeilt war, drehte auch Sonya sich einmal im Kreis. Das Klopfen wurde leiser und verebbte zu ein paar wenigen, wütenden Schlägen.

Zugegeben, dieses Atelier war wie für Cleo gemacht. Es passte zu ihr. Um die große Kiste herauszuholen, ging sie zum Schrank hinüber.

Und entdeckte das Gemälde, das daraufgestellt worden war.

Die Braut trug einen Blumenkranz über glattem, blondem Haar, das ihr wie ein Wasserfall über die

Schultern fiel. Ihr schlichtes weißes Kleid reichte bis zu den Knöcheln ihrer nackten, schmalen Füße. Die hoch angesetzte Taille des Gewandes im Empire-Stil umspannte volle, straffe Brüste. Darunter zeichnete sich ein deutlicher Babybauch ab.

In der rechten Hand hielt sie einen Blumenstrauß, und den Mittelfinger ihrer Linken zierte ein goldener Ring mit zwei ineinander verschlungenen Herzen.

Sonya hatte bereits Fotos von ihr gesehen. Aber auch wenn das nicht der Fall gewesen wäre, hätte sie Clover anhand der liebevollen Details dieses Porträts erkannt. Die leibliche Mutter ihres Vaters.

Die Form ihrer Nase und den breiten Schwung ihres Mundes hatte sie ihrem Sohn vererbt. Und auf diese Weise auch ihrer Enkelin.

Die Gefühle, die sie durchfluteten, waren unerwartet und überwältigend.

»Das war die allerletzte Kiste«, rief Cleo beim Eintreten. »Damit wohne ich jetzt offiziell hier ... was ist los?«

Sonya deutete nur wortlos auf das Gemälde.

Cleo stellte sich neben sie und legte ihr die Hand auf die Schulter. »Lass mich raten. Das war vorher noch nicht da.«

»Nein. Als Trey deine Sachen im Schrank verstaut hat, war er leer. Es ist Clover. Die leibliche Mutter meines Vaters. Und, Cleo, dieses Bild hat mein Vater gemalt. Ich kenne seine Arbeiten, und selbst wenn ich sie nicht erkennen würde, hier ist seine Signatur.«

Sie legte ihre Hand auf Clovers. »Wie konnte er sie malen – die Frau, die ihm das Leben geschenkt hat? Wie ist das Gemälde hierhergelangt, ins Herrenhaus? Hat er von ihr geträumt, so wie von dieser Villa, dem Spiegel, seinem Bruder? Vermutlich.«

»Du solltest ein Foto davon machen und es Winter schicken, um zu fragen, ob sie es schon mal gesehen hat. Wie dem auch sei, ich wette, mit den Träumen hast du recht. Und vielleicht ist das wieder so ein Zwillings-Ding?«

»Wie das Gemälde vom Herrenhaus. Collin hat es irgendwo gesehen, ist irgendwie darauf gestoßen und hat es gekauft.«

»So muss es gewesen sein, oder?«

»Ich muss mich kurz setzen.«

Und das tat sie, gleich dort, auf den Boden. Yoda kroch auf ihren Schoß, und Cleo kniete sich neben sie.

»Ich hole dir ein Glas Wasser.«

»Nein, mir geht es gut. Hatte nur kurz weiche Knie. Diese Entdeckung erfüllt mich und lässt mich gleichzeitig ganz leer zurück. Dad hat sie gemalt; Collin hat sie hergeholt. Sie hatten eine Verbindung zueinander.«

»Und nun hast du dieses Bild, und damit hast auch du eine Verbindung zu ihnen. Sonya, das ist eine wunderschöne Arbeit. Sie ist ... nun ja, bezaubernd. Wir sollten sie nach unten bringen. Niemand sperrt Clover in einen Schrank.«

Mit einer Hand Yoda streichelnd, lehnte Sonya den Kopf an Cleo.

»Du hast recht. Wir bringen sie ins Musikzimmer zu Johanna.«

»Ich nehme sie mit runter. Dann machst du das Foto, schickst die Nachricht ab, und anschließend hole ich uns beiden ein Glas Wein.«

»Gute Idee.«

Im Musikzimmer lehnten sie das Gemälde unter Johannas Porträt an die Wand.

»Ich liebe die Stillleben hier drin«, begann Cleo. »Aber was hältst du davon, wenn wir das hier abnehmen und ihr Bild an dieser Stelle aufhängen?«

»Ja. Dann hinge sie genau vor Johanna, schließlich lebte sie ja auch vor ihr.«

»Schreib deiner Mom. Ich hole den Wein. Und dann bekommt sie den Platz, wo sie hingehört.«

Sonya trat einen Schritt zurück und musterte das Porträt erneut. So furchtbar jung, dachte sie. Ihr junges Gesicht glühte förmlich vor Glückseligkeit. Und trotz des runden Babybauchs strahlte sie eine Unschuld aus, die ihr zu Herzen ging.

Sorgfältig machte sie ein Foto und schickte die Textnachricht ab.

Ich habe dieses Porträt gefunden. Es ist Dads Werk.
Hast du es schon mal gesehen?

Die Antwort kam innerhalb weniger Sekunden.

Nein. Ist das seine leibliche Mutter? Ich erkenne
ihn in ihrem Gesicht wieder. Ist Cleo bei dir?
Ist alles in Ordnung?

Ja, es ist Clover. Cleo ist hier, und alles ist bestens.
Wir haben den Großteil des Abends damit verbracht,
ihre tonnenschweren Koffer hinaufzuschaffen und ihre
üppige Garderobe auszupacken. Aber als wir das
hier gefunden haben, wollten wir kurz nachfragen.
Ich vermute, Dad hat von ihr geträumt und sie gemalt.
Als Braut.

Seine Träume hat er oft gemalt. Sie ist sehr hübsch und
hat ein reizendes Gesicht. Sieht sehr freundlich aus.

Stimmt. Und ich weiß, dass sie freundlich war
und ist, also keine Sorge. Cleo und ich gönnen
uns jetzt ein Glas Wein und gehen dann zu Bett.
Hier ist alles in bester Ordnung.

Hoffentlich bleibt es so. Liebe Grüße an Cleo, hab dich lieb. Gute Nacht.

Nachdem sie noch ein Herz-Emoji geschickt hatte, wandte sie sich Cleo zu, die mit dem Wein zurückkehrte.

»Sie hat es noch nie gesehen.«

»Weißt du, er könnte es ja auch vor der Beziehung mit deiner Mutter gemalt haben. Oder er hatte seine Gründe, es ihr nicht zu zeigen. Komm, wir hängen das Bild jetzt auf, und dann trinken wir diesen Wein.«

Nachdem sie die Bilder ausgetauscht hatten, legten sie einander die Arme um die Taillen und traten einen Schritt zurück.

»Das ist genau der richtige Platz für sie.«

»Stimmt. Und weißt du, was, Son? Auch deinen Vater erkennt man darin wieder. Deinen Dad und seinen Bruder. Dieses Gemälde ist etwas sehr Besonderes.«

Das Handy in Sonyas Tasche spielte *»Mother and Child Reunion«*.

Lachend griff Cleo zu ihrem Glas, reichte Sonya ihres und stieß mit ihr an. »Auf Clover, unsere Herrin der Musik.«

»Absolut. Auf Clover.«

»Und weißt du, was? Johanna wäre ihre Schwiegertochter gewesen, die Schwägerin deiner Mutter. Deine Tante.«

»Was für ein seltsamer Gedanke.«

»Ich finde ihn wundervoll. Auf Johanna.«

»Auf Johanna. Dieser Tag war ganz schön merkwürdig. Eben ein weiterer Tag im Herrenhaus.«

»Und mein erster als offizielle Bewohnerin.«

»Dann trinken wir auch darauf. Yoda muss noch raus.«

»Okay, darum kümmern wir uns gleich. Und anschließend hätte ich nichts dagegen, ins Bett zu gehen. Morgen will ich früh aufstehen, um mir mein Atelier einzurichten.

Hast du nicht gesagt, dass Yoda mit Katzen aufgewachsen ist?«

»Stimmt. Willst du wirklich eine haben?«

»Wenn ich die richtige finde. Was ich am meisten an meiner alten Wohnung gehasst habe, war die Klausel, dass Haustiere verboten waren.«

Als sie ihre Jacken holen wollten, stellte sich heraus, dass Cleos tatsächlich im Garderobenschrank hingen.

»Oh Gott, diese Aussicht. Die ist einfach atemberaubend. Bitte sag mir, dass man sich nicht mit der Zeit daran gewöhnt.«

»Nein.« Mit dem restlichen Wein unternahmen sie die letzte Hunderunde. »Sie fasziniert mich nach wie vor. Ich wundere mich oft, wie ich jemals woanders leben konnte. Allerdings frage ich mich auch, wie ich all die Wochen hier ohne dich wohnen konnte.«

»Das musst du ja jetzt nicht mehr.«

Als sie später ins Bett schlüpfte, dachte Sonya erneut bei sich: Was für ein seltsamer Tag. Aber gut war er gewesen. Yoda rollte sich in seinem Körbchen zusammen, Cleo schlief ein paar Zimmer weiter, und das Rauschen der Wellen, die an die Felsen schlugen, wiegte sie wie Musik in den Schlaf.

Später, als die Uhr drei schlug, murmelte sie zwar im Traum vor sich hin, stand aber nicht auf.

Kapitel 24

Schon am darauffolgenden Morgen zeigten sich die ersten Vorteile ihrer Wohngemeinschaft: Als Sonya sich zu Cleo in die Küche gesellte, duftete es bereits nach Kaffee. Ihre Freundin trug Jeans, ein Sweatshirt und Sneakers. Die karamellfarbenen Locken hatte sie zu einem fröhlich wippenden Pferdeschwanz zusammengefasst und ihr Alltags-Make-up aufgelegt.

»Du bist aber früh aufgestanden. Das ist doch sonst nicht deine Art.«

»Ehrlich gesagt kann ich es gar nicht erwarten, mit dem Umräumen des Ateliers anzufangen.« Sie wackelte mit den Hüften. »Dein Kaffee ist schon fertig. Ich esse einen Toaster Strudel. Willst du auch einen?«

Kopfschüttelnd griff Sonya nach der zweiten Hälfte des Bagels vom Vortag, ehe sie Yoda durch die Tür des Vorraums ins Freie ließ.

»Wie traurig. Ich habe übrigens schon frisches Wasser und Futter für unseren Jungen in die Näpfe gefüllt.«

»Dafür sind wir dir beide dankbar.«

Cleo pflanzte sich auf einen Hocker, während Sonya ihren Bagel toastete. »Hör zu, wenn du heute eine Pause machst und Lust dazu hast, dann komm doch hoch und sieh dir alles an. Immerhin hast du ein gutes Auge für effiziente Lösungen.«

»Mach ich. Ansonsten habe ich mir angewöhnt, dreimal die Woche zu trainieren – meistens morgens. Allerdings nicht heute Morgen. Heute arbeite ich, bis Yoda signalisiert, dass er rausmuss, oder ich merke, dass ich selbst mal aufstehen sollte und Bewegung brauche. Dann drehe ich eine Runde mit ihm. Und danach geht's wieder an die Arbeit. Später überlege ich mir, was es zum Abendessen gibt. Wenn Trey vorbeikommt, bringt er meist etwas zu essen mit. Und einmal die Woche versuche ich, ins Dorf zu kommen. Zum Blumenladen, vielleicht zur Buchhandlung, um Lebensmittel einzukaufen.«

»Die Lebensmittel besorge ab sofort ich.«

»Das überlasse ich dir mit Freuden.«

»Ich weiß, wie du dir die Zeit einteilst, und du kennst meinen Tagesrhythmus ebenfalls. Alles, was neu ist, wird sich mit der Zeit schon einspielen. Wenn ich während deiner Arbeitszeit ausgehe – ich will unbedingt das Dorf erkunden, diesen Leuchtturm sehen und mir draußen ein paar Plätzchen zum Malen suchen –, dann schreibe ich dir, damit du Bescheid weißt.«

»Ich mache es genauso.«

»Das wäre also geregelt. Nein, lass mich das machen.« Als Yoda draußen bellend um Einlass bat, sprang Cleo auf. »Da ist ja unser Junge, unser braver, toller Junge. Frühstück ist schon fertig.«

Ja, dachte Sonya, sie würden schon einen neuen Rhythmus finden.

Bis Mittag arbeitete sie ohne Pause durch, machte Fortschritte bei dem Doyle-Job und entwarf drei Variationen für Anna. Nachdem sie einen äußerst nervösen Yoda hinausgelassen hatte, kehrte sie zurück, um sich eine Coke zu holen. Ehe sie noch Gelegenheit hatte, sich ihre Jacke zu schnappen und sich nach draußen zu ihrem Hund zu gesellen, bellte er auch schon wieder an der Haustür.

»Okay, dann gehen wir eben später spazieren. Aber eine Pause brauche ich trotzdem. Also können wir auch zu Cleo hinaufgehen.«

Anscheinend kannte ihr absolut brillanter Hund den Namen ihrer Freundin bereits, denn sofort stürmte er zur Treppe.

Sie hatte das Atelier noch gar nicht erreicht, als sie

schon Cleos Stimme hörte: »Bist du gekommen, um mich zu besuchen? Wolltest du Cleo besuchen? Ja, genau, das wolltest du!«

»Das wollten wir beide. Oh, Cleo!«

Diverse Gemälde – in Acryl-, Öl- und Wasserfarben – säumten die Regale, dazu ordentlich aufgereiht Pinsel, Spachtelmesser und alle anderen Werkzeuge eines Künstlers.

Hinzu gesellten sich leere Skizzenblöcke, Bleistifte, Buntstifte, Kohle und Ölkreiden. Leinwände in verschiedenen Größen stapelten sich neben Cleos altem, farbverschmiertem Künstlerkoffer.

Auf der Staffelei stand eine leere Leinwand und daneben ein alter Tisch, den sie irgendwo aufgestöbert haben musste. Darauf hatte sie eine Palette gelegt, über der ein einzelner Pinsel ruhte.

Der Schreibtisch beherbergte ihren Computermonitor, ein offenes Stifte-Etui, einen großen Skizzenblock, ein paar Kristalle und einen kleinen, gläsernen Drachen in leuchtendem Orange.

»Was hältst du davon?«

»Ich bin mit der Besichtigung ja noch gar nicht fertig.«

Sonya wanderte im Raum umher. Den Sofatisch zierten eine hübsche Schale sowie zwei gedrungene weiße Kerzen in dunkelblauen Kerzenhaltern. Im durch das Südfenster hereinströmenden Licht funkelte ein Sonnenfänger; auf dem Sofa luden cremefarbene Kissen zum Verweilen ein. Daneben stand die Meerjungfrauen-Lampe.

»Da, wo ich diesen kleinen Tisch gefunden habe, habe ich auch noch eine Truhe entdeckt. Sieht aus, als käme sie geradewegs von einem Piratenschiff. Ist zwar nichts drin, aber trotzdem höllisch schwer. Vielleicht kann dein großer, starker Mann sie mir ja irgendwann noch herholen.«

»Ganz bestimmt kann er das. Und genauso sicher bin ich, dass du hier ohne meine Hilfe auskommst.«

»Für den Anfang ist diese Ordnung gut, obwohl es mir sicher nicht gelingen wird, sie beizubehalten. Ich überlege auch, ob ich mir noch einen Minikühlschrank für Getränke besorgen soll.«

»Gute Idee.«

»Noch besser wäre es vermutlich, die Treppen zu benutzen, wenn ich Durst habe, da ich für Cardiotraining nicht viel übrighabe. Glücklicherweise gibt es am Ende des Flurs ein Bad, das ich bereits mit Toilettenpapier, Seife und Handtüchern bestückt habe. Langfristig werde ich es noch ein wenig aufpeppen, aber für den Anfang ist es schön, überhaupt eins in der Nähe zu haben.«

»Irgendwelche Probleme mit Du-weißt-schon-wem?«

»Oh, sie hat eine Weile Lärm gemacht.« Cleo tat es mit einem Achselzucken ab, als sei es nicht mehr als eine kleine Wolke, die über die Sonne zog. »Ich habe meinen Labradorit und den schwarzen Turmalin hier, und natürlich Clarence.« Sie tätschelte den Drachen.

»Clarence, den ich noch gar nicht kenne.«

»Ihn habe ich auch erst letzte Woche gefunden. Er ist aus Karneol, einem Stein, der für Mut und Kreativität steht. Und außerdem ist er ein Drache.«

Sonya ging näher heran, um ihn in Augenschein zu nehmen.

»Cleo! Sind die hier für das Meerjungfrauenbuch?«

»Ja. Ich arbeite mit Acrylfarben. Dafür wollte ich handgemalte Bilder, keine aus dem Computer. Ein paar habe ich eingescannt, bin aber noch nicht so weit, sie weiterzuschicken.«

Sonya begutachtete die Entwürfe. »Darf ich mir die bisherigen Bilder genauer ansehen?«

Eine schwimmende Meerjungfrau, lang gestreckt, mit erhobenem Kopf und geschlossenen Augen. Ihr goldenes

Haar floss hinter ihr her, und ihr Fischschwanz war eine einzige schimmernde Symphonie aus Farben.

Auf einem anderen Bild hockten zwei Meerjungfrauen einander gegenüber auf Felsen, während hinter ihnen die See unter dem Vollmond brodelte. Eine dritte schoss aus dem Wasser, die Hände zu Schalen geformt, während das Wasser sie umfloss.

Farbe und Bewegung, dachte Sonya. Und Magie.

»Du weißt hoffentlich, dass ich ein großer Fan deiner Arbeit bin.«

»Ja, das weiß ich. Irre ich mich, oder kommt da jetzt noch ein ›Aber‹?«

»Du irrst dich keineswegs. Aber ich habe noch nie bessere Arbeiten von dir gesehen als diese hier. Ehrlich gesagt hast du damit etwas ganz Besonderes geschaffen, Cleo.«

»Oh, Gott sei Dank.« Sie lehnte sich zurück und legte beide Hände auf die Wangen. »Denn eigentlich finde ich das auch. Und dein Urteil ist mir wichtig, denn du hast wirklich ein Auge für Kunst. Ich liebe diesen Auftrag.« Sie stieß den Atem aus. »Und will ihn um nichts in der Welt versemmeln.«

»Du solltest diese Entwürfe deinem Lektor schicken, damit er weiß, was für ein Knaller das ist. Oh, diese hier liebe ich besonders, die Meerjungfrau im Nebel, die ihr Meerbaby wiegt. Die beiden haben eine unglaublich weibliche Strahlkraft.«

»Du musst wirklich häufiger hochkommen. Ich bin regelrecht besessen von diesem Projekt und stecke vermutlich viel zu sehr drin, um noch beurteilen zu können, ob es wirklich gut ist.«

»Ich sehe das so, dass Besessenheit und Nähe dich meist zu Höchstleistungen inspirieren. Und jetzt lasse ich dich wieder allein, damit du dich deiner Arbeit widmen kannst.«

»Du musst mich definitiv regelmäßig hier besuchen. Ich werde deinen Rat befolgen und diese Bilder an meinen Lektor schicken.« Sie hob beide Hände in die Höhe und kreuzte die Finger. »Zum Abendessen wollte ich eine Kartoffelsuppe mit Schinkeneinlage kochen. Willst du Trey fragen, ob er auch kommen will?«

»Ich frage ihn. Wieso hatte ich bisher keine Ahnung, dass du so etwas wie Kartoffelsuppe mit Schinken zustande bringst?«

»Weil ich es bis vor wenigen Wochen auch noch gar nicht konnte. Aber es ist leichter, als du denkst.«

»Ich könnte uns ein Brot dazu backen.«

»Ist nicht wahr.«

»Doch, und ich kann dir zeigen, wie es geht, sodass du uns nächstes Mal auch eines backen kannst, wenn wir Lust darauf haben. Dann treffen wir uns in der Küche um, sagen wir, halb sechs?«

»Ist gebongt.«

Auf dem Rückweg zu ihrer Arbeit schrieb sie Trey. Er antwortete, dass er sich mit Owen zum Burger-Essen treffen wolle; ob Freitagabend auch ginge? Und er bat sie, Cleo von ihm zu grüßen.

»Und taktvoll bist du noch dazu. Du gibst mir Zeit, mich mit Cleo einzuleben. Das ist nett. Nett, liebevoll und außerordentlich empathisch.«

Um kurz nach fünf kam Cleo an der Bibliothek vorbei. »Wenn du noch nicht fertig bist für heute, gehe ich wieder.«

»Ich mache jetzt Feierabend. Und wir sind heute allein. Trey geht mit Owen Burger essen.«

»Er hätte Owen doch mitbringen können.«

»Ich glaube, er wollte uns etwas Mädels-Zeit gönnen. Er kommt morgen vorbei.«

»Okay. Ich habe dir meine Arbeit gezeigt, jetzt lass mich deine sehen.«

»Ich arbeite gerade an meinen Ideen für *Doyle Law Offices*. Ich habe dir doch erzählt, dass Treys Mom Fotografin ist. Sie hat mir hervorragendes Material zur Verfügung gestellt, mit dem ich gut arbeiten kann.«

Während Sonya die Homepage erneut aufrief, umrundete Cleo den Schreibtisch. »Das ist das Kanzleigebäude? Dass es ein viktorianischer Bau ist, wusste ich von dir ja schon, aber wow. Es ist wunderschön. Sieht so gar nicht nach steifer Anwaltskanzlei aus. Mir gefällt deine Farbauswahl, die die Töne des Hauses aufgreift, ohne es in den Hintergrund zu drängen. Sauberer, klarer Font, klarer, informativer Text.«

»Und das da ist sicher Ace!« Entzückt legte Cleo die Hände auf die Wangen. »Wie bezaubernd er ist. Kultiviert! Genau das ist das richtige Wort. Wie oft bezeichnet man schon jemanden als kultiviert?«

Mit einem Kopfnicken überflog sie seine Biografie: »Beeindruckend. Harvard-Absolvent, hätte sich schon vor fünfzehn, zwanzig Jahren zur Ruhe setzen können, arbeitet aber weiter. Und da steht er nun in seinem schicken Dreiteiler mit einem Gesetzestext in der Hand. Und wer ist der Nächste?«

»Deuce.«

»Mmmh. Gut aussehend, freundliche Augen, gelockerte Krawatte. Warum sieht das nur immer so sexy aus?«

Hundertprozentig zustimmend versetzte sie Cleo einen Schlag auf den Arm. »Ich weiß.«

»Mir gefällt, dass sie ihn abgelichtet hat, während er sich Notizen auf einem Block macht. Ein attraktiver Mann mit freundlichen Augen, der gerade bei der Arbeit ist. Und, sieh mal einer an, da haben wir Mr. Third Generation. Groß, schlank und zum Anbeißen. Ein fantastisches Foto. Er sieht entspannt aus, aber dennoch konzentriert und zugewandt.«

Sie ging die anderen Angestellten durch.

»Mrs. Deuce arbeitet verdammt gut. Und meine beste Freundin erst recht. Mir gefällt der entspannte Vibe, der von allen ausgeht, und ... oh mein Gott, Sonya!«

Sie bekam sich gar nicht mehr ein vor Lachen.

»Mookie Doyle, juristischer Berater.«

»Keine Ahnung, ob sie das akzeptieren werden, aber als ich dieses Foto sah, konnte ich einfach nicht widerstehen. Zumal mit dieser Kopfhaltung und diesem Ausdruck in den Augen.«

»*Ich bin für dich da. Vertrau mir.* Oh, sie müssen es einfach drinbehalten. Es ist genial. Wenn ich einen Anwalt bräuchte, würde mich das gleich für sie einnehmen.«

»Mal sehen. Ich bin beinahe so weit, dass ich ihnen das Layout vorführen kann. Aber für heute mache ich Schluss. Feierabend.«

In der Küche beobachtete Sonya voller Erstaunen, wie Cleo Knoblauch hackte, Kartoffeln und eine Karotte schälte und klein schnitt.

»Du kochst ja beinahe professionell.«

»Ich habe geübt«, antwortete Cleo. »Da ich hier meinen Traum lebe, will ich meinen Beitrag leisten. Unter meiner Aufsicht werden wir vernünftige und anständige Mahlzeiten zu uns nehmen. Lass mich das hier erst mal aufsetzen, und danach will ich sehen, wie du Brot bäckst. Dauert das nicht Stunden?«

»Das hier nicht.« Sonya machte einen Abstecher in die Butler's Pantry und kehrte mit einer Flasche zurück. »Das Geheimnis ist das Bier.«

Und während sie den Abend gemeinsam in der Küche verbrachten und später noch am Tisch beisammensaßen, erkannte Sonya, dass Trey recht gehabt hatte: Ein solcher Mädelsabend wirkte tatsächlich Wunder.

Hin und wieder gesellte sich Clover mit einem musikalischen Intermezzo hinzu. Und hin und wieder öffneten und schlossen sich ein paar Türen.

Als sie von ihrem Hundespaziergang zurückkehrten, standen sämtliche Küchenschränke offen, und die Barhocker an der Theke waren übereinandergestapelt worden.

»Ich frage mich, ob hier ein Kind gestorben ist.« Cleo begann, die Türen wieder zu schließen. »Das sind nämlich alberne Kinderstreiche.«

»Soweit ich bislang gelesen habe, haben es nicht alle Kinder bis ins Erwachsenenalter geschafft. Du könntest also recht haben.« Sonya stellte die Hocker wieder an ihren Platz. »Yoda spielt manchmal mit jemandem.«

Noch während sie das sagte, sprang der Ball, den sie sonst im Vorraum aufbewahrten, in die Küche, wo Yoda ihm sofort hinterherjagte.

»So zum Beispiel?«

»Das ist neu, aber ja, so in etwa. Mir fällt übrigens gerade auf, wie ähnlich du Trey bist.«

»Also bitte.« Stolz warf Cleo die Haare nach hinten. »Ich bin niemandem ähnlich, sondern einzigartig.«

»Aber du hast nicht mal mit der Wimper gezuckt. Du bist genauso ruhig und unerschütterlich wie er.« Sie folgte Yoda, der in den Vorraum raste, den Ball dort fallen ließ und mit dem Schwanz wedelte.

Nichts geschah.

»Der Geist ist noch nicht so weit, uns zuschauen zu lassen«, schlussfolgerte Cleo und zog Sonya in die Küche zurück. »Sieh mal, jetzt geht das Spiel wieder weiter.«

»Wahrscheinlich sollte ich sie einfach miteinander spielen lassen.«

»Warum auch nicht? Hast du Lust auf einen Film?«

»Doch, schon.«

»Und darf ich mir danach das Buch über die Pooles als

Bettlektüre ausleihen? Ich würde gern ein paar Kapitel darin lesen.«

»Hab nichts dagegen.«

Als der Film bereits ein paar Minuten lief, gesellte sich Yoda zu ihnen nach oben und war beinahe sofort eingeschlafen. Fix und fertig vom Spiel mit seinem Geisterkumpel, dachte Sonya.

Als sie ihn an diesem Tag zum letzten Mal rausließ, lag der Ball auf dem Regal über der Waschmaschine. Anscheinend wollte Yodas unsichtbarer Freund ihn stets griffbereit halten.

Während sie sich bettfertig machte, kam sie zu dem Schluss, dass sie keinen Grund hatte, vor einem Geist, der mit ihrem Hund spielte, Angst zu haben oder sauer auf ihn zu sein.

Als Cleo von der Uhr geweckt wurde, stand sie schnell auf. Kein Grund, Sonya zu wecken, dachte sie – nahm vorsichtshalber aber ihr Handy mit. Sie würde nur kurz mal nach unten laufen, um sich umzusehen. Vielleicht hatte sie ja diesmal mehr Glück.

In diesem Augenblick ging Sonya an ihrem Zimmer vorbei.

»Hat dich der Gong auch aus dem Schlaf gerissen? Ich wollte gerade – hey, warte auf mich.«

Sie holte die Freundin ein und griff nach deren Arm.

Einen Augenblick lang blieb Sonya stehen, die Miene ausdruckslos, und starrte nur wortlos geradeaus. Dann zuckte sie zusammen.

»Was?« Ein Schaudern überlief sie. Dann wandte sie den Kopf und sog scharf die Luft ein. »Was ist los?«

»Ich glaube, du hast geschlafwandelt oder geträumt oder so etwas. Die Uhr. Ich habe die Uhr gehört, bin aufgestanden und habe gesehen, wie du an meinem Zimmer vorbeigingst.«

»Ich kann mich gar nicht daran erinnern, aufgestanden zu sein. Auch nicht daran, irgendetwas gehört zu haben. Wo wollte ich denn verdammt noch mal hin?«

»Keine Ahnung. Mir war zuerst gar nicht klar, dass du nicht ... wach warst. Das habe ich erst gemerkt, als ich deinen Arm gepackt habe.« Beruhigend strich Cleo ihr über den Rücken. »Geht es dir gut?«

»Ja. Bestens. Ich fühle mich – ich fühle mich, als sei ich gerade erst aufgewacht. Oder besser wie im Halbschlaf, wenn man sich auf die andere Seite dreht, um sich dann gleich wieder umzudrehen und weiterzuschlummern. Da, die Musik!«

»Ich höre sie. Ich war gerade auf dem Weg nach unten, um nachzusehen.«

»Ich komme mit. Mir geht es gut«, beharrte sie. »Nur ein bisschen groggy.«

Gemeinsam gingen sie nach unten, begleitet von dem Hund, der durch ihre Stimmen geweckt worden war.

Noch während er ihnen voraus die Treppe hinabrannte, brach die Musik ab.

»Verdammt, immer zu spät.«

Dennoch ging Cleo Richtung Musikzimmer voran.

»Alles ist noch genauso, wie wir es verlassen haben.«

»Die Gemälde sind verschwunden.«

Cleo wandte den Kopf. »Nein, sind sie nicht. Siehst du sie denn nicht?«

»Ich ... ja. Aber ... groggy«, wiederholte sie. »Eine Sekunde lang habe ich sie nicht gesehen. Aber wo wir jetzt schon mal hier unten sind, sollten wir auch gleich nach der Uhr schauen.«

Die Zeiger standen auf drei.

»Zwecklos, die Zeiger zu verstellen«, entschied Sonya. »Irgendetwas ist um drei Uhr morgens passiert. Warum sonst sollte die Uhr nur dann schlagen? Aber ich glaube nicht, dass Hester Dobbs dafür verantwortlich ist, Cleo.

Oder dass sie es ist, die mich schlafwandeln lässt oder mich zu oder durch diesen Spiegel führt. Ich habe mit Trey auch schon darüber gesprochen. Warum sollte sie wollen, dass ich alles sehe, dass ich die Einzelheiten kenne?«

»Guter Punkt. Aber es gefällt mir trotzdem nicht, dass du hier beinahe in einer Art Trance im Dunkeln herumgeirrt wärst.«

»Begeistert bin ich darüber auch nicht gerade.«

»Lass uns nach oben zurückkehren. Ich bringe dich ins Bett. Ich kann auch bei dir bleiben.«

»Mir geht es gut, wirklich.« Sofern sie das leichte Schwindelgefühl und die schweren Glieder außer Acht ließ. »Bin nur einfach vollkommen erschöpft. Und für heute Nacht ist der kritische Moment ohnehin vorbei.«

»Wahrscheinlich hast du recht. Im Haus ist es still. Zumindest fühlt es sich so an, als hätten sich alle wieder beruhigt.«

Trotzdem setzte Cleo sich oben angelangt auf Sonyas Bettkante. »Dass du mir nicht noch mal ohne mich durch die Gegend läufst!«

»Habe ich definitiv nicht vor.«

»Bis später.«

Danach blieb sie noch weitere zehn Minuten in ihrem Wohnzimmer sitzen, ehe sie sich zurückschlich. Als sie Sonya schlummern sah, entspannte auch sie sich genug, um ins Bett zurückzukehren.

Am Morgen war es still im Haus. Dankbar brachte Sonya die Frühstücksroutine hinter sich und fütterte den Hund. Clover begrüßte sie mit *»Good Morning Starshine«*.

»Dir ebenfalls einen guten Morgen.«

Sie fragte sich, ob sie es im Jenseits – das sie hoffentlich noch lange nicht erreichen würde – schaffen würde, ebenfalls ständig so gut gelaunt zu sein, wie Clover es anscheinend war.

Um halb neun setzte sie sich an den Schreibtisch, unter dem Yoda sich zusammenrollte.

Eine Stunde später hörte sie, wie Cleo Richtung Treppe schlurfte.

»Hey!«

Immer noch im Pyjama, das Haar in alle Richtungen abstehend, wirkte Cleo noch ziemlich verschlafen, als sie den Kopf zur Tür hineinsteckte. »Hey!«

»Wollte mich noch bedanken, weil du letzte Nacht für mich da warst.«

»Ich für dich, du für mich.« Gähnend beugte sich Cleo herab, um Yoda zu kraulen, der sofort hervorgeschossen gekommen war, um sie zu begrüßen. »Wenn man so fröhlich begrüßt wird, *kann* man ja gar kein Morgenmuffel mehr sein. Aber ich brauche einen Kaffee. Unbedingt!«

Yoda sah ihr hinterher und beschloss dann, sich vor dem Feuer hinzulegen.

Nachdem sie bei ihrem Projekt für die Doyles gut weitergekommen war und ein paar Kleinigkeiten im Grunddesign für den Blumenladen verändert hatte, begann Sonya mit der Präsentation für *Ryder*.

Eine Stunde, rief sie sich ins Gedächtnis. Dann eine Pause und wieder für Doyle arbeiten.

Am Ende der Stunde gab sie sich noch zehn weitere Minuten.

Anschließend drehte sie sich um, um Yoda zu rufen. »Gehen wir raus.«

Aber der Hund lag nicht mehr am Feuer und auch nicht unter dem Schreibtisch. Sie vermutete, dass er sich auf die Suche nach Cleo gemacht hatte.

Da hörte sie deutlich, wie ein Ball die Treppe hinabhüpfte und der Hund hinterherjagte.

»Wahrscheinlich macht auch Cleo eine Pause. Vielleicht sollten wir alle zusammen spazieren gehen.«

Sie wollte gerade die Treppe hinuntergehen, als der Ball hinaufhüpfte, Yoda dicht hinterher.

»Hey, Cleo, wie wär's, wenn wir mit dem Hund draußen weiterspielen? Immerhin scheinen wir ja gleichzeitig Pause zu machen?«

Aber auf dem lang gestreckten Flur war keine Spur von Cleo zu sehen. Er war leer.

Yoda ließ den Ball fallen und wandte den Kopf erst in die eine und dann in die andere Richtung. Kurz darauf nahm er ihn wieder ins Maul und raste zu ihr hin.

»Cleo ist überhaupt nicht hier, oder? Tut mir leid, dass ich das Spiel unterbrochen habe.«

Sie hob den Ball auf und machte sich auf den Weg den Flur entlang, während Yoda sich vor Freude unaufhörlich im Kreis drehte.

In der Küche standen sämtliche Schranktüren offen, und die Schachtel mit Hundeleckerlis auf der Kücheninsel war ebenfalls offen.

»Haben sie dir schon welche gegeben, oder wollen sie mir damit sagen, dass ich dir welche geben soll? Von einem Geist, der Hunde liebt, darf ich mir wohl kaum allzu viel Angst einjagen lassen. Nur einen«, ermahnte sie Yoda. »Dann gehen wir raus.«

Als sie einen der kleinen, quadratischen Leckerbissen herausnahm, setzte sich Yoda mit funkelnden Augen hin. Dann richtete er sich auf seinen stämmigen Hinterbeinen auf und wedelte mit den Vorderpfoten.

Überrascht lachte Sonya auf und belohnte den Hund.

»Hat er dir das beigebracht? Ich tippe auf einen Jungen, einen kleinen Jungen. Keine Ahnung, ob du nach draußen willst oder nicht«, sagte sie, während sie die Schranktüren schloss. »Aber wenn ja, dann komm mit.«

Sie schnappte sich die alte Jacke, die sie im Vorraum aufbewahrte, und ging in die frische April-Luft hinaus.

Bis warmes, mildes Wetter einsetzte, dauerte es sicher noch ein paar Wochen, aber immerhin konnte man schon ein paar Erdflecken sehen. Also hatte sie ihren ersten Winter in Maine überstanden.

Zu ihrer großen Freude entdeckte sie ein paar Krokusse, die ihre lila Köpfe neben dem Apartment aus der Erde steckten. Und auf ihrem Weg sah sie ein paar mutige grüne Stängel, die sich aus der Erde emporkämpften.

Vielleicht Narzissen. Das würde sie bald herausfinden.

»Es wird so hübsch aussehen«, sagte sie zu dem Hund und warf dann den Ball für ihn. »Ich kann es kaum erwarten, dem Winter Lebewohl zu sagen und den Frühling willkommen zu heißen.«

Sie umrundete das Haus und hielt nach weiteren Vorboten des nahenden Frühlings Ausschau, während Yoda weiterhin unermüdlich dem Ball hinterherjagte.

Als sie den Weg zur Ufermauer einschlug, fand sie, dass der Wind nicht mehr ganz so eisig vom Meer herüberwehte wie noch vor einer Woche.

»Oh, oh, sieh doch! Ich glaube, das sind Delfine!« Begeistert beobachtete sie einen – nein, zwei – nein, drei! dabei, wie sie in die Luft sprangen und wieder abtauchten. Fasziniert nahm sie den Hund auf den Arm und deutete aufs Meer. »Siehst du? Kannst du sie erkennen? Ich glaube, sie spielen miteinander.«

Yoda hatte offenbar mehr Interesse an ihr als an den Delfinen und leckte ihr übers Kinn.

»Sobald es warm genug ist, stelle ich ein paar Stühle auf den Witwengang. Und gönne mir ein gutes Fernglas. Vielleicht gibt es ja sogar eins in diesem Haus. Oder ein Fernrohr. Ich will auf jeden Fall ein Fernrohr.«

Nachdem sie den Hund wieder auf die Erde gesetzt hatte, hob sie das Gesicht und atmete tief ein.

Da hörte sie einen Schrei und wirbelte herum. Das Fenster im zweiten Stock stand offen, und etwas flog heraus.

Der Vogel, schwarz wie die Nacht, mit langen, gekrümmten Krallen, schrie ein weiteres Mal und schoss im Sturzflug herab.

Instinktiv schnappte sie sich Yoda erneut und schützte ihn mit ihrem Körper. Jeden Augenblick erwartete sie, die scharfen Krallen im Fleisch zu spüren, während sie ihren Beinen befahl zu rennen.

Doch als sie kurz darauf wieder einen Blick nach oben riskierte, sah sie nichts als den blauen Himmel und ein paar graue Wolken, die Regen verhießen.

Sie blieb stehen und schöpfte Atem. Über ihr öffnete sich ein Fenster von Cleos Atelier. »Hast du das gehört? Was war das?«

»Ein Vogel«, rief Sonya zu ihr hinauf. »Keine Ahnung, ob er real war, aber jetzt ist er jedenfalls verschwunden. Wir kommen wieder rein.«

»Ich komme runter.«

Während Sonya mit weichen Knien zum Haus zurückjoggte, blickte sie zu dem nun wieder verschlossenen Fenster des Goldenen Zimmers empor. »Hat dir das Tier einen Schrecken eingejagt?« Sie vergrub die Nase im Fell des Hundes. »Mich jedenfalls hat es zu Tode erschreckt.«

Mit Yoda auf dem Arm betrat sie das Haus. »Ich gehe jetzt in die Küche! Aber vorher müssen wir dich noch trocken reiben, Kleiner. Alles okay, ich beschütze dich.«

Cleo fand sie im Vorraum, wo sie Yoda abtrocknete.

»Noch nie habe ich einen Vogel so schreien hören«, begann Cleo. »Es klang beinahe wie ein Mensch.«

»Er ist aus ihrem Fenster hinausgeflogen. Ein schwarzer Vogel. Für eine Krähe war er, glaube ich, zu groß. Viel zu groß. Und er kam im Sturzflug direkt auf uns zu.«

»Ich habe nichts gesehen. Dabei bin ich sofort aufgesprungen und zum Fenster gerannt. Nur ... als ich es öffnete, um dir etwas zuzurufen, da glaubte ich einen Moment lang, einen Geruch wahrzunehmen. Etwas wie Schwefel.«

»Sie wollte uns Angst einjagen, was ihr gründlich gelungen ist. Aber letztlich anhaben konnte sie uns nichts.«

»Außerhalb des Hauses hat sie vielleicht nicht genug Kraft. Aber ich schwöre, bei diesem Schrei ist mein Blut zu Eis erstarrt.«

»Draußen waren Delfine.«

»Wirklich? Ich will eine Coke. Willst du auch eine? Ich hole uns zwei Flaschen.«

»Ich habe die Tiere beobachtet und dachte gerade, wie wunderbar ihr Anblick war. Wahrscheinlich konnte sie so viel Glück nicht ertragen. Außerdem hat Yoda, bevor ich mit ihm hinausging, mit dem Geist Ball gespielt, der so gern die Schranktüren öffnet.«

»Du hast ihn gesehen!«

»Nein, aber Yoda hat ihn gesehen – er sieht ihn immer. Erst dachte ich, dass du es bist, die mit Yoda spielt und den Ball über den Flur und die Treppe bis hinab ins Foyer hüpfen lässt. Aber als ich herunterkam, waren da nur der Hund und der Ball. Und dann – warte. Ich zeige es dir.«

Sie vermutete, dass nicht der Junge selbst, sondern Molly dafür verantwortlich war, dass die Hundeleckerbissen wieder weggeräumt worden waren. Also holte sie sie wieder heraus.

Yoda machte Sitz.

»Nun sieh dir das an.«

Als sie einen Leckerbissen in die Höhe hielt, richtete er sich auf den Hinterpfoten auf und wedelte mit den Vorderpfoten.

»Aaaah, so süß zu sein, könnte in einigen Bundesstaaten glatt verboten sein.«

»Aber ich habe ihm das nicht beigebracht.«

»Das beweist einmal mehr, dass hier mehr gute als böse Geister herumspuken. Es geht uns gut, Son, und so wird es auch bleiben.«

»Aber geh bitte vorerst nicht in die Nähe dieses Raumes.« Nachdrücklich umfasste Sonya Cleos Arm. »Versprich es mir.«

»Ich verspreche es, aber früher oder später werden wir ihn betreten müssen.«

»Ich bin eher für später, nach der Arbeit.«

»Nach der Arbeit findest du mich hier beim Abendessenkochen. Trey kommt doch auch, oder?«

»Soweit ich weiß, schon.«

»Es gibt Hühnchen mit Dumplings.«

»Was du nicht sagst! Du weißt, wie man Dumplings macht?«

Entschlossen trank Cleo einen Schluck Cola. »Das werden wir sehen.«

Als Sonya sich wieder an die Arbeit setzte, begrüßte Clover sie mit *»Don't Worry Baby«*.

»Ich versuche es ja. Ich versuche, an den ballspielenden Jungen zu denken, nicht an den großen, hässlichen Vogel.«

Sie notierte sich die Einzelheiten zu beiden Erscheinungen, dann widmete sie sich wieder ihrer Arbeit für Doyle.

Am Ende des Arbeitstages rief sie Corrine Doyle an.

»Ich würde gern mit Ihnen über einen weiteren Job reden, eventuell brauche ich Ihren Rat. Außerdem würde ich Sie und Ihre Kamera gern noch einmal engagieren. Können wir uns treffen?«

»Morgen früh habe ich nichts vor. Und da ich ohnehin unterwegs sein werde, könnte ich bei Ihnen vorbeischauen. So um halb elf?«

»Das wäre perfekt.«

»Können Sie mir einen kurzen Überblick geben, worum es geht?«

»Ich arbeite an einer Präsentation für *Ryder Sports*.«

»*Ryder* kenne ich.«

»Ich brauche ein paar Sportfotos, will aber nicht mit professionellen Models arbeiten, sondern lieber mit realen Menschen«, erklärte sie.

Als sie kurz darauf die Treppe hinabstieg, war Cleo tatsächlich schon in der Küche. »Ich glaube, ich krieg das hin. Hoffentlich krieg ich's hin. Hühnchen und Teigtaschen, Erbsen und Möhren. Klingt nach heimeliger Hausmannskost. Wie schwer kann Hausmannskost schon sein?«

»Da fragst du die Falsche.« Sonya betrachtete das Hühnchen in der Pfanne. »Sieht auf jeden Fall gut aus und riecht auch richtig heimelig. Demnächst spendiere ich dir übrigens ein richtig süßes Yoga-Outfit.«

»Zum Kochen?«

»Nein, nur zum Anziehen und damit Corrine Doyle dich für meine Präsentation darin fotografieren kann. Du magst Yoga, daher wirst du auch so aussehen, als ob du Yoga betreiben würdest.«

»Für den *Ryder*-Deal? Ich besitze sogar ein Yoga-Outfit von *Ryder*. Und sehe fantastisch darin aus.«

»Das erleichtert die Sache. Trey muss ich auch noch überreden mitzumachen – sich entweder beim Workout oder beim Ballspiel ablichten zu lassen. Und ich brauche jemanden mit einem Bike. Und der Praktikant bei Doyle – er sieht fantastisch aus –, den will ich ebenfalls zu ein paar Schnappschüssen überreden. Ich brauche verschiedene Altersgruppen. Mindestens ein Kind, mindestens eine Person über fünfzig. Zunächst benötige ich nur ein paar Musterfotos. Aber falls ich den Job kriege, dann sind noch mehr erforderlich.«

»Das musst du anders formulieren. Sag ›sobald ich ihn

habe‹, nicht ›falls ich ihn kriege‹. Die Absicht macht den Unterschied. Genauso wie ich gerade beabsichtige, diese Teigtaschen hinzukriegen und dich damit aus den Socken zu hauen. Und jetzt lass mich in Ruhe. Geh lieber rauf und schmink dich.«

»Er hat mich auch schon ohne Make-up gesehen.«

Als Antwort warf Cleo ihr nur einen sehr, sehr langen Blick zu.

»Na gut.«

Gehorsam trollte sie sich in ihr Schlafzimmer und kehrte gerade wieder nach unten zurück, als es an der Tür klingelte.

Er hatte Blumen mitgebracht, hübsche, rosafarbene Zwergrosen.

»Die sind für Cleo«, teilte er ihr mit. »Du hast gesagt, dass sie heute kocht.«

»Das ist nur fair«, sagte sie, während Mookie und Yoda vor lauter Wiedersehensfreude ganz aus dem Häuschen waren. »Was hältst du davon, wenn ich mir stattdessen einen Kuss stibitze?«

Mit der Hand auf seiner Schulter beugte sie sich vor, damit er sie küssen konnte.

»Davon kannst du so viele haben, wie du willst.«

»Vielleicht vorläufig nur noch einen zweiten.« Dann wartete sie, bis er seinen Mantel aufgehängt hatte.

Dabei stellte sie sich vor, wie er den Arm nach oben ausstreckte, um einen Baseball zu fangen. Sie sah es förmlich vor sich.

Dann hakte sie ihn unter. »Ich habe dir ein Angebot zu machen.«

»Was für eine Art von Angebot? Privat, geschäftlich, sexuell, politisch?«

»Du bist wirklich ein typischer Anwalt. Darauf komme ich nach dem Abendessen zu sprechen. Erst einmal will ich dir zeigen, was ich für Veränderungen auf eurer

Website vorgenommen habe. Und während des Abendessens berichten wir dir von den neuesten Ereignissen hier.«

Von der Küche aus drang Cleos Stimme zu ihnen herüber. »Ihr Jungs bekommt die Reste, wenn wir fertig sind.«

Als sie die Küche betraten, sahen sie die Hunde hoffnungsvoll zu Cleo aufblicken, deren Hände voller Dumpling-Teig waren. Cleo hob den Kopf: »Ein Mann, der Geschenke mitbringt. Das sind mir die liebsten.«

»Die Rosen sind für dich. Ich stelle sie am besten gleich in die Vase. Das also sind Dumplings?«

»Zumindest sollen es welche werden.«

»Jedenfalls duftet es schon mal köstlich«, verkündete Trey.

»Das Essen ist hundertprozentig auf Cleos Mist gewachsen. Morgen früh treffe ich mich mit deiner Mutter.«

»Ach ja?«

»Mmmh.« Sie holte eine Vase aus der Butler's Pantry. »Ich will sie bitten, Fotos für meine *Ryder*-Präsentation zu machen. Ich habe dir meine Idee ja schon geschildert. Verschiedene Action-Aufnahmen mit realen Personen. Cleo macht schon mal mit. Der Nächste bist dann du.«

»Oh, na ja, ich ...«

»Hast du einen Baseballhandschuh, ein Basecap?«

»Klar, aber ...«

»Ich glaube, die Schuhe müssen wir auch draufhaben. Ein Fuß auf der Base, vielleicht während du dich nach oben reckst, um den Ball zu fangen. Mal sehen, was deine Mom davon hält. Besitzt du ein Fahrrad?«

»Seit ich Autofahren kann, nicht mehr.«

»Ich hätte wirklich gern einen Schnappschuss mit Bike.«

»Eddie ist begeisterter Radfahrer.«

Sonya lächelte. »Gut zu wissen. Dann brauche ich

noch eine Aufnahme aus dem Gym. Ein Typ, vielleicht ein wenig verschwitzt, beim Hantelnstemmen.«

Ohne auch nur eine Minute zu zögern, warf Trey seinen besten Freund ebenfalls den Wölfen zum Fraß vor. »Owen hat seine Hanteln bei *Ryder* gekauft.«

»Perfekt. Dann noch ein paar Kids beim Basketball-Spielen – ein Junge und ein Mädchen –, eine ältere Frau beim Joggen oder ein Paar, das gemeinsam joggt. Und nicht zuletzt einen Schnappschuss beim Football.«

»John Dee. Er hat auf der Highschool und am College gespielt.«

»Super. Ich werde ihn überreden. Das ist doch schon mal eine solide Basis.«

»Gut. Und jetzt ist Schluss mit der Arbeit«, befahl Cleo. »Gieß uns ein Glas Wein ein und deckt den Tisch. Ich habe diese Dumpling-Sache gerockt.«

***

Das hatte sie tatsächlich. Nachdem sie am Tisch Platz genommen und die ersten Bissen probiert hatten, schüttelte Sonya nur den Kopf.

»Wo hat dieses Talent nur bisher in dir geschlummert?«

»Ich habe auch schon früher ein paar anständige Mahlzeiten zustande gebracht.«

»Aber sehr selten.«

»Jetzt gehört das zu meinen Aufgaben. Außerdem macht es mir Spaß. Wie schmeckt es dir, Trey?«

»Sorry, hast du etwas gesagt? Ich bin gerade sehr beschäftigt.«

Sie grinste ihn an. »Betrachte dieses Essen als Entlohnung dafür, dass du mich zu *Rock Hard* mitnimmst. Wird sicher Spaß machen, mal für ein paar Stunden aus dem Haus zu kommen.«

»Du bist doch gerade erst eingezogen.«

Geistesabwesend tätschelte Cleo Sonyas Hand. »Eigentlich habe ich vielmehr an dich gedacht, Son. Meine Freundin neigt dazu, sich hier zu vergraben.«

»Stimmt, das lässt sich nicht leugnen.«

»Hast du Trey schon von letzter Nacht erzählt?«

»Noch nicht.«

Das lenkte die Aufmerksamkeit von den Teigtaschen ab. »Was war denn letzte Nacht los?«

»Fangen wir damit an.«

Kapitel 25

Sie erzählte, wie Cleo sie um drei Uhr morgens beim Schlafwandeln ertappt hatte, schilderte, wie sie zuvor das Porträt gefunden hatte, flocht auch Yodas geisterhaften Spielkameraden mit ein und beendete ihren Bericht mit dem Vogel.

»Du hast Molly vergessen. Clover hat uns mithilfe eines Songs wissen lassen, dass unsere Haushälterin so heißt.«

Ohne zu fragen, gab Cleo Trey einen Nachschlag.

»Danke. Das waren aber ganz schön viele Ereignisse für so wenige Tage.«

»Ehe ich hier eingezogen bin, hätte ich wohl gesagt, dass es für ein ganzes Leben reicht.« Sonya hob die Schultern. »Man gewöhnt sich vielleicht nicht gerade dran, erwartet es aber eher.«

»Ich würde das Porträt gern sehen.«

»Es ist wunderschön. Da du der Einzige bist, der sie jemals gesehen hat – ist das Wort ›persönlich‹ in diesem Zusammenhang angemessen? –, kannst du mir vielleicht verraten, ob mein Vater ihr gerecht geworden ist.«

»Das Herrenhaus hat er naturgetreu abgebildet. Ich frage mich nur, warum Collin nie verraten hat, dass er das Porträt gekauft hat. Ich bin mir sicher, dass es nicht auf der Inventarliste steht.«

»Was wiederum die Frage aufwirft, wo zum Teufel es versteckt war.«

»Ich habe da eine Theorie.«

Sonya sah Cleo an. »Oh-oh.«

»Angesichts der Vorkommnisse ist meine Überlegung, glaube ich, gar nicht so weit hergeholt. Du hast gesagt, es fühlt sich an, als gingest du durch den Spiegel in eine andere Zeit. Es gibt eine Theorie, die besagt, dass Geistererscheinungen nichts weiter als Menschen in ihrer eigenen Zeitebene sind. Wie eine Zeitverwerfung. Vielleicht ist das hier eine Kombination aus beidem – aus magischem Spiegel und Zeitverschiebung. Und womöglich befanden sich die beiden Porträts – Johannas und Clovers – einfach nur auf der anderen Seite des Spiegels.«

»Interessant.«

Sonya verdrehte die Augen. »Ermutige sie nicht auch noch.«

»Aber es *ist* interessant«, beharrte er. »Eine Zeitverwerfung? Diese Porträts waren definitiv nicht im Haus, es sei denn, es gibt noch ein geheimes Zimmer, von dem Dad nichts weiß. Wie dem auch sei, jedenfalls landeten sie beide im Atelier. Und jetzt hängen die Bilder der beiden letzten verlorenen Bräute im Musikzimmer. Collin hat eine davon gemalt, dein Vater – sein Zwillingsbruder – die andere.«

Er häufte sich noch mehr Hühnchenfleisch mit Teigtaschen auf die Gabel. »Das ist wirklich interessant. Und der Vogel, der aus dem Goldenen Zimmer flog, ist wieder eine ganz andere Geschichte. Konntest du ihn malen?«

»Ich konnte ihn nicht allzu genau erkennen, weil alles so schnell ging. Ich habe mir Yoda geschnappt und mich geduckt, und schon war er wieder verschwunden.«

»Und ich habe ihn gar nicht gesehen, aber gehört habe ich ihn ebenfalls. Und als ich das Fenster öffnete, um Sonya zu rufen, habe ich Schwefelgeruch wahrgenommen.«

»Ich weiß, welche Theorie Cleo darüber hat, und wahrscheinlich ergibt sie angesichts der Regeln, denen diese seltsame Geschichte folgt, sogar Sinn.«

»Und was ist das für eine Theorie?«, fragte Trey.

»Hester Dobbs hat den Vogel heraufbeschworen. Aber kaum war er mehr als ein paar Sekunden lang draußen, Simsalabim, war er wieder verschwunden. Weil ihre

Kraft begrenzt ist. Und doch ... ich weiß, dass sie Catherine – die zweite Braut – in den Schneesturm hinausgelockt hat.«

»Sie hat sie verzaubert«, warf Cleo leichthin ein. »Catherine stand unter einem Bann, als sie hinausging, und als der brach, war es zu spät.«

»Vielleicht.«

»Oder ... vielleicht hatte sie damals ja auch mehr Macht als heute. Immerhin ist es zwei Jahrhunderte her.«

»Mich wollte sie in jener Nacht ebenfalls nach draußen locken. Ich hörte jemanden an die Tür klopfen und sah vor dem Fenster einen Schneesturm toben.«

»Aber als du die Tür öffnetest«, fuhr Cleo fort, »war da kein Blizzard.«

»Ich verstehe, worauf ihr hinauswollt«, sagte Trey. »Wenn Sonya nach draußen gegangen wäre und die Tür nicht mehr aufbekommen hätte – wäre es eine sehr lange, kalte Nacht für sie geworden.«

»Vermutlich hätte Dobbs das genossen. Aber damals hatte ich weder Yoda noch Cleo an meiner Seite. Oder dich. Und jetzt klinge ich schon wie Cleo, aber ich denke trotzdem, dass auch Clover, so gut sie kann, auf uns aufpasst.«

Ihr Handy spielte: *»I'll Be There for You«*.

»Seht ihr?«

»Ist es okay, wenn ich mir das Porträt mal ansehe?«

»Machen wir das doch gemeinsam. Ich wüsste gern, was du davon hältst.«

Zusammen stiegen die drei die Treppe hinab und betraten das Musikzimmer.

»Dieses Gesicht«, murmelte Trey. »Das ist Clover. Wunderschön. Sie wirkt glücklich, sogar ... heiter.«

»Du hast sie zweimal gesehen. Aber beide Male war sie nicht schwanger.«

»Nein, nicht so.«

»Darüber habe ich nachgedacht.«

Sonya blickte zu Clover hinüber. »Noch eine deiner Theorien?«

»Da Clover bei der Geburt starb, hat sie nie Gelegenheit gehabt, ihre Babys im Arm zu wiegen, sie zu füttern, mit ihnen zu schmusen und ihnen etwas vorzusingen.« Cleo seufzte. »Wenn ich persönlich die Wahl hätte, würde ich nicht dauernd an das erinnert werden wollen, was ich mir so sehr gewünscht habe, aber nie hatte.«

Diesmal verdrehte Sonya die Augen nicht, sondern griff nach Cleos Hand. »Und doch spielt sie Musik und wirkt nach außen hin glücklich. Zumindest zufrieden. Vermutlich wäre sie eine wundervolle Mutter gewesen.«

Als ihr Handy *»Let It Be«* spielte, drückte Sonya die Hand ihrer Freundin fest.

»Genau dort sehen die Gemälde sehr gut aus«, meinte Trey. »Nebeneinander. Ich frage mich ... ich frage mich, ob du auch noch die anderen finden wirst – die nach Astrid und vor Clover.«

»Ich habe heute Morgen nachgesehen.« Cleo zuckte mit den Achseln. »Irgendwie hatte ich gehofft, auf noch ein Porträt zu stoßen, aber anscheinend kann nur Sonya sie finden. Wenn überhaupt jemand.«

»Und ich frage mich, was wäre, wenn ich diese Nacht weitergegangen wäre, wenn ich wieder ... irgendwo anders gelandet wäre. Beim nächsten Mal ... weck mich bitte nicht wieder auf.«

»Oh, Sonya.«

»Das hier ist nicht das Werk von Hester Dobbs. Dessen bin ich hundertprozentig sicher. Den Fluch zu brechen – kaum zu glauben, dass ich allen Ernstes von Fluch spreche –, bedeutet, die Ringe zu finden. Je mehr ich sehe, höre, fühle, umso mehr kann ich darüber in Erfahrung bringen, oder? Mir kommt es jedenfalls wichtig vor.«

»Wenn etwas in der Richtung geschieht und ich nicht

im Haus bin, ruf mich an«, sagte Trey zu Cleo. »Und bleib bei ihr. Ich brauche einen Schlüssel, damit ich jederzeit ins Haus kann.«

»Oh.«

Reflexartig erinnerte sie sich, wie sie Brandon ihre Schlüssel gegeben hatte. Doch sie schob die Erinnerung beiseite.

Trey war nicht Brandon. Er war nicht im Entferntesten wie er.

»Na gut. Ja, auch das klingt vernünftig. Eigentlich habe ich keine Lust, mich demnächst um drei Uhr morgens mal wieder auf den Weg zu einer ... Zeitverwerfung zu machen. Aber es ist beruhigend, dass ihr beiden im Ernstfall da wärt.«

Sie schüttelte den Kopf. »Und jetzt muss ich dringend an etwas anderes denken. Wie zum Beispiel an den Abwasch und das Ausführen der Hunde.«

Wie nicht anders zu erwarten war, blinkte und blitzte die Küche, als sie vom Musikzimmer wieder zurückkamen.

»Hätte ich wissen können. Molly ist unglaublich schnell. Ich würde mich beim Spaziergang mit Yoda wohler fühlen, wenn ich wüsste, dass dieser Vogel nicht zurückkehrt.«

»Ich hole meine Jacke.«

»Und«, fügte Cleo hinzu, als Trey sich entfernte, »ich ziehe mich dann mal zurück.«

»Das musst du doch nicht.«

»Bitte. Ich werde mir eine Stunde zum Malen gönnen und mir dann vielleicht noch etwas auf meinem Tablet anschauen oder lesen. Und ich werde versuchen, nicht eifersüchtig zu sein, weil du einen Mann zum Ankuscheln hast. Bis morgen.«

»Das Abendessen war wirklich köstlich, Cleo.«

»Verdammt richtig.«

Die Menschen gingen spazieren, die Hunde tollten.

Während sie das Haus umrundeten, blickte Sonya zu Cleos hell erleuchtetem Atelierfenster hinauf.

»Ich bin so froh über ihre Anwesenheit. Die merkwürdigen Vorgänge in diesem Haus scheinen sie nicht im Geringsten zu beunruhigen.«

»Gut zu wissen, dass du eine solch gefestigte Persönlichkeit an deiner Seite hast.«

Sie legte den Kopf in den Nacken und sah zu ihm auf. »Viele Leute – tatsächlich sogar die meisten – halten Cleo keineswegs für gefestigt, zumindest nicht auf den ersten Blick. Aber das ist sie. Geistig ist sie für alles offen, was in Verbindung mit ihrer sonstigen Ruhe und Gelassenheit eine interessante Mischung ergibt. Ich hatte Glück, dass ausgerechnet sie mir auf dem College als Mitbewohnerin zugewiesen wurde.«

»Meiner Ansicht nach war das für euch beide ein Glücksfall.«

»Ganz meine Meinung. Als ich am ersten Tag in unser Zimmer kam, hatte sie ihre Seite unseres äußerst winzigen Zimmers bereits eingerichtet. Ein paar ihrer Kunstwerke zierten die Wände, ein kleines Regal mit Kristallen, Fotos und Büchern und ein Kissen auf der flauschigen roten Überdecke mit der Aufschrift: IMAGINE. Ich hatte mir bis dahin noch nie mit jemandem ein Zimmer geteilt«, fügte sie hinzu, während sie die Hunde zurück ins Haus scheuchten. »Deshalb war ich ziemlich nervös und fragte mich, wie wir wohl miteinander klarkommen würden. Beide studierten wir im Hauptfach Kunst, das war schon mal ein Pluspunkt. Aber ich war in Boston aufgewachsen, und sie stammte aus Louisiana. Wer konnte voraussehen, ob es mit uns beiden gut gehen würde? Aber dann sah ich ihre Kunst und wusste, dass uns die auf jeden Fall zusammenschweißen würde.«

Nachdem sie Yodas und Mookies Pfoten sauber gewischt hatte, richtete Sonya sich wieder auf. »Und sie hat mir Xena geschenkt.«

»Die Pflanze in der Bibliothek.«

»Damals war sie nur ein winziges Ding. Cleos Großmutter hatte einen Ableger von einem anderen Usambaraveilchen gemacht und Cleo den Auftrag gegeben, ihn ihrer Mitbewohnerin zu schenken. Die Blume sollte mir Glück bringen. Und sie sollte dafür sorgen, dass ich ihr einen Namen gab. Als ich Xena wählte, war Cleo gleich Feuer und Flamme. Und nachdem ich ausgepackt hatte, hatten wir das Gefühl, uns bereits eine Ewigkeit zu kennen.«

Die Hunde rasten ihnen voraus die Treppe empor.

»Da hast du tatsächlich Glück gehabt. Mein erster Zimmernachbar auf dem College war ... lass mich überlegen, mit welchem Wort ich ihn am treffendsten beschreiben könnte ... oh ja, mit *Arschloch*. Ein scheinheiliges Arschloch.«

»Das überrascht mich. Eigentlich habe ich stets geglaubt, dass du es irgendwie immer schaffst, mit allen auszukommen.«

»Ich war weiß, hetero, stammte aus gutem Haus – mit der richtigen Steuerklasse –, weshalb er annahm, dass ich zu seiner Art von Christenmenschen gehörte. Er hielt mich für einen Verbündeten – mit anderen Worten, er glaubte, ich sei ebenfalls gegen alles, was nicht in die oben genannten Kategorien fiel. Nachdem ich mehrere Wochen damit verbracht hatte, seinen Bullshit entweder zu ignorieren, mit ihm zu streiten oder ihn zu blockieren, behauptete ich, ich sei bisexuell, Atheist, mein Großvater sei Paiute, und meine Eltern führten eine offene Ehe. Er zog aus, und so bin ich dann tatsächlich mit ihm klargekommen.«

Fasziniert blieb Sonya vor der Tür zur Bibliothek stehen. »Du hast ihn angelogen.«

»Sonst hätte ich ihm womöglich noch eins auf die Nase gegeben. Aber den Schock auf diesem Gesicht zu sehen, war beinahe genauso befriedigend wie ein Kinnhaken. Jedenfalls wurde mir ein anderer Mitbewohner zugewiesen, mit dem ich mich dann viel besser vertrug.«

»Weißt du, was aus ihm geworden ist? Aus dem scheinheiligen Arschloch?«

»Habe nie wieder einen Gedanken an ihn verschwendet.«

»Das glaube ich. Ich glaube dir gern, dass du so etwas ad acta legen kannst. Okay, und jetzt schau dir meine Ideen für eure Website an und sag mir, was du davon hältst. Allerdings ist sie noch nicht so weit, online gehen zu können«, schränkte sie ein. »Ich muss noch einiges ergänzen, anpassen und dann testen, aber einen ersten Eindruck kannst du dir auf jeden Fall schon mal verschaffen.«

Sie rief die Homepage auf und trat dann zur Seite.

»Das ist jetzt schon ein Riesenschritt nach vorn und vermittelt ein ganz anderes Gefühl als die alte Seite. Die Büroräumlichkeiten und das Haus abzubilden, war genau die richtige Idee. Und dazu die Farben, die Schrifttypen. Nicht zu verspielt, aber auch nicht langweilig.

Und mir gefällt, dass du das Gründungsjahr der Kanzlei gleich zu Beginn in Erscheinung treten lässt.«

»Wenn man ein halbes Jahrhundert im Geschäft ist, sollte man damit auch ruhig ein wenig prahlen. Klick mal den Reiter ›Anwälte‹ an.«

Als er ihn öffnete, lächelte er. »Nun sieh sich einer Ace an.«

»Deine Mom läuft Gefahr, zu meiner Lieblingsfotografin zu avancieren. Ich hatte noch mehr Bilder zur Auswahl, aber das hier gefiel mir am besten. Wenn ich Veränderungen am Text auf der Startseite oder in den Biografien vornehmen soll, schick sie mir einfach zu.«

»So auf die Schnelle habe ich noch nichts entdecken können. Und da ist Deuce. Diese lässigen Bilder haben eine großartige Wirkung. Auch damit hattest du recht. Und das gilt offenbar auch für mich selbst«, fügte er hinzu, nachdem er heruntergescrollt hatte.

»Ihr habt alle drei eine zugängliche, ansprechende Ausstrahlung. Die jeweiligen Hintergründe, die Gesetzestexte, der Schreibtisch und so weiter, das zeugt von Professionalität. Corrine ist wirklich gut.«

»Das fand ich schon immer.«

»Schau dir die Belegschaft an.«

Er klickte und grinste. »Großer Gott. Sadie sieht aus, als könnte sie auf einem Fuß stehen und dabei jonglieren. Was sie ja eigentlich Tag für Tag auch tut. Die sind großartig. Und die Biografien geben gerade genug persönliche Details preis. Eddie sieht so verdammt ernst aus, ganz er selbst. Und ...«

Er hielt inne und brach in dröhnendes Gelächter aus, das die Hunde sogleich herbeiflitzen ließ.

»Du hast Mookie mit aufgenommen. Sieh dir das an, Mooks, du bist unser juristischer Berater.«

»Na ja, ich fand, dass das dem ganzen Auftritt einen zusätzlichen persönlichen Touch verleiht. Aber wenn es zu viel ist – sorry, Mookie. Sicher musst du auch Ace und Deuce nach ihrer Ansicht fragen.«

»Sie werden einstimmig dafür sein. Die Idee ist nett, witzig und gleichzeitig genial. Du hast ihm sogar eine Biografie verpasst.«

Seine Reaktion gab ihr Auftrieb, und zwar sowohl auf persönlicher als auch auf professioneller Ebene.

»Die Details habe ich von Lucy. Ich habe dich nicht gefragt, weil du die Homepage spontan und mit frischem Blick sehen solltest.«

»Dieses Wort trifft es genau. *Frisch.*«

»Für euer Referendariats- und Praktikanten-Programm gibt es ebenfalls einen Reiter. Den habe ich noch nicht fertig, aber das Grundgerüst steht.«

»Hmm. Du hast – wie viele? – ein geschlagenes Dutzend ehemaliger Referendare inklusive ihrer derzeitigen beruflichen Situation aufgeführt.«

»Ich warte noch auf ein paar mehr. Mir war vorher nicht klar, dass ihr jetzt seit beinahe zwanzig Jahren Referendare ausbildet.«

»Das begann schon vor meiner Zeit. Diese Website ist fantastisch, Sonya. Und übertrifft meine Erwartungen bei Weitem.«

»Das höre ich gern.«

Sie zeigte ihm das Design für Briefpapier und Visitenkarten.

»In sich stimmig sollte es sein, hast du gesagt – und genau so ist es.«

»Bis zur tatsächlichen Lieferung wird es noch ein oder zwei Wochen dauern, aber wenn wir das Okay von den anderen Olivers in Bezug auf Briefkopf und Visitenkarten bekommen, könnte Sadie sie schon mal bestellen. Und damit ist die Beratung für den heutigen Abend beendet.«

Sie schaltete den Computer aus und legte ihm den Arm um die Taille. »Ich hoffe, du hast vor zu bleiben.«

»Für alle Fälle habe ich eine Tasche im Wagen.«

»Warum holst du sie nicht rein? Später, meine ich.«

»Später passt gut.«

Und als er sie küsste, fiel der Tag von ihr ab.

Schließlich ging er nach draußen, um seine Tasche hereinzuholen, zog sich dann wieder aus und schlüpfte neben ihr ins Bett.

»Cleo hat recht, wenn sie eifersüchtig ist.«

»Wie bitte?«

Sie verwob ihre Beine mit seinen. »Sie hat niemanden zum Kuscheln. So wie ich jetzt mit dir.«

»Gibt es auch daheim in Boston niemanden?«

»Niemand Besonderen. Ihre Großmutter hat ihr einst gesagt, dass Liebhaber kommen und gehen werden, sie aber nur eine wahre Liebe im Leben treffen würde. Er werde der Anker in jedem Sturm sein. Das ist genau nach Cleos Geschmack.«

»Bei ihr brennt noch Licht.«

»Sie ist eine Nachteule. Vor neun Uhr morgens kommt sie nur selten aus den Federn. Zehn ist da wahrscheinlicher.«

»Dann sehe ich sie wohl nicht mehr, bevor ich morgen früh gehe.«

»Würde mich zumindest wundern. Trey, wenn ich heute Nacht Anstalten mache aufzustehen, du weißt schon, wie sonst auch? Könntest du mich dann aufhalten? Ich will heute Nacht mit alldem nichts zu tun haben.«

»Ich sorge dafür, dass du bei mir bleibst.« Er hauchte ihr einen Kuss aufs Haar. »Allerdings ist so etwas noch nie vorgekommen, wenn ich hier übernachtet habe. Das einzig Bemerkenswerte ist, dass du im Schlaf redest.«

Sie hob den Kopf. »Wirklich? Was sage ich denn?«

»Ich kann es nicht verstehen, noch nicht jedenfalls.«

»Das habe ich früher nie getan.«

»Woher willst du das wissen? Immerhin schläfst du doch.«

Lachend schmiegte sie sich dichter an ihn und entspannte sich sichtlich. »Das Zimmer, das Cleo und ich uns im ersten Studienjahr geteilt haben, war alles andere als ein Palast. Sie hätte mich gehört und es mir erzählt. Außerdem darf ich dir als Frau, die mit Riesenschritten auf die dreißig zugeht, gestehen, dass ich auch schon mit anderen Männern das Bett geteilt habe. Keiner hat mir je gesagt, dass ich im Schlaf rede.«

»Dann ist das also etwas Neues, das ich mit dir teile.«

»Mmmh. Ich will heute Nacht nicht durch den Spiegel gehen.«

»Ich passe auf dich auf«, raunte er und blieb wach, bis sie eingeschlummert war.

Als die Uhr ihn weckte, seufzte sie und drehte sich um. »Na gut. Ja, ich komme«, hörte er sie sagen.

Doch ehe sie aufstehen konnte, nahm er sie fest in die Arme. »Bleib heute Nacht bei mir.«

Sie wollte sich von ihm lösen, aber er hielt sie fest. »Bleib einfach hier.«

Er glaubte, sie etwas wie Lizzy oder Lissy sagen zu hören, ehe sie aufhörte, gegen ihn anzukämpfen.

»Sie wartet.«

»Sie wird auch noch etwas länger warten.«

In der Stille wehte die Klaviermusik empor. Er hörte eine Frau weinen, dann fiel irgendwo eine Tür ins Schloss.

Während er sich am Morgen ankleidete, berichtete er ihr alles.

»Lissy«, sagte sie. »Keine zwei Jahre nach Agathas Tod heiratete Owen Poole erneut. Seine älteste Tochter hieß Lisbeth. Daher gehe ich davon aus, dass ich Lissy gesagt habe. Auch sie starb an ihrem Hochzeitstag. In der Genealogie der Pooles werden als Todesursache mehrere Bisse einer Schwarzen Witwe angegeben. Das geschah im Jahr 1916.«

»Das hast du alles im Kopf?«

Sie tippte sich an die Schläfe. »Die Namen aller sieben toten Bräute haben sich mir eingebrannt, ebenso wie die jeweilige Ursache ihres Todes. Zwar habe ich noch immer nicht alles gelesen, aber die Namen kenne ich schon mal. Das Buch bekomme ich demnächst erst von Cleo wieder zurück, aber bei diesem Namen bin ich mir sicher.

Lisbeth Anne Poole. An den Namen des Bräutigams kann ich mich jedoch nicht erinnern.«

»Wir müssen uns langsam fertig machen, Mooks. Hör zu, ich habe heute dieses Samstags-Meeting, aber danach komme ich zurück. Dann würde ich die Lagerräume gern noch mal mit dir inspizieren.«

»Ja, das sollten wir vielleicht tatsächlich tun.«

»Ich könnte Owen zur Unterstützung mitbringen.«

»Ich bin dir dankbar dafür, Trey, wirklich. Aber ich glaube immer noch, dass wir den Spiegel erst finden werden, wenn und falls er gefunden werden will.«

»Was immer er ist, er ist ein unbelebter Gegenstand.«

»Ach wirklich? Davon bin ich nicht hundertprozentig überzeugt. Hast du noch Zeit für einen Kaffee, bevor du aufbrichst?«

»Definitiv.«

Er nahm sich einen Kaffee und einen halben Bagel, während die Hunde erst nach draußen und dann wieder hineinstürmten. Mookie verschlang noch eben sein Frühstück, und um neun Uhr war Trey bereits auf dem Weg ins Büro.

Zwanzig Minuten später kam Cleo herein, angezogen und für einen Tag zu Hause geschminkt und frisiert.

»Hast du vergessen, dass Samstag ist?«, fragte Sonya.

»Nein, und obwohl ich normalerweise strikt dagegen bin, samstags vor zehn aufzustehen, habe ich diese Nacht angefangen, ein Bild zu malen. Mir gefällt, worauf es hinausläuft, weshalb ich mir diesen Morgen gönnen wollte, um mal zu sehen, wie weit ich komme. Wo sind Trey und sein treuer Hund?«

»Ein morgendliches Meeting, aber er kommt zurück, vielleicht sogar mit Owen. Er möchte die Lagerräumlichkeiten nochmals mit uns durchgehen.«

»Hervorragend.« Cleo bediente sich am Kaffee. »Nicht nur, weil ich das Gleiche vorhabe, sondern auch, weil sie diese Truhe für mich ins Atelier hinunterschaffen können. Wie hast du geschlafen?«

»Ich habe Trey gebeten, mich am Aufstehen zu hindern, falls ich um drei Uhr morgens wieder Anstalten mache herumzugeistern. Das hat er getan. Außerdem hat er behauptet, dass ich im Schlaf spreche.«

»Nein, tust du nicht. Ich hätte dich doch gehört.«

»Na ja, mittlerweile anscheinend schon. Und letzte Nacht habe ich irgendwem versprochen, dass ich kommen würde. Und den Namen Lissy genannt.«

»Lissy für Lisbeth?«

»Das vermute ich zumindest. Sie ist die nächste Braut.«

»Woran ist sie noch mal gestorben?« Cleo schloss die Augen und hielt eine Hand hoch, ehe Sonya antworten konnte. »Warte, ich hab's gleich. Spinnenbisse!« Sie verstummte und schauderte. »Warum haben Spinnen nur so viele Beine?«

»Weil es Spinnen sind?«

»Alles über vier ist einfach nur gruselig.«

»Im Gegensatz zu einem Haus, in dem diverse Geister und eine tote böse Hexe wohnen?«

»Verdammt richtig. Aber ich würde die Geister den Spinnen jederzeit vorziehen. Mehrere Bisse. Jetzt fällt es mir wieder ein.«

»Etwa ein Dutzend? Ich denke, das kommt hin. Ich erinnere mich nur daran, dass es Bisse von der Schwarzen Witwe waren.«

»Dreizehn Bisse – das stellte man fest, nachdem man ihr das Hochzeitskleid und den Rest ausgezogen hatte. Die Spinne oder die Spinnen waren auf ihren viel zu zahlreichen Beinen bereits davongehuscht. Anscheinend waren sie irgendwie in ihr Kleid oder die Unterkleidung gelangt. Ich meine, heute gäbe es ein Gegengift. Sie wäre vermutlich krank geworden, aber wahrscheinlich nicht gestorben. Obwohl, mit so vielen Bissen vielleicht doch. Aber Anfang des zwanzigsten Jahrhunderts sind viele Menschen durch Giftspinnen ums Leben gekommen. Ich habe nachgeschlagen.«

Cleo kippte ihren Kaffee herunter. »Sie hat getanzt. Dann wurde es Zeit für sie, nach unten zu gehen und in ihre Reisekluft zu schlüpfen. Doch dazu kam es nie. Der Bräutigam war am Boden zerstört, aber ich habe noch einiges mehr über ihn gelesen und bin zu dem Schluss gekommen, dass ihn ihr Tod nur deshalb so hart getroffen hat, weil sie eine reiche Erbin war.«

»Ganz schön zynisch.«

»So habe ich es gelesen.«

Ruhelos vergrub Sonya die Hände in den Taschen und wanderte zum Fenster und wieder zurück. »Ich hätte Trey bitten sollen, mir zu folgen, und nicht, mich aufzuhalten. Aber ich wollte diese Nacht einfach mal meine Ruhe haben.«

»Son, dazu hast du alles Recht der Welt. Ich selbst hätte ganz bestimmt keine Lust darauf, den Tod einer weiteren Frau miterleben zu müssen, und das auch noch an dem Tag, der für sie der glücklichste ihres Lebens sein sollte. Wenn du eine Pause brauchst, dann nimm sie dir.«

»Das habe ich wohl getan. Ich dachte, du wolltest heute das Dorf erkunden?«

»Ursprünglich schon, aber das Gemälde hat mich in seinen Bann geschlagen. Vielleicht morgen. Ich gehe jetzt nach oben, um mich davon zu überzeugen, ob es wirklich so gut gelungen ist, wie ich glaube. Geht es dir gut?«

»Doch, ja. Ich habe noch ein paar Samstags-Aufgaben zu erledigen. Zunächst steht ein Workout an. Oder nein, doch nicht. Corrine kommt vorbei.« Sie sah auf die Uhr. »Und zwar schon bald. Und ich weiß nicht, wann Trey wieder da ist.«

»Mein Fenster geht nach vorne raus, also werde ich ihn sehen. Vielleicht. Oder hören. Wahrscheinlich. Falls nicht, schick jemanden hoch, um mich zu holen. Diese Truhe möchte ich unbedingt zu mir nach unten schaffen lassen und mir den Rest gern auch noch mal ansehen.«

Sonya warf etwas Wäsche in die Waschmaschine und machte sich ein wenig zurecht.

Nicht nur für eine Fotografin, die sie für ein Projekt gewinnen wollte, dachte sie, sondern auch für Treys Mutter.

Um Punkt halb elf klingelte Corrine an der Tür.

Wie die Mutter, so die Tochter, dachte Sonya, als sie Corrines stylishes Erscheinungsbild in Augenschein nahm: schwarze Hose mit hüftlanger Nadelstreifenweste über einer luftigen weißen Bluse.

»Vielen lieben Dank, dass Sie hergekommen sind.«

»Sie haben mich neugierig gemacht.«

»Darf ich Ihnen den Mantel abnehmen? Ich würde Ihnen das Ganze gern oben erklären, um Ihnen vor Augen führen zu können, woran ich denke.«

»Collin hätte die Art, wie Sie hier leben, sehr gefallen, auch wie Sie das Herrenhaus nutzen. Trey hat erzählt, dass Ihre Freundin ebenfalls eingezogen ist?«

»Ja. Cleo ist oben im Atelier. Für sie ist das der perfekte Ort, und ich hoffe, er würde sich darüber freuen, dass sie den Raum nicht nur gut nutzt, sondern regelrecht liebt.«

»Also haben Sie jetzt diesen braven kleinen Hund hier und Ihre gute Freundin. Und ... Trey.«

»Ah.«

»Er ist ein erwachsener Mann.« Nachdem sie Yoda noch einmal getätschelt hatte, richtete Corrine sich auf. Und sah Sonya unverwandt in die Augen.

»Ich glaube, ich habe ihn dazu erzogen, vernünftige

Entscheidungen zu treffen. Und als seine Mutter bin ich natürlich davon überzeugt, dass Ihre Entscheidung, sich mit ihm zusammenzutun, auf jeden Fall eine vernünftige ist. Belassen wir es dabei.«

»Er ist sehr freundlich.«

Corrines Augenbrauen schossen nach oben. »Das ist dieser Welpe hier auch.«

Sonya lachte anerkennend. »Trey hat noch andere Qualitäten, aber wie Sie schon sagten, belassen wir es dabei. Folgen Sie mir nach oben.«

»Wie clever Sie das hier gelöst haben!«, rief Corrine, kaum dass sie die Bibliothek betreten hatte. »Ich muss mich entschuldigen, dass ich schon wieder auf Collin zu sprechen komme, aber er war nun mal ein besonders guter Freund. Und ihm hätte das hier außerordentlich gefallen. Dieser Ort wirkt praktisch und strahlt gleichzeitig Kreativität aus.«

Sie wandte sich um und betrachtete das Moodboard. »*Ryder Sports*. Ja, ja, ja, ich verstehe, worauf Sie hinauswollen.«

»Ich habe ein paar Action-Shots gefunden. Natürlich sind dort zum Teil Models abgebildet, und die Aufnahmen sind gestellt, aber ich habe noch mehr in Zeitschriftenartikeln aufgestöbert. Ein Leichtathletik-Wettkampf auf der Highschool, ein Yogakurs und so weiter. Das da ist Cleo in der Yoga-Pose des Kriegers. Das Studio, in dem sie in Boston trainierte, hat es für seine Homepage benutzt.«

»Sie sieht ja auch atemberaubend aus, nicht wahr? Und gelenkig.«

»Sie ist beides. Ich will Bewegung. Ich will die Anstrengung ebenso festhalten wie die Befriedigung oder den Schweiß, je nach Disziplin. Lassen Sie mich Ihnen meine ersten Entwürfe zeigen, um Ihnen einen Eindruck zu vermitteln.«

Zusammen nahmen sie an Sonyas Schreibtisch Platz, während Sonya durch die Fotos scrollte.

»Wie ich schon sagte, Sie sind clever.«

»Hoffentlich clever genug. Ich habe eine Liste von Namen und den jeweiligen Sportarten oder Ausrüstungsgegenständen, die sich meiner Meinung nach am besten für die einzelnen Personen eignen. Bislang konnte ich Cleo und Trey von meiner Idee überzeugen.«

Corrine wandte sich um und blinzelte bedächtig. »Sie haben Trey sein Einverständnis abgerungen?«

»Er hat etwas für Baseball übrig, also habe ich ihm die Position des Catchers aufs Auge gedrückt. Und Trey wiederum hat erwähnt, dass Owen regelmäßig Kraftsport betreibt, also kann ich ihn vielleicht dazu bringen, ein paar Hanteln zu stemmen.«

Anstelle des bedächtigen Lächelns ihres Sohnes huschte ein blitzartiges Grinsen über Corrines Gesicht. »Ich kann es kaum erwarten. An wen haben Sie sonst noch gedacht?«

Sonya schilderte ihr den Rest, und Corrine machte weitere Vorschläge. Leute, die sie kannte, Locations.

»Ich war sicher, dass Sie Ideen beisteuern würden, mit denen sich die Lücken füllen lassen.«

»Oh, die habe ich in der Tat. Was halten Sie davon, wenn ich Kontakt zu den Leuten aufnehme, die ich kenne, Sie jedoch nicht? Ich kann sehr überzeugend sein.«

»Das hat Trey schon erwähnt. Und da Sie schon mal hier sind, wollen Sie sich vielleicht auch ansehen, wie ich Ihre Arbeit in die Website von *Doyle Law Offices* integriert habe?«

Genau wie Trey klickte sie sich durch die einzelnen Elemente. Dann nickte sie.

»Ich gebe zu, dass ich die Erneuerung unseres Auftritts nicht für nötig hielt. Aber nun, da ich das hier gesehen habe? Wir brauchten sie tatsächlich. Diese Website spiegelt die Kanzlei und die Menschen wider, die darin arbeiten. Außerdem arbeiten wir beide gut zusammen.«

»Das denke ich auch. Für die Fotos, die Sie für Anna oder die Kanzlei gemacht haben, wollten Sie kein Honorar. Aber bei *Ryder* liegt der Fall anders.«

»Stimmt, da erwarte ich eine Bezahlung.«

»Dann lassen Sie uns nach unten gehen, dort gönnen wir uns einen Kaffee oder Tee, oder was immer Sie mögen, und reden über die Konditionen.«

»Ich habe gesehen, was Sie auf die Beine stellen können«, sagte Corrine auf dem Weg nach unten. »Und ich weiß, wozu ich in der Lage bin. Wenn Sie den *Ryder*-Job nicht bekommen, wird das weder Ihre Schuld noch meine sein. Davon bin ich fest überzeugt. Falls man Ihre Arbeit bei *Ryder* ablehnt, mangelt es den dortigen Verantwortlichen einfach nur an gesundem Menschenverstand.«

»Ich werde daran denken.«

»Oh.« Vor dem Musikzimmer blieb Corrine stehen. »Noch eine Braut. Ist das ...«

»Lilian Crest. Clover. Ich habe es am gleichen Ort gefunden, an dem ich auch auf Johannas Porträt gestoßen bin. Mein Vater hat es gemalt.«

»Verstehe. Aber eigentlich verstehe ich überhaupt nichts. Dieses Gemälde ist das Werk Ihres Vaters, das Sie hier gefunden haben. Es zeigt seine und Collins leibliche Mutter. Ich habe ihr Foto gesehen, in dem Buch, das Deuce zusammengestellt hat, aber die Aufnahmen waren recht grobkörnig. Das hier ist ... einfach wunderbar. Früher habe ich immer Witze darüber gemacht, dass Collin einen absolut erotischen Mund hatte. Jetzt weiß ich, von wem er ihn geerbt hat. Und Sie ebenfalls.«

Sie legte Sonya die Hand auf den Arm. »Und genauso wundervoll ist es, dass die Gemälde der Brüder, die sich nie kennengelernt haben, nun hier nebeneinander hängen.«

Sonyas Handy spielte: *»He Ain't Heavy, He's My Brother«.*

»Anscheinend ist sie dergleichen Meinung. Nun ja.« Flüchtig tätschelte Corrine Sonyas Schulter. »Jetzt hätte ich wirklich gern einen Tee.«

Kapitel 26

Nachdem sie sich auf für beide Seiten befriedigende Bedingungen geeinigt hatten, lehnte sich Corrine zurück und sah sich in der Küche und dem angrenzenden Speisezimmer um.

»Auch hier gibt es mehr kleine, persönliche Details als früher. Der Kupferkrug auf dem Regal und der – ist das ein Rosenquarz, dieser rohe Brocken da? Kleine Töpfe mit Kräutern auf dem Fensterbrett. Und ganz besonders gefällt mir die blaue Kugel am Fenster. Nennt man so etwas nicht Hexenkugel?«

»Das alles ist Cleo zu verdanken. Die Kugel hat sie sogar selbst hergestellt.«

»Tatsächlich?« Fasziniert stand Corrine auf, um sich das Stück näher anzusehen. »Mundgeblasenes Glas? Ich wusste gar nicht, dass sie so etwas kann.«

»Sie kennt einen professionellen Glasbläser, der mehrmals im Jahr seine Werkstatt öffnet, um dort Kurse zu geben. In einem davon hat sie diese Kugel hergestellt.«

»Anscheinend sind Sie *beide* clever.«

»Eins kann ich Ihnen garantieren: Falls Anna sich je entschließt, Kurse zu geben, wird Cleo sich als Erste anmelden.«

»Ein interessanter Gedanke.«

»Corrine ... darf ich Ihnen eine Frage zu Johanna stellen?«

»Wir waren Freundinnen, enge Freundinnen. Und mehr als das«, sagte sie, während sie zum Tisch zurückkehrte, um sich wieder hinzusetzen. »Sie war wie eine Schwester für mich. Ich glaube, unser Verhältnis war ähnlich eng wie das zwischen Cleo und Ihnen, wenn Sie verstehen, was ich meine.«

»Das tue ich.«

»Ich habe die beiden einander vorgestellt, Johanna und Collin, und miterlebt, wie sie sich ineinander verliebt haben. Gott, wie jung wir damals waren.« Wehmütig lächelnd schloss sie die Augen. »Ich sehe uns noch ganz deutlich vor mir. Jo, die mit mir mein Hochzeitskleid kauft, und ein paar Jahre später ich, die ihr dabei hilft, das richtige für sie zu finden.«

Sie sah Sonya wieder an. »Gute Erinnerungen – die sollte man sich stets bewahren. Sie war Lehrerin, und oh, sie liebte Kinder. Sie und Collin sprachen dauernd davon, dass sie das Herrenhaus mit jeder Menge Kinder füllen wollten.«

»Nach allem, was Trey mir berichtet hat, wären beide sicher wundervolle Eltern gewesen.«

»Dessen bin ich mir sicher.« In Gedanken noch mit der Vergangenheit beschäftigt, drehte Corrine die Teetasse auf der Untertasse. »Sie war smart, witzig, sehr, sehr unabhängig und in mancherlei Hinsicht schon beinahe dogmatisch. Frauenrechte und körperliche sowie emotionale Unversehrtheit von Kindern standen für sie dabei an erster Stelle. Sie und Collin verliebten sich ganz allmählich ineinander, wie bei einem langsamen Tanz, denn ursprünglich waren beide mit ihrem Singledasein zufrieden. Bei Deuce und mir hingegen hat die Liebe wie ein Blitz eingeschlagen. Kaum hatten wir uns zum ersten Mal in die Augen gesehen, war es um uns geschehen.«

Lachend schüttelte sie den Kopf und nippte an ihrem Tee. »Aber nach einer gewissen Zeit war die Liebe zwischen Johanna und Collin dauerhaft und stark. Die Hochzeit fand Mitte Juni statt, im Garten. Alles blühte und war einfach wunderschön. Ich hatte gar nicht bemerkt, dass sie hinein und nach oben gegangen war. Keine Ahnung, warum sie das überhaupt getan hat. Wenn ich sie doch nur begleitet hätte ...«

»Nein.« Sonya legte ihre Hand auf Corrines. »Das konnten Sie nicht ahnen.«

»Wir haben nicht an Flüche geglaubt. Und die Geister? Sie waren einfach da und im Großen und Ganzen nur faszinierend. Niemand hat gesehen, wie sie fiel. Sie war einfach ... fort.«

»Es tut mir so leid.«

»Etwas in ihm ist damals zerbrochen, in Collin, meine ich. In mir auch, zumindest für eine Weile. Dann sah ich sie.«

»Hier? Im Herrenhaus?«

»Ja. Im Musikzimmer, in dem Sie ihr Porträt aufgehängt haben. Etwa eine Woche nach der Beerdigung war ich hergekommen, um Collin etwas zu essen zu bringen. Ich ging ins Musikzimmer – dort hatten wir immer so viel Spaß gehabt. Ich setzte mich hin und weinte um sie, um Collin, um mich selbst. Und plötzlich stand sie da, in dem Hochzeitskleid, das ich mit ihr ausgesucht hatte.

Sie sagte: ›Weine nicht mehr, Corry.‹ – Sie und Deuce sind die Einzigen, die mich je so genannt haben. ›Ich habe die Liebe erfahren und empfinde sie immer noch. Lass nicht zu, dass er aufhört zu leben. Sei für ihn da.‹ Ich rief ihren Namen und sprang auf, um zu ihr zu gehen, aber da war sie schon wieder verschwunden.«

»Haben Sie sie jemals wiedergesehen?«

»Nein, aber hin und wieder nehme ich einen Hauch ihres Parfüms wahr. Und manchmal ist es nur so ein Gefühl. Dann weiß ich, dass sie hier ist.«

Corrine lehnte sich zurück und hob die Hände. »Ich habe keine blühende Fantasie, ich weiß es einfach. Durch dieses Wissen konnten meine seelischen Wunden heilen. Und Sie haben ihr Porträt gefunden und dann in diesem Raum, ausgerechnet an diesem Ort aufgehängt. Ich muss daran glauben, dass es Schicksal war.«

»Ich empfinde es ganz ähnlich. In Bezug auf beide Porträts. Und jetzt haben Sie mir geholfen, sie zu sehen, wie sie wirklich war.«

»Wahrscheinlich hätten Sie einander gemocht.« Corrine deutete auf die Glaskugel, auf die Blumenvase. »Auf jeden Fall hätten ihr die kleinen Details, die persönliche Note gefallen, die Sie und Ihre Freundin dem Herrenhaus hinzufügen.«

»Ich liebe dieses Haus. Und Cleo tut es auch.«

»Das merkt man.«

»Möchten Sie noch eine Tasse Tee?«

»Nein, vielen Dank. Ich bin froh, dass Sie mich nach Johanna gefragt haben, denn Sie sollten mehr über sie wissen. Doch jetzt muss ich noch ein paar Besorgungen machen, ehe es wieder nach Hause geht. Außerdem«, fügte sie beim Aufstehen hinzu, »muss ich ein paar Anrufe tätigen, meine Überredungskünste spielen lassen und Pläne schmieden.«

»Falls – Cleo meint, ich soll lieber *wenn* sagen – also *wenn* ich den Auftrag bekomme«, sagte Sonya, die sich ebenfalls erhob, um Corrine zur Haustür zu begleiten, »ist das in weiten Teilen Ihren Fotos zu verdanken.«

»Und Ihrem Konzept und Ihrem Design, wobei ich die Bedeutung der Fotos nicht herunterspielen will.« Sie wartete, bis Sonya ihren Mantel geholt hatte. »Also werde ich dafür sorgen, dass sie verdammt gut werden. Ich melde mich bei Ihnen.«

Nachdem sie die Tür hinter Corrine geschlossen hatte, führte Sonya einen kleinen Freudentanz auf, der Yoda dazu verleitete, sich unaufhörlich im Kreis zu drehen.

»Ohne voreilig sein zu wollen, aber ich glaube, unsere Chancen sind gerade deutlich gestiegen.«

In der Bibliothek spielte Clover eine fröhliche Melodie, während Sonya sich Weste und Schal schnappte, um mit Yoda einen Spaziergang zu machen.

Heute bemerkte sie keinen Schatten am Fenster. Sie fragte sich, wer so häufig da oben stand und hinaussah.

»Johanna? Eine der anderen Bräute? Molly?«

Mittlerweile hatte sie Johanna deutlich vor Augen – über das äußere Erscheinungsbild des Porträts hinaus. Sie sah eine Frau, die an sich selbst glaubte, die auf ihre Mitmenschen achtgab. Sie sah eine Frau, die eine Freundin tröstete und sich wünschte, dass der Mann, den sie liebte, weiterlebte.

Sie sah nach oben und entdeckte die Rückseite von Cleos Staffelei am Vorderfenster. Und während sie die Fenster des Goldenen Zimmers inspizierte, hielt sie Yoda dicht bei sich.

Nichts zu sehen, dachte sie, aber zweifellos führte die Hexe irgendetwas im Schilde.

Als sie ein Motorengeräusch hörte, befahl sie Yoda, sich zu setzen. »Nicht zum Pick-up rennen. Ich glaube, Mookie ist wieder da. Sitz, sitz, sitz«, wiederholte sie beharrlich, als Treys Pick-up um die Ecke bog und Yoda wieder aufsprang. »Du wartest, warte ... und los!«

Während die Hunde einander begrüßten, schlug das Fenster des Goldenen Zimmers drei Mal. Nichts flog hinaus, aber Sonya behielt es trotzdem im Auge.

»Du hast gerade deine Mutter verpasst.«

»Ich bin ihr auf ihrem Weg nach unten noch begegnet. Sie ist also mit an Bord.«

»Stimmt.« Sie registrierte den Ausdruck seiner Augen, den harten Zug um seinen Mund. »Ist alles okay?«

»Ja, ja. Nur die Arbeit. Ich darf nicht darüber reden.«

Dennoch schien er beunruhigt zu sein, und in seinem Blick kämpften Wut und Trauer um die Vorherrschaft.

»Wenn du die Sache lieber abblasen willst ...«

»Nein. Nein, ein bisschen Ablenkung wird mir guttun.« Mit einem Rucken seines Kinns deutete er auf das Fenster. »Hat sie sich danebenbenommen?«

»Nur gerade eben. Nichts Besonderes.«

Sie wandten sich vom Fenster ab und umrundeten das Haus in Richtung Vorraum.

»Deine Mutter hatte ein paar ziemlich gute Ideen.«

»Ja, also, darüber wollte ich sowieso noch mit dir reden. Diese Baseball-Sache ... Ich habe mir gedacht, dass du vielleicht eher ein Kind dafür brauchst.«

Sie lächelte unschuldig. »Hast du Angst, dass du es nicht schaffst, einen Line Drive zu fangen?«

»Ich bin sehr wohl in der Lage, einen verdammten Line Drive zu fangen. Ich war Second Baseman, schon bei den Bambini und später auch auf der Highschool.«

»Second, also zweiter.« Mit weiterhin harmloser Miene öffnete sie die Tür zum Vorraum. »Bei deinen langen Armen und Beinen hätte ich eher auf First Baseman getippt.«

»Das war Manny. Und Owen war Shortstop. Aber ...«

»Oh, also hieß es Poole an Doyle an ...«

»Garcia. Wir haben durchaus ein paar Double Plays gemacht. Aber ein Kind ...«

»Ich will schon Kinder für Basketball einsetzen, und deine Mom hatte noch einen weiteren guten Vorschlag: Mom oder Dad halten ein Rad fest, auf dem ein Kind sitzt. Erste Fahrt ohne Stützräder oder so ähnlich. Apropos Owen, kommt er heute auch?«

»Er müsste jeden Moment hier sein.«

»Machen wir doch einen Deal.« Sie hatte die Hundepfoten trocken gewischt, nun umfing sie Treys Gesicht. »Lass deine Mutter die Aufnahmen machen. Wenn sie dir hinterher nicht gefallen, überlege ich mir etwas anderes.«

»Es geht mir zwar gegen den Strich, ist aber fair.«

»Gut. Also, wo willst du anfangen?«

»Warum arbeiten wir uns nicht von oben nach unten?«

Sie hängte Weste und Schal an die Haken im Vorraum.

»Wir sollten aber auf Owen warten …« Beide Hunde bellten los und rasten zum Hauseingang. »Der jeden Moment hier sein muss.«

Kaum hatte sie die Tür geöffnet, stolzierte Jones ins Haus. Huldvoll nahm er die Begrüßung entgegen, schnüffelte an Sonyas Schuhen und schien die Umgebung zu billigen.

»Danke, dass du das hier machst, Owen.«

»Hey, wer hätte denn keine Lust auf eine Schatzsuche?«

»Keine Jacke?«

»Habe eine im Wagen.« Er trug nur Jeans und ein offenes Flanellhemd über einem schwarzen T-Shirt. »Immerhin haben wir April.«

»Wir wollen uns von oben nach unten arbeiten«, teilte Trey ihm mit.

Als sie sich auf den Weg machten, rasten die Hunde voraus.

»Anscheinend haben wir eine ganze Mannschaft«, meinte Sonya.

»Wo ist Cleo?«

»In ihrem Atelier. Ich hole sie.«

Owen wandte den Kopf in die entsprechende Richtung. »Ich mach das schon. Zuerst der Dachboden?«

»Wir treffen uns dort«, antwortete Trey, als Owen abbog.

Owen durchquerte den Flur, der zu dem kleinen Türmchen führte. In der Türöffnung blieb er stehen.

Sie hatte ihm den Rücken zugewandt und stand vor ihrer Staffelei – in der einen Hand einen Pinsel, in der anderen eine hölzerne Farbpalette.

Durch sie hatte der Raum eine persönliche Note

bekommen, dachte er, eigentlich ziemlich genau, wie er es erwartet hatte. Keineswegs verspielt, aber definitiv mit einem femininen Touch.

Ihr üppiges Haar hatte sie größtenteils hochgesteckt, und sie trug ein verwaschenes, viel zu großes Hemd – vermutlich als Kittelersatz.

Der Computer auf ihrem Schreibtisch spielte Walgesänge.

Als sie einen Schritt zurücktrat und den Kopf schief legte, sah er das Gemälde.

Ihm war klar, dass es noch nicht fertig war, dennoch traf es ihn bis ins Mark.

Die Meerjungfrau saß an einer Felsküste, halb dem Meer, halb der Küste zugewandt. Ihr Fischschwanz – er war nicht grün oder blau oder golden oder rot, sondern alles zusammen und mehr – schien sich im Wasser hin und her zu bewegen.

Er konnte beinahe sehen, wie er durch das aufgewühlte blaue Wasser mit den weißen Schaumkronen seine Bahn zog.

Ihr Haar, dessen Farbe zwischen Braun und Rottönen changierte und von blassblonden Strähnchen durchzogen war, floss ihren nackten Rücken hinab.

Obwohl die Künstlerin sie noch nicht fertiggestellt hatte, strahlte das Porträt eine Art heiterer Gelassenheit aus. Ruhig blickte die Meerjungfrau in die Ferne, auf einen bislang nur umrissartig erkennbaren Blauwal, der in der Symphonie aus Licht, das die Abendsonne über ihm ausgoss, seine Fontäne in die Luft blies.

Als er »Hey«, sagte, wirbelte sie herum und streckte ihm den Pinsel wie einen Dolch entgegen.

»Du liebe Güte! Sie haben mich zu Tode erschreckt.«

»Auf mich machen Sie eher einen wehrhaften als einen verängstigten Eindruck. Die anderen fangen jetzt mit der Suche auf dem Dachboden an.« Aber während er das sagte, näherte er sich dem Gemälde. »Ich dachte, Sie machen Illustrationen und so. Kinderbücher, so etwas.«

»Das stimmt auch. Und vieles mehr. Im Moment arbeite ich an einem Buch über Meerjungfrauen – ein Coffee-Table-Book.«

»Stimmt, das hatten Sie erwähnt. Und zuerst malen Sie die Meerjungfrauen?«

»Ja, manchmal, aber nein, nicht so. Ich habe hier einfach nur Zeit zum Malen, und sie, nun ja, sie ist mir sozusagen zugeflogen.«

»Ein Blauwal?«

»Es soll einer werden. Ich räume nur noch kurz auf, und dann ...«

»Was hält sie da in der Hand? So wie Sie ihre Hände geformt haben, hält sie doch irgendetwas fest.«

»Ich weiß es noch nicht. Vielleicht eine Muschel. Oder ein Juwel. Aber eher eine Muschel.«

»Wie viel?«

»Wie viel was?«

»Wie viel wollen Sie für das Bild haben?«

»Darüber habe ich noch nicht nachgedacht.« Achselzuckend säuberte Cleo die Pinsel.

»Ich kaufe sie, also wie viel?«

Verblüfft sah Cleo ihn an. »Meinen Sie das ernst? Sie ist ja noch nicht mal fertig.«

Sein Blick drückte eine Mischung aus Ungeduld und Belustigung aus. »Haben Sie je ein Gemälde verkauft?«

Plötzlich kam er ihr sehr dominierend vor. »Ja, aber ...«

»Also, wie viel?«

Um ihn abzuwimmeln, nannte sie eine willkürliche Zahl. »Fünftausend.«

»Okay.«

»Okay? Nein, das habe ich mir gerade ausgedacht. Das wäre der Galeriepreis – und ein ziemlich überteuerter noch dazu.«

»Was ist der Unterschied? Was bedeutet Galeriepreis?«

»Wenn man in einer Galerie ausstellt und über sie verkauft, erhält diese ebenfalls einen Anteil. Etwa sechzig Prozent.«

»Also läge der Direktverkauf hier bei zwei Riesen? Einigen wir uns auf zweitausendfünfhundert.«

Cleo starrte ihn nur an. Stumm erwiderte Owen ihren Blick. »Ich will sie haben«, sagte er schließlich. »Ich weiß schon, wo ich sie hinhängen will. Nun schlagen Sie schon ein.«

Cleo sah wieder die Leinwand an. Die sofort einsetzende Trauer nach einem Verkauf kannte sie schon. Das hatte sie schon erlebt und wusste, es ging vorüber.

»Deal. Wie viel kostet es, mir eine Jolle zu bauen, einen Sunfish?«

Nun blitzte noch eine andere Art von Interesse in seinen Augen auf. »Sie segeln?«

»Ich hatte nie ein eigenes Segelboot, habe aber im Sommer in Boston ein paarmal einen süßen kleinen Sunfish gechartert. Eigentlich hatte ich vor, hier das Gleiche zu tun, aber ein eigenes Boot wäre natürlich noch besser.«

»Wenn Sie einen industriell gefertigten oder gebrauchten kaufen, kommen Sie wahrscheinlich preiswerter davon.«

»Dann wäre es aber kein Holzboot, gebaut von der Firma Poole, um in Poole's Bay zu segeln, oder?«

Nachdenklich betrachtete er wieder das Gemälde. Im Grunde sah er die Meerjungfrau bereits als sein Eigentum an. »Wir könnten uns auf einen Tauschhandel einigen. Allerdings könnte ich erst in ein paar Wochen mit dem Boot anfangen.«

»Sie haben mich noch gar nicht gefragt, wann das Gemälde fertig sein wird.«

»Werden Sie schneller fertig, wenn ich Sie deshalb nerve?«

»Ganz sicher nicht. Tatsächlich würde ich langsamer machen, nur um Sie zu ärgern. Mich beschleicht langsam das Gefühl, dass wir beide ähnlich ticken.« Sie streckte die Hand aus. »Wenn das Bild fertig ist, können Sie es mitnehmen. Und wenn das Boot fertig ist, hole ich es mir.«

»Deal.« Er schlug ein. »Ein guter Deal. Ich finde, wir sollten uns ab sofort duzen.«

Auf dem Dachboden waren Trey und Sonya gerade dabei, die restlichen Laken von den Möbeln zu entfernen.

»Ob die beiden sich verirrt haben?«

Sie sah zu Trey hinüber. »Cleo hat gemalt, weshalb sie sicher ein paar Minuten braucht, um sich loszueisen. Aber vielleicht sollte ich mal nachsehen. Seit Owen sie holen gegangen ist, ist tatsächlich schon einige Zeit vergangen.«

»Geben wir ihnen noch ein paar Minuten. Hier oben ist alles still. Die Hunde sind ebenfalls ruhig.«

»Du glaubst im Grunde auch nicht daran, dass wir den Spiegel hier oben finden werden.«

»Nachschauen müssen wir trotzdem.« Er schritt die seitliche Wand ab und klopfte in regelmäßigen Abständen dagegen. »Vielleicht gibt es irgendwo noch einen Geheimraum.«

»Oder eine verborgene Tür. Wie die Dienstbotentür. Ich habe die Wände im Musikzimmer auch schon abgesucht.« Bereit, es hier erneut zu versuchen, schlängelte sie sich zur gegenüberliegenden Wand hinüber.

»Du hast gesagt, du erinnerst dich, dass du davorgestanden hast. An sonst nichts?«

»Nicht daran, in welchem Zimmer ich war. Ich konnte hindurchsehen, durch das Glas. Da waren Bewegungen, zuerst nur wie Schatten, später wurden sie klarer. Aber ansonsten erinnere ich mich an rein gar nichts. Und das ist ganz besonders frustrierend, denn Details sind quasi mein täglich Brot. Mich an Einzelheiten zu erinnern, gehört zu meinem Beruf. Klingt das oberflächlich?«

»Nein.«

»Finde ich eigentlich auch nicht.« Sie griff nach einem weiteren Tuch. Die Hunde hoben allesamt die Köpfe, und schon vernahm sie erst Schritte und dann Cleos Stimme.

»Wir sind hier drüben«, rief Trey.

»Sorry.« Cleo strich sich das Haar zurück, als sie den Dachboden betrat. »Wir haben uns gerade noch auf einen Deal geeinigt. Offenbar ist Owen Kunstsammler.«

Stirnrunzelnd sah Trey ihn an. »Seit wann denn das?«

»Ein paar Kunstwerke besitze ich durchaus. Cleo will ein Boot.«

»Tatsächlich?« Überrascht raffte Sonya ein Laken beiseite.

»Ich will einen süßen kleinen Sunfish, um an sonnigen Sonntagnachmittagen in der Bucht von Poole's Bay herumzusegeln. Die Truhe, die ich im Auge habe, steht übrigens da drüben. Nicht zu verfehlen. Sieht aus wie Davy Jones' Kiste. Davy Jones!«

Lachend beugte sie sich vor, um Jones zu kraulen. »Jetzt hab ich's kapiert!«

»Ja, nun ja, Augenklappe – Pirat, manchmal ist das Offensichtliche eben das Beste.«

»Ich schlage vor, ihr beiden übernehmt den Teil da drüben.« Trey deutete darauf. »Wenn wir uns aufteilen, kommen wir schneller voran.«

Cleo warf Trey einen bekümmerten Blick zu. »Das sagen die Figuren in Horrorfilmen auch immer, kurz bevor sie zerfetzt werden.«

»Aber das hier ist kein Film.« Mit diesen Worten wandte sich Owen nach links.

»Oh, na gut.« Cleo folgte ihm.

Sie arbeiteten sich Zentimeter um Zentimeter, Meter um Meter vor. Cleo bekam ihre Truhe, und Sonya fand zwei Teakstühle, die sie auf den Witwengang schaffen wollte.

Auch Spiegel entdeckten sie jede Menge – Wandspiegel, Handspiegel, große, kippbare Standspiegel –, aber nirgends stießen sie auf *den* Spiegel.

Im ehemaligen Ballsaal legte Cleo die Dinge zusammen, die sie mit nach unten nehmen wollten.

»Das ist der beste Antiquitätenladen meines Lebens. Ich meine, sieh sich einer nur diese kleine Lampe an.«

Eine nackte Bronze-Göttin bildete den Fuß. Der harte Lampenschirm in Bonbonrosa war über und über mit Schmucksteinen besetzt.

»Sieht aus, als stamme sie geradewegs aus einem Puff«, meinte Owen.

»Ich *weiß*! Deshalb finde ich sie ja so schön. Sie wird auf einem Tisch in meinem Wohnzimmer stehen. Es sei denn, du willst sie haben, Sonya.«

»Sie gehört ganz dir. Antiquitätenladen, Bordell, Gruselkabinett. Ich schwöre, jedes Mal, wenn ich hier heraufkomme, entdecke ich etwas, das mir vorher nicht aufgefallen ist. Ich hätte schon bei der ersten Runde sämtliche Tücher abnehmen sollen. Und irgendwann sollte ich ein paar dieser Möbelstücke in die Schlafzimmer im zweiten Stock schaffen. Die sind nicht alle möbliert, weshalb es mir wie Verschwendung vorkommt, das alles hier oben zu lagern. Irgendwann«, fügte sie noch einmal hinzu. »Denn es ist wohl kaum zu erwarten, dass ich eines dieser Zimmer in absehbarer Zeit nutzen werde.«

»Du willst diesen ganzen Gebäudeflügel aufgeben, nur wegen einer einzigen, böswilligen, herumspukenden Hexe?«

»Owen, du hast noch nicht erlebt, wie es ist, wenn sie so richtig loslegt.«

Da sie den Kopf senkte, während sie ein weiteres Tuch von einem Möbelstück zog, entging ihr der Blick, den Trey und Owen tauschten.

»Die Hunde müssen mal raus. Übernehmt ihr beide das, Sonya und Cleo?«, schlug Trey vor. »Owen und ich schnappen uns derweil die Truhe.«

»Gegen ein Eisgekühltes hätte ich auch nichts einzuwenden.«

»Jetzt Cola, Alkohol danach.« Cleo klatschte in die Hände, um die Hunde um sich zu scharen. »Okay, die ganze Bande, Zeit für einen Boxenstopp.«

Trey wartete, bis das Gebell, die Schritte und die Frauenstimmen verebbt waren. »Und?«

»Gehen wir. Ich kann mich allerdings an die Räume in jenem Flügel nicht erinnern. Hatte nie einen Grund, um dort Zeit zu verbringen.«

»Ich weiß, wo er ist.«

Er ging voraus.

»Ich muss zugeben, dass dieser Teil des Hauses tatsächlich etwas Unheimliches hat. Das Licht ist komisch«, meinte Owen. »Es wirkt gedämpfter. Und die Luft ist kühler.«

»Beim letzten Mal war das noch nicht so, zumindest habe ich nichts davon bemerkt. Aber jetzt fällt es mir ebenfalls auf.«

»Du befürchtest, dass sie hierhergeht, wenn sie den Spiegel besucht.«

»Schon möglich. Allerdings hat sie nicht unrecht mit der Annahme, dass es eigentlich nicht Dobbs sein kann, die sie zum Spiegel lockt. Mittlerweile ist es hier erheblich kälter. Und jetzt stehen wir genau davor.«

Sie hatten die Tür zum Goldenen Zimmer erreicht. Es war so kalt, dass sie sogar ihre Atemwolken sehen konnten.

Owen griff nach dem Knauf und zog die Hand sofort wieder zurück.

»Ein Stromstoß, und zwar kein schwacher.«

Irgendetwas flog gegen die Tür.

»Das verdammte Holz hat sich nach außen gebogen. Hast du das gesehen?«

Trey nickte. Erneut prallte etwas mit Wucht von innen dagegen.

»Versucht sie, hinauszugelangen oder uns fernzuhalten?«

Trey zog sich den Ärmel seines Pullovers über die Hand. »Vielleicht beides. Klopf an die Tür.«

Owen pochte mit der Faust gegen das Holz, Trey packte den Türknauf und drehte ihn.

Die Tür flog auf. Der Wind, der sie gegen die dahinterliegende Wand schleuderte, fegte wie ein Sturm hindurch. Und doch bewegte sich nichts. Sogar die Vorhänge an den Fenstern hingen gerade und reglos herab.

Die Fenster hinter ihnen jedoch klappten auf und schlugen wieder zu. Im Kamin loderte ein Feuer empor, obwohl ihm kein Holz als Nahrung dienen konnte.

Auch diesmal fingen die Wände wieder an zu bluten.

»Ich muss schon sagen«, begann Owen. »Ziemlich coole Show.«

Doch in Trey kochte bei der Vorstellung, Sonya könnte diese Tür öffnen, die Wut empor.

»Alles fauler Zauber.«

Trey trat einen Schritt vor. Als sein Fuß die Schwelle überschritt, traf ihn etwas mit solcher Wucht, dass er von den Füßen gerissen und gegen die rückwärtige Wand geschleudert wurde.

Die Tür schlug zu.

»Hey, hey!« Owen hockte sich neben ihn. »Durchatmen, durchatmen. Du hast ganz schön was abbekommen.«

»Da bleibt einem glatt die Luft weg. Mist. Mist!«, wiederholte er, als er Schritte hörte, die die Treppe hinaufrannten.

»Kumpel, du bist gerade von einer toten Frau in die Luft geschleudert worden. Da wirst du doch wohl noch mit deiner Freundin klarkommen. Aber bleib trotzdem noch eine Sekunde lang liegen.«

»Oh mein Gott, was macht ihr denn da? Was habt ihr euch dabei gedacht?«

Und schon musste Trey ein Trio aus Hunden und zwei Frauen abwehren.

»Du bist verletzt. Da ist Blut. Cleo, wähl den Notruf.«

»Stopp.« Er spürte, wie ihm Blut aus der Nase rann, und wischte es ab. »Ich brauche keinen Krankenwagen. Komm schon, Mooks, zurück.«

»Es geht ihm gut.« Die beiden Männer packten einander an den Unterarmen, sodass Owen Trey auf die Füße ziehen konnte.

»Hast du dir den Kopf angeschlagen? Ist dir schwindelig?«

»Ja, es war ein ziemlicher Stoß, aber nein, kein Schwindel.«

»Ihr habt uns nach draußen geschickt, um ungestört hierherkommen zu können. Das geht zu weit, ihr beiden. Das geht wirklich zu weit.«

Sie ist verängstigt und sauer, dachte Trey und ergriff Sonyas Hände. »Du hast recht. Es tut mir leid.«

»Hör zu, Trey könnte wahrscheinlich eine kalte Kompresse brauchen. Wie wär's, wenn ihr beiden unten weiter auf uns sauer wärt?«

»Na gut, für heute sind wir mit unserer Suche jedenfalls fertig, und wütend kann ich überall sein.«

»Es tut mir wirklich leid.« Obwohl sie ihm anfangs die Hand zu entziehen versuchte, hielt Trey sie fest. »Ich hätte dir sagen sollen, dass ich noch mal nachsehen wollte. Aber ich hatte das Gefühl, dass es sinnvoller sein könnte, wenn du derweil nicht im Haus bist. Trotzdem ist das keine Entschuldigung dafür, es nicht offen und ehrlich gesagt zu haben.«

»Jetzt weiß ich genau, was Anna gemeint hat.«

»In Bezug auf was?«

Sie schüttelte den Kopf. »Ich hole dir eine kalte Kompresse und ein Bier. Danach kannst du mir das alles erklären.«

Weil er spürte, dass Cleo etwas zurückfiel, verlangsamte auch Owen seinen Schritt. »Bist du ebenfalls sauer?«

»Um Sonyas willen, ja. Mein Problem ist nur, dass ich kurz davor war, genau das zu tun, was ihr getan habt, deshalb halte ich mich weitestgehend zurück.«

»Ist wohl auch besser so. Versuch es nicht allein. Lass es einfach.«

»Ich habe einige Dinge, die mir weiterhelfen könnten, wenn ich es schaffe hineinzugelangen.«

»Ich habe gerade zugesehen, wie Trey von etwas getroffen wurde, das ich nicht sehen konnte, und zwar hart genug, dass er mehr als zwei Meter weit durch die Luft und gegen die Wand geschleudert wurde, als hätte der Hulk höchstpersönlich ihn geworfen. Versuch's nicht allein. So, und jetzt brauche ich dringend ein Bier.«

In der Küche holte Sonya schweigend eine Kühlkompresse und befeuchtete ein Handtuch.

»Halt das an deine Nase.«

»Es blutet doch schon gar nicht mehr.«

»Das sehe ich.« Trotz ihres Zorns fuhr sie mit dem Finger sacht über seinen Hinterkopf. »Da hast du eine kleine Beule, aber Blut sehe ich keins.«

Sie reichte ihm die Kompresse. »Halt die drauf.«

»Verstanden. Danke. Sonya, du wirst dieses Zimmer nicht mehr ewig verschlossen halten können.«

»Keine Ahnung. Vielleicht sollte man noch eine Stahltür über der jetzigen anbringen lassen.«

Sie holte zwei Bier und öffnete sie. Das eine gab sie ihm, und das andere bot sie Owen an, der gerade mit Cleo hereinkam.

»Du bist verletzt worden, und es hätte noch viel schlimmer ausgehen können.«

»Ist es aber nicht.«

Cleo tätschelte Sonyas Arm. »Ich hole uns einen Wein. Die Fenster in diesem Raum fingen mal wieder an, auf und zu zu schlagen. Und zwar so heftig, dass es mir ein Rätsel ist, warum das Glas nicht zerborsten ist. Die Hunde sind ausgerastet.«

Sie zog den Korken aus einer bereits geöffneten Flasche und goss zwei Gläser ein.

»Die Hunde sind ausgerastet«, wiederholte sie. »Und wir sind sofort zum Haus zurückgerannt. Sie bellten und knurrten und rasten nach oben. Dort hörten wir lautes Klopfen und Krachen. Du hast geschrien.«

Owen trank einen weiteren, tiefen Schluck Bier. »Habe ich das?«

Sie nickte. »Und jetzt ihr.«

»Eigentlich war es meine Schuld. Für mich stammten bislang sämtliche Infos, die ich über diesen Raum oder Dobbs hatte, aus zweiter Hand. Also dachte ich mir, ihr wisst schon, schauen wir doch mal selber nach.«

»Netter Versuch. Löblich.« Mittlerweile hatte Sonya sich wieder etwas beruhigt und nippte an ihrem Wein. »Aber Trey ist ein großer Junge und kann – offensichtlich – auch einstecken.«

»Ich sag's ja nur. Also, in diesem Flügel des Hauses ist das Licht komisch – alles wirkt irgendwie düster –, und die Luft ist kalt. Habt ihr das nicht bemerkt?«

»Nein.« Sonya sah Cleo an und erntete nur ein Kopfschütteln. »Aber Trey zusammengesunken auf dem Boden zu sehen, hat uns wahrscheinlich ein bisschen abgelenkt.«

»*Zusammengesunken* würde ich es nun nicht gleich nennen«, wandte er ein.

Er nahm den Faden wieder auf, wobei er darauf achtete, kein Detail auszulassen. Das wäre ihr gegenüber nicht fair gewesen, und er musste zugeben, dass er schon unfair genug gewesen war.

»Es war also alles ganz ähnlich wie beim ersten Mal.« Ihre Wut war verraucht, und nur noch eine Spur von Groll schwang in ihrer Stimme mit.

»Ziemlich ähnlich«, sagte Trey. »Und doch gab es einen Unterschied. Diesmal habe ich sie gesehen.«

»Du hast sie *gesehen.*« Sofort ließ sich Cleo auf den Stuhl neben ihm plumpsen. »Und das sagst du erst jetzt?«

»Nur eine Sekunde lang, aber ich sah eine Frau, schwarzes Kleid, schwarzes Haar, die erheblich wütender aussah als eine von euch.« Er sah Owen an. »Du nicht?«

»Ich war damit beschäftigt zu beobachten, wie du durch die Luft gesegelt bist. Dann schlug auch schon die Tür wieder zu.«

»Sonya hat ein paar Zeichnungen von ihr gemacht. Wie gesagt, ich habe nur einen flüchtigen Blick auf sie erhascht – während ich so durch die Luft segelte –, aber ich habe sie eindeutig erkannt. Und registriert, dass das meiste von dem, was wir dadrinnen gesehen haben, fauler Zauber war.«

»Das hast du auch gesagt, bevor du geflogen bist«, erinnerte Owen ihn.

»Die Vorhänge haben sich nicht bewegt – obwohl scheinbar ein Sturm durchs Zimmer fegte.«

Stirnrunzelnd setzte Owen sich hin. »Du hast recht. Und zwar hundertprozentig.«

»Trugbilder. Schwindel.«

»Die blutige Nase und deine Beule am Hinterkopf sind aber keine Trugbilder.«

»Nein.« Und weil er fand, dass sie jetzt beide eine Umarmung brauchen konnten, stand er auf und nahm Sonya in die Arme. »Aber sie konnte oder wollte die Türschwelle nicht überschreiten. Wie der Vogel, der sich nur wenige Meter vor dem Fenster in Luft auflöste.«

Er gab ihr einen Kuss auf die Stirn. »Wir finden schon eine Lösung.«

»Wie auch immer, könnten wir diese Lösung auch mit etwas zu essen im Magen finden?«, fragte Owen.

»Verdammt! Ich habe vergessen, etwas zum Abendessen vorzubereiten.«

»Du könntest das machen, was du beim letzten Mal gekocht hast. Die Pasta in Wodkasoße. Ich will wissen, wie du sie machst.«

»Gute Idee.«

»Oben sind wir so gut wie fertig. Den Keller könnten wir morgen in Angriff nehmen. Kannst du dir dann ebenfalls Zeit nehmen?«, fragte Trey Owen.

»Nach allem, was gerade passiert ist? Nichts könnte mich davon abhalten.«

»Aber keine weiteren Alleingänge, kapiert?«, mahnte Sonya.

Er nickte feierlich. »Nein, Ma'am.«

»Dann könnt ihr auch über Nacht bleiben, wenn ihr wollt. Gott weiß, dass wir genügend Schlafzimmer haben – auch ohne besagten Flügel.«

»Ich habe keine Wechselkleidung dabei, aber ... ich habe noch nie im Herrenhaus übernachtet. Und im Pickup muss ich noch Arbeitskleidung haben. Hast du eine Ersatzzahnbürste da?«

»Sogar jede Menge. Such dir ein Zimmer aus.«

»Mach ich. Wie haltet ihr es mit dem Frühstück?«

»Dafür ist jeder selbst verantwortlich«, erklärte Cleo. Entschieden.

»Sogar an einem Sonntag?«

»Sogar dann. Und ich habe nur noch einen einzigen Toaster Strudel, also denk nicht mal dran.«

»Die mit Apfelgeschmack und dem weißen Zeug obendrauf?«

»Denk nicht mal dran.«

Achselzuckend öffnete er den Kühlschrank, sah in ein paar Schränken nach. »Dann mache ich uns Frühstück.«

»Wo wir gerade so nett plaudern: Trey sagt, dass du ins Gym gehst, Gewichte stemmst und so weiter?«

Er zuckte nochmals mit den Schultern. »Klar. Du hast doch diesen Fitnessraum unten. Kann ich den nutzen?«

»Bedien dich. Und dabei fällt mir ein Projekt ein, an dem ich gerade arbeite, ein möglicher Auftrag, für *Ryder Sports*.«

»Okay.«

»Ich brauche Fotos, die Treys Mutter für mich schießen wird.«

»Darin ist sie gut.«

»Stimmt. Ich will eines von dir, vielleicht beim klassischen Bizepscurl.«

»Von mir? Warum?«

Um die Freundin zu unterstützen, streckte Cleo die Hand aus und testete seinen Bizeps. »Oooh.« Sie schlug die Wimpern nieder. »Darum, du Kraftprotz.«

Als er lachte, nahm Sonya ihre Chance wahr. »Es ist ein Riesenauftrag, und ich habe gute Chancen, ihn zu ergattern. Ich will ganz normale Leute abbilden – keine professionellen Models –, die *Ryder*-Equipment im Alltag nutzen. Du mit deinen Bizepscurls stehst für Kraftsport. Cleo repräsentiert Yoga. Trey Baseball.«

Er lachte noch einmal. »Dich hat sie auch überredet? Erst das Anwaltsfoto und jetzt das? Normalerweise hasst du es, fotografiert zu werden.«

»*Hassen* ist ein starkes Wort.«

»Dabei ...« Erneut mit den Wimpern klimpernd, ließ Cleo eine Hand über Treys Wange gleiten. »... ist er doch so gut aussehend.«

»Ja, sie *hat* dich überredet. Was mich betrifft, habe ich damit kein Problem. Komm schon, Jones, suchen wir uns unsere Koje für die Nacht aus. Und fang dieses Wodka-Dings ja nicht ohne mich an«, sagte er zu Cleo. »Ich will zusehen.«

»Ein interessanter Mann, dein Freund.«

Trey schenkte Cleo sein bedächtiges Lächeln. »Er ist sehr vielschichtig. Wie Shrek.«

Kapitel 27

Als Trey morgens Richtung Küche ging, nahm er den Duft von Bacon und Kaffee wahr.

Owen – in einem alten, offenen Jeanshemd, dessen Ärmel hochgekrempelt waren und unter dem ein gleichermaßen altes T-Shirt zu sehen war – rührte in einer Schüssel.

»Die Hunde sind dir zuvorgekommen. Sie halten draußen ein Meeting ab.«

Mit einem Kopfnicken stürzte sich Trey geradezu auf den Kaffee.

»Ich habe die Uhr gehört«, fügte Owen hinzu. »Um drei Uhr morgens.«

»Ja. Sonya hat es verschlafen. Die Musik danach auch.«

»Außerdem habe ich jemanden weinen hören. Es klang, als käme es aus dem Flur in der Nähe der Bibliothek. Ich bin erst rübergegangen und dann runter. Nichts und niemand zu sehen. Außer – du weißt, eigentlich habe ich Adleraugen, aber als ich das Musikzimmer betrat, sah ich keine Ringe – bei keinem der Porträts. Eheringe, meine ich. Und dann waren sie plötzlich wieder da.«

Treys Augen wurden schmal, als er sich gegen die Theke lehnte. »Das Gleiche ist auch Sonya passiert. Sie hat es gestern Abend erwähnt.«

»Ach ja? Vielleicht ist das ja so eine Poole-Spezialität.«

»Schon möglich. Und vielleicht bedeutet es, dass sie nicht die Einzige ist, die die Ringe finden könnte. Wo immer sie verdammt noch mal sein mögen.«

»Oder – wieder vielleicht –, dass sie nicht die Einzige ist, die durch diesen magischen Spiegel hindurchgehen kann. Wo immer der verdammt noch mal ist.«

»Hast du mit einem von Collins Cousins darüber gesprochen?«

»Sie sind nicht interessiert. Collin hatte einen guten Grund, ihnen das Herrenhaus nicht zu vermachen. Sie hätten es, ohne mit der Wimper zu zucken, sofort verkauft.«

»Aber du nicht.«

»Nein. Keine Ahnung, was ich damit hätte anfangen sollen, und immerhin gibt es noch einen weiteren Grund, warum er es Sonya hinterlassen hat. Es gehört dieser Familie seit mehr als zwei Jahrhunderten. So etwas zählt. Mit dem Geschäft verhält es sich ähnlich, und das haben sie dann bekommen. Auch wenn es ihnen – zumindest vornehmlich – um den Gewinn geht, den es abwirft.«

»Dir aber nicht«, wiederholte Trey.

»Hey, ich habe nichts dagegen, Geld zu verdienen. Wir tun das, was wir am besten können, und haben Erfolg damit. Clarice mag zwar keine Ahnung davon haben, wie man ein Dinghy baut, aber als Controllerin hat sie alles hundertprozentig im Blick. Connor könnte einem Mann, der in der Wüste umherwandert, Sand verkaufen. Mike könnte, wenn er wollte, auch im Bootsbau arbeiten, ist aber im Design am besten. Cathy und Cole sitzen beide in Europa, haben dort auch ihre Familien und regeln die Geschäfte in Übersee. Und dann ist da noch Hugh«, erwähnte Owen nun auch noch seinen jüngeren Bruder. »Er ist dankbar für den Anteil, den Collin ihm hinterlassen hat, und würde für mich alles tun, worum ich ihn bitte. Aber was er wirklich will, ist weiterhin in New York leben, teure Anzüge tragen und im Finanzwesen arbeiten. Darin ist er gut. Glaubst du, die Frauen kommen vor dem Lunch noch runter?«

»Sonya ist bereits auf den Beinen. Sie wollte erst noch etwas in ihrem Büro nachsehen. Keine Ahnung, ob Cleo schon wach ist.« Trey sah in die Schüssel. »French Toast?«

»Ist schließlich Sonntag.« Owen holte zwei Pfannen heraus. »Den Abwasch macht jemand anders. Wie viele Stücke willst du?«

»Ich rieche Bacon. Machst du etwa auch Eier?«

»Es ist Sonntag.«

»Dann zwei.«

Als Sonya hereinkam, gab Owen zwei weitere Eier in die Pfanne. Anschließend goss er geschlagene Eier in die zweite.

»Du hattest also ein richtiges Frühstück im Sinn.«

»Es ist Sonntag. Wie viele willst du?«

»Nur eines, danke.«

»Bedauerlich, aber deine Entscheidung.«

Nachdem er alles auf einer großen Platte angerichtet hatte, gesellte sich auch Cleo hinzu. Er warf ihr einen Blick zu.

»So siehst du nach dem Aufwachen aus?«

Sie lächelte nur. »Na, das ist ja mal ein Sonntagsfrühstück.«

»Ich habe noch eine zusätzliche Portion gemacht, für den Fall, dass du auftauchst.«

»Es ist Sonntag«, sagte sie, was Trey zum Lachen brachte.

Während des Essens wandte Sonya sich an Owen. »Also, Trey hat mir erzählt, dass du Hundehütten baust.«

»Nicht wirklich. Sagen wir, ein paar.«

»Du hast dieses Doppelhaus für Lucy gebaut.«

»Na gut, ein paar mehr Hundehütten waren es schon«, berichtigte sich Owen.

»Yoda braucht unbedingt sein eigenes Haus. Ich meine, wie zum Beispiel gerade jetzt, wo er Gäste hat. Vielleicht wollen sie ja gemeinsam abhängen, sich eine Sportübertragung reinziehen. Oder *Paw Patrol* gucken.«

Owen nahm sich noch mehr Eier und warf ihr einen Blick zu. Sie lächelte nur.

»Was würde es kosten?«

»Keine Ahnung. Ich habe noch nicht darüber nachgedacht. Aber zuerst einmal bräuchtest du einen Entwurf und die Maße.«

»Zufällig ...«, sie sprang auf, um den Skizzenblock zu holen, den sie mitgebracht hatte, »... habe ich alles da.«

»Steckst du dahinter?«, fragte er Trey.

»Unbeabsichtigt.«

Owen aß weiter, während er Sonyas Skizzen studierte. Oder besser ihre sorgfältigen, maßstabsgetreuen Entwürfe.

»Mansardendach, ein Türmchen, gebogene Fenster.«

»Es muss zum viktorianischen Stil des Herrenhauses passen. Dies soll Yodas Herrenhaus werden.«

»A-ha. Innenraum, Schalendecke mit Ventilator, Bodenheizung. Ein verdammtes Ausziehbett.«

»Für Übernachtungsgäste.«

»Ein elektrischer Kamin.«

»Damit – ich habe einen ganz kleinen gefunden – und mit der Bodenheizung sollte es im Winter schön warm werden. Was hältst du davon?«

»Erst mal will sie ein Boot.« Mit der Gabel deutete er auf Cleo. »Und den Deal haben wir als Erstes vereinbart. Aber ich kann darüber nachdenken. Und wenn ich wirklich eins baue, dann bist du mir echt was schuldig«, fügte er an Trey gewandt hinzu.

»Kein Problem. Apropos Hunde, ich lasse sie mal rein und füttere sie.«

»Ich kümmere mich um den Abwasch.« Cleo erhob sich. »Und so langsam sollten wir in die Gänge kommen.«

Innerhalb einer Stunde waren sie emsig bei der Arbeit, entfernten weitere Schutzbezüge und durchkämmten das Labyrinth der zahllosen Räume. Als sie einen großen Rolltop-Schreibtisch entdeckte, durchsuchte Sonya Schubladen und Fächer.

»Der müsste geölt werden.« Owen ließ die Hand darübergleiten. »Solides Mahagoni mit S-förmiger Tambour-Vorderseite und geschnitzten Original-Griffen.«

Sonya kannte ihn mittlerweile gut genug, um seinen Unterton zu verstehen.

»Er gehört dir.«

»Nein, keinesfalls. Der Wert dieses Stückes liegt bestimmt bei …«

»Einem maßgeschneiderten Hundehaus?«

»Mist. Verdammt. Okay, Deal.«

Zu seiner Überraschung warf sie ihm die Arme um den Hals und gab ihm einen Schmatzer.

Er warf Trey einen überheblichen Blick zu. »Pech gehabt, Kumpel. Du weißt doch, was passiert, wenn ich eine Frau küsse.«

»Sie hat *dich* geküsst«, stellte Trey klar.

»Das kann man noch korrigieren.« Doch dann wandte er sich wieder dem Schreibtisch zu. »Wird sicher eine interessante Aufgabe, das Ding hier herauszuschaffen.«

Während sie sich weiter durch den Keller arbeiteten, begann die Glocke zu läuten.

»Jetzt geht's wieder los«, murmelte Sonya.

Trey ging hinüber und legte die Hand auf die Glocke, um sie zum Schweigen zu bringen, doch sie hörte nicht auf zu vibrieren.

»Damit verärgert man sie nur noch mehr.« Trotzdem gesellte sich Cleo zu ihm und legte ihre Hand über seine. »Beharrlich. Und kalt, oder?«

»Ja, und sie wird immer kälter.«

Als er seine Hand zurückzog, schwang die Glocke wie verrückt hin und her.

»Wir könnten sie vom Brett nehmen.«

»Daran habe ich auch schon gedacht.« Sonya stellte sich neben sie und schüttelte den Kopf. »Aber im Grunde ist es eine Art Frühwarnsystem. Besser, wir ignorieren sie. Damit zeigen wir ihr gewissermaßen den Mittelfinger.«

»Gehen die anderen Glocken auch manchmal los?«, fragte Owen.

»Nicht, dass ich wüsste. Cleo, sieh dir doch mal diesen Schreibtisch an. Diese abgeschrägte Platte. Der ist auch aus Mahagoni, stimmt's? Den solltest du dir nehmen.«

»Ich habe doch schon einen Schreibtisch.«

»Für die Arbeit, für die Kunst. Du solltest dir noch ein Büro einrichten. Wir haben schließlich jede Menge Zimmer zur Verfügung. Je mehr wir davon nutzen, umso besser. Jedes einzelne ist ein zusätzlicher Stachel in ihrem Fleisch.«

»Eine interessante Formulierung.«

»Kein Wunder, dass ihr ein paar kräftige Männer braucht«, meinte Owen und deutete auf die Tür zum zweiten Kellergeschoss. »Was ist denn da unten?«

Sonyas Blick folgte seinem Finger. »Dorthin gehe ich nicht. Niemals.«

»Wir können doch das unterste Kellergeschoss nicht so einfach auslassen.«

Als er die Tür öffnete, quietschte sie genau so, wie Sonya es sich vorgestellt hatte. »Das Licht funktioniert jedenfalls«, verkündete er, nachdem er den Lichtschalter betätigt hatte, und stieg, ohne zu zögern, die steilen, schmalen Stiegen hinab.

»Wir schauen uns nur kurz um«, sagte Trey. »Ihr könnt ja hierbleiben.«

»Ich komme mit.« Cleo sah Sonya an. »Oder wollen wir etwa hierbleiben wie zwei hilflose Jungfrauen in Not?«

»Ach verdammt. Du gehst als Erste.«

Das grelle Licht ließ die düsteren Schatten und dunklen Ecken umso schärfer hervortreten. Der Steinboden war von einem trüben Grau. Auch hier unten wartete ein

Labyrinth aus Räumen auf sie, allesamt mit niedrigen Decken und kahlen Wänden.

Eigentlich hätte es hier Spinnweben geben müssen, dachte Sonya. Aber das zweite Kellergeschoss erwies sich als ebenso makellos sauber wie der Rest des Hauses.

»Molly ist unermüdlich.« Sonya hielt sich ganz dicht an Cleo.

»Wenn du nicht so viele Horrorfilme schauen würdest, dächtest du jetzt nicht an Freddie oder Jason oder an – wie heißt er doch gleich – Michael Myers.«

»Sprich die Namen nicht aus!«

Sie hörten die Männer über Durchlauferhitzer, Heizkessel und Stützbalken reden. Und folgten dem Klang ihrer Stimmen.

Am oberen Treppenabsatz fiel eine Tür ins Schloss.

Und die Lichter gingen aus.

»Oh Mist, oh Gott. Mein Gott. Cleo?« Panisch tastete sie nach Cleos Hand, packte sie.

»Ich bin da. Wo ...«

Da Cleos Stimme von links kam, sie aber mit der rechten Hand eine andere umklammerte, dachte Sonya nicht einmal daran, ihren Schrei zu unterdrücken.

Sie wirbelte herum, prallte mit jemandem – etwas – zusammen, schrie erneut.

»Ich bin's! Ich bin's!« Cleo hielt sie fest, und sie hörten, wie eilige Schritte sich entfernten. Ein schwaches Licht hüpfte auf und ab.

»Sonya!«

»Etwas ist hier drin.«

Trey hatte sie erreicht, legte einen Arm um sie und leuchtete mit der Taschenlampe seines Handys umher. Hinter der Tür bellten die Hunde wie verrückt.

»Bist du verletzt?«

»Nein, nein, aber ...«

»Hast du dein Handy?«

»Ja, sorry, ja. Die Tür. Die Lichter.«

Sie kramte ihr Handy hervor, während Owen an ihr vorbei zur Treppe lief. »Abgeschlossen, von außen.«

»Hinten habe ich Werkzeug gesehen.«

»Dann hol es her. Wir schrauben die Türangeln ab.«

»Alles wird gut«, sagte Trey zu Cleo. »Gib mir nur eine Minute.«

»Warte.« Cleo hielt die Hand hoch, als die Lampen wieder flackernd zum Leben erwachten. »Probier es noch mal an der Tür.«

»Habe ich doch gerade.«

»Noch mal, hab ich gesagt«, blaffte sie. »Sieh doch, was mit den Lampen ist. Entweder ist sie fertig, oder sie kann nicht mehr. Versuch's einfach.«

Als der Knauf sich drehte, sah er sich nach ihr um. »Du hast recht.«

Nun brannten die Lampen wieder so hell wie zuvor. Die Hunde sprangen an ihnen empor, wedelten mit den Schwänzen, zitterten. Ohne auch nur einen Gedanken an so etwas wie Stolz zu verschwenden, hastete Sonya zwei Stufen auf einmal nehmend nach oben.

»Tut mir leid. Bin in Panik geraten. Von mir aus kann sie das Goldene Zimmer und den Keller haben. Als die Lichter ausgingen, habe ich jemandes Hand gehalten, und das war nicht Cleos Hand, denn die stand auf meiner anderen Seite. Ich gehe hoch«, fügte sie hinzu. »Die Hand hat weder Cleo noch einem von euch Jungs gehört. Ich habe jemand anders bei der Hand gehalten.«

Ihre eigenen Hände zitterten immer noch, als sie die Küche erreichte und sich ein Glas Wasser einschenkte.

»Da bin ich in Panik geraten.«

»Wer wäre das nicht?«, sagte Owen.

»Wie hat sie sich angefühlt?«

»Eben wie eine Hand, Trey.«

»Ich meine, war es eher die Hand eines Mannes oder die einer Frau?«

»Oh. Ich …« Sie trank noch mehr Wasser und versuchte, sich zu erinnern. »Ehrlich gesagt war ich davon überzeugt, dass sie Cleo gehörte, aber vielleicht auch nur, weil ich Cleos Hand erwartete.«

Sie schloss die Augen und rief sich den Moment ins Gedächtnis. »Die Hand einer Frau oder eines Mädchens. Mein Gott, wahrscheinlich war es ihre. Die Hand von Hester Dobbs.«

»Kann ich mir nicht vorstellen.« Cleo strich Sonya übers Haar. »Du hast nichts von kalt gesagt. In Bezug auf die Hand, meine ich.«

»Keine Ahnung, ob sie kalt oder warm war.«

»Das hättest du gemerkt, ganz sicher. Die Glocke, Trey, die wurde doch eiskalt.«

»Allerdings.«

»Du hast gesagt, du hast nach meiner Hand getastet und diese andere ergriffen. Es wurde zwar kalt, als die Tür zuschlug und die Lichter ausgingen, aber es war eine andere Kälte als die, die von der Glocke ausging. Ich vermute, das war einer der anderen Geister. Seine Hand sollte dich beruhigen.«

»Hat nicht ganz funktioniert. Ich habe angefangen zu schreien.«

»Noch einmal«, sagte Owen, »wer hätte das nicht getan?«

Sie schenkte ihm ein schwaches Lächeln. »Danke.«

»Ist nur eine Tatsache. Versuchen wir's noch mal«, sagte er zu Trey.

»Oh! Müsst ihr das wirklich tun?«

»Gib uns nur eine Minute.« Trey beugte sich herab und gab Sonya einen Kuss auf den Scheitel.

»Ich gehe nicht wieder dorthin zurück, Cleo.«

»Warum solltest du auch? Lass die beiden noch mal

genauer nachsehen. Dann fühlen sie sich besser. Ich glaube sowieso nicht, dass sie diesen Trick so bald wiederholen kann«

Sonyas Handy spielte *»Take It Easy«* von den Eagles.

»Ich versuch's ja.«

»Womöglich war es Clover, oder sogar Molly.« Aufgeregt ging Cleo auf und ab. »Auf jeden Fall aber jemand, dem du wichtig bist, der dich beruhigen wollte. Eine Art Gegengewicht zu Hester Dobbs. Ich weiß, das Erlebnis hat dir Angst gemacht. Mir selbst hätte es ebenfalls eine Heidenangst eingejagt. Aber beabsichtigt war das vermutlich nicht.«

»Du hast recht. Stimmt. Als ich Dobbs streifte, trug ich eine Erfrierung davon. Diese Berührung war anders. Ganz anders. Aber ich gehe trotzdem nicht mehr dort hinunter.«

Nachdem die Männer zurückgekehrt waren, setzte Trey sich neben sie und nahm ihre Hände. »Dort unten ist nichts, was da nicht hingehört.«

»Gut. Ich setze das zweite Kellergeschoss trotzdem auf meine Nie-wieder-betreten-Liste.«

»Ich mache dir einen Vorschlag. Wir schauen, ob wir diese Schreibtische hier raufschaffen können, und dann machen wir Feierabend. Und gehen danach aus.«

»Warum beschränken wir uns nicht nur auf Letzteres?«

***

Allmählich kehrte wieder Normalität ein. Allerdings verzichtete Clover auf ihre musikalischen Einlagen, als hätte sie Verständnis dafür, dass Sonya Ruhe wollte. Sie arbeitete den gesamten Montagmorgen ohne Unterbrechung durch, bis Cleo an ihrer Tür erschien.

»Sorry, ich wollte dir nur sagen, dass ich kurz in den Supermarkt will. Es sei denn, ich soll lieber warten, bis du mich begleiten kannst.«

»Nein, das wäre albern, geh schon. Mir geht es hier prima.«

»Ich bleibe nicht allzu lange weg. Heute Abend spielt ja *Rock Hard*.«

»Wie könnte ich das vergessen? Ich habe mich bei Bree erkundigt: Sie empfiehlt ein sexy Club-Outfit.«

»Gibt es auch andere Arten von Club-Outfits? Bis später.«

»Ich begleite dich nach draußen. Höchste Zeit für Yodas Gassi-Runde.«

Alles blieb ruhig und normal, sowohl während des Spaziergangs als auch bei der Arbeit. Genauso wünschte sie sich das, dachte sie. Sie selbst in diesem großen, wunderschönen Haus, während draußen das Meer tobte und der Hund am Feuer ein Nickerchen machte.

Und ihre Arbeit.

Sie versuchte, sich keine Sorgen zu machen, weil sie schon sehr bald nichts mehr zu tun haben würde, falls sie den *Ryder*-Job nicht bekam.

Irgendetwas würde sich schon ergeben, sagte sie sich. Leiste gute Arbeit, und der Rest folgt wie von selbst.

Als Yoda bellte und die Treppe hinunterrannte, um Cleo zu begrüßen, wurde Sonya bewusst, dass sie weitere drei Stunden gearbeitet hatte. So viel zu Cleos *Ich bleibe nicht allzu lange weg*.

Sie machte Feierabend und fand Cleo in der Küche, wo sie gerade ihre Einkäufe verstaute.

»Ich liebe Poole's Bay! Ich dachte, du schreibst sicher, wenn du mich brauchst, also habe ich die Gelegenheit genutzt und mich ein bisschen im Dorf umgesehen. Die vielen kleinen Läden! Wie süß sie alle sind.«

Sonya warf einen Blick auf die Einkaufstüten. »Auf jeden Fall hast du dich gut amüsiert.«

»Allerdings. Und als Gigi, die Betreiberin von *Gigi's* – dem witzigen kleinen Laden, in dem Klamotten, Seife und Cremes aus lokaler Herstellung verkauft werden –, mitbekam, dass ich deine Freundin bin, meinte sie, sie habe schon darüber nachgedacht, dich anzurufen. Sie hat nämlich Annas Website gesehen.«

»Wirklich?«

»Ja, und natürlich habe ich ihr dann gleich versichert, dass du ohnehin die Größte und Beste bist und dass du aus all den vielen hübschen Dingen, die sie verkauft, sicher etwas Fantastisches machen würdest. An deiner Stelle würde ich noch in dieser Woche mit einem Anruf von Gigi rechnen.«

»Das würde mich freuen.«

»Gigis Tochter ist mal mit deinem Großcousin gegangen.«

»Mit Owen?«

»Nein, mit einem der anderen. Cole.«

»Der lebt, glaube ich, in London.«

»Und Gigis Tochter wohnt mit ihrem Ehemann und zwei Töchtern in Bangor. Und mit einem Bernhardiner namens Milly.«

»Du kriegst auch immer gleich den neuesten Klatsch mit.«

»Stimmt. Jedenfalls habe ich mich prächtig amüsiert. Falls diesen Sommer nicht irgendetwas Unwiderstehliches dazwischenkommt, nehme ich mir in dieser Zeit vielleicht ein paar Wochen frei. Male und segle, segle und male und lasse mich einfach treiben.«

Sie räumte die Stofftaschen fort. »Wie wäre es mit einem Salat und gegrilltem Hühnchen, ehe wir uns in unser sexy Club-Outfit schmeißen?«

»Klingt perfekt.«

Als sie zum Umziehen nach oben ging, war Sonya keineswegs überrascht, schon wieder das rote Kleid auf dem Bett ausgebreitet zu sehen.

»Weißt du, was? Heute Abend kann ich das tragen. Es sei denn ...«

Sie kehrte in den Flur zurück und rief: »Cleo, ziehst du heute etwas Rotes an?«

»Nein. Das schwarze Kleid mit den silbernen Streifen.«

»Oh, das ist hervorragend. Okay.«

Nun kam auch Cleo aus ihrem Zimmer. »Und du trägst dieses hammermäßige rote Kleid.«

»Molly hat es mir jetzt bestimmt schon zum dritten oder vierten Mal herausgelegt.«

»Für mich hat sie das schwarze ausgewählt. Also machen wir sie glücklich.«

In den meisten Teilen der Welt mochte das nicht normal sein, dachte Sonya, aber im Herrenhaus herrschten nun mal andere Gesetzmäßigkeiten.

Zum ersten Mal seit ihrem Einzug holte sie ihren Lockenstab heraus. Heute wollte sie aufs Ganze gehen.

Sie brauchte eine geschlagene Stunde, um sich fertig zu machen, aber als sie dann vor dem Spiegel stand, dachte sie: Ja. Das war jede Minute wert.

Auf Pumps, die sie schon seit Monaten nicht mehr getragen hatte, durchquerte sie den Flur und betrat Cleos Zimmer.

Ihre Freundin trug ihre wilde Mähne offen und hatte das schwarze Kleid mit den silbernen Heels kombiniert, die die dünnen, erhabenen Glitzerstreifen des Kleides aufgriffen.

Cleo wandte sich um, und ihre in lebhaftem Rot geschminkten Lippen verzogen sich zu einem Lächeln.

»Wir sind so heiß, dass man sich die Finger dran verbrennen kann. Gehen wir runter.«

»Trey bringt erst Mookie zum Hundesitter, dann holt er uns, bringt Yoda zu Mookie und holt schließlich Owen. Ganz schön viel.«

»Was ist mit Jones?«

»Jones hat WLAN in seiner Hundehütte.«

»Stimmt. Ich vergaß.«

Yoda verkündete Treys Ankunft, noch bevor dieser klingeln konnte.

Als sie ihm öffnete, bedachte er sie mit einem langsamen, sehr befriedigenden Blinzeln. »Wow. Ich bin sprachlos. Wow.«

»Wow reicht.« Cleo trat ins Freie.

»Riesenwow.«

Sonya schloss die Tür hinter sich.

Im Dorf freute sich Yoda über seine Wiedervereinigung mit Mookie, und wenige Minuten später fuhr Trey vor einem im Cape-Cod-Stil errichteten Haus in der Nähe der Bucht vor, neben dem eine riesige Garage zu sehen war.

Nachdem er einmal gehupt hatte, kam Owen auch schon heraus.

»Hübsches Haus«, lobte Cleo.

»Muss noch einiges dran gemacht werden, aber so langsam wird's.«

»Allein in der Garage könnte eine vierköpfige Familie wohnen.«

»Das ist keine Garage, sondern eine Werkstatt. Gut seht ihr aus«, sagte er. »Alle beide. Manny hat sich bei mir gemeldet: Bree hat ihn vorgewarnt, dass wir kommen, weshalb er uns einen Tisch reserviert hat. Um der alten Zeiten willen.«

Keiner von ihnen kam auf Geister oder klingelnde Glocken zu sprechen, weshalb die Fahrt nach Ogunquit im normalen Plauderton verging. Vielleicht war es ja nur die Ruhe vor dem Sturm, dachte Sonya, aber in diesem Punkt hielt sie es genau wie Cleo mit dem *Wow*. Für den Moment genügte es.

Als sie den Club betraten, wurde ihr klar, wie sehr sie solche Abende vermisst hatte.

Die Bewegung, die Hitze der tanzenden Körper, die überfüllte Bar, die pulsierende Musik.

Als sie zum Bühnenpodest hinübersah und den Drummer musterte, kam sie zu dem Schluss, dass sie niemals auf die Idee gekommen wäre, Bree ausgerechnet Manny zuzuordnen, diesem Typ mit Buddy-Holly-Brille, einem albernen Lächeln und strubbeligem braunem Haar.

Doch da stand die Köchin mit im Takt wippenden Hüften an einem der Tische in der Nähe, und besagtes albernes Lächeln des Musikers galt definitiv ihr.

»Bree hält uns den Tisch frei«, rief Owen. »Die erste Runde geht auf mich. Willst du dein erstes und einziges einsames Bier?«

»Ja. Ich bin heute der Fahrer, weil ich beim Münze-Werfen verloren habe.«

»Wie ist denn hier der Wein?«, fragte Sonya.

»Keine Ahnung.«

»Ich gehe mit ihm und bringe dir etwas mit.«

Cleo begleitete Owen zur Bar, während Trey Sonya zum Tisch führte.

»Juhu! Ihr seid da. Heute Abend geht hier ganz schön die Post ab.«

Bree trug heute eine hautenge Lederhose zu einem ärmellosen Top, das etwas von ihrer Taille und einen gepiercten Bauchnabel entblößte. Das Tattoo einer Libelle erstreckte sich vom Ellbogen bis zur Schulter.

»Heiß siehst du aus, Sonya.«

»Du aber auch.«

»Seid ihr nur zu zweit?«

»Owen ist gerade zur Bar gegangen«, berichtete Trey ihr. »Cleo begleitet ihn. Keiner traut Owen zu, einen vernünftigen Wein zu bestellen.«

»Wo du recht hast, hast du recht. Aber jetzt muss ich einfach tanzen.«

Bree stürmte auf die Tanzfläche und gesellte sich zu vier anderen Tänzern hinzu, die nichts dagegen zu haben schienen.

»Willst du auch tanzen?«

»Lass mich erst ein wenig die Umgebung sondieren, dann gerne.« Sonya setzte sich und sah Trey an. »Entweder sind sie wirklich gut, oder ich habe schon viel zu lang keine Livemusik mehr gehört.«

»Wahrscheinlich eine Mischung aus beidem.« Er fuhr ihr mit der Hand übers Haar. »Neuer Look.«

»Viel Arbeit, glaub mir.«

Er beugte sich vor, um sie zu küssen. »Danke für die Mühe.«

In diesem Moment stellte Cleo Sonya ein Weinglas hin. »Sie haben sogar eine ganz gute Weinkarte hier.«

»Und hier ein einsames Bier.«

Nachdem Owen das Bier vor Trey abgestellt hatte, ergriff Cleo seine Hand. »Komm tanzen.«

Lachend nippte Sonya noch kurz an ihrem Wein, dann schnappte sie sich ihrerseits Treys Hand. »Komm tanzen«, forderte auch sie.

Sie tanzte mit Trey, mit Owen, mit Cleo, mit Bree, mit ein paar völlig Fremden. Und vergaß alles um sich herum, außer der Bewegung und der Musik.

In der Pause lernte sie auch Manny kennen, der gleichzeitig verschroben und niedlich war. Als er sich mit Bree auf einen der Stühle quetschte, sahen der Nerd und die tätowierte Köchin aus wie das perfekte Paar.

Nachdem *Rock Hard* mit dem nächsten Set begonnen hatte, wandte Sonya sich an Bree. »Okay, Manny ist wirklich süß.«

»Absolut. Und eine Granate im Bett.«

»Oh Gott, Bree.«

Bree tat Treys Einwurf mit einer Handbewegung ab. »Ach, halt den Mund. Du selbst warst ja auch nicht gerade eine Niete. Er ist keine Niete im Bett«, sagte sie zu Sonya, während Cleo sich kaputtlachte.

»Stimmt, er ist keine Niete im Bett«, pflichtete Sonya ihr bei.

Um der Unterhaltung ein Ende zu machen, nahm Trey Sonyas Hand. »Komm tanzen.«

Nach Mitternacht fuhr Trey wieder vor dem Herrenhaus vor. Während der Fahrt hatten Mookie und Yoda sich mit Cleo zusammen auf dem Rücksitz des Pick-ups zusammengerollt.

»Was für eine Nacht. Ich könnte glatt ein *Rock Hard*-Groupie werden. Kommst du mit rein, Trey?«

Er sah sich nach Cleo um und dann Sonya an. »Ich habe um acht Uhr einen Termin. Aber ...«

»Fahr ruhig nach Hause.« Ehe Sonya sich vorbeugen konnte, um ihn zu küssen, presste Cleo ihre Finger erst an ihre eigenen Lippen, dann an seine Wange. »Yoda und ich verabschieden uns schon mal. Vielen Dank. Habe jeden Augenblick genossen.«

»Gute Nacht, Cleo.«

»Ich habe auch jeden Moment genossen.« Nun endlich konnte Sonya ihn küssen. »Ich mag deine Freunde.«

»Ich deine auch.«

»Das ist noch eine hübsche Dreingabe, oder? So, und jetzt nach Hause mit dir. Damit du wenigstens noch ein bisschen Schlaf bekommst.«

»Bist du sicher, dass du diese Nacht klarkommst?«

»Uns geht es prima. Im Moment herrscht eine hübsche kleine Ruhepause.« Sie küsste ihn erneut, diesmal ausgiebiger. »Steig nicht aus.«

»Schlaf wird manchmal total überbewertet.«

Lachend stieß sie ihn von sich. »Trotzdem holst du dir jetzt welchen«, sagte sie und öffnete die Tür. »Schlaf auch gut, Mookie.«

Trey wartete, bis sie an der Tür und ins Haus gegangen war.

Cleo kam über den Flur zurück zu ihr. »In der Küche und der Butler's Pantry stehen sämtliche Schranktüren offen. Und diesmal auch die vom Buffet im Esszimmer. Da war wohl jemand nicht allzu glücklich darüber, dass wir ihm den Hund so lange vorenthalten haben. Und diesen Jemand«, fügte Cleo hinzu, »hat Yoda begrüßt, indem er sich erst mal begeistert im Kreis gedreht und dann auf den Hinterbeinen getänzelt hat. Damit dürfte wieder alles vergeben und vergessen sein.«

»Gut. Denn ich habe getanzt bis zum Umfallen und muss dringend ins Bett.«

»Ich bin bei dir. Allerdings in meinem eigenen Bett. Das hat so viel Spaß gemacht«, sagte Cleo noch einmal, als sie Arm in Arm die Treppe hinaufstiegen.

»Ich hatte fast vergessen, wie es ist, einfach mal loszulassen und zu tanzen, bis man nicht mehr kann.« Vor Cleos Zimmer blieben sie stehen.

»Du bist die beste Freundin, die man sich wünschen kann«, sagte Sonya.

»Wer könnte das besser beurteilen als du?«

»Ich meine es ernst. In Wirklichkeit hast du Brandon überhaupt nicht gemocht.« Sie zog sich ein wenig zurück und sah Cleo in die Augen. »Das merke ich erst jetzt, denn Trey magst du umso mehr.«

»Ich mag ihn wirklich.«

»Ich auch. Gute Nacht, Cleo.«

In ihrem Zimmer raffte sie sich gerade noch auf, sich abzuschminken und ein wenig Feuchtigkeitscreme ins Gesicht zu klatschen. Dann verstaute sie das rote Kleid in der Garderobentasche und streifte Pyjamahose und T-Shirt über.

Yoda lag bereits in seinem Körbchen und schnarchte leise vor sich hin.

Sie schlüpfte ins Bett.

»Bitte, ihr alle, nur noch eine Nacht Ruhe. Nur volle vierundzwanzig Stunden. Ich muss dringend schlafen. Falls ihr noch mehr auf Lager habt, spart es euch für morgen auf.«

Sie schloss die Augen, war sofort eingeschlummert und wachte in der Nacht nicht mehr auf.

Was immer ihr Zimmer durchstreifte, was immer auf den Fluren umherwanderte, tat es leise. Nach so vielen Jahren konnte man auch noch eine weitere Nacht warten.

Kapitel 28

Sie wusste, dass die Ruhe nicht ewig währen konnte, aber immerhin dauerte sie auch am nächsten Tag und sogar noch bis zum übernächsten an. Während ein frühlingshafter Schneeschauer draußen winzige Flocken umherwirbelte, die schmolzen, sobald sie die Erde berührten, widmete sie sich ihrer Arbeit.

Am Vormittag erhielt sie einen weiteren Auftrag, nämlich ein Buchcover zu entwerfen. Das schrie förmlich danach, es mit einer Cola und einer Schüssel Brezeln zu feiern.

Während sie finale Testdurchläufe für die Doyle-Website machte, dachte sie unwillkürlich über ihre Jahre bei *By Design* nach. An diesem Punkt eines Projekts hätte sie dort auf die Erfahrung ihrer Mitarbeiter und deren Einschätzung zurückgreifen können, doch hier war sie ganz auf sich allein gestellt.

In der Agentur gab es Kollegen oder Vorgesetzte, mit denen man Ideen entwickeln oder über Problemlösungsstrategien diskutieren konnte.

Doch auch in dieser Hinsicht gab es hier nur sie selbst.

Wahrscheinlich würde ein Teil von ihr die Kameradschaft unter Kollegen immer vermissen, aber was hatte sie im Gegenzug alles gewonnen? Sie konnte sich selber vertrauen, ihrem Blickwinkel, ihren Instinkten.

Das glich alles aus.

»Es ist an der Zeit, den Olivers meine Entwürfe zu schicken, Yoda. Danach machen wir erst mal einen Spaziergang, ehe ich mich eine Zeit lang dem Blumenladen widme.«

Sie schrieb die E-Mail, fügte die Dateien an und schickte sie weg.

Dann lehnte sie sich zurück.

»Erstaunlich, was man ohne Ablenkung so alles geschafft bekommt. Angefangen von Kollegen bis hin zu Geistern.«

Sie stand auf, um die Musik auszuschalten – die Auswahl der Melodien überließ sie mittlerweile ganz und gar Clover.

Yoda schlief weder am Feuer, noch hatte er sich unter ihrem Schreibtisch zusammengerollt.

Ohne die Musik hörte sie unten den Ball hüpfen und Yoda über die Holzböden rennen.

Leise schlüpfte sie aus dem Zimmer und begann, die Treppe hinabzuschleichen.

Yoda rannte dem Ball hinterher und schnappte ihn sich an der Vordertür. Dann drehte er sich zweimal im Kreis, ehe er wieder zurücktrottete.

Schwach, aber deutlich konnte sie es hören. Das Lachen eines kleinen Jungen.

Mittlerweile hatte sie den Fuß der Treppe fast erreicht, und der Ball hüpfte in ihre Richtung.

Da knarrte eine Stiege unter ihren Füßen.

Im Stillen vor sich hin fluchend, hastete sie den Rest der Stufen hinunter und erhaschte gerade noch einen Blick auf eine kleine Gestalt. Ein Junge! Ja, ein Junge, der leichtfüßig durch einen anderen Flur davonsprintete.

Mit dem Ball zwischen den Zähnen und vor Spielbegeisterung leuchtenden Augen jagte ihm Yoda hinterher. Sonya tat es ihm gleich.

»Warte! Bitte. Ich tue dir nicht weh. Wie zur Hölle sollte ich das überhaupt anstellen?«

Sie folgte dem Tapsen der Hundepfoten, rannte an den Salons vorbei, zum Wintergarten und danach Richtung Morgenzimmer. Als er sich dem offiziellen Speisezimmer näherte, hörte sie Schranktüren knallen und wurde langsamer.

»Okay, na gut.«

Ziemlich außer Atem betrat sie die Küche, wo Yoda mit schief gelegtem Kopf auf dem Boden saß, den Ball zu seinen Füßen.

»Kein Grund, sauer zu sein.« Energisch, doch mit ruhiger Stimme ging sie im Raum umher, um die Schränke wieder zu schließen. »Ich freue mich doch, dass du mit ihm spielst. Er ist wirklich ein netter Hund, nicht wahr?«

Ich rede gerade mit einem Geist, dachte sie, aber da sie mittlerweile regelmäßig mit Clover sprach, kam ihr das gar nicht mehr so seltsam vor.

»Manchmal bin ich so in die Arbeit vertieft, dass ich ganz vergesse, ebenfalls mit ihm zu spielen. Ich weiß, dass er mit dir seinen Spaß hat. Ehrlich gesagt wollte ich mich bei dir bedanken.«

»Mit wem sprichst du?«, fragte Cleo.

Sonya fuhr so heftig zusammen, dass sie beinahe das Gleichgewicht verloren hätte und auf dem Hintern gelandet wäre.

»Liebe Güte! Schleich dich doch nicht einfach so herein! Ich habe ihn gesehen.«

»Wen gesehen?«

»Den Jungen. Ich wusste ja, dass es ein Junge ist, der mit Yoda spielt und die Schränke öffnet. Aber jetzt habe ich ihn gesehen, Cleo.«

»Hier?« Cleo schaute sich um. »Siehst du ihn immer noch?«

»Nein, und nicht hier. Drüben im Foyer. Ich habe gehört, wie jemand den Ball warf und wie Yoda ihm hinterherjagte, also habe ich versucht, mich nach unten zu schleichen. Aber er hat mich gehört und ist abgehauen. Trotzdem konnte ich einen kurzen Blick auf ihn werfen.«

Sie schnappte sich ein Papierhandtuch und einen Bleistift und begann zu zeichnen.

»Ich würde sagen, acht, neun, vielleicht zehn Jahre.

Kurzes braunes Haar. Ungefähr meine Farbe. Sein Gesicht konnte ich nicht genau erkennen, nur einen kurzen Blick auf sein Profil erhaschen. Er trug diese – wie nennt man die Dinger? – Knickerbocker? Braune Hosen, die kurz unterm Knie aufhörten. Dazu ein weißes Hemd.«

Sie legte den Bleistift wieder hin. »Mehr habe ich nicht.«

»Aber du hast ihn tatsächlich gesehen, Son! Und du warst hellwach dabei. Das ist schon mal ein Fortschritt.«

»Meinst du? Er ist davongerannt, und ich habe ihn tatsächlich verfolgt. Keine Ahnung, was ich getan hätte, wenn es mir gelungen wäre, ihn einzuholen.«

»Du hättest dich mit ihm unterhalten, wie du es versucht hast, als ich reinkam.«

»Er ist so süß mit Yoda. Ich wollte nur ... Ach, na ja. Warum bist du überhaupt hergekommen?«

»Ich brauche ein paar Mittagskalorien.« Cleo wandte sich dem Kühlschrank zu und holte ein Joghurt heraus.

»Wie man Joghurt mit Kalorien in Verbindung bringen kann, ist mir schleierhaft. Ich frage mich, wer er war«, murmelte Sonya vor sich hin. »Und was ihm zugestoßen ist. Schon als Kind.«

»Keine Ahnung, wann Kinder Knickerbocker getragen haben. Könnte vielleicht helfen, eine ungefähre Vorstellung davon zu bekommen, wann er hier gelebt hat. Er muss hier gewohnt haben.«

»Das bestimmt. Ich gehe jetzt mit Yoda spazieren. Du kannst uns gern begleiten.«

»Redest du gerade mit mir oder dem Geisterjungen?«

»Mit einem von euch oder vielleicht auch mit beiden.«

»Ich bin nur wegen der Kalorien hier, dann geht's wieder ans Zeichenbrett. Bis zum Abendessen.«

Sonya hatte keine Ahnung, ob der Junge sich zu ihnen gesellte. Bemerkbar machte er sich jedenfalls nicht. Der Spaziergang überzeugte sie trotz des Schneeschauers endgültig davon, dass der April es ernst meinte. Die mutigen Blumenzwiebeln schoben ihre Triebe weiter nach oben, die Sonne schien ein klein wenig wärmer.

Und die Tage, dachte sie, wurden merklich länger.

Außerdem hatte sie mehr als die Hälfte ihrer dreimonatigen Probezeit hinter sich.

»Ich gehe nicht weg.« Bei diesen Worten blickte sie zu den Fenstern im zweiten Stock empor. »Ich bleibe hier.«

Wieder im Haus, entdeckte sie die Schachtel mit Yodas Hundeleckerbissen auf der Kücheninsel.

»Übernimm du das. Ich mache mich jetzt wieder an die Arbeit, und du gibst ihm ein Leckerli.«

Da Yoda ihr nicht folgte, kam sie zu dem Schluss, dass der Junge sich zumindest bei ihm bemerkbar gemacht hatte. Und kaum saß sie wieder am Schreibtisch, hörte sie den Ball hüpfen.

»Wie heißt er, Clover? Kennst du seinen Namen?«

Ihr Tablet rockte *»Jumpin' Jack Flash«*.

»Jack. Na ja, wenn du Gelegenheit dazu hast, könntest du Jack vielleicht mitteilen, dass ich Yoda gern mit ihm teile. Und dass Cleo und ich froh über eure Gesellschaft sind.«

Nicht, dass sie eine Wahl gehabt hätte, dachte sie, trotzdem war es sicher das Beste, sich so friedlich und freundschaftlich wie möglich mit den übrigen Bewohnern des Hauses zu arrangieren.

Sie arbeitete bis fünf. Irgendwann war Yoda die Treppe heraufgekommen und schlummerte jetzt, offensichtlich ausgepowert vom Spiel, am Feuer.

Als sie aufstand und zu ihm hinübersah, entdeckte sie das Familienbuch der Pooles – es lag aufgeschlagen auf dem Tisch.

Blinzelnd und schwanzwedelnd beobachtete Yoda, wie sie hinüberging.

Auf der aufgeschlagenen Buchseite waren die Kinder von Owen Poole – von Agathas Owen – aufgelistet, die dieser mit seiner zweiten Frau Moira gehabt hatte.

Die Zwillinge Michael und Connor.

Ein Jahr später Charles.

Lisbeth, geboren im folgenden Jahr. Mit achtzehn Jahren an ihrem Hochzeitstag gestorben.

Alice, die drei Jahre nach Lisbeth zur Welt kam, heiratete und nach Virginia zog, wo sie mit neunundsechzig Jahren starb.

Und John (Jack), anderthalb Jahre nach Alice geboren und mit neun gestorben. An Scharlach.

Armer Kleiner, dachte sie.

In diesem Moment sprang Yoda auf und stürmte hinaus; prompt klingelte es an der Tür.

Während sie hinunterging, musste sie an den Jungen denken, daran, wie er gelitten und vielleicht im Fieberwahn gelegen hatte. An seine verzweifelten Eltern, seine verängstigten Geschwister. Seit mehr als hundert Jahren führte er nun dieses ... konnte man es als Halbleben bezeichnen?

Und jetzt spielte er mit ihrem Hund.

Als sie die Tür öffnete, entdeckte sie davor einen weiteren Vierbeiner – und Trey.

»Dein Freund Mookie ist da, Yoda. Und du hast doch einen Schlüssel, Trey«, sagte sie ihrem Freund.

»Für Notfälle, nicht, um einfach so hereinzuschneien.«

Ganz anders, dachte sie. Er war so vollkommen anders als Brandon. Sie schlang die Arme um ihn und hielt ihn fest.

»Ist alles in Ordnung?«

»Ja, ich bin nur ein wenig deprimiert, glaube ich. Ich habe vorhin von Jack Poole gelesen – das ist der Junge, der mit Yoda spielt und die Schranktüren öffnet. Heute Nachmittag habe ich ihn gesehen.«

»Du hast ihn *gesehen?*« Trey drehte sie so, dass sie ihm in die Augen blicken musste.

»Na ja, nur ganz flüchtig. Komm, du kannst genauso gut ein Bier trinken, während ich es dir erzähle.«

Cleo war bereits in der Küche und begrüßte Trey mit einem Lächeln. »Sehr gut. Ein zweites Opfer. Es gibt Schweinefleisch, und dazu versuche ich mich an Kartoffelgratin. Ist die Zeit schon reif für ein Glas Wein, Son?«

»Schon möglich. Sag mal, hast *du* die Familienchronik der Pooles heute in die Bibliothek gebracht?«

»Nein.«

»Dann war es jemand anders. Der kleine Junge heißt Jack. Ist an Scharlach gestorben. Mit neun Jahren.«

»Oh.« Cleos Augen wurden feucht. »Der arme Kleine.«

»Lass mich Trey die Geschichte von Anfang an erzählen.«

Nachdem sie alles berichtet hatte, nahm er den historischen Faden wieder auf. »Ich bin beinahe sicher, dass es Michael war, der Patricia geheiratet hat – deine leibliche Urgroßmutter. Die Frau, die sich immer geweigert hat, hier zu wohnen. Michael war der ältere der Zwillingsbrüder. Und seiner Frau wegen stand das Haus zum ersten Mal für lange Zeit leer.«

»Ihr Sohn Charles zog dann später mit Clover und seinen Freunden wieder hier ein.«

»So erzählt man sich zumindest«, stimmte Trey zu. »Charlie wollte dieses Haus haben, das seine Eltern verschmähten, weshalb sein Vater es ihm noch zu Lebzeiten übertrug. Treuhänderisch, wenn ich mich recht erinnere, bis er achtzehn wurde. Als Michael Pooles ältester Sohn hätte Charles es ohnehin geerbt. Aber ich glaube, Michael Poole starb sogar noch vor Charles' achtzehntem Geburtstag. Oder kurz danach. Müsste in dem Buch stehen.«

»Jack wäre damit mein Großonkel? Verwirrend. Ich

glaube, es war ein Fehler, mich nicht weiter mit dem Familienstammbaum zu befassen. Ich sollte mich da noch mal hineinvertiefen.«

Sie sah zu Cleo hinüber. »Kann ich hier irgendetwas tun?«

»Nein, ich habe hoffentlich alles im Griff.«

»Anscheinend bin ich genau zum richtigen Zeitpunkt vorbeigekommen«, meinte Trey. »Eigentlich, um dir mitzuteilen, dass wir deine Dateien durchgegangen sind. Der Entwurf ist perfekt.«

»Ihr seid damit zufrieden?«

»Mehr als das. Sadie hat tatsächlich sogar zweimal gegrunzt, was einem überschwänglichen Lob entspricht.«

»Dann stelle ich sie gleich morgen früh online. Großartig! Jedes Mal, wenn ich das Gefühl habe, die Zusammenarbeit mit den Kollegen zu vermissen, wird mir klar, wie viel lieber es mir ist, allein zu arbeiten.«

Der Ball hüpfte in die Küche. Beide Hunde jagten ihm wild hinterher.

»Sogar mit Geistern im Haus ist mir das Alleinsein lieber. Aber vielleicht sollte ich noch einen zweiten Ball besorgen.«

Nach dem Abendessen deutete Sonya auf Cleo. »Das Essen hat supergut geschmeckt.«

»Stimmt. So langsam habe ich den Bogen raus. Wie wär's, wenn ich noch mal mit den Hunden rausgehe, und ihr beiden kümmert euch um den Abwasch?«

»Ist nur fair«, stimmte Trey zu.

»Danach würde ich mir am liebsten einen Film anschauen. Ich kann aber in die Bibliothek gehen, wenn ihr keine Lust habt. Aber falls ihr mitgucken wollt, wäre das eine Supergelegenheit, den Medienraum einzuweihen.«

»Oh.« Sonyas Magen zog sich schmerzhaft zusammen. Wie ein Reflex, dachte Sonya. Den musste sie möglichst schnell wieder loswerden. »Weißt du, was, du hast recht.

Was ist der Zweck eines Medienraumes, wenn man ihn nie nutzt?« Sie sah Trey an. »Hast du Lust auf einen Film?«

»Solange Action und derbe Flüche drin vorkommen.«

»Haben wir kein Problem mit.« Sonya erhob sich, um den Tisch abzuräumen. »Vergiss anspruchsvolle Komödien, Dramen oder bittersüße Liebesfilme. Wir stehen auf Action. Ich bestehe allerdings darauf, dass auch eine starke, potenziell knallharte, weibliche Hauptdarstellerin mit von der Partie ist. Lass uns die Auswahl also eingrenzen. Klassischer Streifen oder einer, der erst in den letzten zwei Jahren rausgekommen ist?«

»Ich liebe die Klassiker«, rief Cleo. »Weißt du, was ich noch nie ohne Werbepausen oder auf einem größeren Bildschirm als auf meinem Computermonitor gesehen habe? Den Original-*Terminator.*«

»Dieser Film erfüllt sämtliche Kriterien.« Sonya stieß Trey mit der Hüfte an, während sie sich ums Geschirr kümmerten. »Du darfst natürlich auch eine Stimme abgeben.«

»Dann stimme ich dafür und schlage vor, dass wir beim nächsten Mal Teil zwei sehen. Collin hat sämtliche Folgen in seiner DVD-Sammlung.«

»Also los, Jungs.« Cleo schnappte sich eine Jacke aus dem Vorraum und steckte dann nochmals den Kopf in die Küche. »Ich komme wieder«, verkündete sie in bester Schwarzenegger-Manier.

Es machte Spaß. Spaß, fand Sonya, sich mit Popcorn in den großen, gemütlichen Sitzen niederzulassen. Ja, die Glocke bimmelte – oder genauer, sie schepperte –, als sie sich im Medienraum häuslich niederließen. Es zu ignorieren, während die Unheil verkündende Titelmelodie den Raum erfüllte, war, wie sie fand, wie ein genüsslicher Mittelfinger in Hester Dobbs' Richtung.

Als Kyle Reese Sarah Connor riet mitzukommen,

wenn sie überleben wollte, flackerten die Lampen im Zimmer wie ein Stroboskop.

»Anscheinend passt es ihr nicht, dass wir uns hier amüsieren«, bemerkte Cleo.

Nein, nein, stimmte Sonya ihr im Stillen zu. Das gefiel ihr ganz und gar nicht. Nachdem die Lichter sich beruhigt hatten, setzte das Klopfen ein. Es hallte im ganzen Raum wider, sodass die Wände erzitterten und ihr Herz in ihrer Kehle hämmerte.

»Sie ist stinksauer«, murmelte Trey. Er ergriff Sonyas Hand. »Und das nur, weil wir hier so zusammensitzen.«

Nervös drängten sich die Hunde in der Nähe der Sessel aneinander.

Als die Türen aufflogen, sträubten sich ihre Nackenhaare, und sie bellten warnend. Mit einem Knall, laut wie ein Schuss, schlugen die Türen wieder zu.

»Warte noch eine Minute«, sagte Trey leise, als Sonya aufstehen wollte. »Lass es einfach geschehen.«

Gerahmte Poster fielen von den Wänden. Unter ihren Füßen spürte sie, wie die Bodendielen bebten. Das Dröhnen wurde so laut, dass sie sich am liebsten die Ohren zugehalten hätte. Sie wollte schreien, dass es aufhören sollte.

Doch kurz bevor Sonya es nicht mehr ertragen konnte, gab Hester tatsächlich Ruhe. Einfach so.

Ihr ging auf, dass sie auf der einen Seite Treys, auf der anderen Cleos Hand umklammert hielt. Cleos Hand zitterte, Treys war vollkommen ruhig. Und aus welchem Grund auch immer beruhigte sie beides.

Auf der Leinwand flohen die Helden vor der Maschine, deren einziger Zweck im Töten bestand.

Cleos Stimme bebte ebenso wie ihre Hand. »Für heute Abend scheint sie ihr Pulver verschossen zu haben.«

Vielleicht, dachte Sonya. Vielleicht. Aber genau wie der Terminator würde sie zurückkommen.

Trotzdem hatten sie einen entscheidenden Punktsieg erzielt, indem sie den Film bis zu Ende angeschaut hatten. Anschließend hängten sie die Poster wieder auf, räumten die Popcorn-Schüsseln weg und ließen die Hunde hinaus. Also all die normalen, alltäglichen Dinge, die Menschen in einem normalen, alltäglichen Leben taten.

Cleo ging als Erste zu Bett. Nachdem sie die Hunde wieder für die Nacht reingelassen hatten, folgten Sonya und Trey ihr ebenfalls nach oben.

»Du hast gesagt, dass du da unten durchaus schon Filme gesehen hast.«

»Ja. Aber etwas Derartiges habe ich noch nicht erlebt. Kaum zu glauben, dass sie Collin nicht ebenfalls gepiesackt hat, zumindest hin und wieder, aber er hat nie etwas erwähnt.«

»Ich vermute, es liegt an mir. Mit Collin war sie fertig, oder? Da sie eine Möglichkeit gefunden hatte, Johanna zu töten und ihren Ring zu stehlen, spielte er keine Rolle mehr. Ich wäre die Nächste in der Linie. Oder Owen oder einer der Cousins und Cousinen, wenn Collin einem von ihnen das Haus hinterlassen hätte.«

»Du bist aber keine Braut.«

»Nein, und vielleicht hat sie deshalb so viel gegen meine Anwesenheit einzuwenden. Andererseits ...«, fügte sie hinzu, während sie den lang gestreckten Flur durchquerten, »... wissen wir von mindestens zwei weiteren Geistern – Molly und Jack. Nein, drei, wenn man den Mann mit der Zigarre mitzählt. Die drei sind keine Bräute, spuken hier aber trotzdem herum. Wahrscheinlich gibt es sogar noch mehr Geister.«

»In einem so alten Haus? Hier haben viele Menschen gelebt, und viele sind hier gestorben. Ich habe viel Zeit hier verbracht, und ja, es ist immer wieder mal etwas vorgefallen – einiges davon habe ich dir ja erzählt –, aber all das glich nicht im Geringsten der Show, die uns heute

Abend geboten wurde, oder im Keller oder im Goldenen Zimmer.«

»Und was hat sich verändert?« Sie betraten ihr Schlafzimmer, und Sonya wandte sich ihm zu. »Doch nur, dass ich hier bin. Dass ich hier wohne, arbeite und entschlossen bin zu bleiben. Sie will mich vertreiben.«

»Vielleicht, aber vermutlich steckt noch mehr dahinter. Du bist eine Bedrohung für sie. Die anderen Geister dagegen wollen und brauchen dich.«

»Um die Ringe zu finden.«

»Das ist das Leitmotiv. Du sollst sie finden, den Fluch brechen, Dobbs vertreiben. Und verhindern, dass es weitere tote Bräute gibt.«

»Aber wenn ich sie – auf der anderen Seite des Spiegels – gesehen habe, trägt sie sie.«

»Alle sieben?«

»Nein.« Sie überlegte. »Bislang habe ich nur die der ersten vier Bräute gesehen. Erst der von Astrid, dann Catherines, Mariannes, Agathas. Meinst du, es würde sich etwas ändern, wenn ich sie mit allen sieben Ringen sähe?«

»Ich wünschte, ich wüsste es.« Er ließ die Hände an ihren Armen hinunter und dann zu ihren Schultern zurück gleiten. »Ich wünschte, ich könnte mehr tun, um dir durch all das hindurchzuhelfen.«

»Du hast mir schon sehr geholfen.« Sie lehnte sich an ihn. »Wie zum Beispiel durch deinen jetzigen Beistand. Es tut gut zu wissen, dass ich jemanden zum Anlehnen habe, wenn ich es wirklich brauche.«

»Jederzeit.«

»Außerdem hast du mich während des Films davon abgehalten, aufzuspringen und wild herumzuschreien.«

»Warum solltest du ihr diesen Triumph gönnen?«

»Stimmt genau, aber beinahe hätte ich ihr diese Befriedigung verschafft.« Sie legte den Kopf in den Nacken und stellte sich auf die Zehenspitzen, um ihm einen Kuss auf den Mund zu geben. »Aber jetzt würde ich lieber dir jede Menge Befriedigung verschaffen.«

»Wie wäre es mit einer gewissen Gegenseitigkeit?«

Als er die Hände unter ihren Pullover und an ihrem Rücken hinauf gleiten ließ, sprang sie hoch und schlang ihm die Beine um die Taille. »Großartige Idee.«

Heute Nacht wünschte sie sich Glut und Leidenschaft, das Vergnügen zu geben und zu empfangen. Sie wollte seine Hände auf ihrem Körper spüren, seine Lippen auf ihrer Haut, bedächtig, langsam, genüsslich, bis jede einzelne Körperzelle vor Verlangen brannte.

Vor Verlangen nach mehr. Immer mehr.

Voller Hunger und Gier wälzte sie sich mit ihm in den Kissen, drängte ihn, sich mehr zu nehmen und immer mehr, während sie selbst es ihm gleichtat.

Sie brannte wie ein Buschfeuer, unter ihm, über ihm, um ihn herum. Heiß und schnell und gefährlich. Er sagte sich, dass er sie heute Nacht bewusst Intensität und Tempo bestimmen ließ, war sich aber gleichzeitig nicht sicher, ob ihm überhaupt eine Wahl blieb. Heute Abend verzehrte sie ihn.

Ihr fieberhaftes Drängen war ansteckend. Als sie unter ihm erschauerte, umfasste er atemlos ihre Hände. Und während er in sie eindrang, ließ er ihr Gesicht nicht aus den Augen, beobachtete die Mischung aus Schock und Lust, die darin aufleuchtete. Sah, wie ihre Augen dunkler wurden, wie ihr Atem stockte und sich in einem Stöhnen Bahn brach.

Obwohl sie abermals erschauerte, bewegte sie sich im Gleichklang mit ihm, Stoß um Stoß stiegen sie miteinander in luftige Höhen hinauf, schnell, unaufhaltsam, hemmungslos. Und auf dem Gipfel krampften sich ihre verwobenen Finger ineinander und hielten einander ganz fest.

***

Um drei Uhr morgens erklang die Uhr, doch Sonya schlief weiter. Trey lag neben ihr wach und lauschte der Musik, die die Treppe hinaufwehte.

Und irgendwo im Haus weinte eine Frau.

Sie war überrascht, als Cleo noch vor neun im Eingang zur Bibliothek auftauchte.

»Du bist heute aber früh dran, Cleo.«

»Ich will meinem Gemälde heute einige Zeit widmen und deshalb früh in die Gänge kommen. Trey ist schon wieder weg?«

»Er hat schon bald seinen ersten Termin. Unterdessen geht die Website von *Doyle Law Offices* online in fünf, vier, drei, zwei, eins.«

»Und die Menge jubelt«, sagte Cleo und unterdrückte ein Gähnen. »Jetzt brauche ich erst mal einen Kaffee.«

Zehn Minuten später kehrte sie mit einer Tasse zurück.

»Ich habe gerade mit Corrine Doyle geschrieben. Anscheinend gehört sie zu den Frauen, die ihre Schäfchen immer so schnell wie möglich ins Trockene bringen will.«

»Ja, den Eindruck habe ich auch.«

»Sieht aus, als ob eines dieser Schäflein morgen in seinem *Ryder*-Yoga-Outfit für sie Modell stünde.«

»Morgen. Ganz schön schnell. Passt dir das denn überhaupt?«

»Es passte für uns beide. Sie hat dafür gesorgt, dass wir das kleine Yoga-Studio im Dorf nutzen dürfen. Hinterher kann ich noch ein paar Besorgungen machen.«

»Soll ich dich begleiten?«

»Besser nicht, denn dann würdest du uns bei der Fotosession nicht in Ruhe lassen. Du würdest ständig vorschlagen, doch noch dieses oder jenes zu tun oder hier oder dort noch mal etwas zu verändern.«

»Stimmt. Ich kann nicht anders, aber ...«

»Sie schickt dir die besten Bilder. Und jetzt geh wieder an die Arbeit.«

»Wir sollten über deine Frisur auf den Fotos reden.«

»Nein, sollten wir nicht«, rief Cleo, die bereits auf dem Weg in ihr Atelier war.

Sonya überlegte hin und her, wie sie Cleo doch noch beeinflussen konnte. Sie erwog sogar, auf ihre Anwesenheit beim Shooting zu bestehen, erstickte diesen Gedanken aber sofort im Keim.

Dennoch machte sie sich Sorgen, bis Corrine ihr – kurz nach dem Mittagsspaziergang – ein paar Dateien schickte.

Die erste enthielt ein Dutzend Fotos von Eddie auf einem Bike. Er trug Anzug und Krawatte sowie einen Rucksack. Der Hintergrund war unscharf, sodass der Eindruck entstand, dass er überall hätte fahren können.

Junger Mann auf dem Weg zur Arbeit, dachte sie.

Die zweite Mail enthielt ein weiteres Dutzend Fotos, diesmal von Owen. Verschwitzt und sexy, dachte sie, in seinem ärmellosen schwarzen T-Shirt. In der Hand hielt er eine schwere Hantel, die er zur Schulter führte; sein Bizeps war angespannt, die Miene entschlossen, der Blick fokussiert.

Sie musterte ein Foto, auf dem er stehend zu sehen war, dachte dann aber: Nope, die Nahaufnahme beim Bizepscurl sagt alles.

»Es wird funktionieren.«

Sofort ging sie dazu über, mit den beiden von ihr ausgewählten Fotos und dem Layout herumzuspielen.

Am Ende des Tages kam sie in die Küche gejoggt.

»Ich mache uns einen Salat«, verkündete Cleo. »Da wir nur zu zweit sind, haben wir damit noch genug Schweinefleisch und Kartoffeln für eine vollständige Mahlzeit übrig.«

»Super. Schau dir das an.«

Sie zeigte Cleo ihre Layout-Entwürfe auf dem Tablet.

»Ooh, ein sehr gut aussehender Biker – die Idee, ihn mit Anzug und Krawatte abzulichten, gefällt mir. Und Bizeps. Mmh-mmh-mmh.«

»Ich weiß, ich weiß. Sexy.«

»Du hast doch schon einen Mann.«

»Deswegen kann ich ihn doch trotzdem gut finden.«

»Stimmt. Eine Frau, die das nicht kann, sollte einem leidtun.«

»Stell dir dazu noch dich selbst in Yoga-Pose vor, ein paar Kids, die Basketball spielen. Trey, der versucht, einen Line Drive oder einen Bouncer zu fangen, und so weiter. Wenn ich alle Fotos beisammenhabe, mache ich ein Poster daraus, glaube ich. Nach dem Motto *Beim Sport oder im Alltag: Ryder ist für dich da.*«

»Du hast es echt drauf, Son.«

»Nach dem Abendessen setze ich mich noch eine oder zwei Stunden dran, um meinen Flow auszunutzen.«

»Ist mir recht. Ich werde meiner Meerjungfrau – na ja, Owens Meerjungfrau – heute Abend ebenfalls noch etwas Zeit widmen.« Cleo hielt inne und schnaubte. »Du liebe Güte, Son, seit wann sind wir solche Langweiler?«

»Langweiler, was für ein Blödsinn! Wir sind ehrgeizige, kreative, berufstätige Frauen. Und wir gehen unseren eigenen Weg.«

»Verdammt richtig.«

»Außerdem waren wir vor nicht allzu langer Zeit in einem Club.«

»Stimmt. Wir waren tanzen, aber weißt du, was, vielleicht sollten wir mal überlegen, ob wir nicht eine Party geben. Eine kleine Zusammenkunft. Ein Get-together.«

»Eine Fete?«

»Eine Fete. Du weißt schon, mit Essen, Trinken und Gesprächen. Wir kennen hier mittlerweile etliche Leute. Da sind die Doyles und Owen – du könntest auch deine übrige Verwandtschaft einladen. Hinzu kommen Bree und Manny.«

»John Dee, und vielleicht der Rest von *Rock Hard.*«

»Möglicherweise solltest du auch deine Kunden aus Poole's Bay einladen, die Floristinnen, Gigi.«

Sonya pflückte einen Croûton aus der Salatschüssel, um ihn sich in den Mund zu werfen. Ihr war eine Idee gekommen: »Vielleicht weniger eine Fete als einen Tag der offenen Tür. Du zum Beispiel hast die Leute von der High Street, bei denen du immer einkaufst. Sogar den Bürgermeister könnten wir dazubitten. Und so weiter.«

»Und es sollte ein zwangloses Event werden, nichts Förmliches. Die Leute können innerhalb eines Zeitraums von – sagen wir – etwa drei Stunden kommen und gehen, wie sie wollen.«

»Das gefällt mir. Da erhalten wir bestimmt Zulauf. Die Menschen sind neugierig. Außer den Doyles war seit Jahren kaum mehr jemand im Herrenhaus, wenn überhaupt.«

»Allerdings erfordert die Sache einige Planung.«

»Im Planen sind wir doch gut.«

»Niemand ist besser«, pflichtete Cleo ihr bei. »Ich könnte eine Illustration des Herrenhauses anfertigen.«

»Die wiederum könnte ich nutzen, um die Einladungen zu gestalten.«

»Morgen treffe ich mich mit Corrine. Ich wette, sie weiß, wen wir noch alles auf die Gästeliste setzen sollten.«

Nachdem sie die Mahlzeit aufgetragen hatte, setzten die beiden Frauen sich an die Küchentheke, aßen und diskutierten die Einzelheiten.

»Ende Mai«, entschied Sonya. »Anfang Juni. Dann ist es hier einigermaßen grün, und einige der Blumen blühen auch bereits. Wir könnten ein paar Blumenkübel aufstellen. Die Leute könnten sich auf der Terrasse und im Garten aufhalten.«

»Für ein Ereignis dieses Ausmaßes reichen unsere bescheidenen Kochkünste aber nicht.«

»Dann beauftragen wir die Restaurants im Dorf mit dem Catering – verteilen die Aufträge ein wenig. Etwas vom *Lobster Cage*, etwas aus der Pizzeria, wieder etwas anderes aus der Hotelküche, der Bäckerei, dem chinesischen Restaurant *China Kitchen*, dem *Village Pub*. Von allem etwas.«

»Eine bunte Mischung, und gleichzeitig knüpfen wir ausgezeichnete Beziehungen innerhalb der Dorfgemeinschaft. Genial. Wir werden Kellner brauchen.«

»Wir fragen Bree. Und sprechen Annas Mann an, suchen uns Hilfe, um diesen Teil des Ganzen zu organisieren.«

»Über eine bloße Fete geht das allerdings deutlich hinaus. Das wird vielmehr ein EVENT.«

Begeistert hüpfte Sonya auf ihrem Hocker auf und ab. »Wer hat behauptet, dass wir langweilig sind?«

»Ich nicht.«

Voller Ideen und Enthusiasmus machten sie sich nach dem Essen wieder an die Arbeit. Zuvor schrieb Sonya Trey jedoch noch eine Textnachricht.

Neuigkeiten! Cleo und ich planen ein EVENT, irgendwann Ende Mai/Anfang Juni. Einen Tag der offenen Tür im Herrenhaus, zu dem Freunde, Verwandte, lokale Prominenz, Politgrößen, Kaufleute geladen sind. Ich suche noch jemanden, der mir bei der Zusammenstellung der Gästeliste hilft.

Ziemlich große Pläne. Sicher, dass du bereit dazu bist? Muss wohl so sein. Ich kann helfen, aber für so etwas sind meine Mutter oder Seth wohl die geeigneteren Ansprechpartner. Der Fairness halber eine Warnung: Du wirst nicht allzu viele Absagen bekommen.

Wir haben ja noch Wochen Zeit für die Planung, werden also bereit sein. Cleo trifft sich morgen mit deiner Mom und wird sie schon mal ins Boot holen. Heute Abend arbeiten Cleo und ich beide etwas länger. Wie sieht es bei dir aus?

Genauso. Mookie findet mich langweilig und vermisst Yoda. Ich vermisse dich.

Cleo befürchtet ebenfalls, dass wir langweilig sind. Und ich vermisse euch beide.

Falls ich mich morgen loseisen kann, könnte ich euch beide morgen zum Essen ausführen. Was hältst du davon? Wir könnten das *Tavern* im Hotel ausprobieren.

Ich frage Cleo, aber ich rechne mit einem Ja. Und ich stimme auf jeden Fall zu, wenn du hinterher zum Frühstück bleibst.

Ich hole dich um sieben ab. Und am darauffolgenden Morgen muss ich nicht vor ca. halb neun aus dem Haus. Wir können uns also gern einen Bagel teilen. Arbeite nicht mehr so lang.

Du auch nicht. Aber heute war es hier ziemlich ruhig, das muss ich ausnutzen. Bis morgen.

Er beendete den Chat mit einem Herz-Emoji, über dessen Bedeutung sie ein paar Minuten lang nachgrübelte.

»Oh, jetzt hör sofort auf. Du bist doch nicht mehr auf der Highschool!«

Sie legte ihr Handy beiseite und öffnete die Datei für den Floristen-Job.

In ihrem Atelier ging Cleo vor ihrer Leinwand in Position. Sie wusste jetzt, was ihre Meerjungfrau in Händen halten sollte. Keinen Edelstein und auch keine Muschel. Sondern eine durchsichtige Glaskugel. Darin saß eine weitere Meerjungfrau auf einem Felsen, sah aufs Meer und den Wal mit der Wasserfontäne hinaus, die wiederum eine Glaskugel in den Händen hielt.

Und darin eine weitere Meerjungfrau.

Der Trick war vor allem der Maßstab, die winzigen Details, aber auch der Winkel, in dem das Licht auf das Glas fiel und auf das Glas innerhalb des Glases.

Sie arbeitete zur Musik von Flöten und Streichern, eine beruhigende Melodie, zu der sie die Hauptkugel schuf. Von außen sollte die untergehende Sonne die Kugel anstrahlen, während das Licht der inneren Kugel sie von innen her zum Leuchten bringen sollte.

Ein Hauch Gold, eine Spur Rot, ein Anflug von Purpur.

Sie mischte die Farben, arbeitete mit zarten Tupfen und winzigen Pinselstrichen, um behutsam das Licht einzufangen.

Als sie einen Krampf in den Fingern bekam, legte sie den Pinsel beiseite und trat einen Schritt zurück. Während sie die Finger krümmte und wieder ausstreckte, nahm sie das Ergebnis prüfend in Augenschein.

Gut, dachte sie. Sogar verdammt gut.

Unermüdlich die Finger bewegend, verließ sie das Atelier, um das Bad auf dem gleichen Flur aufzusuchen. Gleich würde sie zurückkehren und das Gemälde noch einmal unter die Lupe nehmen. Vielleicht würde sie sogar noch länger daran arbeiten. Mit ihrer momentanen Vertragsarbeit lag sie gut in der Zeit. Falls sie also heute noch eine weitere Stunde oder so mit dem Gemälde verbrachte, konnte sie morgen früh guten Gewissens ausschlafen.

Zu schade, dass die Welt nicht für Nachteulen geschaffen war, dachte sie, als sie ihre Blase erleichterte.

Vor sich hin summend, wusch sie sich die Hände und warf dann einen Blick in den Spiegel über dem Waschbecken.

Hinter ihr stand Hester Dobbs.

Schützend warf Cleo die Hände in die Luft und wirbelte herum. Obwohl die Luft merklich abgekühlt war, war jetzt niemand mehr zu sehen. Sie presste eine Hand auf ihr pochendes Herz und lehnte sich rücklings an die Wand.

»Ich habe dich gesehen.« Sonyas Zeichnung hatte sie genau getroffen: das wilde, schwarze Haar, die zornig lodernden, dunklen Augen, das spitze Kinn, der volle Mund. »Ich habe dich gesehen.«

Ihre Stimme zitterte ein wenig, aber sie straffte die Schultern. »Und du kannst dich verpissen.«

Aus dem Wasserhahn der Badewanne explodierte eine Wasserfontäne. Mit weit aufgerissenen Augen beobachtete Cleo, wie der Heißwasserknopf über der Badewanne sich drehte und Wasser ins Becken floss. Als sie es abzudrehen versuchte, zuckte sie erschrocken zurück. Das Metall war glühend heiß.

Sie schnappte sich ein Handtuch, um ihre Hand zu schützen, aber sosehr sie sich auch abmühte, der Knopf rührte sich keinen Zentimeter. Dampf erfüllte den Raum, und irgendetwas hämmerte gegen die Tür.

Verzweifelt sah sie sich nach einer Waffe um, da entdeckte sie, dass etwas auf den beschlagenen Spiegel geschrieben worden war.

Verschwinde oder stirb.

In dem vom Dampf erfüllten Raum wurde die Luft zu Eis.

Sonya saß derweil an ihrem Schreibtisch und hörte nichts von alldem. Sie beschloss, für heute Feierabend zu machen. Während sie die Arbeit des heutigen Abends sicherte, wurde Yoda unter dem Schreibtisch unruhig.

Und fing an zu knurren.

Sie rückte mit dem Stuhl ein Stück zurück und streckte die Hand nach ihm aus. »Was ist los, Baby?«

Im Kamin verwandelte sich das leise vor sich hin simmernde Feuer in ein tosendes Flammenmehr. Im Stockwerk über ihr explodierte der Wandbildschirm mit einem Laut, der an den Schrei einer Frau erinnerte.

Die Schiebetüren zur Bibliothek schlugen zu; die Lichter gingen aus.

Das Feuer brannte rot und unheimlich, ließ die Schatten tanzen und brachte das Fensterglas zum Erglühen, bis das Zimmer, das sie so sehr liebte, an die Hölle erinnerte.

Durch den Lärm und das wilde Hundegebell hindurch vernahm sie ein Hämmern von oben, das den Kronleuchter wie ein Pendel hin und her schwingen ließ.

Zweiter Stock, dachte sie. Cleo.

Sie rannte zu den Türen, versuchte, sie aufzuziehen. Mehr als zwei Zentimeter schaffte sie es nicht, ehe sie wieder zuschlugen.

»Komm schon, komm schon!«

Unter Aufbietung ihrer gesamten Kraft gelang es ihr, die Tür weiter aufzuziehen. Ehe sie wieder zuknallte, konnte Yoda sich gerade noch hindurchschlängeln.

»Nein, nein! Yoda, warte! Gottverdammt, dass du es ja nicht wagst, meinem Hund etwas anzutun, du Miststück!«

Wieder brauchte sie all ihre Kraft, Furcht und Wut, und tatsächlich gelang es ihr, die Türen weit genug auseinanderzuziehen, um sich selbst hindurchzuquetschen. Cleos Namen rufend, rannte sie in den zweiten Stock.

Da kam Cleo auch schon mit Yoda auf dem Arm den Flur entlanggerannt.

»Ich bin nicht mehr rausgekommen. Ich konnte nicht mehr raus.« Am ganzen Körper zitternd, schmiegte sich Cleo an Sonya, während der Hund ihnen über die Gesichter leckte. »Aus dem Badezimmer. Sie war mit mir dadrin. Ich habe sie gesehen.«

»Dobbs?«

»Sie war dadrin, und dann wieder nicht. Aber eigentlich doch. Und sie hat überall das heiße Wasser aufgedreht, und ich bekam die Tür nicht mehr auf. Da bin ich in Panik geraten. Ausgerastet. Ich habe völlig die Nerven verloren.«

»Hat sie dich angerührt? Hat sie dich verletzt?«

»Nein, nein. Großer Gott. Auf dem Spiegel hat sie mir eine Nachricht hinterlassen. *Verschwinde oder stirb*. Fick dich, Hester! Sorry, Son.« Cleo lehnte sich zurück und wischte sich über die Augen. »Ich bin total zusammengebrochen. Dabei habe ich immer geglaubt, mit übernatürlichen Erscheinungen dieser Art schon irgendwie klarzukommen. Ich bin so stinksauer auf mich selbst.«

»Aber du *bist* doch damit klargekommen. Von Anfang an. Deshalb hat sie dich ja dermaßen heftig attackiert.«

»Meinst du? Vielleicht. Zum Teufel. Diese Runde mag sie gewonnen haben, aber das war's dann auch.«

»Sie hat auch die Bibliothek heimgesucht. Hat das Feuer geschürt, den Fernseher explodieren lassen, die Lichter gelöscht und die Türen zugeknallt. Dann hörte ich das Klopfen von oben. Komm, wir gehen runter. Yoda muss raus, und wir beide könnten ebenfalls ein wenig frische Luft vertragen.«

»Ich muss meine Pinsel reinigen. Eigentlich wollte ich mich noch mal an die Arbeit machen. Das kann ich jetzt vergessen, aber sauber machen muss ich trotzdem.« Nachdem sie dreimal tief ein- und ausgeatmet hatte, straffte Cleo die Schultern. »Ich werde mich von ihr nicht aus meinem Atelier vertreiben lassen. Das war definitiv ihr letzter Sieg.«

»Wir gehen jetzt zusammen hoch, dann lassen wir den Hund raus.« Sonya nahm sie erneut in den Arm und raunte ihr ins Ohr: »Und reden draußen.«

Cleo nickte und ging voran zum Atelier.

»Oh, Cleo! Sie ist atemberaubend!«

»Aber noch lange nicht fertig.«

»Aber sie ist jetzt schon wundervoll. Oh, die Kugel. Ich sehe, was du vorhast. Das ist magisch.«

»Ich hoffe es. Und ich hoffe, dass Owen wirklich ein gutes Plätzchen für sie ausgesucht hat, denn das hat sie verdient.«

Nachdem Cleo ihr Atelier aufgeräumt hatte, gingen die beiden Frauen ins Badezimmer.

»Es sieht aus, als sei nichts passiert. Aber dennoch ist es geschehen.«

»Ja«, bestätigte Sonya und nahm Cleos Hand. »Trotzdem sind wir immer noch hier.«

Das Haus bewahrte Ruhe, während sie nach unten gingen. In der Bibliothek brannte ein schwaches Feuer.

Sonya zog ihre Jacke enger um sich, als sie in die Nachtluft hinaustraten. »Womöglich hat sie ihre Energie gebündelt. Du weißt doch, wie ruhig es in den letzten paar Tagen war. Wahrscheinlich musste sie ihre Kräfte sammeln, um heute Abend eine solche Show abzuziehen.«

»Sozusagen ihre Batterien aufladen. Irgendeine Form der Energie steckt dahinter, also ja, du wirst recht haben. Der grimmige und mutige Yoda hat mich gerettet. Ich hörte ihn bellen und habe automatisch wieder nach der Tür gegriffen – die ich vorher nicht öffnen konnte. Diesmal klappte es problemlos. Und da stand er. Ich habe ihn auf den Arm genommen und bin weggerannt.«

»Er hat sich durch die Tür gezwängt, als ich sie ein paar Zentimeter aufgeschoben hatte. Was mich umso mehr in Angst und Schrecken versetzt hat, denn nun musste ich mir um euch beide Sorgen machen. Ich kann kaum glauben, dass ich das jetzt sage, aber meinst du, deine Großmutter hat irgendetwas, mit dem man den Spuk abwehren kann? Oder zumindest abschwächen? Irgendetwas.«

»Danach werde ich sie ganz sicher fragen. Was hältst du davon, wenn wir bis dahin im selben Zimmer schlafen?«

»Gute Idee. Lass uns meines nehmen, da Yodas Bett auch schon dort steht.«

»Auf jeden Fall.«

»Und, Cleo, wenn ich aufstehe und mich auf den Weg mache – halte mich nicht auf. Folge mir lieber.«

»Bist du sicher? Nach alldem?«

»Absolut sicher. Ganz besonders nach alldem. Folge mir. Rufe Trey an. Es muss ein paar Antworten geben. Bislang haben wir nur Fragen.«

»Ich lasse dich nicht allein.« Cleo ergriff ihre Hand. »Versprochen.«

Kapitel 29

1916

Dies ist der glücklichste Tag in meinem Leben, denn heute wird aus mir Lisbeth Anne Poole Whitmore. Heute heirate ich meinen teuren, geliebten Edward. Oh, die hübsche kleine Dorfkirche bietet kaum genug Platz für alle, die herbeigeeilt sind, um Zeuge zu werden, wie wir unsere Gelübde ablegen und eins werden.

Meine liebste Freundin Dina, meine Brautjungfer, sieht in ihrem Gewand so wunderhübsch aus. Das Blaugrün steht ihr so gut. Ich hoffe sehr, dass sie und mein Cousin Hugh dereinst ein Paar werden! Und es macht so viel Spaß, Edwards kleine Nichte dabei zu beobachten, wie sie in ihrem rosa Organdy-Kleid Rosenblätter im Kirchenschiff verteilt.

Mit pochendem Herzen lege ich die Hand auf den Arm meines lieben Papas. Mein Leben lang habe ich von diesem Moment geträumt, und nun ist er da. Während ich zum letzten Mal als Jungfrau durch den rosenbestreuten Gang schreite, ist mir, als hörte ich Engel singen.

Ich will eine schöne Braut sein. Ich weiß, dass dieses Kleid prachtvoll ist, die weiße Seidencharmeuse, die Spitzeneinsätze an Mieder und Ärmeln, die unzähligen Wachsperlen. Ich bin mir sicher, dass mir die schmale Silhouette schmeichelt, die durch einen geflochtenen Satingürtel betont wird, zumal Dina, Mama und die Schneiderin mir das allesamt immer wieder versichert haben.

Mein Haar ist unter dem Schleier hochgesteckt, wobei mir die Locken auf der rechten Seite fast bis auf die Schulter hinabfallen. Es hat lange gedauert, bis die Frisur perfekt saß, aber für meinen teuren, geliebten Edward möchte ich nach der neuesten Mode frisiert sein.

Schmetterlinge flattern in meinem Bauch umher,

denn nun sehe ich diesen unglaublich gut aussehenden Mann, der am Altar auf mich wartet. Kurz bemerke ich noch die Freudentränen in Mamas Augen. Doch dann nehme ich nichts anderes mehr wahr außer Edward.

Papa hebt meinen Schleier in die Höhe. Er gibt mir einen Kuss auf die Wange und sagt sehr leise: »Ich liebe dich, Lissy.« Dann legt er meine Hand in Edwards.

Edwards Blick, mit dem er mir in die Augen sieht, bestätigt mir, dass ich eine schöne Braut bin. Der Traum, den ich nun schon so lange hege, wird in dieser hübschen kleinen Dorfkirche Wirklichkeit.

Durch den Schleier meiner eigenen Freudentränen kann ich kaum etwas erkennen, als wir bald darauf durch das Kirchenschiff nach draußen zurückkehren – nun als Mann und Frau. Und oh, wie fröhlich uns alle mit Reis bestreuen.

In Papas Model T fahren wir zum Herrenhaus zurück, während die Dorfbewohner am Wegesrand applaudieren. Als wir in die Einfahrt zum Herrenhaus einbiegen, nimmt mich Edward in die Arme und küsst mich, was die Schmetterlinge erneut emporflattern lässt, denn ich denke an die bevorstehende Hochzeitsnacht.

Mama hat mich beiseitegenommen und ein offenes Gespräch mit mir geführt. Natürlich weiß ich, was im Ehebett auf mich wartet. Immerhin bin ich achtzehn. Dennoch habe ich ein wenig Angst und hoffe, dass Edward sanft und geduldig sein wird, wenn er mich endgültig zu seiner Frau macht.

Aber zunächst heißt es feiern! Drinnen ist es ziemlich warm, aber das stört mich nicht. Das Herrenhaus ist mit Blumen geschmückt, durch die Flure hallt Gelächter. Es gibt reichlich zu essen. Der Champagner funkelt.

Edward und ich, unsere Eltern und die restliche Hochzeitsgesellschaft müssen für die offiziellen Hochzeitsfotos Platz nehmen. Mir fällt das Stillsitzen schwer, denn mein Herz hüpft vor Freude, und meine Füße wollen tanzen und tanzen und tanzen. Aber das hier ist meine Pflicht, und wahrscheinlich werde ich mich – wie Mama sagt – in späteren Jahren umso mehr über die Fotos freuen.

Im Ballsaal spielt das Orchester. Natürlich Walzer, aber auch Foxtrott und andere lebhafte Melodien. Alles ist so fröhlich und strahlend hell, dass ich wünschte, der Tag würde niemals enden.

Ich spüre einen kurzen Stich in der Nähe meines Herzens, als habe jemand mich mit einer Nadel gestochen. Das ist bestimmt meine Nervosität, denke ich und presse die Hand darauf, um den Schmerz zu lindern. Aber schon folgt ein weiterer Stich und noch einer, und ich höre mich aufschreien, als etwas über meine Haut krabbelt.

Mit einem Mal ist die Hitze unerträglich, es ist, als stünde ich in Flammen. Mein Magen revoltiert, meine Brust wird eng. Und oh, sie krabbeln über meinen ganzen Körper, kribbeln, zwicken, stechen.

Ich glaube, ich verliere das Bewusstsein, denn plötzlich stehe ich neben mir, sehe meinen Körper auf dem Boden des Ballsaals liegen, zitternd, krampfend.

Dann entdecke ich sie, eine Frau in Schwarz, die mit kaltem Lächeln auf mich zukommt. Einsam ragt ihre Gestalt über mir empor, während Edward mich in seinen Armen hält.

Unbemerkt von allen anderen steht sie da und blickt auf mich herab.

»Es ist bald vorbei«, sagt sie. Dann nimmt sie mir meinen Ehering vom Finger, und alles, was in mir und um mich herum ist, schwindet dahin.

Als Sonya am nächsten Morgen aufstand, drehte Cleo sich noch einmal um. »Beinahe wäre mir entfallen, dass du normalerweise schläfst wie eine Tote. Obwohl diese

Formulierung in diesem Haus vielleicht nicht angebracht ist.« Cleo kuschelte sich ins Kissen. »Aber dass du viel zu früh aufstehst, habe ich keineswegs vergessen. Ich gönne mir noch eine Stunde.«

»Mach nur. Hast du meine nächtliche Tour vielleicht verpasst? Allerdings kann ich mich gar nicht daran erinnern, aufgestanden zu sein.«

»Weil du es nicht getan hast. Während ich die Uhr und die restlichen Geräusche um drei Uhr morgens gehört habe, hast du weitergeschlafen.«

»Vielleicht ist die Sache mit dem Spiegel jetzt ja auch vorbei. Keine Ahnung, wie ich das finden soll. Oh, und bei dem ganzen Aufruhr von gestern Abend habe ich ganz vergessen, dir Bescheid zu sagen, dass Trey uns heute um sieben abholen und zum Essen ausführen will.«

Cleo drehte sich wieder um. »Ich brauche unbedingt einen Mann, damit ich endlich aufhören kann, mich bei deinen Dates aufzudrängen.«

»Erstens drängst du dich nicht auf. Und zweitens haben wir vor, unser Date ohne dich zu beenden.«

»In diesem Fall komme ich gern mit. Gute Nacht.«

Sonya ging nach unten, kochte Kaffee und ließ den Hund hinaus.

Woran lag es nur, fragte sie sich, dass das ganze abendliche Chaos, das Krachen und Poltern der Nacht, bei Tageslicht gar nicht mehr so bedrohlich wirkte?

Eigentlich dumm, denn auch bei Tag schepperte es im Herrenhaus häufig genug. Aber für den Moment genoss sie das alberne Gefühl, dass das alles in weiter Ferne lag.

Sie setzte sich wieder an die Arbeit, diesmal an das Projekt für den Blumenladen, und machte sich nebenher Notizen, wo sie bei dem Ereignis, das sie insgeheim als *Das Event* bezeichnete, Blumenarrangements aufstellen lassen wollte.

Als Cleo an den Türrahmen klopfte, blickte sie auf.

»Ich bin jetzt weg zu meinem Fotoshooting.«

»Wow, du siehst fantastisch aus.«

»Ja, nicht wahr?« Über einen leuchtend roten Sport-BH hatte sie ein offenes weißes Shirt geworfen. Darunter trug sie wirr gemusterte, schwarz-rote Yoga-Pants.

Ihr Haar hatte sie zu einem dicken Zopf geflochten, und ihre Ohrläppchen zierten funkelnde Stecker.

»Ich muss jetzt wirklich los.«

»Mir wäre es lieber, wenn du hierbliebest. Bis später. Und Corrine soll mir die Aufnahmen so schnell wie möglich zuschicken.« Sonya sprang auf und rannte Cleo hinterher, die bereits auf dem Weg nach unten war. »Und sieh nicht direkt in die Kamera. Du machst Yoga-Posen, posierst aber nicht«, rief sie ihr vom obersten Treppenabsatz aus zu.

Cleo winkte nur, holte eine Jacke aus dem Schrank und setzte ihren Weg fort.

»Und vergiss nicht ...«

Nachdrücklich schloss die Freundin die Tür hinter sich.

Clover kommentierte Sonyas leises Fluchen mit *»Take It Easy«* von den Eagles.

»Na gut. Okay. Alles bestens.« Ärgerlich kehrte sie an ihren Schreibtisch zurück und ließ sich auf den Stuhl plumpsen. Sprang aber sofort wieder auf, weil sie hörte, wie die Haustür erneut geöffnet wurde.

»Hey! Ich wollte dir nur sagen, dass du ...«

Sie brach ab. Die Tür stand zwar offen, aber unten im Foyer war niemand zu sehen. Abgesehen davon hatte sie eben deutlich gehört, wie Cleos Wagen sich auf der Straße entfernte.

Noch während sie die Tür anstarrte, schwang diese wieder zu. Es klingelte. Yoda rannte nach unten, sein Gebell hallte im Eingangsbereich wider.

»Es ist keiner da. Komm wieder mit nach oben.«

Auf sämtlichen Fluren knallten die Türen, laut wie schnell aufeinanderfolgende Gewehrschüsse. Die Tür zum Dienstbotentrakt erzitterte und quietschte. Obwohl ihr Herz einen Schlag aussetzte, ging Sonya ins Erdgeschoss hinunter, um den Hund auf den Arm zu nehmen.

»Wir ignorieren sie einfach, okay?«

Als sie die Dienstbotentür erneut passierte, öffnete sie sich, sodass sie das ferne Klingeln von unten vernehmen konnte. In einem plötzlichen Wutanfall knallte Sonya sie zu, ehe sie sich in die Bibliothek zurückzog.

Ihr Tablet spielte *»Evil Woman«*.

»Das ist mir nicht entgangen.«

Als es erneut an der Tür klingelte, dachte sie kurz darüber nach, die Türen zur Bibliothek zu schließen, entschied sich aber dagegen. Schließlich wollte sie nicht den Anschein erwecken, dass sie sich vor Hester Dobbs versteckte.

Stattdessen setzte sie sich wieder und nahm Yoda auf den Schoß, um ihn zu beruhigen.

»Mach ruhig weiter!«, schrie sie. »Verschwende ruhig deine Zeit und deine Energie. Ich gehe nirgendwo hin. Das hier ist mein Haus. Und du bist nichts weiter als eine Plage, die ausgemerzt werden muss.«

Der Wind fegte durch den Raum, eisig und grimmig. Er warf Sonyas Moodboards um, wirbelte ihre Skizzenblöcke durch die Luft. Die Deckenleuchten über ihr schwankten wie Boote auf stürmischer See. Sie umfasste Yoda mit einem Arm und hielt sich mit der anderen an der Tischkante fest, weil ihr Stuhl sich vom Boden in die Luft erhob.

Zentimeter über dem Boden erzitterte er, während ihre Muskeln schmerzten und bis zum Zerreißen gespannt waren vor lauter Anstrengung, ihn festzuhalten.

Dann fiel er mit lautem Klappern zu Boden, und die Luft beruhigte sich wieder.

Sonya zog den Hund noch dichter an sich heran und wiegte sich vor und zurück, um sowohl ihn als auch sich selbst zu beruhigen. »Das hat sie sauer gemacht, womit ich aber kein Problem habe.«

Sie hatte zwar einen Kloß im Hals, und die Kälte auf ihrer Haut drang ihr bis ins Mark, aber sie würde nicht klein beigeben.

Weiterhin den Hund streichelnd, lehnte sie sich zurück und schloss die Augen.

»Bin ich verrückt? Ist es bescheuert, sich das alles zuzumuten? Würde ein normaler Mensch nicht einfach den Schwanz einziehen und nach Boston zurückkehren?«

Clover antwortete mit Helen Reddys Hymne: *»I Am Woman«*.

Ihr Lachen klang ein wenig zittrig, aber wenigstens war es überhaupt ein Lachen.

»Okay. Räumen wir also erst mal hier auf und machen uns dann wieder an die Arbeit.«

Immerhin hatte sie diese Feuerprobe so sehr abgelenkt, dass sie das Fotoshooting völlig vergessen hatte. Deshalb war sie regelrecht überrascht, als die erste Datei einging. Und noch überraschter, als sie sie öffnete.

Cleo saß auf einer marineblauen Yogamatte, den Körper zu einer Brezel verbogen, ein albernes Grinsen auf dem Gesicht und schielend.

»Witzig. Ha, ha. Vermutlich fändest du es nicht mehr ganz so witzig, wenn ich das Foto tatsächlich benutzen würde.«

Offensichtlich verstanden Cleo und Corrine sich blendend.

Nach einer weiteren Stunde startete sie die erste Testrunde für den Blumenladen. Yoda wand sich unter dem Schreibtisch hervor und rannte nach unten.

»Jetzt schon? Gib mir noch zehn Minuten. Dann gehen wir raus.«

Doch in diesem Moment hörte sie den Ball, der durch den Flur hüpfte.

Noch besser, entschied sie. Jetzt übernahm erst mal ihr hauseigener Hundesitter.

Statt der angekündigten zehn Minuten benötigte sie sogar noch fünfzig. Danach fiel ihr ein, wie der Junge vor ihr davongelaufen war, also kündigte sie sich an.

»Ich will jetzt mit Yoda Gassi gehen.«

Als sie herunterkam, saß Yoda da, als wartete er schon auf sie. Dann erhob er sich auf die Hinterbeine und machte einige Schritte auf sie zu.

»Nun sieh sich einer an, was du kannst, Kleiner! Ihr beiden seid ein tolles Team. Danke, Jack.«

Nein, das ist nicht verrückt, dachte sie, als sie mit dem Hund zusammen nach draußen ging. Auf eigensinnig konnte sie sich einlassen, zog aber entschlossen vor. Und nun, da sie eindeutig spürte, wie der Frühling den Winter verdrängte, fühlte sie sich nur umso entschlossener. Die Narzissen warteten darauf zu erblühen, und die verwunschen aussehende Trauerweide an der Seite des Hauses zeigte erste Knospen. Über kurz oder lang würden sie sich öffnen.

Nur im Schatten des Waldes war noch ein wenig Schnee übrig.

Hinter sich hörte sie, wie ein Fenster sich öffnete, und wandte sich um in der Erwartung, wieder mit irgendeiner Abscheulichkeit aus dem Goldenen Zimmer konfrontiert zu werden.

Stattdessen sah sie, dass Cleos Fenster geöffnet worden waren, ebenso wie die ihres eigenen Schlafzimmers.

Da lüftete jemand durch, wurde ihr klar. Ließ den ersten Hauch des Frühlings herein.

Nein, nicht verrückt, wiederholte sie im Geiste und spürte, wie ihr leichter ums Herz wurde, als sie sah, wie draußen auf dem Meer ein Wal eine Wasserfontäne in die

Luft blies. Zwar war ihr gesamtes Weltbild erschüttert worden, aber deshalb war sie noch lange nicht verrückt.

Als Motorengeräusch erklang, rannte Yoda zur Einfahrt und drehte sich zweimal um die eigene Achse, als er Cleo um die Ecke biegen sah.

Ihr Hemd hatte sie jetzt zugeknöpft, die Jacke trug sie über dem Arm.

»Was für ein herrlicher Tag! Unten im Dorf ist es sogar noch wärmer. Ich habe schon ein paar Narzissen blühen sehen – und Hyazinthen.«

»Wie ist es gelaufen?«

»Super, wirklich super.« Sie beugte sich vor, um Yoda zu kraulen. »Wir sind schon vor fast einer Stunde fertig geworden und haben dann zusammen zu Mittag gegessen, damit Corrine mich wegen unserer Gästeliste briefen konnte.«

»Vor einer Stunde?«

»Sie ist gut. Und ich auch. Großartiges, natürliches Licht in dem Studio. Vielleicht belege ich dort ein paar Kurse. Und wie war dein Tag?«

»Anfänglich sehr ereignisreich. Unsere hauseigene Bitch hat zu toben begonnen, noch bevor du die Straße hinter dir gelassen hattest – mit Türenknallen, Klingeln an der Tür. Nichts allzu Kreatives, bis sie eine Bö durch die Bibliothek fegen ließ. Die hat doch tatsächlich meinen Stuhl vom Boden hochgehoben, während ich draufsaß.«

»Großer Gott, Sonya.«

»Das war ihre Retourkutsche, weil ich sie vorher als Plage bezeichnet hatte. Seither ist sie ruhig. Clover hat mir beigestanden, und Jack hat mit Yoda gespielt. Alles in allem ein typischer Tag im Herrenhaus. Oh, und Molly lüftet unsere Zimmer durch.«

Cleo sah nach oben. »Was für eine hervorragende Idee. Der perfekte Tag dafür.«

»Und jetzt verrate mir, warum ich die Dateien von dem Shooting noch nicht vorliegen habe.«

»Weil wir beschlossen haben, dass sie sie erst dann schickt, wenn ich wieder zu Hause bin, damit wir sie uns zusammen ansehen können. Ich schreibe ihr sofort, dann können wir gleich loslegen.«

»Bist du sicher, dass du genug zusammenbekommen hast? Wenn ihr nur eine knappe Stunde geknipst habt?«

»Fast anderthalb Stunden«, korrigierte sie Cleo. »Und ja. Wir haben sie schon im Studio durchgeschaut. Ich weiß, was du willst, und Corrine weiß es ebenfalls. Schnittig, professionell und dennoch lässig und leger.«

»Na ja, schon.«

»Schauen wir doch mal, ob wir das hingekriegt haben.«

»Ich hole mir eine Coke«, verkündete Sonya drinnen.

»Gute Idee. Ich nehme auch eine.«

In der Küche stand die Schachtel mit den Hundeleckerbissen auf der Theke. Diesmal lag ein Zettel daneben. In sehr förmlicher, sorgfältiger Schreibschrift stand darauf:

Wirf einen.

»Cleo.« Sonya tippte mit dem Finger auf die Notiz.

»Wow. Nachrichten aus dem Jenseits? Wirf einen und schau, was passiert.«

Yoda setzte sich und wedelte mit dem Schwanz. Nachdem Sonya einen der kleinen Hundekekse herausgekramt hatte, warf sie ihn in die Luft. Yoda sprang, schnappte ihn auf, landete wieder.

»Oh, gut gemacht, Yoda.« Cleo applaudierte. »Gut gemacht, Jack. Lass mich auch mal. Du bist ja ein echter Champion, Hund.«

»Er hat eine Nachricht geschrieben«, murmelte Sona. »Ich hatte schon befürchtet, ihm Angst eingejagt zu haben, aber er hat eine Nachricht geschrieben.«

Cleo legte ihr einen Arm um die Schultern. »In diesem Haus herrscht jede Menge positive Energie. Komm, gehen wir nach oben.«

Yoda ließ sich am Feuer nieder, während Cleo einen Stuhl zu Sonyas Schreibtisch herüberzog, um sich neben sie zu setzen.

Sie öffnete die Datei.

»Okay, ihr habt wirklich viele Aufnahmen gemacht, und mir ist jetzt schon klar, dass du mit deiner Bemerkung über das Licht recht hattest. Es ist perfekt.«

Sie begann, sich hindurchzuklicken, vergrößerte die Bilder, die ihr besonders ins Auge fielen.

»Wie du vermutlich erkennst, habe ich mit einfachem Vinyasa-Yoga begonnen, damit wir beide erst mal reinkommen konnten. Ich habe mit dem Baum angefangen, der eine perfekte und optisch ansprechende Pose darstellt. Obwohl in meinen Augen auch allzu typisch.«

Sie klickte weiter.

»Oh, das hier. Der umgekehrte Krieger, die Kurven, das Licht. Der gehört zu meinen Top-Favoriten.«

Sie markierte das Bild, ehe sie fortfuhr. Dann markierte sie ein weiteres, Krieger III, ehe sie sich den Bodenposen widmete.

»Angeberin«, sagte Sonya, als sie ein Foto von Cleo im Spagat mit dem Oberkörper auf dem Boden betrachtete. »Aber das hier, diese Brücke, wieder tolle Kurven, und das Licht ist auch hier fantastisch. Ach nein, lieber doch das hier. Die einbeinige Brückenpose mit ausgestrecktem Bein. Sehr dynamisch. Wie schaffst du es nur, in dieser Pose so entspannt auszusehen?«

»Weil mich diese Pose entspannt.«

Sonya ging auch die restlichen Bilder durch, bis sie zum letzten gelangte: Cleo im Schneidersitz, die Hände zum Gebet zusammengeführt, die Augen geschlossen.

Namaste.

»Diese Fotos sind in jeglicher Hinsicht wunderbar. Ich werde sie bestimmt noch fünf Dutzend Mal durchgehen, aber letztlich wird es auf den umgekehrten Krieger, Krieger III und die einbeinige Brücke hinauslaufen. Nachdem ich mich entschieden habe, gilt es, zu jeder einzelnen Pose dann noch diverse unterschiedliche Fotos durchzusehen. Danke, Cleo. Ein riesengroßes Dankeschön.«

»Mir hat es Spaß gemacht, und ich mag Corrine. Sie ist elegant, ohne steif zu wirken. So, und jetzt mache auch ich mich wieder an die Arbeit. Ich bin frisiert und geschminkt, also arbeite ich wahrscheinlich bis sechs Uhr durch. Wenn du früher Feierabend machst, kannst du ja hochkommen und mich loseisen.«

Sonya bedankte sich mit einer Textnachricht bei Corrine und nannte ihr die drei aktuellen Favoriten, dann machte sie sich an die Arbeit, während Yoda ein Nickerchen hielt und Clover ruhigen, klassischen Rock spielte, vermischt mit dem ein oder anderen Popsong.

Kurz vor fünf erhielt sie eine weitere Datei von Corrine.

Der Tag ist viel zu schön, da musste ich einfach noch ein paar Outdoor-Aufnahmen machen. Es erforderte eine gewisse Hartnäckigkeit – an der es mir nicht mangelt –, aber jetzt habe ich, glaube ich, das, was Ihnen vorschwebt. Owen hat sich gleich zu mehreren Aufnahmen bereit erklärt. Natürlich wollte sich Trey von ihm nicht ausstechen lassen, genau wie ich es geplant hatte. Sagen Sie Bescheid, was Sie davon halten.

Sie öffnete den Dateiordner und stieß ein »Oh, oh, oh!« aus. Dann sprang sie buchstäblich vom Stuhl auf und tanzte im Zimmer umher.

Die Fotos zeigten Trey – in abgetragener Jeans, blauem T-Shirt und Fielder-Cap –, wie er sich streckte, um den Line Drive zu fangen, wobei der Ball nur wenige

Zentimeter vom Sweet Spot eines *Ryder*-Baseball-Handschuhs entfernt war.

Sonya drehte sich einmal um die eigene Achse und machte gleich noch eine zweite Pirouette, ehe sie es wieder schaffte, still zu sitzen.

Wieder Trey, der abtauchte, um einen Grounder zu erwischen – die lang gezogene Streckbewegung, der konzentrierte Blick. Auf dem nächsten Foto fing er einen weiteren Wurf, der, wie sie annahm, auf die Home Plate abzielte.

Und ein letzter Schnappschuss überraschte sie besonders: Trey beinahe parallel zum Boden, mit dem Ball fest in seinen Handschuh geklemmt.

Sie ging sämtliche Fotos durch, markierte ihre Favoriten. Und schickte Corrine eine Antwort:

Ich bin begeistert. Und sprachlos. Ich zahle Ihnen nicht genug. Die Fotos sind mehr als perfekt. Danke für Ihre Beharrlichkeit, Ihr Talent und Ihren wahnsinnig gut aussehenden Sohn.

Sie schaltete den PC ab, schnappte sich ihr Tablet und rannte geradewegs zu Cleos Studio hinauf.

»Ich wollte dich jetzt von der Arbeit loseisen. Kannst du schon aufhören? Das musst du dir unbedingt ansehen.«

»Ich bin beinahe fertig.« Cleo saß vor ihrer Tisch-Staffelei und beendete gerade eine Illustration in Acrylfarben.

Da Sonya wusste, dass ihre Freundin ihre Arbeit nicht spontan unterbrechen würde, ging sie zum Sofa und sah noch einmal den Dateiordner durch, den sie auf ihr Tablet kopiert hatte.

Doch kaum hatte Cleo sich zurückgelehnt, sprang Sonya auf.

»Was hältst du davon?«, fragte Cleo.

Sonya kehrte zu ihrer Freundin zurück und studierte das Gemälde. »Zusammentreffen der Liebenden unter der Meeresoberfläche.«

»Meerjungfrauen brauchen Meermänner.«

»Wunderschön, wie sie sich aufeinander zubewegen, einander die Arme entgegenstrecken, wie ihre Finger sich beinahe berühren. Sie sehnen sich nacheinander.«

»Genau das wollte ich rüberbringen. Nicht nur Sex, sondern Gefühl, Sehnsucht. Also, was muss ich mir anschauen?«

»Eine andere Version von Poesie in Bewegung.«

»Oh, sie hat mir gesagt, dass sie es versuchen wollte, hat es aber dir gegenüber nicht erwähnt, falls Treys Termine es nicht zugelassen hätten. Darf ich mit mmh-mmh-mmh reagieren?«

»Du darfst.«

»Ich weiß, ursprünglich hast du dir so etwas hier gedacht, aber das hier – wo er im Grunde über der Erde schwebt? Das ist fantastisch.«

»Und ich werde es für ihn einrahmen, aber ähnlich wie dein Spagat-Bild mit dem Oberkörper auf dem Boden ist es für meine Zwecke schon *zu* gut. Normale Menschen könnte ein solcher Anblick einschüchtern. Außerdem sieht man auf dem ersten deutlich das *Ryder*-Logo auf dem Handschuh. Das wird dem Kunden gefallen.«

»Damit hast du recht. Allerdings sollten wir uns so langsam umziehen, damit Mr. Baseball uns zum Dinner ausführen kann.«

»Ich muss mich sputen, wenn ich vorher noch duschen will.« Sonya sah auf die Uhr. »Warum ist es immer später, als ich meine?«

Sie eilte nach unten und sprang unter die Dusche. In ein Handtuch gewickelt, beschloss sie, das Haar zu einem Pferdeschwanz zusammenzufassen, mit Klammern zu fixieren und es ansonsten dabei bewenden zu lassen. Voller Vorfreude auf einen Abend mit Mr. Baseball, griff sie auf ihre viertelstündige Ausgeh-Make-up-Routine zurück, während sie gleichzeitig darüber nachdachte, was sie anziehen sollte.

Als sie das Bad verließ, musste sie feststellen, dass jemand anderes bereits die Wahl getroffen hatte.

Sie musterte das lange, weiße Shirt aus fließendem Stoff, die schmal geschnittene graue Hose, den grob gestrickten roten Pullover mit den Flügelärmeln.

»Anscheinend hat Molly eine Vorliebe für Rot, Yoda. Aber weißt du, was? Damit trifft sie genau ins Schwarze.«

Nachdem sie sich angezogen hatte und gerade überlegte, welchen Schmuck sie anlegen sollte, klingelte ihr Telefon. Auf dem Display erkannte sie Treys Nummer.

Sie würde ihm die Ereignisse der jüngsten Vergangenheit nicht am Telefon schildern. Beim Abendessen konnten sie und Cleo ihm immer noch alles detailliert erzählen.

Auf jeden Fall würde die Unterhaltung dadurch einen besonderen Kick bekommen.

»Hey. Hallo, Starsportler.«

Er lachte halbherzig. »Ja. Hör zu, Sonya, hier ist etwas passiert. Ich werde es heute Abend wohl nicht schaffen.«

»Oh, das tut mir leid. Geht es dir gut? Du wirkst ziemlich durcheinander.«

»Mir geht es gut. Sorry, dass ich so spät erst Bescheid sage.«

Sie hörte Stimmen im Hintergrund und etwas, das wie eine Durchsage über eine Lautsprecheranlage klang. Ihr Herz machte einen Satz.

»Bist du etwa im Krankenhaus? Bist du verletzt? Was ...«

»Es geht nicht um mich. Mir geht es gut.«

»Deine Familie.«

»Nein, nein, auch denen geht es gut. Es ist eine Klientin. Sie ... großer Gott, er hat sie furchtbar zusammengeschlagen. Die Scheidung, vor ein paar Wochen habe ich sie bei ihrer Scheidung vertreten. Er hat sich betrunken, was nichts Neues war, hat sich Zutritt zum Haus verschafft und ist auf sie losgegangen. Das Kontaktverbot war völlig nutzlos.«

Er war nicht nur durcheinander, erkannte sie. Sondern wütend und zutiefst bestürzt.

»Das tut mir leid. Es tut mir so leid. Soll ich zu dir kommen? Ich kann sofort kommen. Kann ich dir helfen?«

»Nein. Nein danke, aber ... Im Moment wird sie gerade medizinisch versorgt. Die Ärzte sagen, dass sie wieder gesund wird. Die Kinder sind zu einem Nachbarn gelaufen, der die Polizei gerufen hat, um anschließend selbst rüberzugehen. Er konnte den Mann aufhalten, ehe noch Schlimmeres geschehen wäre. Gottverdammt, ich kenne diese Leute seit zehn Jahren.«

In diesem Moment hätte sie ihn so gern in die Arme genommen.

»Geht es den Kindern gut? Wurde er verhaftet?«

»Die Kids sind ziemlich durch den Wind, aber okay. Sie sind bei den Nachbarn untergekommen. Und ja, er wurde festgenommen. Ich muss bei ihr bleiben. Wenn sie zu sich kommt, sollte sie nicht allein sein. Ihre Mutter und Schwester fliegen her, werden aber wohl nicht vor zehn oder elf Uhr da sein.«

»Wenn wir irgendetwas tun können, nach den Kids schauen, Mookie abholen, ruf einfach an.«

»Danke. Owen ist gleich vorbeigekommen und hat den Hund abgeholt. Ich warte hier, bis ihre Familie eintrifft, und will mich auch noch mal mit Hal unterhalten.«

Dem Polizeichef, fiel Sonya ein.

»Ich melde mich morgen wieder bei dir.«

»Na gut. Dann unterhalten wir uns.«

Als sie auflegte, hörte sie Cleos Stimme vom Eingang: »Ich habe genug gehört, um zu wissen, dass etwas Schlimmes passiert ist.«

»Eine von Treys Klientinnen liegt im Krankenhaus. Ihr Ex-Mann ist bei ihr eingebrochen und hat sie angegriffen. Er hat sie verprügelt, Cleo. Klingt entsetzlich.«

»Weil es entsetzlich *ist*. Wie schlimm ist sie verletzt?«

»Genau weiß ich es auch nicht, aber er bleibt bei ihr, bis ihre Familie eintrifft.« Sonya presste die Hand auf den Magen, der sich schmerzhaft zusammenzog. »Für ein paar Stunden, damit sie nicht allein ist.«

»Trey Doyle hat nicht nur ein hübsches Gesicht. Er ist auch ein anständiger Kerl.«

»Er war fix und fertig. So kenne ich ihn gar nicht.«

»Nein, sonst ist er die Gelassenheit in Person.«

»Aber jetzt war er durcheinander, besorgt und frustriert. Und sehr, sehr wütend. So wütend habe ich ihn noch nie erlebt.«

»Komm. Wir gehen nach unten und improvisieren irgendetwas Essbares. Und zünden eine Kerze für die Frau an.«

»Ja, das ist besser, als hier herumzustehen und sich hilflos zu fühlen. Vermutlich weiß ich sogar, wer sie ist – obwohl ich sie nicht namentlich kenne«, schränkte sie ein, während sie die Treppe hinabstiegen. »Aber Trey hat eine Scheidung abgewickelt und erwähnt, dass der Ehemann im Gerichtssaal ausgerastet ist. Der Richter hat ihm sogar einen Verweis erteilt. Und dann hatte er am Wochenende dieses frühe Meeting, weißt du noch? Hinterher habe ich ihm angesehen, dass er besorgt war. Gerade am Telefon hat er etwas von einem Kontaktverbot gesagt. Ich wette, es ging bei all diesen Gelegenheiten um ein und dieselbe Person.«

»Poole's Bay vermittelt einen idyllischen Eindruck,

und meistens stimmt der auch, denke ich. Aber auch an schönen Orten gibt es böse Menschen.«

Bei diesen Worten richtete Cleo den Blick zur Decke. »Das wissen wir verdammt genau. Tut mir leid, dass ihr so etwas zugestoßen ist, tut mir leid, dass ihr Ex-Mann ein mieses Schwein ist. Und ich würde sogar sagen, dass sie Glück hat, jemanden wie Trey an ihrer Seite zu wissen. Der auf sie aufpasst und dafür sorgt, dass sie in einer Notlage nicht allein ist.«

Sonya nickte, als sie in die Küche abbogen. »Damit hast du vollkommen recht.« Trotzdem bekam sie den wütenden und zutiefst bestürzten Klang seiner Stimme einfach nicht aus dem Kopf.

»Wenn er morgen Zeit hat, dann lass uns nicht ausgehen. Wir könnten selbst kochen. Ich könnte diesen Schmorbraten noch mal machen. Der hat ihm gut geschmeckt. Er klang so deprimiert.«

»Du würdest ihm einen Schmorbraten machen?«

»Den habe ich schließlich schon einmal hinbekommen. Beim zweiten Mal sollte es mir wohl leichter fallen. Vielleicht. Warum lächelst du so?«

»Jetzt hole ich uns erst einmal eine Flasche Wein aus dem Kühlschrank. Und ich lächele, weil ich sehe, wie meine beste Freundin von tiefer Zuneigung zur nächsten Beziehungsphase übergeht.«

»Vielleicht«, sagte sie noch einmal. »Oh, Mist. Ich kann nicht anders. Er hat einfach so eine Art ... Er ist es einfach. Aber wir gehen es weiterhin langsam an. Vor einem Jahr war ich schließlich noch mit einem Arschloch verlobt.«

»Vor einem Jahr, das ist Welten entfernt. Gieß uns schon einmal ein Glas Wein ein, während ich eine Kerze anzünde. Und dann schauen wir im Kühlschrank nach, was wir uns für heute Abend Essbares zaubern können.«

»Mom hat mir erzählt, dass das, was sie mit Dad verband, magisch war.«

Cleo sah sich nach ihr um. »Und so etwas wünschst du dir auch?«

»Ja. Du nicht?«

»Verdammt richtig, das will ich ebenfalls. Ich glaube, so etwas wünschen sich alle Menschen auf der Welt, und die Glücklichen bekommen es. Denn man findet Magie nicht einfach so, Son, man erschafft sie sich.«

»Man erschafft sie sich. Diese Vorstellung gefällt mir.«

»Das ist keine Vorstellung, sondern eine Tatsache.«

Nachdem sie eine Kerze angezündet hatte, stellte Cleo sie mitten auf die Kücheninsel. »Ein kleines Licht, damit sie wieder gesund wird, und zwar körperlich und seelisch. Und damit sie weiß, dass sie während ihrer Genesung nicht allein ist.«

Die Verkrampfung in Sonyas Magen löste sich wieder.

»Du bewirkst Magie, Cleo. Und zwar einfach so, nur indem du du selbst bist.«

»Das Licht gewinnt immer. Manchmal dauert es scheinbar viel zu lange, aber letztlich trägt es stets den Sieg davon.«

»Das will ich gern glauben. Ich habe Trey noch nichts von dem erzählt, was in den letzten paar Tagen hier los war. Eigentlich hatte ich vor, das beim heutigen Abendessen zu tun.«

»Gute Entscheidung. Er hat momentan genug am Hals. Und wir sind ja damit klargekommen. Na ja, zumindest nachdem ich vorübergehend ausgerastet bin, sind wir damit fertiggeworden. Erzähl es ihm später.«

»Habe ich mir auch gedacht. Ich will nicht, dass er sich unseretwegen auch noch Sorgen macht. Schon gar nicht momentan.«

Erneut schenkte Cleo ihr ein vielsagendes Lächeln. »Aber du sorgst dich um *ihn*.« Sie hielt einen Finger in die Höhe und holte dann eine zweite Kerze. »Die hier ist für Trey«, verkündete sie, als sie sie entzündete.

»Es funktioniert. Keine Ahnung, warum, aber es wirkt.«

»Wie wäre es mit überbackenen Schinken-Käse-Sandwiches? Dazu werfen wir ein paar Tiefkühlpommes in den Ofen und pfeifen heute aufs Gemüse?«

»Au ja.« Bereits getröstet stand Sonya auf, um sich um die Pommes zu kümmern. »Ich füttere noch Yoda und würde überdies vorschlagen, dass wir vor dem Fernseher essen.«

»Und uns eine tränenreiche, herzzerreißende Liebesschnulze mit Happy End reinziehen.«

»Du nimmst mir das Wort aus dem Mund. Aber das bedeutet Pyjamas.«

»Absolut erforderlich. Also, du fütterst unseren Jungen? Und dann ziehen wir uns noch schnell um?«

»Genau. Während wir kochen, kann Yoda noch mal kurz vor die Tür, und dann kuscheln wir uns zusammen.«

»Teamwork«, rief Cleo, und sie stießen die Fäuste aneinander.

Kapitel 30

Weil ihnen der Sinn nach großem Gefühlskino mit romantischem Ende stand, schauten Sonya und Cleo gleich zwei Filme hintereinander. Dabei verbrauchten sie eine halbe Schachtel Papiertaschentücher und eine Jumboschüssel Popcorn.

Beim Abspann des zweiten Films seufzten sie beide genüsslich und zufrieden.

»Das war großartig.« Erneut trocknete Cleo sich die Augen. »Ehrlich gesagt vergisst man, wie reinigend eine ordentliche Heul-Session sein kann, bis man sich mal wieder so richtig gehen lässt.«

»Besonders wenn man die letzten Tränen vergießt, nachdem die Liebe gesiegt hat. Derlei Filme kann man nur zusammen mit einer Freundin gucken, um sie voll und ganz zu würdigen.«

»Männer kapieren es einfach nicht.« Cleo stieß einen weiteren wohligen Seufzer aus. »Ich meine, als sie am Ende zum Seeufer geht und er dasteht, nur mit einem einzelnen Gänseblümchen in der Hand?«

»Das hat mich umgehauen!« Sonya zog noch ein Taschentuch für jede von ihnen heraus. »Oh, das war wirklich perfekt. Und dann der Kuss, dieser lange, ausgiebige Kuss, während über dem See die Sonne unterging?«

»Du bringst mich glatt schon wieder zum Weinen. Wir sollten einen Pakt schließen. Einmal im Monat Frauen-Kino-Abend im Herrenhaus. Keine Jungs zugelassen. Außer Yoda.«

»Einverstanden. Okay, Yoda, letzte Runde vor dem Schlafengehen.«

»Du kümmerst dich um den Hund, ich mich um das

Geschirr.« Mit diesen Worten blies Cleo die Kerzen aus, die sie aus der Küche nach oben getragen hatten.

»Ich hoffe nur, dass Treys Klientin gut versorgt ist und dass ihre Familie mittlerweile bei ihr ist.«

»So schlimm es auch ist, Son, vielleicht schafft dieses Ereignis eine glückliche Wendung für sie. Sie und die Kids werden endgültig von ihm loskommen. In Sicherheit sein.«

»Ich hoffe es.«

Nachdem das Geschirr in der Spülmaschine verstaut und der Hund draußen gewesen war, gingen sie gemeinsam die Treppe hinauf, wobei sie sämtliche Lichter löschten.

»Ist es okay für dich, wenn du heute Nacht allein schläfst?«

Sonya nickte. »Und für dich?«

»Bestimmt ist bei mir gleich genauso schnell das Licht aus wie bei diesen Lampen. Nach dem, was Hester Dobbs gestern Abend und in meiner Abwesenheit abgezogen hat, vermute ich, dass auch sie sich erst mal wieder erholen und neue Kraft sammeln muss.«

»Hoffen wir das Beste, denn ich würde gern noch etwas länger in diesem kleinen, romantischen Filmrausch schwelgen. Aber im Notfall weißt du ja, wo du mich findest.«

»Das Gleiche gilt für dich. Gute Nacht«, fügte Cleo hinzu, als sie in ihr Zimmer abbog.

»Gute Nacht.«

Auch Sonya brauchte kaum länger als Cleo, um einzuschlafen.

Kurz nach Mitternacht fuhr Trey vor Owens Haus vor.

Körperlich und seelisch erschöpft, blieb er einen Moment lang sitzen und rieb sich das Gesicht.

Poole's Bay lag ruhig da, friedlich und sicher. Trotzdem hatte das Böse hier eindringen können.

Er wusste, dass Marlo kaum in besseren Händen sein konnte. Ihre Mutter und ihre Schwester würden abwechselnd die Nacht hindurch an ihrem Bett wachen. Aber das Bild von ihrem geschundenen, geschwollenen Gesicht wollte ihm einfach nicht aus dem Kopf gehen.

Hätte er irgendetwas anders machen können? Etwas mehr, etwas weniger, um das Unglück abzuwenden? Nur eine einzige verdammte Aktion, um dem Schmerz und dem Bösen Einhalt zu gebieten, bevor sich beides Bahn brechen konnte?

Nun lag eine Frau in einem Krankenhausbett, und ein Mann saß hinter Gittern. Und ihre Kinder ... würden die Narben ein Leben lang mit sich herumtragen.

In den letzten paar Stunden hatte er die Ereignisse immer wieder Revue passieren lassen, hatte unzählige Male Ausschau nach etwas gehalten, das er hätte anders machen können. Aber nichts gefunden. Noch nicht.

Er glitt aus dem Pick-up, ging zur Veranda hinüber und betrat Owens Haus.

Der Fernseher zeigte einen alten Schwarz-Weiß-Film, in dem die Männer Fedora-Hüte trugen und die Frauen stets schlagfertige Antworten parat hatten. Zweifellos hatte Owen ihn schon ein paar Dutzend Mal gesehen.

Da er sich nicht auf dem Sofa herumfläzte, schlussfolgerte Trey, dass Owen ihn nur als Hintergrund-Untermalung eingeschaltet hatte, und um sich an den Dialogen zu erfreuen, die er höchstwahrscheinlich wörtlich wiedergeben konnte.

Owen saß am Küchentisch, den er häufig als Reißbrett nutzte. Trey hatte Owen seinerzeit geholfen, die Wand einzureißen, sodass Küche und Wohnzimmer einen großen, offenen Raum bildeten.

Denn Owen liebte Bewegungsfreiheit.

Als Trey hereinkam, sahen die Hunde, die sich am Feuer zusammengerollt hatten, kaum auf.

»Du hättest nicht aufbleiben und auf mich warten müssen.«

»Ich habe noch an etwas gearbeitet.« Owen rollte seine Zeichnung zusammen und schob sie in eines der Fächer, die er zu diesem Zweck neben dem Kühlschrank angebracht hatte.

Dann drückte er auf die Fernbedienung, um das TV auszuschalten.

»Wie geht es Marlo?«

»Großer Gott, Owen.« Mit einer frustrierten Bewegung schälte sich Trey aus seiner Jacke und warf sie über die Sofalehne.

Ein Blick auf das Gesicht seines Freundes genügte, um Owen aufspringen zu lassen.

»Merk dir, was du sagen wolltest. Eigentlich wollte ich dir ein Bier anbieten, aber du siehst aus, als könntest du eher einen Whiskey und ein Bett für die Nacht brauchen. Setz dich.«

»Danke. Für alles.«

»Erst mal muss ich dich jetzt ein bisschen bemuttern. Hast du etwas gegessen?«

»Irgendetwas Widerliches aus dem Automaten.«

»Ich habe Hot Pockets da.«

»Nein. Der Anblick einer dermaßen zugerichteten Frau verdirbt einem den Appetit. Ein Whiskey reicht.«

Owen holte zwei Gläser und stellte die Whiskeyflasche auf den Tisch. »Und?«

»Sie hat bei der Polizei ihre Aussage gemacht. Hal hat mir eine kurze Zusammenfassung gegeben, sodass ich sie nicht bitten musste, noch einmal alles zu wiederholen. Ihr Ex-Mann hat sich Zutritt zum Haus verschafft, indem er den ältesten Jungen – den Achtjährigen – niederschlug, als der öffnete. Marlo kam herbeigeeilt, und sofort hat er sie ins Gesicht geschlagen. Sie ging zu Boden, konnte den Jungs aber noch zurufen, dass sie weglaufen sollten. Und dann hat er immer weiter auf sie eingeprügelt.«

»Wenn Kids dabei sind, ist es umso schlimmer. Ist Zane verletzt?«

»Er hat ein paar blaue Flecken abbekommen.« Um Selbstbeherrschung ringend, trank Trey einen Schluck Whiskey. »Acht Jahre, und muss sich seinen kleinen Bruder schnappen und weglaufen, während sein Vater seine Mutter als Hure beschimpft und zusammenschlägt.«

»Dieser Mistkerl. Wie schlimm sind ihre Verletzungen?«

»Drei gebrochene Rippen, ausgekugelte Schulter, Gehirnerschütterung. Zwei Veilchen. Zunächst befürchtete man eine Netzhautablösung am linken Auge, aber das hat sich als Irrtum erwiesen. Ihre Nase ist ebenso gebrochen wie ihr Jochbein. Mehrere Schläge in die Magengrube, trotzdem konnten innere Verletzungen ausgeschlossen werden.«

Etwas gefasster trank er einen weiteren Schluck, diesmal langsamer.

»Er hat ihre Kleider zerrissen, ihre Brüste begrapscht, ihren Schritt. Wenn die Kinder nicht entwischt wären und Bob Bailey geholt hätten, hätte er sie mit Sicherheit vergewaltigt. Und vielleicht sogar umgebracht, Owen. Bei Gott. Mir war von vornherein klar, dass es schlimm war. Deshalb habe ich sie ja überredet, eine einstweilige Verfügung und ein Kontaktverbot zu erwirken, aber mit einer solchen Entwicklung habe ich trotzdem nicht gerechnet. Ich habe es einfach nicht kommen sehen.«

»Was hättest du denn noch unternehmen sollen? Du hast alles Menschenmögliche getan.«

»Keine Ahnung. Aber ich habe es einfach nicht kommen sehen.«

»Das hat verdammt noch mal niemand. Ich werde sie morgen besuchen, wenn du das für okay hältst. Und wenn sie überhaupt in der Lage ist, Besuch zu empfangen.«

»Ja.« Trey kippte noch mehr Whiskey herunter. »Ich glaube, sie kann jetzt jegliche Unterstützung brauchen, die sie kriegen kann.«

»Wenn er nüchtern war, hat Wes immer gut gearbeitet.« Owen sprach mit Bedacht. »Er war sicher nie ein Ausbund an Frohsinn, aber er hat gut gearbeitet, hat sich angestrengt und sein Geld zusammengehalten. Nur dass er in den letzten paar Jahren die Finger nicht mehr vom Alkohol lassen konnte. Hat seinen Job nur noch halbherzig gemacht, oft Streit angefangen und kam und ging, wann es ihm passte.«

Kopfschüttelnd betrachtete Owen den Whiskey in seinem Glas. »Als ich versucht habe, mit ihm darüber zu reden, wurde er aggressiv. Ich musste ihn entlassen.«

Owens Unterton entging Trey nicht, weshalb er dem Freund in die Augen sah. »Es ist nicht deine Schuld. Nichts davon.«

»Nein, aber deine auch nicht. Es ist ganz allein seine Schuld. Nur hat ihn die Entlassung noch tiefer in die Abwärtsspirale hineingetrieben, würde ich sagen. Wie lange wird er wohl sitzen müssen?«

Trey schloss die Augen. Im Laufe der Jahre hatte er durchaus schon mal das ein oder andere Bier mit Wes Mooney im *Village Pub* getrunken, war bei einem Fest im Garten der Familie dabei gewesen, bei dem jeder etwas zu essen mitgebracht hatte, hatte sich sogar ein oder zwei Bambini-Spiele seines Ältesten angeschaut.

Und jetzt?

»Körperverletzung und häusliche Gewalt. Hinzu kommt das gewaltsame Eindringen. Außerdem werden sie ihm sexuelle Belästigung, wenn nicht gar versuchte Vergewaltigung zur Last legen. Das Ausmaß ihrer Verletzungen wird eine Rolle spielen. Ebenso die Anwesenheit der Kinder und die Tür, die er dem Kind ins Gesicht geknallt hat, als er sie aufstieß, und die dem Kleinen eine blutige Nase beschert hat. Wir hatten die einstweilige Verfügung, weil er in betrunkenem Zustand vor ihrer Tür gestanden hatte, um die Kinder abzuholen, und sie bedroht hat, als sie sie ihm nicht überließ. Außerdem hat er Bob ein paar Kinnhaken verpasst, was einen weiteren Anklagepunkt ergibt.«

»Betrunken und dumm. Denn Bob ist beinahe doppelt so groß wie er.«

»Das musste er auf die harte Tour ebenfalls feststellen. Sachbeschädigung. Widerstand gegen die Staatsgewalt. Zehn bis zwanzig Jahre sind da schon drin.«

»Hat er verdient.«

»Ja, stimmt. Ihre Familie will, dass sie zu ihr nach New Hampshire zurückkehrt, sobald sie genesen ist. Ich vermute, dass sie das tun wird.« Nachdem er seinen restlichen Whiskey ausgetrunken hatte, goss Trey ihnen beiden ein zweites Glas ein.

»Sie will das alleinige Sorgerecht für die Kinder, daran werde ich arbeiten. Sie wird es bekommen.«

»Aber hallo, das ist ja wohl klar.«

»So etwas ist nicht immer selbstverständlich.«

»Sollte es aber sein.«

»Sollte es, ja. Aber es ist nicht immer so. Doch immerhin hat er seinem Kind die Nase blutig geschlagen und Marlo krankenhausreif geprügelt. Ich werde verdammt noch mal dafür sorgen, dass sie definitiv das alleinige Sorgerecht zugesprochen bekommt und auch die Freigabe erhält, den Bundesstaat zu verlassen. Woran hast du denn gerade gearbeitet?«

»An Cleopatras Kahn. Dem kleinen Sunfish.« Owen zuckte mit den Schultern. »Hatte ein bisschen Freizeit und eine Idee.«

»Nämlich?«

»Sie mag Meerjungfrauen, stimmt's?« Owen stand auf, holte die Zeichnung aus dem Fach und rollte sie auseinander. »Wie wäre es also mit zwei Meerjungfrauen, die an Backbord und Steuerbord zum Bug hinschwimmen? Ein paar Schnitzereien. Wird sicher Spaß machen, daran zu arbeiten.«

Trey rückte seinen Stuhl näher heran, um besser sehen zu können. »Wirklich cool. Und das tauschst du gegen ein Gemälde ein?«

»Hast du das Gemälde gesehen?«

»Konnte einen kurzen Blick drauf werfen, als wir die Truhe in ihr Atelier geschafft haben. Wirklich eine Schönheit. Ebenso wie die Künstlerin.«

»Ja, optisch machen sie beide was her. Und es ist ein fairer Tausch. Wie auch immer, vielleicht will sie den Schnickschnack gar nicht haben. Doch eigentlich wäre sie dumm, wenn sie es nicht wollte«, überlegte er. »Und dumm kommt sie mir gar nicht vor, aber wir werden sehen. Ich spiele lediglich in meiner Freizeit damit herum.«

»Und ich nutze meine restliche Freizeit jetzt zum Schlafen. Danke für den Drink – und das Bett.«

»Immer für dich da.«

Owens Gästezimmer war ursprünglich ein Büro gewesen, das ihm dann aber zu beengt vorgekommen war. Keine Bewegungsfreiheit. Er zog den Küchentisch oder einen der Arbeitstische in seiner Werkstatt vor.

Daher standen dort jetzt ein Bett, ein Nachttisch, den er selbst geschreinert hatte, und eine Kommode, die keiner nutzte und die er restauriert hatte.

Die Wände, ein trauriges Beige, zierten ein paar Striche verschiedener Farben, die Owen ausprobiert hatte, ohne sich für eine davon entscheiden zu können.

Trey zog sich bis auf die Boxershorts aus, ließ sich auf das Bett plumpsen und schlief beinahe schon, ehe er sich richtig zugedeckt hatte.

Im Herrenhaus rührte Cleo sich kaum, als die Uhr schlug. Sie drehte sich um, kuschelte sich in ihre Kissen und trieb in jener Zwischenwelt zwischen Wachen und Schlafen dahin.

Die Klaviermusik wehte empor, und da sie daran gewöhnt war, schlummerte sie wieder ein.

Irgendwo tiefer im Haus weinte eine Frau. Irgendwo noch tiefer schrie jemand vor Schmerz auf.

»Nun seid doch alle still«, murmelte sie.

Dann schoss sie empor, als sie eine Hand auf der Schulter spürte und eine Stimme drängend flüstern hörte:

Sonya.

Ihr Herz raste, als sie nach dem Lichtschalter tastete. Sie war allein im Zimmer und rieb sich die Brust, um ihr Herz daran zu hindern, sie zu sprengen. Keine Panik, befahl sie sich selbst. Nicht noch einmal. Keinesfalls.

Wahrscheinlich habe ich geträumt, dachte sie, wahrscheinlich war es ein Traum, aber ...

Jetzt hellwach, eilte sie zur Tür. Gerade verließ Sonya ihr Zimmer und machte sich auf den Weg den lang gestreckten Flur hinab. Sie unterdrückte ihren Instinkt, der Freundin hinterherzugehen, und eilte zu ihrem Handy zurück.

»Bitte lass mich die richtige Entscheidung treffen.«

***

Das Telefon riss Trey aus dem Tiefschlaf. Einen grässlichen Augenblick lang konnte er nur eines denken: dass sich Marlos Zustand verschlechtert hatte.

»Trey hier.«

»Cleo. Sonya geht auf Wanderschaft. Sie meinte, wenn es mal wieder so weit sei, solle ich ihr folgen und dich anrufen. Also folge ich ihr und rufe dich an.«

»Bin auf dem Weg.«

»Ich bin dicht hinter ihr, aber ... vielleicht beeilst du dich besser.«

Er schnappte sich seine Hose und zog sie hastig über, während er zu Owens Schlafzimmertür hinüberlief und laut klopfte.

»Verdammt und zugenäht, was ist los?«

»Sonya schlafwandelt, oder was immer zum Teufel das sein mag. Cleo ist ihr auf den Fersen. Ich fahre hin.«

»Ziehe nur meine verdammte Hose an.«

Innerhalb von zwei Minuten waren sie zusammen mit den Hunden zur Tür hinaus.

Im Herrenhaus näherte sich Sonya der Treppe. Sie blieb zunächst stehen, als sei sie unentschlossen, schwankte ein wenig, während die Klaviermusik verstummte, es im Haus tickte und sich alles zu beruhigen schien.

Dann drehte sie sich um, passierte die Bibliothek und wandte sich der Treppe in den zweiten Stock zu.

»Ich bin bei dir«, murmelte Cleo. »Ich bin an deiner Seite.«

Jetzt hörte sie die weinende Frau. Vor der Tür, die früher ins Kinderzimmer geführt hatte, blieb Sonya stehen, und Cleo folgte ihrem Beispiel.

Als Sonya die Tür öffnete, war das Weinen deutlicher vernehmbar, und ihr traten Tränen in die Augen.

Was siehst du hier, das ich nicht sehe?, fragte sich Cleo. Was siehst du in der Dunkelheit?

Sie hielt das Handy in die Höhe und beleuchtete mit der Taschenlampen-App das Zimmer, sah den Schatten des antiken Kinderbettchens, der Wiege, der Kommode, des Schaukelstuhls, all das Mobiliar, an das sie sich erinnerte.

Dann hörte sie über das kummervolle Weinen hinweg das rhythmische Quietschen eines Schaukelstuhls. Und als sie genauer hinsah, entdeckte sie, dass er sich bewegte, langsam vor und zurück, vor und zurück.

»Nacht um Nacht«, murmelte Sonya, »Jahr um Jahr trauert Carlotta um ihren Sohn, der so klein war, der viel zu früh auf die Welt kam und sie nur wenige Stunden später wieder verließ.«

Leise schloss Sonya die Tür und ging weiter.

Als sie sich der Treppe näherten, schickte Cleo eine weitere Textnachricht ab.

Wir gehen in den zweiten Stock.

Die Antwort kam schnell und kurz.

5 Min.

»Das ist schnell. Na gut. Trey ist auf dem Weg, Sonya, und ich bin bei dir.«

Cleo wappnete sich, als die Wände erzitterten und der Boden erbebte. Auf dem Treppenabsatz zum zweiten Stock blieb Sonya erneut stehen. Den Flur hinab zur Rechten glühten die Umrisse der Tür zum Goldenen Zimmer rot. Cleo kam es so vor, als pulsiere die Tür wie ein Herz. Rauchschwaden krochen unter der Tür hervor und den Flur entlang.

Sie verströmten einen fauligen Geruch.

»Nicht da entlang, Son. Das ist die falsche Richtung.«

Das Pulsieren wurde lauter – wie das Bumm, Bumm, Bumm eines Herzschlags.

»Sie existiert, um ihren Hunger zu stillen«, sagte Sonya. »Und ihre Nahrung sind Furcht und Kummer. Nacht um Nacht, Jahr um Jahr verschlingt sie die Weinenden, trinkt ihre Tränen. Sie labt sich an jedem Zittern und Schaudern der Lebenden um die Toten.«

»Bist du wach?« Cleo wollte die Hand nach Sonya ausstrecken, doch diese bog nach links in Richtung Dienstbotenquartiere ab.

Wieder vernahm sie jenen Schmerzensschrei und das darauffolgende Stöhnen und Schluchzen. Finsternis senkte sich über sie herab, und obwohl Sonya unbeirrt voranschritt, schaltete Cleo erneut die Taschenlampen-App an, um ihr den Weg zu beleuchten.

Sie gingen ein paar wenige Stufen hinauf und durch eine Tür, die diesen Flügel vom Rest des Hauses trennte. Cleos Haut prickelte, denn die Luft hier war erheblich kühler, doch Sonya schien sich trotz ihrer nackten Füße nicht daran zu stören und steuerte unbeirrt auf eine weitere Tür zu.

Als sie sie öffnete, wehte Cleo der Gestank nach Krankheit, Fieber, Schweiß und Erbrochenem entgegen. Sie hörte ein Bett knarren, als ob sich darin jemand ruhelos hin und her würfe.

»Ich kann nicht helfen«, seufzte Sonya. »Was war und ist, kann ich nicht ändern. Kann der armen Molly O'Brian nicht helfen. Sie ist von Cobh hierhergekommen, hat ihr Zuhause verlassen, fand aber hier eine neue Familie. Das Holz und das Glas zu polieren, war ihr ganzer Stolz. Doch um sie zu retten, kam jede Hilfe zu spät.«

Eine Träne rann Sonyas Wange hinab, als sie die Tür wieder schloss.

»Kann der jungen Molly nicht helfen. Nur Zeugnis ablegen.«

Als Sonya sich wieder umwandte und auf dem gleichen Weg zurückkehrte, den sie gekommen waren, wollte Cleo schon der Mut verlassen. Aber Sonya wandte sich nun dem Ballsaal zu.

Cleo folgte ihr und schrieb eine weitere Textnachricht.

Ich glaube, wir gehen in den Ballsaal.

Auf der Manor Road, fast da.

Die Finsternis war jetzt so durchdringend, dass nicht mal ihr Handy ihr mehr helfen konnte, weshalb Cleo es wagte, an der Wand nach einem Lichtschalter zu tasten.

Falls Sonya aufwachte, dann wachte sie eben auf, aber sie würde nicht riskieren, dass eine von ihnen oder beide in dieser Dunkelheit stürzten.

An der Wand vor einem der Vorzimmer fand sie tatsächlich einen Lichtschalter und betätigte ihn. Doch Sonya ging unbeirrt weiter auf die massiven Türen des Ballsaals zu.

Als sie sie aufschob und in die Schatten trat, schaltete Cleo den erstbesten Kronleuchter ein.

Er ergoss sein Licht über den Spiegel, der inmitten der Möbel stand, die sie enthüllt, durchsucht und verschoben hatten. Das Licht reflektierte sich im Spiegelglas, während die Raubtiere, die es umrahmten, zu knurren schienen, als wollten sie das, was in ihrer Mitte war, bewachen und beschützen.

»Was soll ich nur tun? Ich weiß nicht, was ich tun soll. Was siehst du dadrin? Ich kann nur uns beide sehen. Aber ... mein Gott, was, wenn das eine Art Portal ist? Ich lasse dich jedenfalls nicht allein hindurchgehen.«

Die Kälte drang ihr bis ins Mark, und immer noch hörte sie das dumpfe Pochen des Herzschlags aus dem Goldenen Zimmer. Hinter dem Spiegel tanzten dunkle Schatten, trotzdem wagte sie es nicht, einen Schritt nach hinten zu treten, um noch mehr Lichter einzuschalten.

Dann hörte sie Yodas Kläffen. Und die tiefere Antwort eines anderen Hundes. Trey. Endlich! Beinahe hätte sie ihn gerufen, aber da vernahm sie schon Schritte, die nach oben hasteten.

»Bitte warte, Sonya. Warte einfach.«

Der Lärm, der die Treppe hinaufpolterte, beruhigte ihre Nerven. Sie riskierte einen Blick über die Schulter und sah, dass Trey nicht nur seinen Hund mitgebracht hatte.

»Gott sei Dank. Da steht er. Der Spiegel. Vorher war er nicht da, aber jetzt schon. Auf dem Weg hierher hat sie ein paarmal haltgemacht. War eine ziemliche Tortur.« Cleo erschauerte und umfasste ihre Ellbogen.

»Hier drin ist es kalt wie in einer Kühltruhe.« Owen zog seine Jacke aus und gab sie ihr, während Trey sich ebenfalls aus der seinen schälte.

»Danke. Sollten wir sie wecken, Trey? Ich bin mir nicht sicher. Sie hat einiges gesagt und gesehen.«

Während Trey Sonya die Jacke über die Schultern legte, sagte sie: »Ich bin wach.«

Statt der Jacke schlang Trey nun die Arme um sie. »Du bist ja eiskalt, Süße.«

»Bis eben noch nicht. Jedenfalls glaube ich das nicht.«

»Warst du die ganze Zeit über wach?«, fragte Cleo.

»Erst jetzt. Da ich hier stehe. Ich habe geträumt. Und ich ... keine Ahnung. Ich erinnere mich nicht. Ich bin total neben der Spur. Seht ihr den Spiegel? Ist er real?«

»Er ist real.«

Mit einer Hand in Treys streckte Sonya die andere aus und berührte den Rahmen. »Ich träume also nicht, und wir können ihn alle sehen.«

»Vielleicht ...«, Cleo strich Sonya über den Rücken, »... bist du ja genau deshalb aufgewacht.«

»Seht ihr denn auch, was darin ist?«

»Spiegelglas«, begann Trey. »Und darin unser Spiegelbild.«

»Nein. Nein. Ich sehe ...«

»Farben, Bewegungen. Lichter, Schatten.«

Mit einer Art verzweifelter Erleichterung drehte sich Sonya zu Owen um. »Genau. Du siehst es also auch?«

»Ja.« Er sah erst Trey an, dann Cleo. »Ihr nicht?«

»Ihr seid beide Pooles, wir nicht.« Cleo hob beide Hände. »Vielleicht liegt es daran.«

»Mein Vater hat ihn gesehen, Collin ebenfalls. Vielleicht

auch andere. Ich sehe Menschen darin tanzen. Ich höre Musik.«

»Ziemlich altmodische Musik«, bestätigte Owen. »Schlechte Qualität. Klingt, als käme sie aus einem Tunnel. Aber es wird heller«, fügte er hinzu. »Und die Musik lauter.«

»Und da, der Ballsaal ist voller Blumen und Menschen. Alles funkelt und glitzert.« Bezaubert legte Sonya eine Hand auf das Spiegelglas. Ihre Finger glitten geradewegs hindurch. »Oh. Auf der anderen Seite ist es warm.«

»Sonya.« Trey packte ihr Handgelenk und zog ihre Hand zurück.

»Ich muss dorthin. Der Spiegel zieht mich hinein. Ich muss es sehen. Es gehört zu meinem Erbe. Spürst du ihn auch, Owen, diesen Sog?«

»Nein, aber ich sehe und höre alles, was dahinter ist. Also.« Als er seine Hand auf das Spiegelglas legte, drang auch sie bis zum Handgelenk hinein. »Wow, das ist ja wie ein Schlag in die Magengrube.«

Nachdem er die Hand wieder herausgezogen hatte, musterte er sie eindringlich. »Alles in Ordnung, und ja, auf der anderen Seite ist es definitiv wärmer.«

Sonya nahm Treys und Cleos Hände in die ihren. »Ich bin wach. Ich weiß, was ich tue. Ich muss dort hineingehen. Ich kann es nicht erklären, aber ich will auf die andere Seite. Und es ist mir lieber zu gehen, wenn ich weiß, was ich tue, wenn ich die bewusste Entscheidung treffe und wenn ihr alle bei mir seid.«

Trey legte die Hand auf den Spiegel, spürte aber nur die feste Glasoberfläche. Über Sonyas Kopf hinweg sah er Owen in die Augen.

»Ja, hab kapiert.«

Sonya verstand und wandte sich zu ihm um. »Das musst du nicht tun. Du spürst keinerlei Sogwirkung.«

»Sei nicht albern.« Owen löste ihre Hand aus Cleos

und verwob seine Finger mit den ihren. »Ich gehe als Erster.«

Trey legte Owen die Hand auf die Schulter und beugte sich hinab, um Sonya zu küssen. »Lass mich nicht zu lange warten.«

»Moment, warte noch. Nimm meinen Glücksbeutel mit.« Cleo kramte in ihrer Pyjamatasche, holte ihn hervor und drückte ihn Sonya in die Hand. »Warte!«, wiederholte sie, als Owen einen Schritt auf den Spiegel zumachte.

»Was noch? Silberkugel, Holzpflock?«

Sie nahm sein Gesicht in beide Hände und küsste ihn. »Bringt einander wieder zurück.«

»Etwas anderes kommt gar nicht infrage.« Fest umfasste er Sonyas Hand und wartete auf ihr Nicken.

Als er durch den Spiegel trat, sah sie sich noch einmal um, dann folgte sie ihm. Und der Spiegel verschluckte sie.

»Oh mein Gott, oh mein Gott.«

Cleo legte beide Hände auf den Spiegel, während Yoda winselte und mit den Pfoten an dem Glas kratzte.

»Sie sind einfach weg. Was zum Teufel sollen wir denn jetzt machen?«

Trey starrte den Spiegel an, als wolle er sich durch bloße Willenskraft dazu bringen, die andere Seite zu sehen.

»Wir warten.«

Der Herzschlag aus dem Goldenen Zimmer verstummte, und Stille senkte sich über das Herrenhaus herab.